# EL LIBRO DE
# LOS ANHELOS

# EL LIBRO DE LOS ANHELOS

## Sue Monk Kidd

Traducción de Julio Hermoso

Título: *The Book of Longings*

Primera edición: octubre de 2020

*Para mi hija Ann,*
*con todo mi amor*

*Soy la primera y la última.*
*Soy esa a la que honran y de la que se mofan.*
*Soy la ramera y la santa.*
*Soy la esposa y la virgen.*
*Soy la madre y la hija.*
*Ella soy...*
*No temas mi poder...*
*Soy la sabiduría de mi nombre.*
*Soy el nombre del sonido y el sonido del nombre.*

*El trueno, mente perfecta*


Llama en ti mismo como quien llama a la puerta, y
camina en ti como quien recorre una senda recta,
pues si caminas por esa senda, no te podrás perder,
y se abrirá todo cuanto para ti abras.

*Evangelio según Tomás*

# SÉFORIS

## 16-17 d. C.

## I

Soy Ana. Fui la esposa de Jesús, hijo de José de Nazaret. Yo a él lo llamaba Amado, y él, entre risas, me llamaba Truenecillo. Decía que dentro de mí se oía un estruendo cuando estaba dormida, un sonido como el de un trueno que llegara desde muy lejos, pasado el valle de Nahal Zipori o incluso desde mucho más allá del Jordán. No dudo de que él oyese algo. Durante toda mi vida, en mis entrañas habitó la llama de un anhelo que surgía en forma de nocturnos para gemir y entonar su canto durante toda la noche. De entre las bondades de mi esposo, la que más adoraba yo era que inclinase su corazón sobre el mío en nuestro fino camastro de paja y se quedara escuchando. Lo que él oía era mi vida, que imploraba nacer.

## II

Mi testamento comienza en el decimocuarto año de mi vida, la noche en que mi tía me condujo a la azotea de la gran casa de mi padre, en Séforis, cargada con un objeto abultado que llevaba envuelto en un paño.

La seguí escaleras arriba, sin quitar ojo a aquel fardo misterioso que acarreaba atado en la espalda como si fuera un recién nacido, incapaz de imaginarme qué era lo que ocultaba. Con los labios cerrados, mi tía tarareaba una canción hebrea sobre la escalera de Jacob, y lo hacía bastante alto, tanto que me preocupaba que el sonido irrumpiese por las rendijas abiertas de las ventanas de la casa y despertara a mi madre, que nos había prohibido subir juntas a la azotea por temor a que Yalta me llenara la cabeza de descaro y atrevimiento.

Al contrario que mi madre, al contrario que cualquier mujer que yo conociese, mi tía había recibido una educación. Su mente era como un inmenso territorio asilvestrado que lograra extenderse más allá de sus propias fronteras. No había lugar que no allanase. Había llegado a nosotros desde Alejandría cuatro meses antes por motivos de los que nadie tenía intención de hablar. Yo ni siquiera sabía que mi padre tuviese una hermana hasta el día en que apareció vestida con una túnica lisa y sin teñir, su pequeño físico bien erguido de orgullo y el fuego en la mirada. Mi padre no la abrazó, ni tampoco lo hizo mi madre. Le asignaron la alcoba de una criada que daba al patio superior e hicieron caso omiso de todos mis interrogatorios. También Yalta esquivó mis preguntas. «Tu padre me ha hecho jurar que no voy a hablar de mi pasado. Prefiere que pienses que he caído del cielo como una cagada de pájaro.»

Mi madre decía que Yalta tenía una boca muy insolente. Por una vez, estábamos de acuerdo. Los labios de mi tía eran un manantial de palabras emocionantes e impredecibles. Eso era lo que más adoraba en ella.

Esa noche no era la primera vez que nos escabullíamos a la azotea al caer la oscuridad para escapar de los oídos indiscretos. Acurrucadas bajo las estrellas, mi tía me había hablado ya de las muchachas judías de Alejandría que escribían en unas tablillas de madera con múltiples planchas de cera, artefactos que apenas alcanzaba a imaginar. Me había contado las historias de las mujeres judías que estaban allí al frente de algunas sinagogas, que estudiaban con los filósofos, escribían poesía y tenían casas en propiedad. Reinas egipcias. Faraonas. Grandes diosas.

Si la escalera de Jacob llegaba hasta los cielos, también la nuestra.

Yalta no había vivido más de cuatro décadas y media, pero ya empezaba a tener las manos nudosas y deformes. Se le plegaba la piel en las mejillas, y el ojo derecho le languidecía como si estuviese mustio. A pesar de eso, subía los peldaños con agilidad, una elegante araña trepadora. Observé cómo se aupaba al tejado desde el último escalón, con el fardo balanceándose en la espalda de un lado al otro.

Nos acomodamos sobre unas esteras de paja, la una frente a la otra. Era el primer día del mes de tisrí, pero no habían llegado aún las lluvias frescas del otoño. La luna se posaba sobre las montañas como una fogata. El cielo estaba negro, despejado, repleto de pavesas incandescentes, y la ciudad sumida en el olor a pita y a humo de los fuegos de las cocinas. Yo ardía de curiosidad por saber qué ocultaba mi tía en aquel fardo, pero ella se limitaba a mirar en la distancia sin decir nada, así que me obligué a esperar.


El descaro y el atrevimiento de mi propia cosecha aguardaban escondidos dentro de un baúl de cedro tallado en un rincón de mi alcoba: rollos de papiro, pergaminos y retales de seda, todos ellos con mis escritos. Había cálamos hechos con juncos, una cuchilla para cortarlos y afilarlos, una tablilla de ciprés para escribir, frascos de tinta, una paleta de marfil y unos cuantos pigmentos valiosísimos que mi padre había traído de palacio. Aquellos pigmentos ya han desaparecido casi por completo, pero resplandecían aquel día en que abrí la tapa del baúl para Yalta.

Mi tía y yo nos quedamos allí pasmadas ante semejante maravilla, sin decir nada ninguna de las dos.

Yalta metió la mano en el baúl y sacó los pergaminos y los rollos. Poco antes de su llegada, yo había empezado a escribir los relatos de las matriarcas de las Escrituras. Al escuchar a los rabíes, una podría pensar que las únicas figuras merecedoras de mención en toda la historia eran Abrahán, Isaac, Jacob y José... David, Saúl, Salomón... Moisés, Moisés y Moisés. Cuando por fin fui capaz de leer yo sola las Escrituras, descubrí (¡fíjate tú!) que había mujeres.

Que te ignoren, que te olviden, esta era la peor tristeza de todas. Hice el juramento de poner por escrito sus logros y alabar su prosperidad, por pequeño que fuese todo aquello. Sería una cronista de relatos perdidos. Ese era exactamente el tipo de atrevimiento que mi madre despreciaba.

El día en que abrí el baúl para Yalta, había terminado los relatos de Eva, Sara, Rebeca, Raquel, Lía, Zilpa, Bilá y Ester, pero aún quedaba mucho por escribir: Judit, Dina, Tamar, María, Débora, Rut, Ana, Betsabé, Jezabel.

En tensión, prácticamente sin respirar, veía a mi tía enfrascada en el fruto de mis esfuerzos.

—Es lo que yo pensaba —me dijo con el rostro encendido—. Dios te ha bendecido con un grandísimo don.

Qué palabras aquellas.

Hasta ese momento, yo me consideraba simplemente rara: una alteración de la naturaleza. Una desviación. Una maldición. Hacía mucho tiempo que sabía leer y escribir, y poseía la inusual capacidad para componer historias con las palabras, para descifrar lenguas y textos, para captar significados ocultos, para tener en la cabeza unas ideas enfrentadas sin que supusiera el menor conflicto.

Mi padre, Matías, que era el escriba mayor y consejero de nuestro tetrarca, Herodes Antipas, decía que mis talentos eran más propios de los profetas y los mesías, de hombres que abrían las aguas de los mares, que erigían templos y conversaban con Dios desde la cumbre de una montaña, o, para el caso, de cualquier hombre circuncidado de Galilea. No me permitió leer la Torá hasta que aprendí hebreo por mi cuenta y después de mucho rogar y tratar de engatusarlo. Desde los ocho años de edad, le suplicaba unos maestros que me educasen, manuscritos para estudiar, papiros en los que escribir y colorantes para mezclar y preparar mis propias tintas, y él solía concedérmelo ya fuese por asombro, por debilidad o por amor, no sabría decir. Mis aspiraciones lo incomodaban, y cuando no se veía capaz de someterlas, les restaba importancia. Le gustaba decir que el único chico de la familia era una niña.

Una hija tan difícil como yo requería una explicación, y mi padre sugería que Dios se distrajo mientras estaba ocupado tejiéndome dentro del vientre de mi madre, que por error me concedió unos dones que iban destinados a algún pobre niño. No sé si se percataba de lo ofensivo que debía de resultar aquello para Dios, en cuyo debe colocaba mi padre el error garrafal.

Mi madre creía que era culpa de Lilit, un demonio femenino con las garras de un búho y las alas de un ave carroñera que iba en busca de recién nacidos a los que matar o, en mi caso, a los que corromper con tendencias contranaturales. Vine al mundo durante un violento aguacero de invierno. Las ancianas que asistían a los partos se negaron a salir de su casa por mucho que mi padre, hombre de posición elevada, hubiera enviado a buscarlas. Mi angustiada madre se sentó en su silla de parto sin nadie que le aliviara los dolores ni nadie que nos protegiese de Lilit con las oraciones y amuletos correspondientes, así que recayó en su criada Sipra la tarea de bañarme en vino, agua, sal y aceite de oliva, envolverme en unas bandas de paño y acomodarme en una cuna donde Lilit me encontraría.

Las historias de mis padres se abrieron paso hasta la carne de mi carne y el hueso de mis huesos. No se me había ocurrido que mis capacidades hubieran sido intencionadas, que Dios quisiera concederme aquellas bendiciones a mí. A Ana, una muchacha de tempestuosos rizos negros y los ojos del color de los nubarrones de tormenta.

Las voces llegaban flotando desde los tejados cercanos. El llanto de un niño, el balido de una cabra. Por fin, Yalta se llevó la mano a la espalda en busca del fardo y desenvolvió el paño de lino. Fue retirando las capas lentamente, con los ojos iluminados y sin dejar de lanzarme unas miradas fugaces.

Levantó el contenido. Un cuenco de piedra caliza, redondo y esplendoroso, una luna llena perfecta.

—Lo traje conmigo de Alejandría. Me gustaría que lo tuvieras tú.

Lo puso en mis manos y me estremecí de pies a cabeza. Pasé las palmas por la superficie lisa, la boca tan ancha, las espiras lechosas de la piedra.

—¿Sabes qué es un cuenco del ensalmo? —me preguntó.

Le dije que no con la cabeza. Lo único que sabía era que tenía que ser algo de una gran magnitud, algo tan arriesgado y tan prodigioso que no se podía desvelar salvo en una azotea en la oscuridad.

—En Alejandría, las mujeres rezamos con él. Escribimos

dentro nuestra oración más secreta. Así. —Puso un dedo dentro del cuenco y lo desplazó trazando una espiral por los laterales—. Entonamos la oración todos los días. Mientras lo hacemos, giramos el cuenco muy despacio, y las palabras se agitan, cobran vida y se elevan dando vueltas hacia el cielo.

Me quedé mirándolo, incapaz de hablar. Qué objeto tan resplandeciente, tan cargado de poderes ocultos.

—En el fondo del cuenco —me contó— dibujamos nuestra imagen para asegurarnos de que Dios sabe a quién pertenece la petición.

Se me abrieron los labios. Sin duda, ella sabía que a ningún judío devoto se le pasaría por la cabeza una figura con forma humana o animal, y mucho menos el crearla. Lo prohibía el segundo mandamiento. «No te fabricarás ídolos ni figura alguna de lo que hay arriba en el cielo, abajo en la tierra, o en el agua debajo de la tierra.»

—Tienes que escribir tu oración en el cuenco —me dijo mi tía—. Pero ten cuidado con lo que pides, porque sin duda lo recibirás.

Observé fijamente el hueco de la vasija y, por un segundo, me pareció un firmamento en sí mismo, una bóveda estrellada patas arriba.

Al alzar los ojos, tenía la mirada de Yalta sobre mí.

—El sanctasanctórum de un hombre contiene las leyes de Dios —me dijo—, pero en el interior del de una mujer solo hay anhelos. —Me tocó entonces con el dedo en el hueso plano sobre el corazón y pronunció la orden que me prendió una llama en el pecho—: Escribe lo que hay aquí dentro, en el interior de tu sanctasanctórum.

Alcé la mano y me toqué en el hueso que mi tía acababa de despertar a la vida, pestañeando desaforada con tal de contener un tumulto de emociones.

El sanctasanctórum del templo de Jerusalén era la morada de nuestro único y verdadero Dios, y estaba segura de que era irreverente decir que existiera un lugar similar dentro de una persona, y peor aún sugerir que los anhelos que llevábamos dentro las chicas como yo fueran señal alguna de divinidad. Era la blasfemia más bella y perversa que jamás hubiese oído. El éxtasis que me provocó aquello no me dejó dormir en toda la noche.

Mi lecho se alzaba del suelo sobre unas patas de bronce, sepultado bajo unos cojines teñidos de amarillo y rojo carmesí y rellenos de paja pelaza, plumas, cilantro y menta, y allí me quedé tumbada, en aquella suave comodidad y aquellos aromas hasta bien pasada la hora de la medianoche, componiendo de cabeza mi oración, afanándome por comprimir en palabras la inmensidad de cuanto sentía.

Me levanté antes del alba y recorrí silenciosa la balconada que se asomaba a la planta principal, descalza, avanzando sin candil alguno para dejar atrás con sigilo las habitaciones donde dormía mi familia. Bajé los escalones de piedra. Atravesé el pórtico del gran salón. Crucé el patio superior y medí mis pasos como si caminara por un campo de guijarros, temerosa de despertar a los criados que dormían cerca.

El micvé donde nos bañábamos conforme a las leyes de la pureza estaba enclaustrado en una estancia fría y húmeda bajo la casa, a la que solo se podía acceder desde el patio inferior. Descendí palpando mi recorrido con la mano a lo largo de la pared de la escalera. Aumentó el volumen del goteo del agua en el conducto, perdió intensidad la negrura, y en ese momento distinguí los contornos de la piscina. Era una experta en realizar mis abluciones rituales en la oscuridad: acudía al micvé desde mi primer sangrado, tal y como requería nuestra religión, pero lo hacía de noche, en la intimidad, ya que aún no le había confesado a mi madre mi condición de mujer. Llevaba varios meses enterrando mis paños en el huerto de las hierbas y las especias.

Esta vez, sin embargo, no había venido al micvé por cuestiones relacionadas con el hecho de ser ya una mujer, sino con el fin de prepararme para escribir en mi cuenco. Y escribir una oración: aquello era algo gravoso y sagrado. El propio acto de escribir evocaba unos poderes con frecuencia divinos, pero en ocasiones inestables, que se filtraban en las letras y generaban una misteriosa fuerza animizadora que se propagaba en oleadas por la tinta. ¿No servía acaso una bendición tallada en un talismán para salvaguardar a un recién nacido, o la maldición inscrita para proteger una tumba?

Me quité la túnica, la dejé caer y me subí desvestida al peldaño superior, por más que la costumbre fuera meterse con la ropa interior puesta. Quería estar desnuda. No deseaba que hubiese nada entre el agua y yo. Le pedí a Dios que me limpiase para poder escribir mi oración con rectitud de pensamiento y de corazón. Entonces entré en el micvé. Me escurrí bajo el agua como un pez y emergí boqueando.

De vuelta en mi alcoba, me vestí con una túnica limpia. Reuní el cuenco y mis utensilios de escritura y encendí los candiles. Despuntaba el día, y mi cuarto se inundó de una luz azulada y borrosa. Mi corazón era un cáliz que se desbordaba.


III


Sentada en el suelo con las piernas cruzadas, dibujaba unas letras minúsculas en el interior del cuenco con un cálamo de junco recién afilado y una tinta negra que yo misma había mezclado a base de ceniza del horno, savia de los árboles y agua. Había pasado un año buscando la mejor combinación de ingredientes, la duración exacta de la cocción de la leña, la resina apropiada para evitar que la tinta se agrumase, y allí la tenía, adhiriéndose a la caliza sin emborronarse ni manchar, reluciente como el ónice. El aroma acre y ahumado de la tinta llenaba la habitación, me quemaba en los orificios nasales y hacía que se me saltasen las lágrimas. Lo inhalaba como si fuera incienso.

Eran muchas las oraciones secretas que podía haber escrito: viajar a aquel lugar de Egipto al que mi tía había dado rienda suelta en mi imaginación; que mi hermano regresara a casa, con nosotros; que Yalta se quedara conmigo durante el resto de los días de mi vida; estar casada algún día con un hombre que me amase tal y como yo era. Sin embargo, escribí la plegaria que llevaba en el fondo de mi corazón.

Fui formando cada letra en griego con unos movimientos lentos y reverenciales, como si estuviese construyendo con las manos pequeños templos de tinta donde moraría Dios. Escribir en el interior del cuenco resultó más arduo de lo que me imaginaba, pero perseveré y añadí florituras que eran exclusivamente mías: trazos finos ascendentes, gruesos los descendentes, espirales y tejadillos al final de las frases, puntos y aretes entre las palabras.

Fuera, en el patio, alcanzaba a oír a nuestro criado Lavi, de dieciséis años, que trituraba la aceituna, el resonar del roce rítmico de la muela sobre el pavimento de piedra y, cuando este cesaba, una paloma en el tejado que le ofrecía al mundo sus sonidos suaves. Aquel pajarillo me alentó.

Prendió el sol, y el oro rosa de los cielos palideció en un oro blanco. No había movimiento ninguno dentro de la casa. Yalta rara vez se despertaba antes del mediodía, pero a estas horas Sipra ya habría traído pan frito y una bandeja de higos.

Mi madre ya tendría que haber aparecido por mi alcoba, impaciente por mandonearme: me habría puesto mala cara por mis tintas, me habría reprendido por haber aceptado un regalo tan atrevido y habría culpado a Yalta por habérmelo dado sin su permiso. No acertaba a imaginar qué sería lo que la retrasaba en imponernos su ronda diaria de persecuciones.

Casi terminada mi oración, ladeé la cabeza y presté el oído primero en busca de mi madre y luego en pos de la llegada de mi hermano Judas. Nadie lo había visto en días. A los veinte años, su deber era sentar la cabeza y encontrar esposa, pero él prefería enfurecer a mi padre confraternizando con los radicales que iban sembrando la agitación en contra de Roma. Ya se había marchado con los zelotes en otras ocasiones, pero nunca durante tanto tiempo. Cada mañana tenía la esperanza de oírlo cruzar el vestíbulo con sus zancadas plomizas, hambriento y reventado, arrepentido por habernos tenido tan preocupados. Pero Judas nunca se mostraba arrepentido. Y esta vez era distinto; todos lo sabíamos, pero nadie lo decía. Igual que yo, mi madre temía que, finalmente, se hubiera unido de manera definitiva a Simón, hijo de Giora, el fanático más exacerbado de todos. Contaban que sus hombres caían sobre las pequeñas partidas formadas por mercenarios de Herodes Antipas y por soldados del general romano Varo y que les cortaban el cuello. También atacaban a los viajeros acaudalados en el camino a Caná y se llevaban su dinero para dárselo a los pobres, pero a estos les dejaban el cuello intacto.

Judas era mi hermano adoptivo, hijo del primo de mi madre, pero estaba más unido a mí en espíritu que mis propios padres. Se daba cuenta de lo aislada y sola que me sentía al ir haciéndome mayor, y solía llevarme con él a pasear por los montes de bancales a las afueras de la ciudad, trepábamos juntos los muretes que separaban unos campos de los otros, sorprendíamos a las muchachas que cuidaban de las ovejas y cogíamos uvas y aceitunas por el camino. Aquellas pendientes estaban agujereadas por unas cuevas laberínticas, y las explorábamos, nos asomábamos a las fauces abiertas, vociferábamos nuestros nombres y esperábamos a oír aquella voz que nos los repetía.

De manera inevitable, Judas y yo acabábamos llegando al acueducto romano que traía el agua a la ciudad, y allí nos entregábamos al ritual de lanzar piedras a las columnas entre los arcos. Fue en una ocasión en que nos encontrábamos a la sombra de aquella maravilla romana gigantesca —él con dieciséis años y yo con diez— cuando Judas me habló por primera vez de la revuelta en Séforis que lo había apartado de sus padres. Los soldados romanos prendieron a dos mil rebeldes, incluido su padre, los crucificaron y flanquearon los caminos de cruces. A su madre la habían vendido como esclava con el resto de los habitantes de la ciudad. Judas, de solo dos años, recibió cobijo en Caná hasta que mis padres fueron a buscarlo.

Lo adoptaron con un contrato legal, pero Judas nunca fue de mi padre, solo de mi madre. Mi hermano despreciaba a Herodes Antipas por su connivencia con Roma —igual que cualquier judío temeroso de Dios— y le indignaba que nuestro padre se hubiera convertido en el consejero más íntimo del tetrarca. Los galileos no dejaban de tramar sediciones y de buscar un mesías que los liberara de Roma, y sobre nuestro padre recaía la responsabilidad de aconsejar a Antipas cómo apaciguarlos y, al mismo tiempo, mantener su lealtad para con su opresor. Era una tarea ingrata para cualquiera, pero en especial para nuestro padre, cuyo judaísmo iba y venía como las lluvias. Guardaba el sábado, pero con laxitud. Iba a la sinagoga, pero se marchaba antes de que el rabí leyese las Escrituras. Hacía largos peregrinajes a Jerusalén para la Pascua y la fiesta de los Tabernáculos, pero con pavor. Respetaba las leyes de la comida, pero solo se metía en el micvé si se encontraba con un cadáver o con una persona que sufriese de una erupción en la piel, o si se sentaba en una silla que acabase de dejar libre mi madre cuando menstruaba.

Me preocupaba su seguridad. Aquella mañana se había marchado a palacio acompañado de dos de los soldados de Herodes Antipas, unos mercenarios idumeos cuyos yelmos y gladios centelleaban con fogonazos de sol. Había estado acompañándolo desde la semana anterior, cuando uno de los zelotes de Simón de Giora le escupió en la calle. Aquel insulto provocó una violenta discusión entre mi padre y Judas, una tempestad de voces que barrió la casa desde el vestíbulo hasta las habitaciones superiores. Mi hermano desapareció esa misma noche.

Ocupada con aquellas inquietudes sobre mi madre, mi padre y Judas, sobrecargué el cálamo, que goteó en el cuenco y dejó el rocío negro de una gota de tinta en el fondo. Me quedé mirándola horrorizada.

Con cuidado, di unos toques sobre la tinta con uno de los trapos que utilizaba para limpiar, lo que dejó un manchón grisáceo bastante feo. No hice sino empeorarlo. Cerré los ojos para tranquilizarme. Finalmente, una vez devuelta mi concentración sobre la plegaria, escribí con la plenitud de mi pensamiento las pocas palabras que me quedaban.

Agité un haz de plumas sobre la tinta para que se secara más rápido. Después, tal y como Yalta me había indicado, dibujé la figura de una muchacha en el fondo del cuenco. La hice alta y con las piernas largas, un torso esbelto, los pechos pequeños, el rostro con forma ovalada, los ojos grandes, el cabello como unas zarzas, gruesas las cejas, una uva por boca.

Tenía los brazos levantados, rogando: «por favor, por favor».
Cualquiera sabría que esa muchacha era yo.

La mancha del goterón de tinta quedaba suspendida sobre la cabeza de la joven como una nubecilla oscura. Fruncí el ceño al mirarla y me dije que no significaba nada. No presagiaba nada. Un desliz de concentración, nada más, pero no podía evitar preocuparme. Pinté de forma esquemática una paloma sobre la cabeza de la muchacha, justo debajo de la imperfección. Las alas se abrían en un arco sobre ella, como un tabernáculo.

Me puse en pie y me llevé mi cuenco del ensalmo a la pequeña ventana situada en lo alto, por donde caían las hebras de luz. Hice rotar el cuenco una vuelta entera, viendo cómo se movían las palabras en su interior y cómo se iban acercando hacia el borde, como si fueran olas.

*Señor Dios nuestro, escucha mi plegaria, la plegaria de mi corazón. Bendice la inmensidad en mi interior, por mucho que yo la tema. Bendice mis cálamos de junco y mis tintas. Bendice las palabras que escribo. Que sean bellas ante tu mirada. Que sean visibles a unos ojos que no han nacido aún. Cuando yo sea polvo, entona estas palabras sobre mis huesos: ella era una voz.*

Me quedé mirando la oración, la muchacha y la paloma, y tuve una sensación que me henchía el pecho, un júbilo incipiente como una bandada de pájaros que alza el vuelo al unísono desde los árboles.

Pensé que ojalá Dios viese lo que acababa de hacer y hablase desde el torbellino, que ojalá dijese: «Te veo, Ana, y cuán grata eres a mi vista». Solo hubo silencio.

Estaba ajetreada guardando mis utensilios de escritura

cuando el segundo mandamiento surgió en mi mente como si Dios sí hubiera hablado en realidad, aunque no era eso lo que yo deseaba oír. «No te fabricarás ídolos ni figura alguna de lo que hay arriba en el cielo, abajo en la tierra, o en el agua debajo de la tierra.» Decían que el mismo Dios había escrito aquellas palabras en unas tablas de piedra y se las había entregado a Moisés. No podía imaginar que de veras pretendiese que llegáramos a tales extremos, pero se había adoptado una interpretación estricta del mandamiento como manera de mantener al pueblo de Israel puro y diferenciado de Roma. Se había convertido en una vara de medir la lealtad.

Me quedé inmóvil. Un escalofrío me recorrió el cuerpo. «Han lapidado a gente hasta la muerte por haber creado imágenes más rudimentarias que la que he dibujado yo.» Me vine abajo, al suelo, y apoyé la espalda en la solidez del baúl de cedro. Anoche, cuando mi tía me indicó que colocara mi imagen en el cuenco, la advertencia contra las figuras fabricadas me estuvo atormentando durante un buen rato, pero la dejé a un lado, cegada por la seguridad en mí misma. Ahora, mi desinterés al respecto de las consecuencias me dejaba con mal cuerpo.

No me preocupaba que me lapidasen: las cosas jamás podrían llegar tan lejos. Las lapidaciones se producían en Galilea, incluso en Séforis, pero no aquí, en la helenófila casa de mi padre, donde lo que importaba no era guardar las leyes judaicas, sino la apariencia de que se guardaban. No, lo que yo sentía era el miedo de que si alguien descubría mi imagen, mi cuenco acabaría hecho pedazos. Temía que se llevasen el preciado contenido de mi baúl, que mi padre por fin hiciese caso a mi madre y me prohibiese escribir, que desatase su ira sobre Yalta, quizá incluso que la echara de la casa.

Me llevé las manos contra el pecho y presioné como si

quisiera obligarme a regresar a la persona que era anoche. ¿Dónde estaba el yo que había compuesto una plegaria que las muchachas no se atreven a decir? ¿Dónde estaba el yo que se había metido en el micvé? ¿El que encendió los candiles? ¿El que tenía fe?

Había escrito las historias que mi tía me había contado sobre las niñas y las mujeres de Alejandría. Temerosa de llegar a perder esas también, me puse a rebuscar entre mis manuscritos hasta que las encontré. Las estiré y las leí. Me envalentonaron.

Busqué un trozo de lino entre los trapos que usaba para limpiar. Con él cubrí el cuenco, lo hice pasar por una vasija para los desperdicios y lo deslicé bajo mi cama. Mi madre jamás se acercaría a él. Era su espía, Sipra, quien más me debería preocupar.

IV

El nombre de mi madre, Hadar, significa «esplendor», y ella hacía cuanto estaba en su mano por confirmarlo. Entró en la habitación vestida con una túnica del color de las esmeraldas y con su mejor collar de cornalinas, seguida de cerca por Sipra, que venía cargada con una pila de prendas muy vistosas y todo un despliegue de bolsos con joyas, peines y pintura de ojos. En equilibrio en lo alto de la pila había un par de sandalias del color de la miel con unas campanillas minúsculas cosidas en las cintas. Incluso Sipra —una criada— lucía su mejor manto y un brazalete de hueso tallado.

—Enseguida nos marchamos al mercado —anunció mi madre—. Y tú nos vas a acompañar.

De no haber llegado con tan apremiante misión, quizá

hubiese reparado en las miradas que yo lanzaba hacia el cuenco, debajo de la cama, y se habría preguntado por el objeto de mi fascinación. Sin embargo, no se despertó su curiosidad, y, sumida en mi alivio, yo tampoco me planteé en un principio la irracionalidad de ir al mercado tan engalanadas.

Sipra me quitó la túnica y la sustituyó por otra de lino blanco cargada de bordados de hilo de plata. Me envolvió las caderas con una faja de color añil, me deslizó las sandalias en los pies y me advirtió que me quedara quieta mientras me aclaraba la cara con tiza y harina de cebada. Le olía el aliento a lentejas y a puerros, y cuando volví la cara para apartarla, me pellizcó en el lóbulo de la oreja. Di un pisotón contra el suelo y solté una ráfaga de tintineos de las campanillas.

—Quédate quieta, que no podemos llegar tarde —dijo mi madre, que le entregó a Sipra una barra de kohl y permaneció vigilante mientras la criada me pintaba los ojos y después me frotaba aceite en las manos.

No pude seguir mordiéndome la lengua.

—¿Y tenemos que vestirnos de una forma tan espléndida para ir al mercado?

Las dos mujeres cruzaron una mirada. Una mancha de sonrojo le apareció a mi madre bajo la barbilla y se le extendió por el cuello tal y como le solía pasar cuando estaba siendo artera. No me hizo caso.

Me dije que no había motivos para inquietarse. Tampoco era inusual que mi madre montase espectáculos, aunque estos solían reducirse a los banquetes que orquestaba para los benefactores de mi padre en el gran salón donde los recibía: verdaderos alardes a base de cordero asado, higos melosos, aceitunas, humus, pan ácimo, vino, candiles relucientes, músicos, acróbatas, un mago adivino... Aquellas exhibiciones nunca incluían un ostentoso paseo al mercado.

Pobre madre. Siempre parecía tener la necesidad de demostrar algo, aunque yo nunca supe qué era hasta que llegó Yalta. Durante una de nuestras charlas de azotea, mi tía me reveló que el padre de mi madre se había ganado la vida como mercader en Jerusalén vendiendo tejidos, y no especialmente selectos. Mi padre y Yalta, sin embargo, procedían de un noble linaje de judíos grecoparlantes de Alejandría vinculados con las autoridades romanas. Como es natural, disponer un matrimonio entre dos familias separadas por semejante abismo sería imposible a menos que la novia poseyera una belleza extraordinaria o que el novio sufriese de algún defecto físico. Resulta que mi madre tenía un rostro sin igual, y que mi padre tenía el fémur de la pierna izquierda más corto que el de la derecha, y eso hacía que cojease muy ligeramente.

Había sido un alivio saber que los alardes de grandeza por parte de mi madre no solo venían motivados por la presunción, sino también por un intento de compensar sus orígenes humildes. Me hizo sentir pena por ella.

Sipra me sujetó el cabello con unas cintas y me ató una tira de monedas de plata a la altura de la frente. Me envolvió en un manto sofocante de lana teñida de rojo escarlata, pero no con raíz de rubia, que es un tinte barato, sino con ese rojo intenso de los insectos hembra. Como tormento final, mi madre me dejó caer alrededor del cuello un canesú de cuentas de lapislázuli.

—Tu padre estará complacido —me dijo.

—¿Padre? ¿Él también viene?

Mi madre asintió mientras se ponía un manto azafranado sobre los hombros y se recogía la mantilla por encima del tocado de la cabeza.

¿Cuándo ha venido mi padre de paseo al mercado?

Era incapaz de comprender lo que estaba pasando, tan

solo que yo parecía estar en el centro de todo aquello, y que me producía una sensación aciaga. Si Judas hubiera estado allí, se habría puesto de mi parte: él siempre se ponía de mi parte. Le insistía a mi madre que me exonerase del huso, del telar y de la lira y que me dejara con mis estudios. Le formulaba mis preguntas al rabí cuando a mí no me permitían hablar en la sinagoga. Deseaba ahora su presencia con todo mi corazón.

—¿Qué hay de Judas? —pregunté—. ¿Ha vuelto ya?

Mi madre negó con la cabeza y apartó de mí su mirada.

Judas siempre había sido su favorito, el solo heredero de su adoración. Yo quería creer que se debía a que él le había conferido el estatus que una recibía por tener un hijo varón, o a que Judas, por sus sufrimientos y desconsuelos de niño, ahora necesitaba aquella ración añadida. Y es que Judas, al fin y al cabo, era apuesto y amable, rebosante de principios y de bondad a partes iguales, la más inusual de las combinaciones, mientras que yo era una terca, una impulsiva, un compendio de rebeldía egoísta y extrañas esperanzas. No debió de resultarle nada fácil quererme.

—¿Y Yalta? —pregunté en busca de algún aliado a la desesperada.

—Yalta... —escupió el nombre—. Yalta se va a quedar aquí.


V


Nos desplazábamos por la principal vía pública de Séforis como una barcaza imperial, deslizándonos con elegancia por la calle con sus columnatas, sobre la caliza machacada y brillante, y obligábamos a la gente a apartarse: mi padre iba en cabeza, después mi madre, Sipra y yo, flanqueada por dos soldados que gritaban a la gente para que dejara paso. Veía la forma baja y fornida de mi padre dar zancadas grandes por delante y escorarse un poco de lado a lado. Llevaba un manto rojo, igual que yo, y un sombrero a juego que le quedaba sobre la cabeza como una hogaza de pan. Sus grandes orejas sobresalían a cada lado del sombrero como pequeñas baldas mientras que, debajo, mantenía oculta de la vista la gran calva de la cabeza, algo que él tenía por una reprimenda de Dios.

Un rato antes, al verme, había hecho un gesto de asentimiento hacia mi madre con un aire tácito y, al estudiarme con más detenimiento, había dicho:

—No debes fruncir tanto el ceño, Ana.

—Cuéntame el propósito de nuestra excursión, padre, y estoy segura de que mi aspecto será más agradable.

No me respondió, y volví a preguntárselo. Hizo caso omiso, igual que había hecho mi madre. No era inusual que mis padres se mostraran indiferentes a mis indagaciones —era su costumbre—, pero su negativa a responderme sí me alarmó. Mientras desfilábamos por la calle, mi creciente estado de pánico me lanzó a deambular por unas imaginaciones disparatadas y terribles. Se me ocurrió que el mercado se encontraba dentro de la misma basílica romana enorme que albergaba el tribunal y también los salones públicos donde se congregaba nuestra sinagoga, y comencé a obsesionarme con que no íbamos en absoluto al mercado, sino a un juicio en el que acusarían a Judas de bandidaje, y que nuestra muestra de abundancia tenía como fin impedir su castigo. Sin duda se trataba de eso, y mis temores por mi hermano no eran menores que los que había sentido por mí misma.

Sin embargo, unos instantes después nos imaginé en la sinagoga, donde mis padres, hastiados por mis constantes súplicas por estudiar como hacían los varones, me acusarían de deshonrarlos con mi ambición y mi engreimiento. El rabí, ese tan altanero, escribiría una maldición y me obligaría a tragarme una infusión hecha con la tinta con la que estaba escrita. Si estaba libre de pecado, la maldición no tendría efecto, y, si era culpable, las manos se me atrofiarían de manera que ya no podría escribir más, la vista se me debilitaría demasiado como para leer, o quizá se me cayesen los ojos de la cara, directamente. ¿No habían sometido a una prueba como esta a una mujer acusada de adulterio? ¿No contaban que se le habían consumido los muslos y se le había hinchado el vientre tal y como advertían las Escrituras? ¡Vaya, podría estar manca y ciega esta misma noche! Y, si la sinagoga no es nuestro destino —me dije—, tal vez sí vayamos al mercado, en realidad, donde podrían ponerse a regatear y venderme a un príncipe árabe o a un mercader de especias que me llevara a través del desierto a lomos de un camello y librar así a mis padres de mi presencia de una vez por todas.

Inspiré hondo una vez. Luego otra más, para tranquilizar aquellos pensamientos vertiginosos y sin sentido.

Observé el sol, calculé que ya sería cerca del mediodía, y me imaginé a Yalta, que se despertaba para encontrarse la casa vacía, donde solo quedara Lavi para contarle que nos habíamos ido todos de caminata al mercado con nuestras galas más espléndidas. Deseé que viniera a buscarnos. Difícilmente podría pasarnos por alto: salvo los címbalos y las trompetas, a nuestra procesión no le faltaba de nada. Volví la cabeza por encima del hombro con la esperanza de verla y me imaginé cómo aparecería: sin resuello, ataviada con su sencilla túnica de lino, de alguna manera consciente de que yo estaba en peligro. Llegaría a mi altura, con los hombros hacia atrás con ese ademán orgulloso que tenía. Me cogería de la mano y me diría: «Estoy aquí, tu tía está aquí».

La localidad estaba colapsada con los acomodados ciudadanos de Séforis y también con forasteros de otros lugares del Imperio —capté fragmentos de latín y de frigio además de arameo, hebreo y griego—, y, como siempre, había multitud de jornaleros de Nazaret: los picapedreros, carpinteros y canteros que se daban todos los días el paseo de una hora a través del valle de Nahal Zipori para encontrar trabajo en la construcción de alguno de los edificios de Herodes Antipas. Con el traqueteo de sus carretas, recorrían las calles en un estruendo de rebuznos de los burros y de gritos que ahogaban el tintineo de las monedas en mi frente, las campanillas de las sandalias y el pandemonio que llevaba en el pecho.

Al acercarnos a la casa de la moneda de la ciudad, alguien en la multitud gritó en el dialecto arameo de los nabateos: «¡Mirad, los perros de Antipas!», y vi que mi padre daba un respingo. Cuando fueron más los que se unieron al cántico, el soldado de nuestra retaguardia se internó a trancas y barrancas en la muchedumbre dando golpes sobre su escudo para lograr un mayor efecto, y consiguió que cesaran las risas.

Avergonzada por nuestro derroche y tan solo un poco sorprendida por el odio que despertábamos entre la gente llana, no quise mirarlos a la cara y bajé la cabeza, y entonces volvió a mí lo que más deseaba olvidar del día en que Judas desapareció.


Aquella mañana, mi hermano me acompañó al mercado, donde esperaba encontrar algo de papiro. La tarea de ser mi carabina solía recaer en Lavi, pero Judas se había ofrecido, y yo me puse exultante. Al pasear por la misma ruta que recorríamos ahora, nos topamos con un carretón que había sufrido un vuelco y, junto a él, un jornalero con el brazo parcialmente atrapado bajo una plancha de mármol. La sangre salía sigilosa de debajo de la piedra como si avanzase con las patas peludas de una araña.

Traté de impedir que Judas fuese corriendo hacia él.

—¡Es impuro! —exclamé al agarrarlo del brazo—. Déjalo.

Judas se liberó de una sacudida y me miró con cara de indignación.

—¡Ana! ¿Qué sabes tú de las penalidades de este hombre? ¡Tú, una muchacha privilegiada que jamás ha conocido una jornada de duro trabajo ni una punzada de hambre en el estómago! ¿Al final sí eres digna hija de tu padre?

Sus palabras no fueron menos aplastantes que la plancha de piedra. Permanecí inmóvil y avergonzada mientras él la levantaba de encima del hombre y le vendaba la herida con una tira de tela que había arrancado de su propia túnica.

Regresó conmigo y me dijo:

—Dame tu brazalete.

—¿Qué?

—Que me des tu brazalete.

Era una pieza de oro puro tallado con una vid que se retorcía. Escondí el brazo.

Se inclinó muy cerca de mi rostro.

—Este hombre... —Se interrumpió e hizo un gesto hacia toda la colección de trabajadores sudorosos que se habían detenido a mirar—. Todos estos hombres se merecen tu ayuda. Lo único que conocen son impuestos y deudas. Si no pueden pagar, Antipas les quita sus tierras, y a ellos no les queda otra forma de vivir que esta. Si este hombre no puede trabajar, acabará pidiendo en la calle.

Deslicé el brazalete, me lo quité de la muñeca y me quedé mirando cómo Judas se lo ponía en la mano al hombre herido.

Fue más tarde, esa misma noche, cuando Judas y mi padre

tuvieron un encontronazo mientras mi madre, Yalta y yo escuchábamos desde la balconada sobre el gran salón, apretadas entre las sombras.

—Padre, lamento que te escupiera un seguidor de Simón de Giora —dijo Judas—, pero no lo puedes condenar. Esos hombres son los únicos que luchan por los pobres y los desposeídos.

—¡Pues sí los condeno! —gritó mi padre—. Los condeno por su bandidaje y por agitar a la plebe. En cuanto a los pobres y los desposeídos, han recogido lo que sembraron.

Su pronunciamiento sobre los pobres, expresado con tanta facilidad, tanta malicia, indignó a Judas, que le contestó a voces.

—¡Lo único que han recogido los pobres es la enorme crueldad de Antipas! ¿Cómo van a pagar los impuestos del tetrarca además de los de Roma y de sus diezmos obligatorios al templo? Los están machacando, y Antipas y tú sois la mano de mortero.

Durante unos instantes no se oyó sonido alguno. Después, la voz de mi padre, apenas un susurro:

—Fuera. Vete de mi casa.

Mi madre aspiró con fuerza. Por muy frío que mi padre se hubiera mostrado con Judas a lo largo de los años, jamás había llegado a aquello. ¿Habría arremetido Judas si no hubiese provocado yo su indignación en un momento anterior de aquel mismo día, con la malicia de mis propias palabras? Sentí una fuerte rabia.

Los pasos de mi hermano resonaron en la luz titilante del piso de abajo y se desvanecieron.

Me di la vuelta para mirar a mi madre. La aversión le brillaba en los ojos. Había despreciado a mi padre desde donde alcanzaban mis recuerdos. Él le había negado a Judas la entrada en los lugares más recónditos de su corazón, y la venganza de mi madre había sido metódica y espectacular: fingió ser infecunda; tomaba ajenjo, ruda silvestre e incluso agnocasto, conocido por lo poco común que era y por su elevado precio. Había encontrado aquellas hierbas preventivas en la caja que Sipra tenía escondida en el almacén bajo el patio. Las había escuchado a las dos con mis propios oídos conversar sobre la lana que mi madre empapaba en aceite de linaza y se colocaba dentro del cuerpo antes de que mi padre fuese a verla, y también sobre las resinas que se aplicaba después.

Decían que las mujeres estaban hechas para dos cosas: la belleza y la procreación. Después de haberle concedido a mi padre la belleza, mi madre se encargó de que se le negara la procreación y le impidió tener más hijos aparte de mí. Tantos años habían pasado, y él no se había dado cuenta de su engaño.

En ocasiones se me había pasado por la cabeza la posibilidad de que la venganza no fuese el único impulso en la conducta de mi madre, sino que también actuase en ella su propia peculiaridad femenina, y no me refiero a una ambición sin límites como la mía, sino a la aversión hacia los niños. Quizá temiese el dolor y el riesgo de morir que venían emparejados con el parto, o tal vez aborreciese los estragos que causaban en el cuerpo de una mujer, o le irritaran los agotadores esfuerzos necesarios para cuidar de ellos. Quizá no le gustasen los niños, simplemente. No podía culparla por nada de aquello. Pero si había fingido una incapacidad para quedarse encinta por esas razones, entonces ¿por qué me había tenido a mí? ¿Por qué había venido yo a este mundo? ¿Le habrían fallado sus agnocastos?

La cuestión me tuvo desconcertada hasta que cumplí los trece y oí al rabí hablar sobre una norma que permitía a un hombre divorciarse de su esposa si esta no había dado a luz en diez años, y fue como si se abriesen los cielos y el motivo de mi existencia se le cayese a Dios de su trono y aterrizase a mis pies. Yo era la salvaguarda de mi madre. Nací para protegerla de ser repudiada.

Ahora, mi madre caminaba detrás de mi padre sin relajar su pose erguida, con la barbilla alta y sin mirar a derecha ni izquierda. A la luz del sol, era como si su manto dorado se encendiese con un centenar de llamas. A su alrededor, el ambiente relucía más intenso que entre los demás, cargado de altivez, de belleza y del aroma del sándalo. Mientras escrutaba las calles abarrotadas en busca de Yalta y después en busca de Judas, comencé a repetir mi oración secreta, a mover los labios sin emitir sonido ninguno: «Señor Dios nuestro, escucha mi plegaria, la plegaria de mi corazón. Bendice la inmensidad en mi interior, por mucho que yo la tema...»

Aquellas palabras me calmaban mientras la ciudad discurría a mi alrededor, unas magníficas edificaciones que me asombraban cada vez que me aventuraba a salir. Antipas había llenado Séforis de edificios públicos imponentes, el tesoro real, basílicas con frescos, unas termas, cloacas, aceras techadas y calles pavimentadas y dispuestas en perfectas cuadrículas romanas. Las grandes villas como la de mi padre eran comunes por toda la ciudad, y el palacio de Antipas era tan opulento como cualquier residencia regia. Llevaba reconstruyendo la ciudad desde que Roma la arrasó tantos años atrás, cuando Judas perdió a sus padres, y lo que había surgido de las cenizas era una rica metrópolis que rivalizaba con cualquier otra excepto Jerusalén.

Últimamente, Antipas había comenzado la construcción de

un anfiteatro romano con un aforo de cuatro mil asientos en la pendiente norte de la ciudad. Había sido idea de mi propio padre, como la manera en que Antipas podía impresionar al emperador Tiberio, y Judas decía que no era más que otra forma de hacernos tragar con Roma. No obstante, las maquinaciones de mi padre no terminaban ahí: aconsejó a Antipas que acuñara sus propias monedas, pero que se apartase de la costumbre romana, que prescindiese de su efigie y la sustituyera por una menorá. Aquel ingenioso gesto le daba al tetrarca la apariencia de reverenciar la misma ley mosaica que yo había quebrantado esa misma mañana. La gente llamaba «el Zorro» a Herodes Antipas, pero el astuto era mi padre.

¿Era yo igual que él, tal y como Judas había insinuado?

Apareció el mercado ante nuestros ojos, y el gentío se hizo más denso. A duras penas, fuimos dejando atrás pequeños grupos de hombres: miembros de la corte, escribas, funcionarios y sacerdotes. Los niños cargaban con gavillas de hierbas, trigo y cebada, brazados de cebollas, palomas en jaulas hechas con ramitas. Las mujeres llevaban mercancías en la cabeza con un aplomo desconcertante: vasijas de aceite, cestos de aceitunas tardías, rollos de tela, cántaros de piedra, incluso mesitas de tres patas, cualquier cosa que se pudiese vender, y todo ello mientras se saludaban las unas a las otras: «*Shelama, shelama*». Siempre miraba a aquellas mujeres con envidia por su ir y venir en libertad, sin la atadura de una carabina. Estaba claro que no todo era malo en la vida del pueblo llano.

Dentro de la basílica, el alboroto se intensificaba al mismo tiempo que el calor por falta de ventilación. Rompí a sudar, envuelta en un manto tan complicado. Barrí con la mirada aquella estancia tan grande y tenebrosa, hilera tras hilera de puestos y carretones del mercado. Olía a sudor, a carbón, a espetones de carne y a esa hedionda salazón de pescado de

Magdala. Me apreté el dorso de la mano contra los orificios de la nariz para rebajar el hedor y noté que el soldado que venía dando pisotones a nuestra espalda me empujaba para que avanzase.

Por delante, mi madre se había detenido a medio camino de una hilera de puestos donde vendían mercancías de la Ruta de la Seda: papel, tejidos de seda y especias de China. Inspeccionaba distraída un paño de color turquesa mientras mi padre continuaba hasta el final de la hilera de puestos, donde se detuvo y recorrió la multitud con la mirada.

Desde el preciso momento en que partimos ya me temí que nos dirigíamos hacia algo calamitoso, y no lo percibía solo en lo extraño de nuestra expedición, sino en los minúsculos movimientos de los rostros de mis padres, y, sin embargo, ahí estaban los dos, mi madre comprando sedas con toda la serenidad del mundo y mi padre vigilando pacientemente sobre el gentío. ¿Habría venido mi madre en realidad a comerciar? Solté el aire que retenía dentro en un arrebato de alivio.

No me había fijado en el hombre bajo que se había aproximado a mi padre, no hasta que el gentío se abrió un poco y lo vi dar una gran zancada al frente y saludar a mi padre con una reverencia. Vestía un manto caro de color violeta oscuro y un sombrero cónico muy alto, quizá el más alto que hubiesen visto mis ojos, lo cual llamaba la atención sobre su estatura excepcionalmente corta.

Mi madre dejó la tela turquesa. Miró hacia atrás y me hizo un gesto para que me acercara.

—¿Quién es el acompañante de mi padre? —le pregunté al llegar a su lado.

—Es Natanael, hijo de Jananías, un conocido de tu padre.

Podría haber sido un crío de doce años salvo por la voluminosa barba que le caía a plomo sobre el pecho al estilo de unas madejas retorcidas de fibras de lino. Se tiró de la barba, sus ojos de hurón me miraron fugazmente y se desviaron hacia otro lado.

—No es dueño de una, sino de dos haciendas —me informó—. En una cultiva dátiles, en la otra aceitunas.

Se produjo entonces uno de esos instantes indescriptibles que no cobran relevancia hasta más tarde: un brochazo de color en el rabillo del ojo. Me volví hacia aquello y vi a un joven, humilde, con los brazos levantados y unas largas hebras de hilo trenzado enredadas en los dedos bien abiertos: rojo, verde, lila, amarillo y azul. Los hilos le caían hasta las rodillas como en una catarata de colores vivos. Con el tiempo, me recordarían al arcoíris, y me preguntaría si Dios las había enviado en señal de esperanza tal y como había hecho con Noé, algo a lo que aferrarme en medio de aquellas ruinas anegadas que me aguardaban, pero en aquel entonces no fueron más que una encantadora distracción.

Una chica no mucho más mayor que yo iba tratando de enrollar los hilos en unas espirales perfectas para venderlas. Diría que estaban teñidos con tintes vegetales baratos. El joven se reía con unas carcajadas graves y resonantes, y reparé en que estaba agitando los dedos y haciendo que los hilos serpentearan, que fuera imposible capturarlos. La muchacha también se reía, aunque intentaba evitarlo con todas sus fuerzas.

En aquella escena había algo tan inesperado, un espíritu de tal alegría, que me quedé mirándola. Ya había visto a mujeres ofrecer los dedos a modo de clavijas para los hilos, pero nunca a un hombre. ¿Qué clase de hombre ayuda a una mujer a ovillar el hilo de lana?

Parecía varios años más mayor que yo, de unos veinte. Lucía una barba corta y oscura y el cabello denso que le caía hasta el mentón, como era la costumbre. Vi que se retiraba un mechón detrás de la oreja, pero el pelo se negaba a quedarse ahí, y volvía a caerle en la cara. Tenía la nariz larga, los pómulos anchos y la piel del color de las almendras. Vestía una túnica tosca de tela basta y otra prenda encima con *tzitzit*, las borlas azules que lo identificaban como un seguidor de las leyes de Dios. Me pregunté si sería uno de esos fanáticos fariseos, uno de esos inflexibles seguidores de Samay, bien conocidos por apartarse diez brazas del camino con tal de no cruzarse con un alma pecadora.

Volví a mirar a mi madre, preocupada por que me viese mirándolos fijamente, pero ella estaba absorta en su propia fascinación con el conocido de mi padre. Amainaron los regateos del mercado y oí que mi padre elevaba la voz por encima del alboroto:

—Mil denarios y una porción de tu huerto de datileras. —Su encuentro, al parecer, había devenido en un apasionado intercambio de negocios.

La muchacha del puesto de lanas terminó de ovillar sus hilos y colocó la última bola sobre un tablón de madera que hacía las veces de estante. Al principio pensé que sería la esposa de aquel joven, pero al ver ahora lo mucho que se parecía a él, decidí que tenían que ser hermanos.

Como si sintiera la intensidad de mi observación, el hombre se dio la vuelta de repente, y su mirada cayó sobre mí como un velo que prácticamente pude palpar, su calor al rozarme en los hombros, el cuello, las mejillas. Debería haber desviado la mirada, pero no pude. Sus ojos eran lo más sobresaliente en él, y no por su belleza aunque fueran bellos a su manera —bien espaciados y negros como la más negra de mis tintas—, pero no era eso. Había una minúscula llama en ellos, una expresividad que podía ver aun desde el lugar donde me encontraba. Era como si sus pensamientos flotasen en aquella luz húmeda y oscura que tenían, deseando que los leyeras. Y percibía diversión en ellos. Curiosidad. Un interés sin reservas. No había el menor rastro de desdén por mis riquezas. Ni juicio. Ni la petulancia de un devoto. Vi generosidad y bondad. Y algo más, un tanto menos accesible, un dolor de algún tipo.

Si bien es cierto que me consideraba muy capaz en la interpretación del lenguaje de un rostro, no sabía si realmente vcía todas aquellas cosas o si deseaba verlas. Aquel instante se dilató más allá del decoro. Sonrió ligeramente, con la sombra de una curvatura en los labios, y se volvió de nuevo hacia la muchacha que yo creía que era su hermana.

—¡Ana! —oí decir a mi madre, cuya mirada se apartó de mí hacia aquella gente humilde—. Tu padre te ha llamado.

—¿Qué quiere mi padre de mí? —le pregunté, pero ya comenzaba a hacerse evidente ante mis ojos: la verdad de por qué estábamos allí, ese hombre diminuto vestido de color violeta, aquellos negocios.

—Quiere presentarte a Natanael de Jananías —decía mi madre—, que desea verte más de cerca.

Miré al hombre y sentí que algo se desgarraba detrás del hueso plano en mi pecho.

«Pretenden prometerme en matrimonio.»

Comenzó de nuevo el pánico, esta vez como una oleada en el vientre. Empezaron a temblarme las manos, después la mandíbula. Me di la vuelta de golpe hacia ella.

—¡No podéis prometerme en matrimonio! —grité—. ¡No he madurado aún!

Mi madre me cogió del brazo y tiró de mí para alejarme de manera que Natanael no pudiese oír mis objeciones ni pudiese ver el horror en mi rostro.

—Ya puedes dejar de perpetuar tu mentira. Sipra encontró los trapos de tu sangrado. ¿Creías que ibas a poder ocultármelo? No soy estúpida. Tan solo me enfurece que hayas perpetrado un engaño tan deleznable.

Sentía ganas de gritarle, de arrojarle las palabras como si fueran piedras: «¿Y dónde crees tú que he aprendido ese engaño? Lo he aprendido de ti, madre, quien esconde el agnocasto y la ruda silvestre en el almacén».

Estudié al hombre que habían escogido para mí. En la barba tenía más gris que negro, unos surcos curvos bajo los ojos, una cierta fatiga en el semblante, una suerte de amargura. Y pretendían entregarme a él. «Dios mío, quítame la vida.» Se esperaría de mí que obedeciese sus ruegos, que me encargara de su casa, que sufriese su cuerpo retaco sobre el mío y que le diese hijos, y todo ello mientras se me privaba de mis cálamos y mis manuscritos. Aquella idea hizo que me recorriese el cuerpo un espasmo de ira tan violento que me agarré la cintura para evitar arañar a mi madre.

—¡Es un viejo! —conseguí decir por fin con la más endeble de todas las recriminaciones posibles.

—Está viudo, sí, con dos hijas, y...

—Y quiere un hijo varón —dije para rematar su frase.

Allí de pie en medio del mercado, no prestaba atención a la gente que nos rodeaba, al soldado de mi padre que les hacía gestos para que se marcharan, al completo espectáculo que estábamos dando.

—¡Me podías haber dicho lo que me esperaba aquí! —le grité.

—¿Acaso no me has traicionado tú a mí? Ojo por ojo: ese ya sería motivo suficiente para haberte ocultado este encuentro. —Se alisó la parte frontal del manto y lanzó una mirada nerviosa hacia mi padre—. No te lo hemos contado porque no teníamos el menor deseo de soportar tu arranque de protestas. Ya es lo bastante malo que te pongas a discutir ahora en público.

Endulzó entonces sus palabras, deseosa de ponerle fin a mi sublevación.

—Disponte. Natanael está esperando. Cumple con tu deber; hay mucho en juego.

Vi fugazmente que el hombrecillo de aspecto avinagrado nos observaba desde la distancia y saqué bien el mentón con ese aire desafiante que había visto adoptar a Yalta cuando mi padre le prohibía tomarse la menor de las libertades.

—Nadie me va a inspeccionar en busca de taras como a un cordero pascual.

Mi madre suspiró.

—Una no puede esperar que un hombre participe de algo tan vinculante como unos esponsales sin valorar si la novia lo merece. Así es como es.

—¿Y yo qué? ¿No debería yo poder valorar si él lo merece?

—Ay, Ana —dijo mi madre. Me miró con ese mismo pesar que siempre sentía por soportar a una hija tan rebelde—. Son pocas las jóvenes que encuentran la felicidad al principio, pero esto es un matrimonio de honor. No te faltará de nada.

«Me faltará de todo.»

Hizo un gesto a Sipra, que apareció a nuestro lado como si mi madre la hubiese invitado a llevarme a rastras hacia mi destino. El mercado se cerraba cada vez más a mi alrededor, con la sensación de que no tenía adónde ir, sin escapatoria. Yo no era como Judas, que podía marcharse sin más. Yo era Ana, y el mundo entero era una jaula.

Cerré los ojos con fuerza.

—Por favor —dije—. No me pidáis esto.

Me dio un empujoncito para que me pusiera en movimiento. Regresaron los aullidos al interior de mi cabeza, pero más suaves, como si alguien gimoteara.

Caminé hacia mi padre como si tuviese los pies como los caparazones de unas tortugas, entre el tintineo de las sandalias.

Era una cabeza más alta que Natanael de Jananías, y era obvio que no le agradaba en absoluto tener que alzar la vista para mirarme. Me elevé aún más, de puntillas.

—Pídele que diga su nombre para que pueda oír su voz —le dijo a mi padre, sin dirigirse a mí.

No esperé a mi padre.

—Ana, hija de Matías.

Lo dije prácticamente a gritos, como si fuese un viejo sordo. Mi padre estaría furioso, pero no le iba a dar al hombre ningún motivo para considerarme recatada ni fácil de domar.

Me fulminó con la mirada, y sentí una pizca de esperanza de que hallase razones para rechazarme.

Pensé en la plegaria del interior de mi cuenco, en la muchacha bajo la nube. Las palabras de Yalta: «Ten cuidado con lo que pides, porque sin duda lo recibirás».

«Por favor, Señor. No me abandones.»

Los instantes iban cediendo bajo el peso de un silencio denso e implacable. Por fin, Natanael de Jananías miró a mi padre y asintió con la cabeza para dar su consentimiento.

Yo tenía los ojos clavados en la luz tenue y neblinosa del mercado, sin ver nada, sin sentir nada, escuchándoles hablar del contrato de los esponsales, y ellos debatían sobre los meses que pasarían hasta la ceremonia nupcial: mi padre decía que seis; Natanael, que tres. Me di la vuelta, les di la espalda, y sobre mí se cernió el dolor, un oscuro abandono.

Mi madre, asegurado su triunfo, centró de nuevo su atención en el género del puesto de sedas. Caminé hacia ella sin dejar de luchar por mantenerme erguida, pero, a medio camino, el suelo se inclinó y el mundo se deslizó en un bandazo. Noté un mareo, ralenticé el paso, la caída del manto rojo se arremolinó a mi alrededor, se me enganchó el bajo en las campanillas de las sandalias y se me fue el pie. Caí de rodillas.

Intenté levantarme, pero me volví a desplomar sorprendida por un dolor agudo en el tobillo.

—¡Está enferma! —gritó alguien, y la gente se escabulló como si huyera de una leprosa.

Recuerdo las pisadas de la gente como los cascos de las caballerías, la pequeña tormenta de polvo en el suelo. Yo era la hija de Matías, el escriba mayor de Herodes Antipas: nadie se atrevería a tocarme.

Cuando alcé la mirada, vi que el joven del puesto de lanas venía a mi encuentro. De la manga de la túnica le colgaba un hilo rojo que cayó lentamente al suelo cuando se inclinó delante de mí. Se me pasó por la cabeza que él habría visto todo lo sucedido: la discusión con mi madre, la transacción de mis esponsales. Mi sufrimiento y humillación. Lo había visto.

Extendió la mano, y era la mano de un trabajador. Gruesos nudillos, callosidades, la palma era todo un mapa de penurias. Me detuve antes de aceptarla, no por aversión, sino fascinada ante el hecho de que me la hubiese ofrecido. Probé a cargar el peso en el pie y me incliné hacia él de la manera más leve. Cuando volví la cara hacia su rostro, me encontré con sus ojos casi a la altura de los míos. Tenía tan cerca su barba que, de haber sido más atrevida, habría podido bajar la cabeza y sentir su roce en mi la piel, y me sorprendió el deseo de hacerlo. Me dio un vuelco el corazón y sentí un extraño derretimiento en los muslos, como si las piernas me fuesen a fallar de nuevo.

Separó los labios como si fuera a decir algo. Recuerdo las

ansias que sentí por escuchar su voz, por lo que fuera a decirme.

Lo que sucedió a continuación me atormentaría durante los extraños meses que vendrían después, cuando surgía de manera inesperada, me despertaba a veces en plena noche, y allí me quedaba yo tumbada y preguntándome de qué modo podrían haber sido distintas las cosas. Él podría haberme llevado al puesto de lanas, donde yo me sentaría en el tablón de madera a esperar a que remitiesen los latidos que me palpitaban en el tobillo. Allí me descubrirían mis padres, que le darían las gracias a aquel hombre tan amable, le ofrecerían una moneda y comprarían toda la lana que la muchacha había ordenado y ovillado con tanto primor. Mi padre le diría: «Por tu amabilidad, debes cenar con nosotros».

Aquellas cosas no sucedieron. En cambio, antes de que los labios de mi rescatador pudiesen pronunciar sus palabras, se abalanzó sobre nosotros el soldado que nos había estado siguiendo de aquí para allá por las calles, empujó al hombre por la espalda de forma violenta y me sujetó al verme perder el equilibrio, cuando fui a caerme. Vi cómo él se iba al suelo y no pude apartar la mirada cuando se golpeó en la frente con la dura baldosa.

Oí que la muchacha lo llamaba por su nombre, Jesús, al echar a correr hacia él, y yo debí también de tratar de hacerlo, porque sentí que el soldado me contenía.

El hombre se levantó del suelo con ayuda de la chica, que le tiraba del brazo. Parecía aterrorizada, frenética por escapar los dos de allí antes de que el soldado siguiera atacándolo, antes de que el gentío se volviese contra ellos cargado de irritación, pero él se tomó su tiempo, y recuerdo haber pensado en la dignidad que tenía, qué calma la suya. Se llevó los dedos a una magulladura roja y brutal que tenía sobre la ceja derecha, se enderezó la túnica y se alejó caminando tal y como dictaba la prudencia, aunque no sin volverse para lanzarme una mirada..., una mirada amable y ardiente.

Todo mi ser se desesperaba por llamarlo a voces, por asegurarse de que no había sufrido ningún daño grave y decirle que lo sentía, por ofrecerle el brazalete que llevaba puesto, ofrecerle todos los que tenía en el joyero. Pero no dije nada, y la muchacha y él desaparecieron tras la muralla de espectadores y se dejaron allí sus humildes montones de lana.

Llegó mi padre con Natanael de Jananías, haciéndome a gritos aquella pregunta tan inane: no un «¿Te encuentras bien?», sino «¿Te ha atacado ese campesino?».

El soldado se apresuró a justificar sus actos.

—Ese hombre se ha echado corriendo encima de tu hija. He actuado para defenderla.

—¡No! —exclamé—. ¡Ese hombre ha venido a ayudarme! Mi tobillo...

—¡Ve a buscarlo! —gritó mi padre, y el soldado, el muy animal, salió a toda prisa en la dirección en que había desaparecido aquel hombre llamado Jesús.

—¡No! —volví a decir a voces, y me lancé a una explicación atropellada, pero mi padre no quiso entenderlo ni oírlo.

—Silencio —me dijo, y cortó el aire con un gesto de la mano.

No me pasó desapercibido el placer que sintió Natanael al verme silenciada. Su sonrisa no era tal. Era el culebreo de una víbora.

Apreté los ojos, bien cerrados, con la esperanza de que Dios aún pudiese verme, aquel sol minúsculo y menguante que era yo, y recé por que permitiese que Jesús consiguiera ponerse a salvo.

Al abrir los ojos, me fijé en la baldosa sobre la que él había caído. Había un hilo rojo y fino enroscado. Me incliné y lo recogí del suelo.

VI

Yalta estaba esperando ante la puerta principal de nuestra casa. Me recordó a un ratón gris, alerta, olisqueando el aire y sin dejar de mover las manos inquietas bajo la barbilla. Fui renqueando hacia ella, con un goteo de pintura de kohl cayéndome de las pestañas y salpicando el manto rojo.

Abrió los brazos para que pudiese entrar en el pequeño círculo que formaban.

—Niña mía, te has hecho daño.

Incliné la cabeza, la apoyé en el saliente de su hombro y permanecí allí, un tallo quebrado, queriendo hablarle de la tragedia que había sucedido. «Mis esponsales. Ese joven al que han perseguido injustamente por mi culpa.» Las palabras se hinchaban en mí como una atrocidad fermentada con levadura, y entonces se desvanecían. Dudaba de que ella pudiese ponerle arreglo a nada de aquello. ¿Dónde estaba el bueno de Judas?

No había dicho una sola palabra desde el mercado. Antes de salir de allí, mi madre me había tocado con el dedo en la piel blanda e hinchada alrededor del tobillo. «¿Puedes andar?», me había preguntado. Aquel fue el primer acto de reconocimiento de mi lesión. Asentí, pero el trayecto a casa no tardó en convertirse en una tortura: una punzada de dolor a cada paso. No tuve más remedio que valerme a modo de muleta del grueso brazo velludo del soldado que quedaba.

Llevaba bien atado en la muñeca el hilo rojo que había recogido del suelo del mercado, oculto bajo la manga. Allí, afe-

— 50 —

rrada a Yalta, vi que asomaba una hebra del hilo y supe que lo conservaría para que me recordase los breves y vívidos instantes en que había apoyado el cuerpo en el hombre de los ojos expresivos.

—Hoy no es día para andar con penas y consuelos —dijo mi padre.

—Ana se va a prometer en matrimonio —anunció mi madre con una alegría forzada, como para compensar mis muestras de duelo—. Es un partido muy honorable, y damos gracias al Señor por su bondad.

Las manos de Yalta se tensaron en mi espalda, y entonces pensé en una gran ave que me elevase con sus garras, que me llevara sobre los tejados de Séforis hasta el nido en los montes, con las bocas de sus cuevas.

Sipra abrió la pesada puerta de madera de pino que daba paso al vestíbulo, y allí estaba Lavi plantado con un cuenco de agua y unas toallas para lavarnos las manos. Mi madre me arrancó de los brazos de mi tía y me empujó al interior. El gran salón estaba sumergido en las sombras de la tarde. Guardé el equilibrio sobre un solo pie y esperé a que se me pasara la ceguera de la luz diurna antes de sacar por fin mi voz a rastras desde el horno donde se cocía.

—Me niego a esos esponsales —dije, apenas más alto que un susurro. No sabía que iba a decir eso, y me sorprendió, la verdad, pero cogí aire y lo repetí con más convicción—. Me niego a esos esponsales.

Las manos de mi padre, chorreando, se quedaron quietas sobre el aguamanil.

—Sinceramente, Ana —dijo mi madre—. ¿También vas a hacer alarde de tu desobediencia delante de tu padre? No tienes elección en esta materia.

Yalta se plantó delante de mi padre.

—Matías, sabes tan bien como yo que una hija ha de dar su consentimiento.

—A ti tampoco te ha dado nadie vela en este entierro —dijo mi madre a la espalda de Yalta.

Tanto mi padre como Yalta le hicieron caso omiso.

—Si de Ana dependiese —dijo él—, jamás daría su consentimiento para casarse con nadie.

—Es un viudo, ya tiene hijas —dije—. Me parece repulsivo. Preferiría ser una criada en su casa antes que su esposa. Por favor, padre, te lo ruego.

Lavi, que había estado muy serio con los ojos clavados en la jofaina de agua, alzó la mirada, y vi el profundo pesar que los inundaba. Mi madre tenía una aliada en Sipra —la intrigante Sipra—, pero yo tenía a Lavi. Mi padre se lo había comprado un año antes a un legado romano encantado de librarse de un muchacho norteafricano más apto para las labores de la casa que para la vida castrense. El nombre de Lavi significaba «león», pero yo jamás había oído el menor rugido en él, tan solo una gentil necesidad de complacerme. Si me marchaba para casarme, él perdería la única amistad que tenía.

Mi padre adoptó el aire de un soberano que dicta un decreto.

—Es mi deber encargarme de que te desposas en condiciones, Ana, y llevaré a cabo mi cometido con tu consentimiento o sin él. Eso no cambia nada. Preferiría tenerlo, porque de ese modo las cosas irían mucho más rodadas, pero si no me lo das, tampoco me resultará difícil convencer a un rabí para que presida el contrato de los esponsales sin tu consentimiento.

La irrevocabilidad de su tono de voz y la dureza de la compostura de su rostro demolieron mis últimas esperanzas. Nunca había visto a mi padre actuar con semejante crueldad ante mis súplicas. Arrancó con paso decidido hacia el estudio donde se dedicaba a sus negocios y se detuvo para volverse a mirar a mi madre.

—De haber cumplido tú mejor con tu deber, ella habría sido más dócil.

Me esperaba que le fuese a contestar, que le recordase que había sido él quien cedió a mis ruegos por tener un maestro, quien me había permitido hacer mis tintas y adquirir papiros, quien me había llevado por el mal camino, y en cualquier otra ocasión lo habría hecho, pero se contuvo. Lo que hizo fue volcar su ira contra mí.

Me agarró del brazo y tiró con fuerza, llamó a Sipra para que me cogiese del otro, y entre las dos me llevaron a rastras al piso de arriba.

Yalta vino detrás de nosotras.

—¡Hadar, suéltala! —Una exigencia que no sirvió más que para levantar un fortísimo viento de popa que le llenara a mi madre las velas.

No creo que los pies me llegaran al suelo siquiera mientras tiraban de mí por la balconada y dejábamos atrás las puertas que daban paso a nuestros dormitorios: el de mis padres, después el de Judas y al final el mío. Me metieron a empujones.

Mi madre entró detrás y le dio a Sipra las instrucciones de permanecer fuera y evitar que entrase Yalta. Cuando la puerta se cerró de golpe, oí que mi tía le gritaba a Sipra una maldición en griego, una preciosa relacionada con las boñigas de burro.

Rara vez había visto yo a mi madre tan incendiada de furia. Se paseaba por el cuarto dando pisotones mientras me fustigaba con las mejillas encendidas, echando humo por la nariz.

—Me has avergonzado delante de tu padre, de tu tía y de los criados. Tu deshonra recae sobre mí. Permanecerás aquí confinada hasta que ofrezcas tu consentimiento a los esponsales.

Al otro lado de la puerta, Yalta estaba ahora lanzando injurias en arameo.

—Puerca abotargada... carne de cabra putrefacta... hija de un chacal.

—¡Jamás tendrás mi consentimiento! —vomité a mi madre aquellas palabras.

Se afiló los dientes.

—No malinterpretes lo que quiero decir. Tal y como te ha explicado tu padre, él se asegurará de que un rabí sanciona el contrato sin tu permiso: tus deseos son irrelevantes. Pero por mi bien, al menos tendrás la apariencia de una hija dócil lo seas o no.

Cuando arrancó hacia la puerta sentí el peso de su crueldad, de verme encerrada en un futuro que no sabía cómo soportar, y me lancé contra ella sin pensármelo.

—¿Y qué diría mi padre si tuviera conocimiento de la mentira que tú has estado perpetuando todos estos años?

Se detuvo.

—¿Qué mentira? —Pero ella sabía a qué me estaba refiriendo.

—Sé que tomas hierbas para evitar quedarte encinta. Sé lo de la linaza y las resinas.

—Ya veo —dijo mi madre—. Y supongo que, si convenciese a tu padre de que abandonara los esponsales, tú te asegurarías de que esa información no llegara a sus oídos, ¿no? ¿Es eso?

Lo cierto es que no se me había ocurrido algo tan ingenioso. Lo único que pretendía era hacerle daño igual que ella me lo había hecho a mí. Aquella amenaza había sido idea suya, me la había ofrecido en bandeja, y yo la aproveché. Tenía catorce años, estaba desesperada. Unos esponsales con Natanael de Jananías eran una forma de morir. Era vivir en un sepulcro. Habría hecho lo que fuese con tal de librarme.

—Sí —le dije, asombrada por mi fortuna—. Si le convences, no diré nada.

Se rio.

—Cuéntale a tu padre lo que quieras. A mí no me incumbe.

—¿Cómo puedes decir eso?

—¿Por qué debería importarme que tú le cuentes lo que él ya se imagina?

Cuando se desvaneció el sonido de los pasos de mi madre, abrí la puerta apenas una rendija para encontrarme a su secuaz apostada en el umbral, encorvada sobre un taburete bajo. No había rastro de Yalta.

—¿También vas a dormir ahí? —le pregunté a Sipra sin disfrazar mi cólera.

Cerró de un portazo.

Dentro de mi alcoba, el silencio se convirtió en una soledad muy intensa. Con la mirada vuelta hacia la puerta, saqué mi cuenco del ensalmo de debajo de la cama y retiré el paño para dejar expuestas las palabras de mi plegaria.

Oí el viento rastrillar el cielo, y la habitación se oscureció al extenderse las nubes. Sentada en el suelo sobre la esterilla, acuné el cuenco contra mi vientre durante unos momentos y después lo giré despacio, como quien remueve el cieno, y lancé hipócrita mi oración hacia la luz penumbrosa. La entoné una y otra vez hasta que me harté de rogarle a Dios que regresara a mí. La inmensidad en mi interior (¡qué broma tan cruel!) no recibiría ninguna bendición, ni mis cálamos ni mis tintas. No habría unos ojos que no hubiesen nacido aún y que fuesen a leer las palabras que había escrito. Me convertiría en la olvidada esposa de un hombrecillo horrible que ansiaba un hijo.

Maldije el mundo que Dios había creado. ¿Acaso no se le

podía haber ocurrido algo mejor que esto? Maldije a mis padres por comerciar conmigo sin tener en cuenta mis sentimientos, y a Natanael de Jananías por su displicencia, por su aire despectivo, ese gorro violeta tan ridículo: ¿qué trataba de compensar al ponerse aquella protuberancia tan altísima? Maldije al rabí Ben Sira, cuyas palabras aleteaban por las sinagogas de Galilea como si las llevasen los ángeles: para el padre, «una hija será su ruina. Vale más maldad de varón que bondad de mujer».

«Raza de víboras. Sacos de prepucios putrefactos. ¡Carne de cerdo en descomposición!»

Me puse en pie de un salto, le di un puntapié al deplorable cuenco del ensalmo y sus palabras vacías y me encogí con un gesto de dolor que me sacudió el tobillo lesionado. Me volví a dejar caer en la cama, rodé de un lado a otro, poseído mi cuerpo por un lamento enmudecido.

Me quedé allí tumbada hasta que la cólera y el dolor remitieron. Acaricié el hilo rojo que llevaba atado en la muñeca, lo froté entre el índice y el pulgar, y su rostro brilló en mis pensamientos, aquella sensación de él, clara y profunda. No habíamos cruzado una palabra, Jesús y yo, pero sentí una oleada de intimidad cuando su mano sujetó la mía. Provocó un suspiro voraz en el centro de mi ser.

No por él, no me lo pareció. Por mí. Aun así, un pensamiento se abrió paso a la fuerza en mi mente, la sensación de que él era tan prodigioso como las tintas y los papiros, que era tan inmenso como las palabras, que él podría liberarme.

Llegó el crepúsculo, después la noche. No encendí los candiles.

## VII

Soñé. No, no fue un sueño, exactamente, sino el eco de un recuerdo en los alambiques de mi dormición.

*Tengo doce años y estoy estudiando con Tito, un maestro griego al que mi padre ha contratado después de ceder ante mis inconsolables ruegos. Mi madre me aseguraba que tendría un maestro por encima de su cadáver —muerto y enterrado—, y aun así no había perecido. Vivía para clamar contra mí, contra mi padre y contra el maestro, que no tenía más de diecinueve años y le tenía pavor. En este día, Tito me entrega una verdadera maravilla: no es un rollo de papiro, sino un fajo de hojas de palma atadas de manera uniforme con un cordel de cuero. En ellas hay unas palabras escritas en hebreo con tinta negra y unos adornos en los márgenes en un dorado lustroso que jamás me habría podido imaginar, una tinta preparada —me cuenta él— con arsénico amarillo. Me inclino para acercarme mucho y lo olisqueo. Huele raro, a monedas viejas. Paso el dedo sobre el color, me rozo los labios con los residuos y me provoco una minúscula erupción en la lengua.*
*Tito me fuerza a leer esas palabras en voz alta, no en hebreo, sino en griego.*
*—Eso está fuera de mi alcance —le cuento.*
*—Dudo que sea así. Ahora, empieza.*
*El ejercicio me enloquece con la necesidad de detenerme a diseccionar pasajes enteros para volver a reconstruirlos después en un idioma diferente, cuando lo único que quiero yo es surcar veloz la historia sobre las hojas de palma, que resulta ser algo tan prodigioso como la tinta dorada. Es el relato de Asenat, una muchacha egipcia muy arrogante a la que obligan a casarse con nuestro patriarca José, y del tremendo be-*

*rrinche que se agarra a consecuencia de ello. Me voy peleando
con el suplicio de la traducción con tal de descubrir cuál es el
destino de la joven, lo cual ha tenido que ser la estrategia desde el primer momento.*

*Cuando Tito ya se ha marchado, levanto mi espejo de co-
bre y observo mi rostro como si deseara asegurarme que había
sido yo, realmente, quien había alcanzado un logro tan imposible, y, al hacerlo, un minúsculo dolor me pincha en la sien
derecha. Me imagino que no será más que la tensión de tanto
esfuerzo al pensar, pero en ese instante se apoderan de mí un
corte de digestión y las punzadas de un dolor de cabeza terrible al que sigue un fogonazo de luz detrás de los ojos, un violento resplandor que se irradia en una erupción que engulle la
estancia. Me quedo mirándolo, fascinada, y veo que se contrae
en un disco rojo que permanece suspendido ante mis ojos. Dentro del disco flota la imagen de mi rostro, un reflejo exacto de
lo que acabo de ver en el espejo. Me sorprende con la cegadora
sensación de mi propia existencia: Ana la resplandeciente. Se
desmorona de manera gradual y se convierte en cenizas que
se lleva el viento.*

Abrí los ojos de golpe. La oscuridad en la habitación era sofocante, lo mismo que estar metida en una aceituna negra ma-
dura. Los ronquidos de Sipra resonaban sordos contra la
puerta. Me levanté, encendí un solo candil de barro y sacié mi
sed con la jarra de piedra. Decían que cuando una duerme
con una amatista, le provoca unos sueños trascendentales. Yo
no contaba con aquella piedra en mi cama, pero lo que se había desvelado en mi sueño daba la sensación de ser halagüeño
y de proceder de Dios. Había soñado el incidente tal y como
había sucedido dos años antes, de forma exacta. Había sido el

suceso más peculiar de mi infancia, pero no se lo había contado a nadie. ¿Cómo iban a poder entenderlo? Ni yo misma me veía capaz de comprender lo que había sucedido, tan solo que Dios había intentado decirme algo.

Después de aquello, me pasé varias semanas rebuscando en las Escrituras, descubriendo los extraños relatos de Elías, Daniel, Eliseo y Moisés y sus visiones de un fuego, unas bestias y el carro del trono. ¿Sería un orgullo desmedido pensar que Dios me había enviado una aparición a mí también? En el momento no fui capaz de decidir si mi visión era una bendición o una maldición. Deseaba creer que se trataba de la promesa de que la luz dentro de mí brillaría algún día de cara al exterior, de que este mundo me vería, me oiría, y aun así temía que fuese una advertencia de que tales deseos iban a quedarse en nada. Era del todo posible que la visión significase poco más que el que estuviera poseída por alguna suerte de enfermedad demoníaca. Con el paso del tiempo, fui pensando cada vez menos en aquel episodio, hasta que dejé de hacerlo por completo. Ahora, aquí estaba una vez más.

En la otra punta de mi alcoba, el cuenco del ensalmo descansaba volcado como una pequeña criatura maltratada. Fui hasta él y lo enderecé mientras mascullaba un lamento. Sujeté el cuenco en mi regazo, me desaté el hilo rojo de la muñeca y lo coloqué dentro del cuenco, rodeando en un círculo la figura de la muchacha.

Resoplé, el sonido barrió la habitación hasta el otro lado, y entonces se abrió una rendija en la puerta y se cerró.

—Niña mía —susurró Yalta.

Fui corriendo a ella, indiferente ante el tobillo dolorido.

—¿Cómo has conseguido pasar por delante de... dónde está Sipra?

Se llevó un dedo a los labios y abrió una rendija de la puerta para mostrarme a la criada de mi madre desplomada en su taburete, con la cabeza caída sobre el pecho y una telaraña de baba tejida en la comisura de los labios.

—Le he preparado un vino caliente macerado con mirra y pasionaria que Lavi le ha traído de mil amores —dijo Yalta, al tiempo que cerraba la puerta con una fugaz sonrisa de oreja a oreja—. Habría venido antes, pero el bebedizo ha tardado más de lo que yo creía en apoderarse de esa vieja camella.

Nos sentamos en el borde de la cama y nos cogimos de las manos. Sus huesos eran como unas ramitas de sicomoro.

—No pueden prometerme a ese hombre —le dije—. No se lo permitas.

Alargó la mano hacia el candil y lo sostuvo entre las dos.

—Ana, mírame bien. Haría lo que fuese por ti, pero no se lo puedo impedir.

Cuando cerré los ojos, vi unas luces borrosas que caían como estrellas.

No podía ser por casualidad que aquel recuerdo hubiera vuelto a emerger en mis sueños la misma noche en que estaba encerrada en mi alcoba, condenada a desposarme. Seguro que la historia que había traducido sobre la muchacha egipcia que se había visto forzada a un matrimonio abominable era un mensaje que me instaba a ser más decidida. Asenat había sido implacable en su resistencia. Yo también lo sería, implacable.

¡Y mi rostro dentro de ese solecito minúsculo! Aun en caso de que mis padres me desposaran con el repugnante Natanael de Jananías, nunca sería suya; yo seguiría siendo Ana. La visión era una promesa, ¿verdad?, de que la luz en mí no se extinguiría. La inmensidad en mi interior no se reduciría a la nada. A pesar de ello, me haría visible en este mundo. El corazón me dio un ligero vuelco ante una revelación semejante.

—Pienso, sin embargo, que sí podría convencer a tus padres de una cosa —seguía diciendo Yalta—. No sería un remedio, pero sí un consuelo. Cuando te desposes, yo iré contigo a la casa de tu marido.

—¿Y tú crees que Natanael de Jananías lo va a permitir?

—No le gustará tener a una viuda que alimentar y que le quite espacio, pero convenceré a mi hermano para que anote esta disposición en el contrato de tus esponsales. No será difícil. Hadar y él bailarán de alegría en la azotea en cuanto les mencione que se librarían de mí.

En mis catorce años, jamás había tenido una verdadera amistad que fuese constante, tan solo a Judas, y sentí una euforia momentánea.

—Ay, tía, seremos como Rut y Noemí en las Escrituras. Donde yo vaya, tú vendrás.

Yalta había mantenido su promesa de no hablar de su pasado, pero ahora que se había vinculado a mí, me preguntaba si me podría revelar su secreto.

—Sé que mi padre te hizo jurar que guardarías silencio —le dije—, pero ahora estamos unidas. No te contengas conmigo. Cuéntame por qué viniste aquí, a Séforis.

Las ramitas que tenía por huesos en las manos entraron en calor.

—Muy bien, Ana. Te contaré la historia, y esto no llegará a oídos de tus padres.

—Nunca —le dije.

—Estaba casada con un hombre llamado Ruebel. Era un soldado de la milicia judía encargada de proteger al poder romano en Alejandría. Le di dos hijos, y los dos murieron antes de cumplir el año de vida. Eso lo amargó. Como no podía castigar a Dios con los puños, me castigaba a mí. Pasaba los días magullada, con hinchazones y aterrorizada. En el sábado descansaba él de sus crueldades, y se tenía por un hombre virtuoso.

Eso no me lo esperaba. Desgarró algo en mi interior. Deseaba preguntarle si Ruebel había sido el responsable de ese ojo que tenía caído, pero guardé silencio.

—Un día cayó enfermo, y murió —me dijo—. Fue una muerte tan abrupta y tan vil que desató las malas lenguas en Alejandría. Sus amigos afirmaban que lo había asesinado yo en venganza por sus palizas.

—¿Lo hiciste? —solté de golpe—. No te culparía.

Me tomó la barbilla en la mano.

—¿Recuerdas cuando te dije que tienes un sanctasanctórum en el corazón y que es ahí donde mora tu anhelo más secreto? Bueno, pues mi anhelo era liberarme de él. Le supliqué a Dios que me lo concediese, que le quitara la vida a Ruebel si debía hacerlo como el justo precio por sus transgresiones. Escribí la plegaria en mi cuenco del ensalmo y la entoné todos los días. Si Dios fuera una esposa, habría actuado antes: tardó un año en compadecerse de mí.

—Tú no mataste a tu marido; Dios lo hizo —dije aliviada, pero también con una vaga decepción.

—Sí, pero su muerte la provocó mi plegaria. Por eso te previne y te dije que tuvieras cuidado con lo que escribías en tu cuenco. Cuando la tinta convierte en palabras el vivo deseo que una lleva en el corazón y las ofrece en forma de plegaria es cuando ese deseo cobra vida en la mente de Dios.

¿En serio?

—Hace un rato he mandado mi cuenco de una patada a la otra punta de la alcoba —le dije.

Yalta se sonrió. Su rostro parecía de la antigüedad y bello, de alguna manera.

—Ana, tus esponsales te han arrebatado tus esperanzas. Vuelve a tu vivo deseo, que te lo enseñará todo.

Fue como si sus palabras liberasen un poder en bruto en el ambiente a nuestro alrededor.

—Sé paciente, niña —prosiguió—. Llegará tu hora, y cuando lo haga, tienes que aprovecharla con toda la valentía que puedas encontrar.

Continuó y describió los rumores que habían circulado sobre ella en Alejandría, historias que se volvieron tan extremas que la prendieron los romanos, cuyos castigos eran bien conocidos por su brutalidad.

—Nuestro hermano mayor, Arán, forma parte del sanedrín de Alejandría, e hizo un pacto con los romanos para que permitieran que fuese el sanedrín el que determinase mi futuro. Me enviaron con los terapeutas.

—¿Los terapeutas? —repetí, y sentí lo densa que se me hacía aquella palabra en la lengua—. ¿Qué es eso?

—Es una comunidad de judíos. Filósofos, sobre todo. Igual que yo e igual que tú, proceden de familias cultas y pudientes con criados que se lo dan todo hecho y cargan con sus boñigas, y aun así renunciaron a todas esas comodidades para vivir en unas casitas de piedra en una ladera aislada cerca de Alejandría.

—Pero ¿por qué? ¿Qué hacen allí?

—Una contemplación de Dios con un fervor que dudo que te imagines. Rezan, ayunan, cantan y danzan. Me parece demasiado fervor para mí. También hacen trabajos prácticos, como cultivar alimentos, cargar con agua, coser prendas y cosas similares; pero su verdadera obra es el estudio y la escritura.

Estudiar y escribir. Aquella idea me llenó de asombro y me conmovió. ¿Cómo podía existir semejante lugar?

—¿Y también hay mujeres entre ellos?

—Yo estuve allí, ¿no? Allí viven tantas mujeres como hombres, y se manejan con el mismo celo y la misma decisión. Su líder es una mujer, incluso: Escepsis, y se siente una gran reverencia por el espíritu femenino de Dios. Le rezábamos por su nombre en griego, Sofía.

Sofía. Aquel nombre rieló en mis pensamientos. ¿Por qué no le había rezado yo nunca?

Yalta guardó silencio, semejante silencio que temí que hubiera perdido el deseo de proseguir. Me di la vuelta y vi nuestras sombras en la pared, el palo combado de la espalda de Yalta, los rizos y marañas de mis cabellos, que surgían como una fuente. Apenas me veía capaz de quedarme quieta allí sentada. Quería que lo contara todo sobre aquellas mujeres que vivían en cuevas de piedra en la ladera de un monte, qué estudiaban y qué escribían.

Entonces, al mirarla ahora, me pareció distinta. Ella había vivido entre ellos.

Por fin habló.

—Pasé ocho años con los terapeutas e intenté abrazar su modo de vida: fueron considerados y no me juzgaron. Fueron mi salvación, aunque al final no me adaptase a la vida que llevaban.

—¿Y te dedicaste a escribir y a estudiar?

—Mi deber era cuidar de las verduras, las hortalizas y las hierbas, pero sí, pasaba muchas horas en la biblioteca. Bueno, tampoco es que sea nada parecido a la gran biblioteca de Alejandría, es un establo de mulas en comparación, pero cuenta con algún tesoro.

—¿Como cuál?

Estaba rebotando ligeramente sobre la cama y mi tía me dio unas palmadas en la pierna.

—Vale, vale. Allí hay un ejemplar de *El banquete* de Platón. En esa obra escribió que su viejo maestro Sócrates aprendió filosofía de una mujer. Se llamaba Diotima.

Y al ver mis ojos abiertos como platos, me dijo:

—Y hay un ejemplar muy estropeado de los *Epitafios* que escribió una mujer llamada Aspasia, que fue maestra de Pericles.

—No he oído hablar de ninguna de las dos —le dije, abatida al pensar en mi ignorancia y asombrada de que existiesen semejantes mujeres.

—Ah, pero el verdadero tesoro es un ejemplar de un himno, la «Exaltación de Inana». Llegó hasta nosotros desde Sumeria.

De esta sí había oído hablar: no del himno, pero sí de Inana la Diosa, reina del cielo y adversaria de Yahvé. Algunas mujeres judías le preparaban en secreto pasteles expiatorios.

—¿Has leído la «Exaltación»? —le pregunté.

—«Señora de todos los poderes divinos, luz radiante, mujer recta vestida de resplandor, ama del cielo...»

—¿Eres capaz de recitarlo?

—Solo una parte muy pequeña. Esto también lo escribió una mujer, una sacerdotisa. Lo sé porque lo firmó con su nombre hace dos mil años: Enjeduana. Las mujeres la veneramos por su atrevimiento.

¿Por qué no había firmado yo nunca lo que escribía?

—No sé por qué te marchaste de un lugar como ese —le dije—. Si yo hubiese tenido la fortuna de que me desterrasen con los terapeutas, nadie podría sacarme de allí.

—Tiene sus bondades, pero también sus privaciones. Tu vida no es completamente tuya, sino que está gobernada por la comunidad. Se exige la obediencia y se ayuna mucho.

—¿Te escapaste? ¿Cómo viniste a quedarte aquí?

—¿Y adónde iba a huir? Estoy aquí contigo porque Escepsis no dejó de abogar por mí ante Arán. Es un hombre cruel y un asno agresivo, pero acabó pidiéndole al sanedrín que me permitiera abandonar a los terapeutas con la condición de que me marchase también de Alejandría. Me enviaron aquí, con tu padre, que es el más pequeño de la familia y no tenía más remedio que obedecer a su hermano.

—¿Y sabe mi padre todas estas cosas?

—Sí, tanto como tu madre, a quien lo primero que se le pasa por la cabeza cada mañana es que soy la espina que tiene clavada en el costado derecho.

—Y yo la que tiene en el izquierdo —dije con un cierto orgullo.

Nos sobresaltamos con un ruido, el crujido de un mueble al otro lado de la puerta, así que nos quedamos quietas en silencio y esperamos, premiadas finalmente con la vuelta de Sipra a sus ronquidos sonoros.

—Escúchame —dijo Yalta, y supe que estaba a punto de revelarme el verdadero motivo por el que le había dado a Sipra el bebedizo y había venido a verme en plena noche. Quería hablarle de mi visión, de cómo se me había aparecido en sueños, Ana la resplandeciente, y oírla confirmar el significado que yo le había atribuido, pero eso tendría que esperar—. He estado metiéndome donde no me llaman y me he adjudicado la tarea de poner el oído en la puerta de tus padres. Mañana por la mañana van a venir a tu cuarto y se van a llevar los manuscritos y las tintas que tienes en el baúl. Te quitarán lo que haya dentro y...

—Lo quemarán —dije.

—Sí.

Aquello no me sorprendió, pero sí sentí su peso aplastante. Me obligué a mirar hacia el baúl de cedro en el rincón. Dentro estaban mis narraciones sobre las matriarcas, las jóvenes y las mujeres de Alejandría, la de Asenat: mi colección de relatos perdidos. También contenía mis comentarios sobre las Escrituras, tratados de filosofía, salmos, lecciones de griego. Las tintas que había preparado. Mis cálamos afilados con tanto detenimiento. Mi paleta y mi tablilla de escritura. Lo iban a reducir todo a cenizas.

—Si queremos frustrarlo, tenemos que darnos prisa —dijo Yalta—. Debes sacar del baúl los objetos que más aprecies, y yo los esconderé en mi habitación hasta que podamos buscar un lugar mejor para guardarlos a salvo.

Me levanté como un resorte y Yalta me siguió con el candil. Me arrodillé ante el baúl —el resplandor de la luz pendía sobre mi cabeza— y saqué brazadas de rollos de papiro, que cayeron escandalosos al suelo.

—Me temo que no puedes salvarlos todos —dijo Yalta—. Eso levantaría sospechas. Tus padres esperan encontrarse el baúl lleno. Si no lo está, registrarán la casa y la pondrán patas arriba. —Se sacó dos bolsos de piel de cabra de la faja que llevaba bajo la túnica—. Coge solo los manuscritos que quepan dentro de estos pellejos.

Sentí la presión de su mirada.

—Supongo que tendré que dejar la paleta, la tablilla de escritura y la mayor parte de mis tintas, ¿no?

Me besó en la frente.

—Date prisa.

Seleccioné mi recopilación de relatos perdidos y dejé el resto. Cogí los trece manuscritos y los coloqué dentro de los pellejos, que aún olían a establo, los dispuse formando una especie de panal bien apretado en el interior de las bolsas. Dentro del último conseguí meter un par de frascos de tinta, dos cálamos de junco y tres hojas de papiro en blanco. Envolví los pellejos de cabra en una túnica morada descolorida y la até con una correa de cuero. Le puse el fardo en los brazos a Yalta.

—Espera —le dije—. Coge también mi cuenco del ensalmo. Temo que aquí lo encuentren.

Dejé el hilo rojo donde estaba, envolví rápidamente el cuenco de nuevo en el paño de lino y lo añadí al fardo.

—Lo esconderé en mi alcoba —me dijo Yalta—, pero quizá allí tampoco esté seguro durante mucho tiempo.

Una idea había ido cobrando forma en mis pensamientos mientras metía los escritos en los pellejos de cabra, una idea pensada para liberarme de mi habitación. Traté de expresarla ahora en palabras.

—Mañana, cuando vengan mis padres, me comportaré como una hija arrepentida. Reconoceré haber sido testaruda y desobediente. Suplicaré su perdón. Seré como una de esas plañideras profesionales que fingen el dolor y lloran ante las tumbas de gente que le es desconocida.

Yalta me estudió por un instante.

—Ten cuidado y no llores de más. Un río de lágrimas les hará recelar. Unas pocas serán creíbles.

Abrí la puerta para asegurarme de que Sipra continuaba dormida y vi que Yalta pasaba sigilosa por delante de ella con mis preciadas pertenencias. Mi tía se había labrado su libertad. Yo me labraría la mía.


VIII

Llegaron a última hora de la mañana cargados de suficiencia, caras largas y un contrato de esponsales con la tinta aún fresca. Salí a su encuentro con unos borrones crepusculares bajo los ojos y un despliegue de astucia y actos serviles. Besé la mano de mi padre. Abracé a mi madre. Les rogué que perdonaran mi rebeldía y alegué mi sorpresa e inmadurez. Bajé la mirada con el deseo de las lágrimas —«que salgan, por favor»—, pero estaba más seca que el desierto. Solo Satán sabe lo mucho que me esforcé por hacerlas salir. Me imaginé todo lo imaginable que me pudiese doler: a Yalta golpeada, maltratada y repudiada; a Natanael abriéndome las piernas; una vida sin cálamos ni tintas; los manuscritos enrollados del baúl que se convertían en un fuego virulento en el patio. Y nada, ni gota. Menudo fracaso sería como plañidera.

Mi padre mostró el contrato y me lo leyó.

Yo, Natanael, hijo de Jananías de Séforis, me prometo a Ana, hija de Matías, hijo de Filipo Levías de Alejandría, en el tercer día del mes de tisrí de manera que formemos un nuevo matrimonio conforme a la ley rabínica.

En pago, entregaré a su padre dos mil denarios y doscientos talentos de dátiles procedentes de las primicias de mi huerto. Me comprometo a alimentarla, vestirla y darle cobijo, tanto a ella como a su tía. A cambio, su tutela pasará a mis manos el día en que entre en mi casa, donde llevará a cabo las labores propias de la condición de esposa.

Este contrato no se puede romper salvo por causa de muerte o de divorcio por ceguera, cojera, afecciones de la piel, infertilidad, falta de decoro, desobediencia u otras repulsiones o desagrados que yo pudiere hallar en ella.

Ana entrará en mi casa dentro de cuatro meses, en el tercer día del mes de sebat.

Extendió el brazo y sostuvo el contrato ante mí de tal modo que yo misma pudiese ver lo que había escrito. Aquellas palabras iban seguidas de la firma de Natanael con una letra basta y grande, como si la hubiese hecho a cuchilladas sobre el pergamino. Después, el nombre de mi padre con una letra inclinada, enérgica y majestuosa. Por último, el del rabí Simón, hijo de Yojai, el instrumento de mi padre, una firma tan pequeña y apretada en la que acertaba a ver la vergüenza de su connivencia.

—Estamos esperando a oírte expresar tu consentimiento —dijo mi madre levantando una ceja, señal de advertencia.

Bajé la mirada. Me cogí las manos sobre el pecho. Un leve temblor en la barbilla. Ahí estaba. Era la hija dócil y sumisa.

—Lo doy —dije. Acto seguido, preguntándome si tal vez se verían inclinados a cambiar de opinión al respecto del contenido del baúl de mis escritos, añadí—: Con todo mi corazón.

No cambiaron de opinión. Llegó Sipra con uno de los soldados que nos habían protegido en el paseo al mercado. Mi madre se acercó a mi baúl y abrió la tapa de golpe. Su cabeza se volvía de aquí para allá, vacilante, al contemplar el contenido.

—Con todo el tiempo que has dedicado a escribir, cualquiera habría dicho que tendría mucho más con lo que demostrarlo.

Sentí una punzada de aprensión en la nuca.

—No volverás a ser partícipe de nada que tenga que ver con este desatino —dijo mi madre—. Ahora estás prometida. Esperamos que te quites todo esto de la cabeza. —Dejó caer la tapa, que resonó con un golpe seco.

Mi padre ordenó al soldado que se llevara el baúl al patio y vi cómo se lo cargaba sobre el hombro. Una vez más, traté de hacer brotar las lágrimas en las arenosas hendiduras de mis párpados, pero el alivio que sentía por haber puesto a salvo mi obra más apasionada era demasiado grande. Mi madre me observaba y de nuevo arqueó una ceja, esta vez por curiosidad. No se la engañaba así como así, a mi madre.

Después de que Yalta se marchase la noche antes, me había

pasado las horas de penumbra pensando dónde iba a esconder el fardo morado: mis papiros estaban en peligro aquí en casa, delante de las narices de mi madre. Me había imaginado las cuevas en las laderas de los montes que rodeaban el valle, los lugares que había explorado con Judas de niña. Durante siglos, esas cuevas habían sido un lugar donde enterrar no solo a personas, sino también los objetos familiares valiosos y los textos prohibidos. Sin embargo, para poder esconder los míos en una de ellas, tendría que conseguir el permiso de mi padre para pasear por el monte. Era una petición inusual.

Al otro lado de la ventana, en el patio, hizo erupción el olor del fuego y la carbonilla. Llegaron entonces, las lágrimas surgieron a borbotones como de un manantial. Fui hacia mi padre y me situé ante él.

—No soy más que una niña, pero quería ser como tú, un gran escriba. Quería que estuvieras orgulloso de mí. Ahora sé que debo aceptar mi sino. Te he decepcionado, y eso es peor para mí que un matrimonio que yo no deseo, cualquiera que sea. Iré con Natanael de buena gana. Solo te ruego una cosa. —Caían las lágrimas, y no me las limpié—. Permíteme pasear por el monte. Allí recibiré consuelo y rezaré por verme libre de mis antiguas costumbres. Lavi puede acompañarme para que esté a salvo.

Esperé. Mi madre intentó hablar, pero él le hizo un gesto con la mano para ordenarle el silencio.

—Eres una buena hija, Ana. Tendrás mi bendición para ir a pasear por el monte, pero solo por las mañanas, nunca en sábado, y siempre en compañía de Lavi.

—Gracias, padre. Gracias.

Me vi incapaz de ocultar mi alivio y mi euforia, y cuando se marcharon, me negué a corresponder a la mirada de mi madre.

## IX

A la mañana siguiente esperé a Lavi en mi cuarto. Le había dado las instrucciones de preparar un paquete con queso de cabra, almendras y vino diluido para que pudiésemos desayunar por el camino, y le insistí en la importancia de marcharnos temprano. Una hora después del alba, le había dicho. Una hora.

Llegaba tarde.

Dado que mi padre había reducido mis excursiones a las mañanas, pretendía sacarles el mayor partido. Me había levantado en la oscuridad y me había vestido con prisas, un manto sencillo. Ni cinta en la trenza ni ajorca en el tobillo.

Me daba paseos. ¿Qué lo retenía? Acabé yendo en su busca. Su cuarto estaba vacío. No había ni rastro de él en el patio superior. Había descendido la mitad de las escaleras hacia el patio inferior cuando lo vi de rodillas rascando el hollín y la carbonilla del horno, con la piel oscura del rostro blanquecina de ceniza.

—¿Qué estás haciendo? —exclamé, incapaz de evitar la exasperación en el tono de voz—. Te estaba esperando... ¡Ya tendríamos que haber salido!

No me respondió, pero tensó la mirada y la dirigió hacia la puerta situada bajo las escaleras, la que conducía al almacén. Bajé despacio los peldaños que me quedaban, consciente de quién estaría esperándome allí. Mi madre me sonrió con cara de satisfacción.

—Me temo que tendrás que posponer tus planes. Me he encontrado el horno con tanta mugre que es peligroso.

—¿Y no podía esperar hasta la tarde?

—Desde luego que no —me dijo—. Además, ya he dispuesto para ti una visita esta mañana.

«Natanael no. Por favor, Señor. Natanael no.»

—¿Te acuerdas de Tabita?

«No, ella tampoco.»

—¿Por qué la has invitado? Si no la he visto en dos años.

—Se acaba de comprometer en matrimonio. Tenéis tanto en común...

Tabita, la hija de uno de los escribas subordinados de mi padre, había venido unas cuantas veces de visita a nuestra casa cuando ambas teníamos doce años, y esas, también, habían sido instigadas por mi madre. Era una chica y era judía, y hasta ahí llegaban nuestras similitudes. No sabía leer ni escribir ni le importaba aprender. Le gustaba entrar a hurtadillas en la alcoba de mi madre y rebuscar entre sus polvos y perfumes. Hacía unos bailes desenfadados y fingía ser Eva, a veces Adán, y una vez la serpiente. Me aplicaba aceite en el pelo y me lo trenzaba mientras cantaba. De vez en cuando especulaba en voz alta sobre los misterios del tálamo. Todo aquello me parecía de lo más aburrido salvo sus cavilaciones sobre el tálamo, que no tenían absolutamente nada de aburrido.

Incluso por aquel entonces, comprendía que traer a Tabita a mi vida era la forma que tenía mi madre de intentar distraerme de mis estudios y atraerme para apartarme de aquellas cosas tan impropias de una niña. Estaba claro que mi madre no sabía que Tabita se había dado colorete de alheña en los pezones y que me los había enseñado llena de orgullo.

Lancé a mi madre una mirada desafiante. Esta vez iba a utilizar a Tabita para alejarme de mis paseos matinales por el monte. Aunque ella desconociese mi verdadero motivo para las caminatas, parecía haber levantado sus sospechas. «Ten cuidado», me dije.

Tabita recorrió mi alcoba con la mirada.

—La última vez que estuve aquí tenías la cama cubierta de rollos de papiro. Recuerdo que me leíste uno de ellos mientras yo te trenzaba el pelo.

—¿Eso hice?

—Tú leías incluso cuando yo me ponía a cantar. ¡Qué seria eres! —Se rio sin malicia, y yo absorbí su diversión sin hacer ningún comentario.

Me resistí a contarle que mi seriedad no había hecho sino empeorar.

Nos sentamos en una esterilla en el suelo, en un silencio incómodo, mientras nos tomábamos el queso de cabra y las almendras que Lavi había empaquetado para el desayuno. Miré hacia la ventana: la mañana se me estaba yendo.

—Bueno, pues ya estamos las dos prometidas —me dijo, y se lanzó a cotorrear sobre su prometido, un hombre de veintiún años llamado Efraín.

Supe de él más de lo que me interesaba saber: había sido aprendiz de su padre como escriba de palacio, y ahora trabajaba escribiendo documentos para uno de los miembros del alto concilio de Antipas. No tenía grandes riquezas. Era «de conducta firme», lo cual no sonaba muy alentador, pero en general parecía infinitamente mejor que el que mi padre había buscado para mí.

No puse mucho interés al escucharla. No le pregunté por la fecha de su boda ni por el valor de su dote.

—Háblame de tu prometido —me dijo.

—Preferiría no hablar de él. Lo encuentro repugnante.

—Yo no encuentro repugnante a Efraín, pero sí que me parece feo. Desearía que tuviese la cara y la estatura del soldado que acompaña a mi padre cuando va y viene de palacio —me dijo con una risita.

Suspiré, con excesiva fuerza.

—Creo que no te caigo demasiado bien —me dijo.

Su franqueza me hizo atragantarme con un trozo de almendra. Tuve semejante arrebato de toses, que Tabita se inclinó hacia delante y me aporreó la espalda.

—Lo siento —me dijo—. Me suelen acusar de soltar por las buenas lo que pienso. Mi padre dice que soy de mente débil y de lengua más débil aún. —Me miró con unos ojos afligidos que comenzaban a humedecerse.

Le puse la mano en el brazo.

—Soy yo quien lo siente. He sido una grosera. Tenía pensado salir a pasear esta mañana por el monte, y cuando has llegado, me he sentido... desconcertada.

Estuve a punto de decir «decepcionada». Tabita se secó las mejillas con la manga e intentó sonreír.

—Me alegro de que estés aquí —añadí, y casi era cierto. Mi remordimiento había hecho que me ablandase con ella—. Cántame, y te prometo que no me pondré a leer.

No tenía ya manuscritos que me pudiesen tentar, pero aun así, quería oírla.

Sonrió de oreja a oreja, y su voz dulce y aguda inundó la habitación al entonar el cántico de las mujeres que salen al encuentro del novio antes de la boda.

*Canta, que el novio está al llegar.*
*Agita la sonaja y canta sin ataduras.*
*Baila con la luna, que empieza a brillar,*
*para regocijo de las criaturas.*

Había tomado a Tabita por una frívola, y tal vez no tuviese tanto de superficial como de alegre. Era una cría, al fin y al cabo, una muchacha desenfadada que agitaba la sonaja. En ese momento, ella me pareció todo lo que yo no era, y fue como una pequeña revelación. Había odiado en ella lo que yo no tenía.

«Qué seria eres», me había dicho.

A pesar de los dolores que aún sentía en el tobillo, tiré de ella para levantarla, uní mi voz a la suya y dimos vueltas y vueltas hasta que nos mareamos y nos caímos al suelo entre risas.

La artimaña de mi madre de volver a traer a Tabita a mi vida había tenido su efecto, sin duda, pero no como ella esperaba: jamás me podrían convencer para apartarme de mis estudios ni de mis paseos, pero sí me alegró mucho más el ponerme a cantar.

X

Tabita venía con frecuencia a nuestra casa por las mañanas y me impedía mi búsqueda por los montes. Tenía la constante preocupación de que Sipra o mi madre descubriesen mis manuscritos y mi cuenco en la alcoba de Yalta, y aun así me alegraba por la presencia de mi amiga. Sus visitas eran fogonazos resplandecientes en la funesta penumbra de la perspectiva de un matrimonio con Natanael. Tabita se sabía canciones que nadie había oído jamás, la mayoría compuestas por ella misma en hexámetros o trímetros. Había una sobre una mujer enloquecida que se echa a reír y ya no puede parar, otra sobre un campesino que hornea un pan con un gusano dentro y se lo sirve al tetrarca, y mi favorita, una sobre una joven que se escapa de un harén haciéndose pasar por un muchacho.

Incluso Yalta se levantaba de la cama antes de lo habitual para escuchar lo que Tabita había preparado, se traía un instrumento egipcio que llamaban sistro y lo agitaba al son de las canciones. Tabita se soltaba las ataduras del cabello liso y negro y, sin rastro de timidez, interpretaba la historia con una danza mientras cantaba. Tenía un cuerpecillo ágil y un rostro encantador con unas cejas arqueadas. Verla moverse era como contemplar unas volutas de humo fascinantes.

Una mañana, Tabita llegó envuelta en un aire travieso y conspirativo.

—Hoy vamos a interpretar una danza las dos juntas —me dijo. Cuando protesté, soltó un resoplido—. No te puedes negar: he compuesto una canción en la que tenemos que participar las dos.

Yo no había bailado nunca, jamás en la vida.

—¿De qué trata la canción? —le pregunté.

—Seremos dos jóvenes ciegas que fingen que pueden ver para no perder a sus prometidos.

No tenía muy claro que me importara lo que proponía su canción.

—¿Y no podríamos ser unas ciegas que fingen ver para no perder a sus maestros?

—Ninguna chica fingiría algo tan complicado por un maestro.

—Yo lo haría.

Elevó la mirada al techo, pero vi que estaba más divertida que exasperada.

—Entonces, tú vas a hacer como si tu prometido fuera tu maestro.

Había en eso algo que era de una extraña belleza, la conjunción de dos formas de vida que yo consideraba irreconciliables: el deber y el anhelo.

Nos colamos en la alcoba de mi madre mientras ella estaba ocupada en el patio y levantamos la tapa de su baúl, el de roble tallado con unos círculos trenzados en la parte superior y con un cierre de latón. Tabita escarbó y sacó unos pañuelos teñidos del color de los rubíes y nos los ató a las dos en la cadera. Se puso a rebuscar entre las bolsas hasta que encontró una barra de kohl y me pintó sobre los párpados cerrados un par de ojos abiertos como platos; cuando me tocó a mí pintarle a ella lo mismo, me entró una risita tan descontrolada que la barra de kohl le hizo una mancha en la sien.

—Bailaremos con los ojos cerrados, completamente a ciegas —me dijo—, pero parecerá que sí vemos.

Tabita encontró en el fondo del baúl la caja de madera donde mi madre guardaba las joyas. ¿Es que también le íbamos a saquear las joyas? Volví la cabeza para mirar hacia la puerta mientras Tabita se ponía el collar de cornalinas y me ataba a mí en el cuello la tira de cuentas de lapislázuli. Nos adornó la cabeza a las dos con unas bandas de oro y amatistas, y en los dedos nos puso unos anillos de oro.

—No vamos a dejar de ponernos guapas solo porque seamos ciegas —me dijo.

Dio con un frasquito de perfume, lo abrió y cortó el aire el fuerte olor de un millar de lirios. Nardos, el más costoso de todos los aromas.

—Ese no —le dije—. Es demasiado caro.

—Estoy segura de que unas pobres muchachas ciegas se merecen los nardos. —Pestañeó, y los ojos que yo misma le había pintado en los párpados me lanzaron una mirada suplicante.

Cedí con demasiada facilidad, y Tabita se puso una gota de aceite en el dedo y me tocó la frente como hacían las madres al ungir y poner nombre a sus recién nacidos.

—Yo te unjo, Ana, amiga de Tabita —dijo, y se le escapó una risa silenciosa que hizo que resultara más difícil saber si lo estaba haciendo en serio o si era simple diversión.

Entonces me sostuvo la mirada, repitió las palabras «amiga de Tabita», y supe que se trataba de ambas cosas.

—Ahora yo —dijo.

Metí el dedo en el frasco y le toqué la frente.

—Yo te unjo, Tabita, amiga de Ana.

Esta vez no se rio.

Lo recolocamos todo en el baúl tal y como nos lo habíamos encontrado y salimos corriendo de la habitación, desternilladas y olorosas, y dejamos un enorme rastro olfativo como prueba evidente de nuestro saqueo.

Yalta nos esperaba en mi alcoba. Sacudió el sistro y emitió un sonido titilante. Tabita comenzó a cantar y, con un gesto de asentimiento para que siguiera sus pasos, cerró bien los párpados y se puso a bailar. También yo cerré los ojos, pero me quedé allí de pie, inmóvil e inhibida. «Qué seria eres», me dije yo, y en ese instante dejé que mis brazos y mis piernas hiciesen lo que desearan. Comencé a balancearme. Era una rama seca de sauce. Una nube suspendida. Un cuervo. Era una muchacha ciega que fingía ver.

Me precipité contra Tabita, y ella me buscó la mano y no la soltó. Ni una sola vez pensé en Natanael. Pensé en el joven del mercado que me levantó y me puso en pie. Pensé en manuscritos y en tintas. En la oscuridad tras mis párpados, era libre.


XI


En los días en que Tabita no venía a visitarme, Lavi y yo salíamos temprano de la casa y nos aventurábamos a cruzar Séforis hasta la puerta sur de la ciudad, donde me detenía a contemplar el valle y hacía de ello una ceremonia —bajar la mirada hacia las nubes y los pájaros y después elevarla hacia las nítidas fronteras azules—, y el viento soplaba desatado a mi alrededor. Acto seguido descendía por el sendero que cruzaba los montes, decidida a encontrar una cueva donde ocultar mis manuscritos y mi cuenco del ensalmo. El tiempo me acuciaba. Hasta entonces, a mi madre no le había dado por registrar el cuarto de mi tía. Tal vez no se le hubiese ocurrido aún que nosotras dos estuviésemos actuando en connivencia, pero podría suceder, y bien pronto. Todos los días, al despertarme, salía disparada de mi habitación, frenética en busca de Yalta, y le preguntaba si el fardo seguía a salvo.

Me preguntaba por qué la perspectiva de perder trece rollos manuscritos, dos frascos de tinta, dos cálamos de junco, tres hojas de papiro en blanco y un cuenco me provocaba semejante desesperación. Únicamente ahora veo la inmensidad que le otorgaba a esos objetos. No solo representaban aquellos relatos frágiles que deseaba preservar, sino que también iban cargados con todo el peso de mi ansia por expresarme, por elevarme de mi pequeño yo, por salir del recinto cercado de mi vida y descubrir qué había más allá. Era tanto lo que me faltaba...

La urgencia de dar con una cueva se apoderaba de mí. Lavi se entregó también por completo a la misión, aunque se inquietaba mucho cuando me apartaba del sendero. En los matorrales aislados habitaban tejones, jabalíes, cabras salvajes, hienas y chacales. Cada vez que salíamos, me adentraba más y más en el campo. Nos encontramos con hombres que trabajaban en una cantera de caliza, con mujeres que lavaban prendas en un río, con niños pastores que hacían como si sus cayados fuesen espadas, niñas nazarenas que recogían la cosecha de aceituna tardía. De vez en cuando pasábamos junto a un hombre devoto que rezaba en alguna grieta en la roca o bajo una acacia. Hallamos decenas de cuevas, pero ninguna de ellas era apropiada: o demasiado accesibles, o con señales de estar habitadas, o de que alguien había decidido utilizarlas como tumbas y estaban selladas con una piedra.

Recorríamos el monte en vano.

## XII

No era habitual que mis padres, Yalta y yo nos sentáramos juntos a la mesa excepto en el sábado, así que, cuando mi madre insistió en que coincidiéramos todos, supe que tenía que haber noticias. Mi padre, sin embargo, había ocupado la mayor parte de la cena con una diatriba sobre unos cuencos hechos de oro que habían desaparecido de palacio.

—¿Y por qué debería preocuparte eso a ti? —preguntó mi madre.

—Son los cuencos que se utilizan para servir a los escribas y a los subordinados en la biblioteca. Primero desapareció uno, luego dos. Ahora cuatro. Antipas está furioso. Me ha encargado a mí el dar con el ladrón. No veo qué es lo que se supone que voy a hacer yo al respecto: ¡no soy un guardia de palacio!

Difícilmente podría ser aquel el motivo de la convocatoria familiar.

—Matías, ya hemos oído bastante sobre cuencos robados —dijo mi madre, que se levantó exultante, como si la hubieran saturado de levadura. Ay, aquí estaba por fin—. Tengo novedades importantes, Ana. ¡Tu ceremonia de compromiso será en palacio!

Me quedé con los ojos clavados en unas pocas semillas de granada esparcidas por la bandeja de servir.

—¿Me has oído? Será Herodes Antipas en persona quien dé tu banquete de compromiso. Y participará como uno de los dos testigos. ¡El tetrarca, Ana! El tetrarca. ¿Te lo imaginas?

No, no me lo podía imaginar. Un compromiso matrimonial debía formalizarse públicamente, pero ¿acaso tenía que convertirse en un espectáculo? Aquello tenía las trazas de las maquinaciones de mi madre.

Yo nunca había estado en el interior de palacio, aquel lugar al que mi padre acudía a diario a darle consejo al tetrarca y a tomar nota de sus cartas y sus edictos, pero mi madre sí había ido allí con mi padre en una ocasión a un banquete, aunque confinada en una mesa independiente para las mujeres. A esto le habían seguido unas semanas de charlas obsesivas sobre lo que había visto: unas termas romanas, monos encadenados en los jardines, la danza del fuego, bandejas de asado de avestruz y, lo más llamativo de todo, Fasaelis, la joven esposa de Herodes Antipas, una princesa nabatea con una corona de cabello negro y lustroso que le llegaba al suelo. Sentada en su triclinio, la princesa se había envuelto los brazos en mechones de pelo como serpientes y los había hecho ondular para entretener a las mujeres. Eso contó mi madre.

—¿Y cuándo se celebrará? —le pregunté.

—El diecinueve del mes de marjesván.

—Pero si eso es..., solo falta un mes para ese día.

—Lo sé —me dijo—. Ni se me ocurre cómo me las voy a arreglar. —Regresó a su sitio junto a mi padre—. Me corresponde a mí, por supuesto, comprar obsequios para el tetrarca y para la familia de Natanael, e ir recopilando tu ajuar nupcial. Necesitarás ropa nueva: túnicas, mantos y sandalias. Tendré que comprar adornos para el pelo, polvos, cristalería y cacha-

rros de cocina. No puedo consentir que vayas a casa de Natanael con todo hecho jirones... —Y siguió cotorreando.

Me sentí arrastrada como una ramita en la corriente de un
río. Lancé a Yalta una mirada de ahogo.

## XIII

Una mañana, mientras Tabita y yo mordisqueábamos unas
galletas de miel, Yalta nos embelesó con una historia egipcia,
un relato sobre Osiris, que fue asesinado y desmembrado, y
al que la diosa Isis recompuso y resucitó después. No omitió
ninguno de los detalles más truculentos. Era tal el asombro
de Tabita con la narración que comenzó a resollar un poco.
Yo la miraba y asentía como si le dijera: «Mi tía lo sabe todo».

—¿Y esto sucedió de verdad? —preguntó Tabita.

—No, querida —dijo Yalta—. No pretende ser un relato
que se atiene a los hechos, pero sigue siendo verdad.

—Pues no veo cómo —dijo Tabita, y yo tampoco estaba
muy segura.

—Quiero decir que esa historia puede suceder en nuestro
interior —dijo Yalta—. Piénsalo: la vida que llevas se puede
hacer pedazos como le pasó a Osiris, y se puede formar otra
nueva. Una parte de ti podría morir, y surgir un nuevo yo
que ocupara su lugar.

Tabita frunció el rostro.

—Ahora mismo eres una joven que vive en la casa de su
padre —prosiguió Yalta—, pero esa vida morirá pronto y na-
cerá otra nueva: la de una esposa. —Volvió la mirada hacia
mí—. No lo dejes en manos del destino. Debes ser tú quien
lleve a cabo la resurrección. Tú debes ser esa Isis que recrea a
Osiris.

Mi tía me hizo un gesto de asentimiento, y lo comprendí. Si estos esponsales me iban a destrozar la vida, entonces debía intentar volver a ensamblarla yo misma conforme a mis propios designios.

Esa noche me tumbé en la cama decidida a liberarme de mis esponsales por medio de un divorcio incluso antes de que se celebrara el ritual del matrimonio. Sería difícil, prácticamente imposible; una mujer no podía solicitar un divorcio a menos que su esposo se negara a sus deberes conyugales tras la boda... y si el mío se negaba, yo me tendría por la mujer más bienaventurada de Galilea, tal vez de todo el Imperio romano. Ay, pero un hombre..., él sí que podía repudiar a una mujer, antes o después del matrimonio, casi por cualquier cosa. Natanael se podría divorciar de mí si me quedaba ciega, o coja, o si mostraba alguna enfermedad de la piel. Podría hacerlo por infertilidad, por falta de decoro, por desobediencia o por cualquiera de esas otras «repulsiones», como las llamaban. Bueno, pues no iba a quedarme ciega ni coja por ese hombre, pero sí que estaría encantada de ofrecerle cualquiera de las otras razones. Y si no tenían éxito, le daría la vuelta a la canción de Tabita y sería una joven que sí ve y que fingía estar ciega. Me consolaba incluso con unas tramas tan insignificantes y tan ridículas.

Me deslizaba ya a través del umbral del sueño cuando me vino a la cabeza un pensamiento preocupante. En caso de llegar a ser tan afortunada como para provocar que Natanael me repudiara antes del matrimonio, unos segundos esponsales serían del todo improbables: era prácticamente imposible casar a una mujer divorciada. Me había imaginado llena de dicha en aquella situación, pero después de haber visto al joven del mercado, ya no estaba tan segura.

## XIV

Al tiempo que Lavi y yo atravesábamos la ciudad, el amanecer holgazaneaba por las calles con una luz rosada que brillaba como unas llamitas sofocadas por doquier. No había perdido la esperanza de hallar una cueva donde enterrar mis escritos, pero comenzaba a impacientarme. Era nuestra séptima salida al monte.

Me detuve al divisar los muros blancos y resplandecientes del palacio, sus tejados arqueados y rojos. Una ceremonia en presencia del tetrarca atraería la atención de todos los rincones de Galilea sobre nuestros esponsales y le darían la apariencia de una sanción por parte de la realeza. Empujar a Natanael a un divorcio resultaría aún más difícil. Temí que nunca me libraría de él.

Llegamos ante la puerta oriental de la ciudad; la llamaban la Puerta Livia en honor de la esposa del emperador. Rodeada de columnas de cedro, aquella puerta había recibido poco antes los tajos de unas espadas y hachas. Supuse que los zelotes la habrían cruzado y habrían dejado constancia de su desprecio, y me pregunté si Judas habría estado entre ellos. Proliferaban en la ciudad las historias que se contaban sobre Simón de Giora y sus hombres. Lavi nos traía algunas de ellas al volver de la herrería, del molino de grano, del trullo de la uva, y eran cada vez más violentas. Dos noches atrás, oí que mi padre gritaba a mi madre y le decía que si Judas se hallaba entre esos bandidos, Antipas haría que lo ejecutasen, y que él no podría hacer nada para impedirlo.

Antes de descender hacia el valle, me detuve un rato en la Puerta Livia y observé a la gente allá abajo, en el camino de Nazaret. Desde aquellas alturas, la aldea se divisaba a lo lejos con sus casas blancas, no más grande que un rebaño de ovejas.

La primera cueva que encontramos tenía las inconfundibles señales de la madriguera de algún animal, y la abandonamos con rapidez. Después, nos apartamos del camino y nos adentramos paseando en un bosquecillo de balsaminas. Caminamos hacia un claro resplandeciente donde se acababan los árboles y comenzaba un saliente de roca caliza en el terreno. Lo primero fue oírlo, su canto grave e inescrutable. Después lo vi a él, y detrás de él la oscura boca de una cueva. El hombre estaba de pie, enmarcado por la piedra de espaldas a mí, con las manos levantadas y una monótona letanía de palabras. Una plegaria de alguna clase.

Silenciosa, me acerqué tanto como me atreví sin ser vista. Sobre una roca cercana había un cinto de cuero que contenía un punzón, un martillo, un cincel y alguna otra suerte de instrumento curvo. Sus herramientas.

Los rayos del sol centelleaban en la roca: un auspicio. Volvió ligeramente la cabeza y confirmó lo que yo ya sabía. Era el hombre del mercado. Jesús. Me agaché hasta el suelo y le hice un gesto a Lavi para que hiciera lo mismo.

El lamento de su canto seguía y seguía. Era el kadis arameo, el de los dolientes. Había muerto alguien.

Su voz me embargó en un hechizo de belleza. Se me acortaron las respiraciones. Sentí ascender el calor por la cara y el cuello. Un temblor en los muslos. Quería ir con él. Quería decirle mi nombre y agradecerle que viniera en mi ayuda en el mercado. Quería preguntarle por la herida de la cabeza y si había conseguido evitar al soldado que había ido tras él. ¿Qué era lo que iba a decirme justo antes de que lo atacasen? ¿Era su hermana aquella joven que utilizaba sus dedos como clavijas para los hilos? ¿Quién había muerto? Tenía muchísimas preguntas, pero no me atrevía a perturbar su duelo ni sus plegarias. Y aunque solo se hubiera estado dedicando a coger plantas para los tintes de su hermana o esposa, acercarse a él habría sido una indecencia.

Miré más allá de él, hacia la cueva. ¿No me había traído Dios hasta aquí?

Lavi me susurró desde detrás del hombro.

—Tenemos que marcharnos ya.

Me había olvidado de su presencia.

Me tomé unos instantes para pensar. «Este hombre, Jesús, es un picapedrero que viene a Séforis caminando desde Nazaret. Es un hombre devoto que viene aquí a orar antes de dedicarse a sus labores.»

Elevé la mirada al cielo en busca del sol, pendiente de la hora del día, para deslizarme de nuevo entre los árboles y hender las azuladas sombras.


## XV


Encontré a Yalta en su habitación. Ella era mi aliada, mi amarradero, pero cuando traté de hablarle de Jesús y del vivo deseo que había sentido de hablar con él, se apoderó de mí un inexplicable retraimiento. ¿Cómo podría explicarle, incluso a ella, la fuerza de atracción que sentía hacia un completo desconocido?

Yalta sintió mi cautela:

—¿De qué se trata, niña mía?

—He encontrado una cueva donde esconder mi cuenco y mis escritos.

—Me alivia oírlo. Es mejor no esperar más. Hoy mismo he descubierto a Sipra rebuscando entre mis cosas.

Miró hacia el baúl de ciprés que se había traído de Alejandría. Poco después de su llegada lo había abierto para mí igual que yo le había abierto el mío a ella. Dentro estaban el sistro, una pañoleta con cuentas, una bolsa de amuletos y fetiches y unas maravillosas tijeras egipcias hechas con dos cuchillas de bronce unidas con una tira metálica. ¿Había dejado mis tesoros en su baúl? ¿Los había descubierto Sipra? Sentí una punzada de pánico, pero Yalta enseguida retiró el fardo con mis rollos de papiro del fondo de una pila de ropa sobre un taburete trípode —oculto a plena vista— y después sacó mi cuenco del ensalmo de debajo del jergón donde dormía.

Tomé el cuenco de sus manos, retiré el paño de lino, vi el hilo rojo aún enroscado en el fondo y se me aflojaron las extremidades. Entonces vino a mí: sí que sabía qué decirle a Yalta sobre Jesús, pero el pavor que sentía era demasiado grande como para confesarlo.

El único texto que mi padre me había prohibido era el Cantar de los Cantares de Salomón, el poema de una mujer y su amante. Así pues, lo había conseguido y leído cuatro veces, claro está. Lo leí con el mismo arrebato en la cara y el mismo temblor en los muslos que había sentido al ver a Jesús en el claro. Aún guardaba dentro de mí algunos fragmentos del texto que me venían a la mente con facilidad.

> *Te desperté bajo el manzano...*
> *Mi amado introdujo la mano por el postigo, y mis entrañas se estremecieron por él...*
> *Las aguas caudalosas no podrán apagar el amor, ni anegarlo los ríos...*

Me aislé en mi habitación y metí los manuscritos enrollados y el cuenco debajo de mi cama. Me iba a tocar contener la respiración y rezar por que estuviesen protegidos hasta que pudiera regresar a la cueva y enterrarlos. Al menos parecían más seguros aquí que en la alcoba de Yalta, donde Sipra se tomaba la libertad de husmear.

Lavi me trajo un cuenco con asadura de pescado, lentejas y pan, pero no podía comer nada. Mientras yo estaba fuera, mi madre me había dejado mi vestido de los esponsales colgado de una percha en mi cuarto, una túnica blanca de un fino tejido de lino con franjas de color púrpura al estilo de las mujeres romanas. Judas se habría puesto hecho una furia al verme con un atuendo tan traidor. ¿Y qué pasaba con Natanael? ¿Significaba mi vestido que él, igual que Antipas, era un simpatizante de los romanos? Pensar en él me produjo un ataque de desesperación.

«Te desperté bajo el manzano.»

Al recordar que había metido tres hojas de papiro en blanco en el pellejo de cabra, saqué el fardo de debajo de la cama y cogí un frasquito de tinta, un cálamo y uno de los papiros intactos. Sin pestillo en mi puerta, me senté con la espalda apoyada en ella para impedir que entrara nadie y extendí la hoja ante mí sobre el terrazo. Mi tablilla de escritura ya era cenizas.

No sabía qué iba a escribir. Me engullían las palabras. Torrentes y riadas. Era incapaz de contenerlas, y tampoco podía liberarlas, pero no eran palabras lo que me recorría por dentro, era la llama del anhelo. Era amor por él.

Mojé el cálamo. Cuando amas, lo recuerdas todo. El modo en que sus ojos se posaron en mí por primera vez. Los hilos de lana que tenía en las manos en el mercado y que ahora revoloteaban en lugares ocultos de mi cuerpo. El sonido de su voz sobre mi piel. Pensar en él como en un ave que se zambulle en picado en mi vientre. Ya quería a otros —Yalta, Judas, mis padres, Dios, Lavi, Tabita—, pero no de esta manera, no con ese dolor, con esa dulzura, con esa flama. No más de lo que amaba las palabras. Jesús había llevado la mano al postigo, y yo había abierto mi puerta de par en par.

Lo puse todo por escrito. Llené el papiro.

Cuando se secó la tinta, lo enrollé y lo deslicé dentro del fardo bajo la cama. Sentía el peligro flotando en el aire de mi alcoba. Tal vez mis escritos no permaneciesen en la casa durante mucho más tiempo.


XVI


Mi madre entró a media tarde en mi alcoba con paso firme. Echó un vistazo a mi cama, donde estaban ocultos mis escritos y mi cuenco, y miró hacia otro lado. Chasqueó la lengua al ver el vestido de mis esponsales arrugado y amontonado en el suelo. El hecho de que no me reprendiese debió haberme advertido de que se avecinaba algo horrible.

—Queridísima Ana —me dijo. Su voz exudaba néctar. Esa era otra señal ominosa—. Ha venido a verte Sofer, la hermana de Natanael.

—Nadie me había hablado de ninguna visita.

—Pensé que sería mejor sorprenderte. La tratarás con deferencia, ¿verdad?

El vello de la nuca se me debatía entre erizarse o no.

—¿Por qué no iba a hacerlo?

—Ha venido a examinarte en busca de afecciones de la piel y otras imperfecciones. No deberías preocuparte, no se demorará en ello.

No sabía que fuera posible semejante humillación.

—Solo es para cumplir con el contrato —prosiguió mi madre—. Natanael debe recibir de uno de sus propios parientes la garantía de que tu físico cumple con los términos que él expuso.

«Ceguera, cojera, afecciones de la piel, infertilidad, falta de decoro, desobediencia u otras repulsiones.»

Me lanzó una mirada precavida, a la espera de mi reacción. Los insultos me atoraron la garganta, obscenidades con las que no habría sido capaz de soñar hasta la llegada de Yalta. Me los tragué. No me podía arriesgar a perder la libertad que tenía de pasear por el monte.

—Como tú desees —le dije.

No parecía completamente convencida.

—¿Te someterás con elegancia?

Asentí.

«¡Examinarme como si fuera la dentadura de una mula! De haberlo sabido, me podría haber provocado un buen sarpullido rojo con brea de jerbo. Me podría haber lavado la cabeza con jugo de cebolla con ajo. Podría haberle ofrecido todo un abanico de repulsiones.»

La mujer me saludó con cortesía, pero sin sonreír. Era baja, como su hermano, con los mismos ojos ojerosos y la misma cara avinagrada. Esperaba que mi madre nos dejara a solas, pero se plantó junto a mi cama.

—Quítate la ropa —dijo Sofer.

Vacilé, pero me quité la túnica por encima de la cabeza y me quedé allí de pie en ropa interior, ante ellas. Sofer me levantó los brazos y se inclinó para acercarse y estudiarme la piel como si fuera un fragmento de un texto inescrutable. Me examinó el rostro y el cuello, las rodillas y los tobillos, detrás de las orejas y entre los dedos de los pies.

—Ahora la ropa interior —me dijo.

Me quedé mirándola a ella, después a mi madre.

—Por favor, no puedo.

—Quítatela —dijo mi madre.

Ya se le había secado el néctar de la voz.

Me quedé desnuda delante de ellas, asqueada de humillación mientras Sofer daba vueltas a mi alrededor inspeccionándome el trasero, los pechos, la entrepierna. Mi madre apartó la vista; al menos, ella sí tuvo esa pequeña cortesía conmigo.

Atravesé a aquella mujer con la mirada. «Te deseo la muerte. A tu hermano le deseo la muerte.»

—¿Qué es esto? —preguntó Sofer al tiempo que señalaba el punto negro de un lunar que tenía en el pezón.

Prácticamente me había olvidado de él, pero me daban ganas de inclinarme y besármelo, aquel magnífico defecto, una imperfección.

—Yo creo que es la lepra —le dije.

Contrajo la mano de golpe.

—¡No es nada de eso! —exclamó mi madre—. No es nada en absoluto. —Me lanzó una mirada, y los puñales le salían volando de los ojos.

Me apresuré a tranquilizarla.

—Perdóname. Solo intentaba calmar la incomodidad por la desnudez, eso es todo.

—Vístete —me dijo Sofer—. Informaré a mi hermano de que tu físico es aceptable.

El suspiro que soltó mi madre fue del estilo de un turbión.


Se hizo la oscuridad, y no apareció la luna. Me eché en la cama, pero sin dormir. Regresé sobre todas las cosas que Yalta me había contado al respecto de su matrimonio, cómo se había librado de Ruebel, y sentí que la esperanza se volvía a filtrar dentro de mí. Me aseguré de oír el rastrillar de los ronquidos de mi padre detrás de su puerta y bajé silenciosa por las escaleras hasta su estudio, donde rapiñé un cálamo, un frasquito de tinta y una de las tablillas pequeñas de barro que utilizaba para la correspondencia rutinaria. Me lo guardé todo en la manga, me apresuré a regresar a mi alcoba y cerré la puerta.

Yalta le había pedido a Dios que se llevara la vida de Ruebel si tenía que hacerlo como el justo precio por su crueldad, y ese hombre se merecía su sino, pero yo no iba a llegar tan lejos. Las maldiciones con la muerte eran comunes en Galilea, tan frecuentes que era un milagro que no se hubiese extinguido la población entera, pero lo cierto era que yo no le deseaba la muerte a Natanael. Tan solo lo quería fuera de mi vida.

La tablilla no era más grande que la palma de mi mano. Su pequeñez me obligó a encoger la letra, y eso hizo que el fervor que encerraban mis palabras sometiera la tinta a una fuerte tensión.

> Que el poder en las alturas vea con malos ojos mis esponsales. Que haga caer una peste sobre ellos. Que se rompan tal y como el Señor escoja. Que me libere de Natanael, hijo de Jananías. Que así sea.

Te diré que hay veces en que las palabras se alegran tanto de verse en libertad que se ríen a carcajadas y hacen cabriolas por sus tablillas y por el interior de sus rollos de papiro. Así fue con las palabras que yo había escrito. Se divirtieron hasta el amanecer.


## XVII

Salí en busca de Lavi con la esperanza de poder escabullirnos en silencio y regresar a la cueva, pero mi madre se lo había llevado al mercado. Me aposté en la balconada y esperé a que volviera.

Cuando era una niña, a veces me despertaba de mi sueño sabiendo cosas antes de que ocurriesen: Judas me llevaría al acueducto; Sipra iba a asar un cordero; mi madre iba a sufrir un dolor de cabeza; mi padre me traería de palacio colorantes para las tintas; mi maestro iba a llegar tarde. Poco antes de la llegada de Yalta, me desperté con la certeza de que alguien desconocido iba a venir y entrar en nuestra vida. Aquellos atisbos se manifestaban cuando ascendía para emerger de entre los posos del sueño. Allí estaban justo antes de abrir los ojos, imágenes silenciosas, puras y cristalinas, como unos fragmentos de vidrio soplado, y yo esperaba a ver si se producían. Y ocurrían siempre.

En ocasiones, mis visiones anticipadas no describían sucesos, sino que eran fragmentos de una imagen que flotaban detrás de mis pupilas. Una vez apareció un *shofar*, y ese mismo día oí que alguien lo tocaba para anunciar la fiesta de las Semanas.

No se me concedían estos misterios con mucha frecuencia, y, con la excepción de la llegada de Yalta y de la aparición de los colorantes para las tintas, eran revelaciones de lo más mundano e inútil. ¿De qué me servía a mí saber qué comida iba a preparar Sipra, que mi maestro iba a llegar tarde o que alguien se iba a poner a tocar el cuerno de un carnero? No había tenido el menor presentimiento de mi cuenco del ensalmo ni de mis esponsales. No había tenido el menor indicio sobre Jesús, sobre que me fueran a quemar los escritos o sobre la cueva.

Me había visto libre de aquellas premoniciones durante cerca de un año, para mi felicidad, pero mientras esperaba allí en la balconada, en mi mente surgió una imagen muy vívida: una lengua, rosada y esperpéntica. Meneé la cabeza para disiparla. Otra visión inútil, me dije, aunque me incomodó la rareza que había en ella.

Cuando por fin regresó mi madre, venía azorada y con la

cara enrojecida. Envió a Lavi al almacén con un cesto de verduras a cuestas y pasó por delante de mí como un vendaval camino de su alcoba.

Conseguí alcanzar a Lavi en el patio.

—Madre está fuera de sí.

Estudió el suelo, se miró las manos, las medias lunas de mugre que tenía bajo las uñas.

—¿Lavi?

—Se ha encontrado con la joven que viene a verte.

—¿Tabita? ¿Y qué pasa con ella?

—Por favor, no me hagas hablar de eso. No a ti. Por favor. —Retrocedió varios pasos, evaluó mi respuesta y salió huyendo.

Me apresuré camino de la alcoba de mi madre con el temor de que me rechazase, pero me dejó pasar. Estaba lívida.

—Lavi me ha contado que has visto a Tabita. ¿Es que ha pasado algo?

Se fue decidida hacia su baúl, ese en el que estuvimos husmeando Tabita y yo, y por un irracional instante me pregunté si mi madre habría descubierto sin más nuestra intromisión.

—No veo la manera de evitar contártelo —me dijo—. Te vas a enterar de todos modos. La ciudad ya está desbordada de comentarios. Su pobre padre...

—Por favor. Cuéntamelo ya.

—Me he encontrado con Tabita en la calle, cerca de la sinagoga. Estaba montando un escándalo terrible, gimiendo y tirándose del pelo, chillando que uno de los soldados de Herodes la había obligado a yacer con él.

Intenté comprenderlo. «Obligado a yacer...»

—¿Han violado a Tabita? —dijo una voz a nuestra espalda, y me di la vuelta para descubrir allí a Yalta, de pie en el umbral de la puerta abierta.

—¿Y tienes que decirlo de un modo tan vulgar? —dijo mi madre.

Tenía un aspecto implacable allí de pie, cruzada de brazos, con las sombras de la mañana despuntando alrededor de sus hombros. ¿Eso era lo que le importaba, la falta de delicadeza del término?

Empecé a sentir presión en el pecho. Abrí la boca y oí un extraño aullido que inundaba la habitación. Entró mi tía, me rodeó con los brazos, y nadie emitió sonido alguno. Incluso mi madre tuvo el buen tino de no reprenderme.

—No entiendo por qué...

—¿Quién sabe por qué se ha plantado así en la calle y se ha puesto a vocear su deshonra a todo el que pasaba? —me interrumpió mi madre—. Y lo ha hecho utilizando esa misma palabra tan ordinaria que ha dicho tu tía. Estaba berreando el nombre del soldado y escupiendo y maldiciendo con el lenguaje más infame.

Me había malinterpretado: yo no me estaba preguntando por qué Tabita había salido a la calle a expresar a gritos su indignación. Me alegraba de que denunciara a su violador. Lo que no entendía era por qué sucedían siquiera semejantes horrores. ¿Por qué los hombres infligían aquellas atrocidades? Me restregué la manga por la cara. En pleno aturdimiento, me imaginé a Tabita en el día de la primera de sus renovadas visitas, cuando fui una grosera con ella. «Mi padre dice que soy de mente débil, y de lengua más débil aún», me había dicho entonces. Ahora me parecía que no tenía debilidad en la lengua, sino que esa era la más fiera de las partes de su cuerpo.

Sin embargo, mi madre no había terminado de echarle cosas en cara.

—No ha tenido suficiente con maldecir al soldado de un modo tan ostensible: ha maldecido a su padre por tratar de sellarle los labios. Ha maldecido a los que pasaban y le prestaban oído. Estaba angustiada, y lo lamento por ella, pero ha sido ella quien se ha avergonzado. Ha traído la deshonra sobre su padre y sobre su prometido; ahora la repudiará, a buen seguro.

El aire crepitaba alrededor de la cabeza de Yalta.

—Estás ciega, Hadar, y eres estúpida.

Mi madre, que no estaba acostumbrada a que le hablasen de ese modo, entrecerró los párpados y sacó el mentón.

—¡La vergüenza no es lo de Tabita! —Yalta prácticamente rugía—. Es patrimonio del hombre que la ha violado.

—Un hombre es como es —replicó mi madre entre dientes—. Puede tener una lujuria más grande que él mismo.

—¡Pues que se corte los semilleros y se haga eunuco! —dijo Yalta.

—Sal de mi habitación —le ordenó mi madre, pero Yalta no se inmutó.

—¿Dónde está Tabita ahora? —pregunté—. Me voy con ella.

—Ten la certeza de que no va a ser así —me dijo mi madre—. Ha llegado su padre y se la ha llevado a su casa a rastras. Te prohíbo verla.


El resto del día transcurrió con una cotidianeidad inaguantable. Mi madre me retuvo secuestrada en su alcoba mientras Sipra y ella desfilaban con rollos de tela, de hilo y una absurda colección de baratijas para mi ajuar, y no dejaban de hablar con una banalidad infinita sobre los preparativos de la ceremonia de los esponsales. Los gritos del interior de mi cabeza apenas me permitían oírlas.

Esa noche me quedé tumbada en mi cuarto, sobre la colcha de la cama, con las rodillas encogidas para hacerme un ovillo.

Todo cuanto sabía sobre la violación lo había aprendido de las Escrituras. Había una concubina sin nombre a la que violaron y mataron y cuyo cuerpo cortaron en pedazos. Estaba Dina, la hija de Jacob, a la que violó Siquén. Tamar, la hija del rey David, violada por su medio hermano. Eran algunas de las mujeres sobre las que tenía la intención de escribir algún día, y ahora también estaba Tabita, que no era un personaje olvidado de un texto, sino una joven que cantaba mientras me trenzaba el pelo. ¿Quién la vengaría?

Nadie había vengado a la concubina sin nombre. Jacob no buscó la venganza sobre Siquén. El rey David no castigó a su hijo.

La cólera se inflamó en mí hasta que no pude ya seguir siendo tan pequeña.

Dejé la cama, me fui a hurtadillas hacia la alcoba de Yalta y me tumbé en el suelo junto a su jergón. No sabía si estaba despierta.

—¿Tía? —susurré.

Se dio la vuelta sobre el costado para quedar mirando hacia mí. Sus ojos brillaban en la oscuridad con un blanco azulado.

—Cuando sea por la mañana —le dije—, tenemos que ir a buscar a Tabita.

XVIII

Un criado salió a la cancela a recibirnos a Yalta, a Lavi y a mí, un anciano con un brazo deforme.

—Mi tía y yo hemos venido a presentar nuestros respetos a Tabita —le dije.

Nos estudió.

—Su madre ha dado la orden de que no vea a nadie.

—Ve y dile a su madre que esta es la hija de Matías, escriba mayor de Herodes Antipas y supervisor de su marido —dijo Yalta con una voz imperiosa—. Dile que será una ofensa hacia él que su hija sea rechazada.

El criado volvió a la casa arrastrando los pies y regresó para abrir la cancela unos minutos más tarde.

—Solo la joven —dijo.

Yalta me hizo un gesto de asentimiento.

—Lavi y yo te esperaremos aquí.

Su casa no era tan espléndida como la nuestra, pero, como la de la mayoría de los funcionarios de palacio, al menos tenía una estancia en un piso superior y dos patios. La madre de Tabita, una mujer voluminosa con la cara abultada, me condujo hasta una puerta cerrada en la parte de atrás de la casa.

—Mi hija no se encuentra bien. Podrás verla solo durante unos minutos —me dijo y, afortunadamente, me permitió entrar sola.

Giré el postigo y sentí que comenzaba el martilleo en el pecho.

Tabita estaba acurrucada sobre una estera en un rincón. Al verme, volvió la cara contra la pared. Permanecí allí de pie un instante mientras me adaptaba a la densa penumbra y a la inseguridad sobre qué hacer.

Me acerqué y me senté a su lado entre dudas antes de ponerle la mano en el brazo. Entonces me miró, me cubrió la mano con la suya y vi que su ojo derecho había desaparecido en la hinchazón del pliegue del párpado. Los labios eran una magulladura violácea y azulada, y tenía un bulto en la mandíbula como si tuviese la boca llena de comida. Un cuenco, de un oro muy bueno, descansaba en el suelo a su lado y destellaba en la tenue luz, rebosante de lo que parecía sangre con saliva. Un sollozo me salió de lo más hondo de la garganta.

—Ay, Tabita.

Le atraje la cabeza contra mi hombro y le acaricié el cabello. No tenía nada que ofrecerle salvo mi disposición a quedarme allí sentada mientras ella soportaba el dolor.

—Estoy aquí —murmuré. Al ver que no decía nada, le canté una nana muy conocida, eso fue lo único que se me ocurrió—. Duerme, mi pequeña, que ya es de noche. Lejos queda la mañana, pero yo estoy aquí cerca.

Se la canté una y otra vez, acunando su cuerpo con el mío.

Cuando dejé de cantar, Tabita me ofreció la sombra de una sonrisa, y entonces fue cuando vi el trocito deshilachado del trapo que le salía de forma extraña por la comisura de los labios. Sin apartar la mirada de mis ojos, Tabita alzó la mano y tiró de él muy despacio para sacárselo, una tira larga de lino ensangrentado. Parecía no tener fin. Cuando terminó de extraerlo, levantó el cuenco y escupió dentro.

Sentí una oleada de repulsión, pero no me inmuté.

—¿Qué te ha pasado en la boca?

La abrió para que pudiese observar el interior. La lengua, lo que quedaba de ella, era un desastre de carne viva mutilada. Se retorcía en vano en la boca al tratar de articular palabras, sonidos como aspavientos que resultaban incomprensibles. La miré fijamente, perpleja, antes de que la verdad viniese a mí. «Le han cortado la lengua.» Aquella lengua de mi premonición.

—¡Tabita! —exclamé—. ¿Quién te ha hecho esto?

—Paaa... e. Paaa... e. —La baba rojiza le caía por la barbilla.

—¿Estás tratando de decir «padre»?

Me agarró la mano y asintió.

Solo recuerdo que me puse en pie, aturdida y desesperada. No recuerdo haber gritado, pero la puerta se abrió de golpe, y allí estaba su madre, sacudiéndome y diciéndome que
parase. Me aparté bruscamente.

—¡No me pongas las manos encima!

La ira me hizo jirones la respiración. Me clavó las garras y
me atravesó el pecho.

—¿Qué delito ha cometido tu hija para mover a su padre
a cortarle la lengua? ¿Es un pecado plantarse en la calle para
expresar a gritos tu angustia y pedir justicia?

—¡Tabita ha traído la vergüenza sobre su padre y sobre
esta casa! —exclamó despiadada su madre—. Su castigo se ex-
presa en las Escrituras: «La lengua tramposa será cercenada».

—¡Lo que habéis hecho es volver a violarla! —mastiqué
aquellas palabras con lentitud entre los dientes.

En una ocasión, después de que mi padre hubiese reconve-
nido a Yalta por su falta de mansedumbre, ella me dijo: «Mansedumbre. No es mansedumbre lo que necesito, es la ira». No
se me había olvidado aquello. Me arrodillé junto a mi amiga.

El brillo del cuenco me llamó la atención una vez más, y
supe algo que, hasta ese momento, estaba velado. Me puse en
pie y cogí el cuenco con cuidado de no derramar el contenido.

—¿Dónde tiene tu esposo su despacho? —dije atronado-
ra a la madre de Tabita. La mujer frunció el ceño y no respondió—. Muéstramelo, o lo encontraré yo por mi cuenta.

Al ver que no se movía, Tabita se levantó de la esterilla y
me condujo a una pequeña estancia mientras su madre nos seguía y me chillaba para que me marchara de su casa. El refugio del padre estaba amueblado con una mesa, un banco y
dos estantes de madera cargados con sus posesiones de escriba: chales y sombreros, y —como había sospechado— los
otros tres cuencos de oro robados del palacio de Antipas.

Miré a Tabita. Iba a darle algo más que mis nanas: iba a darle mi ira. Salpiqué con su sangre las paredes, la mesa, los chales y los sombreros, los cuencos de Antipas, los rollos de papiro manuscritos, los frascos de tinta y los pergaminos en blanco. Lo hice con calma y comedimiento. No estaba en mi mano castigar a su violador ni devolverle la voz, pero sí podía llevar a cabo aquel acto de rebeldía, aquella pequeña venganza, y, gracias a ello, su padre sabría que su brutalidad no había pasado desapercibida. Por lo menos sufriría la reprimenda de mi ira.

La madre de Tabita se abalanzó sobre mí, pero ya era demasiado tarde: el cuenco estaba vacío.

—Mi esposo se encargará de que recibas tu castigo —exclamó—. ¿Crees que no acudirá a tu padre?

—Cuéntale que a mi padre le han encargado la búsqueda del ladrón de los cuencos de Herodes Antipas. Sería un placer comunicarle a mi padre de quién se trata.

Aflojó la tensión del rostro y le abandonaron las ganas de pelear. Comprendió mi amenaza. Supe que mi padre no tendría ninguna noticia de todo esto.


Ya que Tabita había intentado con tanto denuedo revelar lo que le había sucedido y la habían silenciado, saqué las dos últimas hojas de papiro del bolso de pellejo de cabra de debajo de la cama y tomé nota de la historia de su violación y de la mutilación que sufrió en la lengua. Una vez más, me senté con la espalda contra la puerta, consciente de que si mi madre venía a buscarme, no podría impedirle la entrada durante mucho tiempo. Empujaría la puerta para entrar y me descubriría escribiendo, me pondría la habitación patas arriba y encontraría los manuscritos enrollados. Me la imaginé leyéndolos, aquellas palabra de amor y de necesidad que había escrito sobre Jesús, la sangre que había esparcido por las paredes de la casa de Tabita.

Lo arriesgaba todo, pero no podía contenerme y no escribir su historia. Llené los dos papiros enteros. De los dedos me surgía un torrente de dolor y de ira: la ira me dio coraje, y el dolor seguridad.


## XIX

El claro donde había visto a Jesús rezando estaba desierto, el aire lleno de sombras punzantes. Había llegado lo suficientemente temprano para llevar a cabo mi tarea del enterramiento antes de que él apareciese, había salido con sigilo de la casa antes de que el sol elevara esforzado su roja panza sobre las cumbres de las montañas. Lavi cargó con el fardo de mis escritos, la tablilla de barro en la que había escrito mi maldición y una herramienta para cavar. Yo había traído el cuenco del ensalmo debajo del manto. La idea de que Jesús pudiera regresar hizo que una corriente de gozo y de pavor me atravesara el cuerpo. No tenía claro qué haría en tal caso: si hablaría con él o si me escabulliría como había hecho antes.

Esperé ante la boca de la cueva mientras Lavi la inspeccionaba en busca de ladrones, serpientes y otras criaturas amenazadoras. Al no hallar ninguna, me llamó con un gesto hacia el interior, un lugar frío y tenebroso, salpicado de excrementos de murciélago y fragmentos de vasijas de piedra, de los que recogí unos cuantos. Con la pañoleta sobre la nariz para amortiguar el olor de los excrementos animales y la tierra en descomposición, di con un lugar cerca del fondo de la cueva, junto a un pilar de piedra que podría reconocer con facilidad cuando llegara el momento de recuperar mis pertenencias. Lavi atacó el suelo con la herramienta para cavar y abrir un tajo profundo en la tierra. Volaba el polvo por los aires. Las telarañas descendían flotando para formar redes sobre mis hombros. Gruñía mientras trabajaba: era menudo y no estaba hecho a un duro esfuerzo físico, pero consiguió darle forma a una cavidad de dos codos de ancho y otros dos de profundidad.

Levanté el lino que cubría el cuenco del ensalmo y observé el interior, mi plegaria, el boceto de mí misma que había dibujado, el borrón grisáceo, el hilo rojo, y coloqué el cuenco en el agujero. A su lado deposité el fardo de rollos manuscritos y, por último, la tablilla de barro. Me pregunté si volvería a ver algo de aquello algún día. Rastrillé la tierra sobre los objetos y desperdigué por allí las piedrecillas y los trozos de vasija que había recogido para ocultar que se había removido.

Cuando salimos a la luz del sol, Lavi extendió su manto en el suelo y me senté mirando hacia el bosquecillo de balsaminas. Bebí del odre que llevaba en mi bolso y mordisqueé un trozo de pan. Esperé más allá de la segunda hora. Esperé pasada la tercera.

No vino.


## XX

El día en que mi madre anunció que la ceremonia de mis esponsales tendría lugar treinta días más tarde, cosí treinta esquirlas de marfil en un paño de tela de color azul claro. Desde entonces, cada día quitaba una. Ahora, sola en la azotea de la casa, tenía los ojos clavados en el paño con la frialdad en el ánimo que me generaba la escasa cantidad de esquirlas restantes. Ocho.

Era la hora del crepúsculo. La hosquedad no era algo que surgiera en mí de forma natural —la ira, sí; la pasión y la testarudez, siempre—, pero allí sentada, tuve un fuerte sentimiento de pérdida. Había regresado un par de veces a casa de Tabita, pero me habían negado la entrada. Aquel mismo día, mi madre me había informado de que habían enviado a mi amiga a vivir con unos parientes en la aldea de Yafia, al sur de Nazaret. Estaba segura de que jamás volvería a verla.

Me daba miedo no volver a ver tampoco a Jesús. Lo único que veía era la espalda de Dios.

¿Y siempre había sido así? A los cinco años, cuando fui por primera vez al templo de Jerusalén, intenté seguir a mi padre y a Judas, subir los escalones circulares y pasar por la Puerta de Nicanor, pero mi madre tiró de mí y me hizo retroceder. Su mano me agarraba el brazo con fuerza y yo me retorcía tratando de soltarme; los ojos se me iban detrás de mi hermano, que avanzaba camino del reluciente mármol y el brillo del oro del santuario de la morada de Dios. El Sanctasanctórum. Me sacudió los hombros para lograr que atendiese.

—So pena de muerte, tú no puedes pasar de aquí.

Me quedé mirando las columnas de humo que se elevaban del altar más allá de la verja.

—Pero ¿por qué no puedo ir yo también?

Durante años, siempre que la recordaba, la respuesta de mi madre me producía un arrebato de la misma sorpresa que había sentido el día en que la pronunció.

—Porque, Ana, tú eres una mujer. Este es el atrio de las mujeres. No podemos pasar de aquí.

Así fue como descubrí que Dios había relegado a mi sexo a la periferia de prácticamente todas las cosas.

Cogí el cortaplumas y corté otra esquirla de marfil del paño. Siete.

Acabé hablándole a Yalta sobre Jesús, sobre los hilos de colores que llevaba enrollados en los dedos y sobre cómo, de no ser por ellos, ni siquiera habría sabido de él. Le describí el tacto áspero de la palma de su mano cuando vino en mi ayuda, el espantoso golpe seco que se dio en la cabeza con el terrazo cuando lo empujó el soldado. Cuando le conté que lo había vuelto a ver en la cueva mientras él rezaba el kadis y que había sentido la urgencia de hablar con él pero la había sofocado, ella me sonrió y me dijo:

—Y ahora vive en tus pensamientos y te inflama el corazón.

—Sí. —Lo que no añadí fue que él también provocaba un calor y una luz que me recorrían el cuerpo, pero me daba la sensación de que eso también lo sabía.

No habría podido aguantar que Yalta me dijese que mi añoranza de él solo procedía de mi desesperación a causa de Natanael. Era cierto que Jesús me había salido al paso en el mismo momento en que se desmoronaba el resto de mi universo. Supongo que él era, en parte, un consuelo. Yalta tenía que saberlo, pero evitó decirlo. Lo que me dijo, en cambio, fue que me había desplazado hasta un cielo secreto, el que se encontraba más allá de este y donde reina la soberana de los cielos, puesto que Yahvé nada sabía de las cuestiones femeninas del corazón.


Unos pasos agitaron la escalera, y me volví para ver cómo asomaba la cabeza de Yalta como si fuera el corcho de la caña de un pescador. Mi tía era bastante ágil, aunque me temía que alguna noche se fuese a caer al patio. Me apresuré a ofrecerle la mano, pero, en lugar de tomarla, Yalta me dijo en voz baja:

—Rápido. Tienes que bajar. Ha venido Judas.

—¡Judas!

Me hizo callar y se volvió para mirar hacia las sombras de allá abajo. Un rato antes habían apostado muy cerca, junto a la entrada trasera de la casa, a uno de los soldados de Antipas, ese tan violento.

—Tu hermano te espera en el micvé —me susurró—. Cuida de que nadie te vea.

Esperé a que descendiera ella primero y acto seguido bajé yo con el recuerdo de mi padre voceando que, si capturaban a Judas, Antipas lo ejecutaría.

Una fina oscuridad azulada inundaba el patio. No veía al soldado, pero podría estar por allí, en cualquier parte. Oí a Sipra en algún lugar cercano, limpiando el brasero. Desde arriba nos observaban las ventanas de las habitaciones superiores de la casa, estrechas y titilantes. Yalta me tendió un candil de barro y una toalla en un gesto brusco.

—Que el Señor te limpie y te purifique —dijo en voz alta para que Sipra lo oyese, y desapareció en el interior de la casa.

Me daban ganar de cruzar volando el patio y bajar la escalera hacia mi hermano, pero corté las alas a mis propios pies y caminé despacio. Entoné en voz alta el canto de la purificación. Al descender al micvé, oí los latidos del corazón de la cisterna: plic, plic..., plic, plic. El aire de la pequeña estancia subterránea se me espesaba en la garganta. Elevé el candil y vi una pátina de luz que se formaba en la superficie de la piscina.

Dije su nombre en voz baja:

—Judas.

—Estoy aquí.

Me di la vuelta y lo vi apoyado en la pared, a mi espalda. Sus rasgos oscuros y bien parecidos, su sonrisa fácil. Dejé el candil y me lancé a rodearlo con los brazos. La túnica de lana olía a sudor y a caballos. Estaba distinto. Más flaco, bronceado, un fulgor nuevo en la mirada.

Sin previo aviso, mi alegría se vio superada por una marea de furia.

—¿Cómo pudiste dejarme aquí, que me las arreglara yo sola? Sin despedirte siquiera.

—Hermanita, tenías a Yalta a tu lado. Si ella no hubiese estado aquí, no te habría dejado. Lo que estoy haciendo nos supera a nosotros dos. Lo estoy haciendo por Dios, por nuestro pueblo.

—¡Padre dijo que Antipas te ejecutaría! Sus soldados te están buscando.

—¿Y qué puedo hacer yo, Ana? El tiempo se ha cumplido. Los romanos han ocupado nuestra tierra durante setenta y siete años. ¿No ves lo auspicioso que es? Setenta y siete. Es el número divino más sagrado, una señal para nosotros de que ha llegado el momento.

Acto seguido me contaría que él era uno de los dos Mesías prometidos por Dios. Judas había sufrido de las fiebres mesiánicas desde que era un crío, una enfermedad que aumentaba o disminuía en consonancia con las brutalidades de Roma. Afectaba a casi todo el mundo en Galilea, aunque no podía decir que yo las padeciese en gran medida. Sí, los Mesías se habían profetizado —no podía negarlo—, pero ¿de verdad creía yo que un Mesías sacerdotal de la casa de Aarón y un Mesías rey de la casa de David aparecerían de repente cogidos del brazo y que liderarían un ejército de ángeles que nos salvaría de nuestros opresores y restauraría el trono de Israel? No se podía influir en Dios para que rompiese unos esponsales, pero Judas pretendía hacerme creer que el Señor tenía intención de derrotar al poderío de Roma.

De todas formas, no habría manera de convencer a mi

hermano: ni lo iba a intentar. Me dirigí hacia el borde de la piscina, donde su sombra flotaba sobre el agua. Allí me planté, mirándola fijamente.

—Han pasado muchas cosas desde que te fuiste —dije por fin—. Me han prometido en matrimonio.

—Lo sé. Por eso he venido.

No se me ocurría cómo se podría haber enterado de mis esponsales ni por qué aquello lo habría traído aquí. Fuera cual fuese el motivo, tenía la suficiente importancia como para que se arriesgara a que lo prendiesen.

—He venido a prevenirte. Natanael de Jananías es un hombre diabólico.

—¿Y has puesto tu vida en peligro para contarme eso? ¿De verdad crees que no sé lo diabólico que es?

—No creo que lo sepas. El hombre que administra el huerto de datileras de Natanael simpatiza con nuestra causa. Ha oído ciertas cosas.

—¿Ese administrador espía a Natanael para vosotros?

—Escucha: no tengo mucho tiempo para hablar. Detrás de tus esponsales hay más de lo que está escrito en el contrato. Hay una cosa que nuestro padre no tiene, y bien lo sabemos.

—No posee tierras —le dije.

La mayoría de la gente tiene su tormento particular, un tejón voraz de alguna clase que les roe las entrañas sin cesar, y este era el de nuestro padre. Mi abuelo sí tenía unos considerables campos de papiro en Egipto; conforme a la ley, como primogénito, mi tío Arán debía haber recibido una doble fracción, y mi padre una simple. No obstante, Arán, el mismo torturador que había desterrado a Yalta y la había enviado con los terapeutas, consiguió para mi padre un puesto lejos de Egipto, aquí, en la corte del rey Herodes el Grande, padre de Antipas. Por aquel entonces, mi padre solo tenía dieciocho años, demasiado joven y confiado para percatarse del engaño. En su ausencia, Arán manipuló la ley para apoderarse también de la porción de mi padre. Igual que sucedió con Jacob y Esaú, el robo de un derecho de nacimiento fue el dorado tejón.

—Natanael acudió a él y le ofreció una cuarta parte de sus haciendas —me dijo Judas.

—¿A cambio de mí?

Bajó la mirada.

—No, hermanita; tu boda no era algo que ninguno de los dos tuviera en mente. Natanael deseaba un puesto de poder en palacio y a cambio estaba dispuesto a renunciar a una importante porción de sus tierras. Padre ya le ha prometido un asiento en el alto concilio, donde podrá utilizar su poder a favor de los ricos y mantener bajos sus impuestos. Si con eso no bastara, padre se ha comprometido a tomar en arriendo los almacenes de Natanael para guardar los impuestos de Antipas y los tributos romanos recaudados por toda Galilea. Esto convertirá a Natanael en el hombre más rico de Galilea aparte de Antipas. Y, a cambio, padre recibe lo que ansía, el título que le fue robado: terrateniente.

—¿Y qué hay de mí?

—Fue padre quien te hizo formar parte de su pacto. Estoy convencido de que nuestra madre había estado dándole la lata para que te encontrase unos esponsales a la altura, y, de repente, aquí estaba Natanael. A nuestro padre tuvo que parecerle propicio: Natanael tenía bienes y, gracias a su acuerdo, no tardaría en contar con todo el peso de la clase gobernante.

¡Padre!

—Lo siento —me dijo.

—No hay manera de escapar de mis esponsales. El contrato ya se ha firmado y se ha pagado el precio de la novia. No se le puede poner fin salvo por repudio, y ya he intentado afrentarlo de todas las formas a mi alcance... —Me detuve al percatarme de que jamás importaría lo repugnante que fuese mi conducta.

A causa de su acuerdo con mi padre, Natanael nunca me repudiaría.

—Ayúdame, Judas —le pedí—. Haz algo, por favor. No puedo soportar este matrimonio.

Se irguió.

—Yo le daré motivos a Natanael para poner fin al compromiso. Haré lo que pueda. Lo prometo —me dijo—. Tengo que irme. Deberías salir tú primero y asegurarte de que no anda cerca ese soldado que he visto antes. Saldré por la puerta de atrás del patio inferior. Si el camino está despejado, canta la misma canción que traías en los labios al llegar.

—Debe parecer que me he bañado —le dije—. Date la vuelta para que me pueda desvestir y sumergirme.

—Rápido —me dijo.

Me quité la túnica, me adentré en la frialdad del agua, me zambullí después más hondo y descompuse su reflejo en un millar de gotas negras. Con las prisas, me sequé a medias.

—Dios te guarde, Judas —dije mientras ascendía los escalones.

Fui a la casa, con el corazón destrozado y cantando.

XXI

Una mañana, tres días después de la visita de Judas, me desperté con la imagen de la palma de una datilera. ¿La había soñado? Me incorporé en la cama y rodaron los almohadones. Aquella palma era la retorcida contorsión de unos dedos deformes, verdes y negruzcos.

No me la podía quitar del pensamiento.

El viento comenzó a sacudir, y supe que las lluvias llegarían pronto. La escalera daba golpes secos contra la azotea. Las planchas de cocinar traqueteaban en el patio con un ruido metálico.

Aún era temprano cuando empezó un aporreo urgente e incesante en la puerta principal. Sin hacer ruido, salí de mi alcoba a la balconada, me asomé sobre la barandilla y vi a mi padre que se apresuraba a cruzar el gran salón. Madre salió a la logia, a mi lado. Se levantó el pesado pestillo de la puerta, gimió la madera de cedro, y dijo mi padre:

—Natanael, ¿a qué viene todo este escándalo?

Mi madre se me echó encima, como si fuera yo la razón por la que él hubiera venido.

—Ve y termina de arreglarte el pelo.

No le hice caso. Si mi prometido deseaba verme, yo prefería tener mi peor aspecto.

Natanael entró enfurecido en el atrio con aspecto derrotado. Llevaba la cabeza descubierta, la ropa cara manchada de hollín y desaliñada. Furioso, sus ojos miraban veloces aquí y allá. Todo en él resultaba tan asombroso que a mi madre se le escapó un grito ahogado. Padre iba de un lado a otro detrás de él.

Natanael hizo un gesto a alguien a su espalda para que se aproximase, y tuve la sensación de que algo terrible se avecinaba. Me sentí como un pájaro a la espera de que vuele la piedra que lanza la onda. Apareció un hombre ataviado de jornalero. En las manos traía una palma de datilera. Estaba quemada en parte y soltaba restos calcinados sobre el terrazo. La lanzó a los pies de mi padre y aterrizó con estruendo en medio de una lluvia de ceniza negra. El olor a humo se elevó sobre la habitación.

«Sea lo que sea, es obra de Judas.»

—Me han quemado las datileras con malas intenciones —dijo Natanael—. Me han incendiado la mitad del huerto. Los olivos han sobrevivido tan solo porque me encargué de poner a un hombre en la torre de vigilancia y ha dado la voz de alarma a tiempo.

La mirada de mi padre se desplazaba entre la palma y Natanael.

—¿Y consideras prudente aporrear mi puerta y tirar las pruebas por los suelos de mi casa? —Parecía verdaderamente confundido ante la ira de Natanael.

Natanael, aquel hombrecillo. No le llegaba a mi padre a la altura del mentón, pero dio un paso al frente, engreído e indignado. Ahora le diría a mi padre quién era el culpable, porque estaba claro que él lo sabía. Vi en mi imaginación el serio rostro de Judas en el micvé.

—¡Ha sido tu hijo quien ha prendido el fuego! —vociferó Natanael—. ¡Judas, Simón de Giora y sus maleantes!

—¡No puede haber sido Judas! —exclamó mi madre, y los hombres miraron hacia arriba.

Natanael reparó en mi presencia por vez primera, y en aquel momento desprevenido, incluso desde tan lejos, vi su aversión hacia mí.

—Dejadnos —ordenó mi padre, pero no lo hicimos, por supuesto.

Retrocedimos y nos apartamos de la barandilla, a la escucha.

—¿Lo has visto tú? ¿Estás seguro de que era Judas?

—Lo he visto con mis propios ojos mientras arrasaba mis árboles. Y, por si quedaba alguna duda, ha gritado: «Muerte al rico y deshonesto. Muerte a Herodes Antipas. Muerte a Roma». Después, ha alzado la voz todavía más y ha chillado: «Soy Judas, hijo de Matías».

Me atreví a acercarme sigilosa al borde de la balconada. Padre se había dado la vuelta, le daba la espalda a Natanael e intentaba coger fuerzas. Para las mujeres, la situación más cruel es el rechazo; para los hombres es verse sacudido por la vergüenza, y mi padre nadaba ahora en ella. Sentí una punzada de pesar por él.

Cuando se dio la vuelta hacia Natanael, su rostro era una máscara. Lo interrogó acerca de todos los detalles. ¿A cuántos hombres has visto? ¿A qué hora han llegado? ¿Venían a caballo? ¿En qué dirección han huido? Mientras conversaban, la ira fue dejando a un lado la vergüenza.

—Hay un motivo por el que Judas ha puesto tal empeño en identificarse como tu hijo —dijo Natanael—. Pretendía hacerte caer en desgracia con Herodes Antipas. Si eso sucede, Matías..., si pierdes tu poder con Antipas, no estarás en disposición de llevar a cabo nuestro acuerdo, y yo ya no tendré ningún motivo para seguir adelante con él.

¿Acababa de lanzar Natanael la amenaza de poner fin a los esponsales? «Ay, Judas, qué listo eres.» Por supuesto, Antipas no iba a tolerar que un hijo de mi padre lanzara aquellos ataques. ¡Eso abriría una brecha entre ellos y haría imposible que mi padre cumpliese con su parte del trato!

—Judas no es un hijo para mí —dijo mi padre—. No lleva mi sangre, sino que es adoptado de la familia de mi esposa. Lo repudio desde este mismo día. Es un desconocido. Y si así debo hacerlo, declararé esto mismo delante del propio Herodes Antipas.

No me veía capaz de mirar a mi madre.

—Me encargaré de que reciba su castigo —prosiguió—. Dicen los rumores que Simón y sus hombres se ocultan en la garganta de Arbel. Enviaré unos soldados que registren cada grieta y miren debajo de todas y cada una de las piedras.

Allí de pie junto a Natanael, el jornalero que había traído

la palma se movía inquieto en el sitio, nervioso. «Ojalá sea él ese espía del que habló Judas. Ojalá avise a mi hermano.»

Mi padre había hecho las cosas muy bien para tranquilizar a Natanael. Demasiado bien, me temí.

Después de que se marchase, mi padre se retiró a su estudio, y mi madre me metió a rastras en su alcoba y cerró la puerta.

—¿Por qué iba Judas a cometer esta atrocidad? —exclamó—. ¿Por qué decir a gritos su nombre? ¿Es que no sabía que hacer eso pondría a Antipas en contra de tu padre? ¿Acaso pretendía castigar a Matías, aun poniendo en peligro su propia vida?

No dije nada, con la esperanza de que soltara a borbotones su turbación y su gran inquietud y que terminase de una vez con ello.

—¿Has hablado tú con Judas? ¿Lo has incitado tú a hacerlo?

—No —dije, demasiado rápido: tenía un impresionante talento para llevar a cabo un engaño, pero ninguno para ocultarlo.

Me abofeteó con fuerza en la mejilla.

—Matías nunca debió haberte permitido salir de la casa. No habrá más excursiones por el monte con Lavi. Permanecerás aquí hasta la ceremonia de los esponsales.

—Si es que hay tal ceremonia —dije, y mi madre volvió a levantarme la mano y a golpearme en la otra mejilla.


XXII


Ese anochecer, cuando el día derramaba sobre el valle la palidez de sus últimas luces, Yalta y yo subimos una vez más a la azotea. En las mejillas llevaba la marca enrojecida de la mano de mi madre. Yalta me las acarició con la yema de los dedos.

—¿Te contó Judas que pretendía quemarle el huerto a Natanael? —me preguntó—. ¿Tú lo sabías?

—Me juró que haría lo que estuviera en su mano para poner fin a los esponsales, pero no pensé que fuese a llegar tan lejos. —Bajé la voz—. Me alegro de que lo haya hecho.

Había llegado el primer frescor de la temporada. Yalta tenía los hombros encogidos hacia arriba como las alas de un pájaro. Se puso la pañoleta por encima.

—Dime, ¿cómo ayuda a tu causa quemarle las datileras a Natanael?

Cuando le describí el trato al que habían llegado Natanael y mi padre, me dijo:

—Ya veo. Al provocar que tu padre pierda el favor de Antipas, Judas apuesta a que Natanael pondrá fin al acuerdo. Sí, muy astuto.

Por primera vez, percibí el sabor de la esperanza en el fondo de la lengua. Tragué saliva, y desapareció. Pensé en la plegaria de mi cuenco, en mi rostro dentro de aquel solecillo minúsculo. Había sido fiel a aquellas cosas como si me pudieran salvar de algún modo, y, sin embargo, las dudas no dejaban de consumirlas una y otra vez.

Desesperada en busca de algo tranquilizador, hablé a mi tía sobre la visión de mi rostro que había tenido.

—¿Crees que es una señal de que voy a eludir este matrimonio y que se van a materializar mis esperanzas?

Me quedé esperando. La luna brillaba con fuerza. La azotea, el cielo y las casas apiñadas por la ciudad parecían todos ellos hechos de cristal.

—¿Cómo vamos a conocer nosotras el proceder de Dios? —me respondió.

Su escepticismo no solo se manifestaba en lo evasivo de sus palabras, sino también en las muecas que hacían sus labios a causa de las que callaba.

Insistí.

—Pero una visión como esa no puede significar que mi destino será desaparecer en la casa de Natanael para vivir desolada hasta el fin de mis días. Tiene que ser una promesa de alguna clase.

Volcó sobre mí la fuerza de su mirada y vi cómo sus ojos se concentraban en dos pequeños núcleos marrones.

—Tu visión significa lo que tú quieras que signifique. Significará lo que tú hagas que signifique.

Me quedé mirándola, confundida e inquieta.

—¿Por qué iba Dios a enviarme una visión si no tiene más significado que el que yo le dé?

—¿Y si el sentido que tiene enviártela es obligarte a ti a buscar la respuesta?

Cuánta incertidumbre, cuánta impredecibilidad.

—Pero... tía.

Eso fue todo cuanto mis labios fueron capaces de articular.

¿Podíamos conocer el proceder de Dios, o no? ¿Tenía Él una intención para nosotros, su pueblo, como nuestra religión creía, o nos correspondía a nosotros inventarnos un sentido para nosotros mismos? Tal vez nada fuese como yo pensaba.

En lo alto, esa negra vastedad, el universo brillante y frangible. Yalta había abierto una grieta en mi certeza sobre Dios y sus obras. Sentí que esa grieta cedía y se abría una sima.

## XXIII

Cuando ya solo quedaban dos esquirlas de marfil en el paño de mis cálculos, Lavi y yo nos escabullimos de la casa a pesar de la orden de mi madre y pusimos rumbo a la cueva donde había enterrado mis pertenencias. El cielo estaba sumido en el desánimo: gris, plomizo y azotado por el viento. Lavi me había suplicado que no saliésemos, pero, conociendo la amplia dimensión que él daba a los sueños y augurios, le conté que había soñado con que una hiena desenterraba mis pertenencias y que me veía en la obligación de ir a la cueva y asegurarme de que continuaban bien escondidas. Era un invento descarado. Desde luego que me preocupaban mis escritos y mi cuenco, pero no era esa la razón de mi mentira. Esperaba encontrar allí a Jesús.

Llegué a la misma hora en que lo había visto rezando días atrás y me paseé por el diminuto claro, me asomé por encima de los salientes de roca y busqué en la cueva. No había ni rastro de él.

Después de inspeccionar de manera ostentosa el lugar del enterramiento, me quedé con Lavi dentro de la cueva, justo ante la boca, estudiando el cielo. El sol se había amadrigado tanto entre las nubes que el mundo se había ennegrecido.

—Deberíamos volver —dijo Lavi—. Ya mismo.

Se había traído un pequeño palio enrollado hecho de hojas de palma para protegernos en caso de que comenzara a llover. Observé cómo lo desplegaba. Llevaba dentro de mí una sensación horrible, algo tan triste y tan cargado como el cielo.

Lavi tenía razón, deberíamos marcharnos: una vez comenzara a llover, no pararía, quizá en varias horas. Me puse el manto sobre la cabeza y elevé la mirada hacia el bosquecillo de balsaminas, y allí estaba, moviéndose entre los árboles.

Caminaba rápido, mirando hacia arriba, y su túnica era una mancha blanca en la turbia luz. Comenzaron a caer las gotas de lluvia. Estallaban contra la piedra caliza, las copas de los árboles, el duro caparazón de la tierra, y hacían que se elevase el olor de la fertilidad. Cuando él echó a correr, yo retrocedí hacia las sombras. Lavi, al verlo, se puso en tensión y encajó la mandíbula.

—No es ningún peligro para nosotros —le dije—. Es alguien a quien conozco.

—¿Y también has soñado con que venía?

En cuestión de segundos, la lluvia se convirtió en un enjambre de langosta, espesa y ensordecedora. Jesús entró disparado en la cueva como quien sale de las aguas del mar, la ropa chorreando, el pelo colgando en zarcillos oscuros y húmedos sobre las mejillas, el tintineo de las herramientas en el cinto de cuero.

Se sorprendió al vernos.

—¿Compartiríais conmigo vuestro refugio, o preferís que me cobije en alguna otra parte?

—El monte es de todo el mundo —le respondí, y me retiré el manto de la cabeza, hacia atrás—. Y aunque no fuera así, no sería tan cruel como para enviarte de vuelta a la tormenta.

Le cambió el gesto de punta a punta del rostro al reconocerme. Sus ojos descendieron hacia mi pie.

—¿Ya no estás coja?

Le sonreí.

—No. Y confío en que a ti no consiguiera prenderte el soldado de Antipas.

Tenía torcida en la cara aquella amplia sonrisa.

—No, fui más rápido que él.

Restalló un trueno sobre nosotros. Cada vez que temblaban los cielos, las mujeres se bendecían con un «Señor, guárdame de la ira de Lilit», pero yo nunca era capaz de decir aquello. Lo que susurraba, en cambio, era: «Señor, bendice este rugido», y eso fue lo que vino a mis labios.

Él saludó a Lavi.

—*Shelama.*

Lavi respondió con su saludo entre dientes y se apartó a una cierta distancia, hasta la pared de la cueva, donde se puso en cuclillas. Su hosquedad me sorprendió. Estaba resentido por mi mentira sobre la hiena, por que me hubiese puesto a hablar con un extraño, por que lo hubiese arrastrado hasta allí, en realidad.

—Es mi criado —dije, y de inmediato lamenté haber puesto de relieve nuestra diferente condición social—. Se llama Lavi —añadí con la esperanza de sonar menos altanera—. Yo soy Ana.

—Yo soy Jesús, hijo de José —respondió, y por su rostro pasó una perturbación de algún tipo.

No sabía si era porque le había parecido arrogante, por la extrañeza de habernos vuelto a encontrar, o por algo al pronunciar su nombre.

—Me alegro de que se hayan cruzado nuestros caminos —le dije—. Deseaba darte las gracias por tu amabilidad en el mercado. No te recompensaron bien por ello. Espero que no te hicieras mucho daño en la cabeza.

—Fue poco más que un rasguño. —Sonrió y se frotó la frente.

Unas gotitas minúsculas le perlaban el ceño. Se las secó con la túnica, se pasó después el tejido de lana por el pelo y se dejó los mechones disparados en todas las direcciones, con briznas por todas partes. Tenía un aspecto juvenil, y sentí en el pecho el mismo ronroneo cálido que antes.

Se adentró en la cueva, se apartó de la nube de salpicaduras de agua y se acercó más hacia donde yo me encontraba.

—¿Eres picapedrero? —le pregunté.

Se llevó la mano al punzón que le colgaba del cinto.

—Mi padre era carpintero y picapedrero. Yo tomé su oficio.

La llama del dolor se prendió en su rostro y me imaginé que haber pronunciado el nombre de José unos momentos antes habría provocado aquella sombra en sus ojos. Aquel día estaba rezando el kadis por su padre.

—¿Acaso me habías tomado por un hilandero? —me preguntó, veloz al cubrir su tristeza con el ingenio.

—Parecías todo un experto en la materia —le dije con un tono de broma, y vi la ondulación de esa sonrisa que ya había observado antes.

—Voy al mercado con mi hermana Salomé cuando no consigo mi propio trabajo. A base de tanta práctica, me he convertido en un experto con el hilo de lana. Pero aún más mis hermanos: son ellos quienes suelen acompañarla. No dejamos que cruce ella sola el valle.

—¿Vienes de Nazaret, entonces?

—Sí, me dedico a hacer dinteles para las puertas, vigas para los techos y muebles, pero mi trabajo no está a la altura del de mi padre, y he tenido pocos encargos desde que él murió. Me veo en la obligación de venir a Séforis ahora para que me contraten como uno de los obreros de Herodes Antipas.

¿Cómo era posible que hablase con semejante libertad? Yo era una mujer, una desconocida, la hija de un acaudalado simpatizante de los romanos, y aun así no guardaba las distancias.

Su mirada recorrió la cueva.

—A veces me detengo a rezar aquí cuando voy de camino. Es un lugar solitario..., salvo hoy. —Se echó a reír, ese mismo sonido vertiginoso que oí en el mercado, y me hizo reír a mí también.

—¿Estás trabajando en el anfiteatro de Herodes Antipas? —le pregunté.

—La piedra que pico en la cantera va para allá. Cuando se cubre el cupo y ya no contratan más, viajo a Cafarnaún, me uno a un grupo de pescadores en el mar de Galilea y vendo mi parte de la captura.

—Eres muchas cosas, entonces. Carpintero, picapedrero, hilandero y pescador.

—Soy todo eso —me dijo—. Pero nada de eso es en verdad lo mío.

Me pregunté si Jesús, como yo, guardaba en él un vivo deseo de algo que le era prohibido, pero no se lo planteé por temor de llegar demasiado lejos al indagar. En cambio, pensé en Judas y le dije:

—¿No te importa trabajar para Antipas?

—Me importa más el hambre de mi familia.

—¿Te corresponde a ti alimentar a tu hermana y a tus hermanos?

—Y a mi madre —añadió.

«No ha dicho "esposa".»

Extendió el manto húmedo en el suelo y me hizo un gesto para que me sentase. Cuando lo hice, miré a Lavi, que parecía dormido. Jesús se sentó a una discreta distancia, con las piernas cruzadas, mirando hacia la abertura de la cueva. Durante un largo intervalo, nos quedamos mirando la lluvia y el cielo violento y desatado, sin hablar. Su proximidad, su respiración, la forma en que habitaba en mí todo cuanto yo sentía... Encontré el rapto en aquellas cosas, en aquel estar juntos en ese lugar solitario, y el bramido del mundo en derredor.

Rompió el silencio al preguntarme por mi familia. Le conté que mi padre había llegado de Alejandría y que estaba al servicio de Herodes Antipas como escriba mayor y consejero, que mi madre era la hija de un mercader de telas de Jerusalén. Le confesé que me vería acuciada por la soledad de no ser por mi tía. No le mencioné que mi hermano era un fugitivo ni que aquel hombre tan desagradable con el que me había visto en el mercado era ahora mi prometido. Sentía unas desesperadas ganas de contarle que mis escritos estaban enterrados no muy lejos de donde estábamos sentados nosotros, que me dedicaba al estudio, que preparaba mis tintas, que componía con las palabras, que era una coleccionista de historias, pero todo eso también lo guardé en mi interior.

—¿Qué te ha traído a las afueras de la ciudad en el día en que han comenzado las lluvias? —quiso saber.

No podía decirle «Tú, la razón eres tú.»

—Suelo pasear por el monte —le conté—. He sido impulsiva esta mañana, convencida de que las lluvias no llegarían tan pronto. —Al menos, eso era verdad en parte—. ¿Y tú? ¿Has venido aquí a rezar? Si es así, me temo que te lo he impedido.

—No me importa, y dudo que a Dios le importe tampoco. No he sido muy buena compañía para Él últimamente. No le traigo más que preguntas y dudas.

Pensé en mi conversación con Yalta en la azotea y en las dudas sobre Dios que me habían asaltado desde entonces.

—No creo que las dudas sean malas si son honestas —le dije en voz baja.

Volvió su rostro hacia el mío, y sentí su mirada distinta sobre mí. ¿Sería para él una revelación que una joven presumiese de instruir a un devoto judío acerca de los inescrutables caprichos de la devoción? ¿Había atisbado algo de mí, esa Ana, la muchacha del fondo del cuenco del ensalmo?

Le rugieron las tripas. Sacó un bolso del bolsillo de la manga y extrajo un pan ácimo. Lo partió en trozos iguales y me ofreció una porción a mí y la otra a Lavi, que se había despertado.

—¿Partes el pan con una mujer y un gentil? —le dije.

—Con amigos —respondió, y me ofreció su sonrisa amplia y torcida.

Me permití corresponder a su sonrisa y sentí que nos transmitimos algo tácito el uno al otro. El primer y minúsculo brote de nuestro vínculo.

Nos tomamos el pan. Recuerdo en los labios el sabor de la cebada y del trabajo en el campo. La tristeza que me sobrevino al ir amainando la lluvia.

Jesús salió al claro y miró al cielo.

—El capataz de la cantera no tardará en empezar a contratar manos. Debo irme.

—Que este encuentro no sea el último entre nosotros —le dije.

—Que Dios así lo quiera una vez más.

Lo vi marcharse corriendo a través del bosquecillo de balsaminas.

Jamás le contaría que nuestro encuentro en la cueva aquel día no había sido por azar. No le revelaría que ya lo había visto una vez, mientras rezaba. Hasta el mismísimo final le dejaría creer que la mano de Dios estaba detrás de nuestro encuentro. ¿Quién sabe? No se me olvidaban las palabras de Yalta: ¿cómo vamos a conocer nosotras el proceder de Dios?

## XXIV

Entré en palacio engalanada y perfumada, con unas enredaderas de alheña en los brazos, kohl bajo los ojos, pulseras de marfil en las muñecas y ajorcas de plata en los tobillos. En la cabeza lucía una diadema de pan de oro entretejida de manera intrincada en las trenzas de mi peinado. Mi vestido de los esponsales estaba adornado con veinticuatro ornamentos, todas y cada una de las piedras preciosas que exigían las Escrituras. Mi madre había contratado a la mejor costurera de Séforis para que me cosiese las gemas a lo largo de las bandas de color púrpura del cuello y las mangas. Iba cargada y sudada como una mula.

Ascendimos los escalones hasta el gran salón de Herodes Antipas bajo un baldaquino azotado por el viento; lo sostenían en alto entre cuatro criados que se afanaban con tal de evitar que saliese volando. Mi ceremonia de esponsales se había presentado en un día cargado de lluvia y de melancolía. Seguía los pasos de mis padres y subía tambaleante los amplios escalones de piedra cogida del brazo de Yalta. Mi tía se había encargado de que me tomase un vaso entero de vino sin diluir antes de marcharnos, de modo que ahora los bordes de las cosas se difuminaban y mi inquietud había menguado hasta convertirse en algo diminuto que maullaba.

Dos días antes, cuando Lavi y yo regresamos de la cueva, mi madre nos esperaba en la puerta con su furia característica. Al pobre Lavi lo enviaron directamente a la azotea a ponerse a frotar y retirar hasta el último excremento de pájaro.

A mí volvió a recluirme en mi alcoba y advirtió a mi tía que mantuviese las distancias conmigo. Yalta, que no se dejaba intimidar, venía a verme tarde por las noches con unos vasos de vino y dátiles para escuchar mi relato sobre el encuentro con Jesús. Desde que nos vimos no hallaba descanso, y cada vez que me quedaba dormida, soñaba con él llegando bajo la lluvia.

En el gran salón, las antorchas lucían montadas en las columnas, y frescos de frutas, flores y lianas retorcidas decoraban profusamente las paredes. Un mosaico cubría una gran parte del suelo: fragmentos minúsculos de mármol blanco, piedra pómez negra y vidrio azul dispuestos para formar unas magníficas criaturas. Peces, delfines, ballenas y dragones marinos. Bajé la mirada y vi que estaba pisando un pez grande que se estaba tragando a otro pequeño. Casi podía sentir cómo sacudía la cola. Intenté con todas mis fuerzas no sobrecogerme, pero fue imposible. Entre el vino y el aturdimiento, me desplazaba por los mosaicos como si caminara sobre las aguas. No se me ocurriría hasta después que Herodes Antipas, judío, había quebrantado el segundo mandamiento de Dios con una vistosidad que me dejó sin aliento. Había fabricado un mar de figuras. Mi padre me contó una vez que nuestro tetrarca había estudiado en Roma y que se había pasado años embebiéndose de la ciudad. Ahora imitaba aquel mundo dentro de su palacio, un altar oculto dedicado a Roma que el judío común y devoto nunca vería.

Mi madre apareció a la altura de mi codo.

—Esperarás la ceremonia en los aposentos reales. Natanael no debe verte hasta que sea el momento. No tardará.

Hizo un gesto con la mano, y una mujer de cabellos grises me condujo por un pórtico, más allá del ala de los baños romanos, y subimos un segundo tramo de escaleras hasta una alcoba sin frescos ni mosaicos, sino recubierta de paneles de la dorada madera del terebinto.

—Así que tú eres el cordero sacrificial —dijo una voz en griego.

Me di la vuelta y vi a una espectral mujer de piel oscura de pie junto a una gran cama cubierta de sedas del color de las piedras preciosas. Los cabellos negros le caían por la espalda como la tinta derramada. Tenía que ser Fasaelis, la esposa de Antipas. Toda Galilea y Perea sabían que Aretas —su padre y rey de los nabateos— había conspirado con el padre de Herodes Antipas para disponer su matrimonio como un modo de detener las escaramuzas a lo largo de la frontera que ambos compartían. Se decía que Fasaelis, de solo trece años por entonces, al enterarse de su destino se hizo cortes en los brazos y en las muñecas, y que lloró durante tres días y tres noches.

El impacto de su presencia en la habitación me dejó muda por un momento. Estaba deslumbrante, allí de pie con su vestido escarlata y el mantón dorado, pero también digna de lástima, con su vida convertida por dos hombres en una estratagema.

—¿No sabes hablar griego, o es solo que eres demasiado dócil para responderme? —Había mofa en el tono de su voz, como si fuese un simple objeto de diversión para ella.

La reprimenda de Fasaelis era una bofetada, y fue como un despertar. Surgió en mí una sensación de pérdida y de cólera. Me daban ganas de gritarle: «Me han prometido a un hombre al que desprecio y que me desprecia. Tengo muy pocas esperanzas de volver a ver al hombre al que amo. No sé qué ha sido de mi hermano. La palabra es la vida para mí y, sin embargo, mis escritos están enterrados bajo tierra. Me han segado el corazón como se pasa la hoz por la cizaña del trigo, y tú me hablas como si fuera débil e imbécil».

No me importó que tuviese la talla de una reina. Bramé contra ella:

—YO NO SOY UN CORDERO.

Un fogonazo en su mirada.

—No, ya veo que no lo eres.

—Viertes sobre mí tu condescendencia, pero no somos distintas, tú y yo.

La sorna le tiñó la voz:

—Ilústrame. Por favor. ¿Cómo es que no somos distintas?

—A ti te forzaron a casarte igual que me fuerzan a mí ahora. ¿No nos han utilizado a las dos nuestros padres para sus propios fines egoístas? Las dos somos mercancía con la que comerciar.

Vino hacia mí e irradió su olor: nardo y canela. El balanceo de sus cabellos. Las oscilaciones de sus caderas. Pensé en la llamativa danza que mi madre le había visto hacer. Cómo me hubiera gustado verla. Temía que viniese a abofetearme por mi insolencia, pero advertí que se había relajado la dureza en su mirada.

—La última vez que vi a mi padre, hace diecisiete años, lloró amargamente y me suplicó el perdón por haberme enviado a esta tierra baldía —dijo—. Me contó que lo había hecho por una noble razón, pero yo escupí en el suelo ante él. No consigo olvidar que él amaba más su reino que a mí. Me casó con un chacal.

Entonces vi la diferencia: su padre la había intercambiado por la paz. El mío me había vendido por codicia.

Fasaelis sonrió, y esta vez vi que no había malicia en ello.

—Seamos amigas —me dijo al tiempo que me cogía la mano—. No por nuestros padres ni por nuestro compartido infortunio. Seamos amigas porque tú no eres un cordero, y yo tampoco lo soy. —Fasaelis acercó la cabeza a mi oído—. Cuando tu prometido repita las bendiciones, no lo mires a él. No mires a tu padre. Mira por ti.


Allí estábamos, a la oscura luz de las teas sobre el mosaico acuático: mis padres, Yalta, Herodes Antipas, Fasaelis, el rabí Simón de Yojai, Natanael y su hermana Sofer, y no menos de otras dos docenas de personas de tocados extravagantes a las que me veía incapaz de nombrar ni me preocupaba hacerlo.

Planté los dedos de los pies sobre el lomo escamado de un dragón marino de fiera mirada.

Jamás había visto a Antipas tan de cerca. Parecía de la edad de mi padre, aunque más pesado, con una barriga protuberante. Llevaba el pelo aceitado y le caía a ambos lados de la cara desde debajo de una extraña corona que evocaba un puchero bañado en oro que se hubiera puesto del revés. Lucía pulseras y unos aros en las orejas, y tenía unos ojos demasiado pequeños para aquel rostro, tan diminutos como huesos de dátil. Lo encontré repulsivo.

El viejo rabí recitó la Torá —«No es bueno que el hombre esté solo»— y después pronunció las doctrinas rabínicas.

—El hombre sin una esposa no es un hombre.

»El hombre sin una esposa no funda una casa.

»El hombre sin una esposa no tiene progenie.

»El hombre sin una esposa, una casa e hijos no vive conforme a lo establecido por Dios.

»El deber del hombre es casarse.

Era una voz superficial y cansada. No le miré.

Mi padre leyó el contrato de los esponsales; vino seguido de una entrega simbólica del pago por la novia, que pasó con aire ceremonioso de las manos de Natanael a las suyas. No miré a ninguno de los dos.

—¿Das fe de la virginidad de tu hija? —preguntó el rabí.

Levanté la cabeza de golpe. ¿Es que ahora iban a inmiscuirse también en los rosados pliegues entre mis piernas? Natanael puso una sonrisa lasciva, recordatorio del sufrimiento que me aguardaba en la alcoba. Mi padre ungió al rabí con aceite en señal de mi pureza. Me quedé mirando todo aquello: quería que vieran el desprecio que irradiaba mi rostro.

No puedo recordar el aspecto que tenía Natanael mientras leía las bendiciones del novio, puesto que me negué a concederle siquiera una mirada. Clavé los ojos en el mosaico y me imaginé muy lejos, bajo el mar.

«No soy un cordero. No soy un cordero...»

Herodes Antipas permanecía reclinado sobre el codo izquierdo en un lujoso triclinio del salón de banquetes. Se hallaba detrás de la mesa central del comedor mientras todo el mundo aguardaba para ver a quién sentaban a su derecha y a su izquierda y a quién acompañaban hasta los tristes banquillos de los extremos más alejados de las mesas. La única medida cierta y exacta del favor del tetrarca era cuán cerca de él lo sentaban a uno. A las mujeres —incluida Fasaelis— nos congregaban en una mesa separada por completo, más lejos aún que los pobres y desdichados que no tardarían en verse relegados a los asientos más distantes. Aquí, nos servirían los platos de menor excelencia y los vinos de menor categoría, igual que a ellos.

Era habitual que a mi padre se le otorgara el asiento de honor a la derecha de Herodes, y se jactaba de ello a menudo, aunque no tanto como mi madre, que parecía convencida de que el poder y la gloria de mi padre se le hacía extensiva a ella. Miré a mi padre, allí de pie con Natanael, henchido de una presuntuosa expectación. ¿Cómo podía tener semejante confianza? Su hijo se había unido a los enemigos de Antipas y había cometido actos públicos de traición. Toda la ciudad estaba al tanto de aquellos actos, y no me podía creer que el tetrarca fuese a hacer oídos sordos. Seguro que no. Se castigaba en el padre los pecados del hijo igual que se castigaba en el hijo los pecados del padre. ¿No había ordenado Antipas a un soldado en una ocasión que le cortara la mano a un hombre cuyo hijo era un ladrón? ¿De verdad pensaba mi padre que aquello no tendría repercusiones para él?

Me asombraba que la sublevación de Judas no hubiese tenido hasta la fecha ninguna consecuencia aparente para mi padre. De todas formas, ahora se me ocurría que el tetrarca lo atacaría sin previo aviso, en un momento en que pudiera causar la mayor de las humillaciones. El semblante de mi madre estaba tenso de preocupación, y podía ver que ella pensaba lo mismo.

Observamos cómo acompañaban uno a uno a los hombres hasta sus asientos hasta que solo quedaron cuatro sitios: los dos lugares de los que alardear junto a Antipas y los dos de la vergüenza al final del todo. Esperando quedaban Natanael y mi padre además de otros dos hombres a los que yo no conocía. Unas diademas brillantes de sudor adornaban la frente de los dos desconocidos. Mi padre, sin embargo, no daba la menor muestra de preocupación.

Con un gesto de asentimiento a Cusa, su senescal de palacio, Antipas hizo que condujeran a Natanael y a mi padre a los asientos de honor. Natanael se agarró del brazo de mi padre, un gesto con el que parecía celebrar la alianza que habían formado entre ellos dos. El poder de mi padre se mantenía intacto. El pacto entre ambos estaba a salvo. Me volví hacia Yalta y la vi fruncir el ceño.

Las mujeres mojaron el pan y comieron. Parloteaban, echaban la cabeza hacia atrás y se reían, pero yo no tenía estómago para comer nada ni para alegrías. Tres músicos tocaban la flauta, los platillos y la lira romana, y una bailarina descalza, no más mayor que yo, daba saltos de aquí para allá con unos pechos bronceados que sobresalían como la sombrilla de las setas.

«Que haga caer una peste sobre mis esponsales. Que se rompan tal y como el Señor escoja. Que me libere de Natanael, hijo de Jananías.» La maldición que había escrito dio forma a sus propios labios y se repitió dentro de mí. Había dejado de tener fe en que Dios la escuchara.

Antipas se levantó del triclinio no sin un cierto esfuerzo. Cesó la música, las voces se acallaron. Vi que mi padre se sonreía.

Cusa hizo sonar una campanilla de latón y habló el tetrarca:

—Os hago saber a todos que mi consejero y escriba mayor Matías no ha descansado en su búsqueda de mis enemigos. Hoy me ha entregado a dos zelotes, los más sanguinarios de entre los rebeldes, que han cometido transgresiones contra mi gobierno y el gobierno de Roma.

Miró hacia la puerta, levantó el brazo en un gesto dramático, señalando, y todos los invitados se dieron la vuelta al unísono. Allí apareció Judas a pecho descubierto y con la piel convertida en un caos de marcas de látigo y sangre seca. Iba maniatado y amarrado por la cintura con una cuerda que lo unía a la de un hombre de mirada perdida; supuse que era Simón de Giora.

Me levanté de un salto, y mi hermano se dio la vuelta y me localizó. «Hermanita», gesticularon sus labios.

Yalta me sujetó del brazo cuando fui a salir disparada hacia él y me obligó a volver a sentarme en el banco.

—No hay nada que puedas hacer que no sea buscarte problemas tú solita —me susurró.

—Aquí tenéis a los traidores a Herodes Antipas —voceó Cusa, y un soldado los hizo entrar a trompicones en la sala.

Parecía que los iban a convertir en una atracción para nuestro divertimento. Los llevaron a rastras en un recorrido completo por el gran salón de banquetes al son del llanto de mi madre. Los hombres les escupían insultos a su paso. No levanté la mirada de las manos, en mi regazo.

La campana sonó de nuevo. El desfile se detuvo y Antipas leyó un rollo de papiro que, me imaginé, sería del puño y letra de mi padre.

—En este día, el decimonoveno del mes de marjesván, yo, Herodes Antipas, tetrarca de Galilea y Perea, decreto que Simón, hijo de Giora, sea ejecutado a espada por sus actos de traición, y que Judas, hijo de Matías, sea encarcelado en la fortaleza de Maqueronte de Perea por los mismos delitos, y que le sea perdonada la vida a modo de dispensa para con su padre, Matías.

Se me pasó por la cabeza que mi padre no había actuado de un modo tan monstruoso como yo había pensado, que había puesto a Judas en manos de Antipas para salvarlo de una muerte segura, pero sabía que aquello tenía más de ilusiones que de realidad.

Mi madre se derrumbó sobre la mesa como un manto desechado y metió la trenza en un cuenco de almendras cubiertas de miel. Miré a Judas justo antes de que se lo llevaran y me pregunté si sería la última vez.

XXV

Unas fiebres descendieron sobre Séforis, un mal que llegó como un humo sin ser visto, en un soplo desde las alturas, para aquejar al impío. Dios siempre había castigado a su pueblo con pestes, fiebres, lepras, parálisis y forúnculos, o eso decía la gente, pero ¿cómo podía ser así viendo que la enfermedad había pasado de largo frente a mi padre pero había hecho presa en Yalta?

Lavi y yo le lavábamos la cara con agua fría, le ungíamos los brazos con aceites y le aplicábamos una esponja con bálsamo de Galaad en los labios. Una noche en que los delirios se apoderaron de ella, se incorporó en la cama y se aferró a mí diciendo el nombre de «Jayá, Jayá.»

—Soy yo, Ana —le dije, pero mi tía me acarició la mejilla con la palma de la mano y volvió a pronunciar aquel nombre.

Jayá. Significa «vida», y pensé que tal vez en su estado febril estaba suplicando que la vida no la abandonase, o tal vez me hubiese tomado por otra persona, simplemente. No le dediqué más tiempo a aquel suceso, pero tampoco lo olvidé.

La ciudad entera estaba cerrada a cal y canto, como en un puño. Mi padre ya no iba a palacio, y mi madre se había retirado a sus habitaciones. Sipra se paseaba con una guirnalda de hisopo colgada del cuello, y Lavi llevaba un talismán de pelo de león guardado en una bolsita en la cintura. De día y de noche me encaramaba en la azotea en busca de las estrellas, de la lluvia y del canto de los pájaros. Desde allí veía a los muertos: se los llevaban por la calle para depositarlos en sepulcros en las cuevas, más allá de la ciudad, donde permanecerían sellados hasta que se descompusiera la carne y recogiesen los huesos en un osario.

«Mantente lejos de la mirada de Dios», me advertía mi madre, como si al verme de lejos allí en la azotea Dios se acordara de mis malas obras y me afligiese con la enfermedad a mí también. Una parte de mí lo deseaba. La culpa y el pesar que sentía por Judas eran tan hondos, que me preguntaba si mis subidas a la azotea no serían en realidad un intento de coger aquellas fiebres y morir para así poder escapar de mi angustia. El día después de mi desastrosa ceremonia de esponsales, Judas partió hacia el palacio fortaleza de Maqueronte. Mi padre anunció su marcha en la cena y prohibió que se volviese a pronunciar su nombre bajo su techo.

La guerra entre mis padres se había alojado en la casa y la

habitaba como una criatura que merodeaba silenciosa. Cada vez que mi padre salía de la habitación, mi madre se acercaba al umbral de la puerta y escupía en el lugar donde se había posado su pie: estaba convencida de que la fiebre era una represalia de Dios sobre Antipas y sobre mi padre. Se quedó esperando que el Señor los hiciese caer muertos. Esperó en vano.

Y entonces, una tarde llegó un mensajero. Estábamos sentados en los bancos del salón, comiendo poco más que pescado seco y pan, puesto que mi madre había prohibido a Sipra y a Lavi salir al mercado. Tampoco permitió que el mensajero entrara en la casa y le dio a Lavi la orden de recibir el mensaje en la puerta. Cuando regresó, me lanzó una mirada que no supe interpretar.

—Y bien, ¿de qué se trata? —le preguntó mi madre.

—Noticias de la casa de Natanael, hijo de Jananías. Ha caído víctima de la fiebre.

De un modo extraño, sentí que el corazón me palpitaba con fuerza. Después sentí que emergía una oleada de alivio, de esperanza y de alegría. Clavé la mirada en mi regazo, temerosa de que aquellos sentimientos me aflorasen al rostro.

Miré a mi madre de soslayo y la vi clavar los codos en la mesa trípode, y hundí la cabeza en las manos. Mi padre tenía la cara pálida y muy seria. Con una mirada de connivencia hacia Yalta, me levanté del banco, subí los escalones hacia mi alcoba y cerré la puerta a mi espalda. Me habría puesto a bailar de no ser porque la felicidad me hacía sentir culpable.

Cuando el mismo mensajero regresó dos semanas después con la noticia de que Natanael había sobrevivido, lloré sobre la almohada.

Desde aquella conversación que había tenido con mi tía y que había provocado en mí las dudas, mi antigua forma de entender a Dios había comenzado a deshincharse. Ahora, las preguntas enturbiaban mis entrañas. ¿Había intervenido Dios para salvarle la vida a Natanael y así había asegurado mi matrimonio con él, o su recuperación había sido una simple cuestión de fortuna y resistencia? ¿Había provocado Dios las fiebres de mi tía para castigarla, como decía mi madre? Y, cuando también ella se recuperó, ¿significaba eso que se había arrepentido? Y Judas, ¿había sido la voluntad de Dios que Antipas lo encarcelara? ¿Por qué no había conseguido salvar a Tabita?

No pude seguir creyendo en el Dios de los castigos y los rescates.

Cuando tenía nueve años, descubrí el nombre secreto de Dios: Yo soy el que soy. Pensé que aquel era el nombre más verdadero y más prodigioso que había oído en mi vida. Cuando mi padre me oyó decirlo en voz alta, me sacudió por los hombros y me prohibió volver a decir jamás aquel nombre, ya que era demasiado sagrado para pronunciarlo. Eso sí, no me pudo impedir pensarlo, y durante aquellos días en que puse en tela de juicio la naturaleza de Dios, me repetí aquel nombre una y otra vez. Yo soy el que soy.


XXVI

Fasaelis me hizo llamar a palacio el cuarto día del mes de tebet, sin saber que era el día del decimoquinto aniversario de mi nacimiento. Un soldado había llegado a la cancela de nuestra casa con un mensaje escrito en griego sobre una lámina de marfil cincelada tan fina que era como una cáscara lechosa. Nunca había visto una misiva escrita en marfil. La tomé en mis manos. La luz bailaba temblorosa sobre la letra negra, cada palabra tersa y perfecta... y mi vieja añoranza se abrió en canal. «Ay, volver a escribir... ¡y en una tablilla como esta!»

Cuarto día de tebet

Ana, espero que hayas sobrevivido a las fiebres y al confinamiento de estas largas semanas de angustia. Requiero tu presencia en palacio. Si lo consideras seguro, abandona tu jaula en el día de hoy y acude a la mía. Nos daremos los baños romanos y retomaremos nuestra amistad.

Fasaelis

Un escalofrío me recorrió el cuerpo. «Abandona tu jaula.» Había transcurrido un mes y medio desde la aparición del mal de las fiebres en nuestra ciudad. Ayer mismo habíamos sabido de un niño que se acababa de infectar, pero parecía que la enfermedad se estaba marchando de aquí. Las procesiones funerarias ya prácticamente habían cesado, el mercado había vuelto a abrir, mi padre había retomado sus asuntos, y Yalta, aunque seguía delicada, ya había salido de la cama.

Era viernes: el descanso del sábado comenzaría aquella noche. Aun así mi madre, con la mirada rebosante de celos, me dio permiso para ir a palacio.


El mosaico de las criaturas marinas del suelo del gran salón era todavía más soberbio a la luz del día. La doncella canosa de Fasaelis, Juana, me dejó allí observándolo mientras se iba a buscar a su señora. Una vez más tuve la sensación de encontrarme a lomos de los peces, de unas olas que se movían bajo mis pies, de un mundo que giraba y avanzaba hacia algo que no alcanzaba a ver.

—La fascinación de mi esposo con los mosaicos romanos no conoce límites —dijo Fasaelis.

No la había visto entrar. Me alisé los pliegues de la túnica de color amarillo claro y me llevé la mano a la cuenta de ámbar en el cuello, tan asombrada con su visión como la vez anterior. Lucía una túnica de un azul muy vivo y una ristra de perlas en la frente. Llevaba las uñas de los pies pintadas con alheña.

—Es muy bello —dije mientras dejaba que mis ojos recorriesen de nuevo el mar del suelo.

—No tardaremos en quedarnos sin una sola baldosa que no se haya convertido en un animal, un ave o un pez.

—¿No le preocupa al tetrarca estar violando la ley judía contra la representación de imágenes?

No sé qué fue lo que me hizo preguntar semejante cosa. Quizá hubiera surgido de mi propio roce con el temor cuando dibujé la representación de mi imagen dentro del cuenco del ensalmo. Fuera lo que fuese lo que la hubiera motivado, no había meditado mi pregunta.

Soltó una carcajada aguda y alegre.

—Le preocuparía tan solo si le pillasen. Por muy judío que sea, le preocupan poco las costumbres de los judíos. Lo que ansía es Roma.

—¿Y tú? ¿No temes nada por él?

—Llegado el caso de que una turba de zelotes arrastrara a mi esposo por las calles por haber violado esta ley, eso no me preocuparía lo más mínimo siempre que dejaran intactos los mosaicos. A mí también me parecen una belleza. Los echaría mucho más de menos que a Antipas.

Parpadeó con viveza. Traté de interpretar su rostro. Debajo de aquella cómoda indiferencia y de su desenfadado rechazo hacia su esposo, yacía un sustrato de algo abrasador.

—Encargó un mosaico nuevo incluso mientras las fiebres azotaban la ciudad y morían sus súbditos —me dijo—. Y ese va a ser mucho más flagrante que el resto de ellos. Al propio artesano le da miedo crearlo.

Solo alcanzaba a imaginarme un motivo para semejante aprensión.

—¿Va a representar una forma humana?

Me sonrió.

—Un rostro, sí. El de una mujer.


Descendimos los escalones hasta el pórtico y otro tramo más hasta las termas. Una frágil neblina de humedad ascendió flotando hasta nosotras con el olor de la piedra húmeda y los aceites perfumados.

—¿Has tomado alguna vez unos baños romanos? —me preguntó Fasaelis.

Negué con la cabeza.

—Yo lo hago todas las semanas. Es un ritual minucioso que lleva mucho tiempo. Dicen que los romanos disfrutan de ellos a diario. De ser así, la pregunta es de dónde sacan el tiempo para conquistar el mundo.

En la sala para cambiarnos nos quedamos desnudas salvo por unas toallas y seguí a Fasaelis hasta el *tepidarium*, donde el aire titilaba con los candiles en unas hornacinas elevadas. Nos metimos en una piscina de agua tibia y, acto seguido, nos tumbamos sobre unas mesas de piedra mientras dos mujeres nos sacudían los brazos y las piernas con ramas de olivo, nos frotaban la espalda con aceite y nos amasaban como si fuéramos unas bolas de masa. Aquellos extraños cuidados me hicieron abandonar mi cuerpo y sentarme en una repisa justo encima de mi propia cabeza, libre de inquietudes y temores.

No obstante, regresé disparada a mi yo al pasar a la siguiente sala. Los cálidos vapores del *caldarium* eran tan intensos que me costaba respirar. Nos habíamos adentrado en los tormentos de la *gehenna*. Me senté en el suelo liso y duro, agarrada a la toalla y meciéndome adelante y atrás para impedirme huir. Mientras tanto, Fasaelis se paseaba plácidamente desnuda bajo la niebla, con el pelo cayéndole hasta las rodillas y unos pechos redondos como melones. A pesar de mis quince años, mi propio cuerpo seguía siendo flaco y andrógino, mis pechos como dos higos pardos. La frente me latía y el estómago se me fue a los pies. No sé cuánto tiempo esperé y soporté aquel pequeño suplicio, tan solo sé que convirtió en un paraíso lo que vino a continuación.

El *frigidarium*, la más espaciosa de las salas de los baños, tenía unas llamativas paredes curvas con amplios arcos y salientes rematados con unas vides pintadas en columnas. Entré, tiré la toalla, me zambullí en la piscina fría y después me recliné en el banco que recorría el perímetro de la pared mientras tomaba sorbitos de agua y semillas de granada.

—Aquí es donde Antipas pretende colocar su nuevo mosaico —dijo Fasaelis, y señaló hacia las baldosas situadas en el centro de la sala.

—¿Aquí? ¿En el *frigidarium*?

—Es un lugar a resguardo de las miradas indiscretas, y su habitación favorita del palacio. Cuando recibe a Annio, el prefecto romano, pasan aquí todo el rato mientras se dedican a sus asuntos. Entre otras cosas.

El tono sugerente de aquella última frase me había pasado un tanto desapercibido.

—No veo el motivo de querer colocar aquí el rostro de una mujer. ¿No serían más apropiados unos peces?

Me sonrió.

—Ay, Ana, qué joven e inocente eres aún acerca de las cosas de los hombres. Cierto, sí, aquí tratan sus asuntos, pero también se entregan a otros... intereses. ¿Que por qué quieren aquí el rostro de una mujer? Porque son hombres.

Pensé en Tabita. Yo no era tan inocente al respecto de los hombres como pensaba Fasaelis.

Un sonido chirriante surgió del vano en la pared que teníamos a nuestra espalda. El ruido seco de unas pulseras. Luego, el eco de una risotada grave y cavernosa.

—Así que nos estabas espiando —dijo Fasaelis en voz alta, y miró más allá de mí, por encima de mi hombro.

Me di la vuelta y agarré la toalla.

Herodes Antipas salió de detrás del arco. Ciñó en mí su mirada y sus ojos se desplazaron de mi rostro a mis hombros desnudos antes de recorrer los límites de la toalla, que apenas me cubrían los muslos. Tragué saliva en un intento por tragarme también el temor y el asco.

Fasaelis no movió un dedo para tratar de taparse y se dirigió a mí:

—A veces mira cómo me baño. Tenía que haberte avisado.

«Viejo sátiro.» ¿Me habría visto salir desnuda y chorreando de la piscina?

Se le iluminó la expresión de la cara al reconocerme.

—Tú eres la hija de Matías, la que prometimos a Natanael de Jananías. No te había reconocido sin la ropa.

Dio un paso hacia mí.

—Mira esta carita —le dijo a Fasaelis como si yo fuera un objeto esculpido para que lo examinara y lo comentase.

—Déjala tranquila —dijo ella.

—Es perfecta. Unos ojos grandes y bien espaciados. Los pómulos altos y rellenos. Mira la boca..., no he visto una más bella.

Se acercó más y me pasó el pulgar por el labio inferior.

Lo fulminé con la mirada. «Ojalá te quedes tullido, ciego, sordo, mudo e impotente.»

Giró el dedo hacia la mejilla, lo bajó por el cuello. Y si salía huyendo de allí, entonces ¿qué? ¿Enviaría a sus soldados detrás de mí? ¿Iba a hacer algo peor que restregarme el pulgar por la cara? Me quedé muy quieta allí sentada. Soportaría esto, y entonces, él se marcharía.

—Posarás para mi artesano —me dijo—, para que pueda hacer un boceto de tu rostro.

Fasaelis se cubrió el cuerpo:

—¿Quieres su rostro para el mosaico?

—Sí —respondió él—. Es joven y puro... Apropiado para mí. Estudié la mirada de sus ojos de roedor.

—No permitiré que mi rostro figure en tu mosaico.

—¿Que no lo permitirás? Soy tu tetrarca. Algún día me llamarán rey, como lo fue mi padre. Puedo obligarte, si así lo deseo.

Fasaelis se interpuso entre nosotros.

—Si la obligas, ofenderás a su padre y a su prometido, pero te corresponde a ti decidirlo. Tú eres el tetrarca. —Vi la práctica que tenía a la hora de manejar los caprichos de su esposo.

Antipas juntó y apretó las manos como si estuviera considerando lo que había dicho su esposa. En aquel breve paréntesis, me pregunté si al final me haría visible en el mundo, pero no a través de mis escritos, sino por unos fragmentos rotos de vidrio y mármol. Aquella visión que tuve de mi rostro dentro del solecillo minúsculo ¿podría referirse a un mosaico en el palacio de Antipas?

Me agarré al borde del banco y se me ocurrió una idea. No me detuve a considerar si podría convertirse en algo imprevisto, incluso peligroso. Respiré de forma acompasada.

—Podrás disponer de mi rostro para tu mosaico, pero con una condición. Debes liberar a mi hermano, Judas.

Antipas soltó una risotada que resonó de pared en pared. Vi de refilón que Fasaelis metía la barbilla y sonreía.

—¿Crees que debería liberar a un maleante que trama

contra mí solo por el placer de ver tu rostro en el suelo de mis baños?

Sonreí.

—Así es, lo creo. Mi hermano estará agradecido y cesará sus actos de rebelión. Mis padres te bendecirán, y el propio pueblo te alabará.

Fueron aquellas últimas palabras las que lo atraparon. Era un hombre despreciado por su pueblo. Ansiaba que lo llamasen rey de los judíos, un título que había pertenecido a su padre, que gobernó Galilea, Perea y toda Judea. Antipas sintió una amarga decepción cuando su padre dividió su reino en tres porciones para sus hijos y le dio a él la menor. Al no conseguir la bendición de su padre, se pasó los días buscando la aprobación de Roma y la adoración de su pueblo. No había hallado ninguna de las dos.

—Podría estar en lo cierto, Antipas —le dijo Fasaelis—. Piénsalo. Podrías decir que tu clemencia es un gesto compasivo hacia tu pueblo. Tal vez cambien sus sentimientos. Te colmarán de alabanzas.

De mi madre había aprendido el arte del engaño. Había ocultado mi condición de mujer, había escondido mi cuenco del ensalmo, enterrado mis escritos y fingido los motivos para ir a la cueva en busca de Jesús. Pero fue mi padre quien me enseñó a sellar un acuerdo despreciable.

Antipas estaba asintiendo.

—Liberarlo sería un acto de magnanimidad por mi parte. Sería algo inesperado, impactante tal vez, y eso atraería más la atención sobre él. —Se volvió hacia mí—. Lo proclamaré en el primer día de la semana, y al siguiente comenzarás a posar para mi artesano.

—Posaré para él cuando haya visto a Judas con mis propios ojos, y no antes.

## XXVII

Trajeron a Judas a nuestra puerta doce días después de mi visita a palacio. Llegó demacrado y sucio, con el estómago hundido, el pelo apelmazado de mugre y las marcas de los latigazos llenas de pus. Tenía el ojo izquierdo hinchado hasta convertirse en una ranura, pero el derecho albergaba una llama que no había visto antes en él. Mi madre se lanzó sobre él, gimoteando. Mi padre se mantuvo al margen, cruzado de brazos. Esperé a que mi madre cesara con sus frenéticas atenciones y entonces le cogí la mano.

—Hermano —le dije.

—Tu liberación se la tienes que agradecer a tu hermana —dijo mi madre.

No había tenido más remedio que hablar a mis padres sobre el plan que había ideado con el tetrarca —sabía que Antipas hablaría de ello con mi padre—, pero tampoco era necesario informar a Judas. Había rogado a mis padres que se lo ocultaran.

Mi padre no había mostrado una reacción especial ante mi arreglo con Antipas —él solo deseaba tener contento al tetrarca—, pero mi madre se había puesto tan exultante como cabía esperar. Fue Yalta, mi querida Yalta, quien me besó en las mejillas y pensó en preocuparse por mí.

—Temo por ti, niña mía —me había dicho—. Cuídate cuando Antipas esté cerca. Es peligroso. No hables a nadie sobre el mosaico, se podría utilizar en tu contra.

Judas me miró fijamente y pestañeó con el ojo que podía mientras mi madre le exponía entera aquella aviesa historia.

—¿Harás que monten tu rostro en el suelo de unas termas

romanas para que Herodes Antipas y sus adláteres lo contemplen con mirada lasciva? —me dijo Judas—. Preferiría que me hubieses dejado pudrirme en Maqueronte.

Al día siguiente, Herodes Antipas envió a alguien a buscarme.


Me hicieron sentarme en un taburete trípode en el *frigidarium*. El artesano utilizó un cordel y una medida fenicia para trazar un círculo grande, de no menos de tres pasos de ancho, y se puso a trabajar dibujando mi rostro en el suelo con una barra de carboncillo perfectamente afilada en punta. Trabajaba de rodillas, encorvado, creando con un detallado esmero su representación; a veces restregaba las líneas para eliminarlas y volvía a empezar. Me amonestaba cuando me movía, cuando suspiraba o cuando miraba hacia otro lado. Detrás de él, sus peones martilleaban discos de vidrio para generar unas teselas de bordes uniformes: rojas, marrones, en oro y en blanco, todas ellas del tamaño de la uña de un recién nacido.

El artesano era joven, pero podía ver su talento. Rellenó los bordes con unas hojas trenzadas y alguna granada aquí y allá. Se echaba hacia atrás y ladeaba la cabeza para estudiar su obra de tal forma que casi apoyaba la mejilla en el hombro, y también la ladeó al dibujarme la cabeza, aunque lo hizo tan solo ligeramente. Me dibujó una guirnalda de hojas en el pelo y unos pendientes de perlas que me colgaban de las orejas, nada de lo cual llevaba yo en realidad. En mis labios se intuía la quimera de una sonrisa, y en mis ojos se percibía la leve sugerencia de algo sensual.

Trabajó durante tres días mientras yo posaba, horas y más horas sumidos por todas partes en el interminable tac, tac, tac de los mazos. Al cuarto día, envió a un criado a informar a

Antipas de que el boceto estaba terminado. Cuando llegó el tetrarca para inspeccionarlo, cesó el martilleo, y los peones se retiraron y pegaron la espalda a la pared. El artesano, hecho un manojo de nervios, sudoroso e inquieto, aguardó el juicio de Antipas, que dio un rodeo alrededor del boceto con los dedos entrelazados en la espalda sin dejar de trasladar la mirada entre el boceto y yo, como si evaluase el parecido.

—La has captado con precisión —le dijo al artesano.

Se acercó al lugar donde estaba yo sentada en el taburete y se quedó de pie, mirándome desde arriba. Tenía un resplandor descarnado y terrorífico en el semblante. Ahuecó la mano en torno a mi pecho y apretó con fuerza.

—La belleza de tu rostro hace que se me olvide tu falta de pecho —me dijo.

Alcé la mirada hacia él, hacia su contorno, hacia la lujuria en sus ojos, y apenas fui capaz de ver nada; la ira lo tornaba todo blanquecino y cegador. Me levanté como un resorte y solté los brazos. Le di un empujón. Dos. Mi reacción fue espontánea, pero no irreflexiva. Desde el preciso instante en que Antipas alargó la mano para hacerme daño, en ese momento en que el dolor me retorcía el leve montículo de carne alrededor del pezón, me dije que no me iba a quedar ahí sentada dándome yo misma la orden mental de empequeñecerme y volverme tan imperceptible como hice aquel día en que me restregó el pulgar por los labios.

Le propiné un tercer empujón. Era como una piedra, indiferente. Pensé que me agrediría, pero en cambio me sonrió y me enseñó los dientes puntiagudos. Se inclinó hacia mí.

—Así que eres peleona. Siento debilidad por las mujeres que pelean —me susurró—. En especial en mi cama.

Se alejó con paso decidido. Nadie dijo nada, y entonces, a una, todos los peones dejaron escapar pequeños resoplidos y murmullos. Con alivio, el artesano reconoció que ya no me iba a necesitar más.

Ahora prepararían la mezcla de mortero y colocarían las teselas de colores vivos para inmortalizarme en un mosaico en el cual esperaba no posar la mirada jamás. Fasaelis había sido amable conmigo, y la echaría de menos, pero hice el voto de que cuando saliese de palacio aquel día, jamás regresaría.

Ya me marchaba cuando Juana me abordó en el gran salón.

—Fasaelis desea verte.

Me dirigí a su alcoba, contenta por la oportunidad de despedirme de mi amiga. Estaba reclinada ante una mesa baja, inmersa en una partida de tabas.

—He pedido que nos preparen algo de comer en el jardín —me dijo al verme.

Vacilé. Lo que yo deseaba era alejarme de Herodes Antipas.

—¿Solo nosotras dos, nadie más?

Me leyó el pensamiento.

—No temas, en opinión de Antipas, comer con las mujeres es algo que está por debajo de su dignidad.

Yo no estaba tan segura de ello, no si eso le proporcionaba la ocasión de agarrar algún pecho, pero no quise ofenderla y acepté su hospitalidad.

El jardín consistía en un pórtico rodeado de cipreses, sauces de Babilonia y arbustos de enebro cargados de flores rosadas. Recostadas en unos triclinios, mojamos el pan en cuencos comunes y bebí en aquella luz resplandeciente. Después de tantas horas en la oscuridad del *frigidarium*, el contraste me elevó el ánimo.

—Proclamar la liberación de Judas le ha dado a Herodes Antipas una cierta popularidad entre su gente —afirmó Fasaelis—. Ha llegado incluso a perdonarle la vida a Simón de

Giora, aunque lo ha mantenido encerrado. Ahora, por lo menos, sus súbditos no escupen ya tan lejos al oír su nombre. —Se echó a reír, y pensé en lo mucho que me gustaba verla sonreírse ante su propio y perverso sentido del humor—. A los romanos, sin embargo, no les ha hecho gracia. Annio envió a un legado desde Cesarea para expresar su desaprobación. Oí que Antipas trataba de explicarle que ese tipo de gestos eran necesarios de vez en cuando para mantener a raya a la chusma. Le transmitió a Annio la seguridad de que Judas ya no sería una amenaza.

Yo no deseaba pensar en Antipas, ni en Judas tampoco. Desde su regreso, mi hermano se había pasado las horas curándose las heridas y recobrando las fuerzas. No me había dirigido una sola palabra desde que se enteró de lo del mosaico.

—Pero las dos sabemos —añadió Fasaelis— que Judas es ahora una amenaza mayor que antes, ¿verdad que sí?

—Sí —le dije—. Mucho mayor.

Me fijé en un ibis blanco que picoteaba el suelo y pensé en la hoja blanca de marfil que Fasaelis me había enviado, en su letra tan firme y exquisita.

—¿Recuerdas la nota que me enviaste para invitarme a abandonar mi jaula y venir a la tuya? Jamás he visto una tablilla más bonita.

—Ay, las hojas de marfil. Son las únicas de su clase que hay en toda Galilea.

—¿Cómo te hiciste con ellas?

—Tiberio le envió a Antipas un paquete hace unos meses. Cogí una para mí.

—¿Y escribiste tú misma la invitación?

—¿Te sorprende que yo escriba?

—Solo la fuerza de tu letra. ¿Dónde aprendiste?

—Cuando llegué a Galilea solo hablaba árabe, pero no sabía leerlo ni escribirlo. Echaba terriblemente de menos a mi padre, aun cuando fuese él quien me hizo salir de su casa: mi idea siempre fue volver con él. Decidí aprender griego para poder escribirle. Fue tu padre quien me enseñó.

«Mi padre.» Aquella revelación me partió en dos.

—¿Te enseñó a ti también? —me preguntó.

—No, pero sí me traía tintas y papiros de vez en cuando.

Aquello sonó escaso y autocompasivo. Quise creer que el hecho de enseñarle griego a ella fue lo que ablandó a mi padre ante mi propio deseo de leer y escribir, el motivo por el que había cedido ante mis súplicas a pesar de la desaprobación de mi madre, por el que había contratado a Tito como mi maestro, pero nada de eso cambiaba la envidia que había emergido desde algún lugar ancestral y muy profundo.

Entonces, como si lo hubiésemos invocado, mi padre apareció en el pórtico, renqueando hacia nosotras. Arrastraba el pie como si llevara un grillete. Venía con la mirada baja. Fasaelis también lo estudió. Algo malo sucedía. Me incorporé y esperé a lo que viniese.

—¿Puedo hablar con libertad? —le preguntó a Fasaelis.

Cuando ella asintió, mi padre se acomodó en el triclinio a mi lado, gruñó como un anciano y se acercó más. Vi que no solo había tristeza en su rostro, sino un enfurecimiento silenciado. Parecía un hombre devastado, como si hubiese perdido lo más querido para él.

—Natanael se recuperó de las fiebres —me dijo—, pero la enfermedad lo dejó muy débil. No sabes cuánto me pesa decirte, Ana, que ha muerto en el día de hoy mientras paseaba por su huerto de datileras.

No dije nada.

—Sé que los esponsales eran un yugo para ti —prosiguió—, pero ahora tu situación ha empeorado. Te tratarán como a una viuda. —Hizo un gesto negativo con la cabeza—. El tuyo es un estigma que llevaremos todos sobre los hombros.

Oí un batir de alas a lo lejos. Vi que el ibis alzaba el vuelo.

## XXVIII

Tras la muerte de Natanael me vi obligada a vestir una túnica del color de la ceniza y a ir a todas partes con los pies descalzos. Mi madre me echaba polvo por la cabeza y me daba de comer el pan ácimo de la aflicción sin dejar de quejarse de que no llorase con amargos y sonoros gemidos ni me rasgase las vestiduras.

Era una viuda de quince años. Era libre. ¡Libre, libre, libre! No entraría en la jupá llena de desesperación y temor ante lo que me haría mi esposo. No me pondrían bajo la cadera el paño de la virginidad ni lo pasearían después para que lo inspeccionaran los testigos. En lugar de eso, cuando pasaran los siete días de luto, le rogaría a mi padre que me permitiese continuar con mi escritura. Iría a la cueva y desenterraría el cuenco del ensalmo y los pellejos de cabra embutidos de mis escritos.

Por las noches, cuando me tumbaba en la cama sin moverme, venía sobre mí la consciencia de todas aquellas cosas y me echaba a reír con la cara hundida en la almohada. Me aseguraba a mí misma que la maldición que había escrito no había tenido papel alguno en la muerte de Natanael, pero aun así, mi júbilo solía provocarme arrebatos de culpa. Me reprendía por regocijarme con su muerte, desde luego que lo hacía, pero tampoco lo deseaba de vuelta.

«Ay, bendita viudedad.»

En su entierro, caminaba con su hermana Sofer y con sus

dos hijas al frente de una muchedumbre de dolientes mientras acompañábamos el cuerpo de Natanael a la cueva de la familia. Lo habían envuelto con descuido en el sudario de lino, y, cuando lo llevaron a la entrada de la cueva, una de las esquinas se enganchó en un arbusto de espino. Fue necesario un laborioso esfuerzo para liberarlo. Dio la impresión de que Natanael se estaba resistiendo a su confinamiento, y me pareció cómico. Apreté los labios, pero se abrió paso la sonrisa, y vi que Marta, la hija de Natanael —no mucho más joven que yo—, me lanzaba una mirada cargada de odio.

Después, en el banquete del funeral, con cargo de conciencia por que Marta hubiese visto mi diversión, le dije:

—Lamento que hayas perdido a tu padre.

—Pero no lamentas haber perdido a tu prometido —me soltó, y se dio media vuelta.

Me tomé el cordero asado y me bebí el vino sin preocuparme por haberme labrado una enemistad.


## XXIX


En el primer día de duelo, mi madre encontró en su puerta una tablilla escrita con la letra de Judas. Como no sabía leerla, fue a buscarme y me tendió el mensaje con un gesto agresivo.

—¿Qué dice?

Mis ojos volaron sobre aquellas palabras de pulso firme.

> No puedo permanecer en la casa de mi padre. Él no me desea aquí, y, mientras Simón de Giora esté preso, los zelotes necesitan quien los guíe. Haré lo que pueda para que recuperen el ánimo. Ruego por que no me culpes de mi partida. Hago lo que debo. Se despide de ti tu hijo, Judas.

Aparte, más abajo en el fondo...

Ana, has hecho cuanto has podido por mí. Cuídate de Herodes Antipas. Ya sin Natanael, que seas libre.

Se la leí en voz alta.
Mi madre se marchó y me dejó con la tablilla en las manos.


Ese mismo día, mi madre prescindió de las hilanderas y las tejedoras que se habían pasado las dos últimas semanas haciendo las prendas de mi ajuar. Observé cómo doblaba las túnicas, los ropones, las fajas y las pañoletas y lo apilaba todo dentro del baúl de cedro donde antes guardaba mis escritos. En lo alto de aquellas prendas colocó el vestido de novia y pasó las manos por encima para alisarlo antes de cerrar la tapa. Sus ojos eran dos manantiales. Le temblaba el labio inferior. Me veía incapaz de decidir si aquella pena suya era por la muerte de Natanael o por la partida de Judas.

Yo lamentaba la marcha de mi hermano, pero no me producía angustia. Ya me lo esperaba, y él se había reconciliado conmigo en su nota. Permanecí allí tratando de mostrar un aire impasible, pero mi madre percibió mi satisfacción por lo de Natanael, ese ligero brillo que me generaba en la piel.

—Crees que has eludido una gran desgracia —me dijo—, pero tus tribulaciones no han hecho sino empezar. Ahora serán pocos los hombres, si es que hay alguno, que te vayan a querer.

¿A eso lo consideraba ella unas «tribulaciones»?

Había sido tan profunda su tristeza desde la muerte de Natanael que era un milagro que no se hubiera afeitado la cabeza y se hubiese vestido con un saco de arpillera. También mi padre iba a todas partes cabizbajo y retraído, no por la pérdida de su amigo, sino porque se había visto privado del acuerdo y de aquellas tierras que ya nunca serían suyas.

Sentí lástima por mi madre.

—Ya sé que los hombres son reacios a casarse con una viuda —le dije—, pero a mí no se me puede considerar como tal sino gracias a la más estricta de las interpretaciones. Soy una muchacha joven cuyo prometido ha muerto, eso es todo.

Ella estaba de rodillas junto al baúl. Se puso en pie y arqueó una ceja, siempre una mala señal.

—Incluso de esas jóvenes los hombres dicen eso de «no cocines en el puchero donde ya ha cocinado el vecino».

Me entró un arrebato.

—¡Natanael no cocinó en mi puchero!

—Anoche en el banquete oyeron cómo la propia hija de Natanael, Marta, decía que habías yacido con su padre en su casa.

—Pero eso es una falsedad.

Me importaba poco si las parejas de prometidos yacían o no. Sucedía con bastante frecuencia: algunos hombres afirmaban incluso que tenían el derecho de yacer con la mujer con la que ya estaban legalmente vinculados. Lo que me importaba a mí era la mentira.

Mi madre se echó a reír, una vibración gutural de condescendencia.

—Si no hubieras despreciado a Natanael tan a conciencia, quizá me hubiera creído y tomado por ciertas las palabras de esa muchacha. Pero da lo mismo lo que yo piense, solo importa lo que crean los demás. Los chismosos te han visto pasearte por toda la ciudad e incluso más allá de sus muros. Tu padre fue un estúpido al permitirlo. Aun después de que yo volviese a confinarte en casa, tú te escapaste. Yo misma he oído a la gente hablar de tus paseos. Los hombres y las mujeres de Séforis han pasado semanas especulando sobre tu virginidad, y lo que ha hecho ahora esta niña, Marta, es arrojar más leña a ese fuego.

Le hice un gesto con la mano para restarle importancia.

—Que piensen lo que quieran.

La furia le encendió el rostro al rojo vivo, que se fue apagando poco a poco en pequeñas porciones. En la lúgubre luz grisácea de mi alcoba, se le vinieron abajo los hombros y se le cerraron los ojos; parecía muy cansada.

—No seas inconsciente, Ana. Ser una viuda es ya lo bastante disuasorio, pero si además se piensa que has sido mancillada... —Su voz se perdió en el pesimismo y el abatimiento de tener una hija sin un marido.

Pensé entonces en Jesús, aquel día en la cueva, el pelo empapado en la lluvia, la sonrisa ladeada, la porción irregular de pan que me ofreció, las cosas que dijo mientras bramaba la tormenta. Hizo que me diera un vuelco el estómago. Pero claro, tal vez él tampoco me quisiera para él.

—Un marido puede llegar a ser una criatura odiosa —me decía mi madre—, pero es necesario. Sin su protección, resulta muy fácil maltratar a una mujer. A una viuda pueden echarla a la calle, incluso. Las jóvenes recurren a la ramería; las viejas acaban en la indigencia.

Igual que Sófocles, mi madre era capaz de unos trágicos bandazos de la imaginación.

—Mi padre no me va a echar a la calle —le dije—. Se ocupa de Yalta, que es una viuda. ¿De verdad crees que no me va a cuidar a mí, su hija?

—Tu padre no estará ahí siempre. Él también morirá, ¿y qué va a ser de ti entonces? No puedes heredar.

—Si mi padre muere, tú también serás una viuda. ¿Quién se ocupará de ti? Tú tampoco puedes heredar.

Suspiró.

—Cuidar de mí le corresponderá a Judas.

—¿Y tú crees que no se ocuparía de mantenerme a mí? ¿O a Yalta?

—No creo que vaya a ser capaz de mantenernos a ninguna de nosotras —fue su respuesta—. No hace más que buscarse problemas. Quién sabe los medios de que dispondrá Judas. Ese insensato de tu padre ha renegado de él e incluso ha llegado a poner su repudio por escrito en un contrato. A su muerte, esta casa y todo cuanto hay en ella será para su hermano, Arán.

Necesité un momento para captar la magnitud de lo que me estaba contando. Arán ya había echado a Yalta a la calle en una ocasión. No vacilaría en volver a hacerlo, con mi madre y conmigo de la mano. Sentí cómo me recorría una oleada de temor. Nuestra vida y nuestro destino en manos de los hombres. Este mundo, un mundo abandonado por Dios.

Con el rabillo del ojo, vi a Yalta de pie en el umbral de la puerta. ¿Lo habría oído? Mi madre la vio igualmente y se marchó. Cuando mi tía entró en la habitación, adopté un tono de burla: no deseaba que percibiese hasta qué punto me habían alterado las palabras de mi madre.

—Según parece, tengo al populacho entero husmeando en el estado de mi virginidad como unos carroñeros, y su decisión es que la he perdido. Me he convertido en una *mamzer*.

Había *mamzers* de todas las clases: bastardos, rameras, adúlteros, fornicadores, ladrones, nigromantes, mendigos, leprosos, divorciadas, viudas arrojadas a la calle, los impuros, los desposeídos, los endemoniados, los gentiles... Todos ellos objeto del pertinente rechazo.

Yalta entrelazó sus dedos con los míos.

—Son muchos los años que llevo sin un marido, y no te voy a llamar a engaño, niña mía: a partir de ahora vas a vivir más lejos aún en los márgenes de la sociedad. Yo me he pasado ahí la vida entera. Conozco la incertidumbre de la que hablaba Hadar, y, ahora que será Arán quien herede la casa, nuestro destino se ve más amenazado aún. Pero nosotras vamos a estar bien, tú y yo.

—¿De verdad, tía?

Hizo más fuerza con los dedos.

—El día en que conociste a Natanael en el mercado regresaste a casa afligida, y esa noche vine a tu alcoba. Te dije que llegaría tu momento.

Yo pensaba que la muerte de Natanael sería ese momento, un portal que podría atravesar y hallar una cierta libertad, pero ahora parecía que su muerte solo me iba a convertir en objeto de menosprecios, y que mi futuro me dejaría en la indigencia.

Al ver mi desánimo, Yalta añadió:

—Tu momento llegará porque tú harás que llegue.

Aunque tenía la ventana entablada hasta que llegara la primavera, me acerqué y me planté delante de ella. El aire frío se filtraba por los bordes de los tablones de madera. Me sentía incapaz de generar momento ninguno que fuese a cambiar a mejor mi situación. Mi corazón añoraba a un hombre al que apenas conocía. Estaba enterrado con mi cuenco y mis escritos. Dios también se ocultaba de mí ahora.

—Ya te he contado cómo llegué a librarme de mi esposo, Ruebel, pero no cómo llegué a casarme con él —dijo Yalta a mi espalda.

Fue y se sentó entre los cojines de la cama, los mismos que tan poco tiempo atrás se hinchaban con mis risas. Se acomodó y me dijo:

—En el decimoquinto día del mes de ab, las jóvenes judías de Alejandría íbamos a los viñedos durante la vendimia y danzábamos para los hombres que buscaban una novia. Llegábamos a última hora del día, antes de que se pusiera el sol, todas nosotras vestidas de blanco y con campanillas cosidas en las sandalias, y allí estaban los hombres, esperando. Tendrías que habernos visto: estábamos asustadas, agarradas las unas a las manos de las otras. Llevábamos tambores y bailábamos en una sola fila que se desplazaba serpenteando entre las vides.

Hizo una pausa en la narración y pude verlo con claridad: el cielo quemado de rojo, las muchachas temblorosas por la aprensión, el vaivén de los vestidos blancos, aquella danza alargada y serpentina.

Cuando Yalta retomó su relato, fue como si se le oscureciese el contorno de los ojos.

—Fueron tres años seguidos en los que bailé hasta que alguien por fin me eligió. Ruebel.

Me daban ganas de echarme a llorar, no por mí, sino por ella.

—¿Y cómo sabía una chica cuándo la habían elegido?

—El hombre se acercaba y le preguntaba su nombre. Había ocasiones en que iba a ver al padre esa misma noche y se redactaba el contrato.

—¿Y podía ella negarse?

—Sí, pero no era lo normal. La joven no se arriesgaba a desagradar a su padre.

—Y tú no te negaste —le dije, y aquello me dejó al tiempo cautivada y consternada.

Qué diferente podría haber sido su vida.

—No, no me negué. No tuve el valor. —Me sonrió—. Nosotras nos hacemos nuestro momento, o no nos lo hacemos.

Más tarde, a solas en mi alcoba y con la casa sumida en un

sueño profundo, saqué del baúl el vestido de novia y, con la cuchilla para afilar los cálamos, corté el bajo y las mangas en unos largos jirones. Me lo enfundé y salí silenciosa de la casa. El aire hizo que se me erizara el vello de los brazos. Ascendí a la azotea por la escalerilla como una planta trepadora nocturna, entre el revoloteo de los jirones del vestido. Una leve brisa agitó la oscuridad, y pensé en Sofía, el mismísimo aliento de Dios en el mundo, y le dije en un susurro:

—Ven, habita en mí, y yo te amaré con todo mi corazón, con toda mi mente y toda mi alma.

Y entonces bailé en la azotea, tan cerca del cielo como podía llegar. Mi cuerpo era un cálamo de junco que pronunciaba las palabras que yo no era capaz de escribir: «No danzo para que me elijan los hombres. Ni para Dios. Danzo por Sofía. Danzo por mí».


XXX


Llegados a su final los siete días de duelo, atravesé caminando el centro de Séforis con mis padres y mi tía hacia la sinagoga. Mi padre se había mostrado reticente a que apareciésemos en público tan pronto: la ciudad se había sumido en un manto de rumores sobre mi virginidad perdida, que la cubría como un maná putrefacto, pero mi madre estaba convencida de que una muestra de mi devoción serviría para suavizar la virulencia en mi contra.

—Tenemos que demostrar a la gente que no cargamos con ninguna vergüenza —dijo—. De lo contrario, pensarán lo peor.

No acierto a imaginar por qué mi padre aceptó un razonamiento tan estúpido.

Era un día claro y fresco, con el aire aceitado del aroma de los olivos, todo el mundo con su manto de lana. No parecía el típico día en que los problemas nos fueran a salir al paso, y, aun así, mi padre le había dado al soldado de Antipas la orden de que viniera detrás de nosotros. Yalta no solía acompañarnos a la sinagoga, lo cual servía de alivio tanto para mi tía como para mis padres, pero aquí estaba hoy, bien pegada a mi lado.

Caminábamos sin hablar, como si contuviésemos la respiración, y lo hacíamos sin esplendor ninguno: hasta mi madre iba vestida con su atuendo más sencillo.

—Mantén la cabeza gacha —me había dicho al salir de casa, pero ahora me veía incapaz de hacerlo.

Caminaba con la barbilla bien alta y los hombros hacia atrás: llevaba suspendido sobre mí el sol minúsculo, que intentaba resplandecer con denuedo.

Al aproximarnos a la sinagoga, la calle se fue abarrotando de gente, que, al ver nuestra pequeña y apagada comitiva —y a mí, en particular—, se detenía, se apiñaba y se quedaba mirando. Y surgieron los murmullos, cada vez más fuertes. Yalta se inclinó hacia mí.

—No temas nada —me dijo.

—¡Esa es la que se reía de la muerte de su prometido, Natanael, hijo de Jananías! —gritó alguien.

Después, una voz que sonaba vagamente familiar gritó:

—¡Ramera!

Continuamos caminando. Mantuve la mirada al frente como si no lo oyese. «No temas nada.»

—¡Está poseída por los demonios!

—¡Es una fornicadora!

El soldado se internó en la multitud y la disgregó, pero esta, como una suerte de criatura tenebrosa y escurridiza, se volvió a formar al otro lado de la calle. La gente escupía a mi paso. Percibía el olor de la vergüenza que despedían mis padres a chorros. Yalta me cogió de la mano cuando volvió a sonar esa voz que me resultaba conocida:

—¡Esa muchacha es una ramera!

Esta vez sí me di la vuelta y localicé a la acusadora, ese rostro redondo y abultado. La madre de Tabita.


## XXXI

Aguardé tres semanas antes de abordar a mi padre. Fui paciente y, sí, astuta. Continué poniéndome ese vestido gris tan deprimente, aunque ya no fuese obligatorio, y cuando mi padre estaba cerca, me mostraba abatida y diligente con mis deberes. Me frotaba los ojos con hierbas amargas, una pizca de rábano picante o de tanaceto, que me los ponían rojos y llorosos. Le vertía aceite en los pies mientras le juraba mi pureza y me lamentaba del estigma que había caído sobre la familia. Le servía fruta cubierta de miel y lo alababa.

Finalmente, en un día en que mi padre parecía de un humor afable, a una hora en que mi madre no se hallaba cerca, me arrodillé ante él.

—Entenderé que me lo niegues, padre, pero te ruego que me permitas volver a la escritura y a mis estudios mientras espero y anhelo otros esponsales. Tan solo deseo mantenerme ocupada para que no me consuman la consternación y la tristeza del estado en que me encuentro.

Me sonrió, complacido con mi humildad.

—Te concedo dos horas cada mañana para leer y escribir, pero no más. Durante el resto del día, harás como tu madre te diga.

Me incliné para besarle el pie, retrocedí y encogí la nariz ante el olor de las sandalias recién hechas. Aquello le hizo reír. Me puso la mano en la cabeza y vi que al menos sentía algo por mí, algo entre la lástima y el afecto.

—Te traeré papiros en blanco de palacio —me dijo.


Me quité el vestido del luto, me metí en el micvé y me puse una túnica sin teñir y sin adornos y un viejo ropón curtido. Me entrelacé una sola cinta blanca en la trenza de pelo y me cubrí la cabeza con una pañoleta que en tiempos fue tan azul como el cielo, pero que ya había perdido su color.

Apenas había despuntado el alba cuando salí hacia la cueva; me deslicé a través de la cancela trasera de la casa con una azadilla para cavar y un bolso grande atado a la espalda donde llevaba pan, queso y dátiles. Estaba decidida a no seguir un minuto más sin mis escritos y mi cuenco. Los escondería en el cuarto de Lavi si fuera necesario, pero los tendría cerca de mí, y desde luego que no tardaría en poder mezclarlos con los rollos nuevos que iba a escribir, y mis padres no sospecharían que los había salvado de la quema. Tenía la cabeza a rebosar de los nuevos relatos que redactaría, empezando por los de Tamar, Dina y aquella concubina sin nombre.

Me había aventurado a salir sin Lavi y sin preocuparme por lo que dirían esas lenguas despiadadas. Ya lo habían dicho todo. Sipra regresaba del mercado todos los días ansiosa por contarnos las historias que había oído acerca de mi depravación, y cuando salíamos mi madre o yo, la gente de nuestra propia clase nos lanzaba insultos de lo más imaginativo. Los más amables se limitaban a apartarse de nosotras en la calle.

Al llegar a las puertas de la ciudad, miré hacia Nazaret. El lecho del valle era un bullir de cilantro, eneldo y mostaza, y los peones ya se dirigían a los lugares de las obras urbanas. Me pregunté si me encontraría a Jesús rezando en la cueva. Había elegido bien la hora de mi recorrido para verlo. Los dedos rosados del sol aún se asomaban tras las nubes y las envolvían.

Estábamos casi a finales del mes de sebat, cuando florecían los almendros. El árbol en vela, lo llamamos nosotros. Percibí su intenso olor tostado a medio camino de descenso por la ladera, y, al continuar serpenteando, me tropecé con el árbol, con su exuberante baldaquino de flores blancas. Me adentré a su sombra pensando en el palio nupcial del que acababa de escapar, en mi danza en la azotea, aquella elección por mí misma. Arranqué una de las florecillas blancas y me la puse sobre la oreja.

Jesús estaba en la entrada de la cueva, con el manto de flecos sobre la cabeza y los brazos hacia el cielo, en oración. Me acerqué, dejé la azadilla y el bolso encima de una roca y aguardé. El corazón me martilleaba. Por un momento, fue como si no importara nada de lo que había sucedido antes.

Decía su plegaria en susurros, pero se le oía dirigirse a Dios una y otra vez como *Abba*, «padre». Al finalizar, se retiró el manto de nuevo sobre los hombros. Me dirigí hacia él con la mandíbula encajada y sin vacilar en el paso. Ni yo misma me reconocía, la joven de la flor de almendro en el pelo.

—*Shelama* —le dije bien alto—. Temo haberte importunado.

Hizo una pausa, observándome. Entonces surgió la sonrisa.

—Llevamos a la par la cuenta, entonces. La otra vez que nos vimos fui yo quien te importunó a ti.

Temí que se pudiera marchar; esta vez no había ninguna lluvia que lo retuviese.

—Por favor, ten la amabilidad de participar de mi comida

—le dije, un tanto embriagada por mi audacia—. No me gustaría comer sola.

La última vez resultó ser un hombre que interpretaba la ley con laxitud, de mentalidad abierta en cuanto a relacionarse con mujeres y gentiles, pero un hombre y una mujer que no estuvieran comprometidos, a solas en el monte sin una carabina, era una cuestión de peso. Los fariseos, esos que rezaban a gritos con tal de que los oyesen y que lucían unas filacterias el doble de largas de lo normal, lo considerarían razón suficiente para lapidarnos a los dos. Incluso los menos devotos podrían decir que tal encuentro vinculaba al hombre a pedirle un contrato de esponsales al padre de la joven. Le vi dudar por unos instantes antes de aceptar.

Nos sentamos en un parche de sol cerca de la boca de la cueva, partimos el pan y envolvimos con él unos trocitos de queso. Mordisqueamos los dátiles, escupimos los huesos y mantuvimos una charla intermitente sobre pequeñeces superficiales. Levantaba constantemente la mano para protegerse la cara del resplandor y miraba hacia el sendero que atravesaba el bosquecillo de balsaminas. En el instante en que se hizo un largo y horrible silencio entre nosotros, tomé la decisión. Hablaría tal y como deseaba hacerlo. Diría lo que deseaba decir.

—¿A Dios lo llamas «padre»? —le pregunté.

No era algo insólito referirse a Dios de aquella manera, pero sí era inusual.

Después de una pausa, quizá por la sorpresa, me dijo:

—Es una costumbre nueva para mí. Cuando murió mi padre, sentí su ausencia como una herida profunda. Una noche, en mi dolor, oí que Dios me decía: «Yo seré tu padre ahora».

—¿Dios te habla?

Contuvo una sonrisa.

—Solo en mis pensamientos.

—Yo acabo de pasar mi propio periodo de luto —le conté—. Mi prometido murió hace cinco semanas.

Me negué a bajar la mirada, pero impedí que la satisfacción asomara en mis ojos.

—Lo siento —me dijo—. ¿Acierto al pensar que era aquel hombre rico del mercado?

—Era él, Natanael, hijo de Jananías. Mis padres me obligaron a ir al mercado aquel día. Era la primera vez que veía a Natanael. Tuviste que ver la repulsión que sentía hacia él. Lamento no haber mostrado ninguna sutileza, pero unos esponsales con él eran lo mismo que una condena. No me dieron elección.

Silencio, aunque esta vez se iluminó sobre nosotros como si tuviese alas. Observó la expresión de mi rostro. La tierra bullía. Vi el suspiro en su cuerpo y cómo se venía abajo la última de sus inhibiciones.

—Has sufrido mucho —me dijo, y pareció que se refería a algo más que mis esponsales.

Me levanté y me adentré en la sombra que bordeaba la abertura de la cueva. Ya había actuado antes de manera engañosa con él y no deseaba volver a hacerlo. Le haría saber lo peor.

—No puedo ser injusta contigo —le dije—. Deberías saber con quién estás hablando. Desde la muerte de Natanael, me he convertido en un azote para mi familia. Soy una marginada en Séforis. Se rumorea falsamente que soy una fornicadora, y, dado que soy la hija del escriba mayor y consejero de Herodes Antipas, se ha convertido en un escándalo mayúsculo y notorio. Cuando salgo de casa, la gente cruza la calle para evitarme. Me escupen a los pies. Me gritan «ramera».

Me daban ganas de seguir protestando para defender mi inocencia, pero no fui capaz de hacerlo. Esperé a ver si él se retraía, pero se puso en pie y vino a mi lado en la sombra sin cambiar la expresión de la cara.

—La gente puede ser muy cruel —me dijo, y añadió en voz más baja—: No estás sola en este sufrimiento.

«No estás sola.» Le miré a los ojos e intenté comprender qué quería decir, y de nuevo vi todo lo que había allí, flotando en el aire.

—Tú también deberías saber con quién estás hablando —me dijo—. Yo mismo soy un *mamzer*. En Nazaret, algunos dicen que soy el hijo de María pero no de José. Dicen que nací fruto de la fornicación de mi madre. Otros dicen que José sí es mi padre, pero que fui concebido de manera ilícita antes de que mis padres se casaran. He vivido con este estigma los veinte años de mi vida.

Entreabrí los labios, pero no de la sorpresa ante lo que me había contado, sino por que hubiese decidido revelármelo a mí.

—¿Y todavía te rechazan? —le pregunté.

—De niño, no me admitieron en la escuela de la sinagoga hasta que mi padre fue a suplicarle al rabí. Cuando estaba vivo, él me protegía de los chismorreos y los desprecios. Ahora que ya no está, todo ha ido a peor. Creo que ese es el motivo por el que no soy capaz de encontrar trabajo en Nazaret. —Había estado frotando el borde de la manga entre los dedos, pero ahora lo había soltado y se enderezó—. Pero así es como es. Solo pretendía decirte que conozco el dolor del que me hablas.

Parecía incómodo al ver que la conversación había girado hacia él, pero yo no podía dejar de preguntarle.

—¿Y cómo has soportado su desprecio durante tanto tiempo?

—Me digo que tienen el corazón de piedra y la cabeza de

paja. —Se echó a reír—. Arremeter contra ellos no servía de nada. De niño, siempre llegaba a casa cubierto de arañazos y sangre por alguna pelea. Me tomarás por blando en comparación con otros hombres, pero ahora, cuando me vilipendian, intento mirar para otro lado. No le hace ningún bien a este mundo pagar el mal con más mal. Ahora, intento responder con el bien.

¿Qué clase de persona es esta? Sí, los hombres lo tomarían por débil. Las mujeres también. Sin embargo, yo sabía la fortaleza que había que tener para renunciar a responder a un ataque.

Comenzó a pasearse. Podía percibir que había algo agitándose en su interior.

—Son tantos los que sufren este tipo de desprecio... —dijo—. No me veo capaz de diferenciarme de ellos. Se ven marginados porque viven en la miseria, porque están enfermos o ciegos, o por haber enviudado; porque cargan con leña en sábado, porque no nacieron judíos sino samaritanos, o porque lo hicieron fuera del matrimonio. —Hablaba como alguien a quien se le hubieran desbordado las aguas del corazón y hubiesen anegado sus riberas—. Los condenan por impuros, pero Dios es amor. Él no sería tan cruel como para condenarlos.

No respondí. Creo que le estaba costando entender por qué Dios, su nuevo padre, no le rogaba a su pueblo con la suficiente insistencia que aceptase a estos proscritos, del mismo modo en que el padre de Jesús, José, le había rogado al rabí que le dejara entrar a él en la escuela de la sinagoga.

—A veces no puedo soportar lo que veo a mi alrededor. Roma ocupa nuestra tierra, y los judíos se muestran favorables a ello. El templo de Jerusalén está lleno de sacerdotes corruptos. Cuando vengo a rezar aquí, le pido a Dios que traiga su reino a la tierra. No iba a ser antes de tiempo, desde luego.

Continuó hablando del reino de Dios muy al estilo de Judas: como un régimen que estaría libre de Roma, con un rey judío y un mandato recto, pero también como un inmenso banquete de compasión y justicia. En nuestro último encuentro, le había dicho que era un picapedrero, carpintero, hilandero y pescador. Ahora veía que, en verdad, era un sabio y, quizá igual que Judas, un agitador.

Pero ni siquiera todo aquello servía para explicarlo todo en él. No conocía a nadie que colocara la compasión por encima de la santidad. Nuestra religión podía predicar el amor, sí, pero se basaba en la pureza. Dios era santo y puro; por tanto, nosotros debíamos ser santos y puros. Y no obstante, aquí había un pobre *mamzer* diciendo que Dios es amor, y que, por tanto nosotros debíamos ser amor.

—Hablas como si el reino de Dios no fuera un simple lugar en la tierra, sino un lugar en nuestro interior.

—Y así lo creo.

—Entonce, ¿dónde vive Dios?, ¿en el templo de Jerusalén o en su reino dentro de nosotros?

—¿No puede vivir en los dos sitios? —me preguntó.

Sentí que me ascendía una repentina llamarada por dentro y abrí los brazos.

—¿Acaso no puede vivir en todas partes?

El eco de sus carcajadas se alejó rebotando en las paredes de la cueva, pero su sonrisa se mantuvo sobre mí.

—Creo que tú también piensas que no podemos limitar a Dios.

Sentí el frío en los huesos y fui a sentarme al sol, en una roca, mientras pensaba en los interminables debates sobre Dios que había tenido conmigo misma. Me habían enseñado que Dios era una figura similar al ser humano, solo que inmensamente más poderoso, pero eso no me servía de ningún consuelo teniendo en cuenta lo absolutamente decepcionante que podían ser las personas. De pronto, me tranquilizó el pensar en Dios no como una persona semejante a nosotros, sino como una esencia que vivía en todas partes. Dios podía ser amor, tal y como creía Jesús. Para mí, Él sería «Yo soy el que soy», el ser entre nosotros.

Jesús elevó la mirada al cielo como si fuese a calcular la hora, y, en la quietud de aquel momento, en mi euforia por estar cerca de él, por conversar con él sobre la inmensidad divina, le dije:

—¿Por qué hemos de seguir limitando a Dios en unos conceptos tan pobres y tan reducidos como los nuestros, que con tanta frecuencia no son más que un reflejo grandioso de nosotros mismos? Liberémoslo.

Ascendieron sus risas, cayeron y volvieron a ascender, y me dije que solo por eso ya podría amarlo.

—Me gustaría saber más sobre la manera en que podríamos liberar a Dios —me dijo—, pero debo marcharme. Ahora estoy trabajando en el anfiteatro.

—¿Ya no estás en la cantera?

—No, y me alegro de estar a cielo abierto. Tallo piedra para formar bloques que servirán de asientos. Tal vez algún día asistas al teatro y te sientes en una piedra que yo mismo he cincelado y colocado.

Habíamos encontrado nuestra afinidad, nuestro vínculo, pero sus palabras, si bien amables en sus intenciones, me recordaron la separación entre ambos: él era el que tallaba la piedra; yo era quien se sentaba en ella.

Vi cómo se abrochaba el cinto de las herramientas. No me había preguntado para qué había venido hasta aquí —quizá pensara que era para husmear, o tal vez se hubiera imaginado que simplemente paseaba por el monte tal y como había dicho antes—, pero ahora deseaba contárselo. No ocultar nada.

—Soy una escriba —le dije. La audacia de aquella afirmación me dejó sin aliento por unos instantes—. Desde que cumplí los ocho años, mi padre me ha permitido estudiar y escribir, pero me arrebataron ese privilegio cuando me prometieron en matrimonio, y quemaron mis manuscritos. Salvé los que pude y los enterré en esta cueva. Esta mañana he venido a desenterrarlos.

—Ya había advertido que eras distinta de las demás mujeres. Tampoco era muy difícil. —Volvió la cabeza hacia mi azadilla, que estaba en equilibrio sobre la roca—. Te ayudaré.

—No —me apresuré a decir. Deseaba hacerlo yo sola. No estaba preparada para que él viese mis textos, mi cuenco, ni la maldición que había escrito—. No debes demorarte. Yo los desenterraré. Te he hablado de ellos porque quiero que lo sepas y me comprendas.

Me ofreció una sonrisa de despedida y se marchó con grandes zancadas hacia las balsaminas.

Di con el lugar donde estaba enterrado mi tesoro y hundí la azadilla en la tierra dura y compacta.


## XXXII

Ocho días más tarde, Herodes Antipas me hizo llamar a palacio para que viese el mosaico ya terminado. Me había prometido que jamás regresaría, y rogué que me excusaran, pero mi padre rechazó mis ruegos. Temía llevarle demasiado la contraria: no me podía arriesgar a echar a perder mi recién recobrada libertad. Ya había preparado una magnífica tinta nueva, y, a base de trabajar la mañana entera y, en ocasiones, por las noches, había completado mis relatos de las mujeres de las Escrituras que habían sido violadas. Los junté con el relato de Tabita y los llamé *Los cuentos de terror*.

A media tarde, mi padre me acompañó a palacio e hizo un inusual esfuerzo por mostrarse conciliador. Que si habían resultado de mi agrado los papiros que me había traído. Que si me agradaba tener a Fasaelis por amiga en palacio. Que si me daba cuenta de que Herodes Antipas trataba con amabilidad a quienes le eran leales, por muy despiadado que la gente lo considerara.

Comencé a oír algo en mi cabeza, una voz de alarma. Algo no iba nada bien.


Antipas, Fasaelis y mi padre observaban el mosaico como si hubiera descendido de los cielos. Yo apenas era capaz de obligarme a mirarlo. Las minúsculas teselas replicaban mi rostro casi a la perfección. Relucían en la penumbra del *frigidarium*, y era como si mi rostro abriese los labios, como si pestañease, un espejismo de la luz. Vi cómo lo estudiaban: Antipas con expresión lasciva en la cara, los ojos hambrientos y salivando, y Fasaelis tenía demasiada picardía como para no ver su lujuria. Mi padre se había situado entre Antipas y yo, como si formase una barrera. De vez en cuando me daba unas palmaditas en la espalda, entre los hombros, pero en lugar de reconfortarme, su conducta empalagosa no hacía sino aumentar mi recelo.

—Qué bello es tu rostro —dijo Fasaelis—. Veo que mi esposo piensa lo mismo.

Eran bien conocidas las costumbres de mujeriego de Antipas, igual que lo era la intolerancia de Fasaelis ante ellas. En el reino nabateo de su padre, la infidelidad se consideraba una abyecta falta de respeto con una esposa.

—¡Déjanos! —le chilló Antipas.

Fasaelis se dio la vuelta y se dirigió a mí para que todos pudiesen oírlo:

—Ándate con cautela. Conozco bien a mi esposo. Sin embargo, pase lo que pase no temas, no dejaremos de ser amigas.

El tetrarca volvió a gritar.

—¡Déjanos!

Fasaelis salió despacio, como si lo de marcharse fuese idea suya. Yo quería correr tras ella. «Llévame contigo.» Algo traicionero se había filtrado en la sala. Lo sentí en el vello de la nuca.

Antipas me cogió de la mano y resistió mi tirón para soltarla.

—Te tomaré como mi concubina.

Di un tirón de la mano para apartarla de él y retrocedí hasta que las corvas de las piernas me chocaron con el banco de piedra que seguía el contorno de la pared. Me hundí en él. «Concubina.» La palabra reptaba sinuosa por el suelo ante mí.

Vino mi padre, se sentó a mi lado y dejó a Antipas allí solo, de pie junto al mosaico, con los brazos cruzados sobre la barriga. Mi padre me habló en voz baja y con un tono implorante y desconocido para mis oídos.

—Ana, hija mía, que tú seas la concubina del tetrarca es lo mejor que nos cabe esperar. Serías como una segunda esposa.

Volví sobre él la mirada de mis ojos entrecerrados.

—Sería lo que ya susurran que soy, una ramera.

—Una concubina no es una ramera. Es fiel a un solo hombre. Lo único que la diferencia de una esposa es la condición de sus hijos.

Me di cuenta de que él ya había aceptado aquella idea tan despreciable, y aun así parecía buscar mi consentimiento. No se podía arriesgar a que yo enardeciera a Antipas con mi asco y mi rechazo. Su estatus en la corte del tetrarca se vería sin duda afectado.

—Nuestros padres Abrahán y Jacob tuvieron concubinas que les dieron hijos. Los reyes Saúl y Salomón tuvieron sus concubinas, igual que el padre del propio Antipas, Herodes el Grande. No hay ninguna vergüenza en ello.

—Sí que hay vergüenza en ello, para mí.

Antipas nos observaba desde la otra punta de la sala. En sus ojos había un resplandor amarillento, un halcón gordo valorando su presa.

—No lo consentiré.

—Debes ser razonable —me dijo con un enfado incipiente—. Ya no estás en situación de desposarte. No puedo encontrarte un marido ahora que has enviudado y has quedado mancillada, pero el tetrarca de Galilea y Perea está dispuesto a aceptarte. Vivirás en palacio y estarás bien cuidada. Fasaelis te ha prometido su amistad, y Antipas ha accedido a mi petición de que se te permita leer, escribir y estudiar para tu satisfacción.

Mantuve la mirada fija, al frente.

—Una concubina no recibe el pago de la novia —prosiguió—. Y, aun así, Antipas ha accedido a pagar la suma de dos minas. Eso demuestra tu gran valor. Se redactará un contrato para proteger tus derechos.

Agotada su paciencia, Antipas cruzó decidido la estancia y se plantó ante mí.

—Te he preparado un obsequio. —Hizo un gesto a su senescal, Cusa, que trajo una bandeja cargada con una pila de láminas de marfil como aquella en la que Fasaelis me había enviado su invitación.

Había cálamos y frascos de tintas coloreadas: dos verdes, una azul, tres rojas. Llegó seguido de un criado que traía un pequeño escritorio portátil para colocarlo sobre el regazo; estaba hecho de madera roja y tallado con dos dragones.

La visión de aquellos objetos despertó en mí añoranza y náuseas al mismo tiempo. Me llevé el dorso de la mano a los labios y presioné.

—Mi respuesta es no.

—¿Por qué no obedece como deben hacer las mujeres? —gritó Antipas a mi padre.

Me puse en pie de un salto.

—Jamás me someteré —le dije. Miré hacia el escritorio y la bandeja con sus obsequios: toda aquella belleza y abundancia, y en un impulso agarré una sola lámina de marfil y la guardé en el interior de la manga—. Me llevo esto como tu regalo de despedida —le dije antes de dar media vuelta y huir de la sala.

A mi espalda, oí que Antipas gritaba:

—¡Cusa! Tráela de vuelta.

Eché a correr.


XXXIII


En la calle, me cubrí la cabeza con la mantilla y caminé con brío sin salir de debajo de los soportales a lo largo de la vía del cardo, sin dejar de mirar a mi espalda en busca de Cusa; de tanto en tanto, me metía en alguna tiendecita con la esperanza de evitarlo. Era el día antes del sábado, y la ciudad rebosaba de gente. Hice lo que pude con tal de desaparecer entre ellos.

Pensé en esconderme en la cueva, un refugio del que nadie sabía nada, salvo Jesús y Lavi, pero allí no podía dormir ni comer, ni tampoco vendría Jesús a estas horas. Estaría en la obra del anfiteatro, en la ladera norte. Ser consciente de aquello me hizo detenerme, como si una mano me hubiera agarrado el hombro. Oí la voz de Yalta, flotando en el aire: «Llegará tu momento, y cuando lo haga, tienes que aprovecharlo con toda la valentía que puedas encontrar... Tu momento llegará porque tú harás que llegue».

Giré hacia la ladera norte.

La obra era un escándalo de golpes de mazos y de nubes de polvo de piedra caliza. Permanecí en la calle y me quedé mirando a los carretones de dos ruedas que atravesaban el bullicio dando bandazos, las grúas y las cabrias de madera que elevaban las piedras sin tallar, los hombres que removían el mortero con varas largas. No me esperaba tantos peones. Lo ubiqué por fin, cerca de la parte más alta de la cresta, inclinado sobre una piedra, alisándola con una llana.

El sol descendía hacia el valle, y la sombra del andamio cercano le caía a Jesús por la espalda y formaba una minúscula escalerilla. Las palabras del poeta comenzaron a entonarse en mí por su propia cuenta y riesgo. «Te desperté bajo el manzano... Las aguas caudalosas no podrán apagar el amor, ni anegarlo los ríos...»

A mi alrededor, la calle bullía de mercaderes ambulantes que vendían herramientas, rollos de lino barato, animales descuartizados y estofados para los peones, un bazar de segunda categoría en comparación con el mercado de la basílica. Junto a un puesto de verduras, encontré un sitio donde podría esperar a que terminara la jornada de trabajo.

El sol se fue deslizando más y más profundo en el valle, y los ánimos me fueron menguando con el decaer de la luz. Perdida en mis cavilaciones, me sobresalté con el sonido del cuerno de carnero. El martilleo cesó de golpe, y los hombres comenzaron a guardar sus herramientas. Subían en multitud por la pendiente hacia la calle, Jesús entre ellos, con las mejillas y la frente sucias del polvo de la piedra.

—¡Prendedla! —gritó un hombre.

Jesús se dio la vuelta hacia el grito y, acto seguido, yo también me volví hacia un lado y el otro. Cusa se hallaba en la acera a poca distancia de mí, señalándome.

—¡Prendedla! —volvió a gritar—. Ha robado a mi señor.

Peones, mercaderes, clientes y transeúntes se detuvieron. La calle enmudeció.

Retrocedí al interior del puesto del mercado, pero él me persiguió entre los cestos de cebollas y garbanzos. Era un hombre mayor, pero fuerte. Me agarró por la muñeca y me arrastró hacia la muchedumbre, hacia sus miradas descaradas, sus salivazos y sus invectivas.

Circundada por una multitud de gente enfurecida, sentí un ataque de temor como la descarga de un relámpago que me descendía desde la coronilla, bajaba por la espalda y seguía por las piernas hasta las yemas de los dedos de los pies. Elevé la mirada al cielo, perdido ahora el aliento.

Cusa alzó la voz.

—La acuso de robo y de blasfemia. Ha robado a mi señor una valiosa lámina de marfil, y posó para un artesano que fabricó una imagen de su rostro.

Cerré los ojos y sentí el peso de las pestañas.

—No he robado nada.

No me hizo caso y habló a la multitud.

—Si en la manga no tiene marfil de ninguna clase, quedaré satisfecho con la idea de que no es una ladrona. De cualquier forma, no puede negar la imagen de su rostro.

Una mujer se abrió paso a empujones entre el gentío.

—Esa es la hija de Matías, el escriba mayor de Herodes Antipas, y todo el mundo sabe que es una fornicadora.

Volví a alzar la voz en protesta, pero mi desmentido quedó ahogado en la negrura de aquel odio que rezumaban sus corazones.

—¡Enséñanos la manga! —chilló un hombre.

Uno a uno, todos se fueron sumando a la petición.

Cusa me agarró del brazo y dejó que aumentasen sus gritos antes de llevar la otra mano a la manga. Me revolví y pataleé. Era una polilla que aleteaba, una niña infortunada. Mi resistencia no sirvió para lograr nada que no fueran risas y burlas. Me arrebató la lámina de marfil del manto y la levantó por encima de la cabeza. Estalló un rugido.

—¡Es una ladrona, una blasfema y una fornicadora! —exclamó Cusa—. ¿Qué vais a hacer con ella?

—¡Lapidadla! —vociferó alguien.

Comenzó el cántico, la oscura plegaria. «Lapidadla. Lapidadla.»

Cerré los ojos contra la neblina borrosa y cegadora de la ira. «Tienen el corazón de piedra y la cabeza de paja.» Era como si no fuesen una multitud de personas, sino una sola criatura mastodóntica y monstruosa que se alimentaba de la combinación de la furia de todos ellos. Iban a lapidarme por todas las fechorías que alguien hubiese cometido alguna vez contra ellos. Iban a lapidarme por Dios.

Casi siempre se llevaban a las víctimas a rastras hasta un despeñadero a las afueras de la ciudad y las arrojaban antes de acribillarlas, lo cual reducía el laborioso esfuerzo de tener que arrojar tantas piedras —en cierto modo, era más compasivo, más rápido al menos—, pero ya veía que a mí no me iban a conceder tal indulgencia. Hombres, mujeres y niños cogían piedras del suelo. Piedras, el más munificente don que Dios le había otorgado a Galilea. Algunos fueron corriendo a la obra, donde las piedras eran más grandes y mortíferas. Oí el siseo de un pedrusco que me pasó volando por encima de la cabeza y cayó a mi espalda.

El alboroto y el ruido se ralentizaron entonces, se alargaron y se retrajeron hasta alguna cumbre distante, y, en aquella extraña distensión del tiempo, no me importó ya luchar. Sentí que me plegaba a mi sino. Suspiré por la vida que nunca viviría, pero anhelé todavía más escapar de ella.

Me hundí en el suelo y me empequeñecí tanto como pude, con los brazos y las piernas metidos bajo el pecho y el vientre, la frente apretada contra el suelo. Me transformé en una cáscara de nuez. Iban a partirme, y Dios se llevaría el fruto.

Una piedra me golpeó en la cadera con una llamarada de dolor. Otra me cayó junto a la oreja. Oí los pisotones de unas sandalias que corrían hacia mí, y después una voz incandescente de indignación.

—¡Detened esta brutalidad! ¿Es que la vais a lapidar por la palabra de este hombre?

La turba se acalló, y me atreví a levantar la cabeza. Ante ellos se encontraba Jesús, de espaldas a mí. Me fijé en los huesos de sus hombros, el modo en que tenía apretados los puños, cómo se había plantado entre las piedras y yo.

Cusa, sin embargo, era más zorruno que mi padre, tenía más de chacal que Antipas. Distrajo al gentío de la pregunta de Jesús.

—Tenía el marfil. Lo habéis visto con vuestros propios ojos.

Sentí que la vida retornaba a mí.

—¡No lo he robado, era un regalo! —exclamé mientras me ponía de pie.

—Os lo pregunto de nuevo: ¿quién es este acusador cuya palabra aceptáis con tanta facilidad? —atronó la voz de Jesús. Al ver que nadie contestaba, gritó aún más fuerte—: ¡Responded!

Consciente de que cualquiera que estuviese relacionado con el tetrarca resultaría sospechoso ante ellos, dije bien alto:

—Es Cusa, el senescal de palacio de Herodes Antipas.

Y aquello produjo un brote de murmuraciones.

—¿Eres tú ese que adula a Herodes Antipas? —gritó alguien a Cusa.

—No me preguntéis quién soy yo —exclamó Cusa—. Preguntad quién es este hombre. ¿Quién es él para hablar en nombre de ella? Él no tiene voz aquí. Solo el padre, el marido o el hermano de la muchacha pueden hablar por ella. ¿Es él alguno de estos?

Jesús se volvió y me miró, y vi su cólera en la mandíbula encajada.

—Soy Jesús, hijo de José —dijo al volverse de nuevo hacia ellos—. No soy su padre ni su marido ni su hermano, pero pronto seré su prometido, y puedo dar fe de que no es ninguna ladrona, ni blasfema ni fornicadora.

Se me paró el corazón. Me quedé mirándolo, confundida, e hice un esfuerzo por comprender si lo que acababa de declarar eran sus verdaderas intenciones o un ingenioso medio para salvarme. No lo podía saber. Me acordé de él en la cueva, de cómo había compartido mi desayuno, de cómo había acudido a mi lado cuando desahogué sobre él mi vergüenza, todo aquello que nos habíamos contado el uno al otro.

Se produjo una tregua mientras la muchedumbre decidía sobre si creerse más el testimonio de Jesús que el de Cusa. Jesús era uno de ellos, y había dado su palabra de ser mi defensor. Cusa era el adlátere de su despreciado tetrarca.

La fiereza de la multitud iba perdiendo fuelle —la notaba desvanecerse—, pero ahí seguía la gente, con la mirada desafiante y las piedras bien agarradas.

Jesús alzó las palmas de las manos hacia ellos.

—El que esté sin pecado, que le tire la primera piedra.

Transcurrió un instante, toda una vida en miniatura. Oí el

sonido de las piedras según las iban dejando caer al suelo. Eran las montañas, que se movían.

## XXXIV

Jesús permaneció conmigo hasta que Cusa se escabulló de allí y se dispersó la chusma. Estaba afectada por la violencia de la gente y por haber escapado por poco de la muerte, y no parecía dispuesto a dejarme sola.

Se fijó en la luz, cada vez más tenue.

—Te acompañaré hasta tu casa.

Al marcharnos, me preguntó:

—¿Te han hecho daño?

Negué con la cabeza, aunque me palpitaba la cadera por esa única piedra que me había alcanzado.

Aquella declaración suya de que pronto sería su prometida había prendido fuego a mis pensamientos. Deseaba preguntarle por qué lo había dicho, si se había tratado de un reconocimiento sincero o si estaba calculado para ganarse a la multitud, pero su respuesta me daba miedo.

Se hizo el silencio. La ciudad flotaba en una neblina crepuscular, su rostro a media sombra. La quietud solo duró unos instantes, pero pensé que me iba a atragantar con ella. Hice un esfuerzo por respirar y relaté la historia íntegra del mosaico, de cómo había aceptado posar para salvar a mi hermano Judas. Cuando le hablé de la lujuria de Antipas, de su intento de tomarme como su concubina, y le conté mi huida en estado de pánico hasta la obra del anfiteatro, vi cómo la ira volvía a estallar en el gesto de su mandíbula. Le confesé que la lámina de marfil, que había regresado al interior de mi manga, tal vez me la hubiese llevado más que recibirla como un regalo. Quería que conociese la verdad, pero me daba la sensación de que mi cháchara estaba empeorando las cosas, por completo. Me escuchó. No hizo ninguna pregunta.

Al llegar a la cancela de nuestra casa palaciega, bajé la mirada a los pies. Mirarle a él era devastador. Finalmente, levanté el rostro y le dije:

—Dudo que nos volvamos a ver, pero por favor, quiero que sepas que siempre te estaré agradecida por lo que has hecho. Estaría muerta de no ser por ti.

Frunció la frente y vi la decepción en sus ojos.

—Cuando le he dicho al gentío que pronto estaríamos prometidos, no pretendía dar por sentada tu respuesta —me dijo—. Me he excedido en un esfuerzo por hacer valer mi autoridad ante ellos. Acepto tu rechazo. Nos despediremos en buenos términos, como amigos.

—Pero yo pensaba que... No creía que hablaras en serio de los esponsales —le contesté—. Hemos venido caminando hasta aquí y no has dicho nada.

Sonrió.

—Hemos venido caminando hasta aquí y tú no has dejado de hablar.

Me eché a reír, pero me ardía la cara, y me alegré de que estuviese oscureciendo.

—He de casarme —me dijo—. Todos los hombres judíos han de hacerlo. El Talmud no da su aprobación a un hombre sin una esposa.

—¿Me estás diciendo que tienes la obligación de casarte y que, por tanto, te has decidido por mí?

—No, estoy intentando decir que los hombres tienen la obligación de casarse, pero que yo suelo ver las cosas de un modo distinto al de los demás. Es posible que para algunos sea mejor no casarse. Pensaba que ese era mi caso. Antes de morir, mi padre quiso disponer unos esponsales para mí, pero no me vi capaz de aceptarlos.

Me quedé mirándolo fijamente, desconcertada.

—¿Me estás diciendo que no estás hecho para el matrimonio pero que es un deber que has de soportar?

—No, tú solo escucha.

No estaba dispuesta.

—¿Por qué iba a ser necesario para algunos el no casarse? ¿Y por qué ibas tú a formar parte de semejante grupo?

—Ana, escúchame. Hay hombres que reciben una llamada a algo más apremiante que el matrimonio. Son llamados a recorrer las tierras como profetas o predicadores, y deben estar dispuestos a dejarlo todo. Han de dejar a su familia en pro de la llegada del reino de Dios: no pueden entregarse a ambas cosas. ¿No sería mejor no casarse nunca que abandonar a sus esposas e hijos?

—¿Crees que eres uno de ellos? ¿Un profeta o un predicador?

Apartó de mí su rostro.

—No lo sé. —Vi cómo se pinzaba el puente de la nariz entre el pulgar y el índice y presionaba—. Desde que era un crío de doce años he sentido que Dios podría tener pensado para mí algún propósito concreto, pero ahora eso me parece menos probable. No he tenido ninguna señal. Dios no me ha hablado. Desde que murió mi padre, me veo sometido a la presión de ser el hijo mayor. Mi madre, mi hermana y mis hermanos dependen de mí. Sería difícil dejarlos con unos recursos escasos. —Volvió a mirarme—. Ya he batallado con ello, y estoy cada vez más convencido de que la llamada que sentí estaba más en mis pensamientos que en el de Dios.

—¿Estás seguro? —le pregunté, porque yo no lo estaba.

—No puedo saberlo con certeza, pero, por ahora, Dios

ha guardado silencio al respecto, y me he convencido de que no puedo abandonar a mi familia y dejarlos para que se las arreglen solos. La verdad en torno a todas estas cosas me ha liberado para pensar en el matrimonio.

—¿Y me consideras, entonces, el cumplimiento de un deber?

—Me obliga mi deber, sí, no lo voy a negar; pero tampoco hablaría de unos esponsales y de prometerme a ti si no me obligara también lo que tengo en el corazón.

«Y ¿qué tienes en el corazón?», me entraron ganas de preguntarle, pero era una pregunta atrevida y peligrosa, y me daba la sensación de que allí lo que había era un rompecabezas muy complicado: una maraña de Dios, destino, deber y amor que no se podía resolver, y mucho menos darle una explicación.

Si nos casábamos, yo siempre andaría mirando por encima del hombro en busca de Dios.

—No soy apropiada para ti —le dije—. Esto ya lo sabes, por supuesto. —No se me ocurría el motivo por el que trataba de disuadirlo, salvo para poner a prueba su determinación—. Y no me refiero solo a la riqueza de mi familia y a los vínculos con Herodes Antipas, sino a mí misma. Has dicho que tú no eres como los demás hombres. Bueno, yo tampoco soy como las demás mujeres, tú mismo lo dijiste. Tengo mis ambiciones igual que las tienen los hombres, un vivo deseo que me desborda. Soy egoísta y terca, y a veces una embustera. Me rebelo. Es fácil enfadarme. Dudo del proceder de Dios. Soy una extraña allá donde vaya. La gente me mira con desdén.

—Todo eso ya lo sé —me dijo.

—¿Y aun así me aceptarías?

—La pregunta es si tú me aceptarías a mí.

Oí el susurro de Sofía en el viento: «Toma, Ana, aquí lo tienes». Y, a pesar de todo cuanto acababa de decir Jesús, de todas sus evasivas y sus salvedades, me invadió la más curiosa de las sensaciones, la de que siempre estuvo escrito que yo había de llegar a este momento.

—Te aceptaré —le dije.

## XXXV

Al no contar con un padre ni un hermano mayor, Jesús cargaba con la responsabilidad de organizar sus propios esponsales. Prometió regresar por la mañana para hablar con mi padre, una promesa que me hizo prácticamente inasequible a la cólera que me encontré al entrar en casa. En represalia por mi negativa a convertirme en su concubina, el tetrarca había degradado a mi padre de escriba mayor y consejero a un simple escriba de entre los muchos otros que tenía. Era una llamativa caída en desgracia. Mi padre estaba hecho una furia conmigo.

No podía sentirme mal por él. Su disposición a entregarme, primero a Natanael y después a Herodes Antipas, había cortado el último vínculo que me unía a él. Yo sabía que de alguna manera se las iba a arreglar para congraciarse una vez más con Antipas y recuperar su puesto. Y se demostraría que no me equivocaba.

Mientras mi padre me reprendía esa noche, mi madre se paseaba arriba y abajo y lo interrumpía con arrebatos de furia. Ni siquiera sabían aún que los buenos ciudadanos de Séforis habían estado a punto de matarme a pedradas por las acusaciones de robo, fornicación y blasfemia. Decidí dejar que lo descubrieran ellos por su propia cuenta.

—¿Es que no piensas en nadie más que en ti misma? —me chilló mi madre—. ¿Por qué insistes en estos actos tan vergonzosos de desobediencia?

—¿Hubieras preferido que me convirtiese en la concubina de Herodes Antipas? —le pregunté, verdaderamente horrorizada—. ¿No sería eso un acto aún más vergonzoso?

—Lo que preferiría es que tú... —Se interrumpió y dejó el resto sin pronunciar, pero claramente suspendido y palpable en el aire.

«Habría preferido que no hubieses nacido jamás.»


Un mensajero de palacio llegó a la mañana siguiente, antes de que mi padre desayunara. Yo asomaba ya la cabeza por la balconada a la espera de que llegara Jesús cuando Lavi acompañó al mensajero hasta el estudio de mi padre. ¿Acaso había alcanzado mi padre algún acuerdo con Herodes Antipas durante la noche? ¿Iban a llevarme a rastras para convertirme en su concubina después de todo? ¿Dónde estaba Jesús?

El encuentro de ambos fue breve. Me aparté de la barandilla cuando salió mi padre. Una vez se hubo marchado el mensajero, la voz de mi padre ascendió hacia mí.

—Sé que estás ahí, Ana.

Miré hacia abajo. Parecía derrotado, en una postura que lo derrumbaba en el suelo.

—Anoche —me dijo— envié un mensaje para implorar a Herodes que dejase a un lado tu negativa y te tomara igualmente como su concubina, confiando en que hubiera remitido ya la humillación que le habías causado. Su respuesta acaba de llegar. Se ha burlado de mí por pensar que se dignaría a aceptarte en su palacio después de que estuvieran a punto de lapidarte en la calle. Ya podrías habérmelo contado y ahorrarme una mayor vergüenza. —En su incredulidad, hizo un gesto negativo con la cabeza—. ¿Una lapidación? Tendremos a la ciudad todavía más en nuestra contra. Nos has buscado la ruina.

De haberme atrevido, le habría preguntado si le importaba lo más mínimo lo que había tenido que soportar al escapar por muy poco de la muerte. Le habría dicho que era a Cusa a quien debía culpar de aquella lapidación, y no a mí. Pero me mordí la lengua.

Regresó hacia su estudio, un hombre completamente vencido, pero se detuvo a medio camino y habló sin darse la vuelta.

—Doy gracias por que salieras ilesa. Me han dicho que fue un peón de la obra el que impidió tu muerte.

—Sí, se llama Jesús.

—¿Y le dijo a la multitud que se iba a convertir en tu prometido?

—Sí.

—¿Y eso lo recibirías bien, Ana?

—Lo haría, padre. Con todo mi corazón.

Cuando llegó Jesús poco después, mi padre redactó y firmó un contrato de esponsales sin consultárselo a mi madre. Jesús entregaría el humilde pago de treinta siclos por la novia y alimentaría, vestiría y daría un techo a mi tía, que vendría conmigo. No habría ninguna ceremonia de esponsales. La boda consistiría en un sencillo traslado desde la casa de mi padre hasta la de mi esposo en el transcurso de treinta días, en el tercero del mes de nisán, el periodo más breve que estaba permitido.

# NAZARET

## 17-27 d. C.

I

El día en que entré en la casa de Jesús, su familia formaba una piña silenciosa de pie en el patio mientras observaba cómo Lavi guiaba la carreta que nos llevaba a mi tía y a mí con nuestras pertenencias a través de la cancela. Eran cuatro: otros dos hombres además de Jesús y dos mujeres, una de las cuales apoyaba la mano sobre un vientre de embarazada apenas perceptible.

—¿Es que piensan que tenemos aquí las amplitudes de un palacio? —oí que decía la mujer encinta.

A mi parecer, nos habíamos traído lo imprescindible. Había hecho el equipaje con mi ropa más sencilla, una diadema corriente de plata, mi espejo de cobre, un peine de latón ornamental, dos esteras de lana roja, unas colchas sin teñir para la cama, mi cuenco del ensalmo y, lo más valioso de todo, mi baúl de cedro. Dentro iban mis escritos enrollados, los cálamos de junco, la cuchilla para afilarlos, dos frasquitos de tinta y la lámina de marfil por la que estuvieron a punto de lapidarme. Los papiros en blanco que me había conseguido mi padre ya habían volado: los utilicé todos durante aquel breve frenesí de escritura que comenzó poco después de recuperar de la cueva mis posesiones. Yalta había traído aún menos cosas que yo: tres túnicas, su jergón para dormir, el sistro y las tijeras egipcias.

Aun así, éramos todo un espectáculo. A pesar de mis protestas, mi padre nos había enviado en una carreta tirada por un caballo de los establos de Herodes Antipas, magníficamente engalanado. Estoy segura de que quería impresionar a los nazarenos, recordarles que Jesús se estaba casando muy por encima de su condición social. Ofrecí una sonrisa a mi nueva familia con la esperanza de granjearme su afecto, pero una carreta cargada de esteras de fina lana y tirada por un caballo imperial de la mano de un criado no le hizo sino un flaco favor a mi causa. Jesús había salido a nuestro encuentro hasta las afueras de la aldea, e incluso él había fruncido el ceño antes de saludarnos.

Para empeorar las cosas, mi padre también había impedido que la boda se celebrase bajo su techo. Era la costumbre que la jupá estuviese en la casa de la novia, pero mi padre temía irritar a Antipas dando cobijo a un enlace que a buen seguro iba a contrariar al tetrarca. Y mi padre tampoco quería aldeanos en su casa. Su negativa a recibir a Jesús y a su familia debió de ser un terrible insulto para ellos. Y ¿quién sabe qué más cuentos les podrían haber llegado sobre mis fornicaciones, mis robos y mis blasfemias?

Dejé deambular la mirada por el reducido complejo. Dentro de sus límites había tres pequeñas viviendas apiñadas, construidas con piedras una sobre otra y ligadas con adobe. Conté cinco o seis habitaciones que daban al patio. Una escalerilla conducía a las azoteas, cubiertas de haces de juncos y adobe compactado, y me pregunté si Yalta y yo seríamos capaces de sentarnos allí arriba a compartir nuestros secretos.

Estudié el patio rápidamente. Un horno con cazuelas y utensilios repartidos, leña, una pila de estiércol, un mortero con su mano, un telar. Había un huerto cocido por el sol y un establo minúsculo con cuatro gallinas, dos ovejas y una cabra. Un único olivo. Lo contemplé todo. «Aquí es donde voy a vivir.» Intenté no sentir el aturdimiento que me recorrió el cuerpo en una oleada.

La familia de Jesús, apiñada a la sombra del solitario árbol. Me pregunté dónde estaría la hermana de Jesús, la muchacha del mercado, la de las madejas de lana. Su madre vestía una túnica incolora y, en la cabeza, una pañoleta de un amarillo pálido bajo cuyos bordes se escapaban algunos mechones de cabello oscuro. Me imaginé que no andaría muy lejos de la edad de mi madre, pero a ella, sus años la tenían mucho más ajada. Su rostro, tan parecido al de su hijo, lucía bien el desgaste de la faena doméstica y la maternidad. Iba ligeramente cargada de espaldas, y en las comisuras de los labios había comenzado un leve decaimiento, pero pensé en lo maravilloso que era el aspecto que tenía allí, de pie, con el sol filtrándose entre las hojas y los lunares de luz por los hombros. Me cruzó el pensamiento aquella confesión que me hizo Jesús en la cueva. «En Nazaret, algunos dicen que soy el hijo de María pero no de José. Dicen que nací fruto de la fornicación de mi madre. Otros dicen que José sí es mi padre, pero que fui concebido de manera ilícita antes de que mis padres se casaran.»

—Bienvenida, Ana —dijo, y vino a abrazarme—. Mi hija Salomé se casó hace apenas unas semanas y ahora vive en Besara. Se ha marchado una hija y ha venido otra.

Detrás de aquella sonrisa había un aire de profunda tristeza, y me vino a la cabeza que no solo se había marchado su hija, sino que su marido había muerto apenas seis meses atrás.

Los dos hombres eran los hermanos de Jesús: Santiago, de diecinueve, y Simón, de diecisiete, ambos de piel oscura y densa cabellera como Jesús, con la misma barba corta y la misma postura —brazos cruzados, piernas separadas—, pero en sus ojos no había rastro de esa pasión y esa profundidad que tenían los de Jesús. La mujer embarazada de lengua quisquillosa era Judit, casada con Santiago, y de quince años de edad igual que yo —como llegaría a saber—. Clavaron en mí una mirada silenciosa.

Yalta se soltó la lengua.

—¡Cualquiera diría que acaba de llegar una oveja con dos cabezas!

Se me puso una mueca en la cara.

—Esta es mi tía Yalta.

Jesús sonrió.

—Es una impertinente —le dijo Santiago a Jesús, como si ella no estuviese allí mismo.

Dolida, le dije:

—Es lo que hace que la quiera tanto.

Iba a descubrir que Jesús era un pacificador y un provocador a partes iguales, pero una nunca podía saber cuál de los dos iba a ser en un momento dado. En este momento concreto, fue el pacificador.

—Os damos la bienvenida, a las dos. Ahora sois nuestra familia.

—Lo sois, ciertamente —dijo María.

Judit permaneció en silencio, igual que los hermanos de Jesús. La franqueza de mi tía había puesto al descubierto la fricción.


Una vez descargada la carreta, me despedí de Lavi.

—Te echaré de menos, amigo —le dije.

—Espero que estés bien —me respondió, y se le humedecieron los ojos, que provocó que los míos hiciesen lo mismo.

Me quedé mirando cómo conducía al caballo a través de la cancela y escuchando el traqueteo de la carreta vacía.

Cuando me di la vuelta, la familia se había dispersado. Allí solo quedaban Yalta y Jesús, que me cogió de la mano, y el universo enderezó su rumbo.

· Íbamos a casarnos ese mismo día, al ponerse el sol, pero sin una ceremonia. No habría procesión. No habría vírgenes que elevaran sus candiles de aceite y llamasen al novio. No habría canciones ni banquetes. Según la ley, un matrimonio era el acto de la unión sexual, nada más y nada menos. Nos convertiríamos en marido y mujer cada uno en la soledad de los brazos del otro. Sin permiso para entrar en la jupá antes de tiempo, pasé la tarde en el almacén, donde Yalta había extendido su jergón. María se había ofrecido a compartir su habitación con ella, pero Yalta lo había declinado: prefería estar sola entre tarros, provisiones, lanas y herramientas.

—«¿Es que piensan que tenemos aquí las amplitudes de un palacio?» —dije cuando nos quedamos a solas, imitando a la que muy pronto sería mi cuñada.

—«¡Es una impertinente!» —dijo Yalta remedando en una burla el juicio de Santiago.

Nos echamos la una sobre la otra, entre risas. Me llevé el dedo a los labios.

—Chsss, que nos van a oír.

—¿Es que tengo la obligación de portarme bien y, además, callarme?

—Jamás —respondí.

Comencé a deambular por aquel cuartillo, a tocar las herramientas, y pasé el pulgar por una cuba de teñir que estaba manchada.

—¿Estás preocupada por entrar en la jupá? —me preguntó Yalta.

Supongo que lo estaba —¿qué chica no se ponía nerviosa la primera vez?—, pero le dije que no con la cabeza.

—Mientras no conciba, lo recibiré con agrado.

—Pues recíbelo con agrado, porque no tendrás problemas en ese sentido.

Yalta me había conseguido aceite de semilla de comino negro de una partera de Séforis, un líquido nauseabundo que era más potente que cualquiera de las cosas que había utilizado mi madre. Me lo había estado tomando una semana. Habíamos acordado que ella lo ocultaría allí, entre sus cosas. La mayoría de los hombres no sabían nada sobre las formas en que las mujeres evitaban la preñez, y en lo referente a los hijos, no tenían muy en cuenta los terribles dolores del parto y la posibilidad de la muerte; ellos pensaban en el mandato de Dios de ser fecundos y multiplicarse. Parecía ser un mandamiento que Dios había hecho pensando en los hombres, y era el único que se les daba bien obedecer a todos ellos, de manera universal. Yo no pensaba que Jesús fuera como los demás hombres, pero había tomado la decisión de guardarme para mí el aceite de semilla negra.

Cuando fue la hora, me vestí con la túnica de color azul oscuro que mi tía había declarado como «más azul que el Nilo». Me alisó las arrugas con las manos y me puso en la frente la diadema de plata. Me cubrí la cabeza con un chal de lino blanco.

En el preciso momento de la puesta de sol, entré en la jupá, donde me esperaba Jesús. Al poner el pie en la habitacioncita de paredes de barro, me recibió el olor de la arcilla, la canela y unos tenues vapores horadados por un rayo de luz naranja que caía de una ventana alta.

—Esta será nuestra morada —dijo Jesús, que retrocedió e hizo un gesto con el brazo para abarcar la estancia.

Vestía su túnica de borlas azules y llevaba el pelo húmedo de habérselo lavado.

Habían arreglado la habitación con mimo, bien Jesús o bien las mujeres, no lo sabía. Habían extendido mis esteras rojas sobre el suelo de tierra. Dos jergones descansaban el uno al lado del otro, rociados con canela molida, uno de ellos recién tejido. Sobre un banco habían dispuesto mi espejo, mi peine y una pila de mis prendas de vestir, con el baúl de cedro en un rincón. Mi cuenco del ensalmo descansaba sobre una mesita de roble bajo la ventana a la vista de todo el mundo, tan expuesto que sentí el impulso irracional de esconderlo en alguna parte, pero me obligué a quedarme quieta.

—Si te has fijado en el cuenco —le dije—, estoy segura de que has visto la imagen dibujada que hay dentro. La dibujé yo.

—Sí, la he visto —respondió Jesús.

Estudié su rostro en busca de alguna traza de condena.

—¿No te resulta ofensiva?

—Más que lo que hay en ese cuenco, me preocupa lo que guarda tu corazón.

—Mirar dentro del cuenco es asomarse a mi corazón.

Se acercó y lo miró por dentro. ¿Sabía leer griego? Tomó el cuenco en sus manos y lo fue girando mientras leía en voz alta.

—«Señor Dios nuestro, escucha mi plegaria, la plegaria de mi corazón.» —Alzó la vista y me sostuvo la mirada unos segundos antes de continuar—: «Bendice la inmensidad en mi interior, por mucho que yo la tema. Bendice mis cálamos de junco y mis tintas. Bendice las palabras que escribo. Que sean bellas ante tu mirada. Que sean visibles a unos ojos que no han nacido aún. Cuando yo sea polvo, entona estas palabras sobre mis huesos: ella era una voz».

Volvió a dejar el cuenco sobre la mesa, me sonrió, y sentí el insoportable dolor de amarlo. Fui a él, y allí, sobre los finos jergones de paja, entre aquellas migajas de luz, conocí a mi esposo, y él me conoció a mí.

## II

La mañana después de convertirme en su esposa, me desperté para oírle repetir la semá y después oír la voz de una mujer que me llamaba desde el patio.

—Ana, es la hora de ordeñar a la cabra.

—Escucha, Israel: el Señor es nuestro Dios, el Señor es uno —entonaba Jesús.

—¿Me oyes? —me llamaba la voz—. Que hay que ordeñar a la cabra.

—Amarás, pues, al Señor, tu Dios, con todo tu corazón, con toda tu alma y con todas tus fuerzas.

—¡Ana, la cabra!

Permanecí tumbada y quieta, mirando a Jesús al otro lado de la habitación y sin hacer caso de la urgente necesidad de leche de cabra, escuchando cómo ascendía y descendía su voz, el suave canto que había en ella. De alguna manera, en mi privilegiada ignorancia, ni se me había ocurrido que recibiría una porción equitativa de las tareas domésticas. Era un pensamiento algo alarmante: había llegado allí sin tener la menor noción de cualquier faena imaginable que se asignara a las mujeres.

Jesús estaba mirando hacia la ventana, de espaldas a mí. Cuando alzó las manos, intuí cómo se tensaban sus brazos bajo la túnica. Aquella imagen me trajo a la cabeza el recuerdo de la noche anterior, unos momentos tan íntimos y tan bellos que me produjeron un exquisito dolor muy dentro de mí. Se me escapó un gemido involuntario, Jesús terminó su plegaria y vino a sentarse a mi lado, en el jergón.

—¿Siempre duermes hasta tan tarde? —dijo.

Me incorporé sobre un codo, incliné la cara hacia la suya y traté de parecer al tiempo coqueta e inocente.

—No es culpa mía. No me dejaron dormir anoche.

Sus risas rebotaron en las paredes, llegaron al techo y salieron por el ventanuco. Me apartó de la cara la maraña greñuda del pelo y me atrajo hacia su pecho.

—Ana, Ana, tú me has despertado y me has devuelto a la vida.

—Y tú has hecho lo mismo conmigo —le dije—. Solo hay una cosa que me dé miedo de estar aquí.

Ladeó la cabeza.

—¿Y qué es?

—Que no tengo ni idea de cómo ordeñar a una cabra.

Soltó otra de sus escandalosas risotadas y tiró de mí para ponerme en pie.

—Vístete, y yo te enseño. Lo primero que tienes que saber es que se trata de una cabra muy particular. Solo come higos de invierno, flores de almendro y tortas de cebada, y se empeña en que le des tú de comer con la mano y le rasques las orejas...

Continuó así mientras yo me ponía una túnica sobre la ropa interior y me cubría la cabeza con una pañoleta riéndome con él para mis adentros. Jesús seguía yendo a Séforis a trabajar en el anfiteatro, y se diría que ya debería estar en camino a aquellas horas, pero no parecía tener prisa.

—Espera —le dije al ver que se dirigía hacia la puerta. Abrí el baúl y saqué un bolsito del que cogí el hilo de lana roja—. Adivina de dónde he sacado esto.

Arrugó la frente.

—Se te cayó de la manga el día en que nos conocimos en el mercado —le dije.

—¿Y lo guardaste?

—Lo guardé, y lo llevaré encima todos los días mientras estés fuera. —Extendí el brazo—. Átamelo.

Mientras me rodeaba la muñeca con el hilo, continuó con las bromas.

—¿Tan frágil es mi presencia en tus pensamientos que necesitas este recordatorio cuando estoy fuera?

—Sin este hilo, se me olvidaría por completo que tengo marido, siquiera.

—Entonces no lo pierdas de vista —me dijo, y me besó en las mejillas.

Encontramos a Judit en el establo. La cabra, desafiante, se había metido en el abrevadero y retaba a las ovejas a beber. Era una criatura delicada de cuerpo blanco, cara negra, barba blanca y unos ojos muy separados que rotaban el uno hacia dentro y el otro hacia fuera. El animal me pareció desternillante.

—¡Esta cabra es un diablo! —dijo Judit.

—A mí me parece simpática —respondí.

Mi cuñada hizo un ruido desdeñoso.

—Entonces no te importará ocuparte tú de sus cuidados.

—No me importa —le dije—. Pero necesito que me enseñen.

Con un suspiro, miró a Jesús como si fueran a compadecerse juntos de mi estupidez.

Él me tomó de la mano y dejó que el pulgar frotase el hilo de lana.

—Debería irme. A estas horas, tendré que apretar el paso para no llegar tarde.

—Tu madre te ha hecho un paquete con la comida —le dijo Judit al tiempo que me lanzaba una mirada acusadora, y me percaté de que esa tarea también me correspondía a mí; yo nunca había preparado nada que no fuese tinta.

Cuando Jesús se marchó, Judit cogió en brazos a la cabra, la sacó del abrevadero entre coces, balidos y salpicaduras de agua, y la dejó de mala manera en el suelo. Vi que el animal bajaba la cabeza y le daba un topetazo a Judit en el muslo.

Ya sentía yo una cierta afinidad con aquella criatura.

Durante aquellos primeros meses, a todo el mundo —incluida yo— le quedó meridianamente claro que mi vida había sido la de una niña rica y mimada. Yalta no era de mucha ayuda: había leído a Sócrates, pero no sabía una palabra sobre machacar el grano para hacer harina ni sobre poner a secar el lino. La madre de Jesús me acogió bajo su tutela, trató de enseñarme y me protegió lo mejor que pudo de unos reproches de Judit que borboteaban como un manantial inagotable: no había encendido el fuego con el estiércol, me había dejado barcia entre el trigo, me había dejado lana en la oveja, no era capaz de preparar las lentejas sin quemarlas, mi queso de cabra sabía a pezuña.

Judit vociferaba todavía más al quejarse de mí cuando había público cerca, en especial mi esposo, y en una ocasión le dijo que yo era más inútil que un camello cojo. No solo menospreciaba mis capacidades domésticas, sino que además me hacía sospechar que tal vez se estuviera esforzando para desestabilizarlas. Cuando me tocaba a mí machacar el trigo, desaparecía la mano del mortero. Cuando era yo quien preparaba el fuego, curiosamente el estiércol estaba húmedo. Una vez que María me pidió que apestillara la cancela, la puerta se las arregló milagrosamente para desapestillarse ella sola y se escaparon las gallinas.

La única tarea que se me daba de maravilla era la de cuidar de la cabra, a la que había puesto de nombre Dalila. Le daba de comer fruta y pepinillos y le llevaba un cestito que le gustaba para darle topetazos con la cabeza. Hablaba con ella: «Hola, pequeña, ¿tienes leche hoy para mí?... ¿Tienes hambre?... ¿Quieres que te rasque las orejas?... ¿A ti Judit te parece tan irritante como a mí?», y ella, de vez en cuando, me respondía con una retahíla de balidos. Algunos días le ataba un trozo de cuerda al cuello y me la enganchaba en la faja, y así me acompañaba mientras yo me dedicaba a mis quehaceres y esperaba a que el sol descendiera sobre las colinas y llegara Jesús. Nada más verlo, Dalila y yo corríamos a la cancela, donde me abrazaba a él ajena a las miradas de su familia.

Santiago y Simón se divertían burlándose de la devoción que teníamos el uno por el otro, algo que Jesús se tomaba con mucha calma y se reía con ellos. Había algo de cierto en sus bromas, pero a mí no me parecían tan inocentes como a mi esposo. Le lanzaban pullas por celos. Simón, al que le faltaban dos años para tomar una esposa, estaba ansioso por las intimidades del matrimonio, y la unión entre Santiago y Judit era como el yugo entre dos bueyes.


III


En un caluroso día del mes de elul, mientras el patio se cocía como un horno, estaba ordeñando a Dalila en el establo y coloqué el cubo de leche espumosa al otro lado de la portezuela, donde las ovejas no pudieran volcarlo. Al darme otra vez la vuelta, Dalila estaba de nuevo metida en el abrevadero.

Le había dado por meterse allí e incluso sentarse durante largos periodos. No hice ningún esfuerzo por disuadirla. Pensé en meterme yo también. Sin embargo, al ver que María venía hacia nosotras con una cesta de grano, intenté convencer al animal para que saliese.

—Déjala —me dijo María entre carcajadas.

Parecía cansada y arrebatada de calor. Ahora que Judit estaba a punto de salir de cuentas, nosotras nos ocupábamos de su parte de las tareas, y el grueso fue a recaer en María, ya que yo aún estaba aprendiendo.

Le cogí el cesto. Incluso yo era capaz de echar el grano a las gallinas.

María se apoyó en la puerta.

—¿Sabes lo que deberíamos hacer, Ana? ¿Solas, tú y yo? Deberíamos ir al micvé de la aldea y meternos en el agua. Yalta puede quedarse aquí con Judit por si acaso el niño decide llegar.

Hice un gesto señalando a Dalila.

—Ya, yo también la envidio.

María se echó a reír.

—Vamos a dejar a un lado nuestras tareas y nos marchamos.

—Una encantadora picardía le había iluminado la mirada.

Una fila de mujeres se había formado ante la estructura de piedra que albergaba la piscina, y no porque se hubiesen vuelto devotas de la noche a la mañana, sino porque, igual que nosotras, ansiaban un respiro de aquel calor. Nos unimos al resto, aferradas a nuestros paños para secarnos y las túnicas limpias. María saludó a voces a la partera vieja y desdentada que dentro de bien poco iba a asistir a Judit, y recibió un saludo en respuesta, aunque sin entusiasmo. Las mujeres que teníamos delante me lanzaban miradas furtivas, susurraban y se manejaban con frialdad, y comprendí que mi mala reputación me había seguido desde Séforis. No pude distinguir si María reparó en ello o si, pensando en mí, prefirió fingir que no se había dado cuenta.

Los cuchicheos de las mujeres se hicieron más sonoros cuando entramos en el ambiente fresco de aquella edificación y descendimos al micvé. «Sí, es la hija del escriba mayor, esa a la que echaron de la casa de su padre por su promiscuidad...», «Dicen que estuvieron a punto de lapidarla por robar...», «¿Qué motivo podría tener el hijo de María para casarse con ella?» Al oír los cotilleos, las mujeres que nos seguían en la fila se negaron a entrar en el agua después de haberlo hecho yo y prefirieron esperar a que la abandonara.

La humillación me ardía en las mejillas, y no porque me importase lo que pensara aquella panda pueril de mujeres, sino porque María había presenciado aquellas vejaciones.

—No les prestes atención —me dijo—. Preséntales la otra mejilla.

Sin embargo, aquella luz tan encantadora le había desaparecido de los ojos.

Caminábamos de vuelta a casa cuando me dijo:

—Jesús y yo también hemos sido objeto de este tipo de malicia. A mí también me llamaban promiscua. Decían que Jesús fue concebido antes de mi matrimonio, y algunos afirmaban que no era hijo de José.

No le dije que Jesús ya me había hablado de todas esas cosas, y esperé a que María refutara las acusaciones, pero no dijo nada y rehusó defenderse.

Me cogió de la mano mientras caminábamos, y sentí la dificultad, el arrojo y el cariño que había en ella como para abrirse ante mí de ese modo.

—Jesús lo sufrió más que yo —me dijo—. Lo catalogaron como un hijo nacido fuera del matrimonio. Hay algunos en la aldea que aún siguen rechazándolo hoy. De niño, venía de la escuela de la sinagoga con heridas y magulladuras, siempre metido en peleas con los que le hacían la vida imposible. A él le dije lo mismo que te he dicho a ti: «No les prestes atención y preséntales la otra mejilla. Tienen el corazón de piedra y la cabeza de paja».

—He oído a Jesús utilizar esas mismas palabras.

—Lo aprendió bien, y su sufrimiento no lo endureció. Siempre me maravilla ver a alguien cuyo dolor no se convierte en amargura y, en cambio, hace salir a la luz la bondad.

—Creo que esa maravilla tiene mucho que ver con su madre —le dije.

Me dio unas palmadas en el brazo y volvió a centrar su preocupación en mí.

—Sé que tú también sufres, Ana, y no solo por los chismorreos y el escándalo, sino a diario a manos de Judit. Lamento que te ponga las cosas tan difíciles.

—A sus ojos, no soy capaz de hacer nada bien.

—Judit envidia tu felicidad.

De forma abrupta, me condujo fuera del sendero, hasta una higuera, y me hizo un gesto para que me sentara en el verdor de la sombra.

—Tengo que contarte una historia —me dijo—. El año pasado, cuando a Jesús le faltaba poco para cumplir los veinte, mucho antes de que tú aparecieses, José intentó prometerlo en matrimonio. Por entonces, mi esposo ya estaba enfermo: débil, con dificultad para respirar y un tono azulado alrededor de los labios. —Hizo una pausa, cerró los ojos, y vi su dolor a flor de piel—. Creo que sabía que no tardaría en morir, y eso fue para él un acicate a fin de cumplir con su deber y buscarle una esposa a su primogénito.

Me despertó un recuerdo. Aquella tarde en que Jesús me pidió que me convirtiese en su prometida, me dijo que su padre había tratado de acordar un compromiso para él, pero que él no había accedido.

—El padre de Judit, Urías, posee una pequeña parcela de tierra y cuida de sus ovejas, incluso con dos pastores contratados —dijo María—. Era amigo de José, un hombre que no hacía caso de las eternas historias sobre el nacimiento de Jesús. José pretendía conseguir para Jesús un compromiso con Judit.

Aquella revelación me dejó aturdida.

—Por supuesto, eso nunca sucedió —continuó María—. Nuestro hijo tenía una cierta idea de no casarse, con nadie. Eso nos causó un gran desconcierto. No casarse hubiera servido para marginarlo aún más. Se lo suplicamos, pero sus motivos tenían que ver con los deseos de Dios, y le pidió a su padre que no se lo planteara a Urías. José accedió.

La luz del sol se abría paso entre las ramas de la higuera, y fruncí el ceño, más por la confusión que porque los rayos me deslumbraran.

—¿Por qué iba Judit a sentir envidia de mí, si ella no sabe nada de esto?

—Es que sí lo sabe. José estaba tan seguro del compromiso, que ya le había dejado caer alguna indirecta a Urías sobre sus intenciones. La madre de Judit acudió a mí y me contó que la idea era muy del agrado de su hija. Pobre hombre, José. Se sintió culpable, y le alivió que Santiago se ofreciera a comprometerse con Judit en su lugar. Santiago apenas tenía diecinueve años, tan joven. Como es natural, la historia se supo en toda Nazaret.

Qué avergonzada debió de sentirse Judit: recibir al segundogénito porque el primogénito no ha aceptado. Qué duro tuvo que ser para ella verme cruzar la cancela de la casa solo unos meses más tarde.

—Jesús estaba convencido de que su decisión era la correcta —me decía María—. Aun así, lamentó mucho la vergüenza que aquello causó en la familia de Judit; fue a ver a Urías lleno de humildad y le dijo que no era su intención faltarles al respeto, que no sabía si llegaría a casarse alguna vez siquiera y que aún trataba de aclararse con Dios al respecto de aquello. Alabó a Judit y le dijo lo valiosa que era, más que los rubíes. Aquello satisfizo a Urías.

A quien no satisfizo, al parecer, fue a Judit. Estaba apretando con tal fuerza en el puño una porción de mi túnica que, cuando la solté, me palpitaban los nudillos. Jesús no me había contado nada de esto.

María me leyó el pensamiento.

—Mi hijo no quería que llevaras sobre los hombros una carga semejante. Él creyó que te pondría las cosas más difíciles, pero yo pensaba que te ayudaría a entender mejor a Judit, y quizá podría facilitártelas.

—Estoy segura de que tienes razón —le dije, aunque solo era capaz de pensar en que mi esposo tenía en su interior un lugar aislado donde guardaba ciertas intimidades que yo nunca conocería. Pero ¿no tenía yo también un lugar como ese?

María se puso en pie, y cuando lo hice yo, me miró de frente.

—Me alegro de que mi hijo cambiara de opinión sobre el matrimonio. Yo no sé si fue Dios quien le hizo cambiar o si fuiste tú. —Me tomó las mejillas en las manos—. Nunca he visto en él un corazón tan alegre como el que tiene ahora.

Continuamos caminando y me dije que permitiría que Jesús tuviese aquel lugar oculto que era solo suyo. Teníamos nuestra unión: ¿por qué no íbamos a tener nuestra independencia?

IV

Comencé a escabullirme del jergón de paja mientras Jesús dormía, encendía un candil y abría una rendija de mi baúl. Sentada con las piernas cruzadas en el suelo y con cuidado para no hacer ningún ruido, estiraba uno de mis papiros y leía.

A menudo me preguntaba si Jesús habría abierto alguna vez mi baúl y habría echado un vistazo al contenido. Nunca habíamos hablado sobre lo que tenía dentro, y, aunque sí había leído la plegaria de mi cuenco y conocía la profundidad de mi deseo, mi esposo nunca había vuelto a mencionar el tema.

Una noche, Jesús se despertó y me encontró acurrucada en el pequeño chorro de luz del candil, enfrascada en mi relato a medio terminar sobre las penalidades de Yalta en Alejandría, aquel en el que me había volcado durante aquellos últimos e insufribles días antes de marcharme de Séforis.

Vino y se quedó de pie, sobre mí, y miró hacia el baúl abierto.

—¿Son esos los manuscritos que enterraste en la cueva?

Aquella pregunta me cortó la respiración.

—Sí. Había trece rollos enterrados allí, pero poco después de recuperarlos, añadí unos cuantos más. —Mis pensamientos viajaron hacia los tres manuscritos que contenían mis cuentos de terror.

Le ofrecí el papiro que estaba leyendo y vi cómo me temblaba la mano.

—Este es un relato de la vida de Yalta en Alejandría. Lamento no haber podido terminarlo antes de quedarme sin papiro.

— 206 —

Cuando él lo cogió, caí en la cuenta de que ese texto también estaba cargado de brutalidad. No había conseguido ir más allá de describir el maltrato que había sufrido mi tía a manos de su marido, Ruebel, y no había escatimado detalle en cuanto a su crueldad. Contuve el impulso de recuperar el manuscrito: nadie había leído jamás mis líneas excepto Yalta, y de repente me sentí desnuda, como si me hubieran arrancado de mi propia piel.

Jesús se sentó junto a mí y se inclinó hacia la luz del candil. Al terminar, me dijo:

—Tu relato ha hecho que el sufrimiento de tu tía se eleve desde el papiro y llegue muy dentro de mí. He sentido su sufrimiento como si fuera el mío, y ella ha aparecido ante mí como una persona distinta.

Sentí un calor en el pecho, una especie de resplandor que se irradiaba y se extendía por mis brazos.

—Cuando escribo, lograr eso es mi mayor esperanza —le dije haciendo un esfuerzo por mantener la serenidad.

—¿Y el resto de los manuscritos tiene historias parecidas a esta? —me preguntó.

Le describí mi colección de relatos, incluso los cuentos de terror.

—Volverás a escribir, Ana. Algún día lo harás.

Me estaba diciendo algo que no había verbalizado nadie, que aquel privilegio no era posible ahora. Ni siquiera él, el primogénito, era capaz de encontrar alguna forma en la que yo pudiera estudiar y escribir, no en esta humilde vivienda de Nazaret donde no había una sola moneda para comprar papiros, donde los hombres arañaban debajo de las piedras en busca de trabajo y las mujeres se deslomaban de sol a sol. Aquí, las costumbres y los deberes de una mujer eran inviolables, más aún que en Séforis. El entretenimiento y la ofensa de preparar tintas y de escribir palabras era algo tan impensable como convertir el lino en oro, pero tampoco lo había perdido para siempre: eso era lo que él me estaba diciendo.

Apagó el candil de un soplido y regresamos a nuestros jergones. Sus palabras me habían invadido con una extraña mezcla de esperanza y decepción. Me dije entonces que dejaría a un lado mi deseo, que tendría que esperar. Aquel pensamiento me entristeció, pero, a partir de aquella noche, no me quedó ninguna duda de que él entendía mis anhelos.

V

En el día en que Jesús y yo llevábamos ya todo un año entero casados, María me dio unas palmadas en el vientre y bromeó:

—¿Ya llevas ahí dentro un niño?

Al oír aquello, Jesús dirigió a su madre una mirada sonriente que me partió el alma en dos. ¿Acaso él también esperaba y deseaba un hijo?

Nos apiñábamos en el patio ante un horno nuevo que había hecho Jesús con barro, paja y mucha inventiva, los tres con los ojos clavados en el interior, en las bolas de masa que se agarraban a las paredes lisas y curvas. María y yo nos habíamos turnado lanzando aquellos puñados de masa contra los laterales mientras Jesús alababa nuestros esfuerzos. Como era de esperar, dos de mis bolas de masa se habían negado a adherirse y habían aterrizado en los carbones calientes del fondo. Por todas partes olía a pan quemado.

Al otro lado del caserío, Judit asomó en su puerta y arrugó la nariz.

—¿Has vuelto a quemar el pan, Ana? —dijo, con una mirada de soslayo a Jesús.

—¿Cómo sabes que he sido yo, y no mi suegra? —le pregunté.

—Lo sé del mismo modo que sé que fue tu cabra la que se comió mi paño de tela, y no las gallinas.

Por supuesto que Judit no iba a dejar de mencionar aquello. Había dejado que Dalila se paseara suelta por el caserío, y el animal se había comido el preciado paño de mi cuñada. Cualquiera pensaría que se lo había servido yo en una bandeja y se lo había dado de comer a la cabra.

En el momento perfecto, Dalila emitió un balido lastimero, y Jesús se echó a reír.

—Te ha oído, Judit, y te pide que la perdones.

Judit desapareció airada con su hija Sara amarrada a la espalda. La niña había nacido siete meses atrás, y Judit ya estaba de nuevo embarazada. Sentí una oleada de lástima hacia ella.

María estaba retirando las pequeñas barras de pan del horno y echándolas en una cesta.

—Te preparé estas para tu viaje —le dijo a Jesús.

Se marcharía al día siguiente para viajar de pueblo en pueblo como oficial de cantería y carpintería. El anfiteatro de Séforis ya estaba terminado, y los trabajos se habían esfumado cuando Herodes Antipas erigió una nueva capital al norte que había llamado Tiberíades por el emperador romano. Jesús podría haber encontrado trabajo allí, por supuesto, pero Antipas, sin ninguna clase de miramientos, había cometido la estupidez de ponerse a construir la ciudad sobre un cementerio: un lugar donde solo trabajaban aquellos a los que les importaban poco las leyes de la pureza. Mi esposo criticaba estas leyes sin tapujos, tal vez con menos tapujos de lo que convenía para su propio bien, pero me da la sensación de que se alivió al tener un motivo para no formar parte de las ambiciones del tetrarca.

Rodeé la cintura de Jesús con el brazo, como si quisiera atarlo.

—No solo nos vamos a quedar sin perdón Dalila y yo, sino que mi esposo se marcha con todo nuestro pan —dije en un intento por ocultar mi tristeza—. Ojalá no tuvieras que irte.

—Si las cosas fuesen como yo quiero, me quedaría, pero hay poco trabajo para mí en Nazaret, ya lo sabes.

—¿Es que la gente de Nazaret no necesita arados, yugos y vigas para el techo?

—La gente aquí está más dispuesta a hacerles sus encargos a Simón y a Santiago que a mí. Intentaré no estar fuera demasiado tiempo. Iré primero a Yafia, y si no encuentro trabajo allí, seguiré camino de Quesulot y Daberat.

Yafia. Esa era la aldea a la que habían desterrado a Tabita. Había pasado un año y medio desde la última vez que la había visto, pero ella no había abandonado mis pensamientos. Hablé a Jesús de ella, sin guardarme nada. Incluso canté para él algunas de sus canciones.

—Cuando estés en Yafia, ¿podrías enterarte de algo sobre Tabita por mí? —le pregunté.

Vaciló, pero apenas levemente.

—Preguntaré por ella, Ana, aunque las noticias, si es que las hay, podrían no ser lo que tú esperas oír.

Apenas le oí. La canción de Tabita sobre las muchachas ciegas comenzó a sonarme de manera espontánea en la cabeza.


Por la tarde, me encontré a Jesús preparando la mezcla de adobe para reparar la piedra que se desmoronaba en el muro del caserío, de barro hasta los codos, y no pude continuar guardándome el secreto ante él. Le ofrecí un tazón de agua.

—¿Recuerdas cuando me contaste que hay hombres que

poseen un conocimiento interior que los mueve a abandonar a sus familias y a salir de su casa como profetas y predicadores? —le dije.

Me miró desconcertado, entornando los ojos entre los rayos del sol.

—Pensabas que tú mismo podrías ser uno de ellos —proseguí—. Bueno, pues yo también tengo algo que sé aquí dentro de mí..., sé que no estoy destinada a la maternidad, sino a algo distinto.

Qué difícil de explicar.

—Me estás hablando sobre la plegaria de tu cuenco. Los relatos que has escrito.

—Sí. —Tomé sus manos en las mías, aunque las tenía embadurnadas—. ¿Y si mis palabras pudieran ser proféticas, una prédica, como las de los hombres? ¿No merecería eso el sacrificio?

Qué joven era, dieciséis años, y con unas esperanzas desorbitadas. Aún creía que no tendría que esperar mucho. Algún milagro intervendría. Se abrirían los cielos. Dios iba a hacer que lloviesen los papiros.

Estudié su rostro. Vi el pesar, la incertidumbre. No tener hijos se consideraba un gran infortunio, algo peor que la muerte. De pronto pensé en aquella ley que permitía a un hombre divorciarse de su esposa sin hijos transcurridos diez años, pero al contrario que mi madre, yo no temía esa posibilidad. Jesús jamás aprobaría esa ley. Mi temor residía en decepcionarle.

—Pero ¿sientes la necesidad de hacer ese sacrificio ahora? —me dijo—. Hay tiempo. Algún día volverás a contar con la posibilidad de escribir.

Lo entendí con mayor claridad: cuando hablaba de «algún día», se refería a uno muy lejano.

—No quiero tener hijos —susurré.

Ese era mi secreto más profundo, pero nunca lo había expresado en voz alta. Una buena mujer tenía hijos. Una buena mujer quería tener hijos. Se imponía sobre todas las muchachas qué era exactamente lo que hacía una buena mujer y qué no, y llevábamos a cuestas aquellos dictados como si fueran piedras del templo. Una buena mujer era pudorosa, era callada, se cubría la cabeza cuando salía de casa, no hablaba con hombres, se encargaba de sus tareas domésticas, obedecía y servía a su marido, le era fiel. Por encima de todo, le daba hijos. Mejor aún, hijos varones.

Esperé a que Jesús me respondiese, pero hundió la llana en la mezcla de adobe y la alisó sobre las piedras. ¿Alguna vez me había insinuado él que fuese una «buena mujer»? Ni una sola.

Aguardé unos instantes y, al ver que no decía nada, me di la vuelta para marcharme.

—¿Deseas, entonces, que durmamos separados? —me preguntó.

—No, oh no. Pero sí me gustaría utilizar las hierbas de la partera. Ya... las estoy tomando.

Sus ojos me sostuvieron la mirada durante tanto tiempo que me supuso una lucha no apartarla. Había en ellos un aire de decepción que se fue suavizando lentamente y acabó remitiendo.

—Truenecillo —me dijo—, no juzgaré lo que sabe tu corazón ni tampoco lo que decidas.

Era la primera vez que pronunciaba el sobrenombre con el que me llamaría hasta el final. Lo acepté como una muestra de cariño. Había oído el terremoto que habitaba en mis entrañas y no intentó silenciarlo.

## VI

Los días en que él no estaba transcurrían con unos pasitos minúsculos y pausados. A veces, al anochecer, mi sensación de soledad era tan grande que metía a Dalila a escondidas en nuestra habitación y le daba de comer cáscaras de cítricos. En otras ocasiones me llevaba el jergón al almacén y dormía con Yalta. Iba marcando la ausencia de Jesús con unas piedrecitas que iba añadiendo cada día sobre su jergón, de una en una, y veía crecer la montañita. Nueve..., diez..., once.

En el duodécimo día me desperté sabiendo que Jesús iba a regresar antes de que oscureciese, y que traería alguna clase de noticia favorable. No era capaz de concentrarme en mis quehaceres. Por la tarde, María se me acercó al verme con los ojos clavados en una araña suspendida del borde de una jarra de agua.

—¿Te encuentras bien? —me preguntó.

—Jesús vendrá hoy, lo sé.

No puso en duda mi certeza.

—Le prepararé la cena —me dijo.

Me bañé y me froté con esencia de clavo detrás de las orejas. Me dejé el cabello suelto y me puse la túnica azul oscuro que tanto le gustaba. Serví el vino y dispuse el pan. Fui una y otra vez a la puerta para mirar hacia la cancela. Un fogonazo amarillo en el monte..., los primeros gránulos de oscuridad flotando en el aire..., el crepúsculo merodeando por el caserío.

Llegó con el último rastro de luz, cargado con sus herramientas y los salarios suficientes para reponer el trigo en nuestros graneros y añadir un cordero al establo. En la intimidad de nuestra habitación, me atrajo hacia sí en un abrazo. Olía en él el cansancio.

Le llené el vaso y le dije:

—¿Qué nuevas traes?

Me describió sus días, los trabajos para los que le habían contratado.

—¿Y Tabita? ¿Tienes alguna noticia sobre ella?

Puso la mano en el banco, a su lado.

—Siéntate.

¿Tan graves eran las noticias, que debía sentarme para recibirlas? Me desplomé pegada a él.

—Me contrató un hombre de Yafia para que le hiciese una puerta nueva para su casa. En la aldea, todo el mundo conocía a Tabita, incluida la mujer de aquel hombre, que me contó que eran pocos los que la habían visto alguna vez y que la mayoría le tenía miedo. Cuando le pregunté a qué se debía aquello, me dijo que Tabita estaba poseída por unos demonios y que la tenían encerrada.

Aquellas no eran las noticias tan favorables que yo esperaba.

—¿Me llevarías con ella?

—Tabita ya no está allí, Ana. La mujer me contó que la vendieron a un hombre de Jericó, un terrateniente.

—¿La vendieron? ¿Es una esclava en la casa de ese hombre?

—Eso parece. Pregunté a otros sobre ella en Yafia, y me contaron la misma historia.

Apoyé la cabeza en su regazo y sentí su mano, que me acariciaba la espalda.


VII


Con el paso del año siguiente me fui acostumbrando a las ausencias de Jesús. Aquellas pérdidas temporales de mi esposo fueron dejando de ser una lanzada en el costado para convertirse más bien en una espina en el pie. Me dedicaba a mis quehaceres y me sentía aliviada cuando los terminaba y me podía sentar con María o con Yalta y suplicarles alguna historia sobre la infancia de Jesús o algún cuento sobre Alejandría. A veces pensaba en mis padres, a una hora de camino a pie, y en Judas, cuyo paradero desconocía, y en mí surgía una tristeza que me roía por dentro. No había tenido noticia de ninguno de ellos. Intentaba no pensar en Tabita, esclavizada por un desconocido.

Siempre que Jesús estaba fuera, yo lucía el hilo rojo de lana en la muñeca, tal y como era mi costumbre, pero al comienzo de la primavera, en un día que no me veía capaz de centrarme en nada, reparé en lo mucho que se había deshilachado la lana durante el último año, tan estropeada que temí que no tardaría en romperse. Lo toqué con la yema del dedo y me convencí de que, en caso de suceder tal cosa, no tendría ningún significado ominoso, pero entonces me acordé del borrón de tinta en mi cuenco del ensalmo, aquella nube gris que tenía sobre la cabeza. Costaba imaginarse que eso no significara nada. No, no me iba a arriesgar a que el hilo se rompiese: deshice el nudo y guardé la pulsera deshilachada en su bolso de pellejo de cabra.

Estaba tensando el cordel cuando oí que María gritaba desde el patio.

—¡Corred, salid, que ha vuelto Jesús!

Había pasado las últimas dos semanas en Besara haciendo unas estanterías para un vinatero y se había quedado en casa de su hermana, Salomé. Sabía que María estaba ansiosa por tener noticias de su hija.

—Salomé está bien —le contó Jesús una vez amainó el aluvión de saludos—, pero traigo noticias amargas. Su esposo tiene débil una pierna y un brazo, y arrastra las palabras al hablar. Ya no sale de la casa.

Miré a María, cómo se recogía y se rodeaba los costados con los brazos, cómo su cuerpo expresaba lo que no decían sus labios: «Salomé enviudará pronto».

Esa noche, todos salvo Judit y los niños nos apiñamos en torno al fuego de la cocina, hicimos conjeturas sobre el esposo de Salomé y compartimos historias. Cuando el calor ya había abandonado prácticamente los rescoldos, Santiago se volvió hacia Jesús.

—¿Harás tú este año la peregrinación de Pascua por nosotros?

Santiago, Simón y María habían viajado hasta el templo de Jerusalén el año anterior mientras el resto nos quedábamos en casa para trabajar y atender a los animales. Le tocaba ir a Jesús, pero no se decidía.

—No lo sé todavía —dijo.

—Pero tiene que ir alguien de nuestra familia —respondió Santiago, que sonaba molesto—. ¿Por qué tienes dudas? ¿Es que no puedes dejar el trabajo durante esos pocos días?

—No es eso. Me está costando entender si Dios desea siquiera que vaya. Santiago, el templo se ha convertido en una cueva de ladrones.

Santiago elevó la mirada al techo.

—¿Es que siempre tienes que entrometerte en esas cosas? Tenemos el deber de sacrificar un animal en la Pascua.

—Sí, y los pobres llevan allí sus animales, y los sacerdotes se niegan a aceptarlos porque dicen que tienen imperfecciones, y acto seguido les cobran por otro un precio desorbitado.

—Es cierto lo que dice —intervino Simón.

—¿Os parece que hablemos de otra cosa? —dijo María.

Pero Jesús prosiguió.

—¡Los sacerdotes insisten en tener su propia moneda, y cuando los pobres intentan cambiar su dinero, los cambistas les cobran unas tasas excesivas!

Santiago se puso en pie.

—¿Vas a obligarme a volver a hacer el viaje este año, otra vez? ¿Te importan más los pobres que tu hermano?

—¿Y no son los pobres también mis hermanos? —respondió Jesús.


A la mañana siguiente, cuando el sol se desperezaba, Jesús se dirigió al monte a rezar. Era su costumbre diaria. En otras ocasiones me lo encontraba sentado en el suelo con las piernas cruzadas y el pañuelo de la oración sobre la cabeza, inmóvil, con los ojos cerrados. Así había sido desde que nos casamos, aquella devoción, aquel festín de Dios, y a mí nunca me había importado, pero hoy, al verlo alejarse caminando en la media luz, comprendí lo que hasta ahora apenas había atisbado. Dios era el suelo bajo sus pies, el cielo sobre su cabeza, el aire que respiraba, el agua que bebía. Me hizo sentir inquieta.

Le preparé el desayuno, le quité la farfolla a la mazorca de maíz, la tosté en el fuego, y el aroma dulzón inundó el caserío. Miré en repetidas ocasiones hacia la cancela, como si Dios acechara ahí fuera, atento para arrebatarme a mi esposo.

Cuando regresó Jesús, nos sentamos juntos bajo el olivo. Lo vi envolver con el pan un trozo de queso de cabra y comer hambriento, y se guardó el maíz —su favorito— para el final. Estaba muy callado.

Dijo por fin:

—Cuando vi el padecimiento de mi cuñado, me conmovió la lástima que sentí. Había sufrimiento allá donde mirara,

Ana, y yo me pasaba los días haciendo estanterías para un hombre rico.

—Te pasabas los días ocupándote de tu familia —le dije, tal vez demasiado tajante.

Me sonrió.

—No te preocupes, Truenecillo. Haré lo que deba. —Me abarcó con un brazo—. Pronto será la Pascua. Vamos a Jerusalén.

## VIII

Cogimos la ruta de los peregrinos, dejamos las verdes colinas de Galilea y descendimos a los densos matorrales del valle del Jordán, a través de extensiones desérticas llenas de chacales. Por la noche, apagábamos el fuego temprano y, aferrados a nuestras varas, dormíamos bajo unos pequeños chamizos que hacíamos con maleza. Íbamos de camino a Betania, justo a las afueras de Jerusalén, donde nos alojaríamos con Lázaro, Marta y María, amigos de Jesús.

El camino de Jericó era la última y más traicionera parte de nuestro recorrido, no a causa de los chacales, sino por los ladrones que se ocultaban en los barrancos yermos que flanqueaban el valle. Por lo menos, el camino estaba bien concurrido: ya llevábamos varios kilómetros caminando detrás de un hombre con dos hijos y un sacerdote que vestía una complicada túnica, pero no pude evitar sentirme inquieta. Jesús, que percibió mi nerviosismo, comenzó a contarme historias sobre las visitas de su familia a sus amigos de Betania durante la Pascua cuando era niño.

—Cuando tenía ocho años —dijo Jesús—, Lázaro y yo nos acercamos a un comerciante de palomas que trataba con crueldad a sus pájaros, los azuzaba con un palo y les daba piedras para comer. Esperamos hasta que se marchó de su puesto, abrimos las jaulas y liberamos a las palomas antes de que él regresara. El hombre nos acusó de haberle robado, y nuestros padres se vieron en la obligación de pagarle el precio completo. Mi familia se tuvo que quedar en Betania dos semanas más mientras mi padre y yo trabajábamos para pagar la deuda. En aquel momento pensé que mereció la pena, ver las aves que se alejaban volando...

Mientras me imaginaba aquellas palomas aleteando hacia la libertad, no reparé en que Jesús había ralentizado el paso y había dejado la frase a medias.

—Ana.

Señalaba hacia un recodo en la distancia, un bulto que formaba una túnica blanca salpicada de sangre y tirada en la cuneta del camino. «Alguien ha tirado ahí la prenda.» Entonces vi la forma de una persona bajo la tela.

Por delante de nosotros se detuvo el padre con sus dos hijos y el sacerdote para valorar, eso parecía, si aquella persona estaba viva o muerta.

—A ese hombre lo han atacado unos ladrones —dijo Jesús mientras estudiaba el terreno pedregoso, como si pudieran estar cerca todavía—. Ven.

Aceleró el paso, y yo tuve que corretear para no rezagarme. Los otros peregrinos ya habían pasado por delante del hombre herido y habían dado un buen rodeo.

Jesús se arrodilló junto a la silueta, y yo me quedé detrás de él sacando de dentro de mí el coraje para mirar. Surgió un suave quejido.

—Es una mujer —dijo Jesús.

Bajé la mirada entonces, la vi sin verla, como si mi mente no quisiera dejarse vencer por lo que tenía ante mí.

—¡Señor, Dios mío; es Tabita!

Tenía restregones de sangre en la cara, pero no veía ninguna herida.

—Tiene un corte en el cuero cabelludo. —Jesús señalaba una masa de sangre oscura y pegajosa que tenía en el pelo.

Me agaché y le limpié la cara con mi túnica. Le temblaron los párpados. Me miró fijamente, pestañeó, y tuve la certeza de que me había reconocido. El muñón de la lengua se agitaba de un lado a otro de su boca en busca de un modo de pronunciar mi nombre.

—¿Está muerta? —voceó alguien.

Se acercó un joven alto. Por su dialecto y su ropa supe que era samaritano, y me puse en tensión en un acto reflejo. Los judíos no querían saber nada de los samaritanos y los consideraban peores que los gentiles.

—Está herida —dijo Jesús.

El hombre sacó un pellejo con agua, se inclinó y lo llevó a los labios de Tabita. Se le abrió la boca, el cuello se arqueó hacia arriba. Parecía un polluelo sin plumas que se estiraba en busca de comida. Jesús le puso la mano en el hombro a aquel hombre.

—Eres un samaritano y, aun así, le ofreces tu agua a una mujer galilea.

El hombre no respondió, y Jesús se desenrolló la faja y comenzó a vendarle la cabeza a Tabita. El samaritano la aupó sobre la espalda de Jesús, e hicimos el resto del camino con una desesperante lentitud.


IX


Oí el sonido de las suelas de las sandalias en el patio y, después, voces de mujeres con un tono agudo y ansioso.

—¡Vamos!... ¡Ya vamos!

Tabita soltó un gruñido.

—Ya estás a salvo —le dije.

Tabita dio la sensación de estar inconsciente durante todo el largo y tortuoso viaje, como si estuviera dormida, y solo se despertaba cuando los hombres se la pasaban del uno al otro y cada vez que yo le daba unas palmadas en la cara y le ofrecía agua. El samaritano se había separado de nosotros un poco antes de que llegáramos a Betania y me había puesto una moneda de cobre en las manos, un sestercio.

—Encargaos de que reciba alojamiento y comida —me dijo.

Fui a protestar, pero Jesús tomó la palabra.

—Permítele que ofrezca la moneda.

La guardé en mi bolso.

Ahora sonaba el chirrido de un pasador, y acto seguido aparecieron dos mujeres de corta estatura, anchas caderas y rostro relleno que eran prácticamente idénticas. Su euforia se desvaneció cuando vieron a Tabita, pero no hicieron ninguna pregunta y nos apresuraron a llevarla a una habitación, donde la tumbamos en un jergón con cojines.

—Yo la atenderé —nos dijo la que se llamaba María—. Vosotros id a cenar con Marta y con Lázaro. Debéis estar hambrientos y agotados.

Al ver que me quedaba allí, reacia a abandonar a Tabita, Jesús tiró de mí con delicadeza.

Lázaro no era tal y como yo me esperaba. Era de complexión menuda, con el rostro cetrino y una mirada débil y lacrimosa en los ojos. Qué distinto de sus hermanas. Jesús y él se saludaron como hermanos, se besaron en las mejillas y se abrazaron. Nos congregamos en torno a una mesa de listones que descansaba en el suelo, una disposición que era nueva para mí. En Séforis nos recostábamos en unos lujosos triclinios alrededor de una mesa alargada. En Nazaret no teníamos mesa siquiera, sino que nos sentábamos en el suelo con el cuenco en el regazo.

—¿Quién es la joven herida? —preguntó Lázaro.

—Se llama Tabita —respondí—. Nos conocimos de niñas en Séforis, y era mi amiga, mi única amiga. La enviaron a vivir con unos parientes, que la vendieron a un hombre en Jericó. No sé cómo acabaron dándole una paliza y dejándola en una cuneta.

—Puede quedarse con nosotros tanto tiempo como quiera —contestó Lázaro.


Era una casa de adobe con los suelos enlosetados, esteras de lana teñida y su propio micvé, una morada mucho mejor que la nuestra en Nazaret, pero solo había una habitación para acoger a invitados, y Jesús durmió esa noche en la azotea, mientras que yo dormí junto a Tabita.

Mientras ella dormía, yo me quedaba tumbada en la oscuridad y la escuchaba respirar, un sonido ronco que en ocasiones irrumpía en forma de resoplidos y quejidos. Su cuerpo, pequeño y grácil, ese mismo que bailaba con tanta elegancia y abandono, lo tenía huesudo y agarrotado como si estuviese rehuyendo algo sin descanso. Le veía en la cara la leve protuberancia de los pómulos como dos montañitas bien marcadas. María la había bañado, vestido con una túnica limpia, y le había embadurnado la herida con una mezcla de aceite de oliva y cebolla para extraer el pus. Toda la habitación estaba sumida en la acidez de aquel olor. Ansiaba hablar con ella. Ya se había despertado antes, pero solo el tiempo suficiente para beberse un vaso entero de agua de limón.

Pensé en las palabras de Lázaro. Hasta que él las pronunció, no me había detenido a pensar dónde iba a ir Tabita. ¿Qué sería de ella? Si por mí fuera, me la llevaría a Nazaret a vivir con nosotros, pero aunque toda la familia la recibiese con los brazos abiertos —algo improbable, ya que Judit era Judit y Santiago era Santiago—, quedaba poco espacio en nuestro caserío atestado. Yalta ya dormía en el almacén. Simón se había prometido en matrimonio a una joven llamada Berenice, que pronto se uniría al resto de la casa, y no era descabellado que Salomé regresara en cualquier momento, cuando enviudase.

Cuando Tabita se despertó, tumbada en el jergón, encendí el candil y le acaricié la mejilla.

—Estoy aquí. Soy Ana.

—Queí que esaba soniando conigo.

«¿Qué está diciendo?» Lo que le quedaba de la lengua apenas era capaz de proporcionarle unas palabras rudimentarias: tendría que adivinar el resto. Me concentré mientras ella lo repetía.

—¿Que has creído que estabas soñando conmigo?

Asintió con una leve sonrisa y sin quitarme los ojos de encima. «¿Cuánto tiempo —pensé— habrá pasado desde la última vez en que alguien la escuchara y, menos aún, la entendiera?»

—Mi esposo y yo te encontramos en el camino de Jericó.

Se llevó primero la mano al vendaje y después observó la habitación.

—Estás en Betania, en la casa de los amigos más íntimos de mi esposo —le dije, y de repente caí en que Tabita pensaría que mi marido era Natanael—. Me casé hace dos años, pero no con Natanael, sino con un cantero y carpintero de Nazaret. —Le brilló la curiosidad en los ojos, un tic de su viejo yo que aún llevaba dentro, pero los párpados le pesaban por la fatiga y la camomila que María le había puesto en el agua de limón—. Ahora duerme —le dije—, que ya te contaré más tarde.

Metí el dedo en el cuenco de aceite de oliva que había dejado María y le toqué la frente.

—Yo te unjo, Tabita, amiga de Ana —susurré, y vi el vuelo del recuerdo, que descendía sobre su rostro.


X


En los días previos a la Pascua, la herida que Tabita tenía en la cabeza se fue cerrando con una costra. La fuerza retornaba a sus extremidades. Abandonaba la cama y se aventuraba a salir al patio para comer con el resto de nosotros, y lo hacía con voracidad, a veces con esfuerzo para tragar. Su rostro comenzó a perder aquellos picos y valles.

Yo apenas me apartaba de su lado. Cuando estábamos a solas, llenaba los silencios con el relato de cuanto había sucedido desde que nos separamos: cuando enterré mis manuscritos, mi encuentro con Jesús en la cueva, la muerte de Natanael, la amistad con Fasaelis, Herodes Antipas y el mosaico. Me escuchaba con los labios separados y emitía unos leves gruñidos, y cuando le describí el plan que habían tramado para convertirme en la concubina de Antipas y lo cerca que estuve de que me lapidaran, soltó un grito ahogado y me besó de uno en uno los nudillos de la mano.

—Me desprecian tanto en Séforis como en Nazaret —le conté; quería que supiera que no estaba sola, que yo también era una *mamzer*.

Me azuzó para que le hablara de Jesús, y le narré el extraño modo en que me había convertido en su esposa y el tipo de hombre que era. Le hablé del caserío en Nazaret, de Yalta, Judit y mi suegra. Hablaba y hablaba, pero siempre me detenía a decirle: «Pero bueno, cuéntame tú cómo ha sido tu vida en todos estos años», y, en todas las ocasiones, ella se quitaba mi petición de encima con un gesto de la mano.

Y entonces, una tarde estábamos Tabita, María y yo en el patio mirando los olivos del torrente Cedrón, cuando mi amiga empezó a hablar de buenas a primeras. Acabábamos de terminar de preparar las hierbas amargas para la comida de Pascua —rábano picante, tanaceto y marrubio, símbolos de la amargura que pasó nuestro pueblo durante su esclavitud en Egipto—, y no pude evitar pensar que eso mismo habría sido lo que la había incitado a sacar de dentro todas sus tribulaciones.

Dijo una frase ininteligible que fui incapaz de interpretar.

—¿Huiste? —respondió María.

Tabita y ella habían intimado en las horas que había pasado María dándole de comer el estofado con la cuchara.

Tabita asintió de manera enérgica. Con palabras entrecortadas y gesticulaciones, nos contó que se había escapado del hombre de Jericó que la había comprado. Hizo los gestos de las bofetadas en la cara y en los brazos que le propinaba la esposa de aquel hombre.

—Pero ¿hacia dónde huías? —le pregunté.

Le costó un esfuerzo pronunciar «Jerusalén». Después, ahuecó las manos en forma de cuenco y las elevó como si mendigara.

—¿Pretendías dedicarte a mendigar en Jerusalén? ¡Ay, Tabita!

—No tendrás que pedir por las calles —dijo María—. Nos aseguraremos de eso.

Tabita nos sonrió y nunca volvió a hablar de ello.

Al día siguiente, oí un tañido agudo dentro de la casa. Estaba ayudando a Marta a hornear el pan ácimo para la Pascua mientras Jesús se había marchado con Lázaro a comprarle un cordero a un mercader fariseo a las afueras de Betania. Mañana, Jesús y yo nos llevaríamos a la pobre criatura a Jerusalén para que la sacrificasen en el altar del templo tal y como era nuestra obligación, y después lo traeríamos a casa para que Marta lo asara.

Tin, tin. Dejé el cuenco de masa y seguí la pista del sonido hasta la habitación de Tabita. Mi amiga estaba sentada en el suelo, con una lira en las manos, rasgando las cuerdas de una en una. María le cogió la mano y la pasó por todas las cuerdas al tiempo, y emitió un sonido ondulante: el viento, el agua y las campanas. Tabita se echó a reír con un brillo en la mirada y el asombro que le recorría la cara.

Alzó los ojos hacia mí, levantó la lira y señaló a María.

—¿María te ha traído la lira?

—No la he tocado desde que era niña —dijo María—. He pensado que a Tabita le gustaría tenerla.

Permanecí allí de pie un largo rato y presencié su experimento con las cuerdas. «María, le has dado una voz.»


XI


Cruzamos el valle con el corderillo en los hombros de Jesús y entramos en Jerusalén por la Puerta de la Fuente cerca de la piscina de Siloé. Teníamos pensado purificarnos antes de acceder al templo, pero nos encontramos la piscina a rebosar de gente. Había una veintena de tullidos tumbados en las terrazas esperando a que algún alma caritativa los metiese en el agua.

—Podemos purificarnos en uno de los micvés que hay cerca del templo —le dije al sentir la repulsión que me producían aquellas penalidades y cuerpos espantosos.

Jesús hizo caso omiso y me puso de golpe el cordero en los brazos. Levantó de su litera a un niño paralítico que tenía las piernas retorcidas como las raíces de un árbol.

—Pero ¿qué estás haciendo? —le dije mientras intentaba seguirlo.

—Lo que yo querría que hiciese alguien si fuera el niño —me respondió, y lo metió en el agua.

Sujeté bien al cordero, que se retorcía, y me quedé observando cómo Jesús mantenía al niño a flote mientras él chapoteaba y se bañaba.

Como es natural, aquel acto despertó los gritos y las súplicas de los demás tullidos, y entonces supe que íbamos a estar allí un rato. Mi esposo metió en la piscina a todos y cada uno de ellos.

Después, empapado y revitalizado, Jesús disfrutó persiguiéndome y sacudiendo la cabeza para lanzar unas salpicaduras de agua que me hacían chillar.


Serpenteamos por los estrechos callejones de la ciudad baja mientras los vendedores ambulantes, los mendigos y los adivinos nos tiraban de la túnica, y por fin pasamos a las zonas más altas, donde vivían los ciudadanos acaudalados y los sacerdotes en unas casas más grandiosas que las más elegantes de Séforis. La multitud aumentó al acercarnos al templo, igual que el olor a sangre y a carne de animal. Me tapé la nariz con la pañoleta, pero no sirvió de gran ayuda. Había soldados romanos por todas partes: durante la Pascua existía el peligro de las revueltas y los desórdenes. Parecía que todos los años crucificasen a algún mesías o a algún revolucionario.

Hacía años que no veía el templo, y la panorámica del edificio extendido sobre el monte que tenía enfrente me hizo detenerme. Se me había olvidado su inmensidad, su verdadero esplendor. La piedra blanca y la filigrana de oro refulgían al sol, un espectáculo de tal grandiosidad que no costaba creer que fuese allí donde vivía Dios. «¿De verdad? —pensé—. Tal vez prefiera un arroyo tranquilo en algún lugar del valle, como Sofía.»

Como si se hubiesen fundido nuestros pensamientos, Jesús me dijo:

—Tú y yo hablamos sobre el templo la primera vez que nos vimos en la cueva. ¿Te acuerdas? Me preguntaste si Dios vivía aquí o si vivía en el interior de las personas.

—Y tú respondiste: «¿No puede vivir en los dos sitios?».

—Y tú dijiste: «¿Acaso no puede vivir en todas partes? Liberémoslo». Fue entonces cuando supe que te amaría, Ana. Entonces lo supe.


Al ascender la gran escalinata de acceso al templo, la algarabía de los balidos de los corderos en el atrio de los gentiles era ensordecedora. Había cientos de ellos apiñados en un corral improvisado, a la espera de que alguien los adquiriese. El hedor del estiércol me quemaba los orificios nasales. La multitud empujaba y cargaba, y noté que la mano de Jesús se apretaba en la mía.

Nos aproximamos a las mesas donde estaban sentados los mercaderes y los cambistas, y Jesús se detuvo a mirarlos fijamente.

—Ahí está la cueva de los ladrones —me dijo.

Nos abrimos paso a empujones para pasar por la Puerta Hermosa y entrar en el atrio de las mujeres, después atravesamos el gentío en zigzag hasta los escalones semicirculares donde mi madre una vez me impidió seguir avanzando más allá. «Solo los hombres... Solo los hombres.»

—Espérame aquí —me dijo Jesús.

Le vi subir los escalones y fundirse en el apelotonamiento de hombres que había más allá de la puerta. El cordero era un borrón blanco que rebotaba por encima de la refriega.

Jesús regresó con el animal sin vida apoyado sobre los hombros y salpicaduras de sangre en la túnica. Intenté no mirar a los ojos del animal, dos piedras redondas y negras.

Al volver a pasar por delante de las mesas de los cambistas, vimos a una anciana que lloraba. Vestía la túnica de una viuda y se sonaba la nariz con los pliegues de la prenda.

—Solo tengo dos sestercios —gimió la mujer, y, al oírlo, Jesús se detuvo en seco y se dio media vuelta.

—¡Tres son necesarios! —le soltó el cambista a la mujer—. Dos para pagar el cordero, uno para cambiar la moneda que traes por la del templo.

—Pero solo tengo dos —dijo ella, y le mostró las monedas en la mano—. Por favor. ¿Cómo voy a guardar la Pascua?

El cambista apartó la mano de la mujer.

—¡Vete, déjame!

Jesús encajó la mandíbula, el rostro de un rojo oscuro, del color del ocre. Por un momento pensé que iba a agarrar a aquel hombre y lo iba a zarandear, o que tal vez le diese nuestro cordero a la mujer, pero él no nos privaría a nosotros de guardar la Pascua, eso seguro.

—¿Tienes el sestercio del samaritano? —me preguntó.

Lo saqué de mi bolso y me quedé mirando cómo se dirigía hacia allá con paso decidido y estampaba la moneda sobre la mesa, delante del cambista. El escándalo era demasiado frenético para que pudiese oír lo que estaba diciendo Jesús, pero saltaba a la vista que se estaba explayando sobre las deficiencias del templo, haciendo gestos de indignación con el cordero sacrificado a la espalda y con aspavientos.

«¿Acaso no puede vivir en todas partes? Liberémoslo. Fue entonces cuando supe que te amaría, Ana.»

Me invadieron aquellas palabras y recordé la historia que había contado justo antes de encontrar a Tabita en la cuneta, aquella en la que había liberado a las palomas de sus jaulas. No me detuve a pensar. Me dirigí al corral atestado que retenía a los corderos, retiré el cierre y abrí de golpe la puerta. Salieron en tromba, una riada blanca.

Frenéticos, los mercaderes corrieron a llevarlos de vuelta al redil, y un hombre me señaló.

—¡Allí! ¡Esa es la que ha abierto la puerta! ¡Detenedla!

—¡Tú robas a unas pobres viudas! —le contesté a gritos, y hui hacia el interior de aquel pequeño caos: los corderos y la gente que se fundían como dos ríos, los balidos y los gritos.

—¡Detenedla!

—Tenemos que irnos —le dije a Jesús cuando lo encontré en la mesa del cambista—. ¡Ya!

Jesús agarró un cordero que pasaba por allí, lo levantó y se lo puso a la mujer en los brazos. Salimos del atrio a toda prisa, descendimos la escalinata y salimos a la calle.

—¿Has sido tú quien los ha soltado? —me preguntó.

—Así es.

—¿Qué se te ha metido en la cabeza?

—Tú —le dije.

## XII

El día en que nos marchábamos de Betania, me encontré a Tabita sentada en su habitación tocando la lira. Ya era capaz de hacerla cantar. Me detuve en la puerta sin que reparase en mí mientras ella entonaba una canción nueva que parecía estar componiendo. Solo pude distinguir que trataba de una perla perdida. Cuando alzó la mirada y me vio, tenía un centelleo en los ojos.

Ella se quedaría, y yo me marcharía. Odiaba tener que separarnos, pero sabía que Tabita iba a estar mejor allí, con Lázaro, Marta y María. La habían convertido en su hermana pequeña.

—Y aquí también estará más segura —me había señalado Jesús—. En Nazaret estaría demasiado cerca de Yafia.

Yo no había pensado en ello. Si venía a Nazaret, sus parientes tendrían sin duda conocimiento de su presencia y vendrían a por ella. La enviarían de vuelta con el hombre de Jericó o la venderían de nuevo.

—Antes de marcharme, quiero contarte algo —le dije a Tabita.

Dejó la lira.

—Hace años, después de aquel día en que fui a tu casa, escribí tu historia en un papiro. Escribí sobre tu espíritu tan fiero, sobre cómo te plantaste en la calle, dijiste a gritos lo que te había pasado y te silenciaron por ello. Creo que todo dolor en este mundo desea un testimonio, Tabita. Por eso te pusiste a vocear en la calle sobre tu violación, y por eso lo escribí yo.

Me miró fijamente, sin pestañear, me atrajo hacia sí y se aferró a mí.

Cuando cruzamos la cancela del caserío en Nazaret, Yalta, María, Judit, Santiago y Simón se apresuraron a salir a saludarnos. Incluso Judit me besó en la mejilla. María se agarró del brazo de su hijo y nos condujo al gran pilón de piedra que había al otro lado del patio. Era la costumbre en nuestra casa que quienes se quedaban le lavaban los pies a los que habían hecho la peregrinación de Pascua. María le hizo un gesto a Judit para que me quitase las sandalias, pero mi cuñada lo malinterpretó —tal vez aposta, tal vez no—, se inclinó y le desató la tira de las sandalias a Jesús. María se encogió de hombros y me hizo el honor de lavarme los pies a mí; el agua fría me salpicaba en los dedos, y ella me frotó los tobillos en círculos con los pulgares.

—¿Qué tal vuestro paso por el templo? —preguntó Santiago.

—Nos pasó algo sorprendente —dijo Jesús—. Hubo una estampida de corderos en el atrio de los gentiles. Nadie sabe cómo, pero se escaparon de su redil. —Me sonrió.

—Fue algo... —Busqué la palabra precisa.

—Inolvidable —dijo él.

Bajo el agua, su pie le dio un empujoncito al mío.


## XIII

Vomité el desayuno en una mañana de otoño. Aun después de haberme vaciado el estómago entero, seguía encorvada sobre el orinal, con arcadas de simple aire. Cuando estas remitieron, me lavé la cara, me limpié las salpicaduras de la túnica y me dirigí con paso lento y solemne en busca de mi tía. Al final, me había fallado el aceite de semilla negra.

A lo largo de los últimos años, el caserío había comenzado a rebosar de gente. El esposo de Salomé había muerto y habíamos viajado todos a Besara para el banquete funerario y nos la habíamos traído a casa, doliente y sin hijos, después de que las escasas posesiones de su marido hubiesen ido a parar a su hermano. La esposa de Simón, Berenice, había llegado el año siguiente, y luego vino un niño al que Judit había respondido pariendo un tercero. Ahora habría otro más.

No hacía mucho que había despuntado el alba y Jesús se había marchado al monte con su pañuelo de oración. Me alegré de su ausencia: no quería que él me viese la afectación en la cara.

Yalta estaba sentada en el suelo del almacén comiendo guisantes y ajo. El olor me sacudió el estómago y estuvo a punto de enviarme de nuevo en busca del orinal. Cuando dejó a un lado el cuenco y su contenido de olor nauseabundo, me senté a su lado y apoyé la cabeza en su regazo.

—Estoy encinta —le dije.

Me frotó la espalda y ninguna de las dos dijo nada durante un rato. Después me preguntó:

—¿Y estás segura?

—Tengo un retraso en el sangrado, aunque no le había dado importancia, se me ha retrasado muchas veces. No lo he sabido hasta que he echado el desayuno esta mañana. Estoy embarazada, lo sé. —Me incorporé, un poco fuera de mí, de repente—. Jesús volverá pronto de sus oraciones, y no se lo puedo contar, todavía no, no mientras me encuentre así.

Me sentía poseída por un extraño entumecimiento, casi debilitante. Por debajo de aquello, sin embargo, la decepción, el temor y la ira sacudían con fuerza una tapadera en mi interior.

—Concédete el tiempo que necesites. Si él te pregunta por tu conducta, dile que tienes la tripa revuelta. Hay verdad en ello.

Me puse en pie.

—Me he tragado ese aceite infernal durante seis años —le dije, con una ira que comenzaba a filtrarse—. ¿Por qué me ha fallado ahora?

—Ningún método preventivo es perfecto. —Me lanzó una mirada traviesa—. Y no cabe duda de que habéis puesto a prueba sus límites.


Jesús viajó a Tabor al día siguiente en busca de trabajo y regresó cuatro días más tarde. Salí a su encuentro, a la cancela, lo besé en las mejillas y en las manos, después en los labios.

—Te hace falta un corte de pelo —le dije.

Caía el sol, un minúsculo delirio de color en el cielo: rojo, añil, naranja. Jesús entrecerró los ojos al mirarlo, y se formó la sonrisa, esa que yo adoraba.

—Ah, ¿sí? —me dijo. Los mechones le caían a la altura de los hombros; se los peinó con los dedos—. Yo creía que lo tenía perfecto.

—Entonces, lamento decirte que mañana por la mañana te voy a acompañar al monte y esperaré mientras tú rezas, y luego te cortaré el pelo.

—Siempre me lo he cortado yo —me dijo con una mirada de curiosidad.

—Y eso explica por qué lo tienes tan descuidado —bromeé con él.

Quería encontrar la forma de llevármelo lejos del caserío, eso era todo: lejos de la gente y del ajetreo para poder estar a solas y sin que nos interrumpiesen. Me dio la sensación de que se lo estaba imaginando, que Jesús notaba que yo tenía alguna otra intención más allá de cortarle el pelo.

—Me alegro de que estés en casa —añadí.

Me levantó del suelo y me balanceó de un lado a otro, lo cual me provocó una oleada de náuseas. Mi estómago revuelto, como lo había llamado Yalta, no se limitaba a las mañanas. Cerré los ojos, me llevé una mano a la boca y dejé que la otra flotase de manera instintiva hasta el pequeño montículo que tenía ahora en el vientre.

Me observó de ese modo suyo tan perspicaz y profundo.

—¿Te encuentras bien? —me preguntó.

—Sí, solo un poco cansada.

—Entonces nos iremos a descansar —dijo, pero siguió allí, observando el cielo inyectado en sangre—. Fíjate. —Señaló hacia el este, donde se alzaba el perfil de una luna tan pálida que apenas parecía un aliento en el invierno—. El sol se está poniendo mientras sale la luna.

Dijo aquellas palabras de manera pausada, y tuve la sensación de que sabía lo que decía, que aquello era una señal para nosotros. Mis pensamientos regresaron veloces a la historia de Isis que Yalta nos había contado a Tabita y a mí tanto tiempo atrás. «Piénsalo —había dicho Yalta—. Una parte de ti podría morir, y surgir un nuevo yo que ocupara su lugar.»

Parecía que estuviese viendo morir mi antigua vida ante mis ojos en un derroche de color y que una vida nueva y frágil estaba surgiendo. Era algo prodigioso, y la angustia que sentía por tener el niño me abandonó.


—No me cortes mucho —me dijo.

—¿Crees que tienes la fuerza en el pelo, igual que Sansón? —le pregunté.

—¿Estás empeñada en raparme, igual que Dalila?

Eran bromas alegres y sin importancia, pero había una fina

capa de tensión por debajo de ellas, como si los dos estuviéramos esperando para soltar el aliento.

Poco antes habíamos encontrado una loma cubierta de hierba en la que sentarnos, y allí me había dejado Jesús mientras él se apartaba para rezar, pero había regresado antes de lo que me esperaba: dudo que hubiese repetido la semá más de una docena de veces. Me había traído las tijeras egipcias de Yalta. Sostuve en alto el par de hojas largas de bronce.

—Confío en que sepas cómo utilizar eso —me dijo—. Estoy a tu merced.

Arrodillada detrás de él, apreté las hojas y le corté las puntas del cabello, que planeaban en su caída como virutas de madera oscuras y rizadas. Podía oler su piel, bronceada y terrosa.

Cuando se hizo el silencio, dejé las tijeras.

—Hay algo que debo contarte. —Esperé a que se diera la vuelta y elevase la mirada hacia mis ojos—. Estoy encinta.

—Entonces es cierto —dijo Jesús.

—¿No te sorprende?

—Anoche pensé que podría ser así, cuando te pusiste la mano en el vientre. —Cerró los ojos por un instante y, cuando los volvió a abrir, estaban encendidos de preocupación—. Dime, Ana, sinceramente..., ¿te alegras de tener este hijo?

—Estoy contenta —le dije.

Y lo estaba. A estas alturas, después de tan larga sequía de tinta, apenas era capaz de recordar siquiera por qué había empezado a tomar el aceite de semilla negra.


Cuando entramos en el patio, Jesús convocó a todo el mundo en el olivo, el lugar donde se reunía la familia para anunciar los esponsales, los embarazos y nacimientos, y para discutir las cuestiones relacionadas con la casa. María y Salomé llegaron oliendo a morera, seguidas de Judit y Berenice con su pequeña patulea. Santiago y Simón se pasearon sin prisa desde el taller. A Yalta no era necesario convocarla: ya estaba esperando allí cuando llegamos. Salvo mi tía, todos parecían sentir curiosidad, aunque ninguno de ellos sospechaba nada: no se les habría ocurrido que pudiera estar embarazada. Era la infecunda esposa de Jesús.

Me agarré al brazo de mi esposo.

—Tenemos buenas noticias —les dijo, y volvió la mirada hacia su madre—. ¡Ana está encinta!

Transcurrieron unos extraños instantes sin que nadie se moviera, y, entonces, María y Salomé corrieron a mí. María se inclinó para besarme el vientre, y Salomé no dejó de sonreírme con una añoranza tan viva en el rostro que casi tuve que desviar la mirada. Pensé en lo incongruente que era que concibiese yo, que no había deseado un hijo, y que no pudiese hacerlo Salomé, que tanto lo anhelaba.

Simón y Santiago le dieron unas palmadas en la espalda a Jesús y se lo llevaron a rastras al centro del patio, donde los tres entrelazaron los brazos sobre los hombros de los demás y bailaron. Sus hermanos daban gritos y voces: «Alabado sea Dios, que te ha dado su bendición. Que el Señor te conceda un hijo varón».

Qué feliz se veía a mi esposo allí en el patio, con el cabello disparejo que le bailaba por las mejillas.


XIV


Los meses que siguieron a nuestro anuncio transcurrieron veloces y sin incidentes. Aun en los momentos en que no era capaz de retener la comida en el estómago, cuando la espalda me palpitaba del dolor ante una barriga que no dejaba de aumentar de tamaño, me levantaba todas las mañanas para dedicarme a mis quehaceres. En mi quinto mes, comencé a sentir un piececito o un codo que se mecían dentro de mí, la más extraña de las sensaciones, y pasaba por un estallido de amor por la criatura que me aturdía por su intensidad. Con la llegada de mi séptimo mes, me volví increíblemente pesada y torpe. En una ocasión, al ver mis denodados esfuerzos por incorporarme en mi jergón, un sonriente Jesús me imitó como si fuera un escarabajo patas arriba y después me puso los brazos bajo los míos y me levantó. Cómo nos reíamos de mi falta de elegancia. Aun así, a horas intempestivas de la noche cuando él estaba fuera y no podía dormirme, a veces me daba la sensación de que se iban desprendiendo fragmentos de mi ser: Ana, la escriba de los relatos perdidos, Ana y el sol minúsculo.

Los dolores del parto me despertaron antes del alba. Tumbada en mi jergón sobre el suelo de tierra, desorientada por el sueño y la confusión y con un dolor lacerante en la espalda, alargué el brazo en la oscuridad en busca de Jesús y me encontré su jergón vacío. Tardé un momento en recordar que se había marchado a Cafarnaún tres días atrás.

«No está aquí.» Nuestro bebé se iba a adelantar, y él no estaba aquí.

Un espasmo me envolvió el vientre, que se tensó. Me apreté el puño en la boca y oí cómo se escapaba un gemido entre mis dedos, un sonido siniestro y sofocado. Con más y más fuerza, el dolor hincaba los dientes, y vi cómo iba a ser aquello, parir un hijo. Los colmillos mordían con fuerza y soltaban, mordían y soltaban, y no había nada que hacer salvo entregarme a aquella lenta devoración. Me rodeé con los brazos el vientre hinchado y me balanceé de un lado a otro. Sentía el chapoteo del temor en el pecho. Solo llevaba siete meses de embarazo.

Durante los últimos meses, Jesús había ayudado a mantenernos alimentados viajando a Cafarnaún a pescar en el mar de Galilea. Se apoyaba en la camaradería que tenía con los pescadores locales, que se lo llevaban en sus barcos a lanzar las redes y le permitían trocar su parte de la captura por lo que fuera que fuese lo que más necesitábamos.

No podía enfadarme con él por su ausencia. Tal vez él no detestara nuestras separaciones tanto como yo, pero tampoco disfrutaba con ellas. Esta vez había prometido regresar en menos de un mes, mucho antes de que llegara mi fecha. Él no podía saber que el niño vendría de una manera tan precipitada. Sentiría una profunda consternación por no estar aquí.

Rodé sobre mi costado, empujé con las manos para ponerme de rodillas y después en pie, y estiré el brazo hacia la pared para apoyarme cuando rompí aguas sobre las piernas. Comencé a temblar: primero las manos, luego los hombros y los muslos, la incontrolable parálisis del miedo.

Encendí el candil y me dirigí hacia el almacén.

—¡Tía, despierta! —grité—. ¡Tía! Ya viene el niño.

Yalta no se entretuvo en coger las sandalias, sino que vino a mí corriendo en el parpadeo de la oscuridad, se echó al hombro el bolso de partera. Ya había cumplido cincuenta y dos años, estaba encorvada y tenía la cara como un bolso fruncido. Me sostuvo el rostro entre las manos y tomó la medida de mi aprensión.

—No temas. El bebé vivirá o no vivirá. Hemos de dejar que la vida sea la vida.

Ni palabras para tranquilizarme, ni frases manidas ni promesas de que Dios se apiadaría de mí. Tan solo el crudo recordatorio de que la muerte formaba parte de la vida. No me ofreció nada sino una forma de aceptar lo que fuese que viniera: «Que la vida sea la vida». En aquellas palabras había una renuncia silenciosa.

Yalta me llevó de vuelta a mi habitación y, de camino, se detuvo a dar unos leves golpes en la puerta de María.

La madre de Jesús compartía su alcoba con Salomé, y las oí a las dos detrás de la puerta, encendiendo candiles y hablando en voz baja. Había sido muy cuidadosa al especificar quién deseaba yo que me atendiese: ni Judit ni Berenice. Tampoco la horrenda partera desdentada. Salomé, María y Yalta: esta trinidad sería la única que tendría a mi lado.

Cuando nací, mi madre se sentó en una reluciente silla con una abertura en el asiento, pero yo me iba a poner en cuclillas encima de un burdo agujero cavado en el suelo de tierra de una habitación de paredes de barro. Yalta había hecho el agujero el mismo día en que se marchó Jesús, como si supiese que haría falta antes de tiempo. Al sentarme ahora ante él en un taburete bajo, con el dolor enroscado en el torso, deseé que mi madre estuviese allí conmigo. No la había visto ni había sabido nada de ella desde mi matrimonio, y prácticamente no me había importado, pero ahora...

Entraron María y Salomé cargadas con unas vasijas de agua, vino y aceite mientras que Yalta extendía el contenido del bolso de partera sobre un paño de lino: sal, bandas de tela para envolver al niño, un cuchillo de corte, una esponja de mar, un cuenco para la placenta, hierbas para detener la hemorragia, un palo para morderlo y, por último, un cojín cubierto con lana gris sin teñir sobre el que tender al recién nacido.

María colocó un tablón viejo de roble al alcance de mi vista e hizo un altar. Sobre él apiló tres piedras, una encima de la otra. Nadie le prestaba atención: simplemente, era algo que se hacía siempre que una mujer paría y traía una vida al mundo. Una ofrenda a Dios Madre. Vi cómo vertía una libación de leche de Dalila sobre las piedras.

Pasaron las horas, se elevaron los primeros calores del verano, y la luna en mi vientre creció y menguó. Las mujeres seguían allí: María, un contrapeso a mi espalda; Salomé, el ángel a mi lado; y Yalta, la centinela entre mis piernas. Entonces se me pasó por la cabeza que mi madre no querría estar allí, y que, aunque hubiese venido, jamás habría puesto el pie en tan humilde morada. Yalta, María y Salomé: aquí estaban mis madres.

Nadie hablaba del nubarrón suspendido en el ambiente por toda la estancia, la consciencia de que el niño llegaba demasiado pronto. Oí el murmullo monótono de sus oraciones, pero sus palabras se hallaban en una distancia muy lejana. Tenía unos fuertes ataques de dolor y, entre ellos, los breves respiros en los que me faltaba el aire, y eso fue todo lo que hubo.

Al rondar la novena hora, en cuclillas sobre el agujero, la expulsé de mi cuerpo, una niña que se deslizó silenciosa en las manos de mi tía. Vi que Yalta la ponía boca abajo y que le daba unos golpecitos suaves en la espalda. Lo repitió una vez más, dos, tres, cuatro veces. La niña no se movía, no lloraba ni respiraba. Mi tía le metió el dedo por la minúscula boca para limpiarla de mucosidad. Le sopló en la cara. La sujetó por los pies y la golpeó más fuerte. Más fuerte aún.

Finalmente, dejó a la niña en el cojín. Era tan pequeña como un gatito, los labios del color del lapislázuli. Su quietud, terrible.

Un sollozo surgió de entre los labios de Salomé.

—La niña no vive, Ana —dijo Yalta.

Mi tía anudó y seccionó el cordón umbilical, y María rompió a llorar.

—La vida es la vida y la muerte es la muerte —susurré, y, con esas palabras, el dolor inundó el vacío que había ahora en mí, el lugar donde antes descansaba mi hija.

Y allí lo llevaría como un secreto durante todos los días de mi vida.

—¿Quieres darle un nombre? —preguntó Yalta.

Miré a mi hija, que yacía marchita sobre el cojín.

—Susana —dije, el nombre que significaba «lirio».


A última hora de la tarde en el mismo día en que había parido, envolví a mi hija en el vestido azul oscuro que llevaba puesto cuando me casé, ya que era la mejor tela que tenía, y caminé con Yalta y con la familia de Jesús hasta la cueva donde estaba enterrado su padre. Insistí en llevar a la niña en mis brazos, aunque la costumbre era colocar al bebé en un cesto o sobre unas andas pequeñas. Me sentía débil tras el parto de apenas unas horas antes, y María caminaba con la mano puesta bajo mi codo como si me fuera a derrumbar. Tanto ella como Salomé, Judit y Berenice lloraban y gemían amargamente. Yo no hacía un solo ruido.

En la cueva, mientras repetíamos el kadis, Sara, la hija de seis años de Judit y Santiago, me tiró de la túnica.

—¿Puedo cogerla en brazos? —me preguntó.

No quería ceder a mi hija, pero me arrodillé a su lado y le puse a Susana en los brazos. Judit le arrebató de inmediato el bulto de tela azul a su hija y me lo devolvió.

—Ahora tendré que llevarme a Sara al micvé para purificarla —susurró.

No lo dijo con antipatía, pero sus palabras fueron hirientes. Sonreí a Sara y sentí sus bracitos, que se me enroscaban en la cintura.

Cuando entonaron la semá, pensé en Jesús. Cuando él regresara, le contaría el aspecto que tenía nuestra hija en aquel cojín, el borrón de pelo oscuro, el emparrado azul de sus párpados, sus uñas como virutas de perla. Le contaría que al dirigirnos caminando hacia la cueva entre los campos donde cosechaban la cebada, los campesinos dejaban su labor y guardaban silencio a nuestro paso. Le describiría cómo la deposité en una grieta dentro de la cueva y que, al inclinarme para darle un beso, nuestra hija olía a mirra y a hojas de cilantro. Le diría que la quería igual que amas a Dios, con todo mi corazón, con toda mi alma y con todas mis fuerzas.

Cuando Santiago y Simón empujaron la losa de piedra para cubrir la abertura de la cueva y sellarla, grité por primera vez.

Salomé vino corriendo a mi lado.

—Hermana mía, tendrás otro hijo.


En los días que siguieron a aquello, permanecí en mi cuarto, separada de los demás. El parto convertía a una mujer en impura a título ceremonial durante cuarenta días si había tenido un varón, y durante un periodo el doble de largo si el bebé había sido una niña. Mi confinamiento iba a durar hasta el mes de elul, cuando la calorina del verano ya hubiese culminado. Entonces iríamos a Jerusalén como dicta la costumbre, a ofrecer un sacrificio y para que un sacerdote me declarase pura, después de lo cual me reincorporaría al ciclo de interminables quehaceres.

Agradecí el estar sola. Me dio tiempo para llorar. Me dormía con el dolor y el dolor me despertaba. Siempre estaba ahí, una cincha negra que me apretaba el corazón. No le pregunté a Dios por qué había muerto mi hija. Ya sabía que Él no podía evitarlo. La vida era la vida, la muerte era la muerte. Nadie tenía la culpa. Solo pedí que alguien fuese a buscar a mi esposo y lo trajera a casa.

Pasaron los días y nadie fue en su busca. Salomé me contó que Simón y Santiago se habían opuesto. El día después del entierro, los publicanos llegaron a Nazaret y se llevaron la mitad de nuestro trigo, cebada, aceitunas, aceite y vino además de dos gallinas, y los hermanos de Jesús tenían una profunda preocupación por aquella pérdida. Según contaba Salomé, habían recorrido toda la aldea en busca de encargos de carpintería, pero tras el paso de los recaudadores de impuestos, nadie contaba con los recursos para pagar a alguien y que le arreglase una viga del techo o le hiciese un dintel nuevo para la puerta.

Le pedí a Salomé que hiciese venir a Santiago; apareció varias horas más tarde y se quedó al otro lado de la puerta para no contaminarse. Sentada en el banco de la otra punta de la habitación, le dije:

—Te lo ruego, Santiago, envía a alguien a buscar a mi esposo. Ha de venir y llorar la muerte de su hija.

No me habló a mí, sino a un manto de sol en la ventana.

—Todos desearíamos que estuviese aquí, pero es mejor que continúe en Cafarnaún durante todo el mes como tenía pensado. Necesitamos desesperadamente reponer nuestras despensas.

—No solo de pan vive el hombre —le dije, repitiendo las palabras que le había oído decir a Jesús.

—Pero, aun así, tenemos que comer —dijo él.

—Jesús querría estar aquí para llorar la pérdida de su hija.

Era inconmovible.

—¿Prefieres que le obligue a elegir entre alimentar a su familia y llorar por su hija? —me dijo—. Yo diría que iba a agradecer que le quitaran ese peso de encima.

—Pero esa decisión es suya, Santiago. Ha muerto su hija, no la tuya. Si decides tú por él, se pondrá furioso.

Le llegaron mis palabras.

Suspiró.

—Le enviaré a Simón. Dejaremos que sea Jesús quien decida.

Cafarnaún estaba a un día y medio de camino a pie. No cabía esperar que fuese a ver a mi esposo en los siguientes cuatro días, tres en el mejor de los casos. Sabía que Simón le presionaría con la noticia de los recaudadores de impuestos y le ofrecería una ominosa descripción de nuestras despensas. Insistiría a Jesús en que demorase su regreso.

Pero él vendría, a buen seguro.

## XV

Al día siguiente, Yalta vino a mi cuarto cargada con los fragmentos de una tinaja rota que traía en los pliegues de la túnica.

—La he roto con un mazo —me dijo.

Me quedé mirándola boquiabierta de estupefacción mientras ella extendía los fragmentos por la estera.

—¿Lo has hecho a propósito? ¿Por qué, Yalta?

—Una tinaja rota es casi tan buena como un fajo de papiros. Solíamos escribir en los pedazos rotos cuando vivía con los terapeutas: inventarios, cartas, contratos, salmos, misales de todo tipo.

—Una tinaja es algo muy valioso aquí. No es fácil reemplazarla.

—Pero si solo es la que se usa para ponerles el agua a los animales. Hay otras con las que se puede sustituir.

—Todas las demás vasijas son de piedra, y son puras: no

se pueden utilizar para los animales. Ay, Yalta, pero si tú ya lo sabes. —Le lancé una mirada muy seria de incredulidad—. Mira que hacer añicos una tinaja tan solo para que yo escriba... Van a pensar que estás poseída.

—Pues que me lleven a un sanador y que me expulse al demonio de dentro. Tú asegúrate de que no he roto esa vasija para nada.

Me había pasado los dos últimos días con el pecho envuelto en unos paños apretados, pero ahora notaba que la leche me los estaba hinchando, y después llegaba un nudo muy denso de dolor. Me salieron unos círculos húmedos y oscuros en la túnica.

—Niña mía —dijo Yalta, que aún me llamaba así a veces a pesar de que ya era una mujer—. No hay peor sensación que tener los pechos llenos de leche sin tener quien mame de ellos.

Esas palabras abrieron en mí un lugar descarnado y furioso. ¿Yalta quería que escribiese? Mi hija estaba muerta. Mi escritura también lo estaba. Ese «algún día» no había llegado nunca. Yo era esos añicos del suelo. La vida la había emprendido conmigo con un mazo.

—¿Cómo sabes tú cómo me siento? —la ataqué.

Alargó una mano hacia mí, pero me aparté de golpe y me caí sobre el jergón.

Yalta se arrodilló y me acunó con su cuerpo mientras me echaba a llorar por primera vez desde que Susana había muerto. Cuando se me agotaron las lágrimas, mi tía me volvió a vendar los pechos con paños limpios y me secó la cara. Se trajo un pellejo de vino, me llenó la copa y nos quedamos sentadas en silencio durante un rato.

Fuera, en el patio, las mujeres se encontraban sumidas en los calores del trabajo. Las volutas de humo de las fogatas de estiércol entraban a la deriva por la ventana. Berenice le decía a gritos a Salomé que regresara al pozo de la aldea a por más agua y la culpaba de lo seco que estaba el huerto. Salomé le contestaba a voces que ella no era una mula de carga. María se quejaba de que había desaparecido la tinaja que utilizaban para dar de beber a los animales.

—Sé perfectamente lo que es tener los pechos llenos sin tener un bebé —dijo Yalta.

Recordé entonces la historia que mi tía me contó tantos años atrás, de cuando parió a dos hijos, ninguno de los cuales había sobrevivido, y de su esposo Ruebel, que la había castigado por ello con sus propios puños. El remordimiento me abrasaba en las mejillas.

—Perdóname. Me había olvidado de tus hijos muertos. Mis palabras han sido crueles.

—Tus palabras han sido comprensibles. Te estoy recordando mi pérdida tan solo porque me gustaría contarte algo. Una parte de mi historia que no te conté.

Respiró hondo. El sol descendía fuera, y en el cuarto parpadeaba la penumbra.

—Tuve dos hijos que murieron cuando aún les daba el pecho, sí; pero también tuve una hija que sobrevivió.

—¡Una hija!

Mi tía tenía los ojos llenos de lágrimas, una imagen inusual.

—Tenía dos años cuando a mí me enviaron con los terapeutas. Se llama Jayá.

Un recuerdo se reveló de manera repentina.

—En Séforis, cuando contrajiste el mal de las fiebres, hubo una noche en que te perdiste entre los delirios y me llamaste por su nombre. Me llamaste Jayá.

—¿Eso hice? No puedo decir que me sorprenda. Si Jayá está viva, tendrá veintiún años, casi como tú. Tiene el pelo tan rebelde como el tuyo. Muchas veces pienso en ella cuando te miro. Temía hablarte de ella. Me daba miedo lo que pudieses pensar de mí. La abandoné.

—¿Y por qué me hablas de ella ahora? —No pretendía ser cruel, de verdad deseaba saberlo.

—Tenía que habértelo contado hace mucho tiempo. Lo hago ahora porque la muerte de tu hija ha desenterrado mi pérdida. Pensé que tal vez fuese para ti de algún consuelo saber que yo he sufrido de un modo similar, que comprendo lo que es perder a una hija. Ay, niña mía, no quiero ningún secreto entre nosotras.

No podía sentir ningún enfado ante su engaño: no surgía de una traición. Nosotras, las mujeres, damos cobijo a nuestras intimidades en lugares inaccesibles de nuestro ser. Son nuestras, y las ofrecemos cuando queremos.

—Puedes hacerme la pregunta —me dijo—. Adelante.

Ya sabía a qué pregunta se refería, y se la hice:

—¿Por qué la abandonaste?

—Podría contarte que no tuve elección, y creo que es cierto en su mayor parte, o al menos creí que lo era en su momento. Es difícil ahora echar la vista atrás y saberlo con certeza. Ya te conté una vez que en Alejandría la gente estaba convencida de que yo había matado a mi esposo con venenos y brujerías, y por eso me desterraron con los terapeutas. Estos no acogían a niños, y fui con ellos igualmente. ¿Quién sabe ahora si podría haber encontrado alguna manera de no separarme de mi hija? Hice lo que hice.

El dolor le brillaba en el rostro como si acabara de perderla.

—¿Qué fue de ella? ¿Adónde fue a parar?

Yalta hizo un gesto negativo con la cabeza.

—Mi hermano Arán me aseguró que cuidaría de ella. Y yo lo creí. Durante todos aquellos años en que estuve con los terapeutas, le enviaba mensajes preguntándole por ella, sin respuesta de ninguna clase. Transcurridos ocho años, cuando Arán por fin accedió a que pudiese abandonar a los terapeutas si me marchaba de Egipto, supliqué que me dejaran llevarme a Jayá conmigo.

—¿Y él se negó? ¿Cómo pudo apartarla de ti?

—Me dijo que la había entregado en adopción. No quiso decirme a quién se la había dado ni dónde vivía. Le supliqué durante días, hasta que me amenazó con desenterrar las acusaciones en mi contra. Al final me marché. La abandoné.

Me imaginé a la niña, Jayá, con el pelo como el mío. Era imposible saber qué habría hecho yo si hubiera estado en el lugar de mi tía.

—Acepté en paz lo sucedido —aseguró—. Me dije que Jayá iba a recibir el afecto y los cuidados de alguien que la querría. Tenía una familia. Tal vez ni siquiera me recordase. Solo tenía dos años la última vez que la vi.

Se levantó de golpe y se puso a dar vueltas entre los trozos de tinaja desperdigados. Se frotaba los dedos como si se los quisiera despellejar.

—No pareces estar en paz —le dije.

—Tienes razón, ya no tengo esa paz. Desde que murió Susana, Jayá ha venido a verme todas las noches en mis sueños. Se encarama a una cumbre y me suplica que vaya con ella. Su voz es como el canto de una flauta. Cuando me despierto, sigue sonando dentro de mí.

Me levanté y pasé por delante de ella, camino de la ventana, presa de la repentina premonición de que Yalta se iba a marchar e iba a regresar a Alejandría en busca de su hija. Me dije que eso no había sido una premonición como las otras que había tenido, sino el miedo. Solo miedo. De todas formas, ¿con qué medios podría marcharse Yalta de Nazaret? Ya no tenía acceso al poder y los caudales de mi padre, y aunque lo tuviese, ¿cómo iba a viajar sola una mujer? ¿Cómo se iba a poner a localizar a una hija que llevaba diecinueve años desaparecida? Por fuerte que fuese el embrujo de los cantos de aquella flauta, Yalta no podría marcharse.

Echó hacia atrás los hombros como si dejara caer un manto pesado y bajó la mirada hacia los fragmentos de barro.

—Basta de hablar sobre mí. Dime que les vas a dar un buen uso a estos pedazos.

Me arrodillé y recogí uno de los trozos de tinaja más grandes con la esperanza de enmascarar mi ambivalencia. Habían pasado más de siete años desde la última vez que había sostenido un cálamo. Siete años desde aquella noche en que Jesús se despertó y me dijo que volvería a escribir algún día. Sin percatarme de ello, ya había renunciado a que llegara aquel día. Había renunciado incluso a que llegara un día remoto. Había dejado de abrir mi baúl de cedro y de leer mis manuscritos. Ya hacía años que el último frasquito de tinta se había convertido en una masa pastosa. Mi cuenco del ensalmo estaba enterrado en el fondo del baúl.

—Te he observado a lo largo de los años, desde que llegamos aquí —me dijo Yalta—. Veo que eres feliz con tu esposo... pero pareces haberte perdido en todos los demás sentidos.

—No tengo tinta —le dije.

—Entonces la haremos —dijo ella.


XVI


Cuando regresó Jesús, me encontró sentada en el suelo de nuestro cuarto, escribiendo en un trozo de tinaja. Mis pechos ya estaban secos, pero la tinta que Yalta y yo habíamos hecho con ocre rojo y hollín del horno fluía por mi cálamo cada jornada. Alcé la mirada para verlo de pie en la puerta, aún con el cayado en la mano. Estaba cubierto del polvo del camino. Podía oler en él el leve aire a pescado desde la otra punta de la habitación.

Sin prestar atención a las leyes de la pureza, entró a zancada grande en el cuarto, me rodeó con los brazos y hundió el rostro en mi hombro. Sentí cómo temblaba su cuerpo y, acto seguido, una sacudida en su pecho. Le pasé la mano por la cabeza y la nuca, y le susurré:

—Era preciosa. La llamé Susana.

Cuando levantó la cabeza, tenía los ojos llenos de lágrimas.

—Tenía que haber estado contigo —me dijo.

—Estás aquí ahora.

—Habría venido antes, pero estaba fuera con el barco cuando Simón llegó a Cafarnaún. Tuvo que esperar dos días a que yo llegara a tierra con nuestra captura.

—Sabía que vendrías en cuanto pudieras. Tuve que suplicar a tus hermanos que enviaran a alguien a buscarte. Parece que piensan que tus ganancias son más importantes que tu duelo.

Vi cómo se le tensaba la mandíbula e imaginé que habrían tenido unas palabras al respecto.

—No deberías estar aquí dentro —le dije—. Todavía se me considera impura.

Me apretó más contra él.

—Iré luego al micvé, y dormiré en la azotea, pero ahora mismo nadie me va a apartar de ti.

Llené un cuenco de agua y lo conduje al banco, donde le quité las sandalias y le lavé los pics. Apoyó la cabeza en la pared.

—Ay, Ana.

Le froté el cabello con una toalla húmeda y le traje una túnica limpia. Al ponérsela, los ojos se le fueron hacia los trozos de tinaja y el frasco de tinta en el suelo. Esperaba continuar escribiendo algún día los relatos perdidos, pero las únicas palabras que tenía ahora eran para Susana. Fragmentos y porciones de dolor que encajaban en aquellos trocitos irregulares de barro.

—Estás escribiendo —dijo Jesús—. Me alegro.

—Entonces, Yalta, tú y yo estamos solos en esta alegría en concreto.

Intenté contener el resentimiento, pero me encontré con que reventó de manera incontrolable.

—Es como si tu familia creyese que Dios ha decidido volver a arrasar el mundo, pero no con un diluvio esta vez, sino con lo que escribe Ana. Salomé y tu madre no han dicho nada, pero creo que hasta ellas lo desaprueban. Según Judit y Berenice, las únicas mujeres que escriben son las pecadoras y las nigromantes. Y yo te pregunto, ¿cómo lo saben ellas? Y Santiago... pretende hablar contigo sobre mí, estoy segura.

—Ya lo ha hecho. Vino a la cancela, a mi encuentro.

—¿Y qué te dijo?

—Que rompiste una tinaja de agua para poder escribir en los trozos, y que después vaciaste la yesca del horno para preparar tinta. Creo que teme que vayas a reventar todas las cazuelas y que nos obligues a comérnoslo todo crudo —sonrió.

—Tu hermano se plantó en esa misma puerta y me dijo que debería abandonar mis perversas ansias de escribir y entregarme a la oración y el duelo por mi hija. ¿Acaso piensa que mi escritura no es una oración? ¿Acaso piensa que solo porque cojo un cálamo no lloro por mi hija?

Tomé aire y proseguí, más tranquila.

—Me temo que fui muy cortante al hablar con Santiago. Le dije: «Si por ansias te refieres a que siento una inquietud, una necesidad, entonces sí, tienes razón, pero no las llames perversas. Yo me atrevería a decir que son divinas». Entonces se marchó.

—Sí, también me ha mencionado eso.

—Voy a estar aquí confinada sesenta y ocho días más. Salomé me trajo lino para que lo hilase y unos hilos para devanarlos, y María me trajo unas hierbas para que las moliese, pero lo cierto es que estoy relevada de la mayor parte de mis quehaceres cotidianos. Por fin tengo tiempo para escribir. No me lo quites tú.

—No te lo voy a quitar, Ana. No sé si tendrás la posibilidad de seguir escribiendo de la misma manera cuando pase tu confinamiento, pero, por ahora, escribe cuanto quieras.

De repente parecía tan hastiado... Por mí, había vuelto para encontrarse con que había estallado una pequeña guerra. Apoyé la mejilla en la suya y sentí la caricia de su aliento en la oreja.

—Lo siento —le dije—. Durante mucho tiempo he intentado formar parte de esto, de ser tal y como necesitan que sea. Ahora me gustaría ser yo misma.

—Perdóname, Truenecillo. Yo también te he impedido ser tú misma.

—No...

Me puso un dedo sobre los labios y dejé que mi protesta se silenciara.

Recogió el trozo de tinaja en el que había estado escribiendo. Allí, en griego y con una desconsolada letra minúscula, decía: «La amé con todo mi corazón, con toda mi alma y con todas mis fuerzas».

—Escribes sobre nuestra hija —dijo, y se le quebró la voz.

## XVII

Después de guardar sus siete días de luto, Jesús encontró trabajo en Magdala labrando piedra para una sinagoga muy ornamentada. La ciudad no estaba tan lejos como Cafarnaún, solo a un día de caminata, y Jesús volvía a casa todas las semanas para el sábado contando historias sobre un edificio resplandeciente que acogería a doscientas personas. Me habló de un pequeño altar de piedra en el que había tallado un carro de fuego y una menorá de siete brazos.

—Esas son las mismas imágenes que hay en el sanctasanctórum de Jerusalén —le dije, un tanto aterrada.

—Sí —me confesó—. Lo son.

No hacía falta que me diera más explicaciones; yo ya sabía lo que estaba haciendo, y se me antojó algo más radical que cualquier otra cosa que hubiera hecho hasta ahora. Estaba declarando de la manera más abierta e irrevocable que Dios no podía seguir confinado por más tiempo en el templo, que su sanctasanctórum, su presencia se había liberado y habitaba ahora en todas partes.

Cuando lo observo ahora en retrospectiva, veo aquel acto como una suerte de punto de inflexión, un heraldo de cuanto estaba por venir. Fue por aquella época cuando comenzó a hablar de forma más directa, cuando se volvió más abiertamente crítico con los romanos y los sacerdotes del templo. Los vecinos empezaron a aparecer por nuestra casa para quejarse ante María y Santiago de que Jesús había estado en el pozo, en la almazara o en la sinagoga ridiculizando la falsa devoción de los ancianos de Nazaret.

Un día vino un fariseo rico llamado Manahén mientras Jesús estaba fuera. María y yo salimos a su encuentro en la cancela y lo escuchamos despotricar.

—Tu hijo va por ahí condenando a los ricos y diciendo que amasan sus fortunas a costa de los pobres. ¡Es una calumnia! Tienes que hablar con él y pedirle que deje de hacerlo o habrá muy poco trabajo para tu familia en Nazaret.

—Preferimos pasar hambre que quedarnos callados —le dije yo.

Cuando se fue, María se volvió hacia mí.

—¿Lo preferimos?

Todas las semanas, Jesús regresaba a casa desde Magdala y me hablaba de los ciegos y de los enfermos que veía por el camino sin que nadie les prestase ayuda, me contaba sobre las viudas a las que expulsaban de sus hogares, o sobre algunas familias a las que se les exigían tales impuestos que se veían en la obligación de vender sus tierras y pedir por las calles.

—¿Por qué no actúa Dios y trae su reino? —me decía.

Una llama había prendido en él, y yo la bendecía, pero también me preguntaba de dónde procedería la chispa. ¿Había sido la muerte de Susana lo que había provocado que él saliese de la marginalidad? ¿Lo habría abrumado con la brevedad de la vida y la necesidad de aprovechar en ella lo que tuviéramos? ¿O se trataba simplemente de que se había cumplido el tiempo, de la llegada de algo que iba a llegar de manera indefectible? En ocasiones, me quedaba mirándolo y veía a un águila posada en su rama y al mundo que la tentaba. Me temí lo que sucedería. Yo no tenía una rama para mí.

A diario, caligrafiaba las palabras entre las paredes de mi cuarto, en unos trozos de tinaja que nadie leería jamás.

Apilaba los fragmentos de barro ya utilizados en unas torres temblorosas a lo largo de las paredes de la habitación. Pequeñas columnas de duelo. No se llevaban mi pena, pero me brindaban una forma de hallarle el sentido que yo pudiera darle. Volver a escribir era como la sensación de un retorno a mi ser.

En el día en que rellené el último de los trozos de tinaja, Yalta estaba sentada conmigo, agitando su sistro. Ahora se acabaría el escribir: eso lo entendía incluso mi tía Yalta. Había aceptado la reprimenda de María por haber hecho añicos la tinaja, y no se podía arriesgar a romper otra. Me vio depositar el cálamo y cubrir el frasco de tinta. No dejó de tocar, y la percusión de su sistro recorrió el cuarto en un vuelo quebrado como el de una libélula.

A la semana siguiente, Jesús no llegó a casa desde Magdala antes de la puesta de sol, como siempre hacía. Llegó el crepúsculo, después la oscuridad, y no apareció. Permanecí de pie en la puerta, mirando hacia la cancela, agradecida por la luna llena. María y Salomé retrasaron la comida del sábado y se sentaron con Simón y Santiago en un grupito bajo el olivo.

Cuando apareció, hice caso omiso de mi confinamiento y corrí hacia él. Venía cargado con un pesado saco en la espalda.

—Lamento haberme retrasado —dijo—. Me he desviado hacia Einot Amitai y he pasado por el taller del cantarero en la cueva de piedra caliza.

Aquel camino tenía fama de estar infestado de leprosos y bandidos, pero cuando su madre le amonestó por el peligro, él alzó la mano para detenerla, y sin más comentarios se dirigió con paso decidido hacia nuestra habitación, donde volcó el contenido del saco y formó una montaña mágica ante nuestra puerta.

¡Trozos de tinaja! Fragmentos de piedra.

Me eché a reír al verlos. Le besé las manos, las mejillas, y después le eché una reprimenda.

—Tu madre tiene razón. No deberías haber recorrido un terreno tan peligroso por mí.

—Truenecillo, no ha sido por ti —bromeó—. He traído esos trozos para que escribas en ellos y así salvar las cazuelas de mi madre.

## XVIII

Al aproximarse el final de mi confinamiento, comencé a soñar con volver a Jerusalén.

Las mujeres debían hacer una ofrenda sacrificial en el templo. Si tenían medios, compraban un cordero. Si era una mujer necesitada, ofrecía dos tórtolas. Las madres pobres y vejadas de las palomas. Llevaban un cierto estigma, pero a mí no me importaba convertirme en una de ellas. No sentía el menor interés por el tamaño de mi sacrificio ni por si el sacerdote me declaraba pura, impura o una roñosa sin remedio. Lo que yo deseaba era tomarme un respiro del caserío, de aquellas paredes que se encogían como los higos al sol, de las sordas hostilidades, de aquella inmutable cotidianeidad. Viajar a Jerusalén durante el aburrido mes de elul sería algo más plácido que hacerlo en la Pascua, y un bienvenido paréntesis antes de regresar a mis quehaceres. Todos los días me lo imaginaba. Jesús y yo nos volveríamos a quedar con Lázaro, Marta y María. Disfrutaría al ver a Tabita. Iríamos a la piscina de Siloé, donde yo le pediría a Jesús que metiese a los paralíticos en el agua. Compraríamos dos tórtolas en el templo. Intentaría no acercarme a los corderos.

Tales pensamientos me llenaban de euforia, pero no eran mi verdadera intención. Lo que yo pretendía era hacer un trueque con mi diadema de plata, el espejo de cobre, el peine de latón e incluso mi valiosa lámina de marfil, y cambiarlos por papiros y tinta.

—Solo falta una semana para que finalice mi cautividad —le susurré a Jesús—, y tú no has dicho nada todavía sobre ir al templo. Tendré que hacer mi sacrificio.

Estábamos reclinados en la azotea, donde yo también había empezado a dormir para huir del calor extendiendo mi jergón a una distancia aceptable del suyo. Toda la familia excepto Yalta había cogido la costumbre de dormir allí arriba. Al mirar por el techado de adobe, podía ver sus cuerpos alineados bajo las estrellas. Esperé. ¿Había oído mi pregunta? Allí arriba, las voces llegaban con suma facilidad; incluso ahora estaba oyendo a Judit en la otra punta de la azotea, que murmuraba a sus hijos tratando de calmarlos.

—¿Jesús? —susurré, más alto.

Se acercó un poco para poder hablar en voz baja.

—Ana, no podemos ir a Jerusalén. Son cinco días de viaje a paso ligero y otros cinco de vuelta. No puedo dejar mis ocupaciones durante tanto tiempo. Me he convertido en uno de los principales trabajadores de la sinagoga.

No quería que mi esposo oyese mi decepción. Volví a tumbarme sin responder y elevé la mirada hacia la noche, donde la luna apenas comenzaba a asomar la frente.

—En lugar de eso —me dijo—, puedes hacer tu ofrenda aquí al rabí. A veces se hace así.

—Es solo que... tenía la esperanza de... —me interrumpí al oír el temblor en mi voz.

—Cuéntame. ¿De qué tienes la esperanza?

—Tengo la esperanza de tenerlo todo.

Tras una pausa, le oí decir:

—Sí, yo también tengo la esperanza de que llegue todo.

No le pregunté a qué se refería, y él tampoco me preguntó a mí. Jesús ya sabía qué era mi «todo». Y yo sabía cuál era el suyo.

No tardé en oír cómo se le iba haciendo más profunda la respiración y se dormía.

Una imagen se adentró planeando en mis pensamientos, y allí se quedó flotando: «Jesús está en la cancela. Viste su manto de viaje, con una bolsa colgada del hombro. Yo también estoy allí, con el rostro cargado de pena».

Se me abrieron los ojos de golpe. Me di la vuelta y lo miré con una repentina tristeza. La azotea estaba en silencio, y la noche tendía sobre nosotros su manto de calor. Oí en la distancia el aullido de algún tipo de criatura —un lobo, tal vez un chacal—, y después a los animales inquietos en el establo. No me dormí, sino que me quedé allí tumbada recordando aquello que Jesús me reconoció aquella noche en que me pidió que me convirtiera en su prometida. «Desde que era un crío de doce años, he sentido que Dios podría tener pensado para mí algún propósito concreto, pero ahora eso me parece menos probable. No he tenido ninguna señal.»

La señal llegaría.

Su «todo».


Ochenta días después del nacimiento y la muerte de Susana, le compré dos tórtolas a un granjero y se las llevé a lo más parecido a un rabí que teníamos en Nazaret, aquel hombre tan distinguido que era el dueño de la almazara de la aldea y que se plantaba allí con la pretensión de parecer experto a la hora de declarar puras a las mujeres. Cuando llegué, el hombre estaba dando de comer al burro que hacía girar la muela. Me acompañaban Simón y Yalta: no esperábamos a Jesús de vuelta en casa desde Magdala hasta dentro de cuatro días.

El rabí tenía agarrado un puñado de paja en una mano cuando recibió las palomas, que aleteaban como locas dentro de aquella jaula tan reducida. No parecía estar muy seguro de si debía citar la Torá en su pronunciamiento, lo cual provocó una fascinante mezcla de las Escrituras con la invención.

—Vete, y sé de nuevo fecunda —dijo el rabí cuando nos dábamos la vuelta para marcharnos, y vi que Yalta me miraba y ponía los ojos en blanco.

Me puse la pañoleta baja sobre la frente, pensando en Susana, en su belleza y su dulzura. Se había terminado mi confinamiento y otra vez ocuparía mi lugar entre las mujeres. Cuando regresara Jesús, volvería a ser una esposa para él. Y no habría tinta ni trozos de tinaja. No habría papiro de Jerusalén.

En el regreso desde la almazara del rabí, Yalta y yo caminábamos muy por detrás de Simón.

—¿Qué vas a hacer? —me preguntó mi tía, y supe que se refería a las palabras de despedida del rabí acerca de volver a ser fecunda.

—No lo sé.

Me estudió con la mirada.

—Pero, en realidad, sí que lo sabes.

Dudaba de que tal cosa fuese cierta. Me había pasado todos aquellos años utilizando hierbas para evitar quedarme embarazada, convencida de que lo mío no era la maternidad sino alguna otra forma indefinida de vida, tratando de alcanzar unos sueños que probablemente jamás se harían realidad. De pronto todo esto me avergonzó, aquel esfuerzo interminable por alcanzar lo inalcanzable. Me pareció una necedad.

Volví a pensar en Susana, y las manos se me deslizaron sobre el vientre. El peso del vacío que había allí se me antojaba una carga imposible.

—Pienso que elegiré volver a ser fecunda —le dije.

Yalta sonrió.

—Piensas con la cabeza. Pero sabes con el corazón.

Yalta dudaba de mí. Me detuve y no quise ceder terreno.

—¿Por qué no iba a tener otro hijo? Le daría una alegría a mi esposo y quizá lo fuese para mí también. La familia de Jesús me volvería a abrazar.

—Te he oído decir más de una vez que no querías tener hijos.

—Pero al final sí quise a Susana.

—Sí, desde luego que fue así.

—He de entregarme a algo. ¿Por qué no iba a ser la maternidad?

—Ana, no tengo la menor duda de que debas entregarte a la maternidad. Solo pongo en duda qué está escrito que hayas de traer al mundo.

Medité sobre sus palabras durante dos días y dos noches, unas palabras tan inmensas e inescrutables. Para una mujer, incluso para mí, era algo asombroso pensar en parir algo que no fueran hijos y después en cuidarlo con la misma dedicación, las mismas atenciones y el mismo primor.

La tarde antes del día en que había de llegar Jesús reuní los trozos de tinaja, todos ellos ahora cubiertos de palabras, los metí en un saco de lana y los dejé en un rincón. Barrí nuestro cuarto, rellené los candiles de barro y azoté el polvo de nuestros jergones.

Al caer la oscuridad, oí que los demás subían a la azotea, pero no me uní a ellos. Me dormí en la fragancia del jergón y soñé.

*Estoy pariendo, en cuclillas sobre el agujero del rincón. Su-*

*sana se desliza de mis entrañas y cae en las manos de Yalta, y estiro los brazos hacia ella, sorprendida de que esta vez sí se haya puesto a berrear, de que agite en el aire esos puños minúsculos. Sin embargo, cuando Yalta la deja en mis brazos, me sorprende ver que la niña no es Susana. Soy yo misma. Y dice Yalta: «¡Pero bueno, si eres la madre y la recién nacida!».*

Me desperté en la oscuridad. Al llegar las primeras luces, me acerqué silenciosa junto a la cama de Yalta y la agité con delicadeza para despertarla.

—¿Qué pasa? ¿Te encuentras bien?

—Estoy bien, tía Yalta. He tenido un sueño.

Se puso un chal por encima. Pensé en su propio sueño con Jayá, que la llamaba desde lo alto de una cumbre, y me pregunté si ella también había pensado en él.

Le conté lo que había soñado y, acto seguido, le puse en las manos mi diadema de plata y le dije:

—Ve a ver a esa vieja y cámbiale mi tocado por aceite de semilla negra. Y, por si acaso, también por ruda silvestre y raíces de hinojo.


Dispuse las hierbas sobre la mesa de roble de nuestra habitación. Cuando llegó Jesús, tarde aquel día, lo recibí con un beso y vi cómo sus ojos recorrían mi colección de medidas preventivas. Era importante para mí que él lo entendiera. Aceptó las hierbas con un gesto de asentimiento: no habría más hijos. Sentí el alivio en él, un alivio triste y mudo, y se me pasó por la cabeza que si le llegaba a él alguna vez el momento de marcharse de verdad, le resultaría mucho más sencillo sin hijos.

Nos tumbamos juntos, me aferré a él y lo atraje hacia mí, sentí que el corazón se me iba a abrir y se me iba a derramar. Sus dedos me acariciaron la mejilla.

—Truenecillo —susurró.

—Amado mío —respondí.

Apoyé la cabeza en su pecho y observé cómo discurría la noche por la ventana alta. Nubes de flecos pálidos, estrellas suspendidas, cuñas de cielo. Pensé en lo mucho que nos parecíamos, rebeldes los dos, atrevidos y rechazados. Ambos presa de unas pasiones a las que había que dar rienda suelta.

Cuando se despertó, incluso antes de rezar la semá, le describí el sueño que me había empujado a cambiar mi diadema por las hierbas. ¿Cómo se lo iba a ocultar?

—¡La recién nacida era yo! —exclamé.

El rostro se le ensombreció fugazmente —preocupación, al parecer, por lo que el sueño auguraba para el futuro—, y se le pasó.

—Parece que volverás a nacer —me dijo.

XIX

Cargar con agua.
Cardar el lino.
Hilarlo.
Tejer prendas de vestir.
Arreglar las sandalias.
Hacer jabón.
Machacar el trigo.
Cocer el pan.
Recoger estiércol.
Preparar la comida.
Ordeñar a las cabras.
Dar de comer a los hombres.
Dar de comer a los niños.

Dar de comer a los animales.

Cuidar a los niños.

Barrer los suelos sucios.

Vaciar los orinales...

Igual que el de Dios, el duro trabajo de las mujeres no conocía límites.

Cuando el ardor del verano fue cediendo y transcurrieron los meses, el hastío pendía de mis huesos como las pesas de un telar.

Costaba imaginarse cómo mi vida iba a poder ser alguna vez distinta de como era ahora: levantarme a horas tan tempranas para continuar con mis quehaceres, con los dedos en carne viva por la mano del mortero y el telar. Jesús, de aldea en aldea y de pueblo en pueblo por el mar de Galilea y en casa dos días de cada siete. Los severos juicios de Judit y Berenice.

En el bosque que llevaba oculto en el pecho, los árboles iban perdiendo lentamente las hojas.


## XX


En el primer aniversario de la muerte de Susana, Jesús y yo fuimos caminando a la cueva donde estaba enterrada nuestra hija y recogimos sus huesos en un pequeño osario de piedra caliza que él mismo había tallado. Vi a Jesús colocar el recipiente de piedra sobre una repisa y dejar la mano sobre él durante unos instantes.

El dolor en mí podía ser insoportable en ocasiones, y ahora lo sentía... Un dolor tan lacerante que me pregunté si sería capaz de mantenerme en pie. Alargué la mano hacia Jesús en la luz grisácea y vi el movimiento de sus labios en silencio. Si yo sobrellevaba mi dolor escribiendo las palabras, Jesús sobrellevaba el suyo rezándolas. ¿Cuántas veces me habría dicho que Dios era como la gallina que reúne a sus polluelos bajo sus alas? Sin embargo, yo nunca me había sentido atraída a ese lugar donde él parecía morar con tan pocos esfuerzos.

Salimos de la cueva al resplandor de la luz y me embebí del aire del verano, ácido y verdoso. Descendíamos caminando hacia el valle de regreso a Nazaret cuando Jesús se detuvo en un llano donde crecía una multitud de lirios.

—Descansemos un rato —me dijo, y nos sentamos entre la hierba, en el olor tan denso y tan dulce.

Podía sentir a Susana por todas partes, y quizá él la sintiera también, porque se volvió hacia mí y me dijo:

—¿Alguna vez te imaginas cómo sería si viviese?

Aquella pregunta me atravesó, pero me aferré a ella, porque me moría de ganas de hablar de mi hija.

—Tendría tus ojos —le dije—. Y esa nariz tuya tan larga.

—¿Tan larga tengo la nariz? —me preguntó, sonriente.

—Sí, mucho. Y tendría tu risa escandalosa. Tendría un corazón tan bondadoso como el tuyo, pero no sería tan devota. Su religión la obtendría de mí.

—Yo me la imagino con tu pelo —dijo cuando hice una pausa—, y estaría llena de vida, exactamente igual que tú. La llamaría Trueno Diminuto.

Aquello me produjo un consuelo repentino y profundo, como si me hubiesen llevado —aunque solo por un instante— a ese lugar tan inescrutable bajo el ala de Sofía.

XXI

Allí de pie, en el pozo de la aldea, tenía esa sensación tan peculiar de que me estaban observando. Era una sensación que ya había tenido con frecuencia en mis primeros años en Nazaret; es más, cada vez que salía del caserío. «¡Mirad! Ahí va esa joven rica de Séforis, ahora no es más que una aldeana.» Con el tiempo, sin embargo, me convertí en algo demasiado conocido para ellos como para que reparasen en mí, y cesaron las miradas fulminantes, pero ahora, una vez más, se me erizaba el vello de los brazos, esa sensación de que alguien me observaba.

Era la primera semana del mes de tisrí, justo después de la cosecha de higos del final del verano. Me sequé la frente y dejé el cántaro sobre el murete de piedra que rodeaba el pozo del manantial y eché un vistazo a mi alrededor. El pozo estaba atestado de gente, las mujeres se arremolinaban con su cántaro al hombro y los niños colgados de la túnica. Los artesanos de los oficios hacían cola para llenar los odres de agua. Un grupo de niños tiraba de un camello tozudo. Nadie parecía tener ningún interés en mí, pero me había acostumbrado a confiar en aquella extraña manera en que sabía yo las cosas: las imágenes, los sueños, los avisos que me daba mi cuerpo. Alerta, aguardé mi turno para coger agua.

Al enrollar la cuerda en el asa del cántaro y descenderlo al pozo fue cuando oí los pasos a mi espalda.

—*Shelama*, hermanita —dijo una voz.

Sentí un vuelco en el alma.

—¡Judas!

Él agarró la cuerda cuando mis manos la soltaron por la sorpresa.

—Así que eras tú quien me estaba observando.

—Sí, todo el camino desde tu casa.

Abrí los brazos para abrazarlo, pero él retrocedió.

—Aquí no. No deberíamos atraer las miradas sobre nosotros.

Tenía la cara más flaca, del bronceado del cuero y dura

como el pellejo de una cabra. Bajo el ojo derecho se le enroscaba una cicatriz blanca como la cola de un escorpión. Tenía el aspecto de que la vida le hubiese mordido con todas su ganas y, al notarlo tan correoso, lo hubiese vuelto a escupir. Comenzó a sacar mi cántaro del pozo, y me fijé en la daga metida bajo la faja, en cómo sus ojos se disparaban a derecha e izquierda por encima de los hombros.

—Ven conmigo —me dijo, y arrancó a grandes pasos con el cántaro.

Me puse la capucha del manto y me apresuré detrás de él.

—¿Adónde vamos?

Giró hacia la zona más concurrida de Nazaret, donde se apretaban las casas en un laberinto de callejones estrechos, y se adentró en un pasadizo entre dos patios, vacío salvo por tres hombres. Allí, entre la fragancia de los burros, la orina y los higos fermentados, me elevó en sus brazos y me dio una vuelta.

—Tienes buen aspecto.

Miré a los hombres.

—Están conmigo —me dijo.

—¿Tus amigos zelotes?

Asintió.

—Somos unos cuarenta los que vivimos en el monte. Hacemos lo que nos toca para librar a Israel de los cerdos romanos y sus simpatizantes. —Sonrió e hizo una leve reverencia.

—Eso suena... —vacilé.

—¿Peligroso?

—Iba a decir «poco práctico».

Se echó a reír.

—Veo que sigues diciendo lo que piensas.

—Estoy segura de que tus zelotes y tú sois una enorme molestia para Roma, pero una molestia, Judas. Eso no es suficiente para su poderío.

—Te sorprendería lo mucho que nos temen. Se nos da bien lo de incitar las revueltas, y no hay nada que Roma tema más que un levantamiento. Lo mejor de todo es que se trata de la manera más segura de librarse de Herodes Antipas. Si no tiene capacidad para mantener la paz, Roma lo sustituirá. —Hizo una pausa, nervioso, echando la vista hacia la entrada del callejón—. Han asignado una centuria de ochenta hombres a nuestra captura, y aún, en todos estos años, no han capturado a uno solo de nosotros. Sí, han matado a algunos, pero nunca nos han prendido.

—Ya veo, mi hermano el de dudosa fama. —Le di un empujón de buen ánimo—. Pero claro, aquí en Nazaret no he oído ni una sola palabra sobre ti.

Sonrió.

—Por desgracia, mi gloria parece confinada a las ciudades. Séforis, Tiberíades, Cesarea.

—Pero, Judas, mírate —le dije poniéndome seria—. Te persiguen, duermes en cuevas, cometes actos de rebeldía que pueden hacer que te maten. ¿Es que nunca has querido cambiar eso por una esposa e hijos?

—Pero si tengo esposa: Ester. Vive con otras cuatro mujeres zelotes en una casa de Naín que está llena de niños, y tres de ellos son míos. —Sonrió de oreja a oreja—. Dos chicos, Josué y Jonatán, y una niña, Ana.

Al oírle hablar de sus hijos, pensé en mi Susana y sentí el tajo de ese mismo cuchillo que surgía cada vez que aparecía su recuerdo. Decidí no hablar de ella. Fingí resplandecer de alegría:

—Tres hijos... Espero conocerlos algún día.

Soltó un suspiro, y percibí la languidez que había en él.

—No he visto a Ester en muchos meses.

—Y ella tampoco te ha visto a ti.

Quería recordarle que era ella quien se había quedado abandonada.

Se oyó el traqueteo de los cascos de unos caballos y las voces de unos hombres, y la mano de Judas se fue de manera instintiva a la empuñadura de su daga. Me llevó más al interior del callejón.

—¿Cómo sabías dónde encontrarme? —le pregunté.

—Lavi. Me mantiene informado de muchas cosas.

Así que mi fiel amigo se había convertido en su espía.

—Desapareciste de mi vida, y ahora apareces —le dije—. Tiene que haber una razón.

Frunció el ceño ante los rayos oblicuos del sol, y la cola del escorpión se levantó en la cresta de su pómulo como si se preparase para soltar un picotazo.

—Tengo una noticia triste, hermana. He venido a decirte que nuestra madre ha muerto.

No hice ruido ninguno. Me convertí en un fragmento de nube, mirando desde lo alto y viendo las cosas como las ven los pájaros, distantes y empequeñecidas. El rostro de mi madre era apenas perceptible y lejano.

—Ana, ¿me has oído?

—Te he oído, Judas.

Le lancé una mirada impasible y pensé en la noche en que mi madre me encerró en mi alcoba gritando: «Tu deshonra recae sobre mí. Permanecerás aquí confinada hasta que ofrezcas tu consentimiento a los esponsales».

¿Por qué recordaba ahora aquellas cosas tan terribles?

—¿Sabes qué fue lo último que me dijo? —le pregunté—. Me dijo que viviría el resto de mis días como una aldeana en un maldito pueblucho de mala muerte, que eso era lo que yo me merecía. Eso me dijo un mes antes de marcharme de Séforis y casarme con Jesús, y no volvió a decirme una palabra más, nunca. El día en que subí a la carreta y Lavi arreó a los caballos, ella ni siquiera salió de su alcoba para despedirse.

—Tal vez fuese cruel contigo —dijo Judas—. Pero era nuestra madre. ¿Quién la va a llorar si no lo hacemos nosotros?

—Que la llore Sipra —le dije.

Judas me lanzó una mirada de reproche.

—Ya llegará tu dolor. Mejor que sea más pronto que tarde.

No creía que Judas tuviese razón sobre aquello, pero le dije:

—Lo intentaré, hermano. —Acto seguido, incapaz de contenerme, le pregunté—: ¿Por qué no volviste nunca a verme? Me dejaste con nuestros padres y no regresaste jamás. Me casé, y tú no estabas. Te casaste tú, y no se te ocurrió contármelo. No sabía si estabas vivo o muerto. En todos estos años, Judas.

Suspiró.

—Lo siento, hermanita. No podía regresar a Séforis por el temor a que me prendiesen, y habría sido peligroso para ti tenerme cerca. Cuando te casaste, no sabía dónde andabas, y no hace mucho que empecé a obtener información de Lavi. Pero tienes razón: podría haber intentado encontrarte antes. He estado demasiado absorto en mi guerra contra los romanos. —Me miró con una expresión de arrepentimiento—. Pero ahora estoy aquí.

—Ven a casa y quédate a pasar la noche con nosotros. Jesús está aquí. Tienes que conocerlo. Él también es un radical. No como tú, sino a su propia manera. Verás como te merece la pena conocerlo. Ya verás.

—Iré encantado a conocerle, pero no me puedo quedar a pasar la noche. Mis hombres y yo debemos marcharnos de Nazaret mucho antes del amanecer.

Caminamos codo con codo, con el cántaro sobre mi hombro y sus hombres detrás a una cierta distancia. Yo no había puesto el pie en Séforis ni una sola vez en todos estos años, ni siquiera para acudir al mercado, y ansiaba tener noticias.

—Dice Jesús que nuestro padre vuelve a ser el escriba mayor y consejero de Antipas —le dije a Judas—. Cuesta imaginárselo ahora en Tiberíades, y más difícil aún imaginarse a nuestra madre enterrada allí.

—¿No lo sabes, entonces? Cuando Antipas trasladó su gobierno a Tiberíades tu padre se marchó con él, pero nuestra madre se negó. Estos últimos cinco años ella ha vivido en Séforis únicamente con Sipra.

Aquella revelación me sorprendió, pero solo por un instante. Qué euforia habría sentido mi madre por librarse por fin de mi padre. Y dudo que a él le importara lo más mínimo dejarla allí.

—¿Y Lavi? —le pregunté.

—Tu padre se lo llevó a Tiberíades para que fuese su criado personal. A mí me ha venido muy bien.

—«Tu padre», así lo has llamado por dos veces. ¿Es que ya no lo reconoces como tuyo?

—¿Se te olvida? Él me repudió: lo escribió en un contrato y lo hizo firmar por un rabí.

Sí, se me había olvidado.

—Lo siento —le dije—. Mi padre podía ser tan cruel contigo como nuestra madre lo era conmigo.

—Me alegro de no tener ninguna relación con él. Lo único que lamento es que no heredaré la casa de Séforis. Ha quedado vacía ahora que nuestra madre no está. Cuando muera tu padre, irá a parar a manos de su hermano, Arán. Ya han intercambiado cartas al respecto. Lavi me las pasó a escondidas. Arán le escribió que cuando llegara la hora, enviaría a un emisario desde Alejandría para vender la casa y su contenido.

Iba a suceder tal y como mi madre había predicho: la casa sería de Arán, el viejo adversario de Yalta.

—Si mi padre está escribiendo a su hermano sobre este tipo de cosas... ¿se encuentra mal?

—Según Lavi, sufre de toses y a veces duerme sentado para poder respirar. Ya no viaja, pero, por lo demás, cumple con sus deberes.

También el rostro de mi padre se me había perdido prácticamente.

Jesús salió a nuestro encuentro y traía en la mano la herramienta para extender el adobe por el techado. Había estado reforzando la superficie antes de las lluvias de otoño. Le limpié una mancha de barro del mentón.

—Este es mi hermano Judas —le dije—. Ha venido a contarme que mi madre ha muerto.

Jesús me pasó el brazo por los hombros y me miró con ternura.

—Lo siento, Ana.

—No me salen las lágrimas —le conté.

Nos sentamos los tres en unas esteras en el patio y no hablamos del fanatismo zelote de Judas sino de cosas comunes —el trabajo de Jesús en la sinagoga de Magdala, la infancia que Judas y yo compartimos— y, por último, de mi madre. Se había cortado en la mano con una caja de polvos y aquello le dejó una herida que se le envenenó. Fue Sipra quien tuvo que enterrarla. Aun entonces, seguí sentada con los ojos secos.

Cuando la luz comenzó a escabullirse, Jesús acompañó a Judas hacia la escalerilla que conducía a la azotea. Los seguí, pero Jesús me dijo en voz baja:

—¿Te importaría dejarnos hablar un rato?

—¿Y por qué no debería subir yo también?

—No te ofendas, Truenecillo. Solo queremos hablar de hombre a hombre.

Le rugió el estómago y se echó a reír.

—A lo mejor podrías meterle prisa a mi madre y a Salomé para que preparen algo de comer.

No pretendía tener ningún desaire conmigo, pero aun así me sentía desairada. Me había dejado al margen. Hasta donde yo recordaba, era la primera vez que lo hacía.

Poco antes de esto, un día llegaron a casa con Jesús cuatro desconocidos que olían a pescado, y las mujeres habíamos tenido que servirles también la cena. Yo no había pedido sumarme a la conversación de los hombres, sino que me había quedado mirándolos, allí apiñados bajo el olivo, en una intensa conversación hasta que cayó la noche. Cuando se marcharon, le pregunté a Jesús:

—¿Quiénes eran esos hombres?

—Amigos —me dijo—. Pescadores de Cafarnaún. Estaba en su barco cuando tú pariste a Susana. Van de camino al mercado de Séforis, a comerciar.

—¿De qué habéis estado hablando durante tanto tiempo? De pescado no, desde luego.

—Hemos hablado de Dios y de su reino —respondió.

Esa misma noche, María, que debía de haberlos oído mientras les servía la cena, nos murmuró a Salomé y a mí:

—En estos días, mi hijo no habla más que del reino de Dios.

—Hablan de Jesús en la aldea —añadió Salomé—. Dicen que habla con publicanos y leprosos. —Me miró a mí y bajó los ojos—. Y con rameras.

—Cree que hay sitio para todos ellos en el reino de Dios —le dije—. Eso es todo.

—Cuentan que se enfrentó a Manahén —dijo Salomé—, el hombre que vino a nuestra cancela. Jesús le reprendió por condenar a los pobres que cargan con leña en sábado. ¡Afirmó que por corazón tenía un sepulcro!

Con un golpe, María dejó sobre la piedra del horno un cuenco de pan empapado en vino.

—Debes hablar con él, Ana. Me temo que va a tener algún problema.

Lo que yo me temía no era que fuese a tener algún problema, sino que lo creara. Al mezclarse con rameras, leprosos y publicanos, iba a generar más rechazo, pero ¿y qué? A mí no me importaba que trabase amistad con ellos. No, lo que me preocupaba era esta nueva costumbre de levantar la voz en contra de la autoridad.

En ese instante, al ver a Jesús y a Judas subir los peldaños, regresó a mí la misma sensación ominosa que tuve aquella noche. Me deslicé hacia el lateral de la casa, donde no era probable que nadie me viese, y allí, bajo el techado de palos sobre el taller, aguardé a que los fragmentos de su conversación me fuesen cayendo con la consistencia de la miel. El estómago de Jesús se iba a pasar un buen rato más rugiendo.

Judas estaba hablando de las hazañas de sus zelotes.

—Hace dos semanas, en Cesarea, arrancamos los emblemas romanos y destruimos el rostro de una estatua del emperador que tienen a las puertas de su templo dedicado a Apolo. No encontramos el modo de profanar el propio templo, estaba fuertemente protegido, pero sí incitamos a una turba que apedreó a los soldados. No solemos ser tan descarados, sino que buscamos contingentes militares pequeños por los caminos, donde es fácil atacarlos; o robamos a los ricos que viajan por el campo. La parte del botín que no necesitamos se la entregamos a los aldeanos para que paguen sus impuestos.

Jesús debía de estar dándome la espalda, porque su voz era débil.

—Yo también creo que ha llegado el momento de librarse de Roma, pero el reino de Dios no vendrá por el filo de la espada.

—Hasta que llegue el Mesías, la espada es todo lo que tenemos —adujo Judas—. Y mis hombres y yo la vamos a utilizar mañana para largarnos con una porción del grano y vino destinados a las despensas de Antipas en Tiberíades. Tengo en palacio una buena fuente que me ha informado de que... —Se perdió el resto de sus palabras.

Con la esperanza de oírlos mejor, rodeé la casa y me escondí entre las sombras, donde escuché a Judas describir el esplendor de Tiberíades: un inmenso palacio sobre una loma decorado con imágenes, un estadio romano y una columnata deslumbrante que discurría desde el mar de Galilea hasta la loma. Entonces mi hermano mencionó mi nombre, y me puse en tensión, muy atenta.

—Le he dicho a Ana que su padre no se encuentra bien. Ese hombre morirá pronto, pero es más traicionero que nunca. He querido hablar contigo sin la presencia de mi hermana porque he tenido noticias que la van a preocupar. Podría sentirse empujada a... Bueno, ¿quién sabe cómo iba a responder? Mi hermana es una mujer impetuosa y mucho más audaz de lo que le conviene para su propio bien. —Soltó una risotada—. Pero en fin, es posible que eso ya lo hayas descubierto por ti mismo.

Impetuosa y audaz. Antes sí lo era, pero esa parte de mí se parecía a una de esas mujeres olvidadas de los relatos que había escrito, apagada por los años de quehaceres domésticos, por la muerte de Susana y por esas hambrunas espirituales tan largas en las que no podía escribir.

—El padre de Ana ha tramado un último plan para convencer al emperador Tiberio de que convierta a Antipas en rey de los judíos —dijo mi hermano.

Qué decepción, lo predecible que era mi padre, pero esa no era ni mucho menos una noticia que me fuese a alarmar tal y como había previsto Judas.

Se produjo un silencio incómodo antes de que resonara la voz de Jesús.

—Dijeron los profetas que sería el Mesías quien ostentara el título de rey de los judíos. ¡Sería una burla que Antipas se apropiara de él!

—Te lo digo, su trama es muy astuta, y me temo que podría funcionar.

Al otro lado del caserío, María, Salomé y Judit se dirigían hacia la cocinita del patio para preparar la cena después de dejar a Berenice cuidando de los niños. Me preocupaba que pudiesen llamarme en cualquier momento y, al no responderles, que viniesen a buscarme.

—Matías tomó nota de la trama con meticuloso detalle —dijo Judas—. Su criado, Lavi, no sabe leer, así que me pasa todos los documentos que puede. Me quedé sorprendido al encontrarme con el que describe su plan. Antipas viajará a Roma el mes que viene para solicitar oficialmente al emperador que lo nombre rey.

—No parece probable que Tiberio le vaya a conceder tal cosa —dijo Jesús—. Todo el mundo dice que el emperador se opone a darle ese título a Antipas. Ya se negó a hacerlo incluso después de que Herodes le pusiera el nombre de Tiberíades a su nueva ciudad.

Enfrente, la charla de las mujeres me impedía oír. Volví a acercarme sigilosa hasta la escalerilla y la subí hasta la mitad.

Judas estaba diciendo:

—La gente odia a Antipas. El emperador le ha negado ser rey en el pasado porque teme que el pueblo se alce en armas. Pero ¿y si hubiera una forma de reducir esa posibilidad? Esa es la cuestión que Matías plantea en su trama. Escribió que los judíos nos oponemos a tener a Antipas como rey porque no es de sangre real, no es un miembro de la Casa de David. —Soltó un bufido—. Esa no es la única razón, ni mucho menos, pero sí es de gran importancia, y Matías se ha dedicado a conspirar para encontrar el modo de sortearla. De camino a Roma, Antipas se detendrá en Cesarea de Filipo para visitar a su hermano, pero lo que él busca en realidad es a la esposa de su hermano Filipo, Herodias, descendiente del linaje asmoneo de los reyes judíos.

¿Antipas iba a tomar a una nueva esposa? ¿Le había sucedido algo trágico a Fasaelis, mi amiga de antaño? Confundida y combatiendo las náuseas en el estómago, ascendí dos peldaños más.

—Herodias es una mujer ambiciosa —decía Judas—. A Antipas no le costará convencerla de que se divorcie de Filipo y se case con él. Le prometerá el trono. Cuando Antipas llegue a Roma, lo hará con un matrimonio real asegurado, y si esto no le garantiza la corona, nada lo hará.

Jesús le hizo la pregunta que me quemaba a mí en la lengua:

—Pero ¿Antipas no tiene ya una esposa?

—Sí, la princesa Fasaelis. Antipas se divorciará de ella y la enclaustrará en algún lugar secreto y perdido. Lo más probable es que la liquide sin hacer ruido y después anuncie que ha muerto a causa de unas fiebres.

—¿Crees que Antipas llegará tan lejos? —le preguntó Jesús.

—Matías afirma que, si Fasaelis continúa viva, incitará a

su padre para que se cobre venganza. Como bien sabes, el propio padre de Antipas ya ejecutó a su esposa, Mariamna, y dudo que Antipas tenga el menor reparo en seguir los pasos de su padre. Supongo que verás por qué quería ocultarle esta noticia a Ana, ¿verdad? Fasaelis era amiga suya.

Aturdida, apoyé la frente en un peldaño. La noche se había cerrado sobre nosotros mientras yo estaba allí, sujeta a la escalerilla. Una voluptuosa luna salpicaba luz por todas partes. El olor del pan serpenteaba en la oscuridad. Judas y Jesús continuaron conversando, sus voces como el zumbido lejano de las abejas en una retama.

Al empezar a bajar por la escalerilla, las manos —húmedas de sudor— me resbalaron por la madera por un instante y provocaron que la escalerilla traqueteara contra la casa. Antes de poder continuar descendiendo, oí que Jesús decía:

—Ana, ¿qué estás haciendo ahí?

Su rostro se asomó en la penumbra por encima del borde de la azotea.

Entonces apareció el de Judas a su lado.

—Lo has oído, entonces.

—Tenéis lista la cena —les dije.

Arrodillada ante el baúl de cedro en mi cuarto, fui sacando de uno en uno los objetos que contenía: el cuenco, los manuscritos, los cálamos, las tintas, el hilo rojo de lana dentro de su bolsito en miniatura. En el fondo descansaba la lámina de marfil trabajada a martillo que tan graves problemas me trajo, con su blanco perlado y reluciente. No sabía por aquel entonces, ni tampoco lo sé ahora por completo, por qué jamás había escrito nada en ella ni la había cambiado por otra cosa. Era como si fuese una reliquia que había que conservar: sin ella, mi matrimonio con Jesús nunca se habría producido. Ahora me daba la sensación de que la había estado reservando para aquel momento. Además, no había otra donde escribir.

Situé el último frasco de tinta sobre la llama del candil de barro y sacudí el líquido pastoso para ir despertándolo. La joven audaz no me había abandonado por completo. Escribí con rapidez en griego, sin preocuparme por trazar unas letras perfectas.

Fasaelis:

¡Date por prevenida! Antipas y mi padre conspiran contra ti. Tu esposo trama para casarse con Herodias, cuyo linaje real podría convencer al emperador para que coronase rey al tetrarca. Con certeza te digo que, cuando Antipas parta hacia Roma, se divorciará de ti y te hará su prisionera. Es también posible que tu vida corra peligro. Sé de buena tinta que Antipas se marchará dentro de menos de un mes. Huye si puedes. Mi corazón anhela verte a salvo.

ANA

Me levanté el bajo de la túnica y lo agité para secar la tinta; después envolví la carta en un fragmento de lino sin teñir. Cuando salí al patio, Judas ya estaba en la cancela.

—¡Hermano, espera! —Corrí hacia él—. ¿Es que te vas a escapar sin despedirte?

Me lanzó una mirada culpable.

—No me podía arriesgar a que hicieses lo que creo que estás a punto de hacer ahora mismo. ¿Qué hay dentro de ese paño?

—¿Acaso pensabas que no iba a hacer nada? Es una carta de advertencia a Fasaelis. —Se la confié—. Has de entregarla tú por mí.

Levantó las manos y se negó a recibirla.

—Me has oído decir que me marcho a Tiberíades, pero no me voy a aventurar a entrar en la ciudad, y mucho menos acercarme a palacio. Pretendemos interceptar la caravana de grano y vino a las afueras.

—Su vida está en juego. ¿Cómo es posible que no te importe?

—Me importa más la vida de mis hombres. —Se dio la vuelta hacia la cancela—. Lo siento.

Lo agarré del brazo y, una vez más, le presioné con el fardillo para que lo cogiese.

—Sé bien que eres capaz de encontrar la manera de evitar a los soldados en Tiberíades. Tú mismo te jactaste de que nunca os han prendido a ninguno de vosotros.

Judas era más alto que Jesús y que yo, y miró por encima de mí hacia el olivo, donde Yalta, mi esposo y los demás estaban sentados cenando, como si esperase que llegara alguno de ellos a rescatarlo. Eché un vistazo a mi espalda y vi que Jesús nos miraba, que me estaba dejando tener aquel momento a solas con mi hermano.

—Tienes razón —dijo Judas—. Nosotros podemos evitar a los soldados, pero tú no has meditado bien esto. Si encuentran tu carta y te identifican como la remitente, estarás en peligro. ¿Has puesto tu nombre en la carta?

Asentí. No me molesté en informarle de que, incluso sin mi firma, lo más probable era que Antipas y mi padre reconociesen al remitente. ¿No había sido yo quien había robado la lámina de marfil que tendrían delante?

—Necesito que hagas esto por mí, Judas. Yo posé para el mosaico de Antipas con tal de conseguir tu libertad. Seguro que tú podrás hacer esto por mí.

Echó la cabeza de golpe hacia atrás y soltó un quejido de resignación.

—Dame esa carta. La pondré en manos de Lavi y le pediré que se encargue de que se la hagan llegar a Fasaelis a escondidas.

Jesús me esperaba en nuestra habitación. No había encendido uno, sino dos candiles. Las luces y las sombras le revoloteaban por los hombros.

—¿Acierto al pensar que Judas le lleva tu advertencia a Fasaelis?

Asentí con la cabeza.

—Es peligroso, Ana.

—Lo mismo ha dicho Judas, pero no me reprendas. No podía dejarla a su suerte.

—No te reprocharé que trates de ayudar a una amiga, pero me temo que has actuado de manera impulsiva. Tal vez hubiese alguna otra forma.

Abrumada de agotamiento, me quedé con los ojos clavados en él, herida por su reproche. Notaba que algo estaba creciendo dentro de mí, algo que no tenía nada que ver con Fasaelis, una insoportable necesidad que no alcanzaba a comprender. Me balanceé ligeramente sobre los pies.

—Ha sido un día de sufrimiento para ti —me dijo, y aquellas palabras abrieron un barranco de tristeza en mi interior.

Los ojos se me pusieron vidriosos, con un sollozo que me ascendía por lo más recóndito de la garganta.

Abrió los brazos.

—Ana, ven aquí.

Apoyé la cabeza en el tejido basto de su túnica.

—Mi madre ha muerto —dije, y lloré amargamente por ella. Por todo cuanto podría haber sido.

## XXII

Aquel otoño, antes de la fiesta de los Tabernáculos, Jesús llegó a casa con la noticia de que un hombre de Ain Karim estaba bautizando a la gente en las aguas del Jordán. Lo llamaban Juan el Bautista.

Durante toda la cena, Jesús no dejó de hablar de aquel hombre que deambulaba por el desierto de Judea con un taparrabos y comiendo saltamontes churruscados con miel. En mi imaginación, no es que aquel fuese un personaje particularmente cautivador.

Toda la familia estaba sentada junto al fuego donde cocinábamos en el patio mientras Jesús describía la sensación que estaba causando el profeta: grandes multitudes acudían en masa al desierto al este de Jerusalén, y lo hacían con tal pasión que se adentraban en el río gritando y cantando, y después regalaban las túnicas y las sandalias.

—Cerca de Caná me encontré con dos hombres que lo habían oído predicar en persona —dijo Jesús—. Insta a la gente a volverse hacia Dios antes de que sea demasiado tarde. Dicen que condena a Antipas por su desprecio de la Torá.

Aquellas palabras fueron recibidas con miradas silenciosas.

—Y cuando Juan sumerge a la gente en el Jordán, ¿significa lo mismo que meterse en el micvé? —le pregunté yo.

Jesús posó su mirada sobre mí y sonrió por mi esfuerzo.

—Según decían ellos, representa una purificación mucho más radical que el micvé. La inmersión de Juan es un acto de arrepentimiento, apartarse de los propios pecados.

Volvió el silencio, más asfixiante aún. Jesús se puso en cuclillas delante del fuego. Vi en sus ojos el reflejo del parpadeo de las brasas y percibí lo incendiaria que debía de parecer nuestra vida en aquel preciso instante. Tenía aspecto de estar solo, de sentirse solo, prácticamente. Lo volví a intentar.

—Y este Juan el Bautista... ¿cree que se nos viene encima el apocalipsis?

No había ni uno solo entre nosotros que no supiera lo que significaba el apocalipsis. Sería una gran catástrofe y un gran éxtasis. Los hombres hablaban de ello en la sinagoga y analizaban sintácticamente las profecías de Isaías, Daniel y Malaquías. Cuando llegase, Dios establecería su reino sobre la tierra. Caerían los gobiernos. Roma sería derrocada. Herodes destronado. Los líderes religiosos corruptos serían expulsados. Llegarían los dos Mesías, el Mesías rey de la casa de David y el Mesías sacerdotal de la casa de Aarón, y juntos supervisarían la llegada del reino de Dios.

Sería perfecto.

Yo no sabía qué pensar de aquellas cosas ni sobre aquel anhelo febril que las rodeaba. Mucho tiempo atrás, al tratar de explicármelas, Yalta me decía que nuestro pueblo estaba tan desolado por tanto sufrimiento que se había generado en él la profunda esperanza de un futuro ideal. Ella pensaba que eso era lo único que había detrás de las profecías sobre el fin de los tiempos. Ahora bien, ¿estaba ella en lo cierto? Jesús parecía creer en ellas con fervor.

Me respondió mi esposo:

—Juan predica que el día del juicio está próximo, cuando Dios intervendrá para reparar el mundo. La gente ya está diciendo que Juan es el Mesías sacerdotal. De ser así, el Mesías rey no tardará en venir.

Me invadió una sensación trémula. Fuera quien fuese aquel Mesías rey, se encontraba en algún lugar de Judea o de Galilea, viviendo su vida. Me preguntaba si él sabría ya quién era, o si Dios aún estaba por darle la terrible noticia.

María se levantó y comenzó a recoger los cuencos y las cucharas. Cuando intervino, su voz dejó ver sus temores.

—Hijo, este hombre del que nos hablas podría ser un profeta o un loco…, ¿quién sabe?

Santiago se apresuró a participar en la disuasión de su madre.

—No podemos saber qué tipo de hombre es o si las cosas que dice proceden verdaderamente de Dios.

Jesús se puso en pie y descansó la mano en el brazo de su madre.

—Madre, tienes razón al hacer esas preguntas. Santiago, tú también la tienes. Aquí sentados no lo podemos saber.

Presentí lo que estaba a punto de decir. Se me aceleró el pulso.

—He decidido viajar a Judea y descubrirlo por mí mismo —dijo—. Me marcharé mañana al amanecer.


Temblaba de ira al seguirlo hasta nuestra habitación, estaba furiosa por que se marchase… No, furiosa por que él se pudiera marchar mientras que yo no disponía de tan esplendorosa libertad. Yo me quedaría aquí para siempre, ocupándome del telar, del estiércol y de los granos de trigo. Me daban ganas de gritarle al cielo. ¿Es que no veía el daño que me hacía quedarme allí abandonada, el no tener la libertad de moverme y de hacer cosas, de quedarme siempre esperando la llegada de «algún día»?

Cuando crucé la puerta con paso airado, Jesús ya estaba preparando su bolso de viaje.

—Coge salazón de pescado, pan, higos secos, queso, aceitunas, todo lo que pueda sobrar en la despensa. Suficiente para los dos —me dijo.

¿Los dos?

—¿Es que quieres llevarme contigo?

—Quiero que vengas, pero si tú prefieres quedarte aquí a ordeñar a la cabra...

Me lancé a sus brazos y le cubrí de besos el rostro.

—Siempre te llevaría conmigo si pudiera —me dijo—. Además, quiero oír lo que piensas de Juan el Bautista.

Llené de comida y odres de agua los bolsos de los dos y los até con correas de cuero. Me acordé del peine de latón que me había traído de Séforis más de diez años atrás, abrí uno de los bolsos y lo metí dentro. Aquello y el espejo de cobre eran las últimas posesiones que me quedaban con algo de valor. Cambiaría el peine por comida. A Jesús le gustaba decir que no deberíamos preocuparnos por lo que comemos o bebemos, que si Dios alimenta a los pájaros, ¿por qué no a nosotros?

Él confiaría en Dios. Yo me llevaría un peine.

Más tarde, me quedé tumbada oyéndole dormir, entre las esponjosas nubes de su aliento que llenaban la habitación. Era incapaz de cerrar los ojos de pura felicidad. Había surgido en mí como un brote de un verde llamativo. En aquellos momentos, perdí el temor de que me dejase abandonada. Si él lo dejaba todo y seguía a Juan el Bautista —vaya, incluso si se marchaba para ser él mismo un profeta—, me llevaría con él.


XXIII


Al rayar el alba, fui en busca de Yalta para despedirme. Dormía en su jergón en el almacén, tapada hasta la barbilla con su manto de lana, con la cabeza descubierta y el cabello suelto por la almohada.

Detrás de ella, en la pared, había un dibujo muy simple del calendario egipcio que había trazado ella con un tizón. Desde que la conocía, Yalta había llevado la cuenta de los doce meses lunares, de los nacimientos, las muertes y los sucesos venturosos. Cuando vivíamos en Séforis, dibujaba el calendario en un papiro con las tintas que yo preparaba. Aquí, solo disponía de una pared de barro y un tizón para trazar la rueda. Me acerqué a examinarla y vi que había marcado la muerte de mi madre en el mes de ab sin adjudicarla a ningún día en concreto. En el cuarto día del mes de tebet, el día de mi nacimiento, había escrito mi nombre y, junto a él, mi edad, veinticuatro. Entonces reparé en algo en lo que no me había fijado hasta ahora. Hoy era el duodécimo día del mes de tisrí, y a su lado había escrito el nombre de su hija desaparecida, Jayá. Hoy también era el aniversario del nacimiento de Jayá. Ella también tenía veinticuatro.

Bajé la mirada hacia mi tía y la vi mover los ojos tras los párpados cerrados: ¿estaría soñando? En ese momento, un rayo de luz entró por una rendija del techado de paja, se le posó en el hombro y se derramó por el suelo de tierra hasta mis pies.

Mis ojos lo contemplaron con curiosidad. Un cordón de luz que nos conectaba. Lo vi como una señal de la promesa que nos habíamos hecho la una a la otra cuando yo tenía catorce años, la de que seríamos siempre como Rut y Noemí: adonde yo fuese, ella vendría; mi gente sería su gente. Pero mientras estaba allí de pie mirando, el haz de luz perdió intensidad y se desvaneció en la claridad de la mañana.

Me arrodillé y besé a mi tía en la frente. Abrió los ojos.

—Me voy con Jesús.

Levantó la mano en un gesto para bendecirme.

—Que Sofía te proteja y te guarde —me dijo con una voz aturdida por el sueño.

—Y a ti también. Vuelve ahora a tu sueño. —La dejé rápidamente.

En el patio, Jesús se estaba despidiendo de María y de Salomé.

—¿Cuándo regresaréis? —le preguntó su madre.

—No te lo puedo decir con certeza: dos semanas, tal vez tres.

Eché la vista atrás, hacia el almacén, y me sentí invadida por el pavor. Me dije que Yalta se encontraba bien para su edad y que no tenía enfermedades. Me dije que si Jesús decidiera seguir a Juan el Bautista y me llevaba con él, también se la llevaría a ella, no nos iba a separar. Me dije que el haz de luz que nos conectaba no se desvanecería.


## XXIV

Tardamos varios días en llegar a la aldea de Enón, donde cambiamos mi peine por unos garbanzos, albaricoques, pan ácimo y vino, que sirvió todo ello para reponer nuestros bolsos vacíos. Desde allí, nos adentramos en Perea y viajamos por la margen izquierda del Jordán. Todas las mañanas, Jesús se despertaba y se alejaba una corta distancia para rezar a solas, y yo me quedaba tumbada en el verdor de los olores con el despuntar del día sobre mí y murmuraba alabanzas a Sofía antes de levantarme con las piernas agarrotadas de calambres y los retortijones de hambre en el estómago, ampollas en los talones... Ay, pero qué grande y misterioso era el mundo, y yo estaba lejos de casa, viajando con mi amado.

Al sexto día dimos con Juan el Bautista, en las orillas de guijarros del río, no muy lejos del mar Muerto. Era tan grande la multitud, que se había subido a un saliente de roca y estaba dando a voces sus prédicas. A su espalda había un grupo de hombres, apartados del gentío, unos doce o catorce, de los que me imaginé que serían sus discípulos. Dos de ellos me resultaban extrañamente familiares.

Aunque Jesús me había preparado en cuanto al aspecto de Juan el Bautista, no dejé de sorprenderme al verlo. Iba descalzo, flaco como un palo, con los brincos de la barba negra por el pecho y el balanceo del pelo en rizos apelmazados a la altura de los hombros. Y lo más extraño de todo, vestía un sayal de piel de camello, una prenda gruesa y lanuda atada al talle que apenas le llegaba a medio muslo. El espectáculo me hizo reír, pero no porque fuera ridículo, sino de agradecimiento por su extravagancia al percatarme de que uno podía vestir así y que la gente lo siguiera adulando como a uno de los elegidos de Dios.

Fuimos rodeando la congregación de gente y acercándonos a él tanto como pudimos. Era ya tarde aquel día, y las nubes se habían apilado sobre los montes calizos y había refrescado el ambiente. Pequeñas fogatas ardían aquí y allá a lo largo de la orilla, y nos aproximamos a una de ellas para calentarnos las manos sin dejar de escuchar.

Juan urgía a la muchedumbre a apartarse del dinero y la avaricia.

—¿Para qué os van a servir ahora esas monedas que tenéis? El hacha del juicio está ya lista para caer sobre la raíz del árbol. El reino de Dios está al llegar.

Observé a Jesús. Cómo se atiborraba de las palabras del profeta: el brillo en los ojos, el gesto fruncido de concentración en la cara, la respiración acelerada en el pecho.

Creí que la charla de Juan sobre el apocalipsis no se iba a acabar nunca —me alteraba los nervios—, pero acabó volviendo la fiereza de su lengua contra Herodes Antipas y lo atacó por su codicia, por dar la espalda a las leyes de Dios, por decorar su palacio de Tiberíades con toda una colección de imágenes. Tampoco pasó por alto a los sacerdotes del templo y los acusó de enriquecerse con los sacrificios de los animales que se hacían en el templo.

Ya sabía que Jesús me iba a preguntar qué pensaba yo de aquel hombre tan peculiar. ¿Qué le iba a decir? «Es extraño y excéntrico, y desconfío de toda esa charla suya sobre el fin de los tiempos, pero tiene algo carismático y poderoso, y por mucho que no haya conseguido atrapar mi imaginación, sí ha atrapado la de la gente.»

Un hombre que lucía las vestimentas blancas y negras de los saduceos —la élite de Jerusalén— interrumpió la abrasadora crítica de Juan:

—¿Quién eres tú? —le gritó—. Unos dicen que eres Elías, que ha resucitado, pero ¿quién dices tú que eres? Me envían los sacerdotes a averiguarlo.

Uno de los discípulos de Juan, uno de los que me resultaban conocidos, le contestó a voces:

—¿Eres un espía?

Me di la vuelta de golpe hacia Jesús.

—Ese discípulo... es uno de los pescadores de Cafarnaún que se sentaron contigo en el patio, ¡el dueño del barco en el que faenabas!

Jesús también lo había reconocido.

—Mi amigo Simón. —Observó a los demás discípulos—. Y su hermano, Andrés.

Simón continuaba vociferando al saduceo y exigiéndole saber quién era.

—¡Hipócrita! ¡Déjanos y vuélvete a Jerusalén a lucrarte!

—Tu amigo se acalora con facilidad —le dije a Jesús.

Me sonrió.

—Una vez lo vi amenazar con tirar a un hombre por la borda de su barco por acusar a su hermano de equivocarse en el recuento del pescado.

Juan alzó las manos para acallar el tumulto.

—Me preguntas quién soy, y te diré quién soy. Soy una voz que clama en el desierto.

Aquellas frases, aquella declaración, me dejaron realmente atónita. Pensé en la plegaria inscrita en mi cuenco del ensalmo: «Cuando yo sea polvo, entona estas palabras sobre mis huesos: ella era una voz». Cerré los ojos y me imaginé cómo las palabras se elevaban de sus lechos de tinta y escapaban por el lateral del cuenco. La figura de mí misma que había dibujado en el fondo dio un salto y comenzó a danzar por el borde.

Jesús se dio la vuelta y me puso la mano en el hombro.

—Ana, ¿qué te pasa? ¿Por qué lloras?

Alcé la mano y palpé la humedad en mis párpados.

—Juan es una voz —conseguí decirle—. ¡Cómo debe de ser decir una cosa así sobre uno mismo! Estoy tratando de imaginármelo.


Cuando Juan hizo un llamamiento a la multitud para que se arrepintiese y se limpiara de sus pecados, nos metimos los dos en el río con el resto de la muchedumbre. No entré hambrienta por regresar a la ley de Dios, lo hice con el deseo de limpiarme del temor y de la inactividad del espíritu. Entré arrepintiéndome de mi silencio y de lo exiguo de mi esperanza. Entré pensando en el yo renacido que había soñado dar a luz.

Cogí una bocanada de aire cuando Juan me empujó levemente bajo el agua. El frío se cerró sobre mí, el silencio del agua, el peso de la oscuridad, el vientre de una ballena. Abrí los ojos y vi unas pequeñas estrías de luz en el lecho del río y el tenue centelleo de los guijarros. Apenas un instante, un suspiro, y emergí salpicando agua.

La túnica se me pegaba al cuerpo en unos pliegues pesados mientras caminaba con dificultad hasta la orilla. ¿Dónde estaba Jesús? Se hallaba cerca de mí cuando nos metimos en el agua, y ahora se había perdido en la caótica masa de penitentes. Comencé a tiritar de frío y me desplacé por la orilla castañeteando los dientes y diciendo su nombre.

—J-Je-Jesús.

Lo localicé en medio del río, de pie frente a Juan y de espaldas a mí, sumergiéndose en el agua. Me fijé en el lugar donde acababa de desaparecer, en los círculos de agua que se expandían lentamente hacia las orillas y en cómo la superficie se iba quedando quieta y silenciosa.

Emergió de golpe, sacudió la cabeza y provocó una espiral de salpicaduras de agua. Elevó la mirada al cielo. El sol descendía hacia los montes y se derramaba sobre el río. Un pájaro, una paloma, salió volando del resplandor.

## XXV

Aquella noche nos tendimos a dormir junto al camino de Jericó, bajo un sicomoro nudoso y con las túnicas aún mojadas del bautismo. Estaba tumbada a su lado, recibiendo el calor de su cuerpo. Mirábamos las ramas, las piñas de frutos amarillos, el cielo negro manchado de estrellas. Qué despiertos estábamos, qué vivos. Apreté el oído sobre su pecho y escuché el lento tamborileo. Pensé que éramos inseparables. De un solo timbre.

Se me fue el pensamiento con Tabita, como me había pasado con frecuencia durante nuestro viaje, pero hasta ahora no la había mencionado.

—No estamos lejos de Betania —dije—. Vamos a ver a Tabita, y a Marta, María y Lázaro.

Pensé que la idea le agradaría, pero lo vi dudar durante un buen rato antes de responder.

—Es un día entero de camino —me dijo—. Y en la dirección opuesta a Nazaret.

—Pero si no tenemos prisa por regresar. Merecería la pena desviarnos.

No dijo nada. «Algo le preocupa.» Sacó el brazo de debajo de mí y se incorporó.

—¿Me esperas aquí mientras voy a rezar?

—¿A rezar? Estamos en plena noche.

Se levantó, y su tono de voz se hizo cortante.

—No me retengas, Ana. Por favor.

—¿Adónde vas a ir?

—No muy lejos, donde pueda estar solo.

—¿Y me vas a dejar aquí? —le pregunté.

Se alejó, atravesó algo parecido a un portal en la oscuridad y desapareció.

Me quedé allí sentada y enfurecida en mi soledad. Por un segundo me planteé el alejarme yo también a algún otro sitio. Me imaginé su confusión y su temor cuando regresara y descubriese que me había marchado. Se pondría a buscarme, a apartar y a agitar las moreras. Cuando me encontrase, le diría: «Yo también me he ido a rezar en plena noche. ¿Acaso pensabas que tú eras el único que tenía el espíritu inquieto?».

En cambio, esperé allí sentada con la espalda apoyada en el árbol.

Regresó en la hora que precede al alba, con la frente sudorosa.

—Ana, tengo que hablar seriamente contigo. —Se sentó sobre el duro lecho de hojas—. He decidido convertirme en discípulo de Juan el Bautista. Me marcharé de Nazaret y lo seguiré.

Aquella declaración me sorprendió, aunque tenía poco de sorprendente. Si Jesús podía oír un trueno dentro de mí, yo podía oír el ruido sordo de la búsqueda de Dios dentro de él. Había estado ahí, a la espera, durante todos aquellos años desde que lo conocí.

—No puedo hacer otra cosa. Hoy, en el río...

Le cogí la mano.

—¿Qué ha pasado en el río?

—Una vez te conté que, al morir mi padre, Dios se convirtió en un padre para mí, y hoy, en el Jordán, he oído que me llamaba «hijo». Hijo amado.

Podía ver que se había reconciliado con aquel crío al que rechazaban en su aldea, aquel del que se susurraba que no tenía un verdadero padre, ese que buscaba saber quién era. Se puso en pie, y fue como si el éxtasis de aquella experiencia le levantara los pies del suelo.

—Se va a producir una gran revolución, Ana. Ya viene el reino de Dios... ¡Piénsalo! Cuando saqué la cabeza del agua, sentí como si Dios me estuviera pidiendo ayuda para traerlo. Ya ves por qué no puedo ir a Betania: ahora que he establecido mi rumbo, quiero evitar cualquier retraso.

Guardó silencio, estudiándome la expresión de la cara. Una sensación de pérdida me atravesó de punta a punta. Iría con él a hacer la revolución de Dios, por supuesto, pero las cosas ya no serían iguales entre nosotros. Ahora, mi esposo pertenecía a Dios..., todo en él.

Me puse en pie y, con un gran esfuerzo, le dije:

—Tienes mi bendición.

Se relajó la tensión que había en sus labios. Me atrajo a sus brazos. Esperé a que dijese: «Tú vendrás conmigo. Iremos juntos a seguir a Juan». Yo ya estaba pensando en cómo iba a convencer a Yalta para que se uniese a nosotros.

Se endureció el silencio.

—¿Y yo? —le dije.

—Te llevaré a casa.

Confundida, sacudí la cabeza en un gesto negativo.

—Pero... —Quise oponerme, aunque no salió nada de entre mis labios.

«Pretende abandonarme.»

—Lo siento, Ana —me dijo—. Esta misión la debo afrontar sin ti.

—No me puedes dejar en Nazaret —susurré, y el dolor de pronunciar aquellas palabras fue tal que sentí que las piernas se me venían abajo, otra vez al suelo.

—Antes de unirme a Juan, debo ir y quedarme un tiempo en el desierto, para prepararme para lo que está por venir. Eso únicamente lo puedo hacer solo.

—Después de eso... entonces, te acompañaré. —Oí el tono de desesperación en mi voz; cómo odiaba ese sonido.

—No hay mujeres entre los discípulos de Juan, tú misma lo has visto igual que yo.

—Pero tú, precisamente tú... no me excluirías.

—No, yo te llevaría conmigo si pudiera. —Se peinó la barba con los dedos—. Pero este es el movimiento de Juan. Las razones por las que los profetas no tienen discípulos femeninos...

Indignada, lo interrumpí.

—Esas razones ya las he oído cientos de veces. Recorrer esos parajes nos expone a peligros y penalidades. Provocamos disensión entre los hombres. Somos una tentación, una distracción. —Mi furia se inflamaba, y me alegraba de ello. Servía para expulsar el dolor—. Se nos considera demasiado débiles para afrontar el peligro y las penalidades, pero ¿acaso no parimos? ¿No trabajamos noche y día? ¿No se nos dan órdenes y se nos silencia? ¿Qué son los ladrones y las tormentas en comparación con todo eso?

—Truenecillo —me dijo—, yo estoy de tu parte. Iba a decir que las razones por las que los profetas no tienen mujeres entre sus discípulos son erróneas.

—Y aun así vas a seguir a Juan el Bautista.

—¿De qué otra manera podemos esperar cambiar este error? Haré cuanto pueda para convencerlo. Dame tiempo. Volveré a por ti en el invierno, o a comienzo de la primavera, antes de la Pascua.

Me quedé mirándolo. Había abrazado el mundo con demasiada fuerza, y se me había escurrido de entre los brazos.


## XXVI

Jesús me llevó de vuelta a Nazaret tal y como había dicho que haría, y allí, con una precipitación innecesaria, se despidió de nosotros. Durante aquellas primeras y terribles semanas de su ausencia, permanecí en mi habitación. No estaba dispuesta a ver a su madre llorando amargamente ni a oír las exclamaciones y las preguntas que sus hermanos y sus esposas me arrojaban a la cara: «¿Es que Jesús se ha dado un golpe en la cabeza? ¿Está poseído? ¿Es que pretende seguir a un loco y dejar que nosotros nos las arreglemos solos?».

Me imaginé a mi marido solo en algún foso de arena del desierto de Judea, ahuyentando a los jabalíes y los leones. ¿Tendría comida y agua? ¿Estaría peleándose con ángeles igual que Jacob? ¿Volvería a buscarme? ¿Estaría siquiera vivo?

No tenía fuerzas para las tareas domésticas. ¿Qué más

daba si las aceitunas se quedaban sin prensar o los pabilos de los candiles sin cortar? Comía y cenaba en mi cuarto, con el apoyo de Yalta.

Salía de mi reclusión únicamente por la noche, y merodeaba por el patio como uno de los ratones. Preocupada por mí, Yalta trasladó su jergón a mi cuarto, y me traía vino caliente aderezado con un poco de mirra y de pasionaria para ayudarme a dormir, el mismo bebedizo que le dio a Sipra tanto tiempo atrás, cuando mi madre me tenía encerrada en mi alcoba. Aquel trago había dejado a Sipra sumida en un sueño imperturbable, pero a mí me hacía poco más que adormecerme los sentidos.

Una mañana me sentí incapaz de obligarme a levantarme de mi camastro, ni de probar el queso y la fruta. Yalta me palpó la frente en busca de fiebre y, al no encontrar nada, se inclinó hasta mi oído y me susurró:

—Suficiente, niña mía. Ya te has lamentado lo suficiente. Comprendo que te ha abandonado, pero ¿has de abandonarte tú?

Poco después, Salomé apareció en mi puerta con la noticia de que se casaría en primavera. Santiago había firmado un contrato de esponsales con un hombre de Caná, un absoluto desconocido para ella.

—Ay, hermana, cuánto lo siento —le dije.

—No es un pesar para mí —me respondió—. El pago por la novia ayudará a mantener a nuestra familia, sobre todo ahora que Jesús...

—Se ha ido —completé su frase.

—Santiago dice que mi esposo será bueno conmigo, que no le importa que sea viuda. Él también es viudo, tras haber perdido a dos esposas en sendos partos. —Hizo un esfuerzo por sonreír—. Debo tejer unas prendas nupciales. ¿Me ayudarás?

Era la más endeble de las tretas, obviamente pensada para atraerme de vuelta a mis deberes y a la propia vida, ya que, ¿qué mujer que estuviera en sus cabales me pediría a mí que la ayudara a hilar y a tejer? Hasta la propia Sara, de diez años, sabía hacerlo mejor. De alguna manera, no obstante, su táctica funcionó.

—Te ayudaré, por supuesto que sí —me oí decir.

Fui a mi baúl de cedro y saqué del fondo el espejo de cobre, la última posesión de valor que tenía.

—Toma —le dije, y le puse el espejo en las manos. Reflejó el sol que entraba oblicuo por la ventana en un fogonazo de luz anaranjada—. Me he mirado en este espejo desde que era una niña. Quiero que lo tengas tú como regalo por tus esponsales.

Salomé levantó el espejo a la altura del rostro.

—Pero mira, si estoy...

—Preciosa —le dije, al percatarme de que tal vez no hubiese visto nunca su reflejo con tal claridad.

—No puedo aceptar algo tan preciado para ti.

—Por favor, quédatelo. —Lo que no le dije fue que deseaba librarme de la persona que yo veía ahí reflejada.

Después de aquello, regresé a la vida dentro del caserío. Salomé y yo nos dedicamos a hilar lino y lo teñimos con una inusual solución de carmín de alizarina, que se obtenía de las raíces de un arbusto de rubia roja. Yalta lo había conseguido por unos medios de los que prefería no saber nada. Era posible que lo hubiese intercambiado en un trueque por el huso tallado de Judit, que desapareció de forma misteriosa por aquella época. Tejíamos sentadas en el patio, pasábamos las lanzaderas por el telar, de aquí para allá, y formábamos unos paños de un vivo color escarlata que Judit y Berenice consideraban impúdicos.

—No hay una sola mujer en Nazaret que se vista con ese color —dijo Judit—. Y desde luego, Salomé, no te vas a casar con eso puesto —se quejaba a María, que ya debía de tener sus propios recelos pero hacía caso omiso de los agravios de Judit.

Me cosí una pañoleta roja y la llevé puesta todos los días mientras me dedicaba a hacer mis tareas. La primera vez que me paseé por la aldea con ella, me dijo Santiago:

—Jesús no querría que fueses por ahí con ese pañuelo en la cabeza.

—Bueno, él no está aquí, ¿no? —le dije.


XXVII


Llegó lentamente el invierno. Iba marcando el paso de los meses de ausencia de Jesús en el calendario de Yalta. Dos lunas llenas. Tres. Cinco.

Me preguntaba si a esas alturas habría convencido ya a Juan el Bautista para que me dejase unirme a los discípulos. No dejaba de pensar en la imagen que me había venido a la cabeza ya cerca del final de mi confinamiento. Jesús y yo estábamos en la azotea intentando conciliar el sueño cuando tuve una visión de él en la cancela con su bolso y su manto de viaje, y yo también estaba allí, llorando. Entonces me pareció un augurio funesto —Jesús marchándose mientras yo lloraba—, pero mis visiones podían ser ingeniosas e impredecibles. ¿No era enteramente razonable que me hubiese visto a mí misma en la cancela porque me estaba marchando con Jesús, y no despidiéndome? Tal vez me estuviera lamentando por separarme de Yalta. Aquella explicación me dio la esperanza de que Jesús hiciera cambiar de opinión a Juan. «Sí —pensé—.

No tardará en aparecer, diciendo: "Ana, Juan te pide que vengas y te unas a nosotros".»

Le pedí a Yalta que trasladara su jergón al almacén y coloqué el de Jesús junto al mío. Pasaban los días y los ojos se me iban hacia la cancela. Me sobresaltaba con el menor ruido. Me escabullía de mis tareas siempre que podía, me subía a la azotea y oteaba el horizonte.

Un día frío y lleno de una luz ventosa, cuando ya casi había quedado atrás el invierno, estaba en el patio hirviendo raíz de saponaria y aceite de oliva para hacer jabón cuando, al alzar la mirada, vi una silueta encapuchada en la cancela. Dejé caer la cuchara y el aceite salpicó por toda la piedra del fuego. Llevaba puesta la pañoleta roja, que se había desteñido al sol. La oía agitarse al correr.

—¡Jesús! —exclamé, aunque ya veía lo distinta que era aquella figura de la de mi esposo.

Más baja, delgada, oscura.

Se quitó la capucha. Lavi.


La decepción por que Lavi no fuese quien yo pensaba desapareció enseguida, en cuanto reconocí a mi viejo y leal amigo. Lo llevé al almacén, donde Yalta le trajo un vaso de agua fresca. Bajó la cabeza y tardó en aceptarlo, ya que seguía siendo un esclavo sin costumbre de que lo atendieran a él.

—Bebe —le ordenó ella.

Pese a ser mediodía, Yalta encendió un candil para disipar las sombras, y nos sentamos los tres sobre el suelo de tierra compacta, mirándonos los unos a los otros con una muda curiosidad. Llevábamos sin verle desde el día de mi boda, cuando cruzó la cancela a las riendas de la carreta tirada por un caballo.

Su rostro había madurado, tenía los carrillos más rellenos, el ceño más prominente. Iba bien afeitado a la manera de los griegos, con el pelo corto. Las penurias le habían labrado unas arrugas en las comisuras de los ojos. Ya no era un muchacho.

Aguardó a que yo hablase.

—Qué agradable es verte, Lavi. ¿Estás bien? —le pregunté.

—No estoy mal, pero traigo... —Clavó la mirada en el vaso vacío.

—¿Traes noticias de mi padre?

—Hace casi dos meses que murió.

Sentí la corriente de frío desde la puerta. Pude ver a mi padre de pie en el lujoso gran salón de nuestra casa de Séforis, con su elegante manto rojo y el sombrero a juego. Se había ido. Mi madre también. Por un momento, me sentí extrañamente abandonada. Miré a Yalta y recordé que mi padre era también su hermano. Ella me correspondió clavando en mí los ojos en esa mirada que decía: «que la vida sea la vida y la muerte sea la muerte».

Hablé a Lavi, con una voz algo temblorosa.

—Cuando Judas vino a informarme de que mi madre había muerto, me dijo que mi padre estaba enfermo, así que la noticia no me sorprende, tan solo que seas tú quien la trae. ¿Te ha enviado Judas?

—No me envía nadie. No he visto a Judas desde el último otoño, cuando trajo tu mensaje para la mujer del tetrarca.

No me moví ni dije nada. «¿Recibió Fasaelis mi advertencia, entonces? ¿Está a salvo? ¿Está muerta?»

Lavi continuó con su relato. Una vez abierto, manó a borbotones.

—Estaba con mi señor cuando murió. Antipas había vuelto de Roma solo unas semanas antes, y estaba enfadado por que la trama para hacerlo rey de los judíos no había dado ningún fruto. Tu padre yacía moribundo y murmuraba su pesar por haber fallado a Antipas. Fue lo último que le oí decir.

Mi padre. Se había arrastrado a los pies de Antipas hasta el final.

—Cuando falleció, me enviaron a trabajar en las cocinas, donde me azotaron por derramar una cuba de jarabe de uvas —dijo Lavi—. Entonces decidí que me iba a marchar. Me escabullí de palacio hace seis noches. He venido a servirte.

¿Pretendía vivir con nosotros en este caserío empobrecido? Aquí no había ninguna habitación de sobra, ya estirábamos las despensas tal y como estábamos, y ni siquiera estaba claro que yo misma me quedara mucho más tiempo. Nadie tenía criados en Nazaret: era una idea absurda.

Lancé una mirada a Yalta. «¿Qué le podemos decir?»

Ella fue clara y directa, pero también amable.

—No te puedes quedar aquí, Lavi. Sería mejor para ti que sirvieras a Judas.

—Judas nunca se queda en el mismo lugar. No sabría dónde encontrarlo —dijo él—. La última vez que lo vi, hablaba de unirse al profeta que bautiza a la gente en el Jordán. Estaba convencido de que era un mesías.

Me levanté del suelo. Mi padre estaba muerto; Lavi había huido, y ahora afirmaba estar a mi servicio; al parecer, Judas se había convertido en un seguidor de Juan el Bautista. De pie en el umbral de la puerta, vi que había cambiado el tiempo, las nubes que bullían y se ennegrecían, las lluvias primaverales que se adelantaban. Nos habíamos pasado los meses sin una sola novedad y, de repente, las noticias se nos echaban encima como una granizada.

—Puedes quedarte aquí hasta que decidas adónde vas a ir —le dije.

Con Jesús fuera, tal vez a Santiago no le importaría tener a Lavi por aquí una temporada; quizá agradeciese la ayuda que le podía proporcionar. Ahora bien, Lavi era un gentil, y eso Santiago no lo iba a llevar bien.

—Tú siempre has sido buena conmigo —dijo Lavi, y provocó en mí un gesto compungido: por lo general, era poca la atención que le había prestado.

Se me agotó la paciencia y volví a sentarme a su lado.

—Tienes que decírmelo: ¿le entregaste mi mensaje a Fasaelis?

Bajó la cabeza tal y como era su costumbre, pero me dio la sensación de que había alguna noticia que temía darme.

—Me hice amigo del criado de la cocina que llevaba la comida a la habitación de Fasaelis y le pedí que pusiera la lámina de marfil en la bandeja. No estaba muy dispuesto a hacerlo, hay espías incluso dentro de palacio; pero Antipas se había marchado a Roma en aquel momento y, con la ayuda de un pequeño soborno, el criado metió el marfil debajo de una jarra de plata.

—¿Estás seguro de que Fasaelis la leyó?

—Tengo la certeza. Tres días después se marchó de Tiberíades hacia Maqueronte diciendo que deseaba pasar allí un tiempo y tomar las aguas en el palacio de Antipas. Una vez allí, se escabulló con dos criados y cruzó la frontera hacia Nabatea.

Solté un suspiro. Fasaelis estaba a salvo con su padre.

—Me hubiera gustado ver la cara de Antipas al regresar de Roma con su nueva esposa y encontrarse con que la antigua ya no estaba —dijo Yalta.

—Dicen que enfureció, que se rasgó las vestiduras y que volcó los muebles de los aposentos de Fasaelis.

No conocía a aquel Lavi que hablaba con semejante libertad. Lo tenía por un joven callado, cauto, inseguro, pero claro, tampoco nos habíamos sentado nunca a hablar como iguales. Qué poco lo conocía, en realidad.

—Han encarcelado a los soldados que escoltaron a Fasaelis hasta Maqueronte. Han torturado a sus criados, incluido el mozo de las cocinas que le entregó tu mensaje.

Comencé a sentir una gigantesca ola que se me encrestaba en el pecho, una avalancha de pesar por el destino de aquel mozo de las cocinas y de los soldados, seguida de una punzada de contrición por mi papel en sus sufrimientos, pero más que nada miedo, un miedo aplastante.

—¿Y el criado habló a sus torturadores sobre mi mensaje? —le pregunté—. Iba firmado con mi nombre.

—No puedo decirte qué confesó. No pude hablar con él.

—¿Sabe leer griego? —preguntó Yalta. Estaba sentada muy rígida, con un gesto más serio del que le había visto nunca. Como Lavi no respondía de inmediato, saltó—: ¿Sabe o no sabe?

—Lo lee un poco..., algo más que un poco, tal vez. Cuando le pedí que entregara el mensaje, lo estudió y se quejó de que era demasiado peligroso.

Fue como si la habitación retrocediese y se me echase de nuevo encima a gran velocidad. Aquel mozo le podría haber contado todo a Antipas, y, con la ayuda de la tortura, quizá lo hubiera hecho.

—El pobre hombre tenía razón, ¿verdad? —dije—. Era demasiado peligroso. Lo siento por él.

—Algunos dicen que fue la nueva esposa de Antipas, Herodias, quien exigió el castigo de los sirvientes y los soldados —dijo Lavi—. Ahora no deja de incitar a su esposo para que arreste a Juan el Bautista.

—¿Quiere a Juan encarcelado? —le pregunté.

—El Bautista no cesa en sus ataques a Antipas y a Herodias —dijo Lavi—. Predica que su matrimonio es incestuoso, porque ella es sobrina de Antipas y la esposa de su hermano. Va por ahí diciendo que eso ni siquiera es un matrimonio, porque ella, como mujer, no estaba en posición de divorciarse de su marido, Filipo.

Tamborileó la lluvia sobre el tejado, estrepitosa poco después. Aquel ruinoso desastre había comenzado con la trama de mi padre para hacer rey a Herodes Antipas. Había convencido al tetrarca de que se divorciara de Fasaelis y se casara con Herodias, y, al hacerlo, había puesto en marcha una concatenación de sucesos: mi mensaje de advertencia a Fasaelis, las condenas del profeta y, ahora, la represalia de Antipas y Herodias. Era como una piedra que golpea contra otra, que hace caer la montaña entera.

Santiago dio su permiso para que Lavi durmiese en la azotea. Para entonces, los cielos ya se habían secado, pero las lluvias retornaron poco antes del alba en forma de unos torrentes que disolvieron la luna en forma de escuetas franjas de palidez. Despierta con el estruendo, corrí a la puerta y divisé la figura borrosa de Lavi, que descendía a golpe de resbalón por la escalerilla y se resguardaba bajo el techado del taller. Me trajo el recuerdo de aquella vez en que él mismo me protegió bajo un palio de hojas de palma, aquel día en que me encontré con Jesús en la cueva.

Cuando el aguacero se convirtió en cuatro gotas, calenté un vaso de leche para Lavi en el fuego del horno. Al acercarme al taller con la leche, oí voces... Yalta estaba allí.

—Cuando vino Judas —dijo Yalta—, nos trajo la noticia de que, a la muerte de Matías, mi hermano enviaría a un emisario a Séforis desde Alejandría para que vendiese la casa y cuanto había en ella. ¿Qué sabes tú de esto?

Me detuve de golpe a escuchar, y la leche se me derramó por un lateral del vaso. ¿Por qué había buscado a Lavi a solas para preguntarle aquello? Sentí cómo la preocupación me subía por dentro, aquella vieja sensación premonitoria.

—Antes de huir de Tiberíades —dijo Lavi—, me enteré de que habían enviado desde Alejandría a un hombre llamado Apión para que cerrase la venta de la casa. Es probable que ya esté en Séforis.

«Esto no es simple curiosidad. Pretende regresar a Alejandría con el enviado de Arán. Irá en busca de Jayá.»

Pues bien. No era yo quien la iba a abandonar a ella —como yo creía—, sino ella quien me iba a abandonar a mí.

Entré a la vista de ambos y Yalta no correspondió a mi mirada, aunque ya había interpretado la expresión de su rostro. Ofrecí la leche a Lavi. El cielo silencioso discurría bajo, un gríseo que se adhería a todo.

—¿Cuándo ibas a contarme tus planes para volver a Egipto? —le pregunté.

Su mirada llegó flotando entre el frío y la humedad.

—Te lo habría contado, pero era demasiado pronto para hablar de ello. Todavía no era el momento.

—¿Y ahora? ¿Ya es el momento ahora?

Al percibir la tensión, Lavi retrocedió contra la puerta del almacén, y su rostro se retiró al óvalo oscuro de su capucha.

—El tiempo pasa, Ana, y Jayá sigue llamándome en sueños. Quiere que la encuentre, lo presiento en lo más hondo de mi ser. Si no aprovecho esta oportunidad de regresar, no dispondré de otra.

—Tenías la intención de marcharte, y aun así me lo has ocultado.

—¿Por qué iba a cargarte a ti con el peso de mi deseo de marcharme cuando ni siquiera veía la manera de hacer algo al respecto? A comienzos del pasado otoño, cuando te enteraste de que Arán iba a enviar a un emisario, se me ocurrió que podría viajar con él de regreso a Alejandría, pero no sabía cómo iba a ser realmente posible hasta ahora. —Los ojos se le llenaron de angustia—. Niña mía, ¿no estás planeando tú el marcharte de Nazaret? Vigilas todos los días por si ves a Jesús, con la esperanza de que venga a buscarte. Sin ti, yo no me puedo quedar aquí. He perdido a una hija; ahora serán dos.

Cargada de remordimientos, tomé su rostro entre mis manos, aquellas arrugas caídas y suaves, su piel cerúlea.

—No te culpo por buscar a tu hija. Me disgusta que nos separemos, eso es todo. Si Jayá te llama, por supuesto que tienes que ir.

Sobre nosotros, el sol era una larva minúscula que se retorcía tratando de salir de entre las nubes. Lo vimos emerger sin decir nada, ninguno de los tres. Me volví hacia mi tía.

—Lavi y yo nos marcharemos de inmediato a Séforis en busca de ese emisario, Apión. Me presentaré como la sobrina de Arán y negociaré con él un precio por tu pasaje.

—¿Y si vuelve Jesús cuando estés fuera?

—Dile que me espere. Ya le he esperado yo lo suficiente.

Soltó una risa socarrona.

XXVIII

Simón y Santiago, convencidos de que era su deber imponerme ciertas restricciones conyugales en la ausencia de su hermano, me prohibieron marcharme de Nazaret y viajar a Séforis. Qué equivocados estaban. Me preparé el bolso de viaje y me até la pañoleta roja.

Mientras Lavi me esperaba en la cancela, fui a darles un beso a María y a Salomé e hice caso omiso de sus miradas petrificadas.

—Estaré perfectamente bien; tendré a Lavi a mi lado. —Acto seguido, sonriendo a Salomé, añadí—: Tú misma solías cruzar el valle con Jesús para vender tus madejas en Séforis.

—Santiago no se alegrará de esto —me dijo, y me percaté de que no era mi seguridad lo que las preocupaba, sino mi desobediencia.

Me marché sin sus bendiciones, pero al salir de allí caminando, el viento alzó los brazos y el olivo me lanzó un rielar de hojas sobre la cabeza.


No respondió nadie cuando Lavi aporreó en la puerta de mi antigua casa de Séforis. Instantes después, trepó sobre el muro de atrás y desatrancó la cancela. Puse el pie en el interior del patio y me quedé inmóvil. Entre las losas crecían unas malas hierbas que llegaban a la altura de la cadera. La escalerilla de la azotea estaba tirada en el suelo, los peldaños como una hilera de dientes rotos. Percibí la recocida fetidez que surgía de las escaleras que descendían al micvé y supe que el conducto se habría obstruido. Excrementos de pájaro y argamasa descascarillada. La casa llevaba poco más de seis meses vacía y ya había comenzado a echarse a perder.

Lavi me llamó con un gesto hacia el interior del almacén abovedado, donde nos encontramos con que la puerta del pasadizo del servicio no estaba atrancada. Apartamos las telarañas y ascendimos los escalones hasta el gran salón. Aquella estancia seguía exactamente igual: los triclinios acolchados en los que comíamos, las cuatro mesas trípodes con sus patas en espiral.

Nos paseamos escaleras arriba hasta la logia y pasamos por las alcobas. Me asomé a mi cuarto y pensé en aquella chica que se dedicaba a estudiar, a leer, y que suplicaba por tener un maestro, que preparaba tintas, levantaba altares con palabras y soñaba con su propio rostro dentro de un solecillo minúsculo. Cuando era mucho más joven, oí al viejo rabí Simón, hijo de Yojai, decir que toda alma poseía un jardín con una serpiente que la tentaba en susurros. Aquella chica que yo recordaba sería siempre la serpiente de mi jardín invitándome a probar frutos prohibidos.

—Ven —me dijo Lavi con urgencia desde la puerta.

Lo seguí hasta la habitación de Judas, donde me señaló un odre de agua medio lleno, las sábanas revueltas, velas parcialmente consumidas y un elegante manto de lino tirado en un banco. Sobre una mesa cerca de la cama había dos rollos manuscritos desplegados y sujetos en el punto por donde estaban abiertos gracias a unos carretes de lectura.

El emisario de Arán había llegado y se había puesto cómodo en nuestra casa. No, ya no era «nuestra casa», me recordé. La casa y todo cuanto había en ella pertenecía ahora a Arán.

Me dirigí a la mesa y eché un vistazo a los manuscritos desplegados. Uno de ellos contenía una lista de nombres —funcionarios y terratenientes— y, a su lado, quedaban registradas unas sumas de dinero. El otro era un inventario del contenido de la casa, habitación por habitación.

—Podría volver en cualquier momento. Deberíamos marcharnos y regresar más tarde, cuando ese hombre esté aquí —dijo Lavi, el cuidadoso y prudente Lavi.

Y tenía razón, pero me detuve en seco al pasar por delante de la alcoba de mis padres. De repente me surgió una idea en la cabeza, se acomodó y se desplegó al sol. Un coletazo escamoso.

—Espérame en la balconada y avísame si oyes venir a alguien —le dije.

En el rostro de Lavi se formó una expresión de protesta, pero hizo lo que le pedía.

Entré en el cuarto de mis padres, donde la imagen de la cama de mi madre me hizo detenerme con una profunda sensación de pérdida. Una pátina de polvo cubría su baúl de roble. Chirrió al abrirlo, y mis pensamientos viajaron de golpe a mi adolescencia: Tabita y yo rebuscando entre lo que había allí dentro, preparándonos para nuestro baile.

El joyero de madera estaba a medio camino del fondo, entre las túnicas y los mantos perfectamente doblados. El peso de la caja en mis manos me aseguró que aún estaba lleno. Lo abrí. Cuatro brazaletes de oro, dos de marfil, seis de plata. Ocho collares: ámbar, amatista, lapislázuli, cornalina, esmeralda y pan de oro. Siete pares de pendientes de perlas. Una docena de diademas de plata con incrustaciones. Anillos de oro. Tanto. Demasiado.

Enviaría a Lavi al mercado a cambiar las joyas por monedas.

«No robarás.» La culpa me hizo pensármelo. ¿Me iba a convertir ahora en una ladrona? Me paseé por la alcoba, arriba y abajo, con grandes zancadas y avergonzada por lo que diría Jesús. La Torá también decía que hay que amar al prójimo, razoné, y ¿no me estaba llevando las joyas por amor a Yalta? Dudaba de ser capaz de llevarla a Alejandría sin mediar un soborno considerable. Además, ya le había robado a Antipas la lámina de marfil: ya era una ladrona.

—Madre, este es tu regalo de despedida para mí —dije.

En la balconada, pasé con brío por delante de Lavi camino de la escalera.

—Marchémonos de aquí.

Cuando llegamos a la planta de abajo, oímos que había alguien en la puerta dando pisotones para quitarse el barro de las sandalias. Echamos a correr hacia el pasadizo, pero apenas habíamos dado unas zancadas cuando entró un hombre, que se llevó la mano al puñal de la cintura.

—¿Quiénes sois?

Lavi se situó delante de mí. Fue como si tuviera un gorrión enjaulado dentro de las costillas, aleteando de un lado a otro. Muy despacio, rodeé a Lavi con la esperanza de que el hombre no percibiese mi aprensión.

—Soy Ana, sobrina de Arán de Alejandría e hija de Matías, consejero mayor de Herodes Antipas hasta el día de su muerte. Y este es mi criado, Lavi. Esta era mi casa antes de casarme. Y si me permites, mi señor, ¿quién eres tú?

Dejó caer la mano al costado.

—Me ha enviado tu tío desde Alejandría para vender estas propiedades, que ahora son suyas por derecho. Soy Apión, su tesorero.

Era un hombre joven de un tamaño y una fuerza brutales, pero tenía unos rasgos delicados, casi femeninos: ojos delineados, labios carnosos, cejas bien formadas y el cabello negro y rizado.

El bolso de viaje que llevaba colgado en bandolera sobre mi pecho abultaba con un extraño contorno. Lo desplacé hacia la espalda con un golpe de codo, sonreí e hice una reverencia con la cabeza.

—Entonces nuestro Señor me ha bendecido, ya que eres tú la persona a quien venía a ver. Arán me envió a través de palacio la noticia de que estabas en Galilea, y de inmediato he venido con la bendición de mi esposo a rogarte un favor.

Las mentiras fluían de entre mis labios, agua que discurría sobre las rocas de un río.

Los ojos de Apión se disparaban veloces entre Lavi y yo, llenos de incertidumbre.

—¿Cómo habéis conseguido entrar en la casa?

—Hemos encontrado abierto el pasadizo que viene del patio. He pensado que no te importaría que me refugiase. —Me llevé la mano al vientre, que hinché tanto como pude—. Estoy encinta, y me he sentido cansada.

El giro tan audaz que estaban adquiriendo mis mentiras me sorprendía incluso a mí.

Hizo un gesto con la mano hacia uno de los triclinios.

—Por favor, descansa.

Reboté al sentarme sobre el cojín y arrugué la nariz ante el olor a humedad que ascendió en el aire.

—Háblame de ese favor.

Puse rápidamente en orden las ideas. Aquel hombre había aceptado mis mentiras con bastante facilidad, y tenía un aire amable..., ¿me iba a hacer falta el soborno? ¿Debería insinuarlo a la espera del momento en que vendiese las joyas? Estudié al hombre. En el pelo rizado llevaba un caro aceite de nardos. Un anillo con un escarabajo de oro en el dedo, el mismo que sin duda utilizaría para dejar la impronta de Arán en los documentos.

—¿Puedo regresar mañana? —le dije—. Me encuentro demasiado agotada.

¿Qué podría decirme? Una mujer encinta era una criatura misteriosa.

Asintió.

—Ven a la sexta hora y preséntate en la puerta principal. El pasadizo del patio te lo encontrarás cerrado.

## XXIX

Al día siguiente, regresamos a la hora que nos había indicado. Me sentía confiada. Lavi ya había vendido las joyas de mi madre por seis mil dracmas, el equivalente de un talento. Era una cantidad inesperada. Acuñadas en plata, las monedas eran tan voluminosas que Lavi había comprado una bolsa de cuero de buen tamaño para guardarlas. Había pagado unos dracmas más por una habitación en una posada y decidió que él pasaría la noche en el callejón. Apenas dormí un poco y soñé que Jesús regresaba a Nazaret en un camello con babas.

Si a Lavi le desconcertó el hecho de que me llevase las joyas, lo ocultó muy bien. Tampoco pareció sorprenderse cuando le expliqué que no tenía ningún hijo en el vientre, tan solo una lengua falsaria en la boca. Es más, esbozó una leve sonrisa. Sus espionajes y subterfugios en palacio para Judas parecían haber provocado en él un cierto aprecio por la astucia.

—Te ofrecería vino y algo de comer, pero no tengo ninguna de las dos cosas —dijo Apión al abrir la puerta—. Ni tampoco dispongo de mucho tiempo.

Me senté una vez más en el triclinio con olor a moho.

—Seré rápida. Hace muchos años que vive conmigo Yalta, la hermana de Arán. Ella conoció a tu padre, y te recuerda a ti de niño. Te ayudó con el alfabeto griego.

Me miraba con un deje de cautela, y se me ocurrió que probablemente supiese mucho sobre mi tía, y nada favorable entre todo ello. Habría oído en Alejandría los rumores de que había matado a su esposo. De ser así, sabría que Arán la había desterrado primero con los terapeutas y después a Galilea. Comenzó a palidecer una parte de aquella confianza tan esplendorosa y colorida que había sentido antes.

—Es una mujer mayor, pero tiene buena salud —proseguí—, y desea regresar a la tierra donde nació. Le gustaría volver a casa a servir a su hermano, Arán. He venido a acordar que la lleves contigo a Alejandría cuando regreses.

Nada aún.

—Yalta sería una compañera de viaje dócil y agradable —le dije—. Jamás causa un problema. —Aquella falsedad era innecesaria, pero la dije igualmente.

Apión miró con impaciencia hacia la puerta.

—Lo que me estás pidiendo es imposible sin el permiso de Arán.

—Ah, pero si lo ha dado —le dije—. Le envié una carta para solicitárselo, pero la recibió después de tu partida. En su contestación, Arán expresaba su deseo de que te encargaras de llevar a mi tía sana y salva a Alejandría.

Vaciló, con incertidumbre. Apenas había habido tiempo para semejante intercambio de comunicaciones.

—Muéstrame la carta, y quedaré satisfecho.

Me volví hacia Lavi, que se encontraba a varios pasos, a mi espalda.

—Dame la carta de Arán.

Me miró, confundido.

—La has traído tal y como te ordené, ¿no es así?

Tardó un instante.

—Ah, sí, la carta. Perdóname, me temo que se me olvidó cogerla.

Me aseguré de que se me viera furiosa.

—Mi sirviente me ha fallado —le dije a Apión—, pero eso no es motivo para ignorar el consentimiento de mi tío. Te pagaré, sin duda. ¿Serán suficientes quinientos dracmas?

Ahora veríamos si a este hombre le gustaban las monedas tanto como a mí las palabras.

Se le arquearon las cejas. La vi en cuanto se asomó a sus ojos: la codicia.

—Pediré no menos de mil dracmas. Y espero que no se le mencione a Arán esta transacción.

Fingí que me debatía sobre la cuestión.

—Muy bien, será como dices, pero has de tratar a mi tía con respeto y amabilidad, o llegará a mis oídos, e informaré del arreglo a Arán.

—La trataré como si fuera mi propia tía —se comprometió.

—¿Cuándo estimas que terminarás con tus negocios y regresarás a Alejandría?

—Había pensado que necesitaría unas semanas, pero han pasado tan solo unos pocos días y ya estoy en disposición de cerrar la venta de la casa. Me marcharé a Cesarea dentro de cinco días para embarcar en la próxima nave mercante. —Clavó la mirada en la bolsa que Lavi llevaba colgada sobre el pecho—. ¿Concluimos nuestro negocio?

—Regresaré dentro de cinco días con mi tía, y llegaremos temprano, por la mañana. Entonces te pagaré, y no antes.

Curvó los labios en una mueca sarcástica.

—Cinco días, entonces.


XXX


Lavi y yo nos aproximábamos al complejo cuando el aroma del cordero asado me inundó el olfato.

—Jesús está en casa —dije.

—¿Cómo puedes saberlo?

—Huele el aire, Lavi. ¡Un cordero cebado!

Para que María fuese a comprar algo tan caro como un

cordero, tendría que suceder algo de una importancia considerable, como la vuelta a casa de su hijo.

—¿Y cómo sabes que el olor no viene de algún otro patio? —preguntó Lavi.

Aceleré el paso.

—Lo sé. Lo sé sin más.

Llegué ante la cancela arrebatada y sin aliento. Yalta estaba sentada cerca del horno del patio, donde María, Salomé, Judit y Berenice permanecían ajetreadas dándole la vuelta al cordero en un espetón. Fui hasta mi tía y me arrodillé para abrazarla.

—Tu esposo está en casa —me dijo—. Llegó anoche. No le he contado nada sobre tu padre, pero le he explicado tu ausencia antes de que Santiago tuviese oportunidad de darle su versión.

—Iré con él —le dije—. ¿Dónde está?

—Lleva toda la mañana en el taller, pero antes dime: ¿convenciste a Apión?

—No he sido yo quien lo ha convencido, sino un millar de dracmas.

—Un millar... ¿De dónde has sacado semejantes caudales?

—Es una larga historia que no me gustaría que llegara a oídos indiscretos. Puede esperar.

Las demás mujeres apenas me habían saludado, pero, en cuanto eché a correr hacia el taller, Judit me voceó:

—Si hubieras atendido al mandamiento de Santiago de no marcharte, habrías estado aquí para recibir a tu esposo.

Aquella lengua era como la peste.

—¿Su mandamiento? ¿Acaso lo recibió Santiago grabado en una tablilla de piedra? ¿Le habló Dios desde una zarza ardiente?

Judit soltó un bufido, y advertí que Salomé estaba conteniendo la risa.

Jesús dejó la sierra de través que estaba afilando. Llevaba sin verle más de cinco meses, y tenía el aspecto de un desconocido. El pelo le caía largo sobre los hombros. Tenía la piel más oscura y arrasada por los vientos del desierto, muy severos todos los ángulos de su rostro. Parecía mucho más mayor de sus treinta años.

—Has estado fuera mucho tiempo —le dije, y apoyé las manos sobre su pecho. Quería sentirlo a él, su cuerpo—. Y estás flaquísimo. ¿Por eso se ha puesto tu madre a preparar un banquete?

Me besó en la frente. No me dijo nada sobre mi pañoleta roja. Sus únicas palabras fueron:

—Te he echado de menos, Truenecillo.

Nos sentamos en la mesa de trabajo.

—Yalta me ha dicho que estabas en Séforis —me dijo—. Cuéntame todo lo que ha pasado desde que me marché.

Le describí la inesperada aparición de Lavi.

—Me traía noticias —le conté—. Mi padre ha muerto.

—Lo siento, Ana. Sé lo que es perder a un padre.

—Mi padre no se parecía en nada al tuyo —le dije—. Cuando Nazaret te trató a ti como a un *mamzer*, tu padre te protegió. El mío intentó convertirme en la concubina del tetrarca.

—¿No hay nada bueno que puedas decir de él?

La capacidad de Jesús para la misericordia me desconcertaba. No sabía si sería capaz de dejar ir los males cometidos por mi padre, esa manera mía de cargar con ellos de aquí para allá como con un osario con unos restos muy antiguos y valiosos. Jesús hacía que pareciese que uno podía dejarlos a un lado sin más.

—Puedo decir una cosa a su favor —le dije—. Una sola cosa. En ocasiones, mi padre puso a mi alcance maestros, papiros y tinta. A su pesar, consintió que escribiera, y eso fue, más que nada, lo que me convirtió en quien soy.

Yo ya era consciente de aquella verdad tan simple, pero el hecho de expresarla en palabras le confería una potencia inesperada. Noté cómo brotaban las lágrimas. Por fin, lágrimas por mi padre. Jesús me sujetó con fuerza contra él, hundí la nariz en su túnica y olí las aguas del Jordán bajo su piel.

Me quité la pañoleta y me sequé la cara con ella, me solté el pelo y, con el deseo de llegar al final de mi relato, continué. Le hablé de mi visita a Séforis, de cómo había sido volver a entrar en aquella casa, de Apión y de cómo había aceptado llevar a Yalta a Alejandría. Hubo detalles que no mencioné: las joyas, las monedas, las mentiras. Cuando le relaté las noticias que Lavi había traído de palacio, me guardé cualquier mención a la lámina de marfil y al mozo de las cocinas.

Sin embargo, había información que no le podía ocultar. Vacilé un momento antes de contárselo.

—Herodias pretende hacer que arresten a Juan.

—Juan ya ha sido arrestado —me dijo—. Los soldados de Herodes Antipas vinieron a por él hace dos semanas, cuando estaba bautizando en Enón, cerca de Salín. Se lo llevaron a la fortaleza de Maqueronte y lo encarcelaron. No creo que Antipas vaya a soltarlo.

Se me fue la mano a la boca.

—¿Van a arrestar a sus discípulos?

Jesús siempre me decía que me fijase en los lirios del campo, que no se angustian y, sin embargo, Dios cuida de ellos. No quería oír aquello.

—No me digas que no me preocupe. Si me alarmo es por ti.

—Los discípulos de Juan se han dispersado, Ana. No creo que nos estén buscando. Cuando prendieron a Juan, hui al desierto de Judea con Simón y Andrés, los pescadores, y con otros dos más, Felipe y Natanael. Nos escondimos allí durante una semana. Incluso al viajar hacia acá, a Nazaret, he atravesado Samaria para evitar Enón. Estoy siendo precavido.

—¿Y Judas? Lavi cree que él también se convirtió en uno de sus discípulos. ¿Qué sabes de mi hermano?

—Se unió a nosotros a finales del último otoño. Tras el arresto de Juan, se marchó a Tiberíades en busca de noticias. Prometió que vendría aquí lo antes posible.

—¿Va a venir Judas?

—Le pedí que nos encontráramos aquí. Hay ciertos planes que me gustaría discutir con él..., sobre el movimiento.

¿A qué podría referirse? En el movimiento reinaba el caos. Se había acabado. Jesús estaba ya en casa. Todo volvería a ser como antes. Lo agarré de la mano. Percibía que algo espantoso iba tomando forma a mi alrededor.

—¿Qué planes?

Se oyeron unos chillidos en la puerta, y tres de los niños —las dos hijas de Judit y el hijo pequeño de Berenice— irrumpieron en tromba en el taller jugando a perseguirse. Jesús cogió al más canijo en sus brazos y lo balanceó de un lado a otro. Después de darles unas vueltas a cada uno de ellos, me dijo:

—Te lo contaré todo, Ana, pero vamos a buscar un lugar más tranquilo.

Me hizo cruzar el patio y atravesar la cancela. Cuando salimos de la aldea y descendimos al valle, olí la cosecha de los cítricos que marcaba la llegada de la primavera. Jesús comenzó a tararear con los labios cerrados.

—¿Adónde vamos? —le pregunté.

—Si te lo cuento, ya no será una sorpresa. —Tenía la mirada encendida y aún no se había desprendido de sus últimas ganas de jugar con los niños.

—Mientras no me lleves a los campos para que me fije en los lirios, iré encantada.

Su risa sonó como el tañido de una campana, y sentí que todos aquellos meses de nuestra separación se desmoronaban. Cuando tomamos el camino que conducía a la puerta oriental de Séforis, supe que estábamos yendo a la cueva, pero no dije nada para que él tuviese su sorpresa, quería que aquel desenfado durase y durase.

Atravesamos el bosquecillo de balsaminas, aquel denso olor a pinos, y llegamos al saliente de roca. El corazón me dio un brinco de alegría. Allí estaba. Habían pasado diez años.

Entramos en la cueva y miré hacia el fondo, al lugar donde una vez enterré trece manuscritos con mi cuenco del ensalmo, e incluso ahora me parecía que estaban enterrados languideciendo en el fondo de mi baúl de cedro. Pero aquí estaba él, y aquí estaba yo: no me iba a lamentar de nada.

Nos sentamos en la boca de la cueva.

—Cuéntame todo, como has prometido —le dije.

Sus ojos estudiaron los míos.

—Escúchame hasta el final antes de sacar ninguna conclusión.

—Muy bien, te escucharé hasta el final.

Lo que me diría iba a cambiarlo todo: lo supe y se me quedó grabado de forma indeleble.

—Cuando llevaba dos meses con Juan, vino a verme una mañana y me dijo que creía que Dios me había enviado, que yo también era un elegido de Dios. Al poco comencé a bautizar y a predicar con él. Tiempo después, él se desplazó al norte, a Enón, donde podría escabullirse con facilidad hacia Decápolis para escapar del alcance de Antipas, pero quería abarcar todo el territorio, así que me pidió que permaneciese en el sur y siguiera predicando su mensaje del arrepentimiento. Conmigo se quedó un pequeño grupo de sus discípulos: Simón, Andrés, Felipe, Natanael y Judas. La gente venía en multitudes, no te lo puedes ni imaginar, y empezaron a decir que Juan y yo éramos los dos Mesías.

Respiró hondo y sentí la calidez de su aliento en la cara.

Ya veía hacia dónde iba, y no tenía muy claro si deseaba seguirlo. Me había traído hasta aquí, al lugar de nuestro comienzo, pero hasta más tarde no me vendría a la cabeza la serpiente que se muerde la cola, el comienzo que se convierte en el final que se convierte en el comienzo.

—El movimiento se extendió como si fuera una riada —me dijo—. Ahora, sin embargo, con Juan en prisión, lo han silenciado, y no puedo dejarlo morir.

—¿Pretendes retomarlo por tu cuenta? —pregunté—. ¿Se va a convertir ahora en tu movimiento?

—Seguiré por mi propia senda. Mi visión difiere de la de Juan. Su objetivo es preparar el camino para que Dios expulse al poder de Roma y establezca su régimen sobre la tierra. Yo también espero esto, pero mi objetivo es traer el reino de Dios al corazón de la gente. Las masas acudían a Juan, y yo acudiré a ellas. No voy a bautizar a la gente como hacía él, sino que comeré y beberé con ellos. Exaltaré al humilde y al marginado. Predicaré la cercanía de Dios. Predicaré el amor.

La primera vez que me habló de su visión del reino de Dios fue aquí, en esta cueva..., aquel banquete de compasión donde todo el mundo tenía cabida.

—No cabe duda de que Dios te ha elegido —le dije, y sabía que era cierto.

Apoyó la frente en la mía y allí la dejó. Todavía pienso en ello, en aquellos instantes, con el uno apoyado en el otro y ese tabernáculo que nuestras vidas formaban juntas. Se levantó y anduvo unos pasos. Lo observé allí de pie, gallardo y resuelto, y sentí que todo aquello me abrumaba. No habría vuelta atrás.

—Después de la boda de Salomé en Caná —me dijo—, me presentaré en la sinagoga de Nazaret, y luego iremos Judas y yo a Cafarnaún. Allí me están esperando Simón, Andrés, Felipe y Natanael, y sé de otros que podrían unirse: los hijos de Zebedeo y un tal Mateo, un publicano.

Me puse en pie.

—Yo también iré contigo. Donde tú vayas, iré yo.

Dije aquellas palabras muy en serio, pero oí en ellas el extraño timbre de un mal presagio, y no pude darle explicación.

—Puedes venir, Ana. No tengo reparos en cuanto a que haya mujeres en nuestro grupo. Recibimos a todo el mundo con los brazos abiertos, pero habrá dificultades: viajaremos de aldea en aldea sin un lugar donde echarnos a dormir. No contamos con protectores ni dinero con el que alimentarnos ni vestirnos. Y será peligroso. Mis prédicas pondrán a los sacerdotes y a los fariseos en mi contra. Ya hay quien va diciendo que yo soy el nuevo Juan que congregará la resistencia contra Roma. Ten por seguro que esto llegará a los oídos de los espías de Antipas, y el tetrarca me verá como un mesías que instiga a la gente a la revolución igual que veía a Juan.

—Y también te prenderá a ti —le dije al sentir que me invadía el miedo.

Apareció entonces en su rostro la sonrisa torcida, en aquel momento tan inverosímil. Sintió mis temores y quiso romper su hechizo, diciendo:

—Fíjate en los lirios del campo. No se angustian, y Dios sin embargo cuida de ellos. ¿Cuánto más no cuidará de ti?

## XXXI

En los días posteriores al regreso de Jesús, desaparecí en los preparativos de nuestra partida. Yalta y yo lavamos las escasas y míseras prendas que tenía mi tía y las colgamos a secar en unos ganchos en el almacén. Sacudí su jergón y le cosí una correa de cuero para que se lo pudiera colgar a la espalda. Llené odres de agua, envolví pescado en salazón, queso e higos secos en tiras de lino limpio, y le llené hasta arriba el bolso de viaje.

Repasé las costuras de nuestras sandalias y les puse una tira extra de cuero por dentro. Jesús hizo unos cayados nuevos para caminar, con ramas de olivo. Insistió en que solo nos lleváramos una túnica de repuesto cada uno. Guardé dos con una pequeña cantidad de hierbas medicinales y me quedé sentada un rato, con aquellas medidas preventivas agarradas en la mano, las que habían evitado que me quedara encinta. Me pregunté si alguna vez volveríamos a disponer de algún lugar privado donde yacer juntos después de marcharnos de aquí, y, acto seguido, metí en la bolsa de viaje la cantidad de hierbas que cabía.

Me ocupé de ayudar a María en sus quehaceres, aunque solo fuera para pasar tiempo con ella. Se marchaba casi la mitad de su familia —Salomé, Jesús, Yalta y yo—, y aunque se fingía animada, dejaba traslucir la pena mientras miraba cómo su hijo Jesús tallaba las varas de olivo, al tratar de controlar el temblor en la barbilla y, cuando abrazó a Salomé, al parpadear para combatir las lágrimas. Nos coció unas tortas de miel.

—Ana. Querida Ana —me dijo mientras me acariciaba la mejilla.

—Cuida de Dalila —le dije yo—. Mantén a Judit lejos de ella.

—Yo misma me encargaré de tu cabra.

Lavi me preguntó si podía venir con Jesús y conmigo cuando nos marchásemos, y no lo rechacé.

—Ahora eres un hombre libre —le dije—. Si vienes con nosotros, lo harás como seguidor de Jesús, no como un criado.

Lavi asintió, tal vez después de comprender solo a medias lo que significaba seguir a Jesús. Mantenía atada a su pecho la bolsa con mi tesoro de monedas aun mientras dormía. Cuando Jesús me habló en la cueva sobre la necesidad de afrontar el mantenimiento de su ministerio, tomé la decisión de convertirme en su auspiciadora. Los dracmas que me quedasen después de pagar el soborno de Apión servirían para mantenerlo durante muchos meses, tal vez un año. No obstante, yo sabía que si se enteraba de cómo había obtenido aquel dinero, podría rechazarlo. Qué trampas eran mis falsedades. Tendría que poner una capa de mentiras sobre otra con tal de mantener mi auspicio en el anonimato.

El día antes de que fuésemos a regresar a Séforis para encontrarnos con Apión, me desperté con una sensación desagradable en el estómago. No pude comer nada.

—Temo que no te volveré a ver nunca —le dije a mi tía.

Nos encontrábamos de pie junto a la pared del almacén, donde Yalta había dibujado su calendario con el tizón, y vi que había marcado el día siguiente, el sexto del mes de nisán, con su nombre y la palabra «final», no en griego, sino en hebreo. Vio cómo la miraba fijamente.

—No es nuestro final, niña mía, solo el de mis días aquí, en Nazaret.

La idea de separarme de ella, de María y Salomé, se había

convertido en un dolor en el pecho, un dolor como un leviatán.

—Volveremos a encontrarnos. —Sonaba muy segura.

—¿Cómo voy a saber dónde estás? ¿Cómo voy a recibir noticias tuyas?

Las cartas se enviaban con mensajeros a los que se pagaba para llevarlas y que viajaban en barco y después a pie, pero yo no tardaría en marcharme con Jesús hacia una vida itinerante, y parecía improbable que jamás me fuera a llegar una carta.

—Nos encontraremos —insistió, pero esta vez solo sonó enigmática.

Me dediqué a mi trabajo, sin recibir consuelo.

Cerca de la media tarde, Yalta y yo estábamos bajo el olivo cortando unos tallos de cebada cuando alcé la mirada y vi a Judas en la cancela. Levanté los brazos en un gesto de saludo mientras Jesús cruzaba el patio en un trote, a su encuentro.

Los dos hombres vinieron hacia Yalta y hacia mí como hermanos, el uno rodeando con el brazo los hombros del otro, aunque Judas traía en la cara una especie de presagio que vi de inmediato: la sonrisa tensa, el brillo del temor en los ojos, la profunda respiración que tomó justo antes de llegar a mi altura.

Besó primero a Yalta en las mejillas, después a mí.

Nos sentamos en una zona de sombra con salpicaduras de sol y, una vez finalizadas las cortesías de los saludos, le dije:

—¿Es que siempre tienes que traer noticias preocupantes?

En ese momento se vinieron abajo todos los esfuerzos de Judas por fingir.

—Ojalá no fuera así —dijo, y desvió la mirada para retrasarlo, pero ni Jesús ni Yalta ni yo rompimos el silencio.

Aguardamos.

Se dio la vuelta y me miró fijamente.

—Ana, Antipas ha ordenado tu arresto.

Jesús me miró. Su rostro se había petrificado, y en un instante de extrañeza e incredulidad, le sonreí.

«El mozo de las cocinas y la lámina de marfil. Antipas se ha enterado de mi complicidad.» Entonces llegó el temor, corrió la sangre y se me subió a las orejas, el galope desbocado que sentía por dentro. «Esto no puede ser.»

Jesús se deslizó para acercarse y que pudiera sentir la solidez de su cuerpo, su hombro contra el mío.

—¿Y por qué iba a arrestarla Antipas? —dijo con toda calma.

—La acusa de traición en la huida de Fasaelis —dijo Judas—. El criado de palacio que le pasó a Fasaelis el aviso de Ana ha confesado su contenido.

—¿Estás seguro de la noticia? —le preguntó Yalta a Judas—. ¿Es fiable tu fuente?

Judas la miró con el ceño fruncido.

—No os habría alertado si no pensara que es verdad. En Tiberíades sigue habiendo muchas habladurías sobre Fasaelis. Dicen que han ejecutado a los soldados que la llevaron a Maqueronte además de a dos de sus criados, todos ellos acusados de conspiración. Y se habla mucho de un mensaje de advertencia que le llegó a Fasaelis en la bandeja de la comida. Supe que era la tablilla de marfil de Ana.

—Pero eso son chismorreos. ¿Das por bueno que la arresten por un chismorreo? —quiso saber Yalta, y pude ver que la noticia la había dejado atónita a ella también, ya que se negaba a creérsela.

—Hay más, me temo —dijo Judas con un deje de exasperación en la voz—. Oí hablar de una anciana llamada Juana, que era la sirvienta de Fasaelis.

—La conozco —dije—. Estaba casada con Cusa, el senescal de palacio de Antipas.

La recordaba merodeando por allí la primera vez que vi a Fasaelis. Qué joven era yo. Catorce años. Prometida a Natanael. «Tú no eres un cordero, y yo tampoco lo soy.» Lancé una mirada a Jesús. ¿Se estaría acordando ahora de Cusa y del día en que instigó al gentío a lapidarme? Con frecuencia me había preguntado si estaríamos casados de no haber sido por aquel hombre tan terrible.

—Cusa murió hace mucho —prosiguió Judas—, pero Juana vive con el servicio de palacio, parcialmente ciega y demasiado anciana para ser de mucha utilidad, aunque se cuenta entre los que ahora sirven a Herodias. Se salvó cuando condenó a Fasaelis y juró lealtad a Herodias. Cuando la encontré sentada ante los muros de palacio, abjuró de ambas cosas y me reveló que conocía el plan de Fasaelis y que se habría marchado con ella de haber sido más joven y contar con la vista. —Se dio la vuelta hacia Yalta—. Fue Juana quien me habló de la confesión del mozo de las cocinas y de las intenciones de Antipas de prender a Ana. Ella lo oyó de los labios de la propia Herodias.

El mundo a nuestro alrededor continuaba en marcha: los niños jugando, Santiago y Simón tallando madera en el taller, María y mis cuñadas amasando pan cerca del horno. El día con sus trajines. Se me contuvo el aliento de forma dolorosa sobre una llama que me ardía en el fondo de la garganta.

—¿Y Juana tiene la certeza de que Antipas actuará?

—Lo hará, Ana; de eso no hay duda. El rey Aretas se está movilizando para una guerra con el fin de vengar a su hija. Su huida ha desencadenado un cataclismo, y Antipas culpa a todo aquel que haya apoyado a su primera esposa, incluida tú. Para empeorar las cosas, llegó a oídos de Herodias que su recién casado esposo estuvo una vez fascinado contigo..., que encargó el mosaico con tu rostro. Esto también me lo contó

Juana, y sospecho que fue ella misma quien le reveló aquella información a Herodias con el fin de ganarse su favor. Herodias está presionando a Antipas para que te arreste igual que hizo con Juan. Te lo digo, ella se encargará de que lo haga.

Jesús había permanecido incomprensiblemente callado. Me cubrió la mano con la suya y apretó. A Judas y a él no les había hecho gracia que enviara la advertencia a Fasaelis. Traté de imaginarme a mí misma decidiendo no enviarla. No pude. Al percatarme de aquello, el temor comenzó a abandonar mi cuerpo. Había una discordante paz en aquella impotencia para cambiar las cosas, en saber que lo hecho hecho estaba y no se podía deshacer, y que tampoco lo cambiaría aunque pudiese.

—Lo siento —me dijo Judas—. Nunca debí haber accedido a entregar tu mensaje.

—No me gustaría juzgar ahora el pasado —le dije.

—Tienes razón, hermanita. Debemos pensar en el futuro, y hacerlo lo más rápido posible. Juana creía que los soldados de Antipas acudirían a buscarte en cuestión de días. He venido hacia aquí enseguida, a pie, pero los soldados llegarán a caballo. Es posible que ya los hayan enviado. Hay poco tiempo.

Jesús se incorporó. Esperaba que dijese que fuésemos a ocultarnos a los montes de Judea, como había hecho él cuando arrestaron a Juan. Eso supondría una gran dificultad, y quién sabe cuánto tiempo tendríamos que permanecer allí a la intemperie, en aquel desierto desolado, pero ¿qué otra opción había?

Habló con unas palabras firmes y mesuradas.

—Debes marcharte a Alejandría con tu tía Yalta.

Era un día cálido, rebosante de una luz de color amarillo limón, y aun así sentí que un escalofrío me invadía el cuerpo.

—¿Y no podríamos ocultarnos en el desierto igual que hiciste tú antes?

—No estarías a salvo ni siquiera allí —me dijo.

Me entró la desesperación: llevaba cerca de seis meses sin él, y la idea de volver a separarnos me resultaba insoportable.

—Podríamos irnos juntos a Siria, a Cesarea de Filipo o a Decápolis. Antipas no tiene jurisdicción en esos lugares.

Los ojos de Jesús nadaban en tristeza.

—Mi tiempo ha llegado, Ana. Debo emprender mi ministerio en Galilea tras la estela del movimiento de Juan. No puede esperar.

Alejandría.

—Será temporal —dijo Jesús—. Deberías permanecer en Egipto con tu tío Arán hasta que se hayan enfriado la ira y la sed de venganza de Antipas. Te enviaremos una carta allí tan pronto como sea seguro regresar.

Me quedé mirándolo y, finalmente, tartamudeé:

—Pero... pero eso podría... eso podrían ser meses. Incluso un año.

—Detesto la idea de separarme de ti —me dijo—, pero estarás a salvo, y yo podré retomar mi ministerio. Cuando regreses, podrás unirte a mí.

Yalta me puso la mano en la mejilla.

—Tu esposo tiene razón —me dijo—. Mañana nos marcharemos a Alejandría, tú y yo. Jesús tiene su destino. Dejemos que lo cumpla. Tú también tienes el tuyo. ¿No era esto lo que Sofía había querido desde el principio?


Lavi se unió a nuestro cónclave bajo las ramas del olivo, y nos quedamos allí sentados durante lo que nos pareció horas, confabulándonos. El plan estaba decidido. Al despuntar el alba,

Judas vendría con nosotras a Séforis, nos entregaría a Apión y continuaría viajando con nosotras hasta Cesarea, hasta dejarnos a salvo a bordo de una nave con rumbo a Alejandría. Jesús había querido escoltarnos él mismo, pero yo había sido categórica.

—No quiero que te pierdas la boda de tu hermana —le dije. Apenas faltaban unos días—. Ni tampoco quiero que prolonguemos nuestro adiós. Despidámonos aquí, en el lugar donde hemos pasado juntos estos once años.

Le dije la verdad a mi esposo, aunque no toda la verdad. Convencer a Apión de que me llevara a mí a Alejandría —y a Lavi también, ya que nos había suplicado acompañarnos, y yo pretendía regatear asimismo por su pasaje— requeriría de otro acto de soborno, y no quería que Jesús lo presenciase.

Cuando por fin nos dispersamos de debajo del olivo, me llevé a Judas aparte, al almacén, y le hablé del trueque de las joyas de nuestra madre a cambio de las monedas. No hizo mueca ninguna de desaprobación: mi hermano había cometido robos de toda clase a los ricos para mantener su sedición.

—Estoy segura de que Apión aceptará llevarnos a mí y a Lavi a Alejandría a cambio de un soborno de dos mil dracmas —le dije—. Si es así, eso nos deja con tres mil. Jesús necesita de un protector que auspicie su ministerio, y me gustaría dividir entre él y yo el dinero que queda. Esa cantidad podría mantener su obra durante meses, tal vez durante todo el tiempo en que yo esté fuera. Quiero que seas tú quien tenga su parte a buen recaudo, Judas, y que nunca le digas de dónde ha salido. Prométemelo.

Se mostró algo reacio.

—¿Y cómo se lo voy a explicar? Insistirá en saber quién es su protector.

—Cuéntale que es alguien de Tiberíades. Dile que fue

Juana quien envió esas monedas en señal de gratitud por nuestra participación para salvar a su señora. Dile que es una donación anónima. Me da lo mismo, con tal de que no le reveles mi intervención en ello.

—Es mi amigo, Ana. Creo en lo que está haciendo. Jesús es nuestra mejor esperanza para lograr la libertad frente a Roma. No me gustaría mentirle ya desde el principio.

—Yo también detesto mentirle, pero me temo que no aceptará el dinero de otro modo.

—Haré lo que me pides, pero que conste que, en lo que a ti respecta, soy demasiado indulgente.

—Una cosa más, entonces —le dije—. Tienes que escribirme. Aparta algunas de esas monedas para comprar pergaminos y paga a mensajeros. Envíame noticias de Jesús y avísame para que regrese en cuanto sea seguro hacerlo. Júralo.

Me abrazó y me atrajo hacia sí.

—Lo juro.

XXXII

Escarbé para rescatar mi cuenco del ensalmo del fondo del baúl de cedro, donde había yacido olvidado y en barbecho durante años. Era del tamaño de un cuenco para hacer masa, demasiado grande para mi bolso de viaje, pero no me lo iba a dejar allí. Tampoco mis manuscritos. Cuando sacáramos las monedas de plata del bolso grande y lo vaciásemos, metería en él los manuscritos y el cuenco. Hasta entonces, los llevaría en mis brazos.

Lancé una mirada al saco de sayal que contenía los trozos de tinaja sobre los que había escrito los versos de mi duelo por Susana. Estos sí tendrían que quedarse.

La tarde había dado paso a la oscuridad del anochecer. Fuera, en el patio, unas voces en susurros. Desde la puerta, pude ver a Jesús y a su familia. En el cielo, una estrella solitaria, un punto de luz.

—Tu mujer ha actuado de manera imprudente —oí que decía Santiago—, y ahora nos va a traer a los soldados de Antipas a nuestra puerta.

—¿Y qué debemos decirles? —preguntó Simón.

Jesús puso una mano sobre el hombro de cada uno de ellos, de ese modo que tenía él de recordarles que eran hermanos.

—Contadles que la mujer que buscan ya no vive aquí. Decidles que me ha abandonado y que se ha marchado con su hermano, no sabemos adónde.

—¿Nos pides que les mintamos? —le preguntó Santiago.

La sugerencia de Jesús de que recurrieran a las evasivas al respecto de mi paradero también me sorprendió a mí.

María había permanecido al margen, y dio un paso al frente hacia Simón y Santiago.

—Lo que os pide Jesús es que le ayudéis a conservar la vida de su esposa —dijo tajante—. ¡Y vais a hacer lo que os pide!

—Lo que debemos hacer es lo que nos exige la conciencia —dijo Simón.

Salomé hizo un ruido quejumbroso. ¿Un sollozo, un suspiro? No sabría decir.

—Vamos a tomar un poco de vino y a charlar todos juntos —dijo Jesús.

Cerré la puerta. En la quietud, sentí que un enorme peso se me venía encima. Encendí los candiles. Jesús no tardaría en volver. Con prisas, me lavé la cara y las manos, me puse una prenda blanca y limpia y me alisé el cabello con aceite aromático de clavo.

Volvieron a mí las palabras de Yalta: «Tú también tienes tu destino». Despertaron las viejas inquietudes que había en mí, la terrible necesidad de mi propia vida.

Volví a abrir el baúl y saqué la poca tinta que quedaba de aquella que preparé con el hollín del horno, ya densa de resina en el frasco medio, y eché mano a un cálamo de mi bolsa de viaje. Con una letra rápida y minúscula cruzada entre las líneas de mi antigua oración, escribí una nueva plegaria dentro del cuenco del ensalmo.

*Sofía, Aliento de Dios, que mis ojos vean Egipto, antigua tierra de cautiverio, y que se convierta en la tierra de la libertad. Llévame allí donde la tinta y el papiro, llévame allí donde he de nacer.*

## XXXIII

Me desperté antes del alba con la cabeza amadrigada en el hueco del cuello de Jesús. Su barba me acariciaba la frente. Su piel irradiaba un calor con el aroma del vino y la sal. No me moví. Permanecí tumbada en la oscuridad y me embebí de él.

Vino la luz lenta y renqueante, que no terminaba de llegar por completo. En lo alto, el trueno: un sonido quebradizo, después otro, y otro más, el crujido de los maderos que sostienen el cielo. Jesús se despertó e hizo un ruido grave con los labios, como un zumbido. Pensé que se iba a levantar y a ponerse a rezar. En cambio, me dijo:

—Truenecillo, ¿eres tú eso que oigo? —Y se echó a reír.

Forcé un tono de voz cantarín y le seguí la broma.

—Soy yo, Amado, que estoy rugiendo ante la idea de marcharme y dejarte aquí.

Se dio la vuelta de costado, para mirarme, y sentí que me veía las entrañas.

—Yo bendigo la inmensidad que hay en ti, Ana.

—Y yo bendigo la tuya —le dije.

Se levantó entonces y, tras abrir la puerta, se quedó observando el valle con aquella misma mirada pura y profunda con que me había observado a mí. Fui a su lado y miré en la misma dirección que él, y por un instante me pareció que veía el mundo igual que lo veía él: huérfano, quebrado y de una belleza embriagadora, algo que había que contemplar y que enmendar.

Se nos echaba encima el momento de la separación. Con todo mi ser, pensé que ojalá hubiésemos podido continuar juntos.

Desayunamos en silencio. Después de vestirme y de prepararme para el viaje que me esperaba, abrí el bolsito de piel de cabra que contenía el hilo de lana roja. Era frágil, el más fino de los filamentos, pero lo luciría por él en este día. Jesús me ayudó a atármelo en la muñeca.

La familia aguardaba en el patio. Abracé a todos y cada uno de ellos antes de que Jesús me acompañase hasta la cancela, donde me aguardaban Judas, Yalta y Lavi. Había dejado de lloviznar, pero el cielo estaba cargado de agua.

No nos demoramos con las despedidas. Besé a Jesús en los labios.

—Que esta separación no sea una ruptura, sino que nos una todavía más —le dije.

Y así, con el cuenco y los manuscritos bien sujetos contra mi pecho, volví la mirada hacia Egipto.

# ALEJANDRÍA

## Lago Mareotis, Egipto

### 28-30 d. C.

# I

Nos adentramos en las aguas del gran puerto de Alejandría tras ocho jornadas de mares turbulentos. A pesar de que nuestro navío —un barco que había traído el cereal egipcio a Cesarea y regresaba a Alejandría con un cargamento de aceituna— se había ceñido a la línea costera, el oleaje me hizo imposible retener comida ni bebida alguna en el estómago. Pasé todo el viaje tumbada, hecha un ovillo en mi jergón bajo la cubierta y pensando en Jesús. A veces, era tan grande mi angustia por estar viajando para alejarme cada vez más de él, que me preguntaba si los mareos no serían en absoluto por las cabezadas del navío sino por el dolor y la confusión de haberlo abandonado.

Aún débil y con náuseas, me obligué a asomar la cabeza por la cubierta para echar un primer vistazo a aquella ciudad con la que había soñado desde que Yalta comenzó a contarme historias sobre su grandeza. De pie junto a mi tía, respiré el aire neblinoso y me ceñí el manto en el cuello bajo el clamor de las feroces sacudidas del zapateo de la vela mayor. En el puerto había multitud de navíos: grandes barcos mercantes como el nuestro y galeras más pequeñas y veloces.

—¡Mira! —dijo mi tía, señalando hacia la penumbra—. Ahí está el faro, la gran torre con su linterna.

Cuando me di la vuelta, me encontré con un espectáculo que no me podía haber imaginado. Sobre una isleta frente al puerto, una inmensa torre de mármol blanco en tres niveles se alzaba hacia las nubes, y en lo más alto, una magnífica llamarada de luz. Ni siquiera el templo de Jerusalén se podía comparar con aquello.

—¿Cómo logran hacer esa luz? —murmuré, demasiado asombrada como para percatarme de que había dado voz a aquel pensamiento.

—El fuego se refleja en unos gigantescos espejos de bronce —respondió Yalta, y vi en su rostro el orgullo que sentía por su ciudad.

Una estatua coronaba el pináculo de la linterna del faro, un hombre que señalaba a los cielos.

—¿Quién es ese? —pregunté.

—Helios, el dios del sol de los griegos. ¿Lo ves? Está señalando al sol.

La ciudad se extendía a lo largo de los muelles, relucientes edificaciones blancas que se desperdigaban en la distancia. Olvidadas mis náuseas, me quedé de piedra mirando una de ellas, que sobresalía hacia las aguas del puerto, un edificio deslumbrante que parecía flotar sobre la superficie del mar.

—Ahí lo tienes —dijo Yalta al verme la cara—. El palacio real. Una vez te hablé de la reina que vivió ahí: Cleopatra VII.

—La que fue a Roma con César.

Yalta se echó a reír.

—Sí, la que hizo eso, entre otras cosas. Murió en el año en que yo nací, y crecí oyendo historias sobre ella. Mi padre, tu abuelo, contaba que aquella mujer no escribía en nada que no fuese el papiro que se hacía en los talleres de nuestra familia. Ella misma dijo que era el mejor papiro de Egipto.

Antes de que pudiese asimilar la noticia de que Cleopatra

hubiese hecho referencia a mi familia, surgió ante nosotras una imponente estructura con una columnata.

—Ese es uno de los templos de Isis —dijo Yalta—. Hay uno más grandioso cerca de la biblioteca, el conocido como Isis Médica, que alberga una escuela de medicina.

Tenía el pensamiento aturdido por el asombro. Qué ajeno me resultaba aquel sitio, qué maravillosamente ajeno.

Guardamos silencio y dejamos que la ciudad discurriese ante nosotras como en un sueño sinuoso, y pensé en mi amado, en lo lejos que me encontraba de él. A estas alturas, Jesús ya habría asistido a la boda de Salomé en Caná y habría partido hacia Cafarnaún para reunir a sus discípulos y dar comienzo a su ministerio. Sentí un pellizco de dolor con su recuerdo, allí de pie en la cancela cuando me marché. Cómo añoraba estar con él. Pero no en Galilea. No, allí no... aquí.

Cuando volví a mirar a Yalta, mi tía tenía los ojos empañados; si era por el viento, de felicidad o por su propio pellizco de dolor por Jayá, no sabría decirlo.

Cuando desembarcamos, Apión pagó para que nos llevaran a los cuatro en una litera de techo plano, con cortinas en las ventanas y los asientos acolchados, tirada por dos burros. Fuimos cabeceando por la Vía Canópica, la avenida principal de la ciudad, una calle de adoquines tan ancha que en ella podrían caber unas cincuenta literas de lado a lado. La calle estaba flanqueada en ambos lados por unos edificios de tejados rojos y por un remolino de gente que se dirigía aquí y allá: mujeres con la cabeza descubierta y niñas, no solo niños, que correteaban detrás de sus maestros con unas tablillas de madera enganchadas a la cintura con cordeles. Divisé la imagen de una mujer egipcia, alada y arrodillada, pintada con vivos colores dentro de un pórtico; exclamé sorprendida, y Yalta se inclinó hacia mí para decirme:

—Isis Alada. La verás por todas partes.

Nos topamos con una fila de cuadrigas tiradas por caballos y a cuyas riendas iban unos hombres con yelmo que, según nos informó Apión, se dirigían al hipódromo.

Un frontón de aspecto resplandeciente sobresalió de pronto en la distancia. Me dio un vuelco el corazón. No alcanzaba a ver la fachada del edificio, pero el tejado parecía presidir la ciudad entera.

—¿Es esa la gran biblioteca? —le pregunté a Yalta.

—Así es —me dijo—. Vamos a ir allí. Tú y yo.

Durante nuestro viaje, mi tía me había mencionado el medio millón de manuscritos que tenían meticulosamente catalogados y colocados, todos los textos que existían de una punta a otra del mundo. Me había hablado de los eruditos que vivían allí, aquellos sabios que habían determinado que la Tierra era redonda y habían calculado no solo la medida de su circunferencia, sino también la distancia al Sol.

Y nosotras íbamos a ir allí.


La excitación que sentía no se convirtió en aprensión hasta que nuestra litera llegó a la casa de Arán. Había mentido a Apión cuando le insistí en que Arán había enviado una carta con su permiso para el regreso de Yalta. ¿Qué posibilidades había de que mi engaño continuara oculto? ¿Y si Arán se negaba a acogernos? No podía quedarme en ninguna otra parte: Judas iba a enviar sus cartas a la casa de Arán.

Antes de subir a bordo del navío en Cesarea, me había asegurado de que Apión le transmitiese a mi hermano cómo debía dirigir sus envíos.

—Arán, hijo de Filipo Levías, barrio judío de Alejandría —le dijo.

—¿Eso es todo lo necesario? —le pregunté.

—Tu tío es el hombre más acaudalado de Alejandría —contestó—. Todo el mundo sabe dónde vive.

Al oír aquello, Yalta dejó escapar un gruñido de burla y provocó que Apión le lanzara una mirada cortante.

«Va a tener que esconder mucho mejor su amargura», pensé cuando entrábamos en la casa palaciega de Arán. ¿Cómo iba a encontrar a Jayá sin la ayuda de su hermano?

Mi tío se parecía a mi padre: la cabeza calva y abultada, orejas grandes, pecho grueso y sin barba. Solo sus ojos eran distintos: menos inquisitivos pero con un aire rapaz, depredador. Nos recibió en el atrio, donde un óculo arrojaba luz desde el techo. Estaba de pie justo debajo de aquel círculo, en un resplandor blanco implacable. No fui capaz de hallar una sombra en aquella estancia. Esto me pareció un signo ominoso.

Yalta se acercó a él muy despacio, con la cabeza gacha. Me sorprendió verla interpretar una reverencia muy elaborada.

—Mi estimado hermano —le dijo—. He venido a casa con humildad. Te suplico que me recibas.

No tendría que haberme preocupado; Yalta sabía perfectamente cómo se jugaba a aquello.

Arán la fulminó con la mirada, los brazos cruzados.

—Vienes sin que nadie haya solicitado tu presencia, Yalta. Cuando te envié a Galilea con nuestro hermano, lo hice dando por entendido que no regresarías.

Arán se volvió entonces hacia Apión.

—No te conferí ninguna autoridad para traerlas aquí.

Mi engaño había quedado al descubierto antes de lo que yo había imaginado.

—Perdóname, mi señor —dijo Apión con unas palabras que le salieron a trompicones de entre los labios—. La joven dijo que... —Me miró; el sudor se le empezaba a formar en las sienes, y me percaté de su dilema.

Apión temía que, si me acusaba, yo revelase los sobornos que él había aceptado. Arán interpretó la situación:

—No será que te han sobornado, ¿verdad, Apión? De ser así, entrégame el dinero ahora y me plantearé la posibilidad de mantenerte como mi tesorero.

Se me ocurrió que debía salvarlo. Aquello apuntaba a que íbamos a acabar en la calle de igual modo, así que decidí arriesgarlo todo para ganarme la amistad de Apión.

Di un paso al frente.

—Soy Ana, la hija de Matías. No culpes a tu empleado por habernos traído hasta aquí. No le entregamos soborno alguno. Más bien, yo lo induje a creer que tú me habías enviado una carta con tu consentimiento para que viniésemos y nos quedáramos contigo. Su única culpa fue la de creer en mi palabra.

Yalta me lanzó una mirada de incertidumbre. Lavi se movía inquieto en el sitio. No miré a Apión, pero sí oí el profundo suspiro que se le escapó de entre los labios.

—¿Vienes aquí y me confiesas que has llegado hasta mi casa a base de artimañas? —Arán se echó a reír, y en su risa no había el menor rastro de burla—. ¿Por qué habéis venido?

—Como ya sabes, tío Arán, mi padre ha muerto. Mi tía y yo no teníamos adónde ir.

—¿No tienes un esposo? —me preguntó.

Tendría que haberme esperado una pregunta tan obvia, pero me pilló por sorpresa. Vacilé de más.

—Su marido la ha repudiado —dijo Yalta para rescatarme—. A Ana le avergüenza hablar de ello.

—Sí —mascullé—. Me echó de casa. —Acto seguido, no fuera a ser que Arán me preguntase qué acto terrible había cometido para merecerme el repudio, me apresuré a continuar—: Hemos viajado hasta aquí con nuestro custodio porque tú eres el hermano mayor de mi padre y nuestro patriarca. Mis artimañas surgieron de mi deseo de venir aquí y servirte. Te pido tu perdón.

Arán se volvió hacia Yalta.

—Muy sagaz, esta joven... No puedo evitar que me caiga bien. Veamos, cuéntame, hermana mía y tan largo tiempo ausente, ¿por qué has regresado después de todos estos años? Y no me digas que tú también has venido con la esperanza de servirme, que ya nos conocemos.

—No tengo ningún deseo de servirte, es cierto. Quería regresar a casa, eso es todo. He estado doce años en el exilio. ¿Acaso no es tiempo suficiente?

Se formó una sonrisa sarcástica en sus labios.

—¿Así que no has regresado con la esperanza de encontrar a tu hija? Cualquier madre desearía reencontrarse antes de morir con una hija desaparecida.

No solo era implacable, sino también perspicaz. Me dije que nunca debería subestimarlo.

—Mi hija fue adoptada hace mucho tiempo —dijo Yalta—. La perdí. No tengo las falsas esperanzas de volver a verla. Si quisieras decirme algo sobre su paradero, lo agradecería, pero ya he asumido nuestra separación.

—Como tú bien sabes, no sé nada sobre su paradero —dijo Arán—. Su familia insistió en un acuerdo legal que nos impide tener ninguna clase de contacto con ellos.

—Como te decía, ya perdí a mi hija —reiteró Yalta—. No he venido por ella, solo por mí. Permíteme volver a casa, Arán.

Qué contrita parecía, qué convincente.

Arán se apartó del haz de luz deslumbrante y se paseó con las manos sujetas en la espalda. Hizo un gesto a Apión para que se retirase, y su tesorero estuvo a punto de echar a correr al salir de la estancia.

Mi tío se detuvo delante de mí.

—Me pagaréis quinientos dracmas de bronce por cada mes en que permanezcáis bajo mi techo.

¡Quinientos! Tenía en mi poder mil quinientos dracmas herodianos de plata sin la menor idea de a cuánto equivalía eso en bronce egipcio. Necesitábamos que el dinero nos durase al menos un año, y no solo para un arriendo, sino para los pasajes de vuelta a casa.

—Cien —le dije.

—Cuatrocientos —replicó.

—Ciento cincuenta, y te serviré como escriba.

—¿Escriba? —Soltó un bufido—. Ya tengo un escriba.

—¿Y tu escriba sabe arameo, griego, hebreo y latín... y escribe en los cuatro? —le pregunté.

—¿Es capaz de crear unas letras y caligrafías tan bellas que la gente atribuye una relevancia aún mayor a las palabras? —dijo Yalta.

—¿Haces tú eso? —me dijo Arán.

—Lo hago.

—Muy bien. Ciento cincuenta dracmas de bronce y tus servicios como escriba. No exijo nada más salvo que ninguna de las dos salga de esta casa.

—No puedes pretender confinarnos aquí —le dije.

Aquel golpe era peor que el coste de su arriendo.

—Si queréis algo del mercado, vuestro custodio, como tú lo llamas, podrá hacer lo que se os antoje.

Se volvió hacia Yalta.

—Como tú ya sabes, las acusaciones de asesinato no prescriben. Si me entero de que cualquiera de las dos ha salido de la casa o de que habéis hecho indagaciones sobre tu hija, me aseguraré de que te arresten. —Se endureció la expresión de su rostro—. La familia de Jayá no quiere que te entrometas, y no voy a correr el riesgo de que me denuncien a mí por ello.

Hizo sonar un gong minúsculo y apareció una joven que no era judía, sino una egipcia de largo cuello con los ojos muy delineados.

—Acompáñalas a los aposentos de las mujeres y lleva a su custodio con el servicio —le dijo Arán, y nos dejó de forma abrupta.

Seguimos los pasos de la joven con el sonido del roce de sus sandalias sobre las losetas, observando el balanceo de sus cabellos negros de un lado a otro. Al parecer, íbamos a ser prisioneras aquí.

—¿No tiene Arán una esposa a la que podamos acudir? —le susurré a Yalta.

—Murió antes de que yo me marchara de Alejandría, y no sé si tomó otra —me contestó en susurros.

La criada se detuvo delante de una puerta.

—Os alojaréis aquí —nos dijo en un griego trompicado, y añadió—: No tiene esposa. Bajo este techo no vive nadie que no sea Arán y sus criados.

—Qué buen oído tienes —le dije.

—Todos los criados tienen buen oído —me respondió, y vi a Lavi sonreír de oreja a oreja.

—¿Dónde están los hijos de mi hermano? —preguntó Yalta.

—Administran las tierras de su padre en el delta del Nilo. —Hizo un gesto a Lavi y se marchó con paso lento, balanceando los cabellos, también las caderas.

Lavi se quedó mirándola con los labios entreabiertos antes de echar a andar con torpeza detrás de ella.

Mi alcoba estaba separada de la de Yalta por una sala de estar que se abría a un patio ajardinado: un minúsculo bosque de datileras. Estábamos en el umbral de la puerta, mirándolo.

—Arán no confía en ti —le dije—. Sabe perfectamente por qué has venido.

—Sí, lo sabe.

—Pero ¿no te parece extraño que haga semejantes esfuerzos para mantenerte alejada de Jayá? Incluso confinarnos en la casa. ¿Qué daño te haría a ti el verla? Quizá haya algún acuerdo legal con su familia, pero me pregunto si Arán está ocultándote a Jayá solo para castigarte. ¿Podría llegar a ser tan fuerte su sed de venganza?

—Los rumores sobre la muerte de mi esposo fueron una deshonra para él, que tomaran por una asesina a su propia hermana. Perdió negocios por ello, perdió el favor de cierta gente en la ciudad. Estaba avergonzado. Jamás lo superó, y nunca ha dejado de culparme a mí. Su necesidad de venganza no tiene fin.

Permanecimos allí de pie, en silencio, durante unos instantes, y me pareció ver que algo emergía a su rostro, como si se percatase de algo.

—¿Y si Arán no estuviese ocultando a Jayá por venganza —me dijo— sino para esconder alguna fechoría de su propio cuño?

Sentí un picor en la piel.

—¿A qué te refieres, tía?

—No estoy segura —me dijo—. El tiempo nos lo dirá.

Allí fuera, en el centro del jardín, había un pequeño estanque lleno de lotos azules. «Al menos, tenemos un techo aquí», pensé.

Mientras Yalta se acomodaba, salí y me dirigí a arrodillarme junto al estanque. Estaba examinando la extraña forma en que los lotos crecían desde los lodos del fondo cuando oí unos pasos. Me di la vuelta y me encontré a Apión allí de pie, detrás de mí.

—Estoy agradecido —me dijo—. Me has rescatado a expensas de tu propia seguridad.

—No podía hacer menos.

Sonrió.

—Y bien, sobrina de Arán, ¿qué es lo quieres de mí?

—El tiempo nos dará una respuesta —le dije.


II


Me pasaba las mañanas en el pequeño *scriptorium* de Arán realizando copias de los registros de sus negocios.

—Un necio solo guarda una copia —me había dicho—. El sabio guarda dos.

Mi tío era dueño de los lucrativos campos de papiros de su padre, cuyas transacciones eran sumamente aburridas: contratos, escrituras, cuentas, recibos. Gigantescas montañas de aburrimiento. Por fortuna, aún era miembro del sanedrín de los setenta y un ancianos que supervisaban los asuntos de los judíos en la ciudad, lo cual ponía en mis manos unos documentos mucho más interesantes. Copié una fantástica batería de quejas escabrosas sobre viudas encintas, nueras que habían resultado no ser vírgenes, maridos que pegaban a sus mujeres, mujeres que abandonaban a sus maridos. Había una declaración de una mujer acusada de adulterio que juraba su inocencia en tan insistentes términos que me hizo sonreír, y otra que procedía de la esposa de un rabí que afirmaba que un sirviente de las termas le había escaldado los muslos con agua ardiendo. Lo más asombroso de todo era la petición de una hija que deseaba ser ella quien se entregara a sí misma en matrimonio, en lugar de permitir que fuera su padre quien lo hiciese. Qué insulsa era Nazaret.

Escribía en los papiros más bellos que había contemplado jamás, unas hojas blancas de grano fino, pulidas, y aprendí a pegarlas entre sí para crear unos rollos que tenían de largo el doble de mi estatura. El otro escriba de Arán era un anciano llamado Tadeo, que tenía matas de pelos blancos en las orejas y manchas de tinta en las yemas de los dedos y que se quedaba dormido día tras día con el cálamo en la mano.

Envalentonada por las cabezadas de Tadeo, yo también abandonaba mi trabajo y retomaba la escritura de mis relatos de las matriarcas mientras él dormía. No temía una aparición repentina de Arán, ya que, cuando no asistía a una reunión del sanedrín, se pasaba el día yendo de aquí para allá por la ciudad haciendo negocios en la sinagoga o en los juegos griegos en el anfiteatro, y cuando estaba en casa, nos manteníamos apartadas de él y tomábamos las comidas en nuestros aposentos. Bastaba con que yo generase una cantidad ligeramente mayor de copias que el lento Tadeo con sus ronquidos. Así fue como escribí los relatos de Judit, Rut, María, Débora y Jezabel. Metí los manuscritos dentro de una tinaja grande de piedra en mi alcoba y los añadí a los demás.

Me pasaba las tardes en nuestros aposentos de invitadas, holgazaneando sin parar y angustiándome por mi amado, al que me imaginaba deambulando por Galilea y hablando sin esconderse con leprosos, rameras y *mamzers* de todo tipo, llamando a derrocar a los poderosos, y todo ello en presencia de los espías de Antipas.

Para distraerme de mis temores, comencé a ocupar el tiempo leyendo mis relatos a Yalta y a Lavi. Desde nuestra llegada, Yalta se había ido quedando cada vez más callada y taciturna, alicaída —al parecer— por nuestra imposibilidad de buscar a Jayá, y tuve la esperanza de que mis historias pudieran sacarla de aquella profunda tristeza también. Y se diría que la animaban, pero era Lavi quien más disfrutaba con ellas.

Apareció un día de manera inesperada en nuestra puerta.

—¿Puedo traer a Pánfila a escuchar tus historias? —preguntó.

Al principio pensé que lo preguntaba por el arte que le imprimía yo a mis lecturas. En mi esfuerzo por impulsar a Yalta, hacía pequeñas interpretaciones de los textos, sin llegar a bailarlos como solía hacer Tabita, sino dándoles vida con gestos y expresiones dramáticas. Mi interpretación de Judit al cortarle la cabeza a Holofernes les arrebató a los dos un grito ahogado, tanto a Lavi como a Yalta.

—¿Pánfila? —dije.

—La joven egipcia guapa —intervino Yalta—. La criada de la casa.

Lancé una sonrisa de complicidad a Lavi.

—Ve a por ella y me pondré a leer.

Lavi echó a correr hacia la puerta y se detuvo.

—Me gustaría que leyeses la historia de Raquel, que tenía un rostro más bello que un millar de lunas, y de cómo Jacob trabajó catorce años para casarse con ella.


III


Yalta estaba sentada en aquella silla de nuestro cuarto de estar, la que tenía unas tallas tan elaboradas, el mismo sitio que había cogido la costumbre de ocupar un día tras otro, a menudo con los ojos cerrados y frotando las manos en su regazo mientras deambulaba por algún paraje de sus pensamientos.

Habíamos pasado la primavera y el verano enjauladas en la casa de Arán sin haber podido visitar la gran biblioteca, algún templo, un obelisco o siquiera alguna de las pequeñas esfinges encaramadas en lo alto del muro del puerto. Hacía semanas que Yalta no mencionaba a Jayá, pero me imaginé que sería en ella en quien pensaba cuando cavilaba y movía nerviosa las manos en aquella silla.

—Tía —le dije, incapaz de seguir soportando nuestra impotencia por más tiempo—. Vinimos aquí a buscar a Jayá. Hagámoslo aunque suponga desafiar a Arán.

—En primer lugar, niña mía, ese no es nuestro único propósito aquí. También vinimos para evitar que te arrojasen a ti a las mazmorras de Herodes Antipas. Si nos quedamos aquí el tiempo suficiente, eso sí lo conseguiremos al menos. En cuanto a Jayá... —Negó con la cabeza, y aquella mirada triste y distante reapareció en su rostro—. Eso es más difícil de lo que pensaba.

—Mientras sigamos aquí confinadas, jamás la vamos a encontrar —le dije.

—Aunque tuviéramos la libertad para deambular por las calles..., sin Arán que nos señale en la dirección de Jayá, yo no sabría ni por dónde empezar.

—Podríamos preguntar por ella en los mercados, en las sinagogas. Podríamos... —Mis palabras me parecían patéticas incluso a mí.

—Conozco a Arán, Ana. Si nos sorprendieran aventurándonos más allá de estos muros, cumpliría su palabra de desenterrar las acusaciones en mi contra. A veces pienso que quiere que viole sus condiciones para poder hacer justo eso. Entonces seré yo la encarcelada, y a Lavi y a ti os echarían a la calle:

¿adónde ibais a ir? ¿Cómo ibas a recibir la comunicación de Judas de que ya es seguro regresar?

Fui a sentarme en la alfombra de piel de leopardo a sus pies, apoyé el pómulo en su rodilla y lancé una mirada de refilón hacia una hilera de nenúfares pintados a lo largo de la pared. Pensé en las paredes de adobe de Nazaret, los suelos de tierra, el techado de barro y paja que había que reforzar contra las lluvias. Nunca me habían importado aquellas cosas tan humildes, pero tampoco podía decir que las echara de menos. Lo que sí echaba de menos era a María y a Salomé removiendo en sus cazuelas. Mi cabra, que me seguía por todo el caserío. Y a Jesús, siempre Jesús. Todas las mañanas al abrir los ojos me sobrevenía de nuevas el hecho de que estaba lejos. Me lo imaginaba al levantarse de su jergón y repetir la semá, su pañuelo de oración sobre los hombros cuando se marchaba a los montes para rezar, y la falta de él crecía hasta tal punto, que yo también me levantaba, alzaba mi cuenco del ensalmo y entonaba las oraciones que había dentro.

> *Sofía, Aliento de Dios, que mis ojos vean Egipto, antigua tierra de cautiverio, y que se convierta en la tierra de la libertad. Llévame allí donde la tinta y el papiro, llévame allí donde he de nacer.*

Saber que los dos rezábamos todos los días al amanecer era como una soga que nos vinculaba, aunque yo también elevaba mi cuenco por otra razón. No solo lo añoraba a él, sino también a mí misma. De todos modos, ¿cómo iba alguien a nacer estando en esta casa en cuarentena?

Allí sentada, con los ojos clavados en los nenúfares de la pared, se me ocurrió una idea. Me incorporé y miré a Yalta.

—De haber alguna referencia a Jayá en esta casa, tiene que

estar enterrada en algún lugar del *scriptorium* de Arán. Allí tiene un arcón vertical grande. No sé qué hay dentro, solo que se cuida de mantenerlo cerrado con llave. Podría intentar registrarlo. Ya que no tenemos la libertad para marcharnos, sí podemos hacer eso al menos.

No me respondió, no se alteró su semblante, pero yo sabía que me estaba escuchando.

—Busca un trámite de adopción —me dijo—. Busca cualquier cosa que nos pueda ser de ayuda.


## IV


A la mañana siguiente, cuando a Tadeo le pesaron los párpados y la barbilla se le cayó sobre el pecho, me escabullí en el estudio de Arán y busqué la llave que abría aquel armario que había al fondo del *scriptorium*. No me costó dar con ella, mal escondida como estaba en un tarro de alabastro sobre su mesa.

Cuando abrí el armario, las puertas chirriaron como las cuerdas de una lira mal tocadas, y me quedé paralizada al ver que Tadeo se espabilaba un poco y volvía a caer en brazos del sueño. Había cientos de manuscritos enrollados y amontonados, bien sujetos en compartimentos, una hilera tras otra, con aquellos extremos circulares que me miraban fijamente como si formaran un muro de ojos.

Me imaginé —con buen tino, según resultó— que había descubierto su archivo personal. ¿Estarían ordenados por temas, por año, idioma, alfabeto, o algún otro medio misterioso y de exclusivo conocimiento de Arán? Después de lanzar una mirada a Tadeo, deslicé tres manuscritos para sacarlos del compartimento de arriba a la izquierda y cerré el armario sin echar la llave. El primero era un texto en latín que certificaba la ciudadanía romana de Arán. El segundo imploraba a un hombre llamado Andrómaco que devolviese la burra negra que le había robado a Arán de sus establos. El tercero era su testamento, donde le dejaba todas sus propiedades y riquezas a su hijo mayor.

Todas las mañanas a partir de entonces, cogía la llave y sacaba unos cuantos manuscritos. Las cabezadas de Tadeo solían durar algo menos de una hora, pero, temiéndome que pudiera despertarse de manera precipitada, no me permitía más de la mitad de ese tiempo para leer, y me aseguraba de marcar cada documento que había terminado con un puntito de tinta por el exterior. Allí los extensos manuscritos de filosofía se mezclaban con cartas, invitaciones, conmemoraciones y horóscopos. Al parecer, nada quedaba sin registrar. Si un escarabajo minúsculo se comía una sola hoja de una planta de papiro, Arán escribía una elegía que requería el sacrificio de tres plantas. Mis avances eran lentos. Transcurridos dos meses, tan solo había leído la mitad de los documentos.

—¿Has encontrado algo interesante hoy? —me preguntó Yalta una tarde, cuando regresé a nuestros aposentos.

Siempre la misma pregunta. De todas las emociones, la esperanza era la más misteriosa. Crecía como un loto azul, serpenteando para ascender desde los corazones lodosos, bella mientras duraba.

Hice un gesto negativo con la cabeza. Siempre la misma respuesta.

—A partir de mañana, iré contigo al *scriptorium* —me dijo—. Juntas, podemos repasar los manuscritos mucho más rápido.

Aquello me sorprendió, me complació y me preocupó.

—¿Y si Tadeo se despierta y te encuentra enfrascada leyendo los documentos de Arán? Una cosa es que me descubra a mí con un manuscrito que no me han autorizado: puedo decirle que lo tengo por error, que estaba fuera de sitio; pero a ti... podría ir directo a hablar con Arán.

—Tadeo no será un problema.

—¿Por qué no?

—Porque le vamos a servir una de mis bebidas especiales.


Llegué al *scriptorium* a la mañana siguiente con unas tortas y cerveza, una bebida que los egipcios consumían a todas horas como si fuera agua o vino.

Dejé un vaso delante de Tadeo.

—Nos merecemos un refrigerio, ¿no crees?

Ladeó la cabeza en un gesto de incertidumbre.

—No sé si a Arán...

—Estoy segura de que no le importará, y si le importa, le diré que he sido yo quien lo ha preparado. Has sido amable conmigo, y me gustaría corresponderte, eso es todo.

Me sonrió, levantó su vaso, y sentí un violento acceso de culpa. Tadeo había sido amable conmigo, eso era cierto: siempre afrontaba con paciencia mis errores y me enseñaba a corregir los fallos limpiando los hilos de tinta con un líquido amargo fermentado. Sospeché que sabía que hurtaba papiros para mis propios fines, y aun así no decía nada. ¿Y cómo le correspondía yo? Lo engañaba con un brebaje que Yalta había preparado con la ayuda de Pánfila y un sedante destilado de la flor del loto.

Tadeo perdió el conocimiento de forma veloz y milagrosa. Vacié la cerveza de mi vaso por la ventana del estudio de Arán, y ya tenía abierto el armario cuando apareció mi tía. Fuimos desenrollando un manuscrito detrás de otro, sujetándolos con carretes de lectura, y los leíamos en mi mesa, codo con codo. Yalta era una lectora inusualmente ruidosa. No dejaba de emitir unos ruidos vibrantes —mmm, ooo, aaaaj—, que sugerían que se había tropezado con algo que le parecía asombroso o frustrante.

Leímos enteros cerca de una docena de manuscritos y no fuimos capaces de hallar mención alguna de Jayá. Yalta se marchó al cumplirse una hora: eso era todo el tiempo que pensábamos que nos podíamos arriesgar. No obstante, Tadeo continuó durmiendo. Comencé a observar con detenimiento su figura inerte para asegurarme de que aún respiraba. Sus respiraciones parecían poco profundas y muy espaciadas, y sentí un inmenso alivio cuando se despertó, adormilado, bostezando y con el pelo disparado en un lado de la cabeza. Como de costumbre, ambos fingimos no habernos percatado de su indisposición.

Más tarde, al encontrarme con Yalta en nuestros aposentos, le dije:

—Pánfila y tú tenéis que controlaros cuando le carguéis la bebida. Bastará con la mitad de la dosis.

—¿Crees que sospecha de la cerveza?

—No, creo que está muy descansado.


V


En un día de primavera, hacia la mitad del mes que los egipcios llamaban famenat, Yalta y yo estábamos sentadas junto al estanque, ella leyendo la *Odisea* de Homero copiada en un grueso códice, uno de los textos más valiosos de la biblioteca de Arán. Se lo había traído yo con el permiso de Tadeo y la esperanza de que sirviera para llenar sus tardes y distraer de Jayá sus pensamientos.

Nuestras horas clandestinas en el *scriptorium* se habían extendido a lo largo de todo el otoño y el invierno. Tras el primer mes, Yalta limitó sus visitas a una vez a la semana con el fin de prevenirse contra cualquier sospecha que pudiera tener Tadeo: tampoco podíamos abusar trayéndole cerveza. Nuestros esfuerzos también se habían visto ralentizados cuando Arán sufrió de una dolencia en el estómago y se confinó en casa durante varias semanas. No obstante, hacía poco tiempo que habíamos terminado de leer detenidamente todos los manuscritos de aquel arcón cerrado con llave. Sabíamos más acerca de los tejemanejes personales de Arán de lo que nos interesaba. Tadeo se había atiborrado de cerveza, y no habíamos descubierto nada que sugiriese que Jayá hubiera existido jamás.

Me tumbé en la hierba, me quedé mirando los jirones de nube y me pregunté por qué no me había escrito Judas. Por lo general, un mensajero tardaba tres meses en traer una carta de Galilea. Ya llevábamos doce en Alejandría. ¿Había pagado Judas a un mensajero poco fiable? O podría haberle sucedido alguna calamidad al mensajero por el camino. Cabía esperar que Antipas hubiera dejado de buscarme ya tiempo atrás. Me clavé las uñas en el pulpejo de la mano. ¿Por qué Jesús no había enviado a nadie a buscarme?

El día en que mi esposo me dijo que iba a emprender su ministerio, apoyó la frente en la mía y cerró los ojos. Ahora trataba de imaginarme aquello..., imaginármelo a él. Sus rasgos ya estaban algo difuminados en mis pensamientos. Me aterrorizaba, aquel lento desaparecer.

Pánfila entró en el patio, nos traía la cena.

—¿Preferís comer aquí, en el jardín?

Me incorporé, la imagen de Jesús se disipó y me dejó con una soledad aguda y repentina.

—Vamos a comer aquí —dijo Yalta, al tiempo que dejaba el libro a un lado.

—¿Ha habido alguna carta hoy? —pregunté a Pánfila.

La criada egipcia había accedido a avisarme de la llegada de un mensajero, pero aun así, yo se lo preguntaba todos los días.

—No, lo siento. —Me lanzó una mirada de curiosidad—. Esa carta debe de ser muy importante.

—Mi hermano prometió enviarme un aviso cuando ya fuera seguro para nosotras regresar a Galilea.

Pánfila se detuvo de golpe y se tambaleó la bandeja.

—¿Y Lavi regresará con vosotras?

—No podríamos viajar sin su protección.

Demasiado tarde, me percaté de que había hablado sin pensar. Lavi le había entregado a ella su corazón, pero, al parecer, ella también le había entregado a él el suyo. Si ella sabía que la carta significaba la marcha de Lavi, ¿me la ocultaría? ¿Podía confiar en ella?

Sirvió el vino en la copa de Yalta, después en la mía y nos ofreció unos cuencos de estofado de lentejas con ajo.

—Si Lavi regresa conmigo —le dije—, me aseguraré de que tenga dinero para pagar el pasaje de vuelta a Alejandría.

Pánfila asintió sin sonreír.

Yalta frunció el ceño, y no me costó interpretar la cara que estaba poniendo: «Entiendo tu deseo de asegurarte su lealtad, pero ¿habrá dinero para cumplir esa promesa?». Aparte de la suma que yo había apartado para nuestro retorno, solo había dracmas suficientes para pagar el arriendo de Arán durante otros cuatro meses, nada más.

Cuando Pánfila se marchó, la cuchara de Yalta dio un golpe seco contra su cuenco. Yo tampoco tenía apetito. Una vez más me tumbé sobre la tierra, cerré los ojos y busqué su rostro. No fui capaz de hallarlo.

## VI

Le puse a Lavi cinco dracmas en la mano.

—Ve al mercado y compra un bolso de viaje de sayal, uno donde quepan mis manuscritos. —Lo llevé hasta la tinaja de piedra de mi alcoba, saqué los manuscritos de uno en uno y los extendí sobre mi cama—. Como ves, ya no caben en nuestro viejo bolso de cuero.

Sus ojos se desplazaban sobre mi colección.

—Hay veintisiete —le dije.

La luz de la tarde caía desde el ventanuco en el verde pálido de las datileras. Observé los rollos de papiro, años y años de ruegos y de peticiones en pos del privilegio de escribir: cada palabra, cada trazo de tinta tan valioso y ganado con tanto esfuerzo, y sentí que algo me invadía por dentro. No sé si llamarlo orgullo. Era más bien la simple consciencia de haber logrado aquello sin saber muy bien cómo. De pronto me sentí asombrada. Veintisiete manuscritos.

Durante el año que llevábamos allí, había concluido mis relatos de las matriarcas de la Biblia y también había escrito una historia sobre Jayá, la hija desaparecida, y Yalta, la madre que la buscaba. Se la llevé a mi tía antes de que la tinta se hubiera secado por completo, y ella, al leerla, me dijo: «Jayá está desaparecida, pero su historia no se ha perdido», y entonces percibí que mis palabras habían sido un bálsamo para ella. Recreé los versos de duelo por Susana que había escrito en los trozos de tinaja que me dejé en Nazaret. No fui capaz de recordarlos todos, pero sí los suficientes como para quedar satisfecha. Escribí el cuento de mi amistad con Fasaelis y de su huida de Antipas y, por último, escribí sobre la familia de Nazaret.

Lavi alzó la mirada del montón de relatos.

—¿Y el bolso nuevo significa que nos marcharemos pronto?

—Aún estoy esperando la carta que me diga que ya es seguro entrar en Galilea. Me gustaría estar preparada cuando llegue.

Necesitaba un bolso más grande, eso era cierto, pero tenía también un motivo oculto para enviar a Lavi a la ciudad. Estaba considerando la mejor manera de traer la cuestión al caso cuando él me dijo:

—Desearía casarme con Pánfila.

Parpadeé al mirarlo, sorprendida.

—¿Y Pánfila desea ser tu esposa?

—Nos casaríamos mañana si pudiéramos, pero no dispongo de medios para mantenerla. Tendré que buscar trabajo aquí, en Alejandría, ya que ella no abandonaría Egipto.

¿Pretendía Lavi quedarse aquí? Sentí que el estómago se me iba a los pies.

—Y cuando encuentre trabajo —me dijo—, le haré la petición a su padre. No podemos conseguir una licencia sin que él lo apruebe. Es un viñador de la aldea de Dionisias, y no sé si le dará su consentimiento a un extranjero.

—No me puedo imaginar que su padre te rechace. Te escribiré una recomendación, si te parece que eso sería de ayuda.

—Sí, gracias —me dijo.

—Tengo que saber: ¿y aun así regresarías a Galilea con nosotras? Yalta y yo no podemos viajar solas, es demasiado peligroso.

—No voy a abandonaros, Ana —me dijo.

Primero sentí una riada de alivio, luego de agrado. Creo que Lavi nunca me había llamado «Ana», ni siquiera después de haberlo declarado un hombre libre. No solo parecía un acto de amistad, sino una silenciosa declaración de su autonomía.

—No te preocupes, encontraré el dinero para tu pasaje de regreso a Alejandría —le dije, pero apenas habían terminado de salir aquellas palabras de entre mis labios cuando me percaté de que ya tenía el dinero.

Con o sin la carta de Judas, no teníamos más opción que marcharnos cuando se hubiese acabado el dinero. Podríamos partir con antelación, sin más, antes de que tuviese que pagar el arriendo del último mes. El excedente serviría para pagar el pasaje de Lavi.

—Muy bien, ahora corre al mercado —le dije—. Ve al que está cerca del puerto.

—Ese no es el que está más cerca ni tampoco el más grande. Sería mejor...

—Lavi, esto es muy importante. Necesito que vayas también al puerto. Busca algún navío de Cesarea. Fíjate bien en los que vengan en él: mercaderes, marinos, cualquiera. Quiero saber sobre Antipas. Es posible que ya ni siquiera esté vivo. Si está enfermo o si ha muerto, podremos regresar a Galilea sin tenernos que preocupar por él.


Me paseaba por nuestros aposentos mientras Yalta leía y se detenía cada dos por tres para hacer algún comentario sobre Odiseo, que la tenía exasperada con esos diez años que tardó en llegar a casa con su mujer después de la guerra de Troya. Y no es que se irritara menos con Penélope, que esperó la llegada de su esposo. Yo sentía una lejana afinidad con Penélope. Sabía lo mío sobre lo que era esperar a un hombre.

En el patio, el día ya se marchaba. Los golpes de los nudillos de Lavi en la puerta, cuando por fin se hicieron oír, sonaron leves, secos y rápidos. Cuando abrí, no me sonrió. Parecía tenso y cauteloso.

Lo cierto es que no me esperaba recibir la noticia de que nos habíamos librado de Antipas: ¿qué posibilidades había de que el tetrarca hubiese fallecido en el transcurso de un año? Pero tampoco se me había pasado por la cabeza que la información que consiguiese Lavi pudiera ser adversa.

Se quitó del hombro un bolso de sayal gris de tamaño generoso y me lo entregó.

—He pagado por él tres dracmas.

Se acomodó en el suelo con las piernas cruzadas y le serví un vaso de vino tebano. Yalta cerró el códice y marcó por dónde iba con un cordel de cuero, la luz del candil parpadeó y se movió con brusquedad.

—¿Tienes noticias? —le pregunté.

Miró hacia otro lado, con los párpados calados bien bajo sobre los ojos.

—Al llegar al puerto, he recorrido los amarraderos arriba y abajo. Había barcos de Antioquía y Roma, pero ninguno de Cesarea. Pude ver que se aproximaban tres barcos desde más allá del faro, uno con el carmesí en la vela, así que he esperado. Tal y como pensaba, era el carguero romano que venía de Cesarea. Traía a algunos peregrinos judíos que regresaban de la Pascua en Jerusalén, pero no han querido hablar conmigo. Un soldado romano me ha perseguido...

—Lavi —le dije—, ¿de qué te has enterado?

Se miró el regazo y continuó:

—Uno de los hombres que venían a bordo no parecía tan adinerado como los demás. Lo he seguido. Cuando estábamos protegidos de los muelles, le he ofrecido los otros dos dracmas a cambio de información. Los ha aceptado con entusiasmo.

—¿Y sabía algo de Antipas? —le pregunté.

—El tetrarca está vivo... y su forma de actuar va a peor.

Suspiré, pero aquella noticia tampoco era algo inesperado. Cogí la jarra de vino y le rellené el vaso a Lavi.

—Hay más —me dijo—. El profeta al que seguían Judas y tu esposo..., ese al que encerró Antipas...

—Sí, Juan el Bautista. ¿Qué pasa con él?

—Antipas lo ha ejecutado. Le cortó la cabeza al Bautista.

Mis oídos recogieron sus palabras, que se quedaron allí estancadas en un charco de absurdo. No me moví ni dije nada durante un minuto. Oí que Yalta me hablaba, pero me encontraba lejos, de pie en el Jordán con las manos de Juan sobre la cabeza, que me sumergían bajo las aguas. La luz en el fondo, un lecho de guijarros. El flotar del silencio. La voz amortiguada de Juan, que me decía: «Emerge a la nueva vida».

Decapitado. Miré a Lavi con un nudo de náuseas en el estómago.

—Ese criado con el que hablaste... ¿estaba seguro?

—Me ha dicho que se habla de la muerte del profeta en todo el reino.

Había verdades que se antojaban insolubles, como piedras que no se podían tragar.

—Dicen que la mujer de Antipas, Herodias, es quien está detrás de esto —añadió Lavi—. Su hija interpretó una danza que agradó a Antipas en tal medida que le prometió lo que ella le pidiese. A instancias de su madre, la hija pidió la cabeza de Juan.

Me cubrí la boca con la mano. La recompensa por un bonito baile: la cabeza cercenada de un hombre.

Lavi me observaba con expresión muy seria.

—Ese sirviente me ha hablado también de otro profeta que recorre Galilea predicando —me dijo.

Sentí que el corazón se me subía disparado a la garganta.

—Escuchó a ese profeta predicar ante una gran multitud desde una montaña a las afueras de Cafarnaún. Se le veía sobrecogido al hablar de ello. Dijo que el profeta arremetía contra los hipócritas y que afirmó que más fácil le era a un camello pasar por el ojo de una aguja que a un rico entrar en el reino de Dios. Bendecía al pobre, al manso, al perseguido y al misericordioso. Predicaba el amor y decía que si un soldado te requería para llevarle el hato una milla, se la llevaras dos, y que si uno te abofeteaba en una mejilla, tú le presentaras la otra. El criado ha dicho que los seguidores de este profeta son más todavía que los del Bautista, que la gente habla de él como de un Mesías. Como el rey de los judíos.

Dicho eso, Lavi guardó silencio.

Yo también me quedé callada. La puerta de madera que daba al patio estaba abierta de par en par a la noche egipcia. Oí el viento que sacudía las ramas de las palmeras. El mundo, oscuro y turbulento.


## VII


Yalta abrió los velos que rodeaban mi cama y cerré los ojos para fingir que dormía. Era ya pasada la medianoche.

—Sé que estás despierta, Ana. Vamos a hablar ahora.

Traía una vela de cera, y la luz le titilaba bajo el mentón y por la cornisa ósea sobre los ojos. Dejó el soporte en el suelo, y el dulzor asfixiante de la cera me llenó los orificios nasales. Se hizo un hueco para tumbarse junto a mí sobre los cojines, y yo me puse de costado y le di la espalda.

Desde que Lavi trajo la noticia siete días atrás, me había visto incapaz de hablar de la truculenta muerte de Juan ni de mi terror de que su destino se convirtiera en el de mi esposo.

No podía comer. Dormía poco y, cuando lo hacía, soñaba con mesías muertos e hilos de lana rotos. Jesús en la montaña, sembrando su revolución; eso era bueno, y no podía sino sentirme orgullosa de él. Aquel propósito que había ardido en su interior durante tanto tiempo por fin se hacía realidad, y aun así yo me sentía invadida por un pavor profundo e inmutable.

Al principio, Yalta me había dejado en mis silencios, convencida de que necesitaba un tiempo a solas, pero aquí estaba ahora, con la cabeza sobre mi almohada.

—Cuando evitas un miedo, lo refuerzas —me dijo.

No contesté nada.

—Todo irá bien, niña mía.

Entonces levanté la cabeza.

—Ah, ¿sí? ¡Eso no lo puedes saber! ¿Cómo puedes saberlo tú?

—Ay, Ana, Ana. Cuando te digo que todo va a ir bien, no me refiero a que la vida no te vaya a dar tragedias. La vida será la vida. Solo me refiero a que estarás bien a pesar de ello, a que todo irá bien, pase lo que pase.

—Si Antipas mata a mi esposo igual que ha hecho con Juan, no me puedo imaginar que yo vaya a estar bien.

—Si Antipas lo mata, te quedarás destrozada y desconsolada, pero hay un lugar inmaculado en ti: es la parte más segura de tu ser, una porción de la propia Sofía. Encontrarás la manera de llegar allí, cuando lo necesites, y entonces sabrás de lo que te hablo.

Recosté la cabeza en su brazo, duro y nervudo como toda ella, y no acerté a comprender lo que me decía. Caí en una dormición sin sueño, en una tolva negra e insondable, y cuando me desperté, mi tía aún estaba ahí.

Estábamos desayunando a la mañana siguiente cuando Yalta dijo:

—Tenemos que hablar sobre ese plan tuyo de regresar a Galilea.

Mojó el pan en miel, se lo metió en la boca chorreando el néctar sobre la barbilla, y sentí que me volvía el apetito. Arranqué un trozo de la barra de trigo.

—Tú temes por la seguridad de Jesús —me dijo—. Yo temo por la tuya.

Se había formado una pátina de brillo a nuestro lado, en el suelo. Me quedé mirándola con el deseo de que apareciese algún garabato mágico de luz que me dijese qué hacer. Regresar era peligroso, y ahora quizá lo era tanto como cuando me marché, pero mi necesidad de ver a Jesús se había vuelto urgente e insuperable.

—Si hay alguna posibilidad de que Jesús esté en peligro —le dije—, quiero verlo antes de que sea demasiado tarde.

Se inclinó hacia delante, y se suavizó su mirada.

—Si vuelves con él ahora, me temo que eso hará que Antipas se sienta más inclinado a prender también a Jesús.

Eso no lo había pensado.

—¿Crees que mi presencia podría ponerlo aún más en peligro?

No me respondió, sino que me miró y arqueó las cejas.

—¿Tú no?

## VIII

No había aparecido por el *scriptorium* en toda la semana, pero me asomé por allí aquella mañana resuelta a permanecer en Alejandría por el momento. Me deslicé sobre el taburete ante mi mesa, que, según me percaté, alguien había limpiado, y la madera amarillenta relucía y olía a aceite de cítricos.

—Se te ha echado de menos —comentó Tadeo desde la otra punta de la sala.

Le sonreí y me puse a trabajar copiando la petición de una mujer que solicitaba que le redujesen los impuestos sobre sus reservas de grano, algo acerca de que las cosechas no habían llegado a recibir la irrigación de la crecida anual: una súplica de lo menos estimulante. Aun así, me alegraba darle a mis pensamientos algo sobre lo que reflexionar que fuese más allá de mis propias preocupaciones y, conforme avanzaba la mañana, me fui perdiendo en el movimiento rítmico y mecánico de mi mano al formar las letras y las palabras.

Tadeo se mantuvo despierto, un tanto animado quizá por mi regreso. Cerca del mediodía, al ver que le dirigía un vistazo por encima del hombro, me dijo:

—Si me permites que te pregunte, Ana: ¿qué andabais buscando tu tía y tú en esos manuscritos?

Me quedé mirándolo enmudecida. Sentí una oleada de calor.

—¿Lo sabías?

—Disfruté de mis siestas, y os las agradezco, pero me despertaba de vez en cuando, aunque solo fuera un poco.

¿Cuánto habría visto, en realidad? Se me pasó por la cabeza decirle que Yalta necesitaba alguna tarea para ocupar el tiempo y que me estaba ayudando con mi trabajo, nada más, pero aquellas palabras se asomaron al precipicio de mi lengua y se detuvieron en seco. No quería seguir mintiéndole.

—Cogí la llave que abre el armario —le dije—. Leíamos los manuscritos que había dentro con la esperanza de encontrar algún registro sobre la hija de Yalta.

Se acarició la barbilla y, por un espantoso instante, pensé

que se iba a ir directo a buscar a Arán. Me levanté de un salto y me obligué a hablar con calma.

—Lamento mucho nuestro engaño. No quería implicarte a ti en lo que estábamos haciendo, por si acaso nos descubrían. Por favor, si pudieras perdonarme...

—Está bien, Ana. No os guardo ningún rencor ni a ti ni a tu tía.

Sentí que me destensaba un poco.

—¿No vas a informar de esto a Arán?

—Cielo santo, no. Ese hombre no es amigo mío. Me paga poco y luego se queja de mi trabajo, que me resulta tan tedioso que me doy unas cabezadas para escaparme de él. Tu presencia, sin embargo, ha traído una cierta... viveza. —Me sonrió—. Muy bien, ¿qué registro estabais buscando?

—Cualquier cosa que pudiera decirnos dónde podría estar su hija. Arán la entregó en adopción.

Ni Tadeo ni ningún otro de los criados estaban al servicio de Arán por aquel entonces: Yalta ya se había ocupado de averiguarlo en cuanto llegamos. Le pregunté si había oído los rumores sobre mi tía.

Asintió.

—Se decía que envenenó a su esposo, y que Arán la envió con los terapeutas para salvarla del arresto.

—No envenenó a nadie —dije indignada.

—¿Cómo se llamaba su hija? —me preguntó.

—Jayá —le conté—. Tenía dos años la última vez que mi tía la vio.

Entrecerró los ojos y se dio unos golpecitos en la sien con los dedos como si pretendiera desalojar algún recuerdo.

—Ese nombre —masculló más para sí que para mí—. Sé que lo he visto escrito en alguna parte.

Los ojos se me encendieron, abiertos de par en par. ¿Sería demasiado pensar que él supiera algo de ella? Había sido el responsable del *scriptorium* y de su contenido durante nueve años. Tadeo sabía más que nadie sobre los asuntos de Arán. Me entraron ganas de ir yo misma a darle unos toquecitos con el dedo en la otra sien, pero me quedé esperando.

Se levantó y se paseó en un círculo por la sala, y ya había comenzado la segunda vuelta cuando se detuvo.

—¡Ah! —exclamó, y le cambió la expresión de la cara por un instante. «Consternación», pensé—. Ven conmigo.

Nos escabullimos en el estudio de Arán, donde Tadeo cogió una caja de madera cerrada con llave que descansaba discreta sobre una estantería baja. Tenía decorada la parte superior con una imagen de la diosa Neftis, con sus alas de halcón, guardiana de los muertos, un detalle que Tadeo tuvo la amabilidad de ofrecerme. Sacó una llave de un gancho que había bajo la mesa de Arán, la deslizó en la cerradura y alzó la tapa para dejar a la vista un grupo de manuscritos, quizá diez o doce.

—Aquí es donde Arán oculta los documentos que quiere mantener en secreto.

Fue pasando los rollos de papiro.

—Poco después de empezar a trabajar para él, me hizo copiar todos los manuscritos de la caja. Si no recuerdo mal, aquí dentro hay una notificación de difuntos que corresponde a una niña llamada Jayá. Era un nombre tan inusual, que se me quedó grabado.

Se me fue la sangre a los pies.

—¿Está muerta?

Me hundí en el gran sillón de Arán y cogí aire lentamente mientras Tadeo abría un papiro en la mesa delante de mí.

Al escriba real de la metrópolis, de Arán, hijo de Filipo Levías, miembro del sanedrín de Alejandría.

Doy fe de que Jayá, hija de mi hermana Yalta, falleció en el mes de epifi del trigésimo segundo año del emperador César Augusto. Como su custodio y pariente, solicito que su nombre se inscriba entre aquellos que han muerto. No deja deuda ninguna del pago de impuestos al tener la edad de dos años en el día de su muerte.

Leí la nota dos veces y la volví a empujar hacia Tadeo, que la leyó rápidamente.

—Las leyes no exigen la notificación de un niño difunto, solo la de un hombre adulto que esté sujeto a imposiciones fiscales. Se hace, aunque rara vez. Recuerdo que me pareció extraño.

«Jayá está muerta.» Intenté imaginarme de pie ante Yalta diciendo esas palabras, pero no era capaz de decirlas ni siquiera en mi propia imaginación.

Devolvió el manuscrito a su lugar y cerró la caja con llave.

—Lo siento, pero lo mejor es conocer la verdad.

Estaba tan impresionada, tan atragantada de pavor por tener que transmitir aquella noticia tan horrible, que no estaba en absoluto segura de que conocerla fuese mejor. En aquel preciso momento, prefería seguir viviendo en la incertidumbre, imaginarme a Jayá viva en alguna parte.

Encontré a Yalta paseando por el jardín. La observé un rato desde la puerta y me dirigí hacia ella con paso decidido, tratando de no perder el equilibrio.

Nos sentamos en el borde del estanque y le hablé sobre la notificación de difuntos. Alzó la mirada al cielo, donde no había un solo pájaro ni una sola nube, y bajó de golpe la barbilla hasta el pecho al tiempo que un sollozo le surgía de entre los labios. La rodeé con los brazos a la altura de aquellos hombros caídos y nos quedamos allí sentadas durante un largo rato, calladas y aturdidas, escuchando los sonidos del jardín. El trino de los pájaros, el susurro de los movimientos de las lagartijas, un minúsculo céfiro en las datileras.

## IX

Pasaron los días en que Yalta se quedaba sentada, mirando al jardín a través de la puerta abierta del cuarto de estar. Me desperté una noche para ver cómo se encontraba, y estaba allí, con la mirada perdida en la oscuridad. No la molesté. Estaba pasando su duelo a su manera.

Regresé a la cama, donde llegó el sueño, y con él los sueños.

*Se levanta un fuerte viento. El aire se llena de manuscritos. Revolotean a mi alrededor como aves blancas y pardas. Alzo la mirada y veo a la diosa Neftis, que surca los cielos como un rayo.*

Me desperté con el sueño aún en el cuerpo, llenándome de ligereza, y lo que me vino a la cabeza fue la caja de madera en la que Arán guardaba sus documentos secretos. Era como si, en mi sueño, Neftis hubiese escapado de su confinamiento en la tapa, como si la caja se hubiera abierto de golpe y hubiesen quedado en libertad todos los manuscritos.

Permanecí tumbada muy quieta e intenté recordarlo todo sobre aquellos instantes en que Tadeo me había enseñado la caja: la llave, el chirrido de la tapa cuando Tadeo la abrió, el conjunto de manuscritos que había dentro, la lectura por dos veces de aquella notificación de difuntos. Entonces, en mi recuerdo oí a Tadeo, que me decía: «Las leyes no exigen la notificación de un niño difunto, solo la de un hombre adulto que esté sujeto a imposiciones fiscales. Se hace, aunque rara vez. Recuerdo que me pareció extraño».

Aquella afirmación me había parecido irrelevante en su momento, pero ahora me preguntaba por qué mi tío había tomado la extraordinaria precaución de declarar muerta a Jayá si no era obligatorio. ¿Por qué habría sido tan importante registrarlo? Y me acordé de otra cosa más: Jayá solo tenía dos años cuando murió. ¿No resultaba extraño que su vida hubiese concluido tan poco tiempo después de que hubieran desterrado a Yalta?

Me incorporé de golpe.

Ya estaba esperando en el *scriptorium* cuando llegó Tadeo.

—Tengo que volver a mirar dentro de la caja cerrada del estudio de Arán —le dije.

Negó con la cabeza.

—Pero si ya has visto la notificación de difuntos. ¿Qué más hay ahí?

Pensé que sería mejor no contarle nada sobre mi sueño ni sobre mi sensación de que faltaba algo.

—Mi tío ya se ha marchado a encargarse de sus asuntos por la ciudad —le dije—. No será arriesgado.

—No es Arán el que me preocupa, sino su criado personal, el que tiene la cabeza rapada.

Ya sabía a cuál se refería. Se contaba de él que se arrastraba a los pies de Arán y que también husmeaba para él: cualquier cosa con tal de congraciarse.

—Será rápido —le prometí, y le lancé mi mirada más suplicante.

Suspiró y me acompañó al estudio. Conté nueve manuscritos dentro de la caja. Desenrollé uno y leí un duro repudio de la segunda esposa de Arán por romper su juramento de fidelidad. El segundo rollo era el acuerdo de su divorcio.

Tadeo me observaba, y los ojos se le iban hacia la puerta.

—No sé qué estás buscando, pero sería prudente que leyeras más rápido.

Yo tampoco sabía qué estaba buscando. Abrí un tercer manuscrito, lo alisé y lo sujeté sobre la mesa.

Joíak, hijo de Dión y pastor de camellos en la aldea de Soknopaíou, después de que su esposa haya fallecido y lo haya dejado sumido en el duro trabajo y el sufrimiento, entrega a su hija de dos años, Diodora, a un sacerdote del templo de Isis por la suma de mil cuatrocientos dracmas de plata.

Dejé de leer. Comenzó a darme vueltas la cabeza, en un ligero mareo.

—¿Has encontrado algo? —me preguntó.

—Aquí se menciona a una niña de dos años.

Tadeo empezó a interrogarme, pero levanté la mano en una señal para que esperase mientras yo seguía leyendo.

El adquiriente, al que se concede el anonimato en virtud de su condición de representante de la diosa de Egipto, recibe a Diodora en su custodia y propiedad legal y, desde este día, será poseedor y dueño de la niña y gozará de derechos exclusivos sobre ella. En lo sucesivo, Joíak no tendrá capacidad para recuperar a su hija y, por medio del presente acuerdo de compraventa, redactado en dos copias, da su consentimiento y reconoce el pago.

Firmado en nombre de Joíak, por su condición de analfabeto, por Arán, hijo de Fílipo Levías, en este día del mes de epifí del trigésimo segundo año del gobierno del ilustre emperador César Augusto.

Alcé la cabeza. El calor me ascendía por el cuello hacia la cara, en una suerte de aturdimiento.

—Sofía —susurré.

—¿Qué es? ¿Qué dice?

—La niña de dos años pertenecía a un hombre llamado Joiak, un padre caído en la pobreza cuya esposa había muerto. Le vendió su hija como esclava a un sacerdote. —Volví a echar un vistazo al documento—. La niña se llamaba Diodora.

Revolví en la caja en busca de la notificación de la muerte de Jayá y coloqué juntos los documentos, el uno al lado del otro. Jayá, de dos años. Diodora, de dos años. La muerte de Jayá y la venta de Diodora se produjeron en el mismo mes del mismo año.

No sabía si Tadeo había llegado a la misma suposición que yo. No me tomé el tiempo para averiguarlo.

X

Me encontré a Yalta profundamente dormida en la silla junto a la puerta del patio, con la boca abierta y las manos cogidas sobre el pecho. Me arrodillé delante de ella y dije su nombre en voz baja. Al ver que no se despertaba, le agité suavemente una rodilla.

Abrió los ojos, extrañada, con el ceño fruncido.

—¿Por qué me has despertado? —me dijo, y sonaba molesta.

—Tía Yalta, son buenas noticias. He hallado un documento que podría darnos motivos para albergar la esperanza de que Jayá no esté muerta.

Se incorporó de golpe. De repente, los ojos le brillaban, llenos de actividad.

—¿De qué estás hablando, Ana?

«Por favor, que no me esté equivocando.»

Le hablé sobre mi sueño y sobre las preguntas que había suscitado en mí, que me empujaron a regresar al estudio de Arán y a volver a abrir la caja. Mientras le describía el documento que había encontrado dentro, Yalta no me quitaba los ojos de encima, desconcertada.

—La niña que fue vendida en cautiverio se llamaba Diodora —le dije—, pero ¿no te parece extraño que Jayá y Diodora tuviesen la misma edad? ¿Que la una muriese y que a la otra la vendiesen como esclava en el mismo mes del mismo año?

Yalta cerró los ojos.

—Son la misma niña.

Me sorprendió la certeza que había en su voz. Me impelía y me estimulaba también.

—Piénsalo —le dije—. ¿Y si no fue un pobre pastor de camellos el que vendió a la niña de dos años al sacerdote, sino Arán en persona?

Me miró con cara de asombro, triste y anonadada.

—Y después —proseguí—, Arán ocultó lo que había hecho con una notificación de la muerte de Jayá. ¿A ti te parece posible? Quiero decir que si lo consideras capaz de hacerlo.

—Lo considero capaz de cualquier cosa, y tendría muy buenas razones para ocultarlo. Aquí, las sinagogas condenan la venta de niños judíos como esclavos. Si esto se descubriera, Arán perdería su puesto en el sanedrín. Podrían expulsarlo de la comunidad judía.

—Arán quería que la gente creyese que Jayá estaba muerta, y aun así te contó a ti que la habían adoptado. Me pregunto por qué. ¿Crees que buscaba que te marchases de Alejandría creyendo que alguien la quería y cuidaba de ella? Quizá haya un ápice de bondad en alguna parte de él.

La risa de Yalta era amarga.

—Mi hermano sabía lo angustioso que sería para mí tener por ahí una hija desaparecida, sabía que eso me perseguiría durante toda mi vida. Cuando murieron mis hijos, el dolor fue inmenso, pero con el tiempo acabé resignándome a ello. Nunca me resigné a perder a Jayá. Es como si la tuviese al alcance de la mano y un segundo después se encontrara en un abismo que jamás podré hallar. Arán disfrutó sirviéndome esta forma tan especial de tortura.

Yalta se recostó en la silla, y vi cómo se desvanecía su ira y se le ablandaba la mirada. Resopló de forma exagerada.

—¿Figuraba en ese documento el nombre del sacerdote que compró a la niña, o a qué templo estaba adscrito? —me preguntó.

—No mencionaba ninguna de las dos cosas.

—Entonces, Jayá podría estar en cualquier lugar de Egipto: aquí en Alejandría o tan lejos como Filé.

Localizarla pareció de repente imposible. La decepción en el rostro de mi tía me decía que ella también lo pensaba.

—Basta con que Jayá esté viva —me dijo.

Pero no bastaba, desde luego.


XI


Una mañana, poco después de llegar al *scriptorium,* el criado de Arán apareció en la puerta. Inclinó ligeramente la cabeza hacia mí.

—Arán desea verte en su estudio.

Durante los muchos meses que llevábamos allí, Arán nunca me había mandado llamar. Es más, rara vez lo veía, y apenas me había cruzado con él un par de docenas de veces en mis recorridos entre el *scriptorium* y los aposentos de los invitados. El arriendo que él me exigía se lo pagaba a Apión.

Resulta curioso cómo la mente se detiene primero en el peor escenario. De inmediato pensé que Arán debía de haber descubierto que había estado husmeando en el armario y en la caja de los secretos que mantenía cerrados bajo llave. Me giré en el taburete y miré a Tadeo, que parecía tan sorprendido y desconcertado como yo.

—¿Voy contigo? —me preguntó.

—Arán solo ha pedido que vaya la mujer —dijo el criado, que se movía impaciente.

Mi tío estaba sentado en su estudio, con los codos apoyados en su escritorio y un puño cerrado dentro del otro. Alzó la mirada hacia mí, se volvió a concentrar en una batería de rollos de papiro, cálamos y frascos de tinta que tenía desperdigados a su alrededor y me hizo esperar. No creía que su criado hubiese visto mis incursiones, pero tampoco podía estar segura. Volví a plantar los pies en el suelo.

Pasaron los minutos.

—Me dice Tadeo que tu trabajo es satisfactorio —me dijo. Por fin—. Siendo así, he decidido renunciar al requisito del arriendo. Por ahora, podéis quedaros como mis invitadas, y no como huéspedes de pago.

Sus invitadas, sus prisioneras... Poca era la diferencia.

—Gracias, tío.

Intenté sonreírle, y me fue de una inmensa ayuda que tuviese en un lado de la nariz un borrón de tinta que se había hecho con un dedo sucio.

Carraspeó.

—Mañana me marcho a inspeccionar mis talleres y cosechas de papiro. Viajaré a Terenutis, Letópolis y Menfis, y espero estar fuera cuatro semanas.

Llevábamos cerca de un año y medio encerradas en aquella casa, y aquí la teníamos: la dulce libertad. Hice cuanto pude con tal de no ponerme a cantar y bailar.

—Te he hecho venir aquí —me dijo— para advertirte en persona de que mi ausencia no va a cambiar nuestro acuerdo. Si mi hermana o tú abandonáis la casa, perderéis vuestro derecho a permanecer aquí, y no me quedará más elección que reactivar la acusación de asesinato contra vosotras. He dado instrucciones a Apión para que os vigile. Él me informará de vuestros movimientos.

«Dulce, dulce, dulce libertad.»


Al no encontrar ni rastro de Yalta en nuestras habitaciones, me apresuré hacia las del servicio, donde a veces se retiraba. La descubrí allí con Lavi y con Pánfila, encorvada sobre una partida de senet, moviendo su ficha de ébano sobre el tablero e intentando ser la primera de los jugadores en pasar al más allá. Aquel juego se había convertido en un bálsamo para ella, una manera de distraerse, pero su decepción sobre la búsqueda de Jayá aún pendía sobre su cabeza como una pequeña nube que prácticamente se podía ver.

—¡Aaaaj! —exclamó mi tía al caer en una casilla que simbolizaba la mala fortuna.

—No tengo ninguna prisa por que llegues a la vida en el más allá —dije, y los tres se dieron la vuelta, sorprendidos al verme.

Mi tía sonrió de oreja a oreja.

—¿Ni siquiera a este parco más allá de un juego de mesa?

—Ni siquiera a ese. —Me deslicé a su lado y susurré—: Traigo gratas noticias.

Yalta tumbó su ficha.

—Ya que Ana me ha pedido que no me pase hoy por el más allá, debo retirarme de la partida.

La llevé a un lugar más íntimo cerca de la cocina al aire libre y le conté cuanto acababa de suceder.

Le temblaron las comisuras de los labios.

—He estado pensando. Hay una persona que habría tenido conocimiento del engaño de Arán, y es el padre de Apión, Apolonio. Fue el tesorero de Arán antes que Apión, pero también era su confidente y hacía cuanto él le pedía. Es probable que estuviera implicado en la cuestión.

—Entonces, iremos a buscarlo.

—Será ya un anciano —me dijo—. Si es que sigue vivo.

—¿Crees que nos ayudará?

—Siempre fue amable conmigo.

—Abordaré a Apión en el momento oportuno —le dije, y vi cómo echaba la cabeza hacia atrás y se empapaba de la amplitud de los cielos.


XII


Apión se encontraba en aquel cuartillo que él llamaba «el erario», anotando unos números en una hoja de papiro pautado. Alzó la mirada cuando me acerqué.

—Si has traído el dinero de tu arriendo, Arán ha eliminado ese requisito.

—Sí, él mismo me lo ha contado. He venido a pedirte el favor que me debes.

Intenté parecer recatada, ese tipo de persona simpática a

quien uno le concedería encantado cualquier favor. Soltó un suspiro bien audible y dejó el cálamo en la mesa.

—Tengo entendido que mi tío nos ha dejado a Yalta y a mí bajo tu vigilancia mientras él esté fuera. Me gustaría solicitarte de manera respetuosa que renuncies a esa molesta tarea y nos dejes a nuestro aire.

—Si lo que pretendéis es salir de la casa en contra de los deseos de Arán y esperáis que yo no le diga nada, os equivocáis. Eso me pondría en peligro de perder mi puesto.

—Se diría que aceptar sobornos encubiertos también te pondría en ese peligro —le dije.

Se levantó de la mesa. Sus rizos oscuros brillaban de aceite. Percibí el aroma de la mirra.

—¿Me vas a amenazar, entonces?

—Lo único que te pido es que mires para otro lado mientras Arán está fuera. Mi tía y yo llevamos aquí más de un año y no hemos contemplado nada de la grandeza de Alejandría. ¿Acaso es mucho pedir unas pocas excursiones? No me gustaría ir a hablarle a Arán sobre los sobornos que me aceptaste, pero lo haré.

Me estudió, como si estuviese sopesando mi amenaza. Yo misma dudaba de que fuera a llevarla a cabo, pero él no lo sabía. Le sostuve la mirada.

—Haré caso omiso de vuestras idas y venidas, pero, una vez haya regresado Arán, mi deuda contigo quedará saldada. Tendrás que ofrecerme el juramento de que no me extorsionarás más —me dijo.

—Extorsionar es una palabra muy fuerte —le dije.

—También es la correcta. Ahora, jura delante de mí que la vuelta de tu tío será el punto final de esto.

—Lo juro.

Volvió a sentarse y me despachó con un golpe de muñeca en el aire.

—Si me permites la pregunta —le dije—, ¿sigue vivo tu padre?

Alzó la mirada.

—¿Mi padre? ¿Qué interés tienes tú en eso?

—Quizá recuerdes que la primera vez que nos vimos en Séforis...

—¿Te refieres a aquel día en que estabas «encinta»? —me interrumpió con un gesto tenso en los labios.

Me llevó un segundo caer en la cuenta de a qué se refería. Había olvidado la mentira que le había dicho; estaba claro que él no. Cuando fingí un embarazo para obtener de él lo que necesitaba, no sabía que iba a viajar a Alejandría, donde los meses acabarían revelando mi falsedad. Sentí un calor avergonzado en las mejillas.

—¿Vas a volver a mentirme y a contarme que has perdido al niño?

—No, confieso que te mentí. No volveré a hacerlo. Lo siento.

Sí que lo sentía, y aun así mi mentira nos había ayudado a conseguir un pasaje a Alejandría. Y mi extorsión —como él insistía en llamarlo— nos brindaba ahora la libertad de movernos por la urbe. Sí, lo sentía, y no, no lo sentía.

Apión asintió y relajó los hombros. Fue como si mis palabras lo hubieran aplacado.

Volví a empezar.

—Como te decía... la primera vez que nos vimos, te conté que mi tía conocía a tu padre. Sentía afecto por él, y me pidió que indagara sobre su salud.

—Dile que se encuentra bien, aunque se ha vuelto más corpulento en la vejez: vive a base de una dieta de cerveza, vino, pan y miel.

«Apolonio está vivo.»

—Y si Yalta deseara verlo, por un casual, ¿dónde lo encontraría?

—No me gustaría daros otro motivo más para alejaros de la casa, pero parece que pensáis hacerlo de todos modos. A mi padre se le puede hallar en la biblioteca, donde acude a diario a reunirse con un grupo de hombres que se sientan en la columnata y debaten sobre la distancia exacta a la que Dios se encuentra del mundo: a un millar de jornadas, o a siete millares.

—¿Piensan que Dios está lejos?

—Son platónicos, estoicos y seguidores del filósofo judío Filón, así que a duras penas sabré yo lo que piensan.

Esta vez, cuando hizo el gesto con la muñeca en el aire, me marché.


## XIII

Me desplazaba por la Vía Canópica como si me hubieran disparado con un arco, volando por delante de Yalta y de Lavi y teniendo que detenerme después a esperar a que me alcanzaran.

En el centro de la calle, unos estrechos estanques de agua se vaciaban en cascada los unos sobre los otros hasta donde alcanzaba la vista, y los laterales estaban flanqueados por cientos de recipientes de cobre llenos de una yesca de astillas a la espera de que les prendieran fuego por la noche para iluminar la vía pública. Las mujeres lucían túnicas azules, negras o blancas que llevaban ceñidas bajo los pechos con unas cintas de colores vivos y me hicieron tomar conciencia de mi sencillo vestido nazareno, un lino deslucido y sin teñir. Conforme pasaban, iba estudiando los brazaletes de plata en forma de serpientes enroscadas, los aros en las orejas con perlas que colgaban de ellos, los ojos delineados en verde y negro, el pelo recogido en nudos en lo alto de la cabeza con hileras de rizos sobre la frente. Tiré de mi única y larga trenza para ponerla sobre el hombro y me así a ella como si fuera el extremo de una soga.

Al acercarnos al barrio real, atisbé por primera vez un obelisco: una estructura alta y estrecha que apuntaba hacia el cielo. Eché la cabeza hacia atrás y lo observé.

—Es un monumento dedicado a una parte muy concreta del cuerpo masculino —dijo Yalta absolutamente seria.

Volví a mirarlo y oí que Lavi se echaba a reír, después mi tía. No lo reconocí, pero no me había costado nada creerme su broma.

—Son más útiles para medir el paso del tiempo —dijo Yalta al inspeccionar la larga y definida sombra negra que proyectaba el obelisco—. Hace dos horas que pasó el mediodía. Ya nos hemos demorado bastante.

Habíamos partido a mediodía, después de salir sin hacer ruido por las habitaciones del servicio cuando no había nadie a la vista. Lavi había insistido en acompañarnos. Consciente de nuestra misión, llevaba al hombro un bolso con el resto de nuestro dinero, por si acaso fuera necesario sobornar a Apolonio. Lavi no había dejado de implorarme que fuese más despacio, y una vez nos hizo cruzar al otro lado de la calle cuando se acercó un grupo de romanos con aire autoritario. Lo miraba en ese instante y pensaba en él y en Pánfila: no parecían ahora más cerca de realizar sus planes que cuando él me habló de ellos por primera vez.

Me detuve en la entrada del complejo de la biblioteca y respiré hondo, sobrecogida, con las palmas de las manos juntas bajo la barbilla. Ante mí se extendían dos columnatas, una a cada lado de un inmenso patio que conducía a un magnífico edificio de mármol blanco.

Recobré la voz y dije:

—No puedo buscar a Apolonio hasta que haya visto el interior de la biblioteca.

Sabía que había allí diez salas que contenían el medio millón de textos del que me había hablado Yalta. Tenía el corazón desbocado.

Mi tía me agarró del brazo.

—Ni yo.

Fuimos zigzagueando por el patio, abarrotado de una gente que imaginé que serían filósofos, astrónomos, historiadores, matemáticos, poetas..., todo tipo de sabios, aunque fuesen ciudadanos comunes, muy probablemente. Llegamos a los escalones, leí la inscripción en griego grabada sobre las puertas —«Un refugio de sanación»— y los subí apresurada, de dos en dos.

Una vez dentro, lo primero que se encontraron mis ojos fue la penumbra, seguida de la luz de los candiles. Unos instantes después, las paredes cobraron vida con unas pinturas de vivos colores: unos hombres con cabeza de ibis y mujeres con cabeza de león. Recorrimos un pasillo resplandeciente cubierto de dioses, diosas, discos solares y ojos que todo lo ven. Había barcas, aves, cuadrigas, arpas, arados y alas irisadas: cientos de jeroglíficos. Tenía la sensación de flotar surcando un universo legendario.

Cuando llegamos a la primera sala, apenas fui capaz de contemplar un espacio tan extenso con sus cubículos que llegaban hasta el techo, cada uno de ellos etiquetado y lleno de rollos manuscritos y códices encuadernados en cuero. Es probable que allí se encontrase la «Exaltación de Inana» escrita por Enjeduana, igual que —al menos— unas pocas obras de algunas filósofas griegas. Me parecía absurdo pensar que mis propios escritos pudiesen acabar alojados aquí también, algún día, pero me detuve allí y me permití imaginármelo.

Al ir recorriendo una sala tras otra, reparé en la presencia de unos jóvenes con unas túnicas blancas cortas que iban veloces de aquí para allá: algunos cargaban con brazados de papiros, otros estaban subidos a unas escalerillas colocando manuscritos en los cubículos o quitándoles el polvo con penachos de plumas. Me di cuenta de que Lavi los miraba con mucha atención.

—Estás muy callada —me dijo Yalta, que vino sigilosa a mi lado—. ¿Cumple la biblioteca con todas tus expectativas?

—Es un sanctasanctórum —le dije.

Y lo era, aunque podía sentir un pequeño nudo de ira bajo mi asombro. Entre aquellas paredes había medio millón de rollos y códices, y todos salvo unos pocos estaban escritos por hombres. Ellos habían escrito el universo conocido.

A instancias de Yalta, regresamos para buscar a Apolonio y a los hombres que debatían sobre la distancia de ida y vuelta hasta Dios. Los hallamos sentados bajo una de las columnatas, tal y como Apión había predicho.

—Es el orondo con el púrpura en la túnica —dijo Yalta, que se detuvo en un hueco de la pared para observarlo.

—¿Cómo vamos a conseguir apartarlo de los demás? —pregunté—. ¿Vas a atreverte a interrumpirlo? —En ese momento, Apolonio estaba debatiendo con ardor alguna cuestión.

—Avanzaremos los tres juntos por la columnata, y cuando estemos cerca, diré en voz alta: «¡Apolonio, eres tú! ¡Qué sorpresa encontrarme contigo!». No tendrá más opción que separarse y venir a hablar con nosotros.

La miré con cara de aprobación.

—¿Y si le habla a Arán de su encuentro con nosotras?

—No creo que lo haga, pero tampoco tenemos elección. Apolonio es la única vía de que disponemos.

Hicimos tal y como había sugerido Yalta, y Apolonio, aunque no sabía quiénes éramos, abandonó su banco y se acercó aparte a saludarnos.

—¿Es que no reconoces a una vieja amiga? —le preguntó mi tía—. Soy Yalta, la hermana de Arán.

Una expresión de dolor le asomó al rostro y pasó veloz, seguida de una efusión de agrado.

—Ah, sí, ahora lo veo. Has regresado de Galilea.

—Y me he traído a mi sobrina Ana, la hija de mi hermano el menor. —Su mirada me recorrió de arriba abajo, después a Lavi, y le pidió a Yalta que se lo presentara también.

El anciano tesorero nos obsequió con una infinidad de sonrisas, con una barriga tan voluminosa que se veía obligado a echarse hacia atrás de cintura para arriba para hacer de contrapeso. Podía oler en él la esencia de canela.

—¿Os alojáis con Arán? —preguntó él.

—No disponíamos de otro lugar —dijo Yalta—. Hemos vivido con él durante más de un año, y hoy es la primera vez que salimos de su casa, una libertad que hemos podido aprovechar tan solo porque él está fuera de la ciudad. Nos prohíbe salir de la residencia. —Fingió una expresión de angustia, o quizá fuese auténtica—. Confío en que no le contarás que nos hemos escapado, ¿verdad?

—No, no, por supuesto que no. Arán era mi patrón, pero nunca fue mi amigo. Aun así me resulta sorprendente que os aísle del resto de la ciudad.

—Lo hace para impedirme que pregunte por mi hija, Jayá.

Apolonio apartó la mirada de Yalta y la dirigió hacia un cúmulo arrugado de nubes en lo alto, con el ceño fruncido, arqueando la espalda hacia atrás y con los puños clavados en la parte baja de la espalda. Aquel hombre sabía algo.

—No puedo estar demasiado tiempo de pie —dijo.

Los cuatro nos dirigimos hacia un par de bancos cerca de sus compañeros de debate y el anciano dejó escapar un sonoro gruñido al sentarse.

—¿Has vuelto aquí en busca de tu hija?

—Me estoy haciendo mayor, Apolonio, y tengo el deseo de verla antes de morir. Arán no está dispuesto a decirme nada sobre su paradero. Si está viva, ahora será una mujer de veinticinco años.

—Quizá pueda ayudarte, pero antes he de contar con tu palabra, con la de tu sobrina y vuestro amigo de que no revelaréis cómo habéis llegado a saber lo que voy a contaros. En especial a Arán.

Le dimos esa tranquilidad en el acto, y él, de repente, se puso pálido como si le faltara el aire, con el sudor y la esencia aromática perlándole los pliegues del cuello.

—Muchas veces he deseado liberarme de esta carga antes de morir. —Hizo un gesto negativo con la cabeza y se detuvo durante un tiempo más que excesivo antes de continuar—. Arán se la vendió a un sacerdote que servía en el templo de Isis Médica, aquí, en Alejandría. Yo mismo registré la transacción.

Tras confesarlo, apoyó la espalda con aspecto de estar exhausto y descansó la cabeza sobre el gran orbe de su propio cuerpo. Nos quedamos esperando.

—He deseado hallar la manera de compensarte por mi participación en ello —dijo, incapaz de mirar a Yalta a los ojos—. Hice lo que Arán me pidió, y lo he lamentado.

—¿Conoces el nombre de este sacerdote o dónde podría estar Jayá ahora? —le preguntó Yalta.

—Me tomé el saberlo como un asunto personal. Durante

todos estos años, me he mantenido al tanto de su situación desde una cierta distancia. El sacerdote murió hace unos años, y le dio la libertad antes de morir. La educaron para el recinto sanatorio de Isis Médica. Todavía presta servicio allí.

—Cuéntame —dijo Yalta, y vi en su cara el esfuerzo por mantener la serenidad—, ¿por qué tomaría Arán la decisión de vender a mi hija? Podría haberla entregado en adopción tal y como me dijo falsamente que había hecho.

—¿Y quién es capaz de descifrar lo que tiene Arán en el corazón? Yo solo sé que quería librarse de la niña de tal modo que no dejara ningún rastro. Una adopción habría requerido de documentos por triplicado: uno para Arán, otro para los padres adoptivos y otro más para el escriba real. Y habría figurado el nombre de los padres, al contrario que en el caso del sacerdote, que pudo guardar el anonimato.

Se ayudó de los brazos para levantarse del banco.

—Cuando vayas a Isis Médica, pregunta por Diodora. Ese es el único nombre que conoce Jayá. La criaron como a una egipcia, no como judía.

Cuando se dio la vuelta para marcharse, le pregunté:

—Esos hombres de la biblioteca que visten una túnica blanca y se suben a las escalerillas... ¿quiénes son?

—Los llamamos bibliotecarios. Mantienen los libros en orden, catalogados, y son quienes los sacan para los estudiosos de la universidad. Los verás correr a gran velocidad para entregarlos. Algunos de ellos venden ejemplares al público, otros ayudan a los escribas proporcionándoles tinta y papiros. A unos pocos afortunados los envían en expediciones a tierras lejanas para adquirir libros.

—Lavi sería un bibliotecario excelente —le dije, y miré a mi amigo para calibrar su reacción.

Se enderezó. De orgullo, pensé.

—¿Pagan bien en ese puesto? —preguntó Lavi.

—Lo suficiente —dijo Apolonio, de repente sorprendido y cauteloso al parecer por que Lavi se dirigiese a él directamente—. Pero los puestos son difíciles de conseguir. La mayoría pasan de padres a hijos.

—Has dicho que deseabas compensarme por tu participación en el pecado cometido por Arán —dijo Yalta—. Puedes hacerlo consiguiéndole ese empleo a nuestro amigo.

Aturullado, Apolonio abrió y cerró los labios varias veces antes de decir:

—No lo sé... Será complicado.

—Tú tienes mucha influencia —dijo Yalta—. Tiene que haber mucha gente que te deba favores. Asegurarle el puesto a Lavi no compensará el haber vendido a mi hija, pero sí pagará tu deuda conmigo. Te aligerará el peso de esa carga que has llevado encima.

El anciano miró a Lavi.

—Empezaría como un aprendiz, cobrando poco, y la formación es rigurosa. Debe saber leer griego. ¿Sabe?

—Lo leo —dijo Lavi.

Aquella noticia me dejó atónita. Quizá hubiera aprendido a leer el griego en Tiberíades.

—Entonces sí, haré lo que pueda —dijo Apolonio.

Cuando se marchó el anciano, Lavi me susurró:

—¿Tú me enseñarías a leer el griego?


XIV


Estaba feliz por Yalta y también por Lavi —la una había localizado a una hija y el otro había encontrado un posible trabajo—, y el recuerdo de hallarme en el interior de la biblioteca refulgía en mi interior, pero mis pensamientos se iban con Jesús, tal y como me pasaba a todas horas del día. «¿Qué estás haciendo ahora, Amado?» No veía el modo de resolver nuestra separación.

Al cruzar la ciudad de regreso a la casa de Arán, nos tropezamos con un artista que pintaba el retrato de una mujer en un trozo de madera de tilo. La mujer estaba sentada delante de él en un pequeño patio público, arreglada con sus mejores galas. Un grupito de transeúntes se había congregado a mirar. Al unirnos a ellos, sentí un revolcón de náuseas en el estómago y me acordé de las horas que había estado yo posando para el mosaico del palacio de Antipas.

—Está posando para un retrato de momia —me explicó Yalta—. Cuando muera, colocarán la imagen sobre su cara dentro del sarcófago. Hasta entonces, lo tendrá colgado en casa. Es para conservar el recuerdo de la mujer.

Había oído que los egipcios metían objetos extraños dentro de los sarcófagos: comida, joyas, ropa, armas, infinidad de cosas que podrían ser necesarias en el más allá, pero esto era nuevo para mí. Observé mientras el artista pintaba en la madera su rostro perfecto y en tamaño real.

Envié a Lavi a investigar cuánto costaba el retrato de momia.

—El pintor dice que son cincuenta dracmas —me informó Lavi.

—Ve y pregúntale si pintaría el mío a continuación.

Yalta me miró con una expresión de sorpresa y, en parte, de diversión.

—¿Quieres tener un retrato para tu ataúd?

—No es para mi ataúd. Es para Jesús.

Y quizá también para mí misma.

Esa noche coloqué el retrato sobre la mesa que tenía cerca de la cama, lo puse de pie, apoyado junto a mi cuenco del ensalmo. El artista me había pintado tal y como yo era, sin adornos, con mi túnica vieja, una simple trenza que pendía sobre mi hombro y unas volutas de pelo suelto por la cara. Era yo, Ana, sin más; pero aquel retrato tenía algo.

Lo cogí entre las manos y lo sostuve a la luz del candil para estudiarlo con más detenimiento. La pintura brillaba con reflejos a la luz, y el rostro que veía tenía el aspecto de ser una mujer nueva. Tenía una mirada serena en los ojos. El mentón elevado con una inclinación de audacia. Había fuerza en la mandíbula; las comisuras de los labios curvadas hacia arriba.

Me dije que, cuando regresara a Nazaret y volviese a ver a Jesús, le pediría que cerrase los ojos y le pondría entonces el retrato entre las manos. Él lo miraría con asombro, y yo le diría con una seriedad fingida: «Si vuelve a haber otra amenaza de que me arresten y me envían una vez más a Egipto, esto servirá para que no se te olvide mi rostro». Entonces me echaría a reír, y él se reiría.

## XV

De pie en la puerta del jardín de los lotos, escuchaba los crujidos y los rumores sordos en el cielo del anochecer. Durante todo el día, el calor había sido como un pellejo viscoso que envolviese el aire, pero ahora se había levantado un viento repentino y caía la lluvia a mares, unas agujas negras que agitaban las datileras y acribillaban la superficie del estanque para disiparse acto seguido, casi tan rápido como llegaron. Salí a la oscuridad, donde cantaba un pájaro, una lavandera.

Durante las últimas tres semanas, me había pasado las mañanas en el *scriptorium* enseñando a Lavi a leer en griego en lugar de atender a mis labores habituales. Incluso Tadeo se había sumado a las lecciones e insistido en que nuestro discípulo comenzara copiando el alfabeto una y otra vez al dorso de los pergaminos viejos desechados. Yo me encargaba de destruir las pruebas de sus ejercicios, no fuera a ser que Arán las descubriese a su regreso. Pánfila había quemado tantas alfas, betas, gammas y deltas en la cocina, que le dije que jamás hubo un horno más letrado en todo Egipto. Hacia la segunda semana, Lavi ya había memorizado las inflexiones de los nombres y los verbos. Llegada la tercera ya situaba los verbos en las oraciones. No tardaría en estar leyendo a Homero.

Durante la mayoría de las tardes, Yalta y yo nos habíamos dedicado a corretear por Alejandría, a pasearnos por los mercados, a quedarnos boquiabiertas mirando el Cesáreo, el gimnasio y los esplendores que se extendían por el puerto, y habíamos regresado un par de veces a la biblioteca. Visitamos todos los templos de Isis salvo uno, el de Jayá. Una y otra vez le preguntaba a mi tía por qué lo evitaba, y ella siempre me respondía lo mismo: «Aún no estoy lista». La última vez que me puse pesada con ella al respecto fue como si Yalta arrancase la respuesta de una dentellada y me la escupiese a la cara. No volví a preguntárselo. Desde entonces, yo había ido arrastrando restos de dolor, confusión y exasperación.

La lavandera echó a volar. El jardín quedó en silencio. Oí unos pasos y me di la vuelta para encontrarme con Apión, que se acercaba entre las datileras.

—He venido a advertiros —me dijo—. Hoy ha llegado un mensaje de Arán. Regresa antes de lo previsto. Lo espero dentro de dos días.

Elevé la mirada al cielo, aquel cielo sin luna, sin estrellas.

—Gracias por informarme —le dije inexpresiva.

Cuando se marchó, salí veloz hacia la alcoba de Yalta con una furia que se me derramaba por los cuatro costados. Irrumpí sin llamar.

—Jayá está ahí, cruzando la ciudad, y sin embargo ha pasado todo este tiempo y no has ido a verla. Apión me acaba de informar de que Arán estará de vuelta dentro de dos días. ¡Pensaba que Jayá era la razón por la que habías venido a Egipto! ¿Por qué la evitas?

Se ciñó el chal de noche alrededor del cuello.

—Ven aquí, Ana. Siéntate. Sé que no consigues entender que lo retrase, por más que lo intentes. Lo siento. Lo único que puedo decirte es que el día en que hablamos con Apolonio... incluso antes de salir del patio de la biblioteca ya se había apoderado de mí el temor de que Jayá tal vez no deseara que la encontrase. Es una mujer egipcia que sirve a Isis, ¿por qué iba a querer que la reclamase la madre judía que la abandonó? Sentí el temor de que me rechazara. O peor, de que se rechazara ella.

Yo tenía a mi tía Yalta por invencible, inasequible —una mujer que había sufrido los ataques de la vida, y aun así, había salido incólume, aunque no sabía muy bien cómo—, pero de repente la veía como una persona con sus fallos y sus heridas igual que yo. Había un extraño alivio en aquello.

—No me había dado cuenta —le dije—. No debería haberte juzgado.

—Está bien, Ana. Yo también me he juzgado. No es que esta preocupación no se me haya pasado antes por la cabeza, pero nunca me había permitido asimilarla por completo hasta ahora. Supongo que mi propia necesidad de encontrar a Jayá y enmendar lo que hice al abandonarla no me habían dado la posibilidad de considerar que tal vez ella me rechazara. Temo perderla otra vez. —Hizo una pausa. La luz del candil osciló en el soplo de un aliento inesperado, y capté esa misma oscilación en su voz cuando retomó la palabra—: No había tenido en cuenta que a lo mejor ella necesitaba... permanecer tal cual está.

Fui a decir algo, pero me contuve.

—Adelante —me dijo mi tía—. Dime lo que piensas.

—Iba a repetir aquello que tú me dijiste, que cuando nos resistimos a un temor no hacemos sino reforzarlo.

Me sonrió.

—Sí, yo también me he resistido a mi temor.

—¿Qué vas a hacer? Nos queda poco tiempo.

En el exterior había empezado a llover de nuevo. Escuchamos la lluvia durante un rato.

—No puedo saber si Jayá desea que la encuentre —dijo al fin—, ni tampoco sé cómo nos cambiaría a cualquiera de las dos el hecho de encontrarla, pero es la verdad lo que importa, ¿no te parece? —Se inclinó sobre la luz y apagó la llama—. Mañana iremos al templo de Isis Médica.


XVI


De pie, desnuda sobre la placa de piedra caliza de la sala de los baños, tiritaba mientras Pánfila me vertía el agua sin calentar sobre el torso, los brazos y las piernas.

—¿Es que disfrutas torturándome? —le dije, y la piel se me erizaba en unos minúsculos bultitos en señal de protesta.

Apreciaba de veras las comodidades egipcias, sus baños y aquellos retretes tan milagrosos con asientos de piedra, con el agua corriendo por debajo para llevarse la inmundicia, pero ¿tan difícil era calentar el agua?

Pánfila dejó la jarra y me entregó una toalla para secarme.

—Qué poco aguante tenéis las galileas —me dijo con una sonrisa.

—Aguante es lo único que tenemos —contesté.

De vuelta en mi habitación, con el cuerpo recién frotado y un cosquilleo en la piel, me puse la túnica negra nueva que había adquirido en el mercado, me la ajusté bien bajo los pechos con una cinta verde y me cubrí los hombros con una mantilla de lino rojo. Iba a lucirla a pesar del calor que hacía fuera, que era atroz. Ante la insistencia de Pánfila, le permití que me perfilara los ojos con un pigmento verde y me recogiese la trenza en una torrecilla en lo alto de la cabeza.

—Podrías pasar por una alejandrina —me dijo según se inclinaba hacia atrás para contemplarme.

Era como si aquella idea la complaciese enormemente.

Alejandrina. Cuando Pánfila se marchó, le di vueltas y más vueltas a aquella palabra en la cabeza.

Al poner el pie en la sala de estar, oí a Yalta en su habitación, cantando mientras se vestía.

Cuando por fin salió al cuarto de estar, me quedé sin aliento. Ella también se había puesto su túnica nueva, de un azul cerúleo como el del mar, y vi que Pánfila también había atendido a mi tía, ya que lucía unas líneas de pintura negra bajo los ojos y el pelo grisáceo recién trenzado y sujeto en unos moños muy complicados. Parecía una de aquellas diosas de cabeza de león pintadas en las paredes de la biblioteca.

—¿Vamos a buscar a mi hija? —me dijo.


El templo de Isis Médica apareció en el barrio real, cerca del puerto, como una isla en sí mismo. Al captar un primer vistazo desde la distancia, ralenticé mis pasos con el fin de contemplar aquella compleja disposición de muros, pilones altos y tejados. Aquello era más extenso de lo que me había imaginado.

Yalta señaló con un dedo.

—¿Ves el frontón de ese edificio grande de ahí? Ese es el principal templo de Isis. Los más pequeños son templos menores dedicados a otras divinidades. —Entornó los párpados tratando de hallarle el sentido a aquel laberinto—. Allí, aquel es el asilo sanatorio donde va Jayá, y detrás, aunque no se ve, está la escuela de medicina. La gente viene de lugares tan lejanos como Roma y Macedonia para buscar una cura.

—¿Has ido tú allí alguna vez a buscar alguna? —le pregunté.

—No. Solo accedí al interior de esos muros en una ocasión, y fue por simple curiosidad. Los ciudadanos judíos no entramos ahí, es una ofensa contra el primer mandamiento.

Anoche había aprendido a amar su debilidad; hoy era su atrevimiento lo que me emocionaba.

—¿Entraste en el templo de Isis?

—Por supuesto. Recuerdo que allí había un altar donde la gente dejaba unas estatuillas de Isis como ofrenda.

—¿Y el asilo sanatorio? ¿También fuiste ahí?

Me hizo un gesto negativo con la cabeza.

—Para entrar, hay que tener alguna enfermedad y estar dispuesta a quedarse ahí toda la noche. A los que buscan una cura se les induce un sueño de opio en el que sueñan su propia cura. Se dice que a veces la propia Isis se presenta en sus sueños y se la brinda.

Todo aquello era tan extraño que me dejó sin habla, pero dentro de mí había una especie de rumor sordo.

El patio exterior bullía de gente que hacía música. Traqueteaban los sistros, y de las flautas salían las volutas de unos sonidos suaves que se rizaban formando espirales como si fueran cintas en el aire. Vimos una fila de mujeres que serpenteaba entre el escarlata de los pilares de las columnas en una colorida danza que fluía como un ciempiés.

Yalta, que entendía el idioma egipcio, ladeó la cabeza y escuchó su canto.

—Están celebrando el nacimiento de Horus, el hijo de Isis —me dijo—. Parece que hemos venido en un día de conmemoraciones.

Fue tirando de mí para pasar por el patio, por delante de los que bailaban, de unos templetes sin nombre y de relieves en las paredes pintados con flores azules, lunas amarillas e ibis blancos hasta que llegamos al templo principal, una estructura de mármol con más pinta de griega que de egipcia. Entramos y nos vimos inmersas en una neblinosa nube de incienso. Las columnas de *kyfi* ascendían de los incensarios con el aroma de las pasas empapadas en vino, la menta, la miel y el cardamomo. A nuestro alrededor, una marea de gente estiraba el cuello tratando de atisbar algo en el extremo opuesto.

—¿Qué han venido a ver? —susurré.

Yalta negó con la cabeza, me condujo hasta una hornacina baja y nos subimos dentro del hueco de la pared. Hice un barrido con la mirada por encima de la multitud y vi que lo que trataba de ver el gentío no era «algo», sino a «alguien». La mujer estaba de pie, con la espalda muy recta, vestida con una túnica amarilla y roja, con una banda negra desde el hombro izquierdo hasta la cadera derecha que estaba cubierta de estrellas plateadas y de lunas de color dorado rojizo. En la cabeza, una corona con unos cuernos de vaca dorados.

Nunca había visto a alguien tan hipnótico.

—¿Quién es esa?

—Será una de las sacerdotisas de Isis, tal vez la superior de todas ellas. Lleva la corona de Isis.

Las estatuillas con aspecto de muñecas que había mencionado Yalta estaban amontonadas en el suelo alrededor del altar como unas montañas de conchas que hubiese varado la marea.

La voz de la sacerdotisa sonó de pronto como un golpe de címbalos. Me incliné hacia Yalta.

—¿Qué está diciendo?

Ella me lo tradujo.

—«Oh, Isis, señora y diosa de todas las cosas, traes el sol desde que sale hasta que se pone e iluminas la luna y las estrellas. Traes el Nilo sobre la tierra. Eres la señora de la luz y del fuego, ama del agua...»

Comencé a balancearme al monótono son de su canto.

—Tía —dije cuando llegó a su fin—, me alegro de que permitieras que tus miedos sobre la posibilidad de encontrar a Jayá te hayan coartado durante tanto tiempo. De haber venido antes, nos habríamos perdido este gran espectáculo.

Yalta me miró.

—Tú preocúpate de no caerte del hueco de la pared y de no romperte la crisma.

Una ayudante con túnica blanca se acercó al altar con un cuenco de agua en las manos, caminando con suavidad y sin levantar los pies del suelo en su esfuerzo por evitar que se le derramara el líquido. La sacerdotisa tomó el cuenco y vertió la libación sobre una estatua de Isis de vivos colores que se alzaba en el altar. La cascada salpicó sobre la diosa y se derramó por el suelo.

—Nuestra señora Isis, danos a tu divino hijo. Provoca la crecida del Nilo...

Cuando terminó la ceremonia, la sacerdotisa abandonó la cámara por una puerta estrecha al fondo del templo y la multitud se dirigió hacia la salida. Yalta, sin embargo, no hizo ningún esfuerzo por bajarse del hueco de la pared. Tenía la mirada al frente, fija, en un rapto de concentración. Pronuncié su nombre. No respondió.

Miré en la misma dirección que ella y no vi nada inusual, tan solo el altar, la estatua, el cuenco y la asistente que secaba el suelo húmedo con un paño.

Yalta se bajó y caminó con paso decidido en contra del gentío mientras yo correteaba detrás de ella.

—¿Tía Yalta? ¿Adónde vas?

Se detuvo a unos pocos pasos del altar. Yo no entendía nada de lo que estaba pasando. Entonces me fijé en la asistente, que se levantaba del suelo ya seco, de oscuros cabellos como zarzas.

En una voz tan amortiguada que apenas fui capaz de oírla, Yalta dijo:

—¿Diodora?

Y su hija se dio la vuelta y la miró.


Diodora dejó su paño sobre el altar.

—¿Necesitas algo de mí, mi señora? —le preguntó en griego.

Tenía un parecido a mí que resultaba sorprendente, y no solo en las ondas y en los bucles del cabello, sino en aquellos ojos negros que eran demasiado grandes para su rostro, la boca pequeña y fruncida, el cuerpo alto y delgado como un haz de ramitas de sauce. Más que primas, parecíamos hermanas.

Yalta estaba petrificada. Sus ojos se desplazaban sobre su

hija como si no fuera de carne y hueso, sino etérea, una aparición, un rostro que hubiera entrevisto en sueños. Percibí un leve temblor en sus labios, la agitación del ala de una abeja. Entonces echó los hombros hacia atrás de esa forma en que la había visto hacerlo un centenar de veces. Pasaron los segundos, unos incesantes segundos.

«Dale una respuesta, tía Yalta.»

—Deseo hablar contigo —dijo Yalta—. ¿Podemos buscar un lugar donde sentarnos?

La incertidumbre le frunció el rostro a Diodora.

—No soy más que una asistente —respondió ella, y retrocedió un paso.

—¿También prestas servicio en el asilo sanatorio? —le preguntó Yalta.

—Allí es donde sirvo con más frecuencia. Hoy me necesitaban aquí. —Recogió el paño y lo escurrió en el cuenco—. ¿Te he atendido allí en el pasado? ¿Deseas buscar otra cura?

—No, no he venido buscando la sanación.

Más adelante, se me ocurriría que Yalta se equivocaba a este respecto.

—Pues si no tienes necesidad de mí, entonces... Me han asignado la tarea de retirar las ofrendas. Debo encargarme de ello.

Se alejó con prisas y desapareció por la puerta del fondo.

—No pensaba que pudiera ser tan hermosa —dijo Yalta—. Tan bella, tan mayor y tan parecida a ti.

—Ella también está desconcertada —le dije—. Me temo que la hemos incomodado. —Me acerqué un poco más a mi tía—. ¿Se lo vas a decir?

—Estoy intentando encontrar la manera.

La puerta se abrió y salió Diodora cargada con dos cestos grandes y vacíos. Aflojó el paso cuando vio que seguíamos allí, aquellas dos desconocidas tan peculiares. Sin mirarnos, se arrodilló y comenzó a colocar las figurillas de Isis dentro de uno de los cestos.

Me agaché a su lado y cogí una de aquellas tallas tan toscas. De cerca, vi que era Isis con su hijo recién nacido en los brazos. Diodora me lanzó una mirada de soslayo, aunque no dijo nada, y la ayudé a llenar los dos cestos. Mi alma era judía, pero aun así cerré la mano en torno a la estatuilla. «Sofía», susurré para mis adentros, y llamé a la figura por el nombre que tanto amaba.

Una vez recogidas todas las ofrendas, Diodora se puso en pie y miró a Yalta.

—Si deseas hablar conmigo, puedes hacerlo en el pórtico de la casa del nacimiento.


La casa del nacimiento era un santuario en honor de la maternidad de Isis. El pequeño edificio columnado se alzaba no muy lejos del patio, que ahora estaba silencioso y vacío después de que se marcharan las bailarinas.

Diodora nos acompañó hasta un grupo de bancos en el pórtico y se sentó frente a nosotras con las manos agarradas con fuerza y la mirada que iba y venía entre Yalta y yo. Tuvo que haber sabido que estaba a punto de suceder algo de capital importancia: parecía suspendido en el aire sobre nuestras cabezas, como un ave a punto de lanzarse en picado. Un centenar de aves.

—Tengo el corazón embargado por las emociones —le dijo Yalta—. Tanto, que me resulta difícil hablar.

Diodora ladeó la cabeza.

—¿Cómo es que conoces mi nombre?

Yalta sonrió.

—Antes te conocía por otro nombre. Jayá. Significa «vida».

—Lo siento, mi señora, pero yo no te conozco a ti ni tampoco ese nombre de Jayá.

—Es una larga historia, y difícil. Lo único que te pido es que me permitas contártela.

Permanecimos allí sentadas durante unos instantes, con el sonido del viento, y Yalta le dijo:

—He venido desde muy lejos para decirte que soy tu madre.

Diodora se llevó la mano al pequeño valle entre sus pechos, apenas un gesto nimio, y sentí una insoportable ternura que me envolvía, por Diodora y Yalta y por los años que les habían robado a las dos, pero también por mí y por Susana. Mi propia hija desaparecida.

—Y esta es Ana, tu prima —dijo Yalta.

Se me espesó la garganta. Le sonreí e imité su gesto, llevándome la mano al pecho.

Se quedó sentada con una quietud aterradora, un rostro tan ilegible como el alfabeto de cenizas que habíamos formado en el horno. Era incapaz de imaginarme a mí misma oyendo algo como lo que ella acababa de oír. No la habría culpado si hubiese arremetido contra nosotras por recelo, por dolor o por ira. Casi prefería esas reacciones a este silencio tan extraño e inescrutable.

Yalta prosiguió con frases muy medidas, sin ocultarle nada a Diodora al narrar los detalles de la muerte de Ruebel, las acusaciones de asesinato contra ella y su exilio de ocho años con los terapeutas.

—El sanedrín judío decretó que si abandonaba el recinto de los terapeutas por cualquier motivo, recibiría un centenar de azotes con una vara, sería mutilada y me exiliarían a Nubia.

Eso no lo había oído yo nunca. ¿Dónde estaba Nubia? ¿Mutilada, cómo? Me deslicé un poco más cerca de ella en el banco.

Cuando finalizó la historia completa, Diodora le dijo:

—Si lo que afirmas es cierto, y soy tu hija, ¿dónde estaba yo, entonces? —Su voz sonaba frágil, pero su rostro ardía como unas brasas.

Yalta alargó la mano hacia la de Diodora, que la contrajo de inmediato.

—Ay, niña mía, tenías poco más de dos años cuando me expulsaron. Arán me juró que te mantendría sana y salva en su casa. Le escribía cartas preguntándole por ti, pero se quedaban sin respuesta.

Diodora frunció el ceño y elevó la mirada a lo alto de una columna coronada con la cabeza de una mujer. Pasado un instante, dijo:

—Si te enviaron con los terapeutas cuando yo tenía dos años y permaneciste allí ocho más..., yo tendría diez años cuando los dejaste. ¿Por qué no viniste a por mí en ese momento? —Sus dedos se movían en su regazo, como si estuviera contando—. ¿Dónde has estado los últimos dieciséis años?

Mientras Yalta se esforzaba por encontrar las palabras, intervine yo.

—Ha estado en Galilea. Conmigo. Pero las cosas no son como tú piensas. Ella no recuperó su libertad cuando tú tenías diez años, sino que la exiliaron una vez más, en esta ocasión con su hermano, en Séforis. Ella tenía la esperanza de reclamarte y de traerte a su lado, pero...

—Arán me contó que te había entregado en adopción y que no iba a revelar tu paradero —dijo Yalta—. Entonces me marché... Sentí que no me quedaba elección. Pensé que te iban a cuidar, que tenías una familia. No tenía la menor idea de que Arán te hubiese vendido al sacerdote hasta que regresé a Egipto hace más de un año para buscarte.

Diodora hizo un gesto negativo con la cabeza, casi violento.

—Me contaron que mi padre era un hombre llamado Joiak, de una aldea en algún lugar del sur, y que me vendió por pura pobreza.

Yalta puso su mano sobre la de Diodora, y esta, una vez más, la retiró de golpe.

—Fue Arán quien te vendió. Ana ha visto el documento de la venta, en el que él se hacía pasar por un pobre pastor de camellos llamado Joiak. Yo no te olvidé, Diodora, he suspirado por ti todos los días. Regresé para buscarte, aunque incluso ahora mi hermano me amenaza con sacar a la luz las viejas acusaciones de asesinato si te buscaba. Te pido que me perdones por haberme marchado. Te pido que me perdones por no haber venido antes.

Diodora bajó la cabeza a las rodillas y se echó a llorar, y no pudimos hacer nada sino dejar que lo hiciese. Yalta se levantó y permaneció a su lado. Yo no sabía si Diodora se sentía dolida o reconfortada, no sabía si se sentía perdida o hallada.

Cuando dejó de llorar, Yalta le preguntó:

—¿Era bueno contigo, tu señor?

—Lo era. No sé si me quería, pero jamás me levantó la mano ni la voz. Cuando murió, lloré por él.

Yalta cerró los ojos y dejó escapar un levísimo suspiro.

Yo no tenía intención de decir nada y, sin embargo, pensé en mis padres y en Susana, a los que había perdido, y en Jesús y en mi familia de Nazaret, en Judas y en Tabita, tan lejos todos ellos, y no sentí seguridad alguna de que fuese a recuperar a ninguno de ellos.

—Seamos más que primas —le dije—. Seamos hermanas. Seremos las tres una familia.

La luz descendía en unas intensas franjas a través de la columnata, y Diodora alzó la mirada hacia mí con los ojos entrecerrados y no dijo nada. Tuve la sensación de haber dicho una tontería, de haberme entrometido de alguna manera. En ese instante, alguien la llamó en la distancia, cantando su nombre:

—Diodoooora... Diodoooora.

Se puso en pie de un salto.

—He abandonado mis deberes.

Se limpió la cara con la manga de la túnica y se puso su férrea y estoica máscara.

—No sé cuándo podré volver a venir —dijo Yalta—. Arán regresa mañana de sus viajes y, como te he contado, nos prohíbe abandonar su casa. Pero encontraremos un modo.

—No creo que debáis regresar —dijo Diodora.

Se alejó y nos dejó allí, en el pórtico de la casa del nacimiento.

Yalta levantó la voz para llamarla.

—Hija, te quiero.

XVII

Al día siguiente en el *scriptorium* de la casa de Arán, escuchaba a Lavi leer la *Ilíada* a trompicones y me resultaba muy difícil mantener la concentración. El pensamiento me divagaba hacia Diodora y hacia todas aquellas cosas que se habían dicho en la casa del nacimiento. No dejaba de verla alejándose de nosotras.

—¿Qué vamos a hacer? —le había preguntado a Yalta durante el largo paseo desde el templo de Isis Médica hasta la casa de Arán.

—Esperaremos —me había respondido ella.

Hice un esfuerzo y volví a centrar la atención en Lavi, al que se le atragantaba una palabra. Intenté darle pie, pero sostuvo una mano en alto.

—Me vendrá. —Tardó un minuto entero—. ¡Barco! —exclamó con una sonrisa de oreja a oreja.

Estaba contento, aunque se le veía con un cierto aire de nervios. Un rato antes, esa misma mañana, había llegado un mensajero con la noticia de que le habían concedido el puesto en la biblioteca. Su periodo de aprendiz comenzaría en el primer día de la siguiente semana.

—He hecho la promesa de terminar de leer las aventuras de Aquiles antes de incorporarme a mi trabajo —dijo bajando el códice—. Mi griego no está pulido aún.

—No te preocupes, Lavi. Lees el griego muy bien, pero sí, termina el poema: tienes que averiguar quién vence, Aquiles o Héctor.

Pareció disfrutar con mi elogio, como si se irguiera más en su asiento.

—Mañana iré a ver al padre de Pánfila para pedirle un acuerdo de matrimonio.

—Ay, Lavi, cuánto me alegro por ti. —Sus nervios, me di cuenta, no se debían simplemente a su habilidad para la lectura—. ¿Y cuándo esperáis casaros?

—Aquí no hay un periodo de esponsales como en Galilea. Cuando su padre y yo redactemos el acuerdo y lo firmemos ante testigos, a Pánfila y a mí se nos considerará casados. Ella me dio una fracción de su salario y compré una caja *shabti* como regalo para él. No le voy a preguntar por un pago por la novia. Espero que estas cosas basten para cerrar el contrato mañana.

Me acerqué a la mesa de Tadeo y reuní un fajo de papiros, los mejores y más caros de Egipto.

—Puedes ofrecerle esto también. Parece un regalo apropiado viniendo de un empleado de la gran biblioteca.

Lavi vaciló.

—¿Estás segura? ¿No los van a echar de menos?

—Arán tiene más papiros de los que hay en Séforis y Jerusalén juntas. No va a echar de menos estas pocas hojas.

En el momento en que le puse los papiros en los brazos, se oyó un movimiento en la puerta. Allí se encontraba el criado que hacía cuanto se le antojaba a Arán.

—Nuestro señor acaba de regresar —dijo, y sus ojos se posaron en los papiros.

—¿Me necesita para algo? —le pregunté, más altiva de lo que debería.

—Me ha pedido que informe a la casa de su regreso, eso es todo.

De nuevo, estábamos en cautividad.


La espera era un esfuerzo insoportable. Te sentabas, te ponías nerviosa, te dedicabas a darle vueltas a un puchero de preguntas. Me inquietaba si deberíamos aceptar el rechazo de Diodora o buscar la forma de regresar al templo de Isis Médica. Presioné a Yalta para que estableciese un rumbo, pero ella persistía en esperar y decía que si atiendes el puchero el tiempo necesario, las respuestas acaban subiendo a la superficie. Transcurrió una semana, en cualquier caso, y no parecía que estuviésemos más cerca de resolver la cuestión.

Un día en que el sol pendía bajo sobre los tejados, Yalta y yo nos encontrábamos en la sala de estar cuando Pánfila irrumpió sin llamar a la puerta, sin aliento por las prisas.

—Ha venido una visita que pregunta por vosotras —nos dijo.

Me imaginé que sería el tan esperado mensajero que traería la carta de Judas —«Ven a casa, Ana. Jesús te pide que vengas a casa»—, y el corazón comenzó a latirme con fuerza.

—La mujer os está esperando en el atrio —añadió Pánfila.

Entonces supe quién era. Yalta me hizo un gesto de asentimiento. Ella también lo sabía.

—¿Dónde está Arán? —preguntó Yalta.

—Lleva fuera toda la tarde —respondió Pánfila—. Todavía no ha regresado.

—Tráenos aquí a la visita y no le digas nada a nadie sobre su presencia salvo a Lavi.

—Mi esposo tampoco ha vuelto aún.

Había dejado que la palabra «esposo» le resbalara lentamente por la lengua. El acuerdo matrimonial se había formalizado tal y como Lavi esperaba.

—Asegúrate de darle el aviso cuando llegue. Pídele que espere en el jardín, donde nadie lo vea. Cuando se marche nuestra visita, necesitaremos que él la saque a hurtadillas a través de las habitaciones del servicio.

—¿Quién es esa mujer? —preguntó Pánfila; una expresión de alarma había aparecido en su rostro.

—No hay tiempo para explicaciones —dijo Yalta, e hizo un gesto de impaciencia con la mano—. Dile a Lavi que es Jayá. Él lo va a entender. Ahora, corre.

Yalta abrió la puerta que daba al jardín y permitió que el aire caliente invadiese la estancia. Vi cómo se preparaba, se alisaba la túnica y respiraba hondo, concentrada. Serví tres vasos de vino.

Diodora vaciló en el umbral de la puerta y se asomó a ver el interior antes de entrar. Llevaba un manto marrón de tejido basto sobre la túnica blanca y se había recogido el pelo con dos adornos de plata. Se había pintado los ojos con malaquita.

—No sabía si te volvería a ver —dijo Yalta.

Entró Diodora y me apresuré a cerrar la puerta, que tenía una cerradura de hierro por dentro y por fuera, pero faltaba la llave con la que echarla. Me recordé que Arán no había venido por nuestras habitaciones en todo el tiempo que llevábamos allí. ¿Por qué iba a hacerlo ahora?

De pie en el centro de la habitación, Diodora parecía delgada e infantil. ¿Sabía ella lo peligroso que era esto? Había una bella paradoja en el hecho de que estuviera aquí: Arán había llegado a unos insospechados extremos al tratar de librarse de aquella niña que ahora estaba en su casa, bajo su techo, delante de sus narices. Era una venganza tan oculta y tan precisa que me daban ganas de echarme a reír. Le ofrecí el vaso de vino, pero Diodora lo rechazó. Cogí el mío y me lo bebí de cuatro tragos.

Yalta se sentó, le dejé a Diodora el banco y me acomodé en el suelo, desde donde podría mirar hacia el jardín por si venía Lavi.

—Las noticias que me trajiste me dejaron muy desconcertada —dijo Diodora—. No he pensado en otra cosa.

—Yo tampoco —dijo Yalta—. Lamento haberte echado encima de golpe algo tan grande. No tengo fama de ser sutil. Hace muchos años que perdí mi faceta delicada.

Diodora sonrió. Era la primera vez que la veíamos hacerlo, y fue como si hubiese despuntado un pequeño amanecer en la habitación.

—Al principio me alegré de que no te acercaras al templo de Isis Médica tal y como te había pedido, pero después...

Al ver que no continuaba la frase, respondió Yalta:

—Quise volver, aunque solo fuera para verte de lejos, pero me dio la sensación de que debía respetar tus deseos. Me alegro de que hayas venido.

—Recordé lo que dijiste sobre tu hermano, que os tenía confinadas aquí. Aunque hubieses decidido hacer caso omiso de mis deseos, no sabía si tendrías la posibilidad de salir, así que he venido yo a ti.

—¿Y no te preocupaba que pudieses encontrarte con Arán? —le pregunté yo.

—Sí, pero me inventé una historia por si acaso me tropezaba con él, y me ha aliviado el no necesitarla.

—Cuéntanosla, por favor.

Se descolgó un bolso del hombro y sacó un brazalete de bronce tallado con la cabeza de un buitre.

—Pensaba enseñarle este brazalete mío y decirle: «Una de tus criadas quizá se haya dejado esto en el asilo sanatorio de Isis Médica. Me han enviado a devolverlo. ¿Tendrías la amabilidad de permitirme hablar con alguna de ellas?».

Era una historia inteligente, pero tenía fallos que Arán era demasiado listo como para pasar por alto. Sabría que Diodora era una asistente en Isis Médica, y bastaba mirarla: era mi viva imagen.

—Y cuando hablases con ella, ¿qué pensabas decirle? —insistí.

Volvió a meter la mano en el bolso y sacó un pequeño óstracon.

—Pensaba pedirle, de sierva a sierva, que se lo entregase a Yalta. Lleva escrito un mensaje para... mi madre.

Bajó la mirada. La palabra «madre» quedó suspendida en el aire, dorada e ineludible.

—¿Sabes leer y escribir? —le pregunté.

—Mi señor me enseñó.

Le entregó el óstracon a Yalta, que leyó en voz alta las seis palabras que contenía.

—«Te ruego que vengas de nuevo. D.»

Fuera, en el jardín, pude ver el último clamor anaranjado del sol. Arán no tardaría en regresar a casa, y aun así encendimos todos los candiles y seguimos hablando, incluso riendo. Yalta le preguntó a su hija sobre su trabajo en el asilo sanatorio, y Diodora le habló de las sangrías, los baños sagrados y las plantas estupefacientes con las que se inducían los sueños.

—Yo soy una de las dos asistentes que toman nota de los sueños de los peticionarios en cuanto se despiertan. Mi señor me enseñó a leer y a escribir para que pudiera ocupar este puesto tan elevado. —Nos entretuvo entonces durante un breve rato, contándonos algunos de los sueños más absurdos que recordaba—. Le llevo al sacerdote los sueños que registro, y él descifra su significado y prescribe la cura. No sé cómo lo hace.

—¿Y funcionan esas curas? —le pregunté desconcertada.

—Ah, sí, casi siempre.

Capté un movimiento en el jardín y vi a Lavi, que se aproximaba entre las puntiagudas sombras de las datileras. Al notar que lo miraba, se llevó el índice a los labios y se ocultó detrás del follaje, cerca de la puerta abierta.

—¿Vives dentro del recinto del templo? —le estaba preguntando Yalta.

—He dispuesto de una cama en la residencia del templo, con las otras asistentes, desde que murió mi señor, cuando yo tenía dieciséis años. Ahora soy una mujer libre y gano un pequeño salario.

Continuamos haciéndole preguntas mientras ella disfrutaba con la sinceridad de nuestra atención, pero pasado un rato le pidió a Yalta que le contase algo sobre los dos años que pasaron juntas hasta que las separaron. Yalta le contó historias sobre su miedo de los cocodrilos, su nana preferida y que una vez se tiró un cuenco de harina de trigo por la cabeza.

—Tenías una muñequita de madera con forma de pala —le dijo Yalta—. Una que encontré en el mercado y que estaba pintada de unos colores muy vivos. La llamabas Mara.

Diodora se incorporó con la espalda muy erguida y los ojos muy abiertos.

—¿Tenía el pelo hecho con unos hilos de lino y una cuenta de ónice en la punta de cada mechón?

—Sí, esa era Mara.

—¡Todavía la tengo! Es lo único que me queda de mi vida antes de que me comprara mi señor. Me contó que llegué agarrada a ella. No recordaba su nombre. —Hizo un gesto negativo de incredulidad con la cabeza—. Mara —repitió.

Así, fue tomando los fragmentos que Yalta le ofrecía y comenzó a formar con ellos la historia de quién era ella. Yo había permanecido muy callada, escuchándolas: era como si viviesen en su propio reino particular. Sin embargo, pasado un rato, Diodora reparó en mi reserva y me dijo:

—Ana, háblame de ti.

Vacilé un momento antes de hablarle sobre su familia de Séforis —mis padres y Judas—, y le dije cuanto podía, pero fue mucho lo que omití. Le describí a Jesús, y sentí en el corazón unas punzadas tan dolorosas que recurrí a las historias sobre Dalila metida en el abrevadero solo para tener el alivio de sonreír.

Cayó la oscuridad, y en la luz tenue Diodora se volvió hacia Yalta.

—Cuando me dijiste quién eras, no supe si debía creerte. Que pudieras ser mi madre... parecía imposible. Pero me vi reflejada en ti. En el fondo de mi ser, sabía quién eras. Después de oír tu confesión, surgió en mí una sensación de cólera. Me dije: «Ella me abandonó una vez, ahora la abandonaré yo a ella», y por eso me fui. Pero entonces me llamaste «hija». Me dijiste a voces que me querías. —Fue y se arrodilló junto a la silla de Yalta—. No puedo olvidar que me abandonaste. Eso es algo que siempre sabré y que permanecerá en algún rincón de mi ser, pero me gustaría ser capaz de aceptar ese amor.

No hubo tiempo de reflexionar sobre lo que acababa de decir ni de regocijarse por ello. La puerta se abrió de golpe. Arán entró en la habitación. Detrás de él, aquel criado tan servil.

## XVIII

Yalta, Diodora y yo nos pusimos en pie y nos juntamos, hombro con hombro, como si quisiéramos formar una fortaleza en miniatura.

—Como no has llamado a la puerta, imagino que vienes por algún asunto urgente —le dijo Yalta a Arán con un sorprendente tono contenido, pero cuando la miré, daba la impresión de que centelleaban relámpagos alrededor de la cabeza.

—Me han dicho que has recibido una visita —dijo Arán.

Tenía los ojos clavados en Diodora. Estudió su rostro con curiosidad, pero ciego aún, y me percaté de que eso era todo cuanto sabía: «una visita».

—¿Quién eres tú? —le preguntó a Diodora, y vino a situarse delante de ella.

Yo buscaba a la desesperada cualquier circunstancia que sirviese para explicar su presencia: algo como que Diodora fuese la hermana de Pánfila y que había venido por su matrimonio con Lavi. Nunca sabríamos si la historia que me había fabricado lo hubiera convencido, o si Yalta, que también se estaba preparando para decir algo, habría logrado distraerlo, porque en ese instante Diodora sacó de su bolso el brazalete del buitre y le ofreció su torpe relato, demasiado aterrorizada como para percatarse de que ya tenía poco sentido.

—Soy una asistente del templo de Isis Médica. Una de tus criadas se dejó esto en el asilo sanatorio, y me han enviado a devolverlo.

Arán se fijó en los vasos de vino y nos señaló con un gesto a Yalta y a mí.

—¿Y son estas las criadas que se lo dejaron allí?

—No, no —tartamudeó Diodora—. Solo les estaba preguntando si sabían a quién pertenece.

Arán estaba ahora mirando a Yalta con una expresión ardiente y triunfal. Volvió a mirar a Diodora. Dio un paso más hacia ella.

—Veo que has regresado de entre los muertos, Jayá —le dijo.

Nos quedamos petrificadas, como si nos hubiese cegado un inexplicable estallido de luz. Ni siquiera se movió Arán. La habitación estaba en silencio. Lo único que había era el olor del candil, un cosquilleo frío que sentía en los brazos, el calor que entraba avasallador a través de la puerta del patio. Miré hacia el jardín y vi la sombra de Lavi, agazapado.

Fue Yalta quien rompió nuestro sometimiento.

—¿De verdad pensabas que no iba a buscar a mi hija?

—Te creía más lista y más prudente como para intentarlo —respondió él—. Y ahora yo te pregunto a ti: ¿pensabas que no iba a cumplir mi promesa de ir a los romanos y hacer que te arresten?

Yalta no le dio una respuesta. Lo fulminó con la mirada, desafiante.

Yo también tenía una pregunta, pero no la formulé: «Tío Arán, ¿te gustaría que se supiese que declaraste muerta a tu sobrina y después la vendiste como una esclava?» La deshonra le costaría muy cara. Se vería inmerso en un escándalo, la vergüenza pública y el destierro, y vi que ese era su temor más profundo. Decidí recordarle lo que se estaba jugando, pero de manera delicada.

—¿No vas a apiadarte de una madre que solo desea conocer a su hija? —le dije—. No nos interesa cómo es posible que Jayá acabara siendo propiedad de un sacerdote de Isis Médica. Eso fue hace mucho tiempo. No le diremos nada de esto a nadie. Lo único que nos importa es que ella se reúna con su madre.

—No soy tan necio como para confiar en que tres mujeres no se vayan a ir de la lengua, y menos vosotras tres, ciertamente.

Lo intenté de nuevo.

—No queremos revelar tus pecados. Es más, regresaremos a Galilea y te librarás de nosotras.

—¿Volverías a abandonarme? —exclamó Diodora, que se volvió hacia su madre.

—No —dijo Yalta—. Tú vendrías con nosotras.

—Pero yo no deseo marcharme a Galilea.

«Ay, Diodora, no estás siendo de ayuda.»

Arán sonrió.

—Reconozco que eres muy lista, Ana, pero no me vas a convencer.

Advertí que Arán actuaba movido tanto por la venganza como por su miedo a la deshonra.

—Además, me temo que no podrás ir a ninguna parte. Una fuente fiable me ha informado de que has cometido un robo.

¿Un robo? Intenté hallarle el sentido a lo que acababa de decir. Al ver mi confusión, añadió:

—Es un delito robar papiros.

Elevé la mirada al criado, que estaba en la puerta. Podía oír la respiración de Yalta, un sonido acelerado y ronco. Diodora retrocedió atemorizada hacia ella.

—Acúsame a mí, si es lo que debes hacer —dijo Yalta—. Pero no a Ana.

Arán no le prestó atención y continuó hablando conmigo.

—En Alejandría, el castigo por robar puede ser tan duro como por matar. Los romanos no son muy clementes, pero haré cuanto pueda con tal de ahorraros la flagelación y la mutilación. Suplicaré que os exilien a las dos al oeste de Nubia. De allí no hay vuelta.

No oía nada más que los fuertes latidos que sentía en la cabeza. Fueron en aumento hasta que terminó martilleando la estancia al completo. Comenzó a aflojarse la fuerza con que me asía al mundo. No había sido muy lista. Había sido imprudente, llena de un orgullo desmedido, al pensar que sería más astuta que mi tío..., que podría robar y engañar sin afrontar las consecuencias. Prefería que me flagelaran y me mutilaran siete veces antes de que me enviasen a aquel lugar sin retorno. Debía ser libre para regresar con Jesús.

Miré a mi tía, cuyo silencio me desconcertaba: ¿por qué no había saltado contra él? No obstante, la voz también me había desaparecido a mí en la oscuridad de la garganta. El temor me chapoteaba en la barriga con un vaivén líquido. Me parecía imposible el haber huido de Galilea para eludir el arresto y acabar acusada en Egipto.

Arán estaba hablando con Diodora.

—Te permitiré regresar al templo de Isis Médica, pero lo haré con la condición de que jamás hables con nadie sobre lo sucedido esta noche, ni sobre tus orígenes, ni sobre mí y esta casa. Y que no intentarás buscar a Yalta ni a Ana. Dame tu palabra y te podrás marchar.

Permaneció a la espera.

La mirada de Diodora se desplazó hacia Yalta, que le hizo un gesto de asentimiento.

—Te doy mi palabra —dijo Diodora.

—Si rompes este juramento, me enteraré y también te acusaré a ti —dijo Arán. La consideraba una muchacha frágil, alguien a quien podía intimidar para que obedeciese. En aquel momento, yo no sabía si la había juzgado correctamente o no—. Márchate —le dijo—. Mi criado te acompañará a la puerta.

—Vete —le dijo Yalta—. Sabrás de mí cuando esté en mi mano.

Diodora abrazó a su madre y salió por la puerta sin mirar atrás.

Arán cruzó la habitación con paso firme y cerró de golpe la puerta del patio. Deslizó el pestillo horizontal y lo bloqueó con una llave que llevaba atada con un cordel alrededor de la túnica. Cuando se volvió hacia nosotras, la expresión de la cara se le había suavizado un poco, pero no por falta de determinación, sino por el hastío.

—Esta noche os quedaréis aquí confinadas —nos dijo—. Por la mañana os entregaré a los romanos. Es lamentable que hayamos llegado a esto.

Salió y cerró la puerta principal a su espalda. El pestillo exterior se deslizó en su sitio con un golpe suave. Giró la llave.


Corrí a la puerta del patio y di unos golpes, con suavidad al principio, más fuerte después.

—Lavi está en el jardín —le dije a Yalta—. Ha estado ahí escondido. —Lo llamé a voces a través de la puerta gruesa e impenetrable—. ¡Lavi!... ¿Lavi?

Ningún sonido en respuesta. Continué tratando de hacerlo venir durante unos instantes más, dando palmadas con la mano sobre la madera y tragándome las punzadas de dolor. Terminé por rendirme. Quizá Arán lo hubiese atrapado a él también. Crucé la sala y probé el picaporte de la puerta principal, como si fuera a ser capaz de desencajarla de los goznes a la fuerza.

Me paseé arriba y abajo. Mis pensamientos eran un torbellino. Las ventanas de nuestras alcobas estaban demasiado altas y eran demasiado pequeñas como para escapar a través de ellas, y parecía inútil ponerse a dar voces pidiendo ayuda.

—Tenemos que encontrar una manera de salir —le dije—. Yo no voy a ir a Nubia.

—No malgastes tus fuerzas —me aconsejó Yalta—. Las vas a necesitar.

Me deslicé hasta el suelo, junto a ella, con la espalda contra sus rodillas. Miré hacia una de las puertas cerradas y luego hacia la otra y tuve una creciente sensación de futilidad dentro de mí.

—¿De verdad nos van a castigar los romanos únicamente con la palabra de Arán? —pregunté.

Me apoyó la mano en el hombro.

—Parece que Arán pretende llevar su caso ante un tribunal romano en vez de uno judío, así que no estoy segura, pero supongo que presentará algún testigo —me dijo—. Los viejos amigos que Ruebel tenía en la milicia estarán más que dispuestos a decir que yo lo envenené. Dime, ¿quién te vio a ti coger los papiros?

—Ese odioso criado de Arán.

—Ese. —Soltó un gruñido de asco—. Disfrutará testificando en tu contra.

—Pero nosotras negaremos sus acusaciones.

—Si nos permiten hablar, sí. No abandonaremos la esperanza, Ana, pero tampoco nos vamos a permitir que esas esperanzas sean una forma de engañarnos a nosotras mismas. Arán goza de la ciudadanía romana y de la confianza del prefecto de Roma en Alejandría. Dirige un importante negocio y es uno de los miembros de mayor rango del sanedrín. Por otro lado, yo soy una fugitiva y tú eres una extranjera.

Empezaron a arderme los ojos.

—También existe la posibilidad de que mi hermano soborne a las autoridades del tribunal.

Agaché la cabeza hasta las rodillas. Una fugitiva. Una extranjera.

Toc, toc.

A una, miramos las dos hacia la puerta del patio. Entonces se oyó el sonido metálico de una llave.

Los salientes de la llave dieron con las clavijas de la cerradura y Pánfila entró en la habitación seguida de Lavi, que traía en la mano una llave de hierro con un trozo de pergamino identificativo atado.

Rodeé a cada uno de ellos con los brazos.

—¿Cómo habéis encontrado la llave? —les pregunté sin levantar la voz.

—Arán tiene dos de cada puerta —dijo Pánfila—. El segundo juego lo guarda en un bolsito que cuelga de una pared en su estudio. Lavi ha sabido leer las etiquetas. —Lo miró con una sonrisa radiante.

—¿Has oído las amenazas de Arán? —le pregunté a Lavi.

—Sí, hasta la última palabra.

Me volví hacia Yalta.

—¿Adónde vamos?

—Solo conozco un lugar que Arán respetaría —me dijo—.

Iremos con los terapeutas. Su recinto es sagrado entre los judíos. Allí estaremos a salvo.

—¿Y nos acogerán?

—Pasé ocho años allí. Nos darán refugio.

Desde el momento en que Arán nos había encerrado, el mundo había empezado a escorarse como un barco, de un lado al otro, y fue como si de repente se asentara en una perfecta rectitud.

—La comunidad se encuentra a orillas del lago Mareotis —dijo Yalta—. Tardaremos cerca de cuatro horas en recorrer a pie esa distancia, tal vez más en la oscuridad... Tendremos que llevarnos un candil.

—Yo os acompañaré para que lleguéis sanas y salvas —dijo Lavi.

Yalta lo miró con el ceño fruncido y una mueca torcida en los labios.

—Lavi, tú tampoco te puedes quedar por más tiempo en la casa de Arán.

Fue como si a Pánfila le hubiesen abierto el suelo bajo los pies.

—No puede marcharse de aquí.

—Estará en peligro si se queda —dijo Yalta—. Sería natural que Arán dé por sentado que Lavi nos ha ayudado a escapar.

—Entonces yo también me marcho —dijo Pánfila—. Ahora es mi esposo.

Le puse la mano en el brazo.

—Por favor, Pánfila, necesitamos que te quedes aquí al menos un poco más. Yo sigo esperando la carta que me diga que es seguro regresar a Galilea. No puedo soportar la idea de que llegará y no me enteraré. Necesito que tú estés al tanto y que, cuando llegue, te encargues de que acabe en nuestras manos. Es egoísta por mi parte pedirte esto, pero te lo ruego, por favor.

—No le hemos hablado a nadie de nuestro matrimonio por temor a que Arán echase a Pánfila de su trabajo. —Lavi miró a la que era su esposa desde hacía solo una semana—. No sospechará que tú has participado en su marcha.

—Pero no deseo separarme de ti —dijo ella.

Lavi habló a Pánfila con delicadeza.

—Tú sabes tan bien como yo que no me puedo quedar aquí. La biblioteca tiene una residencia para los bibliotecarios solteros. Me quedaré allí, y me gustaría que tú te quedaras aquí hasta que la carta de Ana llegue desde Galilea. Entonces buscaré un alojamiento para los dos juntos.

Llevaba un año y seis meses lejos de Jesús. Una eternidad. Él estaba recorriendo Galilea sin mí, predicando que el reino de Dios ya estaba cerca, mientras que yo, su esposa, estaba lejos. Me compadecía de Pánfila, pero su separación de su esposo sería un abrir y cerrar de ojos comparada con la mía.

—Parece que no me queda elección —dijo Pánfila, unas palabras que rebosaban resentimiento.

Lavi abrió una rendija de la puerta al jardín y se asomó. Le entregó la llave a Pánfila.

—Devuelve la llave antes de que descubran que falta. Después, abre la cerradura de la puerta de las habitaciones del servicio, la que conduce al exterior. Si alguien te pregunta dónde estamos, diles que tú no sabes nada. Actúa como si yo te hubiese traicionado, que se sepa que estás furiosa.

Besó a su mujer en las mejillas y la instó a salir por la puerta.

Me ocupé rápidamente de embutir mis posesiones dentro de mis dos bolsos de viaje. Los manuscritos llenaban uno por sí solos y utilicé el otro para guardar ropa, el retrato de momia con mi rostro, la bolsita que contenía el hilo rojo de lana y lo que quedaba de nuestro dinero. Una vez más, me marcharía cargada con el cuenco del ensalmo en las manos.

XIX

Cuando me observó Escepsis, la anciana que estaba al frente de los terapeutas, me sentí engullida por su mirada. Me recordaba a un búho, allí encaramada en el borde de un banco con aquellos penetrantes ojos castaños, los cabellos blancos como si fueran un plumaje, alborotados de haber estado durmiendo. Su cuerpo retaco permanecía encorvado e inmóvil, pero la cabeza giraba entre Yalta y yo mientras mi tía le explicaba cómo habíamos acabado presentándonos en plena noche en el vestíbulo de su casita de piedra para rogarle que nos diera refugio.

En el transcurso de nuestra larga y agotadora caminata desde Alejandría, Yalta me había instruido acerca del extraño funcionamiento de la comunidad.

—Los miembros se dividen en menores y mayores —me había explicado—. Los menores no son necesariamente los miembros más jóvenes, como cabría pensar, sino los últimos en llegar, más bien. A mí no me consideraron mayor hasta que llevé siete años con ellos.

—¿Y se considera iguales a los menores y los mayores? —le había preguntado.

De haber una jerarquía, a buen seguro yo estaría en lo más bajo.

—A todo el mundo se le considera un igual, pero el traba-

— 421 —

jo se reparte de manera diferente entre ellos. La comunidad tiene también sus benefactores, incluido Arán, así que imagino que podrían contratar sirvientes, pero ellos no creen en eso. Son los menores los que cultivan, preparan y sirven los alimentos, cuidan de los animales, construyen las casas... Los menores realizan cualquier labor que sea necesaria, además de su obra espiritual. Yo trabajaba en el huerto por las mañanas y regresaba a mi soledad por las tardes.

—¿Los mayores no realizan ningún trabajo?

—Se han ganado el privilegio de dedicar todo su tiempo a la obra espiritual.

Nuestra lenta caminata recorrió aldeas dormidas, viñedos, trullos de la uva, villas y granjas, con Lavi por delante de nosotras sujetando el candil y confiando en Yalta para que le indicara el camino. Me maravilló que no nos perdiésemos.

—Cada cuarenta y nueve días —me dijo Yalta— se celebra una vigilia que dura toda la noche con un banquete, cantos y bailes. Los miembros alcanzan un estado de éxtasis. Lo llaman embriaguez sobria.

¿Qué tipo de sitio era aquel?

Guardamos silencio al acercarnos a las orillas juncosas del lago Mareotis. Me pregunté si Yalta se estaría acordando de la primera vez que llegó, recién arrebatada su hija de sus brazos. Esta vez no era distinta. Observé el cabeceo de la luna en el agua, las estrellas que flotaban por todas partes. Podía oler el mar justo al otro lado de la cresta del risco calizo. Sentí la mezcla de temor y de euforia que solía percibir tanto tiempo atrás, cuando esperaba en la cueva a que apareciese Jesús.

En el nadir de la noche, abandonamos el camino hacia una ladera con una pendiente muy pronunciada. En lo alto de la ladera se distinguían unos grupos de casas de tejado plano.

—Son pequeñas y sencillas —dijo Yalta al seguir la dirección en que miraban mis ojos—. Cada una tiene un pequeño patio, una habitación para dormir y lo que ellos llaman «sala sagrada» para la obra espiritual.

Era la tercera vez que mi tía utilizaba esa expresión tan curiosa.

—¿Qué es la obra espiritual? —le pregunté.

Después de diez años de duro trabajo cotidiano en Nazaret, me costaba imaginarme sentada por ahí en una sala sagrada.

—Estudiar, leer, escribir, componer canciones, plegarias. Ya lo verás.

Nos detuvimos justo antes de llegar a la minúscula casa del guarda que había en la entrada, y Lavi nos entregó los bolsos de viaje que había acarreado. Escarbé dentro del mío en busca de unos cuantos dracmas.

—Llévate esto —le dije—. Cuando llegue la carta de Judas, ocúpate de que Pánfila arriende una carreta y que venga a por nosotras tan rápido como pueda.

—Descuida... Yo me encargo.

Permaneció allí un instante y se dio la vuelta para marcharse. Lo agarré del brazo.

—Gracias, Lavi. Te tengo por un hermano.

La noche le oscurecía el rostro, pero sentí su sonrisa y fui a darle un abrazo.

—Hermana —me dijo, se despidió de Yalta y se dio la vuelta para iniciar el largo camino de regreso.

Uno de los menores estaba haciendo guardia en la caseta de la entrada. Era un hombre flaco que, al principio, se mostró reacio a dejarnos pasar. Su trabajo, como nos dijo, era mantener a raya a ladrones, charlatanes y caminantes, pero cuando Yalta le contó que ella había sido uno de los miembros mayores de los terapeutas, el hombre se apresuró a concederle cuanto ella le pedía.

Ahora, de pie en la casa de Escepsis, escuchando cómo Yalta explicaba en detalle por qué había robado yo los papiros, me preguntaba si tendría la oportunidad de vivir alguna de las cosas que mi tía me había descrito. Ya había explicado que huimos de Galilea para evitar mi arresto. Traté de interpretar la expresión de Escepsis. Me imaginé que estaría cavilando acerca de aquel empeño tan cerril que parecían tener los problemas por seguirme a todas partes.

—Mi sobrina es una excepcional escriba y estudiosa, mejor que cualquier hombre que yo haya conocido —dijo Yalta, que por fin compensaba mis deficiencias con una alabanza.

Escepsis dio unas palmaditas en el banco a su lado.

—Ven y siéntate conmigo, Yalta.

Ya le había rogado antes que lo hiciese, pero mi tía se había negado y no había dejado de pasearse mientras le hablaba de su reencuentro con Diodora y sobre las amenazas de Arán.

Yalta soltó ahora un profundo suspiro y se sentó en el banco. Parecía ojerosa a la luz del candil.

—Habéis recurrido a nosotros empujadas por la desesperación —dijo Escepsis—, pero eso, por sí solo, no es razón para acogeros. Quienes viven aquí lo hacen por amor a una vida contemplativa y de silencio. Vienen a estudiar y a mantener vivo el recuerdo de Dios. ¿Podéis decir vosotras también que estáis aquí por esos motivos?

—La otra vez que me enviaron aquí —dijo Yalta—, me acogiste en lugar de permitir que me castigaran. Había abandonado a mi hija y atravesaba un periodo de duelo. Me pasaba gran parte del tiempo implorándote que me ayudaras a encontrar la manera de marcharme. Mi día más feliz fue cuando llegaste a un acuerdo con Arán que me permitía irme a

Galilea... aunque te llevó tu tiempo: ¡ocho años! —Escepsis se rio—. Ahora me siento igual que entonces —prosiguió mi tía—. No te mentiré ni te diré que he venido por esas nobles razones que tú mencionas.

—Pero yo sí puedo decirlo —afirmé.

Se volvieron hacia mí con una expresión de sorpresa. Si me hubiera podido echar un vistazo en mi antiguo espejo de cobre en ese instante, estoy segura de que habría visto la misma sorpresa en mi propia cara.

—He venido con la misma desesperación que mi tía, pero he llegado con todas esas cosas que tú has dicho que son necesarias para vivir aquí. Traigo el amor a una vida de recogimiento. No deseo nada más que escribir, estudiar y mantener vivo el recuerdo de Sofía.

Escepsis estudió el bolso que yo llevaba al hombro, lleno de manuscritos cuyos extremos sobresalían por la abertura. Aún tenía aferrado mi cuenco del ensalmo, sujeto con fuerza contra mi abdomen. Durante nuestra huida, no me había tomado el tiempo necesario para buscar un trapo con el que envolverlo, y la superficie blanca estaba mugrienta a causa del lugar donde lo había dejado entre los juncos para aliviarme.

—¿Puedo ver el cuenco? —preguntó Escepsis.

Era la primera vez que se dirigía a mí.

Se lo entregué, la vi levantar el candil hasta la abertura y leer mis pensamientos más íntimos.

Escepsis me devolvió el cuenco, pero no antes de limpiar los lados y el fondo con su dobladillo.

—Por tu plegaria, puedo ver que las palabras que nos has dicho hace un momento son ciertas. —Su mirada se dirigió hacia Yalta—. Vieja amiga, viendo que has dado explicación a tus faltas y a las de Ana y que no te has guardado nada, sé que eres honesta en todo lo demás. Como siempre, sé bien cuál es tu opinión. Os daré refugio a las dos. A cambio, le pediré una cosa a Ana. —Se volvió hacia mí—. Te pediré que escribas un himno a Sofía y que lo cantes en nuestra próxima vigilia.

Fue como si me hubiera dicho: «Ana, asciende a la cima del precipicio, despliega las alas y vuela».

—Yo no sé nada sobre componer canciones —solté de sopetón.

—Qué maravilla será, entonces, que dispongas de esta oportunidad para aprender. Alguien tiene que escribir una composición nueva para cada vigilia, y las canciones se han vuelto tristemente similares y convencionales. La comunidad agradecerá contar con un himno renovado.

Un himno. A Sofía. Y quería que yo lo interpretara. Me quedé tan petrificada como cautivada.

—¿Y quién me enseñará?

—Aprenderás tú sola —me dijo—. No celebraremos otra vigilia hasta dentro de cuarenta y seis días: tienes tiempo de sobra.

Cuarenta y seis días. Seguro que no seguiría aquí por entonces.


## XX


Las dos primeras semanas fui pasando los días como si vagase en una suerte de trance lánguido. Horas de soledad, de plegarias, de leer y escribir, de cantar las antífonas, de lecciones de filosofía: había soñado con dedicarme a aquellas cosas, pero la avalancha repentina de todas ellas me generó la sensación de andar paseándome por ahí sin tocar el suelo con los pies. Soñaba con que flotaba, con escaleras que llegaban hasta las nubes y se perdían en ellas. Permanecía sentada en la sala sagrada de la casa con los ojos muy abiertos pero casi sin ver nada, clavándome las uñas en el pulpejo de las manos con tal de sentir mi propia carne. Yalta decía que aquella sensación de carecer de un ancla procedía del simple desconcierto de estar allí.

Poco después, Escepsis me asignó el establo, que me curó de golpe. Gallinas, ovejas y burros. Estiércol y orina. Gruñidos y apareamientos. El nubarrón de insectos del abrevadero. La tierra removida por las pezuñas. Se me ocurrió incluso que tal vez aquellas cosas fueran también sagradas, un sacrilegio que yo me guardaba para mí sola.


En el primer día de frío desde nuestra llegada, bajaba la ladera cargada con el cántaro a coger agua para los animales, del manantial que había cerca de la casa del guarda de la puerta. Ya habían pasado las inundaciones del verano, cuando crece el Nilo, y los vientos frescos entraban soplando desde el mar por un lado del risco y desde el lago por el otro para crear una pequeña vorágine. Llevaba puesto un pellejo lanudo de cabra que me había proporcionado uno de los menores y que era tan increíblemente grande que iba arrastrándolo por el suelo. Según mis cuentas, habíamos pasado allí cinco semanas y media. Intenté calcular qué mes sería en Galilea: el de marjesván, pensé. Jesús no se habría puesto aún su sayal de lana.

Era una presencia constante en mis pensamientos. Cuando despertaba, permanecía tumbada y me lo imaginaba levantándose de su jergón. Cuando me tomaba el primer bocado de la mañana, me lo imaginaba partiendo el pan de esa manera suya tan pausada. Y en aquellos días en que escuchaba a Escepsis enseñar el modo simbólico de leer nuestras Escrituras, yo veía a Jesús en aquella montaña de la que nos había hablado Lavi, predicando a las multitudes.

Al descender por el sendero, pasé por el salón donde se celebraban las vigilias cada cuarenta y nueve días. Faltaban ocho para la próxima, y aunque me había pasado las horas intentando escribir un canto, no había hecho ningún progreso. Tomé la decisión de informar a Escepsis de que debería abandonar toda expectativa de que yo le fuese a componer ni a interpretar nada. Aquello no le iba a agradar, pero no se me pasaba por la cabeza que pudiera expulsarme.

Había treinta y nueve chozas de piedra desperdigadas por la ladera, cada una diseñada para una sola persona, aunque en la mayoría de ellas había dos. Yalta y yo compartíamos una casa, dormíamos codo con codo en unos jergones de junco. Escepsis le había ofrecido a Yalta recuperar su antiguo estatus entre los mayores, pero mi tía lo había declinado para trabajar en el huerto. Se pasaba las tardes en nuestro patio minúsculo, sentada bajo el solitario tamariz.

Ahora que había reencontrado el equilibrio, me gustaba disponer de la sala sagrada para mí sola. Tenía una tablilla de madera para escribir y un atril sobre el que desplegar un rollo, y Escepsis me había hecho llegar tinta y papiros.

Al llegar al manantial, me puse en cuclillas para llenar el cántaro. No presté mucha atención cuando oí las voces de unos hombres: solían ir y venir los mercaderes ambulantes, la mujer que vendía harina, el niño que cargaba con los sacos de sal; pero entonces capté ciertas palabras:

—Las fugitivas están aquí... Sí, estoy seguro.

Dejé el cántaro. Me cubrí la cabeza con el pellejo lanudo y me desplacé a cuatro patas hacia las voces, hasta que ya no me atreví a acercarme más. No se veía por ninguna parte al menor que guardaba la puerta, sino que era uno de los mayores quien estaba allí hablando con dos hombres que lucían una túnica corta, sandalias de cuero acordonadas hasta la rodilla y una daga pequeña en el cinto. Era el atuendo de la milicia judía.

—Mis hombres mantendrán una vigilancia constante a lo largo del camino por si acaso intentan escapar —dijo el más alto—. Enviaré un mensaje a Arán. Si tienes alguna información para nosotros, puedes dejar tus cartas en la caseta de la puerta.

No fue una sorpresa que Arán nos hubiese encontrado, tan solo que hubiese tardado tanto en hacerlo. Yalta y Escepsis estaban absolutamente convencidas de que Arán no iba a desafiar la inviolabilidad del recinto de los terapeutas enviando a alguien que entrase allí a prendernos. «Los judíos de Alejandría se volverían en su contra con toda seguridad», había dicho Escepsis. Yo no lo tenía tan claro.

Cuando se marcharon los soldados, me pegué al suelo y esperé a que nuestro delator pasara en su recorrido de regreso pendiente arriba. Era un hombre flaco y encorvado con los ojos como dos uvas pasas, ese que se llamaba Luciano, el segundo en la jerarquía detrás de Escepsis. Cuando desapareció de mi vista, recuperé el cántaro de agua y me apresuré hacia el huerto para informar a Yalta.

—Esa serpiente de Luciano ya era el espía de Arán la primera vez que estuve aquí —me dijo mi tía—. Parece que no ha mejorado con la edad. Ese hombre ha hecho demasiado ayuno y lleva célibe demasiado tiempo.


Dos días más tarde, vi que Escepsis y Yalta venían corriendo hacia mí, que estaba en el establo.

Había estado recogiendo hierbas verdes para dar de comer a los burros. Dejé el rastrillo.

Sin detenerse a saludar, Escepsis levantó un pergamino.

—Esto ha llegado hoy, de Arán. Uno de los soldados que vigilan el camino lo ha entregado en la casa del guarda.

—¿Sabes lo de los soldados? —le pregunté.

—Es mi trabajo estar al tanto de lo que amenace nuestra paz. Pago al muchacho de la sal para que me traiga noticias sobre ellos.

—Léeselo —dijo Yalta.

Escepsis frunció el ceño por la falta de costumbre de que le dieran órdenes, pero lo hizo: sostuvo el pergamino con el brazo extendido y entrecerró los ojos.

Yo, Arán, hijo de Filipo Levías y fiel benefactor de los terapeutas durante dos décadas, me dirijo a Escepsis, estimada líder de dicha comunidad, y le solicito que mi hermana y mi sobrina, que en el momento presente se hallan bajo la tutela de los terapeutas, sean entregadas a mi cuidado, donde serán receptoras de todo tipo de favores y atenciones. Por la entrega de ambas a los hombres que se hallan acampados cerca de allí, los terapeutas continuarán disfrutando de mi leal generosidad.

Dejó caer la mano como si el peso del pergamino la hubiese agotado.

—Ya le he enviado un mensaje declinando su solicitud. La comunidad perderá su patrocinio, por supuesto; la amenaza es bien clara. Supondrá un poco más de ayuno, eso es todo.

—Gracias —le dije, entristecida al ver que por nuestra causa sufrirían la más mínima de las privaciones.

Se guardó el mensaje en el interior del manto. La vi alejarse y comprendí que ella era lo único que se interponía entre Arán y nosotras.

Escribiría el canto.

## XXI

La biblioteca era una sala pequeña y atestada en la casa de reuniones, llena de manuscritos que descansaban por el suelo, en estanterías y mesas, y en huecos de la pared como si fueran pilas de leña desperdigada. Pasé por encima y alrededor de ellos, estornudando por el polvo. Escepsis me había dicho que allí había cantos que incluían tanto la letra como la melodía escrita, incluso notaciones vocales en griego, pero ¿cómo iba a encontrarlos? No había ningún catálogo. Ningún orden. Había más orden en mi establo y menos polvo en el pelo de mis burros.

Escepsis me había advertido sobre aquel caos.

—Téano, nuestro bibliotecario, es un anciano que sufre una dolencia que le impide caminar —me había dicho—. Lleva más de un año sin hacerse cargo de la biblioteca, y no ha habido nadie dispuesto o capaz de ocupar su lugar. Pero ve allí y busca esos cantos; resultarán instructivos.

Ahora se me ocurría que Escepsis tenía otra motivación: confiaba en que poco a poco yo me convirtiera en su bibliotecaria.

Despejé una zona en el suelo, coloqué el candil bien lejos de los papiros y fui abriendo un rollo detrás de otro: no encontré solo Escrituras y textos de filosofía judía, sino obras de autores platónicos, estoicos y pitagóricos, poemas griegos y una obra cómica de Aristófanes. Me puse a organizar los manuscritos por temas. A última hora de la tarde ya había categorizado más de cincuenta rollos y había escrito una descripción de cada uno igual que hacían en la gran biblioteca de Alejandría. Barrí el suelo y esparcí unas hojas de eucalipto por los rincones. Me estaba quitando el meloso olor a menta de las palmas de las manos cuando sucedió la maravilla, la que había estado en camino durante todo el día sin que yo lo supiera.

Unos pasos. Me di la vuelta hacia la puerta. Allí, en la luz quebrada, estaba Diodora.

—Estás aquí —dije en mi necesidad de verbalizar lo que veía pero no me podía creer aún.

—Parece que sí —dijo Escepsis, que salió de detrás de ella y entró en la habitación con un centelleo de alegría en aquellos ancianos ojos.

Traje a mi prima hacia mí y sentí su mejilla contra la mía.

—¿Cómo es que has venido?

Lanzó una mirada a Escepsis, que sacó un banco de debajo de la mesa y se sentó en él.

—Le envié un mensaje al templo de Isis Médica y le pedí que viniera.

—No supe qué había sido de mi madre y de ti hasta que recibí la carta —dijo Diodora, aún agarrada a mi mano—. Al ver que no volvíais por el templo, supe que algo os había sucedido. Tenía que venir a ver por mí misma que las dos estáis bien.

—¿Y te quedarás mucho con nosotras?

—La sacerdotisa me ha dado permiso durante el tiempo que desee.

—Compartirás la casa con Ana y con Yalta. El cuarto tiene la anchura justa para tres camas. —Se sujetó unos mechones sueltos de pelo tras las orejas y estudió a Diodora—. Te pedí que vinieras para que pudieses estar cerca de tu madre y ella cerca de ti, pero también te lo pedí por mí misma, o tal vez debería decir mejor por los terapeutas. Te necesitamos aquí. Algunos de nuestros miembros son ancianos y están enfermos, y no hay nadie que los atienda. Tú tienes mucho talento en el arte de la sanación. Si te quedas con nosotros, tus cuidados nos vendrán muy bien.

—¿Quieres que viva aquí con vosotros? —preguntó Diodora.

—Solo si tú deseas una vida contemplativa y de silencio, solo si deseas estudiar y mantener vivo el recuerdo de Dios.
—Esas eran las mismas palabras que nos había dicho a Yalta y a mí la noche en que llegamos.

—Pero el vuestro es el Dios de los judíos —dijo Diodora—. Yo no sé nada sobre él. Es a Isis a quien sirvo.

—Nosotros te enseñaremos sobre nuestro Dios y tú nos enseñarás sobre el tuyo, y juntos encontraremos al Dios que existe detrás de ellos.

Diodora no dio ninguna respuesta, pero vi cómo se le iluminaba el rostro.

—¿Sabe Yalta que estás aquí? —le pregunté.

—Aún no. Acabo de llegar, y Escepsis quería que tú nos acompañaras.

—No iba a consentir que te perdieras la cara de Yalta cuando vea quién ha venido —dijo Escepsis. Sus ojos estudiaron minuciosamente los perfectos y metódicos montones de rollos que había hecho—. Rezo por que tengamos pronto una sanadora y una bibliotecaria.


Yalta se había quedado dormida sentada en el banco del patio junto a nuestra choza, con la cabeza apoyada en la pared. Tenía los brazos cruzados sobre los pechos delgados, y el labio inferior le vibraba con cada soplo de aliento. Al verla descansando, Escepsis, Diodora y yo nos detuvimos.

—¿Vamos a despertarla? —susurró Diodora.

Escepsis se acercó decidida y le movió el hombro.

—Yalta... Yalta, ha venido alguien.

Mi tía abrió un ojo.

—Déjame en paz.

—¿Tú que piensas, Diodora? —dijo Escepsis—. ¿La dejamos en paz?

Yalta se sobresaltó y miró más allá de Escepsis, hacia donde se encontraba Diodora, cerca de la entrada.

—Yo creo que sí deberíamos dejarla en paz —dije—. Vuelve a dormirte, tía Yalta.

Mi tía sonrió e hizo un gesto a Diodora para que se sentara a su lado. Después de saludarse, me hizo ir a mí también. Cuando me senté a su otro lado, Yalta miró a Escepsis.

—Mis hijas —dijo.

## XXII

Diodora y yo seguimos un tortuoso sendero hasta lo más alto de los acantilados de caliza que se alzaban a la espalda de la comunidad de los terapeutas. La luz del sol bañaba la cumbre, y las rocas resplandecían blancas como la leche. Correteando entre las pocas amapolas que quedaban, me invadió la efervescente sensación de que me habían liberado. No me agradaba la idea de poder ser feliz con Jesús tan lejos de mí y sin conocer su situación, pero eso era lo que sentía, felicidad. Ser consciente de ello me produjo un pellizco de culpa.

—Se te ha oscurecido el rostro —me dijo Diodora. Tenía buen ojo, adiestrado para observar el cuerpo, y era poco lo que se le escapaba.

—Estaba pensando en mi esposo. —Le hablé sobre las circunstancias de nuestra separación y sobre lo mucho que me dolía estar tan lejos de él—. Estoy esperando una carta donde me digan que ya podemos regresar a salvo.

Se detuvo.

—¿Podéis? ¿Crees que Yalta se marchará de vuelta?

La miré fijamente, envueltas en un silencio que nos roía a las dos. La noche en que ella vino a la casa de Arán, Diodora ya se había angustiado cuando Yalta habló de regresar a Galilea, y había dejado claro que ella no deseaba venir con nosotras. ¿Por qué le había dicho nada sobre marcharnos?

—No sé si Yalta se quedará o se marchará —le dije, y me percaté de que era cierto: no lo sabía.

Asintió, aceptó mi honestidad, y continuamos las dos algo más contenidas. Diodora coronó el risco del acantilado antes que yo, admiró el panorama y abrió los brazos.

—Oh, Ana. ¡Mira esto!

Apreté el paso en la poca distancia que me quedaba, y allí estaba el mar, ante mí. Unas aguas que se perdían y llegaban hasta Roma y hasta Grecia formando estrías centelleantes de azul y verde, cabrillas blancas. «Nuestro Mar», lo llamaban los romanos. Galilea estaba a un millón de brazas de distancia.

Encontramos una grieta a resguardo del viento y nos sentamos, muy juntas entre las rocas. Diodora se había mostrado muy vivaz desde su llegada y nos había hablado sobre su infancia y adolescencia en el templo de Isis Médica. También nos hacía preguntas, ansiosa por oír historias sobre nosotras. Nuestras charlas entre susurros en los jergones me dejaban bostezando y con pesadez en los ojos al día siguiente, pero merecían la pena. Diodora me estaba hablando ahora sobre Téano, cuya enfermedad le impedía atender la biblioteca.

—Tiene el corazón débil. No tardará en fallarle.

Toda oídos, mientras ella me ofrecía un relato demasiado vívido de las quejas físicas que había escuchado, comencé a tener la sensación de que debería regresar y ponerme a trabajar con el himno a Sofía. La vigilia que se celebraba cada cuarenta y nueve días sería al día siguiente por la noche, y yo estaba sentada ociosa en una piedra mientras Diodora me hablaba de llagas en los pies.

—Lo que me sorprende —me decía— es que, después de tantos años como he pasado en el templo de Isis Médica, aún no lo echo de menos.

—¿Qué me dices de Isis? ¿La echas de menos?

—No me hace falta echarla de menos. La llevo dentro de mí. Ella lo es todo.

Continuó hablando durante muchos minutos, pero yo no oí nada más. Sentí que el canto que iba a escribir cobraba vida en mi interior. No sabía cómo podía seguir allí sentada.

Me levanté.

—Debemos irnos.

Enganchó su brazo en el mío.

—El día en que nos conocimos, me dijiste: «Seamos más que primas. Seamos hermanas». ¿Todavía lo deseas?

—Ahora lo deseo aún más.

—Yo también lo deseo —me dijo.


Mientras descendíamos por el sendero, vi la silueta de alguien tras el eucalipto del que yo cogía las hojas aromáticas. Llevaba la túnica blanca y el manto lanudo de los terapeutas, pero no era capaz de identificarlo. Unos pasos más adelante, levanté la mano para protegerme del sol y vi que era el espía, Luciano.

—Se ha hecho tarde —dijo cuando nos acercamos—. ¿Por qué no estáis dedicadas al estudio y la oración?

—Nosotras podríamos hacerte la misma pregunta. —Me

asaltó la inquietante sensación de que había estado esperándonos.

—He estado orando aquí, bajo este árbol.

Diodora se irritó.

—Y nosotras hemos estado orando allí arriba, en los acantilados.

Le lancé una mirada de aprobación.

—Las piedras de allá arriba son traicioneras, y hay animales salvajes —nos dijo—. A todos nos entristecería que sufrieseis algún daño.

En su rostro había una malevolencia silenciosa de tal calibre que tuve que apartar la mirada. Parecía estar amenazándonos, pero yo no sabía exactamente con qué.

—Nos sentimos bastante seguras ahí arriba —le dije, e intenté pasar.

Las palabras «ella lo es todo» ardían como un fuego en mi interior. No tenía tiempo para Luciano.

Se desplazó para bloquearme el paso.

—Cuando necesites dar un paseo, sería más seguro que bajases por la ladera y siguieras el camino hasta el lago. En la orilla hay algunos lugares solitarios que son tan bellos como el mar. Estaría encantado de mostrártelos.

Ya, así que de eso se trataba. El lago se encontraba ladera abajo y al otro lado del camino, justo fuera del alcance de la protección del recinto de los terapeutas.

—El lago suena como un lugar agradable donde ir a orar. Iremos allí en otra ocasión. Ahora mismo, tenemos deberes que atender.

Me sonrió. Le correspondí con otra sonrisa.

—Ni se te ocurra ir al lago —le dije a Diodora cuando nos hallamos a una cierta distancia—. Acabas de conocer a Luciano, el espía de Arán. Pretende llevarnos hacia el camino, donde la milicia espera para prendernos. El muchacho que trae la sal nos dijo que los soldados paran a todo aquel que viene del oeste, van buscando a una mujer mayor con un ojo caído y a una joven con los rizos alborotados. Podrían confundirte conmigo con suma facilidad.

Mis palabras le pusieron los pies en el suelo.

Cuando llegamos a nuestra choza, nos encontramos a Yalta sentada en su sitio del patio leyendo un códice de la biblioteca. Al verla, Diodora me dijo en voz baja:

—Esto no es una simple cuestión de si Yalta decidirá marcharse a Galilea o quedarse en Egipto, ¿verdad? Se trata de si cualquiera de nosotras será capaz de salir de aquí siquiera.

Acababa de dar voz a mis temores.


Dejé a Yalta y a Diodora en el patio, me lavé las manos y la cara con el fin de prepararme para entrar en la sala sagrada y poner por escrito el himno que me estaba abrasando un agujero en el corazón. Coloqué el candil sobre la mesa y vertí tinta en la paleta.

Mojé el cálamo.


XXIII


La vigilia del cuadragésimo noveno día comenzó durante el ocaso del día siguiente. Llegué tarde y me encontré el comedor resplandeciente con la luz de los candiles y con los mayores ya reclinados en sus divanes, comiendo. Los menores acarreaban bandejas de comida de aquí para allá. Diodora se hallaba en la mesa de servir, reponiendo una bandeja de pescado con huevos de gallina.

—¡Hermana! —exclamó cuando me aproximé—. ¿Dónde estabas?

Sostuve en alto el manuscrito que contenía mi obra.

—Estaba terminando la letra de mi himno.

—Luciano ha estado preguntando por ti. Le ha señalado tu ausencia por dos veces a Escepsis.

Cogí una fuente de semillas de granada.

—Es bueno que ese hombre me eche de menos.

Me sonrió y recorrió la bandeja con la mirada.

—La he rellenado ya cuatro veces. Esperemos que nos dejen algún bocado.

Aunque se hubiera designado a Yalta como uno de los miembros menores, me percaté de que Escepsis le había permitido reclinarse en uno de los divanes reservados para los mayores. Luciano se levantó del suyo y se plantó ante Escepsis.

—Yalta debería estar sirviéndonos con los demás menores —dijo enfadado y con un tono que se oyó por toda la sala.

—La ira no requiere esfuerzo, Luciano. La bondad es difícil. Intenta esforzarte.

—Ni siquiera debería estar aquí —insistió.

Escepsis le hizo un gesto con la mano.

—Déjame comer en paz.

Miré a Yalta, que estaba mordisqueando un nabo, sin inmutarse.

Cuando el banquete se cerró, la comunidad se dirigió al extremo opuesto de la sala, donde un tabique divisorio que llegaba hasta la cintura discurría por el centro con bancos a cada lado, las mujeres a la izquierda y los hombres a la derecha.

Me senté en el último banco con Yalta y Diodora.

—Poneos cómodas —nos dijo Yalta—. Vais a estar aquí el resto de la noche.

—¿Toda la noche? —exclamó Diodora.

—Sí, pero no os va a faltar entretenimiento —dijo Yalta.

Escepsis, que llegó por detrás y nos oyó, dijo:

—Nuestra congregación no es un entretenimiento, como Yalta bien sabe: es una vigilia. Esperamos atentos el amanecer, que representa la verdadera luz de Dios.

—Y cantaremos hasta el aletargamiento antes de que llegue —dijo Yalta.

—Sí, esa parte es cierta —reconoció la líder de los terapeutas.

Escepsis comenzó la vigilia con un extenso discurso, pero no sabría decir sobre qué, exactamente. Me aferraba al rollo de papiro donde había escrito mi himno. De repente, mi canto me pareció demasiado audaz.

Oí que Escepsis decía mi nombre.

—Ana..., ven, ofrécele tu himno a Sofía.

—He titulado mi himno *El trueno, mente perfecta* —le dije cuando llegué al frente de la sala.

Alguien tocó una sonaja. Arrancó el toque de tambor, levanté mi manuscrito y canté.

Fui arrojada del poder...
Ten cuidado. No me ignores.
Soy la primera y la última.
Soy esa a la que honran y de la que se mofan.
Soy la ramera y la santa.

Soy la esposa y la virgen.
Soy la madre y la hija.

Me detuve y me fijé en sus rostros, y atisbé tanto asombro como desconcierto. Diodora me miraba con intensidad, con las manos metidas bajo la barbilla. Una sonrisa bailaba en los labios de Yalta. Sentí todas las mujeres que habitaban dentro de mí.

No me mires así en el estercolero y te desentiendas de mí.
Me hallarás en los reinos...

No temas mi poder.
¿Por qué desprecias mi temor y maldices mi orgullo?
Soy la que habita en todos los temores y en el temblor de la
[audacia.

Hice otra pausa, con la necesidad de recobrar el aliento. Era como si las palabras que había entonado se arremolinasen sobre mi cabeza. Me pregunté de dónde habían salido. Adónde irían.

Yo, soy yo la impía.
Y soy esa cuyo Dios es grandioso...

Soy el ser.
Soy la que no es nada...

Soy la unión y la ruptura.
Soy la permanencia y soy la desintegración...
Soy lo que todos pueden oír y lo que nadie puede decir.

Seguí cantando y cantando, y cuando terminó el himno, regresé con paso lento hasta mi sitio.

Al pasar por los bancos, una mujer se puso en pie, y otra más acto seguido, hasta que todo el mundo se levantó. Miré a Escepsis, vacilante.

—Te están diciendo que eres la hija de Sofía —afirmó—. Te transmiten que está muy complacida.

Apenas guardo un vago recuerdo del resto de aquella noche. Sé que cantamos sin cesar, primero los hombres, después las mujeres, y finalmente nos fundimos en un solo coro. Se sacudían los sistros y redoblaban los tambores de piel de cabra. Danzamos, simulamos que cruzábamos el mar Rojo, giramos en un sentido y después en sentido contrario en el agotamiento y el delirio hasta que llegó el alba, y nos volvimos hacia el este, de cara a la luz.


## XXIV

Una tarde, cerca del final del invierno, Escepsis llegó sin anunciarse a mi sala sagrada con unas muestras de cuero, papiro, una vara de medir, agujas, hilo, cera y unas tijeras enormes.

—Vamos a transformar tus rollos en códices —me dijo—. Un libro encuadernado es la mejor manera de asegurarte de que tus escritos perduran.

No esperó a que le diera mi consentimiento —que se lo habría dado cien veces sin pensármelo— y se puso a extender su material de encuadernadora por toda la mesa. Las tijeras eran idénticas a las que yo había utilizado para cortarle el pelo a Jesús el día en que le dije que estaba encinta.

—¿Con qué manuscritos te gustaría empezar? —me preguntó.

Había oído su voz, pero no podía dejar de mirar las hojas de aquellas tijeras grandes de bronce. Su recuerdo me provocó la sensación de un vuelco en el pecho.

—¿Ana? —me dijo.

Sacudí la cabeza para despejar la memoria, fui a coger los

manuscritos que contenían mis relatos de las matriarcas y los puse sobre la mesa.

—Deseo empezar por el principio.

—Observa con atención y aprende. Yo te enseñaré a hacer el primer libro, pero el resto los deberás hacer tú.

Midió y marcó los manuscritos y la cubierta de cuero. Cuando los cortó, cerré los ojos y recordé el sonido de las tijeras, el tacto de sus cabellos en mis dedos.

—Mira, no he dañado ni una sola de tus palabras —me dijo cuando terminó, como si confundiese mi estado con una preocupación por su habilidad en el corte. No la corregí. Sostuvo en alto una hoja de papiro en blanco y añadió—: He cortado una página más para que puedas escribir el título en ella.

Acto seguido, comenzó a coser juntas las páginas dentro de las cubiertas de cuero.

—Veamos —me dijo—. ¿Qué es lo que te preocupa, Ana? ¿Es Arán?

Vacilé. Ya había volcado mis temores y anhelos sobre Yalta y Diodora, pero no sobre Escepsis.

—Cuando llegue la primavera —le dije—, habrán pasado dos años desde la última vez que vi a mi esposo.

Me ofreció una leve sonrisa.

—Ya veo.

—Mi hermano me prometió que enviaría una carta cuando ya fuera seguro para mí regresar a Galilea. Hay una criada en la casa de Arán que me la traerá entonces, pero Arán me impedirá marcharme.

Me parecía imposible que la milicia judía continuara apostada en el camino después de todos aquellos meses; su campamento se había convertido en un puesto permanente.

Escepsis empujaba la aguja y tiraba de ella, y se valía de un martillito de hierro para hacerla atravesar el cuero.

—El chico de la sal me cuenta que los soldados han construido una pequeña choza de piedra donde dormir, además de un redil para una cabra, y han contratado a una mujer de la zona para que les prepare las comidas —me contó Escepsis—. Eso da testimonio de la paciencia y la sed de venganza de Arán.

Ya había oído aquellas cosas de labios de Yalta. Volver a oírlas me dejó aún más desconsolada.

—No sé por qué no ha llegado aún esa carta —le dije—, pero tengo la sensación de que no podré seguir esperando aquí por mucho más tiempo.

—¿Ves cómo hago el pespunte para hacer un doble nudo? —me preguntó con toda su atención concentrada de nuevo sobre el libro.

No dije nada más.

Una vez completado el códice, lo puso en mis manos.

—Si llega tu carta, haré cuanto pueda para ayudarte a salir de aquí —me dijo—. Pero me entristecerá verte marchar. Si es en Galilea donde está tu sitio, Ana, que así sea: yo solo quiero que sepas que este lugar continuará estando aquí si deseas regresar.

Se marchó. Bajé la mirada al códice, aquel objeto prodigioso.


XXV


Llegó entonces un día templado y agradable con la primavera. Acababa de terminar de transformar mis últimos manuscritos en un libro, una tarea en la que había trabajado durante semanas con una exigencia para la que no tenía explicación. En este momento, sola en la casa, observaba la pila de códices con alivio y después con asombro. Quizá ahora sí perdurasen mis palabras.

Yalta había salido para ir a la biblioteca, y Diodora estaba fuera cuidando a Téano, que yacía en el umbral de la muerte. Escepsis ya había pedido que hicieran el ataúd: una simple caja de madera de acacia. Un rato antes, mientras daba de beber a los animales, había oído el insistente martilleo en el taller de carpintería.

Ansiosa por enseñarle a Diodora y a Yalta mi colección de códices, me apresuré a completar la última tarea antes de que regresaran. Llené la paleta de tinta, escribí un título en la página en blanco de cada libro y soplé la tinta con delicadeza para que se secara.

Las matriarcas
Los cuentos de terror
Fasaelis y Herodes Antipas
Mi vida en Nazaret
Lamentaciones por Susana
Jesús, Amado
Yalta de Alejandría
Jayá, la hija desaparecida
Las costumbres de los terapeutas
El trueno, mente perfecta

Recordé a Enjeduana, que había firmado su escrito con su nombre, y reabrí los libros para firmar con el mío: Ana. No «Ana, hija de Matías», ni «Ana, esposa de Jesús». Solo Ana.

Únicamente hubo un códice que no firmé. Al llevar el cálamo a *El trueno, mente perfecta*, la mano se negó a moverse. Las palabras de aquel libro habían surgido de mí, pero también de más allá de mí. Cerré la cubierta de cuero.

Me sentí sobrecogida al colocar los libros dentro del hueco de la pared, y después puse encima mi cuenco del ensalmo. Justo cuando retrocedía y los contemplaba, Yalta entró en la habitación.

A su lado estaba Pánfila.

## XXVI

La mirada se me fue veloz al bolso de pellejo de cabra que Pánfila traía en la mano. Me lo ofreció sin decir una palabra, con una expresión tensa en la cara.

Cogí el bolso y me puse a toquetear el nudo del cordón de cuero con unos dedos gruesos como pepinos. Aflojé el cordón del cierre y me asomé para ver un pergamino enrollado. Me daban ganas de sacarlo y leerlo en aquel preciso instante, pero volví a atar el bolso un poco suelto. Yalta me miró y, al parecer, comprendió que deseara estar sola cuando lo leyese, lejos incluso de ella.

—Hace tres días que llegó un mensajero con él —dijo Pánfila—. He pagado una carreta con un burro en cuanto he podido. Apión piensa que estoy visitando a mi familia en Dionisias. Le he hecho creer que mi padre había caído enfermo.

—Gracias, Pánfila. Has hecho bien.

—Es a Lavi a quien se lo deberías agradecer —me respondió con el gesto endurecido—. Fue él quien insistió en que permaneciese en casa de Arán durante todos estos meses y esperase la llegada de tu carta. Si por mí fuera, hace mucho tiempo que me habría marchado de allí. Creo que mi esposo te es más leal a ti que a mí.

No supe cómo responder ante aquello: pensé que tal vez tuviese razón en lo que decía.

—¿Lavi se encuentra bien? —le pregunté con la esperanza de distraerla.

—Es feliz con su trabajo en la biblioteca. Sus superiores lo colman de alabanzas. Voy a verlo siempre que puedo: ahora paga un arriendo por una estancia pequeña.

Cada instante en que la carta permanecía cerrada era una agonía, pero le debía a Pánfila el escucharla.

—¿Has visto una colonia de soldados en el camino, cerca de la casa del guarda? —le preguntó Yalta.

—Sí, y he visto soldados del mismo tipo en la casa de Arán. Uno de ellos va a verlo todas las semanas.

—¿Sabes de qué hablan? —le pregunté.

Me fulminó con la mirada.

—¿Acaso esperas que me quede escuchando detrás de la puerta?

—No deseo que hagas nada que te ponga en peligro.

—Deberías estar preparada cuando vuelvas a pasar por delante de los soldados —le dijo Yalta—. No supone un peligro para ti, pero en busca de Ana inspeccionan a todo aquel que se dirija hacia el este. Te van a parar. Si te preguntan, diles que no tienes conocimiento ninguno de nosotras, que tú has venido a vender papiros.

—Vender papiros —repitió y me volvió a lanzar una mirada fulminante—. No sabía que tendría que seguir contando mentiras por ti.

—Solo una más, y solo si te preguntan —le dije.

—Deseo que esto se termine —me contestó—. Ahora que tu carta ha llegado, solo quiero dejar el servicio en la casa de Arán e irme a vivir con mi esposo.

Tensé los dedos sobre el bolso que contenía la carta. «Ten paciencia, Ana —me dije—. Has esperado tanto tiempo..., ¿qué son unos minutos más?»

—¿Qué noticias nos traes de Arán? —le preguntó Yalta.

—La mañana después de que os marchaseis, sus gritos se oían por toda la casa. Registró vuestras habitaciones en un arrebato de ira, buscando alguna pista sobre dónde habíais ido. Ese hombre arrancó las sábanas e hizo añicos las jarras de agua. ¿A quién creéis que le encargaron limpiarlo todo? A mí, por supuesto. También saqueó el *scriptorium*. Me encontré los manuscritos tirados por los suelos, la tinta derramada y una silla rota.

—¿Tuvo alguna sospecha de que tú nos ayudaras? —le pregunté.

—Se conformó con echarle la culpa a Lavi, pero no antes de interrogarme a mí y al resto de los criados. Ni siquiera se libró Tadeo. —Cerró los puños e imitó a Arán—. «¿Cómo han conseguido escapar? ¿Es que se han convertido en humo y se han filtrado por debajo de la puerta apestillada? ¿Han salido volando por la ventana? ¿Quién de vosotros les ha abierto la puerta?» Nos amenazó con flagelarnos, y si nos libramos fue únicamente gracias a que Apión intercedió.

Era evidente lo mucho que Pánfila había sufrido bajo el techo de Arán, separada de Lavi.

—Lo lamento —le dije—. Has sido una verdadera amiga, muy valiente. —Tiré del banco hacia ella—. Ven, descansa. Volveré enseguida. Yalta te traerá comida y agua. Te quedarás a pasar la noche con nosotras.

Salí caminando de allí, pensando en las miradas ajenas, dejé atrás el salón de reuniones, el taller de carpintería, los grupos de casas, el establo y me obligué a no echar a correr. Aceleré el paso al llegar al eucalipto y subí volando la escarpadura hacia los acantilados.

Encontré una roca grande a medio camino, me senté con

la espalda apoyada en la piedra y dejé que fuera su solidez lo que me sostuviera. Tenía el corazón alborotado. Respiré hondo, abrí el bolso y saqué el pergamino.

> Mi queridísima hermana:
> Confío en que habrás recibido mi anterior carta en la que te explicaba por qué no era seguro aún para ti regresar.

Se me separaron los labios. Judas me había escrito antes; ¿por qué no había recibido su carta?

> El peligro para ti en Galilea no ha pasado por completo, aunque sí ha disminuido. Antipas se consume en sus ansias por lograr que Roma lo corone rey de los judíos.
> La semana pasada llegamos a Judea de camino a Jerusalén, donde pasaremos la Pascua. Antipas no tiene poder aquí. Ven con nosotros, apresúrate todo lo que puedas. Coge un barco rumbo a Jafa con Lavi y venid a Betania, donde nos alojamos en la casa de Lázaro, Marta y María.
> El reino está cerca. Unas inmensas multitudes de gente en Galilea y en Judea reciben ahora a Jesús como el Mesías. Él cree que el tiempo está a punto de cumplirse para nosotros, y desea tenerte a su lado. Me obliga a decirte que está a salvo, pero yo he de advertirte del peligro. El gentío se enardece con el surgimiento de un Mesías, y se habla mucho de una revolución. Jesús ofrece sus enseñanzas todos los días en el templo, y las autoridades judías nos mandan sus espías tan pronto como cruzamos los umbrales de la ciudad. Si se produce algún disturbio, la guardia del templo lo arrestará con toda certeza. Jesús continúa convencido de que el reino de Dios puede venir sin las espadas, pero yo soy un cínico y un zelote. Yo solo sé que no podemos dejar pasar este momento. Si es necesario, haré lo que deba du-

rante la Pascua para asegurarme de que las masas se rebelan y derrocan por fin a los romanos. El sacrificio de uno por la mayoría.

Mientras te escribo, estoy sentado en el patio de la casa de Lázaro, donde tu amiga Tabita toca la lira e inunda el aire con la música más agradable. Jesús se ha marchado a rezar al monte de los Olivos. Te ha echado de menos, Ana. Me pide que te envíe su amor. Te espera.

Tu hermano,

Judas

En el décimo día del mes de sebat

Me atropellaron las palabras de Judas. «Haré lo que deba durante la Pascua... El sacrificio de uno por la mayoría.» ¿A qué se refería? ¿Qué estaba intentando decirme? La respiración se me empezó a acelerar, mucho, como si hubiera corrido una larga distancia. La cabeza me daba vueltas en plena confusión. Le di la vuelta al pergamino pensando que ojalá se explicara en la parte de atrás, pero estaba en blanco.

Releí la carta. Esta vez fueron otros fragmentos los que se elevaron de ella en un remolino, palabras sueltas. «Desea tenerte a su lado... Me pide que te envíe su amor... Te ha echado de menos.» ¿Cómo había soportado aquellos dos años sin él? Me llevé la carta al pecho, presioné con fuerza y la sostuve allí.

Intenté calcular los tiempos. Judas había escrito la carta al comienzo de este último invierno, siete semanas atrás. Faltaban catorce días para la Pascua en Jerusalén. Metí el pergamino en el bolso y me ayudé con las manos para ponerme en pie a toda prisa. «Tengo que llegar a Jerusalén, y rápido.»

## XXVII

Yalta estaba sola, de pie en el patio. Le puse la carta en la mano sin preguntarle dónde se encontraba Pánfila. Observé su rostro mientras ella leía y percibí cómo surgía la sorpresa hacia el final.

—Por fin te vas con tu esposo —me dijo.

Esperé a que dijese algo más, pero eso fue todo.

—Tengo que encontrar la manera de marcharme por la mañana.

¿Es que no iba a mencionar el extraño mensaje de Judas acerca de asegurarse de que la gente se rebelara? A su espalda, la luz descendía en unas briznas doradas que pasaban a la deriva sobre el lago allá abajo, en la distancia.

—¿A qué se refiere mi hermano con eso del sacrificio de uno por la mayoría? —le pregunté—. ¿Qué está diciendo?

La vi pasearse bajo las ramas del tamariz y quedarse pensativa. Aquella necesidad suya de reflexionar me llenaba de inquietud.

—Creo que ya sé lo que quiere decir —le dije en voz baja.

Lo sabía ya antes de terminar de leer la carta, pero en ese momento no pude soportar el reconocerlo. Me había parecido imposible que mi hermano fuese a ir tan lejos, pero allí de pie con Yalta bajo el árbol, me imaginé al niño a cuyo padre habían asesinado los romanos y a cuya madre habían vendido como esclava, el niño que juró vengarlos, y lo supe: sí, Judas iría tan lejos.

—Judas —dijo Yalta en un siseo. Con el rabillo del ojo vi una lagartija verde minúscula que subía disparada por la pared de piedra—. Sí, desde luego que sabes lo que significa. Tú conoces a tu hermano mejor que nadie.

—Dilo tú, por favor. Yo no puedo.

Nos sentamos en el banco, y Yalta me puso la mano en la espalda.

—Judas pretende conseguir su revolución, Ana. Si Jesús no la provoca por la vía pacífica, Judas pretende encender la llama por la fuerza. La manera más segura de incitar a las masas es que los romanos ejecuten al Mesías.

—Va a entregar a Jesús a los romanos —susurré.

Pronuncié aquellas palabras y me sentí como si me estuviera cayendo por el borde del fin del mundo. Durante el tiempo que llevábamos en Egipto, había ido almacenando un millar de lágrimas, y las liberé todas en aquel instante. Yalta me llevó la cabeza a su hombro y me dejó que sollozara mi temor, mi impotencia y mi furia.

La riada duró varios minutos, y en su estela experimenté una enorme calma.

—¿Por qué iba Judas a tener el descaro de revelarme sus intenciones? —dije.

—Es difícil saberlo. Confesártelo podría ser un modo de aliviar la culpa.

—En lo que a derrocar a los romanos se refiere, Judas no siente ninguna culpa.

—Tal vez haya estado tratando de encontrar el atrevimiento para hacerlo. Como cuando tiras la bolsa de las monedas por encima de una tapia para obligarte a saltar al otro lado.

Yalta estaba haciendo todo lo posible para seguirle la corriente a mi necesidad de comprender al menos una parte de aquel propósito tan retorcido de Judas, pero me daba cuenta de lo inútil que resultaba.

—Nunca entenderé nada de esto —le dije—. Y, ahora mismo, tampoco importa. Lo único que importa es que yo llegue a Jerusalén.

Me levanté y me asomé por encima del muro para mirar

hacia el camino con otra inquietud que se me venía encima: Arán y sus soldados.

En ese mismo momento entraron en el patio Escepsis y Diodora.

—Téano ha muerto —anunció Escepsis—. Diodora y yo acabamos de terminar de preparar el cuerpo...

—¿Ha pasado algo? —la interrumpió Diodora al percatarse de mis ojos enrojecidos... o tal vez fuese el ambiente tenso y amenazante.

Cogí la carta de Judas y se la leí, y después hice lo que pude para tratar de dilucidar el plan de mi hermano. Diodora, que no sabía nada sobre mesías judíos ni zelotes radicales, parecía sumida en un absoluto desconcierto. Me rodeó con los brazos.

—Me alegro de que vayas a ver a tu esposo, pero me entristece que nos dejes. —Se volvió hacia su madre—. ¿Te marcharás tú también? —Hizo la pregunta sin presuponer nada, pero su rostro delataba su temor.

—Me quedaré aquí —dijo Yalta, mirando hacia mí, más allá de Diodora—. Después de haber encontrado a mi hija, no puedo volver a abandonarla. De todos modos, me estoy haciendo demasiado mayor para el viaje, y Egipto es mi hogar. Me encuentro bien aquí, entre los terapeutas. Me dolerá separarme de ti, Ana, pero no me puedo marchar.

Sentí que algo se arrugaba en mi interior, pero me negué a permitir que se me notase la decepción.

—Lo comprendo, tía Yalta —le dije—. Tu decisión es la adecuada.

Las sombras habían comenzado a oscurecer los límites del patio, y Diodora entró en la casa a por un candil, aunque me dio la sensación de que se marchó por bondad, porque no quería que viese su alegría.

Regresó con cara de confusión.

—La mujer que está durmiendo ahí dentro... es la criada de la casa de Arán que me acompañó a vuestras habitaciones.

—Sí, es Pánfila —dijo Yalta—. Ha traído la carta de Judas, y estaba cansada. La he ayudado con un poco de camomila.

Nos acomodamos alrededor del círculo resplandeciente de la luz del candil y planteé la cuestión que se cernía sobre todo aquello.

—¿Cómo voy a conseguir pasar por donde están los soldados?

Me fijé en sus rostros; yo no tenía una respuesta. Ellas me miraron a mí; tampoco la tenían.

—¿No hay ninguna forma de salir de aquí salvo por el camino donde montan guardia los soldados? —preguntó Diodora—. ¿No hay ningún sendero que los rodee?

Escepsis lo negó con la cabeza.

—Nos cercan los acantilados. El camino es nuestra única forma de salir, y los soldados se han apostado demasiado cerca de la casa del guarda como para que pasen por alto a nadie que entre o salga de aquí.

—¿Y no podrías disfrazarte de alguna manera? —preguntó Diodora—. ¿Como una anciana? Podrías cubrirte la cabeza y llevar un bastón.

—Dudo que eso los engañase —dijo Yalta—. Es demasiado arriesgado, pero...

—¿En qué estás pensando? —la incité—. Tenemos que considerarlo todo.

Pánfila se marchará mañana. La carreta en la que ha venido es lo bastante grande como para que tú te ocultes detrás. —Miró a Escepsis y se encogió de hombros en un gesto de incertidumbre—. ¿Y si la escondemos debajo de los sacos donde se guardan las semillas del huerto?

—Los soldados siempre registran las carretas que nos traen la harina y la sal —dijo Escepsis—. También registrarán la carreta de Pánfila.

Guardaron silencio. Un fino velo grisáceo de desesperación se extendió en el ambiente. No quería que se rindiesen. Era cierto que yo no creía ya en aquel Dios del rescate, solo en el Dios de la presencia, pero sí creía en Sofía, que me susurraba al oído día y noche y me insuflaba coraje y buen juicio solo con que yo escuchara, y eso fue justo lo que probé en aquel instante, escuchar.

Lo que oí fue el martilleo. Tenue, pero tan claro que por un segundo pensé que Pánfila se había despertado y estaba llamando a la puerta desde dentro de la casa. Me sorprendió darme cuenta de que el eco que me resonaba en la cabeza era en realidad un recuerdo. De inmediato supe qué recuerdo era. Lo había oído esa mañana mientras daba de beber a los animales. Era el martillo del taller de carpintería, donde estaban haciendo el ataúd de Téano.

Y el sonido se transformó en una idea.

—Tengo un modo de salir de aquí a salvo —les dije—, y es dentro del ataúd de Téano.

Siguieron allí sentadas con cara de no estar entendiendo nada.

—No estaría mucho tiempo metida en el ataúd, solo hasta que Pánfila hubiese pasado el puesto de los soldados y se hubiera alejado una buena distancia. Estoy dispuesta a correr cualquier riesgo con tal de llegar hasta Jesús, pero este es el que supone un menor peligro. A los soldados no se les ocurrirá jamás abrir el ataúd.

—Eso es cierto —dijo Diodora—. Profanar a los muertos es un delito muy grave. Pueden condenarte a muerte por abrir una tumba.

—Y para los judíos, un cadáver es impuro —añadí. Traté de interpretar la expresión de Yalta, pero no pude. Debía de estar pensando que mi idea era de una rareza exagerada—. Creo que la propia audacia de la idea es lo que hará que funcione —proseguí—. ¿Lo ves tú de otra manera, tía Yalta?

—Me parece que la idea de que salgas de aquí metida en el ataúd de Téano es absurda —me dijo—, pero también ingeniosa, Truenecillo.

Se me abrieron los ojos como platos; salvo Jesús, nadie me había llamado nunca «Truenecillo». Viniendo de ella, recibí aquel nombre como un empujón. «Vamos, sé las nubes que bullen, unos relámpagos como arpones y los rugidos que hacen que se abran los cielos.»

—Muy bien —dijo Yalta—. Imaginémonos cómo llevarías a cabo esta locura.

Nos volvimos todas con una mirada elocuente hacia Escepsis, que se estaba estudiando los regueros azulados del dorso de las manos. Nada de aquello se podía hacer sin contar con ella. Lo que yo estaba proponiendo era que confiscásemos el ataúd de Téano, así que habría que hacer otro para él, a toda prisa. Es más, si Escepsis participaba en el engaño, estaría engañando a toda la comunidad.

—Nuestra mayor preocupación es Luciano —dijo Escepsis—. Si sospecha que no es Téano quien va dentro del ataúd, trasladará sus sospechas a los soldados, y tenemos la certeza de que descubrirán a Ana. —Guardó silencio y continuó con su reflexión. Cuando volvió a alzar la mirada, sus ojos danzaban como los de un búho—. La voluntad de Téano era ser enterrado aquí, en nuestras tierras, pero me encargaré de hacer correr la voz de que deseaba ser enterrado en la tumba de su familia en Alejandría. Es algo bastante habitual entre nuestros miembros más acaudalados. Por supuesto, la familia de

Téano no es rica, pero sí tendrían lo suficiente para un sepulcro de adobe, de eso estoy segura. Le contaré a todo el mundo que la criada que ha traído la carta... ¿Cómo se llamaba?

—Pánfila —respondí sorprendida de las complicaciones que estaba ideando: hasta este instante, yo no le había dedicado un solo pensamiento a Luciano.

—Contaré que la familia de Téano ha enviado a Pánfila para que se lleve su cuerpo a Alejandría. Esto debería resolver la cuestión.

—Y también debería servir para poner punto final al puesto de los soldados que tenemos en nuestras puertas —dijo Yalta—. Si Ana ya no está aquí, los soldados dejarán de ser necesarios.

—¿Y qué pasa contigo? —preguntó Diodora mirando a su madre—. Arán todavía querrá prenderte a ti.

Escepsis levantó un dedo. Yo sabía que eso era buena señal.

—Cuando Ana esté bien lejos, me dirigiré a la comunidad y anunciaré que ha regresado a Galilea con su esposo y que Yalta ha hecho el voto de continuar formando parte de los terapeutas de por vida. Luciano no tardará en encargarse de que la noticia llegue a oídos de Arán. Y yo creo que a Arán le aliviará tener una razón justificada para poner fin a todo esto.

—Mi hermano al menos se alegrará mucho de no verse obligado a seguir pagando de su propia bolsa a esos soldados. La única razón por la que ha mantenido ese puesto ahí es que no se perciba que está cediendo.

Me quedé admirada ante el plan que acababa de cobrar forma y sentí en igual medida el temor de que fuese a fracasar.

—¿Y qué vamos a hacer con el pobre Téano entretanto? —preguntó Diodora.

—Eso resultará sencillo. Lo tendremos oculto en su casa hasta que Ana se haya ido —dijo Escepsis—. Acto seguido, nosotras tres, con Cayo, nuestro carpintero, le daremos un funeral como es debido sin que se entere Luciano.

Aquello sonaba de todo menos sencillo.

—¿Y Cayo es de fiar? —preguntó Yalta.

—¿Cayo? Con toda certeza. En cuanto salga yo de aquí, le pediré que se ponga a trabajar esta misma noche en un segundo ataúd, y que haga dos orificios pequeños en uno de ellos, para respirar.

Aquel detalle me hizo estremecer. Me imaginé aquel espacio tan reducido y sin aire, y por primera vez me pregunté si podría llevar todo esto a buen término.

—Ya se ha notificado a la comunidad que se reúna mañana a primera hora para rezar la oración de los difuntos por Téano —dijo Escepsis—. Tú deberías estar entre nosotros, Ana.

—¿Y cuándo se meterá en el ataúd? —preguntó Diodora, que tenía los ojos muy abiertos y llenos de preocupación, y pensé que tal vez ella también estuviera sintiendo aquel espacio tan reducido y sin aire.

—Tras las oraciones, Ana, tú te escabullirás al taller de carpintería, donde te meterás en el ataúd, y Cayo clavará ligeramente la tapa, con cuatro clavos cortos, no más. Le diré que deje un punzón en la carreta para Pánfila y que meta otro en el ataúd, para que tú misma puedas abrir la tapa. Luego te cargarán en la carreta entre su ayudante y él. Mientras tanto, yo mantendré ocupado a Luciano.

Yalta extendió las manos nudosas hacia mí, y las cogí.

—Yo iré con Ana al taller de carpintería para asegurarme de que todo se hace como es menester —dijo mi tía.

—Yo también iré —dijo Diodora—. No queremos que corras ningún peligro, hermana.

Se oyó un ruido dentro de la casa. Unos pasos.

—¿Yalta? ¿Ana? —nos llamó Pánfila.

—Os lo digo —les conté—, ¡el mayor peligro al que me enfrento es que Pánfila se niegue a abrir la tapa!

Yalta se echó a reír. Ella era la única que entendía mi broma fruto de la inquietud.

## XXVIII

Al principio, Pánfila parecía receptiva ante nuestro plan tan bien trazado, pero cuando le dije que Lavi tendría que viajar conmigo a Judea, se mordió el labio superior y se cruzó de brazos.

—Entonces no lo haré.

A mi espalda, oí a Yalta, a Escepsis y a Diodora suspirar al unísono. Durante la última media hora, las tres habían formado una especie de coro griego en miniatura que ofrecía sus estribillos y sus armoniosos suspiros mientras yo trataba de convencer a Pánfila de que se uniese a nuestro subterfugio. Estábamos apiñadas en la sala sagrada, donde el aire se había cargado con el denso olor del aceite de palma de los candiles. Yalta había dejado abierta la puerta del patio, pero hacía un calor sofocante en la pequeña estancia. Una gota de sudor me descendía veloz entre los pechos.

—Por favor, Pánfila —le supliqué—. La vida de mi esposo podría depender de tu respuesta. Tengo que llegar a Jerusalén y detener a mi hermano.

—Sí, eso has dicho.

«Está disfrutando con esto —pensé—, con este poder que tiene.»

—Viajar sola es demasiado peligroso para mí —le dije, y sentí aquellas palabras como piedras en la boca—. ¡Sin Lavi no podré ir!

—Entonces deberás buscar a otra persona —me dijo.

—No hay ninguna otra persona.

—Hay que decidir esto con rapidez —intervino Escepsis—. Si te vas a marchar de aquí en un ataúd, tengo que avisar a Cayo de inmediato. Y Pánfila tendrá que venir conmigo y quedarse a dormir en mi casa. De lo contrario, alguien se podría preguntar por qué se aloja con vosotras una criada de la familia de Téano.

«Sí, por favor, llévatela.»

Lo volví a intentar.

—Si te preocupa que Lavi pudiera no regresar a Alejandría, te aseguro que tengo el suficiente dinero para pagar su pasaje de regreso. Te lo enseñaré si quieres.

—No me hace falta ver tu dinero. Confío en que lo enviarías de vuelta.

—Entonces ¿de qué se trata? —le preguntó Diodora.

A Pánfila se le encogió la mirada.

—Ya llevo cinco meses viviendo separada de mi esposo por tu culpa. No tengo la intención de hacerlo por más tiempo.

No sabía cómo conseguir llegar hasta ella. Añoraba a su esposo. ¿Cómo iba a culparla? Lancé una mirada de impotencia a Yalta, que salió de detrás de mí y se aproximó a Pánfila para hacer un último esfuerzo. Recuerdo que pensé: «Hemos llegado al punto donde se bifurca el río». Fuera cierto o no, tenía la sensación de que era entonces cuando se decidía mi vida, que descendería veloz siguiendo un curso o el otro.

Yalta habló con una delicadeza inusual.

—¿Sabías que Ana lleva dos años separada de su esposo?

Entonces lo vi, cómo se ablandaba la expresión del rostro de Pánfila.

—Lamento los meses que has estado separada de Lavi —le dije—. Conozco ese dolor. Sé lo que es tumbarse en la cama y suspirar por él, despertarte y palpar su ausencia.

Incluso al pronunciar aquellas palabras, percibía a Jesús, que se desplazaba en los límites de mi visión periférica como si fuese un sueño perdido.

—Si Lavi se marchase —me dijo—, ¿cuánto tiempo estaría fuera?

Un atisbo de esperanza.

—Tres semanas, quizá. No más.

—¿Y qué va a ser de su puesto en la biblioteca? ¿Lo aceptarán cuando vuelva?

—Yo mantengo correspondencia con uno de los sabios de allí —dijo Escepsis, que daba golpes con el dedo en la mesa, impaciente—. Me aseguraré de que le den permiso.

Pánfila dejó caer los brazos a los costados.

—Será como tú deseas —dijo.


Esa noche no podía dormir, ni siquiera con la camomila de Yalta. Los pensamientos me daban vueltas en la cabeza. Eran unas horas intempestivas, pero me levanté del jergón y, silenciosa, dejé allí a Yalta y a Diodora con el tenue sonido de su sueño.

De pie a oscuras en la sala sagrada, sentí el final de mi estancia entre los terapeutas. Mi bolso de viaje, el grande de sayal, descansaba sobre la mesa, lleno a reventar. Diodora y Yalta me habían observado en silencio mientras yo lo preparaba. Contenía la bolsita con mi hilo rojo de lana, la carta de Judas, el retrato de momia, dinero, dos túnicas, un manto y ropa interior. Le había dejado a Diodora el vestido nuevo, el rojo y negro de Alejandría. Yo no volvería a ponérmelo.

Apenas soportaba mirar aquel hueco en la pared donde se apilaban mis diez códices en una bellísima torre inclinada con mi cuenco del ensalmo encaramado en lo alto. Llevármelos conmigo no era posible. Podría haber cargado con una segunda bolsa y meter en ella cinco, tal vez seis, pero había algo inexplicable muy dentro de mí que deseaba que los códices permaneciesen todos juntos. Los quería allí, con los terapeutas, donde alguien los pudiese leer, conservar y tal vez apreciar. Recorrí la habitación, despidiéndome de todas las cosas.

La voz de Yalta llegó desde la puerta.

—Yo me encargaré de salvaguardar tus palabras hasta que regreses.

Me volví hacia ella.

—Es probable que nunca regrese, tía Yalta. Lo sabes.

Asintió y aceptó lo que le estaba diciendo sin cuestionarlo.

—Cuando me haya marchado, coloca mis textos en la biblioteca con los demás manuscritos —le dije—. Ya estoy preparada para que otros los lean.

Vino y se quedó cerca de mí.

—¿Te acuerdas de aquel día en Séforis, cuando abriste tu baúl de cedro y me enseñaste tus escritos por primera vez?

—No lo he olvidado, ni lo olvidaré jamás —le respondí.

—Lo que tú eras, como para no verlo. Catorce años, llena de rebeldía y de un vivo deseo. Eras la niña más testaruda, decidida y ambiciosa que he visto jamás. Lo supe en cuanto vi lo que había dentro de tu baúl de cedro. —Me sonrió.

—¿Qué supiste?

—Que también había una inmensidad en ti. Supe que poseías una abundancia de capacidades que rara vez toma cuerpo en el mundo. Tú también lo sabías, ya que lo escribiste en tu cuenco. Aunque todos tenemos una inmensidad en nuestro interior, ¿no crees, Ana?

—¿Qué estás diciendo, tía Yalta?

—Lo que más te destaca del resto es ese espíritu que hay

en ti, que se rebela y persiste. Lo más importante no es la inmensidad que hay en ti, es tu pasión para alumbrarla.

Yo la miraba, pero me sentía incapaz de hablar. Caí de rodillas; no sé por qué, salvo que me sentí abrumada por lo que había dicho.

Me puso la mano en la cabeza y dijo:

—Mi propia inmensidad ha sido bendecir la tuya.

XXIX

El ataúd descansaba en el suelo en medio del taller de carpintería, envuelto en el olor de la madera fresca. Yalta, Diodora y yo nos juntamos frente a él y nos quedamos mirando con aire lúgubre aquella cavidad vacía.

—No lo veas como un ataúd —me aconsejó Diodora.

—No debemos demorarnos —dijo Cayo—. Ahora que ya han terminado las oraciones por Téano, los miembros formarán a ambos lados del sendero y querrán bajar detrás de la carreta hasta la casa del guarda. No podemos arriesgarnos a que uno de ellos se dé un paseo por aquí y te descubra. Vamos, rápido.

Me sujetó por el codo mientras yo entraba en el ataúd. Permanecí allí de pie un momento antes de sentarme, incapaz de ver aquella caja de madera como algo distinto de lo que era. Me dije que no pensara en nada, sin más.

Diodora se inclinó y me besó en las mejillas. Después Yalta. Mi tía aguantó un instante sobre mí, e intenté memorizar su rostro. Cayo me puso el bolso de viaje en los pies y el punzón en la mano.

—No lo sueltes.

Me tumbé y miré al techo de la luminosa habitación. La tapa se deslizó sobre mí. Después, la oscuridad.

El ataúd retembló mientras Cayo remachaba los cuatro clavos, e hizo que la cabeza me diese unos golpes contra el fondo. En la quietud que surgió a continuación, advertí la presencia de dos haces de luz minúsculos, me recordaron a esas hebras tan finas de las telarañas iluminadas por la luz del sol y el rocío. Giré la cabeza y encontré el origen: una pequeña perforación a cada lado. Mis orificios para respirar.

El ataúd se levantó con una sacudida. No estaba preparada para aquello y se me escapó un gritito.

—Vas a tener que guardar un poco más de silencio que eso —me dijo Cayo, una voz que sonó muy lejana.

Mientras me sacaban al exterior, me preparé para otra sacudida, pero el ataúd se deslizó con suavidad en la carreta. No podría decir cuándo se subió Pánfila, o tal vez ya estuviese allí sentada, pero oí el rebuzno del burro y sentí el bandazo de la carreta al arrancar ladera abajo.

Cerré los ojos para no ver la tapa del ataúd, que tenía a un palmo de la nariz. Me dediqué a escuchar el rumor de la carreta y luego el cántico amortiguado que comenzó a seguirnos. «No pienses, no pienses. Esto terminará pronto.»

Cuando hicimos un giro brusco hacia el norte, el cántico se fue perdiendo en la distancia y supe que habíamos dejado atrás la casa del guarda para tomar el camino. Unos instantes después, un soldado gritó: «¡Alto!», y las ruedas de la carreta rechinaron hasta detenerse. Sentía los latidos del corazón con tal fuerza que me imaginé que el sonido salía por los orificios para el aire. Me daba miedo respirar.

El soldado se dirigió a Pánfila.

—Nos han dicho que ha muerto un hombre entre los terapeutas. ¿Adónde lo llevas?

Fue difícil oír la respuesta.

—Con su familia en Alejandría. —Creí oírle decir.

Me invadió el alivio. Pensé que ahora nos darían paso, pero la carreta no se movía. Las voces de los soldados se aproximaron, como si vinieran hacia la parte de atrás de la carreta. Un hilo de pánico empezó a desmadejarse dentro de mí. Los ojos se me abrieron de golpe y se encontraron con la tapa del ataúd.

Cogí una bocanada de aire y los volví a cerrar. «No te muevas. No pienses.»

Continuamos detenidas durante una eternidad por razones que era incapaz de deducir. Entonces oí que uno de ellos decía:

—Aquí detrás no hay nada aparte del ataúd.

De repente, la carreta arrancó con una sacudida.

Seguimos y seguimos avanzando a paso lento y pesado, con un zarandeo por las rodadas del camino, a lo largo de mucho más tiempo del que parecía necesario. Pánfila había recibido las instrucciones de detener la carreta cuando los soldados quedasen fuera de su vista, preferiblemente en algún tramo solitario, y liberarme. El calor en el ataúd se había concentrado.

Cogí el punzón y di unos golpes contra el lateral del ataúd. No sabía si podría haber alguien por allí cerca, pero ya no me importaba. Metí la punta del punzón bajo la tapa e intenté hacer palanca para levantarla, pero no tenía el suficiente espacio por dentro para empujar hacia arriba ni para tirar hacia abajo con los brazos. Golpeé con más fuerza en el interior.

—¡Pánfila! —chillé—. ¡Para ahora mismo y sácame de aquí!

La carreta continuó la marcha durante unos minutos más antes de que Pánfila la detuviese.

Oí cómo se astillaba la madera cuando metió su punzón

bajo la tapa e hizo fuerza para abrir el ataúd. La avalancha de
luz fue cegadora.

Lavi y yo zarpamos rumbo a Judea en el quinto día del mes
de nisán.

# JERUSALÉN

## Betania

## 30 d. C.

# I

Las laderas del torrente Cedrón, iluminadas con un millar de fogatas de los peregrinos, surgieron ante nuestros ojos cuando Lavi y yo llegamos a las afueras de Jerusalén. Los conos de humo blanquecino surcaban el aire nocturno con el denso aroma del asado del cordero. Era el decimotercer día del mes de nisán. Pascua.

Yo venía con la esperanza de llegar a la casa de Lázaro, Marta y María antes de que anocheciera, a tiempo de disfrutar de la cena festiva con Jesús. Suspiré. A esas alturas, la cena ya se habría terminado.

Lavi y yo habíamos sufrido un demoledor retraso tras otro. Primero nos abandonaron los vientos del mar, que retrasaron la llegada de nuestro navío. Después, en nuestro recorrido a pie desde Jafa, había tantísima gente que nos resultó difícil encontrar alimento, y eso nos obligó a desviarnos hacia otras aldeas apartadas del camino para comprar pan y queso. Unos soldados romanos que trataban de controlar la atestada vía a Jerusalén nos tuvieron retenidos durante horas en Lida. A lo largo de todo el recorrido, iba practicando para mí lo que le diría a Judas y me tranquilizaba yo sola diciéndome que mi hermano me escucharía. Yo era su «hermanita», él me

quería. Había intentado rescatarme de Natanael, había llevado mi mensaje a Fasaelis en contra de sus propios deseos. Me
escucharía, y abandonaría esa locura por la que iba a traicio-
nar a Jesús.

Miraba hacia la ladera, y la urgencia que sentí hizo que me
costara respirar.

—¿Necesitas descansar? —dijo Lavi—. Llevamos caminando desde el alba.

—Mi esposo y mi hermano están justo ahí, al otro lado de
este barranco —le respondí—. Descansaré cuando los vea.

Recorrimos a pie el último tramo hasta Betania, en silencio. Si no hubiese estado tan agotada, es probable que mis pies
hubieran echado a correr.

—Los candiles del patio siguen encendidos —dijo Lavi al
llegar a la casa de los amigos de Jesús, ahora también mis amigos.

Aporreó en la puerta y anunció a voces que había llegado
Ana, la esposa de Jesús.

Esperaba ver cómo Jesús salía corriendo a dejarnos entrar,
pero fue Lázaro quien vino. Tenía buen aspecto, ni mucho
menos tan pálido y cetrino como la última vez que lo había
visto. Me saludó con un beso.

—Venid.

—¿Dónde está Jesús? —le pregunté.

Ralentizó el paso, pero continuó caminando hacia el patio, como si no lo hubiese oído.

—¡María, Marta! —las llamó—. Mirad quién está aquí.

Las hermanas salieron corriendo de la casa con los brazos
abiertos. Parecían algo más bajas, con la cara más redonda.
Recibieron a Lavi con un saludo tan caluroso como el que le
dieron a Tabita en su momento. Al pensar en ella, miré alrededor, pero tampoco se la veía por ninguna parte. Sí reparé en

un montón de jergones apilados junto a la pared exterior. Había un manto de lino raído bien doblado sobre la pila.

—Tenéis que estar hambrientos los dos —dijo Marta—. Voy a traer lo que queda de la cena de Pascua.

Se marchó apresurada y fui a coger el manto. Aquel lino tenía el tejido paupérrimo y desigual que obraban mis manos. Me llevé la prenda a la cara: estaba lleno de su olor.

—Esto pertenece a Jesús —le dije a María.

Me sonrió de ese modo tan sereno que era propio de ella.

—Sí, es suyo.

—Y esto también —dijo Lavi, que sostenía en alto un cayado hecho con madera de olivo, el que Jesús había tallado mientras se sentaba a la sombra del árbol en el caserío de Nazaret.

Lo cogí y pasé los dedos por la madera, envolviéndola, palpando la zona tan suave y brillante que su mano había desgastado.

—Vino Jesús con sus discípulos, y desde entonces llevan ya un tiempo quedándose con nosotros. —María hizo un gesto con la barbilla para señalar el montón de jergones—. Pasan el día en la ciudad y regresan ya de noche para dormir en el patio. En esta última semana, cada vez que Jesús cruzaba la puerta, preguntaba «¿Ha llegado Ana?». Parecías estar muy presente en sus pensamientos. —Me sonrió.

Me mordí el labio con fuerza.

—¿Dónde está? —le pregunté.

—Ha celebrado la Pascua en Jerusalén con sus discípulos.

—¿No lo ha hecho aquí, con vosotros?

—Esperábamos que participasen de nuestra mesa, pero Jesús ha cambiado de opinión esta misma mañana y ha dicho que iba a pasar la Pascua a solas con sus discípulos en la ciudad. Lo reconozco, eso no ha sido del agrado de Marta, que había preparado comida suficiente para todo el grupo, y puedo dar fe de que es mucho lo que comen. —Se carcajeó, y su risa sonó de un modo muy raro, aguda y nerviosa.

—¿Estaba Judas entre ellos?

—¿Tu hermano? Sí, apenas se ha separado de Jesús salvo... Me quedé esperando, pero no continuó.

—¿Salvo?

—No es nada, tan solo que ayer, cuando Jesús regresó de la ciudad con los demás, Judas no estaba con ellos. Oí que Jesús le preguntaba a Pedro y a Juan si sabían por dónde andaba. Ya era muy tarde cuando por fin apareció, e incluso entonces se mantuvo al margen. Cenó solo, en aquel rincón. —Señaló hacia el otro extremo del patio—. Pensé que no se encontraría bien.

Yo dudaba que aquel extraño comportamiento de Judas no fuese nada, tal y como ella había sugerido, aunque tampoco podría haber dicho qué significaba. Aún tenía entre las manos el cayado y el manto de Jesús, y me aferraba a ellos con tal fuerza que me percaté del dolor en los dedos. Dejé los objetos sobre un banco y me dirigí hasta el hueco que había en el muro del patio para mirar al oeste, hacia Jerusalén.

—¿No debería haber vuelto ya Jesús?

María vino a mi lado.

—Tiene la costumbre de rezar en el monte de los Olivos todas las noches, pero aun así, hace tiempo que debería haber regresado. —Una sombra le ocultaba el rostro, pero vi que había algo en su semblante, algo más que abatimiento por su retraso. Vi el temor.

—¿Ana? —La voz llegó desde el otro extremo del patio, una voz que hacía siete años que no escuchaba.

—¡Tabita! —exclamé, y corrí hacia ella al tiempo que ella corría hacia mí.

Nos aferramos la una a la otra durante un largo rato, su oreja contra mi mejilla. No nos dijimos una palabra, sino que nos mecimos juntas: una especie de danza. Cerré los ojos y me acordé de aquellas crías que bailaban a ciegas.

—No me puedo creer que estés aquí —me dijo—. No debes volver a marcharte nunca más.

Sus palabras surgieron muy despacio, mesuradas, espesas como si fuesen demasiado voluminosas para su lengua, pero allí estaban todas y cada una de las sílabas.

—¡Hablas con claridad! —le dije.

—He tenido muchos años para practicar. La lengua es una criatura adaptable. Encuentra la manera.

Tomé sus manos y las besé.

Marta apareció entonces con una bandeja de comida, seguida por Lázaro con el vaivén del vino en una jarra. Mientras Lavi y yo nos lavábamos las manos, María le pidió a Tabita que fuese a buscar su lira y que tocase para nosotros.

—No habrás oído jamás una música semejante —me dijo.

Quería oír a Tabita tocar la lira, sinceramente, pero no en aquel preciso momento. Lo que deseaba entonces era que los cuatro me hablasen de mi esposo, que me contaran qué había dicho y hecho. Quería saber más sobre el peligro que se cernía sobre él y del que nadie quería hablar. Vi que Tabita se marchaba rauda, y no dije nada.

María tenía razón en una cosa: no había oído jamás una música semejante. Veloz, atrevida e incluso graciosa, la canción hablaba sobre una mujer que le cortaba la barba a su torturador mientras dormía y le hacía perder sus poderes. Tabita bailaba según tocaba, daba vueltas por el patio, tan grácil como siempre, y pensé en lo mucho que le gustarían los rituales que los terapeutas celebraban cada cuarenta y nueve días, toda aquella música y danza, interminables.

Cuando terminó, dejé un pedacito de pan que estaba a punto de mojar en el vaso de vino y la volví a abrazar. Tabita estaba sin aliento, con la cara arrebatada.

—Ayer mismo tocaba la lira mientras tu esposo cenaba con sus discípulos, y no se me olvidará lo que me dijo Jesús cuando terminé mi canción: «Cada uno tiene que hallar una manera de amar el mundo. Tú has encontrado la tuya». Es un buen hombre, tu esposo.

Sonreí.

—Y también es muy perspicaz: desde luego que has encontrado la tuya.

«La parte de nosotros que ha sufrido las heridas más profundas siempre halla la manera», pensé.

Podía ver en sus ojos que había algo más que deseaba confiarme.

—Tabita —susurré—. ¿Qué pasa?

—A lo largo de los años que llevo aquí, he ganado unas monedas tejiendo prendas para las viudas, y una parte se la doy a Marta por mi manutención. Con el resto compré un frasco de perfume de nardos.

Fruncí el ceño preguntándome por qué habría adquirido un perfume tan caro, y entonces recordé que una vez nos lo pusimos en la frente la una a la otra y sellamos una alianza de amistad.

—El olor me traía buenos recuerdos —me dijo—. Ayer, sin embargo, después de que Jesús me hablase con tanta amabilidad, fui a por el frasco y le ungí los pies. Quería darle las gracias por lo que me había dicho, y el perfume de nardos era todo lo que tenía. —Miró a su espalda, hacia los demás, que no podían evitar oír lo que decía. Bajó la voz—. Lo que hice enfureció a tu hermano. Me reprendió y me dijo que debería haber vendido el ungüento y haberles dado el dinero a los pobres.

«Judas, ¿qué ha pasado contigo?»

—¿Y Jesús se lo recriminó? —le pregunté, aunque conocía la respuesta.

—Le dijo a Judas que me dejara en paz, que había hecho algo muy bonito. Se lo dijo de manera cortante, y Judas se marchó enfadado. Ay, Ana, me temo que he provocado una ruptura entre ellos.

Le cubrí las manos con las mías.

—Esa ruptura ya estaba ahí —le dije, y reparé en que siempre había estado ahí, enterrada en lo más profundo de la diferencia entre sus visiones acerca de cómo establecer el reino de Dios.

Regresé a mi plato, pero no pude seguir comiendo. Miré a María, a Lázaro y a Marta.

—¿Vais a contarme ya qué os preocupa? Ya sé que Jesús está en peligro. Judas me lo decía en su carta. Contadme lo que sepáis.

Lázaro se movía inquieto en el banco entre sus dos hermanas.

—Ana, Jesús ha alcanzado una fama considerable —me dijo—. La gente cree que es el Mesías, el rey de los judíos.

—Llegó a mis oídos mientras estaba en Alejandría —le dije casi con el alivio de que no me hubiese contado nada nuevo—. A mí también me preocupó. Herodes Antipas se ha pasado la vida intentando convertirse en rey de los judíos, y si se entera de esto, tomará represalias.

Silencio. Turbación. Ninguno de ellos me miraba.

—¿De qué se trata? —insistí en saber.

María codeó a su hermano.

—Cuéntaselo. No deberíamos guardarnos nada.

Al dejar la lira, a Tabita se le enganchó un dedo en una cuerda, que sonó como un gemido lastimero. Le hice un gesto para que se sentase a mi lado, y nos acomodamos muy juntas, la una contra la otra.

—Antipas ya sabe que la gente dice que Jesús es el rey de los judíos —dijo Lázaro—. No hay absolutamente nadie en Jerusalén que no lo haya oído, incluidos los romanos, y el gobernador Pilato es una amenaza aún mayor que Antipas. Es famoso por su brutalidad. Aplastará cualquier amenaza a la paz dentro de la ciudad.

Me estremecí, y no fue por el frío que se filtraba en el aire de la noche.

—El domingo pasado, Jesús entró en Jerusalén a lomos de un pollino —continuó Lázaro—. Dice una profecía que el Mesías rey entraría en Jerusalén con humildad, montado en un borrico.

Conocía esa profecía. Todos la conocíamos. Me dejó sin habla saber que Jesús había hecho algo así. Era una forma descarada de aceptar el papel, pero ¿por qué me impresionaba tanto? Pensé en la epifanía que había tenido mi esposo cuando fue bautizado, la revelación de que había de actuar, su modo de marcharse con Juan el Bautista.

—El gentío fue detrás de él —me decía Lázaro—. Y gritaban: «¡*Hosanna*, bendito el que viene en nombre del Señor!».

—Estábamos allí —añadió María—. Era como si el júbilo embargara a la gente, convencida de que pronto se verían liberados de los romanos y de que no tardarían en recibir la llegada del reino de Dios. Tenías que haberlos visto, Ana, arrancaban las ramas de los árboles y las arrojaban a su paso. Nos unimos y fuimos detrás de él con sus discípulos.

De haber estado yo allí, ¿habría intentado detenerlo, o le habría dado mi bendición a esa feroz necesidad que lo impulsaba? No lo sabía; sinceramente, no lo sabía.

Lázaro se acercó al hueco del muro igual que lo había hecho yo un rato antes y se asomó para mirar al otro lado del barranco, hacia la ciudad, como si tratase de adivinar en qué lugar de aquella telaraña de callejuelas estrechas, tortuosas y agitadas se encontraba su viejo amigo. Nos quedamos mirándolo allí de espaldas con las manos sujetas por detrás, esa manera incesante de frotarse los dedos.

—Jesús ha proclamado que él es el Mesías —dijo Lázaro—. Lo ha hecho creyendo que Dios actuará, pero no se trataba únicamente de una afirmación de carácter religioso. Era política. Eso es lo que más me preocupa, Ana. Pilato sabe que el Mesías judío ha de derrocar a Roma: se lo tomará muy en serio.

Marta no había dicho nada en todo este tiempo, y la vi sentarse más erguida en el banco y coger aire con fuerza.

—Hay otra cosa más, Ana —me dijo—. El día después de que Jesús se anunciara a lomos del pollino, regresó a Jerusalén y... Cuéntaselo tú, María.

María le lanzó una mirada compungida.

—Sí, volvió a la ciudad y generó un... un alboroto en el templo.

—Eso fue algo más que un alboroto —dijo Marta—. Fue un tumulto.

María le lanzó otra mirada de exasperación.

—¿A qué te refieres con un tumulto? —le pregunté.

—En esta ocasión no estábamos allí —dijo María—, pero los discípulos nos contaron que se enfureció por la corrupción de los cambistas y los hombres que venden los animales para el sacrificio.

—Les volcó las mesas —intervino Marta—, tiró las monedas por los suelos y tumbó a patadas los puestos de los vendedores de palomas. Les gritó que habían convertido el templo en una cueva de bandidos. La gente se lanzó al suelo a recoger las monedas. Llamaron a la guardia del templo.

—Pero Jesús no sufrió ningún daño, ¿verdad?

—No —dijo María—. Es sorprendente, pero las autoridades del templo no lo prendieron.

—Sí, pero ahora tiene en su contra a Caifás, el sumo sacerdote —dijo Lázaro—. No me gusta tener que admitirlo, pero Jesús corre un serio peligro.

Tabita se inclinó contra mí. Permanecimos así sentadas unos momentos antes de que yo pudiese plantear la pregunta.

—¿Creéis que lo van a arrestar?

—Es difícil decirlo —respondió Lázaro—. Hay un clima inestable en la ciudad. No hay nada que Pilato y Caifás deseen con más fuerza que librarse de él. Jesús podría iniciar una revuelta con suma facilidad.

—No me puedo creer que sea eso lo que él quiere —dije yo.

Mi esposo se oponía a Roma, pero no era violento. No era como mi hermano.

—Me he preguntado por sus intenciones —dijo Lázaro—. Era como si estuviese provocando a propósito a las autoridades. Pero esa misma noche se plantó aquí mismo, donde estoy yo ahora, y dijo a sus discípulos que no desenvainaran la espada pasara lo que pasase. Judas se lo discutió, diciendo: «¿Y cómo esperas que nos liberemos de Roma sin luchar? Hablas de amor..., ¿cómo nos va a librar eso de los romanos?». Sé que es tu hermano, Ana, pero se le veía muy enfadado, casi hostil.

—Judas es un zelote —le dije—. Los romanos asesinaron a su padre y enviaron a su madre a la esclavitud. Toda su vida ha consistido en buscar la venganza.

No había terminado de decir aquello y me maravillaba al verme buscando la manera de excusarlo. Judas pretendía derrocar a los romanos aunque tuviese que entregar a Jesús para encender la chispa de una revolución. Nunca habría excusas suficientes para eso. Sentí una corriente de furia en el pecho.

—¿Y cómo le respondió Jesús? —pregunté.

—Con mucha severidad. Le dijo: «He hablado, Judas». Eso lo silenció.

Por un instante, me planteé la posibilidad de sacar la carta de Judas del bolso de viaje y leérsela, pero eso solo habría servido para alarmarlos todavía más.

Lázaro apoyó la mano en el hombro de Marta.

—Esta mañana —dijo—, antes de que Jesús se marchara a Jerusalén, le he implorado que pasara la Pascua sin hacerse notar y que se mantuviese oculto. Ha accedido. Si las autoridades pretenden arrestarlo, primero tendrán que dar con él.

No tendrían ningún problema para dar con él si Judas intervenía para prestarles ayuda. Aquel pensamiento me hizo ponerme en pie.

—¿No deberíamos ir nosotros mismos a buscarlo?

—¿Ir a Jerusalén? ¿Ahora? —dijo Marta.

—María ha dicho que a veces iba al huerto de Getsemaní a rezar —le dije—. Tal vez podamos encontrarlo allí.

—Es casi la segunda vigilia de la noche —me contestó.

Lavi se había mantenido recostado contra la pared, prácticamente invisible entre las sombras de la casa, y en ese momento dio un paso al frente.

—Yo iré contigo.

—Es una insensatez aventurarse por el barranco a estas horas —dijo Lázaro—. Parece que Jesús ha decidido pasar la noche en la ladera. Regresará por la mañana.

María me tomó del brazo.

—Ven, estás agotada. Vamos a llevarte a la cama. Marta te ha preparado un jergón recién rellenado en la habitación de Tabita.

—Me marcharé al alba —le dije, lancé a Lavi una sonrisa de agradecimiento y me dejé llevar.

Solo me detuve a coger el manto de Jesús. Dormiría entre sus pliegues.

## II

Me desperté tarde, bien pasado el amanecer. Palpé en busca del manto de Jesús a mi lado en el jergón, me incorporé y me lo puse encima de la túnica.

Crucé la habitación, miré a Tabita e intenté no despertarla. Me incliné sobre la jofaina y me eché el agua en la cara a manos llenas; acto seguido rebusqué entre mis escasas pertenencias hasta que encontré la bolsita con el hilo rojo de lana. Me rodeé con él la muñeca izquierda y me las apañé para atarlo con la otra mano.

Lavi estaba esperándome en el patio. Si se preguntaba qué hacía yo con el manto de Jesús puesto, no dijo nada. Tampoco mencionó la hora que era. Me ofreció un trozo de pan y un pedazo de queso, que me comí hambrienta.

—¿Cómo vamos a dar con él? —susurró.

—Empezaremos por Getsemaní. Quizá haya dormido en el huerto.

—¿Y sabes dónde está eso?

—Al pie del monte de los Olivos. Anoche Tabita me habló de un sendero que llega hasta allí desde la aldea.

Debí de parecerle atormentada por la preocupación, porque me miró con una expresión inquisitiva.

—¿Estás bien, hermana?

Hermana. Aquella palabra me hizo pensar en Judas. No tenía muy claro cómo seguir siendo una hermana para él. Quería responder a Lavi y decirle que estaba bien y que no debería preocuparse, pero percibía la presencia de una oscuridad gigantesca ahí fuera.

—Hermano —le dije, y se me quebró un poco la voz.

Me puse en pie y me dirigí a la puerta del patio.

—Lo encontraremos —dijo Lavi.

—Sí, lo encontraremos.

Al descender la pendiente, el sol ascendió entre unas nubes espesas. Por todas partes, los peregrinos se despertaban bajo los olivos, como si la ladera al completo ondulara en un vaivén. Caminamos rápido, en silencio, y el himno a Sofía que había escrito comenzó a sonar en mis oídos.

> *Fui arrojada del poder...*
> *Ten cuidado. No me ignores.*

> *Soy la que habita en todos los temores y en el temblor de la audacia.*

En Getsemaní, eché a correr atropellada entre los árboles mientras llamaba a Jesús a voces. No respondió nadie. No salió de entre aquellas sombras nudosas con los brazos abiertos y diciendo: «Ana, has vuelto».

Recorrimos hasta el último rincón del huerto.

—No está aquí —dijo Lavi.

Me detuve en seco, pero la sensación frenética que tenía en el pecho no se detuvo. Estaba tan segura de que lo encontraría allí... Durante toda la noche, conforme iba cayendo en el sueño y despertando a ratos, las imágenes de aquel huerto al pie del torrente Cedrón eran recurrentes en mis pensamientos.

¿Dónde está Jesús?

Podía ver el templo en la distancia, cómo asomaba más allá de las murallas de la ciudad y proyectaba su resplandor blanquecino en el aire, y a su lado las torres romanas de la fortaleza Antonia. Lavi siguió la dirección en que miraban mis ojos.

—Deberíamos ir a la ciudad y buscar allí —me dijo.

Estaba intentando imaginarme dónde podría estar en aquel inmenso laberinto de Jerusalén —¿en los atrios del templo?, ¿en la piscina de Betesda?— cuando oí que alguien gemía. Era un sonido profundo y gutural, que llegaba de entre los árboles a nuestra espalda. Arranqué hacia allá, pero Lavi se interpuso en mi camino.

—Deja que vaya yo y me cerciore de que no hay peligro.

Aguardé mientras él se adentraba en el olivar y desaparecía detrás de un saliente de roca.

—¡Ana, ven, corre! —me llamó.

Judas estaba de rodillas en el suelo, sentado sobre los talones y encorvado, meciéndose de atrás adelante y emitiendo un sonido deprimente.

—¡Judas! Señor Dios mío, ¿qué ha pasado?

Me arrodillé y le puse la mano en el brazo.

Su llanto cesó al sentir mi tacto. Habló sin alzar la mirada.

—Ana..., te he visto... de lejos. No quería que me vieses... No me mires... No lo puedo soportar.

En ese instante cobró forma en mi interior un frío repentino. Me levanté de golpe.

—Judas, ¿qué has hecho? —No me respondió, y le grité—: ¡Qué has hecho!

Hasta entonces, Lavi había mantenido una distancia discreta, pero ahora estaba a mi lado. No me tomé el tiempo de explicarle lo que estaba sucediendo, sino que agaché la cabeza una vez más delante de mi hermano, luchando con tal de quitarme de la garganta el temor y la indignación.

—Cuéntamelo, Judas. De una vez.

Levantó el rostro y lo vi en sus ojos.

—Has entregado a Jesús a los romanos, ¿verdad?

Tenía la intención de arrojarle a la cara aquella acusación y deseaba que le golpeara como una bofetada, pero mis palabras sonaron en un susurro y planearon en la quietud como lo haría una polilla o una mariposa, con unas alas de incomprensión. Judas apretó la mano para cerrar el puño y se golpeó con fuerza en el pecho. A su lado, en el suelo, había una bolsa de cuero abierta, llena de monedas de plata. La agarró y la lanzó entre los árboles. Sin aliento, vi caer al suelo las monedas y permanecer allí brillando como las escamas desprendidas de alguna criatura esperpéntica.

—No lo he entregado a los romanos. —Estaba sereno, pero ahora se sentía obligado a enumerar toda recriminación en su propia contra. La cola del escorpión de su cicatriz bajo el ojo ondulaba hacia arriba y hacia abajo al son de la mandíbula—. Anoche, yo, su amigo y hermano, lo entregué a la guardia del templo consciente de que ellos se lo llevarían a los romanos. Traje aquí a la guardia, donde sabía que estaría Jesús. Le besé en la mejilla para que los soldados supiesen quién era. —Señaló hacia un punto delante de él—. Ahí es donde estaba Jesús cuando lo besé. Justo ahí.

Miré hacia el lugar donde señalaba: tierra marrón, piedrecillas blancas y huellas de sandalias.

Judas seguía hablando con esa voz de tortura y sosiego.

—Quería darle a la gente una razón para iniciar una revuelta. Quería ayudar a traer el reino de Dios. Pensaba que era lo que él quería, también. Creí que, si le obligaba, Jesús vería que esa era la única forma, que se resistiría ante los soldados y que encabezaría la revuelta, y si no, que su muerte movería a la gente a hacerlo por sí sola.

Violencia. Revueltas. Muerte. Unas palabras absurdas y sin sentido.

—Pero ¿sabes lo que me ha dicho Jesús cuando lo he besado? Ha visto a mi espalda a los soldados que venían con las espadas desenvainadas y me ha dicho: «Judas, ¿vas a traicionarme con un beso?». Ana, tienes que creerme..., hasta ese momento no me he dado cuenta de lo que había hecho, de cómo me había engañado a mí mismo. Lo lamento.

Bajó la cabeza sobre las rodillas. Regresaron los gemidos.

¿Ahora lo lamentaba? Me dieron ganas de arrojarme sobre él y arrancarle la piel de la cara.

—Ana, por favor —dijo Judas—. No espero que comprendas lo que he hecho, sino que te pido que hagas lo que yo no he podido hacer: perdonarme.

—¿Dónde está mi esposo? —le pregunté—. ¿Adónde se lo han llevado?

Cerró los ojos.

—Lo condujeron a casa de Caifás. Fui detrás de ellos, y al amanecer lo han trasladado al palacio occidental. Es donde reside el gobernador romano cuando está en Jerusalén.

El gobernador romano, Pilato. Ese del que Lázaro había dicho que era brutal. Busqué el sol con la esperanza de calcular la hora, pero el cielo se había petrificado en unas tinieblas grisáceas.

—¿Jesús todavía está allí?

—No lo sé —dijo—. No he podido soportar seguir allí y presenciar su destino. La última vez que lo he visto estaba de pie en el porche del palacio ante Pilato.

—El palacio... ¿Dónde está?

—Está en la ciudad alta, cerca de la torre de Mariamna.

Salí como un rayo, con Lavi corriendo detrás de mí.

—¡Ana!... ¡Ana! —me llamó Judas.

No le contesté.

## III

Entramos en Jerusalén a través del templo, por la Puerta Dorada, cruzamos el atrio de los gentiles y nos lanzamos a las estrechas y tortuosas calles abarrotadas de peregrinos por la Pascua. Miré hacia el oeste y atisbé la torre de Mariamna. El humo del altar del templo formaba un dosel fino y mustio que quedaba suspendido en lo alto, teñido del repugnante olor de las entrañas quemadas de los animales. No veía nada.

Fuimos abriéndonos paso entre el gentío en la ciudad alta con una lentitud insoportable. «Vamos. Vamos. ¡Vamos!» Una sensación desesperada y ansiosa me azotaba en el pecho.

—¡Allí! —exclamé—. Allí está la torre. —Sobresalía en la esquina del palacio de Herodes y se alzaba en el hedor y la humareda neblinosa.

Doblamos una esquina, otra después, y nos topamos de bruces con una muchedumbre que formaba unas filas a ambos lados de la calle y en los tejados sobre esta. Me pregunté si nos habríamos tropezado con alguna lapidación. Busqué a alguna pobre mujer acusada de adulterio o de robo que estuviese agachada y sola en medio de la calle: yo conocía bien ese terror. Sin embargo, aquel gentío no parecía enardecido de ira. Tenían un aspecto aturdido y consternado, poseídos por un silencio contranatural. No sabía qué estaba sucediendo, ni tampoco tenía tiempo para preguntarlo. Me abrí paso entre ellos a empujones hacia la calle, decidida a llegar al palacio y obtener noticias sobre Jesús.

Al llegar al borde del gentío, oí los cascos de un caballo y un ruido como si fuera un roce de huesos, como si alguien fuese arrastrando un objeto muy pesado contra los adoquines del suelo.

—¡Dejad paso! —gritó una voz.

Miré a mi alrededor en busca de Lavi y lo localicé a cierta distancia detrás de mí.

—¡Ana! —me llamaba—. ¡Detente, Ana!

No era posible detenerse... Lavi tenía que saberlo.

Salí a la calle de entre la multitud, y entonces lo vi todo. El centurión romano a lomos del caballo negro. El penacho de ave fénix en lo alto de su yelmo. La salpicadura roja que creaba en el ambiente plomizo. Cuatro soldados a pie, cómo ondeaban sus capas y las estocadas puntiagudas de sus lanzas por encima de la altura de la cabeza al marchar. Detrás de ellos se tambaleaba un hombre con una túnica mugrienta y ensangrentada, encorvado bajo el peso de un madero grande y de corte tosco. Un extremo de aquel madero descansaba sobre su hombro derecho; el otro extremo se arrastraba por el suelo a su espalda. Me quedé mirándolo durante unos largos segundos de estupefacción mientras el hombre sufría tratando de sostener el madero.

Lavi llegó hasta mí, me agarró del brazo y me dio la vuelta hacia él, de espaldas a la calle.

—No mires —me dijo, y sus ojos eran como las puntas de las lanzas.

Sentí el viento que se alzaba, el zumbido hueco de un resuello de aire. Lavi continuaba hablando, pero ya no le oía. Estaba recordando aquellos maderos levantados en aquella pequeña loma inhóspita a las afueras de Jerusalén, esa colina que llamaban el lugar de «la Calavera». Lavi y yo los habíamos visto ayer mismo, al aproximarnos a la ciudad después de nuestra larga caminata desde Jafa. En el crepúsculo, aquello parecía un bosquecillo de árboles muertos cercenados a la altura del cuello. Sabíamos que eran los maderos verticales de las cruces donde los romanos crucificaban a sus víctimas, pero ninguno de los dos lo había mencionado.

Se intensificó el raspado de los huesos contra el suelo de la calle. Me volví de nuevo hacia aquella procesión tan triste. «Los soldados se llevan a ese hombre al lugar de la Calavera. Va cargado con el travesaño.» Lo estudié con más detenimiento. Había algo familiar en él, en la forma de sus hombros. Levantó la cabeza y sus cabellos oscuros se abrieron para revelar su rostro. Aquel hombre era mi esposo.

—Jesús —dije en voz baja, hablando para mí, para Lavi, para nadie.

Lavi me tiró del brazo.

—No presencies esto, Ana. Ahórratelo.

Forcejeé y me solté, incapaz de apartar la mirada de Jesús. Llevaba una corona trenzada con las ramitas de espino que se utilizaban para encender el fuego. Lo habían flagelado. Tenía los brazos y las piernas como una masa informe de piel desgarrada y sangre seca. Un gemido se formó en mi seno y se abrió paso hacia la boca. Salió sin sonido, únicamente como un espasmo violento de dolor.

Jesús se trastabilló, y aunque estaba a no menos de veinte brazos de distancia de mí, alargué los míos como para sostenerlo. Cayó al suelo con un fuerte golpe sobre una rodilla y se tambaleó allí mientras se formaba un charco de sangre alrededor de la articulación. Entonces sucumbió, y el travesaño le golpeó en la espalda. Grité, y esta vez perforó la piedra.

Al arrancar hacia él, la mano de Lavi me sujetó por la muñeca.

—No puedes ir con él. Si estorbas a esos hombres, no vacilarán en matarte a ti también.

Di un tirón del brazo y lo retorcí para tratar de soltarme.

Los soldados estaban gritando a Jesús para que se levantase y le pinchaban con las astas de las lanzas.

—¡Levanta, judío! ¡Ponte en pie!

Él lo intentó, se apoyó en el codo y volvió a caer sobre el pecho.

Me ardía la muñeca por la presa de Lavi, que no cejaba. El centurión se bajó del caballo negro y le quitó el travesaño de la espalda con una patada.

—Dejadlo en paz —ordenó a sus hombres—. Ya no puede seguir llevándolo.

Endurecí la mirada.

—Suéltame ahora mismo o jamás te perdonaré.

Lavi dejó caer la mano y yo cargué hacia la calle y pasé por delante de los soldados sin perder de vista al centurión, que se paseaba frente al gentío de espaldas a mí.

Me arrodillé junto a Jesús, poseído ahora por una siniestra calma, por un yo que apenas me resultaba conocido. Todo comenzó a retroceder en la distancia —la calle, los soldados, el ruido, las murallas de la ciudad, la gente que se estiraba para mirar—, todo aquel espectáculo de los horrores que se fue reduciendo hasta que no quedó nada allí salvo Jesús y yo. Tenía los ojos cerrados. No se movía ni parecía respirar, y me pregunté si ya estaba muerto. Jesús nunca sabría que yo estaba allí, pero me sentí aliviada por él. La crucifixión era una barbaridad. Con delicadeza, lo puse de costado, y se elevó un resuello.

—Amado —le dije al inclinarme más cerca.

Parpadeó, y sus ojos me hallaron.

—¿Ana?

—Estoy aquí... He vuelto. Estoy aquí.

Una gota de sangre le cayó de la frente y se le acumuló en

la comisura del ojo. Cogí la manga del manto, su manto, y se la sequé. Sus ojos se detuvieron en el hilo rojo de lana de mi muñeca, aquel que estuvo allí al principio y estaría al final.

—No voy a abandonarte —le dije.

—No temas —me susurró.

A lo lejos oí que el centurión le ordenaba a un hombre entre el gentío que cargara con el travesaño. A Jesús y a mí no nos quedaba mucho tiempo. En aquellos últimos minutos, ¿qué era lo que más querría oír? ¿Que lo habían visto y oído en este mundo? ¿Que había conseguido lo que se había propuesto? ¿Que había amado y que lo habían amado a él?

—No se olvidará tu bondad —le dije—. Ni uno solo de tus actos de amor se desperdiciará. Has traído el reino de Dios tal y como tú esperabas: lo has implantado en nuestros corazones.

Me sonrió, y vi mi rostro reflejado en el dorado oscuro de los soles de sus ojos.

—Truenecillo —me dijo.

Tomé su rostro entre las manos y le dije:

—Cómo te amo.

Apenas duró un segundo más antes de que el centurión regresara y tirase de mí para levantarme de golpe. Me arrojó a un lado de la calle, donde me tropecé con un hombre que puso una mano para tratar de evitarme la caída, pero me caí de todos modos. Cuando apareció Lavi y me ayudó a levantarme, volví a mirar a Jesús, a quien levantaban ahora con brusquedad y lo ponían de pie. Sus ojos dieron con los míos antes de continuar avanzando con paso lento y pesado detrás del hombre corpulento al que habían elegido para llevarle el travesaño.

Cuando la procesión arrancó de nuevo, advertí que al caerme se me había roto la tira de una de las sandalias. Me incliné y me quité las dos. Acudiría a la ejecución de mi esposo igual que él. Descalza.

## IV

—Estoy aquí, Amado. Camino detrás de ti —le dije a voces en arameo.

El centurión se retorció en la silla para girarse y me miró, pero no dijo nada.

La mayor parte de los espectadores había apretado el paso por delante de nosotros hacia la Puerta Geneth que conducía al Gólgota, demasiado impaciente como para esperar al hombre que avanzaba con pasos tan lentos y agónicos, uno detrás de otro. Eché un vistazo a mi espalda y vi que los pocos que quedábamos caminando con él éramos mujeres. ¿Dónde estaban aquellos discípulos suyos? ¿Los pescadores? ¿Los hombres? ¿Acaso éramos nosotras, las mujeres, las únicas con un corazón del tamaño suficiente como para contener semejante angustia?

De repente, un grupito de mujeres se unió a mí, dos a mi derecha, dos a mi izquierda. Una me cogió de la mano y la apretó. Me sorprendí al ver que era mi suegra. Tenía el rostro humedecido y el semblante hecho añicos.

—Ana, ay, Ana —me dijo.

A su lado, María, la hermana de Lázaro, ladeó la cabeza hacia mí y me lanzó una mirada de apoyo.

A mi otro lado, una mujer me rodeó la cintura con la mano y me dio un abrazo mudo. Salomé. Tomé su mano y me la llevé al pecho. Junto a ella venía una mujer a la que no había visto nunca, con el cabello cobrizo y un centelleo en los ojos, a la que le calculé la edad de mi madre la última vez que la vi.

Caminamos muy juntas, hombro con hombro. Al salir por la puerta de la ciudad, cuando el Gólgota apareció ante nuestra vista, Jesús se detuvo y se quedó mirando la pequeña cima.

—Amado, aquí sigo —le dije.

Se tambaleó para continuar avanzando contra la fuerza del viento.

—Hijo mío, yo también estoy aquí —exclamó María con una voz temblorosa y unas palabras que se deshilachaban conforme abandonaban sus labios.

—Y tu hermana también camina contigo —dijo Salomé.

—Soy María de Betania. Yo también estoy aquí.

Entonces, la mujer desconocida le dijo:

—Jesús, soy María, la de Magdala.

Al ascender Jesús la pendiente y sufrir para levantar cada pie, aceleré el paso y me acerqué por su espalda.

—El día en que recogimos los huesos de nuestra hija, el valle estaba lleno de lirios silvestres. ¿Te acuerdas? —Dejé ir aquellas palabras con la fuerza suficiente para que él me oyese, con la esperanza de no llamar la atención de los soldados—. Me dijiste que me fijara en los lirios del campo, que Dios cuida de ellos y que seguro, por tanto, que cuidará de nosotros. Fíjate en ellos ahora, amor mío. Fíjate en los lirios del campo.

Deseaba que algo bello le ocupara el pensamiento. Deseaba que pensara en nuestra hija, nuestra Susana. Pronto estaría con ella. Deseaba que pensara en Dios, en mí, en los lirios del campo.

Cuando llegamos a lo alto del Gólgota, el hombre que había cargado con el travesaño lo dejó junto a uno de los maderos verticales, y Jesús se quedó mirándolo en el suelo, con un leve balanceo. A las mujeres no nos permitieron ir más allá de un montículo a unos veinte pasos de él, más o menos. Un olor pútrido saturaba el aire y me pregunté si sería la acumulación de todas las atrocidades que se habían producido jamás en aquel lugar. Me llevé la pañoleta a la nariz. Respiraba en pequeñas bocanadas de aire.

«No apartes la mirada. Lo que va a suceder ahora será horrible. Insoportable. Sopórtalo de todos modos.»

A mi lado, las demás gemían y lloraban, pero no me uní a su coro. Más adelante, a solas, lloraría amargamente, caería al suelo y me liaría a puñetazos contra el vacío, pero ahora me tragaba la angustia y no apartaba los ojos de mi esposo.

«Pensaré solo en él. Le daré más que mi presencia; le daré toda la consciencia de la que es capaz mi corazón.»

Ese iba a ser mi regalo de despedida para él. Iría con él hasta el final de sus anhelos.

Vi que los soldados despojaban a Jesús de la túnica, lo lanzaban al suelo de un empujón y le sujetaban los antebrazos sobre el travesaño con las rodillas. El verdugo le palpó la parte inferior de las muñecas en busca del hueco entre los huesos, aunque en aquel momento no fui capaz de entender por qué el soldado le clavaba los dedos en aquella zona blanda como una mujer que buscara un objeto pequeño que se le hubiese caído en la masa del pan. Alzó el martillo y le atravesó aquel orificio con un clavo, hasta incrustarlo en la madera. El grito que surgió de Jesús hizo caer a su madre sobre las rodillas, pero yo permanecí en pie, no sé muy bien cómo, mascullando un «Sofía, Sofía, Sofía» mientras le exploraban la otra muñeca y se la atravesaban con el clavo.

Izaron el travesaño y situaron la muesca sobre el madero vertical, y Jesús se retorció un instante y pateó en el aire cuando la viga horizontal cayó en su sitio con una sacudida. Los soldados le juntaron las rodillas, se las flexionaron un poco y, con una precisión estudiada, le colocaron el pie derecho sobre el izquierdo. Le atravesaron los dos a martillazos con un solo clavo. No recuerdo que Jesús hiciera ningún ruido. Recuerdo el golpeo hueco y sanguinario del martillo y el gemido que provocó en mis pensamientos. Cerré los ojos con la sensación de estar abandonándolo al retirarme a la oscuridad tras los párpados. Aquel gemido rompía como las olas contra las paredes de mi cráneo. Y entonces llegó el sonido de una risa, lejana y extraña. Un soldado estaba clavando una placa de madera de pino sobre la cabeza de Jesús y se divertía con ello.

—¿Qué dice? —preguntó María de Magdala.

—Jesús de Nazaret, rey de los judíos —leí. Estaba escrito en hebreo, en arameo y en latín, no fuera a ser que la burla se le escapara a alguien.

Una voz se alzó a nuestra espalda:

—¡Si eres tú el rey de los judíos, sálvate a ti mismo!

—A otros ha salvado... ¿y no se puede salvar él? —exclamó otra voz.

Salomé rodeó con el brazo la cintura de María y atrajo a su madre a su lado.

—Que Dios se lo lleve rápido —dijo.

«Y ¿dónde está Dios?», me daban ganas de gritar. ¿No se suponía que debía implantar su reino ahora? Y la gente, ¿por qué no iniciaba una revuelta tal y como se esperaba Judas? En cambio, se mofaban de Jesús.

—¡Si eres el Mesías, baja de la cruz y sálvate a ti mismo! —vociferó un hombre.

Indignada, me di la vuelta dispuesta a reprender a la chusma y vi a mi hermano solo, allí de pie al borde de la colina. Al ver que lo había visto, extendió las manos hacia mí, suplicante —parecía—, pidiendo misericordia. «Ana, perdóname.» Lo miré fijamente, asombrada ante su imagen, por lo mucho que se había equivocado, por la crueldad que habían alcanzado su celo y su sentido de la rectitud.

Dentro de mí, busqué la ira que poco antes había sentido hacia él, pero ya me había abandonado. Traté de invocarla, pero se había retirado al verlo allí tan perdido y tan consternado. Me invadió la premonición de que no volvería a ver a Judas. Me crucé las manos sobre el pecho y asentí con la cabeza. No era el perdón lo que le estaba enviando. Era lástima.

Al posar de nuevo la mirada en Jesús, vi que luchaba por elevarse y poder respirar. Aquella visión estuvo a punto de quebrarme. Después de aquello, me abandonó toda noción del tiempo. No supe si fueron unos minutos o si pasaron las horas. Jesús continuaba esforzándose para erguirse y boquear en busca de aire.

El rumor de los truenos iba y venía del monte de los Olivos. Salomé y las tres Marías se arrodillaron en la tierra y entonaron los salmos mientras yo observaba a mi esposo desde el umbral de mi corazón, oscuro y afligido, sin articular una sola palabra. De vez en cuando, Jesús farfullaba algo, pero no podía oír lo que decía. Parecía lejano y solo. Dos veces intenté llegar hasta él, y las dos veces me obligaron a retroceder los soldados. Un hombre también intentó aproximarse a Jesús, diciendo «Jesús, maestro», y a él también lo rechazaron. Volví a mirar hacia atrás en busca de Judas. Ya no estaba.

A media tarde, los soldados, aburridos por lo que tardaba en morirse, abandonaron sus puestos y se pusieron en cuclillas a una cierta distancia de la cruz, donde comenzaron a jugar a los dados. No vacilé. Eché a correr. Al llegar al pie de la cruz, me impresionó la proximidad de Jesús. Su respiración raspaba y rozaba contra la jaula de su pecho. Las piernas se agitaban con espasmos. Su cuerpo arrojaba calor y sudor. Alargué la mano hacia el madero y la retraje, asqueada.

Respiré hondo y elevé la mirada hacia él.

—Jesús.

Ladeó la cabeza sobre el hombro y vi que me estaba mirando. No dijo nada, ni tampoco lo dije yo, pero más adelante tendría la certeza de la presencia en aquel instante de todo cuanto había sucedido jamás entre nosotros, que se hallaba escondido en alguna parte entre el sufrimiento.

María corrió a él, seguida de las demás. Envolvió en sus manos los pies de su hijo como si estuviera sosteniendo a un pajarillo que se hubiese caído del nido. Yo envolví sus manos con las mías, y las demás hicieron de inmediato lo mismo, y nuestras manos fueron como los pétalos de una flor de loto. Ninguna de nosotras lloró. Permanecimos allí, mudas y enteras, y sostuvimos en alto aquella flor para él.

Los soldados no dejaron su partida de tabas para echarnos de allí.

Era como si hubiese dejado de importarles que estuviéramos cerca. Vimos que los ojos de Jesús se volvían vidriosos y distantes, y sentí la llegada del momento, la separación. Fue delicada, como una caricia en el hombro.

—Se ha cumplido —dijo Jesús.

En el negror de las nubes se oyó como un batir de alas, y supe que su espíritu lo había abandonado. Me lo imaginé como una grandiosa bandada de pájaros que se elevara en las alturas y se dispersara para posarse después en todas partes.

## V

Preparamos a Jesús para el funeral a la temblorosa luz de dos candiles de aceite. Me sentía presa de un extraño estupor, allí arrodillada en el suelo de la cueva junto a su cuerpo. ¿Cómo podía ser mi esposo?

Miré a las demás mujeres en el sepulcro como si las observara desde un rinconcito en el cielo. María, su madre, estaba lavándole las piernas y los pies mientras el resto entonaba los cantos del lamento. Tenían el rostro humedecido y churretoso, y el eco de sus voces resonaba y rebotaba en las paredes de la cueva. Junto a mí descansaban un aguamanil y una toalla a la espera de que yo me uniese a ellas en la preparación de Jesús para la sepultura. «Coge la toalla. Cógela.» Pero la miraba y el pánico se apoderaba de mí. Entendía que, si agarraba esa toalla, si tocaba a Jesús, me caería de aquel huequecito en el rincón del cielo. Su muerte se haría real. El dolor me engulliría.

La mirada se me fue a las pilas de huesos que había en el fondo de la cueva, meticulosamente separados por cráneos, costillas, huesos largos, cortos, dedos de las manos, de los pies, un número incontable de muertos entremezclados en una morbosa comunión. Al parecer, ninguno de los que habían sido sepultados allí contaba con los medios para comprar un osario donde guardar sus restos. Aquello era una fosa común.

Y fuimos afortunadas de contar con un sepulcro, siquiera. Roma tenía la costumbre de dejar a los crucificados en la cruz durante semanas y luego arrojar su cuerpo a una fosa para que terminara de descomponerse. Jesús habría sufrido aquella abominación de no ser por la bondad de un desconocido.

Aquel hombre no era más mayor que Jesús y lucía una túnica cara y un sombrero teñido de un azul elegante. Se había acercado a nosotras poco después de que un soldado romano le clavara una lanza en el costado a Jesús para asegurarse de su muerte. Aquel acto me dejó asqueada y horrorizada, y al girarme de golpe para darle la espalda a una escena tan truculenta, estuve a punto de toparme de bruces con aquel hombre. Tenía los ojos rojos y cargados.

—He localizado un sepulcro no muy lejos de aquí —me dijo—. Si pudiera convencer al centurión de que me entregue el cuerpo de Jesús, mis sirvientes lo llevarían hasta allí.

Me quedé mirándolo.

—¿Quién eres tú, señor mío?

—Soy uno de los seguidores de Jesús. Me llamo José, y vengo de Arimatea. Vosotras debéis de ser su familia.

María dio un paso al frente.

—Yo soy su madre.

—Y yo su esposa —le dije—. Te agradecemos tu amabilidad.

Inclinó ligeramente la cabeza y se apartó con paso decidido al tiempo que, de un tirón, se quitaba de la faja una bolsa de monedas. Le puso un denario en la mano al centurión y lo vi convertirse en una columna de plata.

Cuando regresó con nosotras, nos ofreció más denarios.

—Entrad en la ciudad y comprad cuanto necesitéis para preparar el cuerpo. Pero debéis apresuraros. El centurión tiene prisa por librarse del cuerpo. —Alzó la mirada hacia la media luz—. Y hay que sepultarlo antes de la puesta de sol. El sábado se nos echará encima enseguida.

Salomé recogió las monedas que nos ofrecía, tomó de la mano a María de Betania y tiró de ella ladera abajo.

—Os esperaremos aquí. ¡Daos prisa! —les dijo él.

Ahora, en la cueva, las llamas de los candiles daban bandazos, y la luz salpicaba la piel de Jesús. «Su piel. La suya.» Alargué la mano y la toqué. Dejé que mis dedos rozasen la cara interna del brazo a la altura del codo. Humedecí entonces la toalla y le froté la suciedad y la sangre de las manos, los brazos, el pecho y la cara, de las espirales de las orejas y de las arrugas del cuello sin dejar de caer y caer mientras tanto y acabar estampándome contra mi propio ser, en un dolor que no conoce límites.

Le frotamos la piel con aceite de oliva y lo ungimos con mirra, nada más. Esa era la única especia dulce que Salomé había podido obtener en la ciudad a una hora tan tardía, y aquello había dejado a María consternada.

—Cuando termine el sábado —dijo la madre de Jesús—, regresaremos al sepulcro y lo ungiremos de un modo más apropiado, con clavo, aloe y menta.

Vi cómo Salomé le pasaba un peine roto de madera por el pelo. Había presenciado su muerte violenta, y ni una sola lágrima me había corrido por las mejillas, pero ahora lloraba en silencio al ver el peine pasar por sus mechones.

María de Magdala agarró los bordes del sudario y lo extendió lentamente a lo largo de todo su cuerpo, pero en aquel último momento antes de que su rostro me desapareciese para siempre, me incliné y lo besé en las dos mejillas.

—Iré a tu encuentro en ese lugar llamado Inmortalidad —le susurré.


VI


Esa noche, Marta convirtió la cena del sábado en un banquete funerario, pero nadie tenía ganas de comer. Estábamos todos sentados sobre las baldosas húmedas del patio, apiñados bajo un toldo. Por todas partes nos rodeaba la creciente oscuridad y el chapoteo de la llovizna... y el silencio, un silencio de aturdimiento. Nadie había hablado de Jesús desde que salimos del sepulcro. Nos habíamos apretado para salir por la estrecha abertura de la cueva, donde nos esperaba Lavi para empujar la piedra que la cerraba, y nuestras voces se quedaron allí dentro. Después caminamos despacio hacia Betania aturdidos, cansados y mudos del horror: yo, todavía descalza, y Lavi, cargando con mis sandalias.

Entonces los miré a todos: a María y a Salomé; a Lázaro, Marta y María de Betania; a María de Magdala, a Tabita y a Lavi. Y todos me miraron con una cara solemne y la expresión devastada.

«Jesús está muerto.»

Ojalá estuviera allí Yalta. Ojalá Diodora y Escepsis. Me obligué a imaginármelas bajo el tamariz junto a la chocita de piedra. Intenté ver los blancos y resplandecientes acantilados de lo alto de la ladera, y el lago Mareotis brillar al pie del acantilado como un fragmento del cielo que hubiese caído de las alturas. Conseguí retener todo aquello en mis pensamientos durante unos momentos antes de que los recuerdos espantosos regresaran a empujones. No sabía cómo se iban a poder reconstruir alguna vez los escombros que tenía dentro de mí.

Fue cayendo la noche a nuestro alrededor y Marta encendió tres candiles y los colocó en el centro, entre nosotros. Los rostros de todos los demás se iluminaron de repente, mejillas y mentones del color de la miel. Por fin dejó de llover. En la distancia, oí el fúnebre ulular de un búho. Aquel sonido me hizo sentir una presión en la garganta y me percaté de que era la necesidad de contar una historia, de lanzar un grito en la negra noche igual que el búho.

Rompí el silencio. Les hablé sobre la carta que Judas me había enviado para que volviese a casa.

—Me escribió diciendo que Jesús corría peligro por las autoridades, pero ahora sé que la mayor parte de ese peligro procedía del propio Judas. —Vacilé al sentir una mezcla de repugnancia y de vergüenza—. Ha sido mi hermano quien ha llevado a la guardia del templo a arrestar a Jesús.

—¿Y cómo lo sabes? —exclamó Lázaro.

—Me he encontrado con él esta mañana en el huerto de Getsemaní. Me lo ha confesado.

—Que Dios se lo lleve por delante —dijo Marta con un tono fiero.

Nadie le llevó la contraria. Ni siquiera yo.

Observé sus expresiones rigurosas y consternadas, cómo luchaban por comprenderlo. María de Magdala hizo un gesto negativo con la cabeza, y la luz ambarina se reflejó en sus cabellos. Elevó el rostro hacia mí y me pregunté si ella sabría por qué yo no había viajado con mi esposo por los pueblos y las aldeas de Galilea como sí lo había hecho ella. ¿Estarían al tanto sus seguidores de las condiciones de mi exilio? ¿Estarían al tanto de mi existencia?

—Es imposible que Judas traicionara a Jesús —dijo la Magdalena—. Judas lo amaba. He pasado meses viajando con los discípulos. Judas sentía devoción por Jesús.

Me irrité. Tal vez yo no estuviese allí para participar en el ministerio de Jesús, pero conocía a mi hermano. Respondí de manera lacónica.

—Sé muy bien que Judas amaba a Jesús; lo quería como a un hermano, pero es mucho más lo que odia a Roma.

Por la cara se le pasó un gesto con una mirada alicaída, y mi irritación se desvaneció. Incluso entonces me di cuenta de que había saltado contra ella por envidia, resentida por la libertad que ella había tenido para seguir a Jesús por el campo mientras yo estaba atrapada en la casa de Arán.

—No debería haber sido tan dura —le dije, y ella me sonrió, y la piel alrededor de los ojos se le arrugó de esa forma que realza la belleza de una mujer.

Se produjo entonces otro silencio. Mi suegra me puso la mano en el brazo, y sus dedos rozaron la mancha de sangre en la manga del manto de Jesús. María había envejecido mucho en los dos años que yo había estado fuera. Tenía el pelo canoso y su rostro había empezado a cambiar para convertirse en el de una anciana: las mejillas rellenas y caídas, los párpados apoyados sobre las pestañas.

Me frotó el brazo con la intención de reconfortarme, pero sus dedos despertaron los olores alojados en el tejido del manto. Sudor, humo de leña, vino, nardos. Aquellos aromas, tan repentinos y tan vivos, liberaron un amargo dolor muy dentro de mí, y comprendí que les había hablado sobre Judas porque no podía soportar hablar de Jesús. Me daba miedo. Me atemorizaba el poder que aquello tenía para desapestillar el dolor encerrado en los lugares más comunes.

Había tanto que decir, no obstante, tanto que comprender... Me moví nerviosa y enderecé la espalda.

—Iba de camino al palacio esta mañana cuando me he encontrado con Jesús en la calle cargado con el madero. No sé nada sobre cómo lo han llegado a condenar ni por qué llevaba esos espinos tan horribles en la cabeza. —Miré a las mujeres que habían subido al Gólgota conmigo—. ¿Estabais allí alguna de vosotras cuando lo han llevado ante Pilato?

María de Magdala se inclinó hacia mí.

—Estábamos todas. Cuando llegué yo, ya se había congregado un gentío en el Enlosado, y Jesús se hallaba sobre nosotros en el porche desde donde el gobernador dicta sus resoluciones. Pilato lo estaba interrogando, pero era imposible oír lo que se decía desde donde yo estaba.

—Nosotras tampoco lo hemos podido oír —dijo Salomé—. Aunque Jesús ha guardado silencio la mayor parte del tiempo y se ha negado a responder a las preguntas de Pilato, a quien se le notaba que eso le sacaba de quicio. Al final, ha gritado la orden de que se lo llevaran a Herodes Antipas.

Ante la mención del nombre de Antipas, prendió en mí primero la llama del temor, después la del odio. Por su culpa Jesús y yo nos habíamos visto obligados a estar dos años lejos el uno del otro.

—¿Y por qué iba Pilato a enviar a Jesús ante Herodes Antipas? —les pregunté.

—Entre la multitud —dijo María de Magdala— he oído que algunos decían que Pilato prefería que fuese Antipas quien dictase el veredicto y así ahorrarse la culpa en caso de que el pueblo iniciara una revuelta y se derramara la sangre. De tener esas consecuencias, podrían llamarlo a Roma. Mejor lavarse las manos y dejar que fuera el tetrarca quien lo hiciese. Nos quedamos en el Enlosado esperando a ver qué pasaba, y, un rato después, Jesús ha vuelto con la corona de espinas en la cabeza y un manto púrpura por los hombros.

—Ha sido horrible, Ana —dijo Salomé—. Antipas ha vestido así a Jesús para burlarse de él como rey de los judíos. Los soldados de Pilato se inclinaban ante él y se reían. He visto que lo habían flagelado: apenas se tenía en pie, pero sin bajar la cabeza en ningún momento y sin inmutarse ante sus burlas. —En su rostro relucía el apremio del llanto.

—¿Quién lo ha condenado a muerte, Antipas o Pilato? —preguntó Lázaro, que se cogía y se soltaba las manos.

—Ha sido Pilato —dijo María de Magdala—. Se ha dirigido al gentío diciendo que en la Pascua existía la costumbre de liberar a un prisionero. No puedo contaros el vuelco que me dio el corazón al oír esto. Pensé que pretendía soltar a Jesús. En cambio, le preguntó a la gente quién debía ser, Jesús u otro preso. Nosotras, que habíamos llegado al palacio por separado, ya nos habíamos encontrado para entonces, y gritamos el nombre de Jesús tan fuerte como pudimos, pero había presentes muchos seguidores de un hombre llamado Barrabás, un zelote que estaba preso en la torre Antonia por insurrección. Chillaron su nombre hasta que eso fue lo único que se podía oír.

Me dejó helada el hecho de saber que Jesús se podría haber salvado en el último instante y que no fue así. De haber estado yo allí..., si me hubiese levantado antes de la cama..., si no me hubiese retrasado en el huerto de Getsemaní, habría aparecido por el Enlosado para llenar el aire con su nombre.

—Sucedió tan rápido... —dijo María volviéndose hacia mí—. Pilato señaló con el dedo a Jesús y dijo: «Crucificadlo».

Cerré los ojos para desterrar la imagen que más me torturaba, pero aquella instantánea era capaz de atravesar muros, párpados y cualquier otra barrera imaginable, y vi a mi amado esposo clavado a aquellos maderos romanos, intentando erguirse para coger un suspiro de aire.

¿Así era el duelo por un marido?

Me vino a la cabeza un recuerdo, algo pequeño y estúpido.

—María, ¿te acuerdas de cuando Judit cambió a Dalila por un retal de tela?

—Lo recuerdo bien —dijo María—. Nunca te había visto tan angustiada.

Miré a los demás con el deseo de que lo entendieran.

—Ya sabéis que yo tenía los animales a mi cargo, y Dalila era más que una cabra; era mi mascota.

—Y ahora se ha convertido en la mía —dijo María.

Sentí una euforia momentánea: Dalila seguía por allí, y la seguían mimando.

—Judit odiaba a esa cabra —dije.

—Yo creo que lo que odiaba era lo mucho que tú la querías —añadió Salomé.

—Es cierto que yo le caía a Judit tan solo un poco mejor que Dalila, pero que se la llevara a Séforis para hacer un trueque sin decirme nada..., eso no me lo esperaba. Cuando me encaré con ella, contestó que la tela que había adquirido era de un lino de buena calidad, mejor que el que ella era capaz de tejer, y que Santiago había comprado poco tiempo atrás una cabra más joven que convertía a Dalila en innecesaria.

Todos debían de estar preguntándose por qué les estaría contando aquello. Escuchaban y asentían con indulgencia. «Los momentos que siguen a la tragedia son extraños —decían sus rostros—. Acaban de crucificar a su esposo; dejémosla que diga lo que le haga falta decir, por peculiar que sea.»

Proseguí.

—Jesús llegó a casa aquel mismo día en que Judit había cambiado la cabra, después de una larga y agotadora caminata desde Cafarnaún, donde había estado trabajando toda la semana. Me encontró consternada. La tarde ya estaba avanzada y él no había comido aún, pero se dio media vuelta, se hizo todo el camino hasta Séforis y se trajo a Dalila a casa con las monedas que había ganado esa semana.

María tenía los ojos llorosos.

—Cruzó la cancela con Dalila cargada sobre los hombros.

—¡Sí, es verdad! —exclamé—. Me la trajo de vuelta.

Todavía podía verlo allí, sonriente, entrando y cruzando el caserío con paso firme, hacia mí, con Dalila balando como loca, y aquella imagen se me hizo tan vívida como la de él crucificado. Eché la cabeza hacia atrás y respiré tan hondo como pude. En lo alto, un manto jironado de nubes, la luna en algún lugar, oculta. El búho había echado a volar.

—Cuéntales el resto de la historia —dijo María.

No había pensado decir nada más, pero me alegré de hacer lo que me pedía.

—A la semana siguiente, Judit tiñó su retal nuevo de lino bueno y lo tendió en el patio a secar. Yo solía dejar que Dalila saliese del establo, que era diminuto, y que se paseara en libertad por el patio siempre que la cancela del caserío estuviese cerrada. Jamás se me pasó por la cabeza que se pudiera comer el paño de lino de Judit. Sin embargo, Dalila se comió hasta la última hebra.

María se echó a reír. Todos se rieron. Había un inmenso alivio en ello, como si el aire se hubiese vuelto más espacioso. ¿Reírse también formaba parte del duelo?

Marta sirvió en los vasos el vino que quedaba. Estábamos exhaustos, destrozados, anhelando la insensibilidad del sueño, pero continuamos allí sentados, reacios a separarnos, como si nuestra compañía fuese un refugio.


Se acercaba la vigilia de la medianoche cuando una voz gritó desde la puerta exterior.

—¡Soy Juan, uno de los discípulos de Jesús!

—¡Juan! —exclamó María de Magdala, que se levantó de un salto para acompañar a Lázaro hasta la puerta.

—¿Qué urgencia lo traerá a estas horas de la noche y en sábado? —dijo Marta.

Juan se adentró en el resplandor de nuestros candiles, observó el círculo de rostros, detuvo la mirada en mí, y me percaté de que ya lo había visto antes. Era uno de los cuatro pescadores que vinieron a casa con Jesús desde Cafarnaún hace ya tantos años, y se quedaron hablando en el patio hasta altas horas de la noche. Joven, larguirucho, desgarbado e imberbe por aquel entonces, ahora era un hombre de anchas espaldas, con una mirada profunda y reflexiva en los ojos y una barba que se le ondulaba bajo el mentón.

Al estudiarlo con más atención, también caí en la cuenta de que lo había visto aquel mismo día en el Gólgota. Era el hombre que se había acercado a Jesús en la cruz y a quien rechazaron los soldados igual que a mí. Le ofrecí una sonrisa apenada. Era el discípulo que no se había marchado.

Se acomodó sobre las baldosas del patio mientras Marta mascullaba distraída sobre los odres de vino vacíos y por fin le traía un vaso de agua a su invitado.

—¿Qué te ha traído hasta aquí? —preguntó María de Betania.

Su mirada se posó en mí y la expresión se le agravó. Encajada entre María y Tabita, busqué sus manos.

—Ha muerto Judas —dijo Juan—. Se ha colgado de un árbol.


VII

¿Lo confieso? Una parte de mí había deseado la muerte de mi hermano. Cuando Judas entregó a Jesús a la guardia del templo, allanó una frontera sagrada en mí. Sí, le había ofrecido aquel gesto de lástima en la distancia de la ladera del Gólgota, pero después no había sido sino odio lo que había sentido.

En aquellos instantes de perplejidad y desconcierto, mientras María, Salomé y los demás esperaban que diese una respuesta a la noticia de la muerte de mi hermano, se me ocurrió que Jesús habría intentado amar incluso a ese Judas perdido y asesino. En una ocasión en que me puse a despotricar delante de él por algún desaire que Judit había tenido conmigo y afirmé que la detestaba, me dijo: «Lo sé, Ana. Es una mujer difícil. No tienes que sentir amor por ella. Basta con que intentes obrar con amor».

Pero él era Jesús, y yo era Ana. No estaba lista para desprenderme de mi animosidad hacia Judas. Lo haría con el tiempo, pero ahora mismo me servía para salvarme. Dejaba menos espacio dentro de mí para el dolor.

El silencio se mantuvo durante demasiado tiempo. Nadie parecía saber qué decir.

—Ay, Ana —dijo por fin María de Betania—. Qué día de desconsuelo para ti. Primero tu esposo, ahora tu hermano.

Algo en aquellas palabras provocó un fogonazo de indignación, como si los nombres de Jesús y de Judas se pudiesen pronunciar en la misma frase, como si se pudiese comparar la pérdida que sentía por ambos, pero la intención de María era buena, eso lo sabía. Me levanté y les sonreí.

—Vuestra presencia ha sido mi único consuelo en este día, pero ahora me puede el agotamiento, y me voy a retirar a dormir.

Me incliné y besé a María y a Salomé. Tabita se puso en pie y me siguió.

Me acurruqué sobre el jergón del cuarto de Tabita, pero no fui capaz de conciliar el sueño. Al oírme dar vueltas y más vueltas, mi amiga comenzó a tocar la lira con la esperanza de lograr que me durmiese. Mientras la música se movía en la oscuridad, el dolor crecía en mi interior. Por mi amado, pero también por mi hermano. No por el Judas que traicionó a Jesús, sino por el muchacho que suspiraba por sus padres, que soportó el rechazo de nuestro padre, el que me llevaba con él en sus paseos por los montes de Galilea y el que siempre se ponía de mi lado. Mi dolor era por el Judas que le dio mi brazalete a aquel trabajador herido, el que incendió el huerto de datileras de Natanael, el que se resistió a Roma. Esos eran los Judas a los que yo amaba. Por ellos, hundí la cara en el interior del codo y lloré.

VIII

Cuando me desperté a la mañana siguiente, el cielo estaba blanco del sol. El jergón de Tabita estaba vacío, y el olor del pan en el horno lo inundaba todo. Me incorporé, sorprendida por lo tarde que era y olvidándome por un solo y gozoso momento de la zozobra del día anterior, que volvió acto seguido, toda ella, enroscándose por entre mis costillas hasta que apenas fui capaz de respirar. Una vez más, deseé la presencia de mi tía. Oía a las mujeres fuera en el patio, el zumbido suave y monótono de sus voces, pero era a Yalta a quien quería.

Me levanté y fui hasta la puerta, y traté de imaginarme lo que me diría si estuviese allí. Pasaron varios minutos hasta que me permití recordar aquella noche en Alejandría, cuando Lavi nos trajo la noticia de la decapitación de Juan el Bautista y me sentí tan superada por el temor de perder a Jesús. «Todo irá bien», me había dicho Yalta, y cuando retrocedí ante lo trillado y lo superficial que sonaba aquello, me dijo: «Cuando te digo que todo va a ir bien, no me refiero a que la vida no te vaya a dar tragedias. Solo me refiero a que estarás bien a pesar de ello. Hay un lugar inmaculado en ti. Encontrarás la manera de llegar allí, cuando lo necesites, y entonces sabrás de lo que te hablo».

Me puse el manto de Jesús y salí al exterior. Tenía los

pies doloridos de caminar descalza sobre las piedras del Gólgota.

Lavi estaba en cuclillas cerca del horno, preparando su bolso de viaje. Observé cómo guardaba el pan, el pescado en salazón y los odres de agua. Con todo cuanto había sucedido, había olvidado que él se marchaba. Dentro de tres días, el barco en el que habíamos llegado iba a zarpar de Jafa de regreso a Alejandría. Para ir en ese barco, Lavi partiría camino de Jafa al día siguiente a primera hora. Percatarme de aquello fue como una sacudida.

María, Salomé, Marta, María de Betania, Tabita y María de Magdala estaban reunidas a la sombra cerca de la abertura del muro que daba al barranco. Aunque el sábado no terminaría hasta la puesta de sol, Tabita parecía estar arreglando algo, y Marta estaba amasando. Dudaba que a Tabita le preocupase que la ley del sábado prohibiese trabajar, pero Marta sí parecía muy devota en aquellas cuestiones. Cuando me uní a ellas y me senté en el suelo cálido junto a mi suegra, dijo Marta:

—Sí, ya lo sé. Estoy cometiendo un pecado, pero hacer pan me sirve de consuelo.

Me deban ganas de decirle: «Si yo tuviera papiro y tinta, estaría encantada de pecar contigo». No obstante, le ofrecí una sonrisa con mi mayor conmiseración.

Me fijé en Tabita y vi que me estaba cosiendo la sandalia.

—Regresaremos al sepulcro mañana después de las primeras luces para terminar de ungir a Jesús —dijo mi suegra—. Marta y María nos han proporcionado aloe, clavo, menta e incienso.

Yo ya le había dado a Jesús lo que me había parecido que era mi último adiós el día antes, cuando lo besé en las mejillas en el sepulcro. Me inquietaba pensar en volver a pasar por el desgarrador proceso de dejarlo otra vez, pero asentí.

—Confío en que alguna de vosotras se acuerde de dónde está el sepulcro —dijo—. Yo estaba demasiado deshecha como para fijarme, y por allí había muchas cuevas.

—Creo que seré capaz de dar con él —dijo Salomé—. Me preocupé de fijarme en el camino.

María se volvió hacia mí.

—Ana, creo que Salomé, tú y yo nos deberíamos quedar aquí en Betania durante los siete días de luto antes de marcharnos a Nazaret. Tendré que buscar a Santiago y a Judit en Jerusalén para conocer sus deseos, pero estoy segura de que accederán. ¿Te parece bien a ti?

Nazaret. En mis pensamientos, vi el conjunto del caserío, con sus paredes de adobe y su único olivo; la minúscula habitación donde había vivido con Jesús, donde había parido a Susana. Donde había ocultado mi cuenco del ensalmo. Me imaginé aquella despensita donde dormía Yalta, el telar manual en el que tejía aquellos retales tan pobres y el horno donde hacía mis hogazas de pan achicharrado.

Se hizo un profundo silencio en el ambiente. Sentí la mirada de María. Sentí las miradas de todas ellas, pero no alcé los ojos de mi propio regazo. ¿Cómo sería vivir de nuevo en Nazaret, pero sin Jesús? Santiago era el mayor ahora, el cabeza de familia, y se me ocurrió que tal vez decidiese buscarme un nuevo esposo igual que había hecho con Salomé cuando enviudó. Y estaba la amenaza de Antipas. En su carta, Judas me decía que el peligro para mí en Galilea había disminuido, pero no había pasado por completo.

Me levanté del suelo y me aparté un poco de ellas. Por dentro me sentía como un río en plena crecida. El río se desbordó, por fin, y en su estela dejó lo que ya sabía, aunque no era consciente. Nazaret jamás había sido mi casa. Mi hogar había sido Jesús.

Ahora que él ya no estaba, mi hogar se encontraba en una ladera en Egipto. Eran Yalta y Diodora. Eran los terapeutas. ¿Dónde si no iba a poder escribir hasta hartarme? ¿Dónde sino allí iba a poder ocuparme a la vez de una biblioteca y de los animales? ¿Dónde si no iba a poder vivir conforme a los dictados de mi corazón?

Respiré hondo, y lo sentí como una pequeña vuelta a casa.

Vi a Lavi al otro lado del patio, que aseguraba la abertura de su bolso de viaje con una correa de cuero. Me invadió el temor de decepcionar a María, de hacerle daño, de echarla de menos.

—¿Qué pasa, Ana? —me llamó.

Desanduve mis pasos y me senté a su lado.

—No pensabas volver a Nazaret, ¿verdad? —me dijo.

Hice un gesto negativo con la cabeza.

—Regresaré a Egipto a vivir el resto de mis días con mi tía Yalta. Hay allí una comunidad de buscadores espirituales y filósofos. Viviré con ellos.

Lo dije con delicadeza, pero sin disculparme, y aguardé a escuchar qué me decía.

Y me habló con los labios muy cerca de mi oreja.

—Ve en paz, Ana, ya que tú naciste para esto.

Aquellas diez palabras fueron el mayor regalo que me hizo.

—Háblanos sobre ese sitio donde vas a vivir —me pidió Salomé.

Apenas me sentía serena, aturdida de repente por lo rápido que me marcharía, inquieta por avisar a Lavi y empezar a empaquetar mis propias provisiones, pero hice cuanto pude por contarles sobre los terapeutas, esa comunidad que cantaba y bailaba durante toda la noche cada cuarenta y nueve días. Les describí las chozas de piedra desperdigadas por la ladera, con el lago a su pie, los acantilados en lo alto y, más allá de ellos, el mar. Les hablé sobre la sala sagrada donde había escrito mis propios textos y los conservaba en códices, la biblioteca que estaba intentando recuperar, el canto a Sofía que había escrito y entonado. Hablé y hablé, y sentí en mí la añoranza del hogar.

—Llévame contigo —dijo una voz.

Nos dimos todas la vuelta y miramos a Tabita. Me pregunté si lo habría dicho en broma, pero me estaba mirando con la seriedad más absoluta. No supe cómo responder.

—¡Tabita! —la reprendió Marta—. Has sido como una hija para nosotros durante todos estos años, ¿y por un antojo quieres abandonarnos por un lugar para ti desconocido?

—No sé cómo explicarlo —dijo Tabita—. Me da la sensación de que allí es donde debo estar yo también.

Su voz se espesaba, las sílabas comenzaban a perder los perfiles y a difuminarse. Parecía algo nerviosa por explicar lo que acababa de comprender.

—Pero no puedes marcharte sin más —dijo Marta.

—¿Por qué no puede? —pregunté.

Mi pregunta detuvo a Marta en seco. Miré a Tabita.

—Si hablas en serio sobre ir allí, has de saber que la vida con los terapeutas no es solo cantar y bailar. Hay trabajo, ayuno, estudio y oración. —No le mencioné a Arán y a la milicia judía que pretendía arrestarme—. Y también has de desear a Dios —le dije—. De lo contrario no te admitirán. Haría mal si no te contase todo esto.

—No me importaría encontrar a Dios en ese lugar —dijo Tabita, más tranquila ahora, sus palabras de nuevo intactas—. ¿Y no podría buscarlo en la música?

Escepsis la recibiría con los brazos abiertos, de eso estaba segura. La admitiría fundándose en aquella última pregunta que había hecho Tabita. Y si no, la admitiría por mí.

—No se me ocurre ninguna razón por la que no puedas venir con nosotros —le dije.

—¿Tenéis dinero para el pasaje del barco? —preguntó Marta, la siempre práctica Marta.

A Tabita se le agrandaron los ojos.

—Me gasté todo el dinero que tenía al comprar el perfume de nardos.

Con rapidez, hice los cálculos mentalmente.

—Lo siento, Tabita, solo tengo suficientes dracmas para el pasaje de Lavi y el mío.

¿Cómo no se me había ocurrido pensar en ello antes de alentarla?

Marta hizo un ruido, un pequeño carraspeo sonoro con aire triunfal.

—Bueno, pues es una suerte, entonces, que yo sí tenga el dinero. —Me sonrió—. No sé por qué no se va a poder marchar sin más si así lo decide.

Mi sandalia descansaba en el regazo de Tabita, arreglada y lista para la larga caminata hasta Jafa. Me la entregó, se levantó y abrazó a Marta.

—Si me quedara más perfume de nardos, ahora mismo te lavaba los pies —le dijo Tabita.


A la mañana siguiente, Lavi, Tabita y yo salimos en silencio de la casa antes del alba, mientras los demás aún dormían. En la puerta exterior, eché la vista atrás pensando en María.

—No nos despidamos —me había dicho la noche antes—. Seguro que nos volvemos a ver.

Había dicho aquello sin artificio ninguno, convencida con una esperanza tan intensa que pensé que podría ser cierto. Sin embargo, jamás volvimos a vernos.

La luna estaba en su mengua, no era más que una lasca curva de luz tenue. Seguíamos el sendero que se adentraba en el valle de Hinnón cuando Tabita comenzó a tararear con la boca cerrada, incapaz de ocultar su alegría. Se había atado la lira a la espalda, de donde sobresalían los dos brazos curvos y asomaban por encima de sus hombros como un par de alas. También yo sentía la alegría de la vuelta a casa, pero quedaba alojada justo al lado de la pena más profunda. Aquella era la tierra de mi esposo y de mi hija. Sus huesos siempre estarían allí. Cada paso que daba para alejarme de ellos era una punzada de dolor en el corazón.

Caminábamos a lo largo del muro oriental de Jerusalén y rogué por que la oscuridad durara hasta que dejásemos atrás la colina romana donde había muerto Jesús, pero la luz rayó en el momento preciso en que nos aproximamos y surgió desgarradora en un resplandor repentino. Me permití echar un último vistazo al Gólgota. Volví entonces la mirada en la distancia, hacia las laderas donde estaba sepultado Jesús, donde no tardarían en llegar las mujeres para cubrirlo del dulzor de las especias.

LAGO MAREOTIS,
EGIPTO
30-60 d. C.

# I

Tabita y yo nos encontramos a Yalta en el huerto, encorvada sobre una hilera de plantas altas y delgadas. Absorta en su trabajo, no se fijó en nosotras. Se restregó los dedos por la túnica y se dejó dos franjas de mugre, un acto que me llenó de un gozo inexplicable. Tenía ya los cincuenta y nueve, pero conservaba un aspecto casi juvenil allí arrodillada al sol entre aquellas plantas verdes, y sentí que me invadía el alivio. Yalta seguía estando aquí.

—¡Tía Yalta! —grité.

Al vernos, primero a mí y después a Tabita, corriendo hacia ella entre los tallos de la cebada, se quedó boquiabierta y se cayó hacia atrás, sentada sobre los talones. La oí exclamar de esa manera tan suya.

—¡Boñiga de burra!

Tiré de Yalta para levantarla y la atraje en un abrazo.

—Creí que no te volvería a ver nunca.

—Ni yo a ti —me dijo—. Y sin embargo, aquí estás, apenas unas semanas después. —Su rostro era un barullo de euforia y confusión—. Y mira a quién te has traído.

Cuando abrazó a Tabita, se oyó un grito a nuestra espalda, más arriba en la pendiente.

—¿Ana? ¡Ana! ¿Eres tú?

Me volví hacia los acantilados y vi que Diodora bajaba a la carrera por el sendero con un cesto sacudiéndose entre sus brazos, y supe que había estado cogiendo agripalma. Llegó a nosotras sin aliento, con los cabellos que se le salían disparados de la pañoleta en un abanico alrededor de la cara. Me cogió y me columpió de un lado a otro, y las hierbas de hojas puntiagudas volaron por los aires.

Cuando le presenté a Tabita, le dijo algo tan valioso que Tabita lo recordaría toda su vida:

—Ana me ha hablado de tu valentía.

Tabita no dijo nada en respuesta, algo que me imaginé que Diodora interpretaría como timidez, pero yo sabía que su silencio tenía más que ver con su lengua mutilada, por su temor a sonar sin sentido.

Tabita ayudó a Diodora a recoger las hierbas desparramadas, y durante todo aquel rato, Yalta aguardó a hacer la pregunta, esa que yo tanto temía. Miré hacia el otro extremo de la ladera, en busca del tejado de la biblioteca.

—¿Qué te ha traído de vuelta, niña mía? —dijo Yalta con una expresión grave y fría en el rostro: ya se imaginaba el motivo.

—Jesús ha muerto —le dije, y sentí cómo mi voz trataba de astillarse y desintegrarse—. Lo crucificaron.

Diodora dejó escapar el grito que yo sentía dentro de mi propia garganta. Yalta me cogió de la mano.

—Venid conmigo —nos dijo.

Nos llevó a todas hasta un pequeño montículo, no muy lejos del huerto, donde nos sentamos junto a un cúmulo de pinos bajos que el viento había esculpido con unas formas estrafalarias.

—Cuéntanos lo que ha pasado —dijo Yalta.

Estaba cansada del viaje —habíamos caminado durante

dos días y medio de Betania a Jafa, navegado durante otros seis hasta Alejandría, y después habíamos pasado otras cuatro horas entre sacudidas en una carreta tirada por un burro que Lavi había arrendado—, pero les conté la historia, les conté todo, e igual que sucedió con las mujeres en Betania, le restó algo de viveza al dolor.

Al concluir la historia, nos quedamos en silencio. Allá en el fondo de la escarpadura se adivinaba una franja del azul del lago. Una de mis cabras balaba no muy lejos, en el establo.

—Ha sido un alivio ver que los soldados de Arán ya no están acampados en el camino —dije.

—Se marcharon no mucho después de que te fueras tú —dijo Yalta—. Sucedió justo como Escepsis había predicho: Arán recibió enseguida la información de que tú habías regresado a Galilea con tu esposo y que yo había hecho el voto de permanecer con los terapeutas de por vida. Poco después de eso, abandonaron el puesto.

«Habías regresado a Galilea con tu esposo.» Aquellas palabras fueron como diminutas cuchillas de carnicero.

Me fijé en Tabita, que abría y apretaba los puños como si tratara de incitar esa valentía de la que había hablado Diodora, y entonces intervino por primera vez.

—Ana ha dicho que lo más probable era que el puesto estuviera desierto, pero Lavi no ha querido correr el menor riesgo. Ha insistido en que esperásemos en la aldea más cercana mientras él se adelantaba a solas para cerciorarse. Una vez hecho, ha regresado a por nosotras —dijo despacio, modulando los sonidos en la boca.

No obstante, mientras ella hablaba, me asaltó el clamor de una nueva preocupación.

—¿Y no informará Luciano a Arán de que he vuelto? —le pregunté a Yalta.

Mi tía apretó los labios y reflexionó sobre aquello por vez primera.

—Tienes razón sobre Luciano. Por supuesto que informará a Arán de tu regreso, pero aunque Arán decidiese tratar de arrestarnos una vez más, le costaría convencer a los soldados de que regresaran. Ya había rumores sobre su descontento antes de que te marcharas. Estaban hartos de escrutar a los que pasaban por el camino y recibir un escaso pago por ello. Y seguro que Arán se resistirá a repartirles más de su dinero. —Me puso la mano en la rodilla—. Yo creo que su venganza no va a ir más allá, pero de todos modos, estamos a salvo aquí, con los terapeutas. Podemos esperar para aventurarnos más allá de la casa del guarda hasta que Arán se muera. Ese hombre es mayor que yo. No va a vivir eternamente. —Una sonrisa perversa se asomó al rostro de Yalta—. Y siempre estamos a tiempo de escribirle una maldición que lo mate.

—A mí se me da muy bien componerlas —dijo Tabita, que tal vez sí o tal vez no había captado nuestro humor.

—He hecho los votos —dijo Yalta—. Ahora soy una de ellos de por vida.

Jamás me habría esperado esto. Se había pasado gran parte de su vida desarraigada, exiliada en lugares que no había elegido ella. Ahora había elegido.

—Ay, tía Yalta, cuánto me alegro por ti.

—Yo también los he hecho —dijo Diodora.

—Yo también los voy a hacer —dije yo.

—Y yo —dijo Tabita.

Yalta le sonrió.

—Tabita, querida, para hacer los votos tendrás que llevar aquí algo más de cinco minutos.

Tabita se echó a reír.

—La semana que viene, entonces —respondió.

Nos pusimos en pie finalmente para bajar la ladera, ir en busca de Escepsis e informarla de nuestro regreso, pero hicimos antes una pausa y escuchamos el tañido de una campana a lo lejos. El viento soplaba con fuerza desde los acantilados y traía el olor del mar, y el ambiente resplandecía con esa luz azafranada y esporádica de algunos días despejados. Recuerdo aquel breve paréntesis como si fuera una ocasión sagrada, ya que nos miré a las tres allí dispuestas ante los pinos bajos y vi que, sin saber muy bien cómo, entre nosotras habíamos formado una familia.

## II

A media tarde, veintidós meses, una semana y un día después de la muerte de Jesús, el estruendo de la lluvia sobre el tejado de la biblioteca me despertó de una cabezada extraña e involuntaria. Sentía la cabeza colmada y confusa, como si la tuviese rellena de montones de lana recién esquilada. Levanté la mejilla del escritorio y miré a mi alrededor: ¿dónde estaba? Cayo, el mismo que en tiempos me ayudó a meterme en un ataúd y clavó la tapa, había construido no hacía mucho una segunda sala en la biblioteca para que pudiese disponer de un *scriptorium* y de un espacio para los cubículos que contuviesen los rollos manuscritos de la colección, pero en aquellos primeros y confusos segundos del despertar, no reconocí mis nuevos alrededores. Sentí una brizna de pánico dentro de mí, y acto seguido, por supuesto, recuperé la orientación y supe dónde estaba.

Más tarde me dio por pensar en mi viejo amigo Tadeo, el que todos los días se dormía en el *scriptorium* de la casa de

Arán, prácticamente acurrucado sobre su mesa, sesteando por el aburrimiento y por la cerveza cargada de Yalta. Yo, por mi parte, tan solo podía culpar de mi somnolencia a la pasión que me había empujado a quedarme trabajando hasta la noche durante semanas realizando copias de mis códices. Dos ejemplares para la biblioteca y otro que se pudiese difundir.

Me empujé para apartar el banco del escritorio y tratar de despejar aquel adormilamiento provocado por la siesta, pero las telarañas se aferraban a mí. Mientras yo dormía, la habitación se había ido oscureciendo y enfriando, y me puse el manto de Jesús sobre los hombros, acerqué el candil y volví a centrar la atención en mi trabajo. Mi códice *El trueno, mente perfecta* descansaba abierto sobre la mesa, y a su lado se encontraba la copia que estaba haciendo sobre una hoja nueva de papiro. Escepsis pensaba enviarle aquel ejemplar a un estudioso de la biblioteca de Alejandría con el que mantenía correspondencia. Había tenido un cuidado especial en el trazo de las letras y le había añadido mis pequeños adornos, pero había malgastado aquellos tejadillos y espirales míos: un manchón de tinta, grande y desastroso, me contemplaba boquiabierto desde el centro mismo del papiro, el lugar del manuscrito donde había apoyado la cara al quedarme dormida. Las últimas líneas que había escrito apenas eran legibles:

*Soy la ramera y la santa.*
*Soy la esposa y la virgen.*

Me froté la mejilla con el dedo, y la yema se me quedó negra con una mancha de tinta. Qué irónico, triste, bello y casi intencionado resultaba que «Soy la esposa» se me hubiera emborronado sobre la piel. Durante casi dos años, había llevado encima el luto por Jesús como una segunda piel. El dolor de su ausencia no había disminuido en todo ese tiempo. La quemazón, tan conocida, me venía a los ojos seguida de esa sensación de deambular sin rumbo que tan a menudo tenía en el corazón, buscando siempre a la desesperada algo que nunca podría encontrar: a mi esposo. Temía que mi dolor se transformara en desesperación, que se convirtiera en una piel que fuese incapaz de mudar.

Me sobrevino entonces un cansancio enorme. Cerré los ojos deseando aquel vacío, hueco y oscuro.

Me despertó el silencio. La lluvia se había acallado. El aire parecía denso y quieto. Alcé la mirada y vi a Jesús de pie en el otro extremo de la habitación, mirándome con aquellos ojos oscuros y expresivos.

Respiré hondo. Transcurrieron varios minutos antes de que pudiese hablar, y dije:

—Jesús. Has venido.

—Ana —me dijo él—. Nunca me fui. —Y me puso aquella sonrisa torcida suya tan graciosa.

No se movió de donde estaba, así que me dirigí hacia él y me detuve en seco cuando advertí que él vestía su viejo manto con la mancha de sangre en la manga. Bajé la mirada y observé la prenda que yo tenía puesta por los hombros: el viejo manto de Jesús con la mancha de sangre en la manga, el mismo que me había estado poniendo todos los días durante veintidós meses, una semana y un día. ¿Cómo podía llevarlo puesto él también?

Intenté discernir lo que estaba pasando. «Esto es un sueño con toda seguridad», pensé. Quizá estuviera soñando despierta o fuese una visión. Y, sin embargo, sentía la realidad que había en él.

Fui y le cogí las manos. Estaban cálidas y encallecidas. Jesús olía a sudor y a virutas de madera. Tenía restos de polvo de piedra caliza en la barba. Tenía el mismo aspecto que cuando estábamos juntos en Nazaret. Me pregunté qué pensaría él de mi mancha de tinta en la mejilla.

Tuve la sensación de que se marchaba.

—No te vayas.

—Siempre estaré contigo —me dijo, y se desvaneció.

Me quedé sentada en mi escritorio durante un largo rato, intentando comprenderlo. Escepsis me contó una vez que su madre se le apareció en su sala sagrada tres semanas después de su muerte. «No es que sea algo inusual —me había dicho Escepsis—. La mente es un misterio.»

En aquel momento creí —y aún lo creo— que la visita de Jesús fue producto de mi propia mente, pero aun así no fue menos milagroso que si hubiera sido de carne y hueso. Su espíritu regresó a mí aquel día. Nunca más volví a sentir que lo había perdido.

Me quité su manto, lo doblé con primor y lo metí en un cubículo vacío. Y dije en voz alta hacia las sombras de la habitación:

—Todo irá bien.


III


Ascendemos por el sendero hacia los acantilados —Diodora, Tabita y yo— y caminamos en fila una detrás de otra en la luz anaranjada. Yo voy delante, sujetándome contra el pecho el cuenco del ensalmo. Detrás de mí, Diodora toca un tambor de pellejo de cabra y Tabita entona un canto sobre Eva, la buscadora. Las tres hemos vivido juntas en esta ladera durante los últimos treinta años.

Vuelvo la cabeza hacia ellas por encima del hombro. Los

cabellos de Tabita ondean tras ella en la brisa, lisos y grisáceos como el ala de una paloma, y el rostro de Diodora se ha convertido en un pequeño territorio de surcos como el de su madre. No tenemos espejos, pero suelo ver mi reflejo en la superficie del agua: las arrugas alrededor de los ojos, mis cabellos aún oscuros salvo por un mechón blanco sobre la frente. A mis cincuenta y ocho años, todavía soy capaz de moverme con rapidez y facilidad para ascender por la pendiente tan pronunciada, como mis dos hermanas, pero hoy caminamos con paso lento, cargadas con los voluminosos bolsos que llevamos en la espalda. Están llenos de códices: treinta ejemplares de mis escritos encuadernados en cuero. Todas y cada una de las palabras que he escrito desde que tenía catorce años. Todo mi yo.

Al acercarnos a la cima de los acantilados, giramos, nos salimos del sendero y vamos avanzando sobre las rocas y las hierbas que dobla el viento hasta que llegamos al lugar que he elegido: un llano rodeado de arbustos de mejorana en flor. Deposito en el suelo mi cuenco del ensalmo, Diodora deja de tocar el tambor, Tabita detiene su canto y permanecemos allí de pie, contemplando dos tinajas de barro mastodónticas que son casi tan altas como yo, y después dos agujeros profundos y redondos excavados en la tierra el uno al lado del otro. Me asomo a uno de los dos agujeros y siento que me recorre una mezcla de euforia y de tristeza.

Nos quitamos de la espalda los bolsos pesados, suspiramos de alivio y dejamos escapar unos leves gruñidos.

—¿Tenías que escribir tanto durante el curso de tu vida? —bromea Diodora. Señala el montículo que forma la tierra excavada de los dos agujeros y añade—: Imagino que el menor al que le han pedido que cave estos dos pozos sin fondo también querrá conocer la respuesta.

Tabita rodea una de las dos tinajas como si fuese del tamaño del monte Sinaí.

—Las pobres mulas que han cargado con estas dos tinajas del tamaño de Goliat hasta aquí arriba también desearían que respondas a esa pregunta.

—Muy bien —les digo, y me uno a su broma—. Escribiré una respuesta exhaustiva a la pregunta, y tendremos que volver aquí y cavar otro agujero y enterrar ese escrito también.

Me sueltan un gruñido sonoro. Tabita ya no esconde la sonrisa.

—Pobres de nosotras, Diodora —dice—; ahora que Ana es la líder de los terapeutas, no nos queda más remedio que obedecerla.

Nos miramos las unas a las otras y nos echamos a reír. No sé si se debe al peso y volumen de mis libros o al hecho de que me he convertido realmente en la líder de los terapeutas. En este momento preciso, ambas cosas nos parecen tremendamente graciosas a las tres.

Nuestra ligereza se desvanece mientras retiramos los códices de los bolsos. Nos quedamos calladas, casi solemnes. Ayer corté el manto de Jesús en treinta y una piezas, y ahora, sentadas junto a los agujeros excavados en la ladera, envolvemos los libros en los paños para protegerlos del polvo y del paso del tiempo y los atamos con hilo de lana sin teñir. Trabajamos con rapidez, escuchando el mar que golpea contra las rocas allá abajo y las abejas que llenan de vida los arbustos de mejorana, un mundo vibrante.

Terminada la tarea, observo los códices envueltos y perfectamente apilados junto a las tinajas y me da la sensación de que estuvieran amortajados. Me quito esa imagen de la cabeza, pero permanece la preocupación de que mi obra caiga en el olvido. Un rato antes, he dejado constancia del lugar exacto donde estarían enterradas las tinajas, he escrito su localización en un rollo lacrado que quedará y se pasará entre los miembros de la comunidad después de mi muerte. Pero ¿cuánto tiempo va a transcurrir antes de que ese rollo caiga en el olvido, antes de que se difumine la relevancia de lo que hay enterrado?

Tomo en mis manos el cuenco del ensalmo y lo levanto por encima de la cabeza. Diodora y Tabita me miran mientras lo giro muy despacio y entono la plegaria que escribí cuando era una cría. Los anhelos que hay en ella aún parecen vivos, un ser que respira.

Voy cantándola y recuerdo aquella noche en la azotea, cuando Yalta me regaló el cuenco. Me tocó sobre el hueso del centro del pecho e hizo que cobrara vida. «Escribe lo que hay aquí dentro, en el interior de tu sanctasanctórum», me dijo.

Yalta se durmió a la sombra del tamariz del patio hace cuatro años, a la edad de ochenta y cinco, y ya no se despertó. Tuvo todo tipo de cosas que decirme durante su vida, pero en su muerte no hubo una palabra de despedida. Nuestra última conversación de verdad había tenido lugar bajo aquel mismo árbol la semana antes de su muerte.

—Ana —me dijo—, ¿te acuerdas de cuando enterraste tus rollos de papiro en la cueva para evitar que tus padres los quemaran?

Me quedé mirándola con curiosidad.

—Lo recuerdo.

—Bien, pues debes volver a hacerlo. Quiero que hagas una copia de cada uno de tus códices y los entierres en la ladera, cerca de los acantilados.

Tenía un temblor ocasional en la mano izquierda y, cuando estaba de pie, su equilibrio era cada vez más inestable, pero la cabeza, esa gloriosa mente, no había perdido la lucidez.

Fruncí el ceño.

—Pero ¿por qué, tía Yalta? Mi obra está a salvo aquí. No va a venir nadie a quemarla.

Se endureció su voz.

—Escúchame, Ana. Has sido muy atrevida con lo que has escrito. Tanto, que llegará el día en que los hombres intentarán silenciar tus palabras. La ladera guardará tu obra a salvo.

Me quedé mirándola sin más, tratando de hallar el sentido a aquellas afirmaciones. Debía de tener las dudas escritas en la cara.

—No me estás escuchando —me dijo—. ¡Piensa en lo que has escrito!

Lo repasé todo mentalmente: los relatos de las matriarcas; la violación y mutilación de Tabita; las cosas terroríficas que los hombres infligían a las mujeres; las crueldades de Antipas; las audacias de Fasaelis; mi matrimonio con Jesús; la muerte de Susana; el exilio de Yalta; la esclavitud de Diodora; el poder de Sofía; la historia de Isis; *El trueno, mente perfecta*; y toda una multitud de otras ideas sobre las mujeres que ponían patas arriba las creencias tradicionales. Y esto era solo una pequeña parte.

—No lo entiendo... —me interrumpí, porque sí lo entendía; es que no quería entenderlo.

—Los ejemplares de tus escritos se van diseminando de manera gradual —me dijo—. Arrojan una luz bellísima, pero inquietarán a la gente y supondrán una amenaza para sus certezas. Llegará el día, y toma nota de lo que te digo, porque lo preveo, en que los hombres tratarán de destruir lo que has escrito.

Siempre había sido yo quien tenía los episodios de presciencia, no Yalta. Me pareció poco probable que adivinase un atisbo del futuro y más probable que sus palabras surgiesen de la sabiduría y la prudencia.

Me sonrió, pero había en ella un aire de firmeza y de apremio.

—Entierra tus escritos de tal forma que alguien los pueda encontrar algún día.

—Te lo prometo, tía Yalta, me aseguraré de que llega ese día.

—«Cuando yo sea polvo, entona estas palabras sobre mis huesos: ella era una voz» —canto la última frase de la plegaria del cuenco y, juntas, Diodora, Tabita y yo tumbamos las tinajas y colocamos dentro los códices, quince en cada una.

Meto la mano en mi bolso y saco el retrato de momia que encargué hace ya tantos años, como un regalo para Jesús con la intención de que conservara mi recuerdo. Lo observamos las tres durante unos instantes: mi rostro pintado sobre una tabla de madera de tilo. Me lo llevé a Galilea para dárselo, pero llegué demasiado tarde. Siempre lamentaré aquella tardanza.

Envuelvo el retrato en el último resto del manto de Jesús y lo deslizo en la tinaja pensando maravillada en cómo el recuerdo de mi esposo se ha conservado tres décadas después de su muerte. A lo largo de estos últimos años, Lavi me ha traído algunas noticias desde Alejandría sobre los seguidores de Jesús, que no desaparecieron después de su muerte, sino que aumentaron en número. Lavi dice que han surgido grupos pequeños incluso aquí, en Egipto, que se reúnen en las casas y cuentan historias sobre Jesús, que imparten sus parábolas y sus dichos. Cuánto me gustaría escuchar las historias que cuentan.

—Hablan de Jesús como si no hubiera tenido esposa —me contó Lavi.

Aquel enigma me tuvo perpleja durante meses. ¿Sería porque estuve ausente mientras él viajaba por Galilea en su ministerio? ¿Sería porque las mujeres eran tan a menudo invisibles? ¿Acaso creían que al convertirlo en célibe harían de él un hombre más espiritual? No encontré ninguna respuesta, únicamente el escozor de que me eliminasen.

Sellamos las tapas con cera y, con un gran esfuerzo, metemos las tinajas en la tierra. De rodillas, vamos rastrillando el suelo guijarroso con las manos y rellenamos los agujeros. «Los códices están enterrados, tía Yalta. He cumplido mi promesa.»

Nos levantamos, nos sacudimos el polvo y recobramos el aliento. Y entonces me viene a la cabeza que lo más probable es que los ecos de mi propia vida se extingan del mismo modo en que se extingue el trueno. Pero esta vida, algo tan deslumbrante... con esta vida me basta.

El sol se desliza para abandonar el cielo y se eleva su luz en un dorado oscuro. Miro muy lejos, en la distancia, y canto:

—Soy Ana. Fui la esposa de Jesús de Nazaret. Soy una voz.

## Nota de la autora

Era una mañana de octubre de 2014 cuando se me ocurrió la idea de escribir una novela sobre la esposa imaginaria de Jesús. Quince años antes ya había pensado en escribir algo así, pero no me pareció el momento adecuado, y, para ser sincera, tampoco logré hacer acopio de la suficiente audacia para abordarlo. Sin embargo, en aquella mañana de octubre, una década y media más tarde, la idea resurgió con una gran insistencia. No hice grandes esfuerzos para quitármela de la cabeza. Siglos de tradición insistían en un Jesús que no tenía esposa, una postura integrada en la fe cristiana e inserta en el pensamiento colectivo. ¿Por qué dedicarse a alterar algo así? No obstante, ya era demasiado tarde para disuadirme. Ya tenía atrapada la imaginación. Ya había empezado a imaginarme a esa mujer. En cuestión de minutos, ya tenía nombre: Ana.

Tengo la costumbre de colocarme letreros en el escritorio. Este se mantuvo ahí durante los cuatro años y medio que me pasé documentando y escribiendo la novela:

Toda materia prima es apropiada para la ficción.
Virginia Woolf

El objetivo del novelista no es solo el de poner un espejo delante del mundo, sino el de imaginarse qué es posible.

*El libro de los anhelos* reinterpreta el relato que sostiene que Jesús era un soltero célibe y se imagina la posibilidad de que hubiese tenido una esposa en algún momento. Por supuesto, las Escrituras cristianas —el Nuevo Testamento— no dicen que estuviese casado, pero tampoco dicen que estuviese soltero. La Biblia guarda silencio al respecto. «Si Jesús hubiera tenido esposa, aparecería en la Biblia», me explicó alguien una vez. Pero ¿sería así? La invisibilidad y el silenciamiento de las mujeres eran un hecho. En comparación con los hombres, en las Escrituras cristianas, las mujeres rara vez intervienen en algún diálogo, y no se las menciona con la misma frecuencia. Y si se hace referencia a ellas, no suele ser por el nombre.

También podría argumentarse que en el mundo judío de aquella Galilea del siglo I el matrimonio era algo tan absolutamente normalizado que se daba más o menos por supuesto. El matrimonio era el deber sagrado, cívico y familiar de un hombre. Lo típico era contraerlo a los veinte (aunque a veces se llegaba hasta los treinta) y era la forma en que un hombre se convertía en adulto y se establecía dentro de su comunidad. Su familia esperaba de él que se casara, y si no lo hacía habría resultado una sorpresa, quizá incluso una vergüenza. Su religión dictaba que «no se abstuviera de tener una esposa», aunque, por supuesto, es posible que Jesús desafiara aquel imperativo. Hay pruebas de que los ideales ascéticos estaban comenzando a invadir el judaísmo del siglo I, y él, además, podía ser a veces una especie de inconformista. Sin embargo, yo veía más motivos para pensar que a la edad de veinte años, una década antes de comenzar su ministerio, Jesús no rechazara la ética religiosa y cultural de su tiempo y su entorno.

Las afirmaciones de que Jesús no estaba casado se inician en el siglo II; surgen cuando el cristianismo absorbe ciertas ideas del ascetismo y del dualismo griego que devalúan el cuerpo y la materialidad del mundo en pro del espíritu. La mujer, íntimamente identificada con el cuerpo, también fue devaluada, silenciada y marginada, y perdió las posiciones de liderazgo que había ostentado en el cristianismo del siglo I. El celibato se convirtió en una de las sendas hacia la santidad. La virginidad se convirtió en uno de los valores más elevados del cristianismo. Con la certeza de que el fin de los tiempos se avecinaba, los creyentes del siglo II mantenían acalorados debates acerca de si los cristianos debían casarse. Teniendo en cuenta la inclusión de aquellos puntos de vista en la religión, me pareció que un Jesús que se hubiera casado no les resultaría particularmente aceptable.

Este tipo de percepciones me permitieron salirme de las convenciones tradicionales eclesiásticas y comenzar a imaginarme el personaje de un Jesús casado.

Por supuesto que no sé si Jesús se casó o no. Hay razones igual de convincentes que sustentan la creencia de que se mantuvo soltero. No podemos saberlo a menos que se descubra algún manuscrito original enterrado en una tinaja en alguna parte, y que nos revele que Jesús tenía esposa, así de simple. Y es probable que, incluso entonces, la cuestión sea irresoluble.

No obstante, ya desde aquel primer momento en que tuve la inspiración para escribir esta historia, percibí la importancia de imaginarme un Jesús casado. Al hacer algo así, se da lugar a una fascinante pregunta: ¿en qué sentido sería distinta la civilización occidental si Jesús se hubiese casado y si su esposa hubiera formado parte de su historia? Las respuestas son únicamente especulativas, pero cabe pensar que la herencia cultural y religiosa del cristianismo y de la civilización occidental habrían sido algo distintas. Tal vez las mujeres hubiesen disfrutado de una mayor igualdad. Tal vez hubiera existido una menor fractura entre la sexualidad y lo sagrado. Quizá no existiría el celibato en el sacerdocio. Me pregunto qué efecto habría podido tener —en caso de tener alguno— sobre estas tradiciones el hecho de imaginarse un Jesús casado. ¿Cómo afecta a las realidades del presente el hecho de imaginarse nuevas posibilidades?

Soy profunda y reverencialmente consciente de que Jesús es una figura por la que sienten devoción millones de personas y de que su impacto en la civilización occidental es incomparable, que afecta a cristianos y no cristianos. Con esto presente, tal vez sea útil hacer algún comentario sobre la manera en que abordé la creación del personaje.

Desde el principio tuve claro que iba a representar a Jesús como un personaje completamente humano. Quería que la historia tratase de Jesús, el hombre, y no de Dios Hijo, en el que se convertiría. Los primeros cristianos debatían sobre si Jesús era humano o divino, cuestión que el cristianismo zanjó en el siglo IV en el Concilio de Nicea y de nuevo en el Concilio de Calcedonia en el siglo V, cuando se adoptaron las doctrinas que afirmaban que Jesús era completamente humano y completamente divino. Aun así, su humanidad disminuía cuanto más y más lo glorificaban. Al escribir desde la perspectiva de un novelista y no desde la religiosa, a mí me atrajo su humanidad.

No hay constancia ninguna sobre Jesús desde la edad de los doce años hasta los treinta. Su presencia en la novela coincide en parte con este periodo temporal del que no hay registro, con dos notables excepciones: su bautismo y su muerte. Las obras y las palabras de Jesús durante esos años desconocidos me las inventé del único modo en que podía hacerlo: por medio de las conjeturas y las extrapolaciones razonables.

Mi retrato de Jesús surge de la interpretación que yo hago acerca de quién era él basándome en mi investigación sobre el Jesús histórico y la Palestina del siglo I, sobre los relatos escriturales acerca de su vida y sus enseñanzas, y sobre otros comentarios acerca de él. Ha resultado asombroso descubrir que el Jesús humano tenía numerosos rostros distintos y que la gente —incluso los estudiosos del Jesús histórico— tiende a verlo a través de la lente de sus propias necesidades y propensiones. Para algunos es un activista político; para otros, alguien que obraba milagros. Se lo ha tenido por un rabí o un maestro de la ley judía, un profeta social, un reformador religioso, un sabio, un revolucionario no violento, un filósofo, un feminista, un predicador del apocalipsis y un largo etcétera.

¿Cómo iba a modelar yo el personaje de Jesús? Lo veía en la veintena, como un verdadero judío que vivía bajo la ocupación romana, como un marido que trabajaba para mantener a su familia pero que llevaba dentro una llamada que se iba desarrollando y que le pedía marcharse e iniciar un ministerio público. Lo he representado como un *mamzer*, es decir, como alguien que sufre algún tipo de ostracismo: en el caso de Jesús, por las sospechas sobre su concepción. También veía a Jesús como la figura emergente de un rabí y profeta social cuyo mensaje dominante eran el amor, la compasión y la llegada del reino de Dios, algo que él veía en un principio como un suceso escatológico que establecería el gobierno de Dios sobre la tierra, y en última instancia como un estado del ser en el corazón y el pensamiento de la gente. Lo veía como un miembro no violento de la resistencia política ante Roma que adopta el papel de Mesías, el prometido liberador de los judíos. Y una característica que es central en el personaje de Jesús que he trazado es la conmiseración hacia los excluidos, los pobres y marginados de todas clases, además de esa inusual intimidad suya con Dios.

Me parece importante señalar que el personaje de Jesús de estas páginas apenas proporciona un vistazo fugaz de la complejidad y la plenitud de quien era, y ese vistazo fugaz se basa en la interpretación que yo hago de él, que se entreteje con una ficción narrativa.


La historia es imaginaria, pero he intentado ser fiel a su trasfondo histórico, cultural, político y religioso gracias a una extensa investigación. Sin embargo, hay situaciones en las que, por mor de la narrativa, me aparto de lo que está documentado o aceptado por la tradición. Estas son las más destacadas de esas situaciones:

Herodes Antipas trasladó la capital de Galilea de Séforis a Tiberíades en algún momento entre los años 18 y 20 d. C.; en la novela, este traslado no se produce hasta el año 23 d. C. Séforis, una ciudad próspera de unos treinta mil habitantes, se encontraba apenas a unos seis o siete kilómetros de Nazaret, lo cual ha llevado a muchos académicos a especular sobre la posibilidad de que Jesús estuviese expuesto a un entorno sofisticado, helenizado y multilingüe. Los académicos también conjeturan que Jesús y su padre, José —que trabajaban en la construcción, los dos—, hubiesen podido encontrar este tipo de trabajo en Séforis cuando Herodes Antipas reconstruía la ciudad en los años de la adolescencia de Jesús. Con todo, es poco probable que trabajara en el anfiteatro romano tal y como figura en la novela. En opinión de un cierto número de arqueólogos, el anfiteatro se construyó hacia finales del siglo I, décadas después de la muerte de Jesús. El mosaico del rostro de Ana en el palacio de Herodes Antipas está inspirado en un mosaico real que se halla en el suelo de una mansión excavada en Séforis. Se trata de una exquisita representación del rostro de una mujer conocida como «la Mona Lisa de Galilea» que data del siglo III.

Fasaelis, la primera mujer de Herodes Antipas, fue una princesa nabatea que escapó a escondidas y regresó con su padre al reino árabe de Nabatea tan pronto como llegó a su conocimiento que Antipas pretendía tomar a Herodias como esposa. El año exacto de su huida es algo sometido a debate, pero estoy prácticamente segura de que yo lo he adelantado varios años.

Las Escrituras cristianas afirman que Jesús tenía cuatro hermanos a los que nombra y múltiples hermanas a las que no se nombra; yo solo podía hacerle hueco en la historia a dos de los hermanos y a una hermana. Es probable que mi representación de Santiago sea más dura de lo que él se merece, aunque en el Nuevo Testamento sí figura algún conflicto entre Jesús y sus hermanos durante el ministerio de este. Santiago se convertiría en seguidor de Jesús tras la muerte de su hermano y en el líder de la Iglesia de Jerusalén.

En las Escrituras, Jesús se presenta en el Jordán para que Juan el Bautista lo bautice, y acto seguido se marcha al desierto, después de lo cual comienza su ministerio. Sin embargo, yo me he imaginado que, tras su bautismo y su retiro al desierto, Jesús pasó unos meses siendo uno de los seguidores de Juan el Bautista. Aunque no hay mención alguna a este respecto en las Escrituras, sí hay ciertos académicos que conjeturan que sería probable que Jesús fuese uno de los seguidores de Juan el Bautista y que tuviese una fuerte influencia de este, una premisa que yo he adoptado.

El Nuevo Testamento dice que es María de Betania la mujer que le unge los pies a Jesús con un ungüento caro poco antes de su muerte, suceso que provoca las críticas de Judas. Yo me he tomado la libertad de hacer que fuese Tabita, la amiga de Ana, quien realiza este acto de unción.

En la novela, Ana corre hacia Jesús en la calle cuando este cae bajo el peso del travesaño de la cruz. Esto se desvía de una larga tradición no escritural que dice que una mujer conocida como «la Verónica» se acercó a él y le limpió la cara cuando cayó.

Los Evangelios neotestamentarios describen la llegada de Jesús a Betania y a Jerusalén, en Judea, en la semana anterior a su muerte. Sin embargo, para acomodar la línea temporal de mi historia, yo he hecho que llegaran varias semanas antes de la crucifixión.

He intentado no separarme de los relatos bíblicos del juicio, la crucifixión y la sepultura de Jesús, pero tampoco podía incorporar todo cuanto sucede en esos relatos. La inclusión o la ausencia de dichos sucesos depende de si Ana —la narradora— los presencia o si tiene conocimiento de ellos. En la novela, Ana y un grupo de mujeres acompañan a Jesús a su ejecución, permanecen allí mientras él está en la cruz y después lo preparan para su sepultura. En los Evangelios tenemos versiones algo distintas de su muerte, pero todos ellos incluyen la presencia de un grupo de mujeres durante su crucifixión. Entre ellas se menciona a la madre de Jesús y a María Magdalena. No se menciona a Salomé —la hermana de Jesús— ni a María de Betania, pero las incluí en lugar de otras dos mujeres que sí estaban allí. La escena de la novela en que las mujeres acompañan a Jesús a su crucifixión es invención mía.

Los terapeutas no son producto de mi imaginación, sino una comunidad real de corte monástico, cerca del lago Mareotis en Egipto, donde los filósofos judíos se dedicaban a la oración, al estudio y a una sofisticada interpretación alegórica de las Escrituras. Este grupo tiene su auge durante el periodo que cubre la novela, y en estas páginas se representa con una gran cantidad de detalles fácticos. Sí tenían lugar las vigilias cada cuarenta y nueve días, con sus delirantes noches enteras de cantos y bailes; existían las salas sagradas de sus pequeñas chozas de piedra igual que existían sus miembros femeninos y una devoción hacia Sofía, el espíritu femenino de Dios. No obstante, la práctica del ascetismo y la soledad por parte de los terapeutas era mucho más prevalente e intensa de lo que yo describo. En la novela hago referencia a sus ayunos y su aislamiento, pero, fundamentalmente, reinterpreto a los terapeutas como un grupo más interactivo y menos duro con su físico.

*El trueno, mente perfecta* es un documento real escrito por un autor desconocido —del que se cree que es una mujer— y que data del periodo en que transcurre la novela. Sus nueve páginas de papiro se hallaron entre los famosos textos de Nag Hammadi descubiertos en 1945 en una tinaja enterrada en las colinas sobre el Nilo, en Egipto. En la novela, *El trueno, mente perfecta* es obra de Ana, que lo compone como un himno a Sofía. Los pasajes que figuran en la novela pertenecen al poema real. He leído y releído este poema durante dos décadas, asombrada ante una voz como la suya, tan provocadora, ambigua, autoritaria y contraria al rol de género. Me hacía feliz imaginarme a Ana creándolo como si fuera su gran obra, así de simple.

La nota de la autora se centra en la figura de Jesús por razones obvias, pero la historia de *El libro de los anhelos* es la de Ana: se asomó por mi imaginación y no pude hacerle caso omiso.

No vi a Ana solo como la esposa de Jesús, sino como una mujer con su propia búsqueda: la de seguir la llama de sus inquietudes —sus anhelos— en pos de la inmensidad de su interior. También la vi como una mujer capaz de convertirse no solo en la esposa de Jesús, sino en su compañera.

El día en que apareció Ana, hubo algo que supe sobre ella además de su nombre. Supe que lo que más desearía sería tener una voz. De haber tenido Jesús realmente una esposa y de haberse desarrollado la historia tal y como lo ha hecho, esa mujer habría sido la más silenciada de la historia y la mujer más necesitada de tener una voz. Yo he intentado dársela.

# AGRADECIMIENTOS

Me gustaría mostrar mi agradecimiento a las siguiente personas y materiales que me han ayudado a dar vida a la historia de Ana.

A Jennifer Rudolph Walsh, mi extraordinaria agente y apreciada amiga, igual que a Margaret Riley King, Tracy Fisher, Matilda Forbes Watson, Haley Heidemann, Natalie Guerrero, Zoe Beard-Fails y Alyssa Eatherly, todas ellas valiosísimos miembros del equipo de William Morris Endeavor.

A mi brillante editor, Paul Slovak, con Brian Tart, Andrea Schulz, Kate Stark, Louise Braverman, Lindsay Prevette, Shannon Twomey, Britta Galanis, Allie Merola, Roseanne Serra y a todo ese equipo tan impresionante de Viking: todos ellos nos han ofrecido a esta novela y a mí un apoyo, pericia y entusiasmo enormes.

A Marion Donaldson y a Headline Publishing, mis maravillosas editora y editorial en el Reino Unido.

A Ann Kidd Taylor, mi primera lectora, que me ofreció unas increíbles ideas e impresiones. Detestaría ponerme a escribir un libro sin ella.

A los incontables académicos cuyos libros, conferencias y documentales sobre el Jesús histórico y sobre el pueblo, la cultura, la religión, la política y la historia de las Palestina y Alejandría del siglo I, la interpretación bíblica, los evangelios gnósticos, sobre la mujer y el género en la religión han sido los pilares de mi investigación. A la Biblical Archaeology Society, que me proporcionó unos excelentes recursos. A The Great Courses, por sus conferencias académicas en vídeo.

A la nueva traducción al inglés de *El trueno, mente perfecta* (como *The Thunder: Perfect Mind*) de Hal Taussig, Jared Calaway, Maia Kotrosits, Celene Lillie y Justin Lasser, con mi agradecimiento a Palgrave Macmillan por su permiso para citarla.

A Scott Taylor, por su excepcional asistencia técnica y comercial.

A Terry Helwig, Trisha Sinnott y Curly Clark, que me ofrecieron una atención y un aliento ilimitados cuando me planteaba la idea de esta obra y mientras trabajaba para hacerla realidad.

A mi familia, hijos, nietos y padres, que han colmado mi vida de tanta bondad y amor, en especial mi marido Sandy, con quien he tenido la bendición de compartir mi vida. Desde aquel lejano día en que cumplí los treinta años y le conté que quería ser escritora, me ha entregado una fe y un aliento infinitos... en especial con este libro.

La primera novela de SUE MONK KID, *La vida secreta de las abejas*, estuvo más de cien semanas en las listas del *New York Times*, vendió más de seis millones de ejemplares en Estados Unidos y se convirtió en película y musical. Se tradujo a treinta y seis idiomas. Su segunda novela, *El secreto de la sirena*, también fue número uno en el *New York Times* y dio lugar a una serie de televisión. Ha escrito también libros de no ficción, entre ellos *The Dance of the Dissident Daughter*, un ensayo sobre religión y feminismo. Vive en Carolina del Norte.